BESTSELLER

Nora Roberts es una de las escritoras estadounidenses de mayor éxito en la actualidad. Cada novela que publica encabeza rápidamente los primeros puestos en las listas de best sellers de Estados Unidos y del Reino Unido; más de cuatrocientos millones de ejemplares impresos en el mundo avalan su maestría. Sus últimas obras publicadas en España son la trilogía de los O'Dwyer (formada por *Bruja Oscura*, *Hechizo en la niebla* y *Legado mágico*), *El coleccionista*, *La testigo*, *La casa de la playa*, el dúo de novelas *Polos opuestos* y *Atrapada*, la trilogía Hotel Boonsboro (*Siempre hay un mañana*, *El primer y último amor* y *La esperanza perfecta*), *Llamaradas*, *Emboscada* y la tetralogía Cuatro bodas (*Álbum de boda*, *Rosas sin espinas*, *Sabor a ti* y *Para siempre*). Actualmente, Nora Roberts reside en Maryland con su marido.

Para más información, visite la página web de la autora: www.noraroberts.com

Biblioteca

NORA ROBERTS

Un secreto a voces

Traducción de
Teresa Arijón

DEBOLS!LLO

Título original: *Public Secrets*

Cuarta edición con esta portada
(Primera reimpresión: abril, 2016)

© 1990, Nora Roberts
Publicado por acuerdo con Bantam Books, un sello de The
Bantam Dell Publishing Group, una división de Random House, Inc.
© 2004, de la presente edición para todo el mundo:
Penguin Random House Grupo Editorial, S. A. U.
Travessera de Gràcia, 47-49. 08021 Barcelona
© 2004, Teresa Arijón, por la traducción

Printed in Spain – Impreso en España

ISBN: 978-84-9793-248-6 (vol. 561/2)
Depósito legal: B-35224-2011

Fotocomposición: Revertext, S. L.

Impreso en Liberdúplex
Sant Llorenç d'Hortons (Barcelona)

P 8 3 2 4 8 A

Penguin
Random House
Grupo Editorial

Para mi primer héroe, mi padre

PRÓLOGO

Los Ángeles, 1990

Pisó el freno y se detuvo junto al bordillo. La radio continuaba sonando. Se tapó la boca con las manos para ahogar una risita histérica. Una ráfaga del pasado, había dicho el locutor. Una ráfaga de su pasado. Devastation seguía en la cima.

Una parte de su cerebro hizo que se ocupara de los asuntos menores: apagar el motor, sacar la llave, abrir la portezuela. Temblaba, a pesar del calor de las últimas horas de la tarde. Esa mañana había llovido y la alta temperatura hacía ascender una especie de bruma del pavimento. La atravesó corriendo, mirando frenéticamente a la derecha, a la izquierda, por encima del hombro.

La oscuridad. Casi había olvidado que había cosas que se ocultaban en la oscuridad. El ruido aumentó cuando abrió la puerta de un empujón. Las luces fluorescentes la cegaron. Siguió corriendo. Solo sabía que estaba aterrada y que alguien, quien fuera, tenía que escucharla.

Recorrió el pasillo, con el corazón desbocado. Oyó sonar por lo menos una docena de teléfonos. Distinguió voces que luego se confundieron en una maraña de quejas, gritos y preguntas. Alguien mascullaba una retahíla de blasfemias. Vio la puerta con el rótulo HOMICIDIOS y contuvo un sollozo antes de entrar.

Estaba repantigado en su escritorio, con un pie sobre un

cuaderno roto y el auricular del teléfono entre el hombro y la oreja. A punto de llevarse a los labios un vaso de plástico con café.

—Ayúdame, por favor —murmuró ella dejándose caer en una silla frente a él—. Alguien trata de matarme.

1

Londres, 1967

Emma tenía casi tres años la primera vez que vio a su padre. Lo reconoció sin dificultad porque su madre revestía con sus fotos, cuidadosamente recortadas de los diarios y las revistas del corazón, todas las superficies libres del pequeño apartamento de tres piezas donde vivían. Jane Palmer acostumbraba a pasear a su hija Emma por las fotografías que cubrían las paredes manchadas de humedad y la obligaba a mirarlas, una por una. Una vez concluido el recorrido, se sentaba en algún mueble desvencijado y polvoriento y le contaba su gloriosa historia de amor con Brian McAvoy, el cantante de la famosísima banda de rock Devastation. Cuanto más bebía Jane, mayor era el amor que ambos habían compartido.

Emma solo comprendía en parte lo que le contaba su madre. Sabía que el hombre de las fotos era importante y que había tocado con su grupo para la reina. Había aprendido a reconocer su voz cuando emitían sus canciones en la radio o cuando su madre ponía alguno de los discos de 45 revoluciones que atesoraba.

A Emma le gustaban su voz y la lánguida cadencia —aunque entonces no sabía que lo llamaban así— de su acento irlandés.

Los vecinos se compadecían de la pobre niñita que vivía en el piso de arriba. No era para menos, ya que su madre tenía una fuerte inclinación por la ginebra y un carácter violento. Muchas veces oían los estridentes insultos de Jane y los quejidos y sollozos de Emma. Las mujeres apretaban los labios e intercambiaban miradas mientras sacudían las alfombras o tendían la ropa que acababan de lavar.

En los primeros días del verano de 1967 —el verano del amor— movieron la cabeza en señal de desaprobación al oír los gritos de la niña por la ventana abierta del apartamento de las Palmer. Casi todas pensaban que la joven Jane no merecía una hija de rostro tan dulce, pero se limitaban a murmurar entre dientes. A ningún vecino de aquel barrio de Londres se le habría ocurrido siquiera denunciar el caso a las autoridades.

Por supuesto que Emma no comprendía el significado de algunos términos, como alcoholismo o problemas emocionales. No obstante, y aunque tenía solo tres años, era toda una experta en reconocer los estados de ánimo de su madre. Sabía discernir con claridad meridiana cuándo reiría y la mimaría o cuándo la regañaría y abofetearía. Cuando el ambiente en la casa se ponía muy tenso, Emma cogía a Charlie, su perro negro de peluche, y se ocultaba en el armario bajo el fregadero de la cocina. En medio de la oscuridad y la humedad, esperaba a que su madre se calmara.

Pero a veces no actuaba con la premura necesaria.

—Estate quieta, Emma. No te muevas. —Jane cepillaba con rudeza el claro cabello rubio de su hija. Rechinando los dientes, resistía la tentación de estrellar el mango de madera contra las nalgas de la chiquilla. Pero aquel día no iba a perder los estribos—. Voy a ponerte guapa. Quieres estar bonita hoy, ¿verdad?

A Emma le traía sin cuidado estar guapa, mucho menos cuando el cepillo le lastimaba el cuero cabelludo y su nuevo vestido rosa almidonado le raspaba la piel. Continuó revolviéndose en el banco mientras Jane intentaba atar sus rebeldes rizos con una cinta.

—Te he dicho que te estés quieta. —Emma dio un chillido cuando su madre le pellizcó la nuca—. Nadie quiere a las niñas sucias y caprichosas.

Jane respiró hondo dos veces seguidas y aflojó los dedos. No deseaba dejarle el cuello marcado. En realidad quería a su hija. Y a Brian no le gustaría nada verla cubierta de moretones.

La hizo bajar del banco a la rastra y le puso una mano firme sobre el hombro.

—Quítate esa expresión enfurruñada de la cara, hija. —El resultado de sus esfuerzos era más que satisfactorio. Con sus rizos rubios bien cepillados y sus enormes ojos azules, Emma parecía una princesita mimada—. Mírate. —Las manos de Jane, nuevamente suaves y amables, la hicieron volverse hacia el espejo—. ¿No estás preciosa?

Obstinada, Emma compuso un puchero mientras estudiaba su aspecto en el espejo manchado. Su voz era el vivo reflejo del sonsonete vulgar de su madre y aún conservaba un ceceo infantil.

—Me pica —se quejó.

—Una dama siempre debe sentirse incómoda si quiere que los hombres piensen que es hermosa —masculló Jane. Su propia faja negra adelgazante se le clavaba en la carne.

—¿Por qué?

—Porque es parte del trabajo de ser mujer. —Jane se volvió y estudió su figura en el espejo, primero un lado y luego el otro. El vestido azul oscuro era perfecto para sus curvas pronunciadas y le permitía sacar partido de sus generosos pechos. Recordó que a Brian siempre le habían gustado sus senos y sintió la rápida punzada del sexo.

Nadie había logrado igualarlo en la cama, ni antes ni después. Había un hambre en él, un hambre salvaje que escondía bajo su aspecto de muchacho despreocupado y arrogante. Lo conocía desde que eran niños y había sido su amante —con intermitencias— durante más de diez años. Ella era la única que sabía hasta dónde podía llegar Brian en el cenit de la pasión sexual.

Se permitió fantasear, solo por un instante, que Brian le arrancaba el vestido y la devoraba con los ojos. Imaginó que sus delgados dedos de músico desabrochaban la faja de encaje. Al recordar lo bien que lo habían pasado juntos Jane sintió que se le humedecía el sexo. Y volverían a pasarlo bien, de eso estaba segura.

Se recompuso y comenzó a cepillarse el cabello con decisión. Había gastado todo el dinero destinado a la compra de comestibles en la peluquería para teñirse el lacio cabello, largo hasta los hombros, del mismo color que el de Emma. Sacudió la cabeza para apreciar el movimiento. Después de aquel día ya no tendría que preocuparse por el dinero.

Se pintó los labios de color rosa muy, muy claro; el mismo tono que había visto a la supermodelo Jane Asher en la portada del último número de *Vogue*. Nerviosa, cogió el perfilador negro para resaltar el contorno de los ojos.

Emma observaba fascinada a su madre. Aquella tarde olía a colonia Tigress, no a ginebra. Con timidez, casi subrepticiamente, tomó el lápiz de labios. Recibió un golpe en la mano.

—No toques mis cosas —chilló Jane. Y volvió a golpearle los dedos—. ¿Acaso no te he dicho que no debes tocar mis cosas?

Emma asintió. Tenía los ojos empañados de lágrimas.

—Y no empieces a lloriquear. No quiero que la primera vez que te ve tengas los ojos enrojecidos y la cara hinchada. Por cierto, ya debería estar aquí. —El tono amenazador de su voz impulsó a Emma a mantenerse cautamente fuera de su alcance—. Si no viene pronto...

Jane cerró la boca y se dedicó a evaluar sus posibilidades mientras se miraba en el espejo.

Siempre había sido una mujer robusta, sin llegar a ser gorda. El vestido le quedaba un poco ajustado, pero realzaba los rasgos más interesantes de su figura. Las esqueléticas podían estar de moda, pero Jane sabía que, cuando se apagaba la luz, los hombres preferían a las mujeres voluptuosas y curvilíneas. Lo sabía a ciencia cierta, pues hacía mucho tiempo que se ganaba la vida con su cuerpo.

Su confianza fue en aumento. Sin dejar de mirarse al espejo imaginó que se parecía a las modelos de tez pálida y expresión enfurruñada que hacían furor en Londres. No tuvo la sensatez necesaria para advertir que el nuevo tinte no le sentaba bien y que el corte recto del cabello endurecía sus ángulos faciales. Quería ir a la moda. Siempre le había gustado.

—Probablemente no me ha creído. No ha querido creerme. Los hombres nunca quieren a sus hijos. —Se encogió de hombros. Su padre jamás la había querido, al menos hasta que comenzaron a crecerle los pechos—. Jamás lo olvides, mi pequeña Emma. —Miró a la niña de arriba abajo—. A los hombres no les gustan las criaturas. Solo quieren a las mujeres para una cosa y muy pronto sabrás qué es. Cuando consiguen lo que desean, se dan por satisfechos, y tú te quedas con una panza enorme y el corazón roto.

Encendió un cigarrillo y comenzó a dar caladas rápidas y ansiosas mientras iba de un extremo a otro de la habitación. Ojalá hubiera sido marihuana, hierba dulce y sedante, pero había gastado el dinero destinado a comprar drogas en el vestido nuevo de Emma. Solo Dios sabía los sacrificios que debía hacer una madre.

—Bien, tal vez no te quiera, pero no podrá negar que eres su hija cuando te haya visto. —Con los ojos entrecerrados por el humo, estudió los rasgos de la niña. Tuvo un arranque casi maternal. La chiquilla era más bella que una obra de arte cuando estaba aseada—. Eres su viva imagen, querida Emma. Sois como dos gotas de agua. Los diarios dicen que va a casarse con esa ramera Wilson, una cualquiera de familia adinerada y modales refinados, pero ya veremos qué ocurre. Volverá a mí. Siempre he sabido que regresará. —Aplastó el cigarrillo en un cenicero roto, dejando una colilla humeante. Necesitaba un trago, tan solo un trago de ginebra para calmar los nervios—. Siéntate en la cama —ordenó—. Siéntate y quédate quieta. Atrévete a jugar con alguna de mis cosas y te arrepentirás.

Bebió dos tragos antes de que llamaran a la puerta. El corazón le latía desbocado. Como la mayoría de los borrachos, se sentía más atractiva y capaz de controlar la situación cuando había bebido. Se alisó el cabello, esbozó lo que a su juicio era una sonrisa sensual y abrió la puerta.

Era muy guapo. Por un instante, en aquel torrente de sol

estival solo lo vio a él. Alto y esbelto. Parecía un poeta o un apóstol con su rubio cabello ondulado y su boca de expresión seria y labios gruesos. Hasta donde era capaz de hacerlo, lo amaba.

—Brian, cuánto me alegra que hayas venido. —Su sonrisa se esfumó de inmediato cuando vio a los dos hombres que lo acompañaban—. ¿Ahora te ha dado por ir en manada, Bri?

Brian McAvoy no estaba de humor para bromas. Una furia ciega hervía a fuego lento en su interior. Volver a ver a Jane era como regresar a una cárcel. Se sentía atado de pies y manos y echaba toda la culpa de aquello a su representante y su prometida. En cualquier caso ya estaba allí. Y quería marcharse lo antes posible.

—Recuerdas a Johnno, por supuesto. —Brian entró en la casa. El olor a ginebra, sudor y grasa de la cena de la noche anterior le trajo el incómodo recuerdo de su propia infancia.

—Claro. —Jane saludó con una breve inclinación de la cabeza al alto y flacucho bajista, que llevaba un diamante en el dedo meñique y se había dejado crecer una tupida barba oscura—. Hemos llegado muy lejos en la vida, ¿verdad, Johnno?

—Algunos sí —murmuró él mirando con desdén el sucio y pequeño apartamento.

—Este es Pete Page, nuestro representante.

—Señorita Palmer. —Pete, un treintañero de modales impecables, mostró su educada sonrisa de dientes blancos y le tendió una mano muy bien cuidada.

—He oído hablar mucho de usted. —Jane apoyó la palma de la mano sobre la de Pete como invitándolo a llevársela a los labios. Pero él la dejó caer—. Ha convertido en estrellas a nuestros muchachos.

—Solo he abierto algunas puertas.

—Han actuado para la reina, han salido en la tele. Su nuevo álbum encabeza la lista de los más vendidos y pronto emprenderán una gran gira por Estados Unidos. —Miró a Brian. El cabello casi le llegaba a los hombros. Tenía el mismo rostro de siempre: delgado, pálido y sensible. Millares de fotografías de aquella cara adornaban las paredes de las adolescentes a ambos lados del Atlántico. Su segundo álbum, *Complete Devastation*, había batido todos los récords de venta—. Has conseguido todo lo que querías, Bri —murmuró.

Brian no estaba dispuesto a permitir que Jane lo hiciera sentir culpable por haber prosperado en la vida.

—Así es —le espetó.

—Pero algunos hemos conseguido más de lo que queríamos. —Jane se echó la melena hacia atrás. La pintura de las grotescas esferas doradas que colgaban de sus orejas se estaba descascarillando. Sonrió con afectación. Tenía veinticuatro años, solo uno más que Brian, pero se creía mucho más astuta—. Os ofrecería un té, pero no esperaba tanta gente.

—No hemos venido a tomar el té. —Brian metió las manos en los amplios bolsillos de sus tejanos de cintura baja y endureció aún más la mirada de malhumor que había tenido durante el trayecto hasta allí. Era joven, pero se había vuelto duro. No estaba dispuesto a permitir que esa mujer solitaria y empapada en ginebra le creara problemas—. Esta vez no he recurrido a la ley, Jane, en honor a los viejos tiempos, pero si continúas llamándome por teléfono y enviando cartas para amenazarme y extorsionarme, créeme que lo haré.

Ella entrecerró los ojos oscurecidos por el perfilador.

—Si quieres echarme encima a la policía, adelante. Haz lo que gustes, amiguito. Veremos cómo reaccionan tus fans y sus anticuados padres cuando sepan que me dejaste embarazada. O cuando se enteren de que nos abandonaste en la miseria, a mí y a tu pobre hijita, que es apenas un bebé, mientras tú nadas en dinero y vives por todo lo alto. ¿Qué dirán de eso los diarios, señor Page? ¿Cree que Bri y sus muchachos volverán a cantar para la reina después del escándalo?

—Señorita Palmer. —La voz de Pete sonó suave y serena. Había pasado horas evaluando los pros y los contras de la situación, pero le bastó una mirada para comprobar que había perdido el tiempo. Esa mujer solo aceptaría callarse por dinero—. Estoy seguro de que no desea ventilar sus intimidades en los diarios. Tampoco creo que deba hablar de abandono cuando no hubo tal cosa.

—Vaya. ¿Este tipo es tu representante, Brian, o tu abogado defensor?

—No estabas embarazada cuando te dejé.

—¡No sabía que lo estaba! —bramó Jane. Aferró la chaqueta de cuero negro de Brian—. Me enteré dos meses más tarde. Tú ya te habías ido. No sabía dónde encontrarte. Podría haberme deshecho de la cría. —Brian intentó liberarse de sus garras, pero Jane lo aferró con más fuerza todavía—. Conocía a alguien que podría haberme ayudado a hacerlo, pero estaba aterrada. Aquello me daba más miedo que tenerla.

—Entonces, para no tener tanto miedo, tuvo una hija. —Johnno se sentó en el brazo de un sillón y encendió un Gauloise con un mechero de oro macizo. Desde hacía dos años tenía gustos caros—. Eso no quiere decir que la niña sea tuya, Bri.

—Es suya, estúpido maricón.

—Caramba, caramba. —Sin inmutarse, Johnno dio una calada al cigarrillo y exhaló el humo lentamente sobre la cara de Jane—. Eres una verdadera dama, ¿no es así?

—Tranquilo, Johnno. —La voz de Pete continuaba siendo suave y serena—. Señorita Palmer, estamos aquí para arreglar el asunto con total discreción.

Aquel era, precisamente, el as que Jane tenía en la manga.

—Apuesto a que queréis actuar con discreción. Tú sabes que yo no estaba con ningún otro hombre en aquellos tiempos, Brian —murmuró aplastando sus senos contra el pecho del músico—. Seguro que recuerdas aquella Navidad, la última que pasamos juntos. Nos drogamos y nos volvimos un poquito locos. Jamás tomamos precauciones. Emma cumplirá tres años en septiembre.

—Brian lo recordaba, aunque preferiría haberlo olvidado. Entonces tenía diecinueve años y era un torbellino de música e ira. Alguien les había dado cocaína. Tras aspirarla por primera vez se había sentido como un semental. Desesperado por follar.

—De modo que tuviste una niña y piensas que es mía. ¿Por qué has esperado hasta ahora para decírmelo?

—Ya te he dicho que al principio no pude encontrarte.

—Jane se humedeció los labios con la lengua. Necesitaba otro trago por lo menos. No le pareció prudente decirle que durante un tiempo había disfrutado representando el papel de mártir: la madre pobre y soltera, completamente sola en el mundo. Además, en el camino se había cruzado con un par de hombres para aliviar las penalidades—. Entré en un programa especial para chicas con problemas. Pensé que la entregaría en adopción, ya sabes, pero cuando me la pusieron en los brazos no pude... porque era idéntica a ti. Pensé que si la entregaba tarde o temprano te enterarías y te enojarías conmigo. Temía que no quisieras darme otra oportunidad. —Se echó a llorar. Las lágrimas, grandes y gruesas, estropearon la pesada capa de maquillaje. Resultaban todavía más feas y perturbadoras porque eran sinceras.

»Siempre he sabido que volverías, Brian. Empecé a oír tus canciones en la radio, a ver tu foto en las tiendas de discos. Ibas camino de la fama. Siempre supe que lo lograrías, pero nunca pensé que llegarías tan lejos. Entonces comencé a pensar...

—Apuesto a que sí —murmuró Johnno.

—Comencé a pensar —repitió Jane entre dientes— que querrías saber lo de la niña. Volví a tu antigua casa, pero ya te habías mudado y nadie supo decirme adónde. Pero pensaba en ti todos los días. Mira. —Tomó a Brian del brazo y le mostró las fotos que cubrían las paredes del apartamento—. He recortado y guardado todo lo que he encontrado sobre ti.

Brian se vio reproducido varias docenas de veces. Sintió que se le revolvía el estómago.

—Joder —masculló.

—Llamé a tu compañía discográfica e incluso fui a buscarte allí, pero me trataron como si no fuera nadie. Les dije que era la madre de la hija de Brian McAvoy y me arrojaron a la calle. —Naturalmente, se abstuvo de explicar que estaba borracha y había atacado a la recepcionista—. Cuando leí que ibas a casarte con Beverly Wilson me desesperé. Sabía que ella no podía significar nada para ti, no después de lo que había habido entre nosotros, pero tenía que encontrar la forma de hablar contigo.

—Llamar por teléfono a la casa de Bev y chillar como una loca no fue la mejor manera de lograrlo.

—Tenía que hablar contigo, obligarte a escuchar. Bri, tú no sabes lo que es preocuparse por pagar el alquiler cuando no tienes dinero suficiente para la comida. Ya no puedo comprarme vestidos bonitos ni salir por las noches.

—Entonces, ¿quieres dinero?

Jane titubeó un momento... demasiado prolongado.

—Te quiero a ti, Bri. Siempre te he querido.

Johnno apagó el cigarrillo en la maceta de una planta de plástico.

—¿Sabes una cosa, Bri? Se ha hablado muchísimo de la niña, pero todavía no le hemos visto el pelo. —Se puso en pie y, con un gesto característico, sacudió su reluciente mata de cabello negro—. ¿Nos vamos de una vez?

Jane lo detuvo con una mirada feroz.

—Emma está en el dormitorio. Y no quiero teneros a todos merodeando por aquí. Esto es entre Brian y yo.

Johnno le dedicó una sonrisa burlona.

—Siempre te has desenvuelto mejor en el dormitorio, ¿no es cierto, cariño? —Sus miradas se cruzaron como espadas, la repulsión mutua era evidente—. Bri, alguna vez fue una puta de primera clase, pero ahora es de segunda fila. ¿Podemos acabar con esto de una vez?

—Maldito mariquita. —Jane se le echó encima, pero Brian la atrapó por la cintura—. No sabrías qué hacer si una mujer de verdad te mordiera la polla.

Johnno no dejó de sonreír, pero la miró con expresión gélida.

—¿Te gustaría intentarlo, querida?

—Siempre se puede contar contigo para que las cosas vayan como una seda, Johnno —masculló Brian. Luego obligó a Jane a mirarlo—. Has dicho que este asunto es entre tú y yo, así que limítate a hablar conmigo. Iré a ver a la niña.

—Ellos dos se quedan aquí. —Jane escupió las palabras a Johnno, que se limitó a encogerse de hombros y encender otro cigarrillo—. Solo tú. Quiero mantener la discreción.

—Muy bien. Esperadme aquí. —Brian la tomó del brazo y entraron en el dormitorio. Estaba vacío—. Ya me he cansado de este juego, Jane.

—Está escondida. Se ha asustado al ver tanta gente, eso es todo. ¡Emma! Ven aquí con mamá. Ahora mismo. —Se arrodilló junto a la cama y miró debajo. Nada. Se levantó de un brinco y fue a ver si la encontraba en el estrecho ropero—. Es probable que esté en el baño. —Salió corriendo y abrió una puerta en mitad del pasillo.

—Brian. —Johnno le hizo una seña desde el umbral de la cocina—. Aquí hay algo que quizá te interese ver. —Levantó una copa e hizo ademán de brindar mirando a Jane—. No te molestará que me haya servido un trago, ¿verdad, cariño? La botella estaba abierta. —Con el pulgar de la mano libre señaló el armario bajo el fregadero de la cocina.

El olor era más penetrante que en el resto de la casa. Alcohol agrio, basura podrida, trapos enmohecidos. Cuando Brian atravesó la cocina en dirección al fregadero, la suela de sus zapatos se adhirió al linóleo. Plic, plac. Plic, plac. Se agachó. Abrió la puerta y escudriñó el interior.

No podía distinguir con claridad a la niña. Estaba encogida en un rincón. El cabello rubio le tapaba los ojos y tenía una cosa negra entre los brazos. Sintió que se le revolvía el estómago, pero trató de sonreír.

—Hola.

Emma enterró la cara en el montoncillo peludo y negro al que estaba abrazada.

—Eres una niña caprichosa y desobediente. Ya te enseñaré a ocultarte de mí. —Jane fue directamente a golpearla, pero Brian la detuvo con la mirada. Tendió la mano y volvió a sonreír.

—No creo que pueda entrar ahí contigo. ¿Te importaría salir un momento? —La vio mirar entre sus brazos doblados—. Nadie va a hacerte daño.

Tenía una voz tan bonita, pensó Emma. Suave y bella como la música. Y le sonreía. La luz que entraba por la ventana de la cocina hacía brillar el rubio intenso y suntuoso de su cabello.

El cabello de un ángel. Emma lanzó una risita nerviosa y salió gateando de su escondite.

Su vestido nuevo estaba roto y manchado. La gotera del fregadero había humedecido su rizado cabello de bebé. Sonrió. Mostró sus dientecitos blancos y su incisivo torcido. Brian tenía uno igual y lo rozó con la lengua. Emma curvó los labios en una sonrisa y se le formó un hoyuelo en la comisura izquierda. Idéntico al de Brian. Unos ojos tan profundos y azules como los suyos le devolvieron la mirada.

—La he vestido como una reina —explicó Jane con tono quejumbroso. El aroma de la ginebra le hacía la boca agua, pero no se animaba a servirse una copa—. Y le he dicho que es importante estar aseada. ¿Acaso no te he dicho que procuraras estar limpia, Emma? Vamos a lavarte. —La aferró del brazo con tanta fuerza que la hizo dar un respingo.

—Déjala en paz.

—Solo iba a...

—Déjala en paz —repitió Brian con tono seco y amenazador. Si él no la hubiera estado mirando, Emma habría vuelto a ocultarse en el fregadero. Su hija. Por un momento solo pudo mirarla. Se sentía aturdido y tenía un nudo en el estómago—. Hola, Emma. —Su voz era dulce ahora. De esa dulzura se enamoraban las mujeres—. ¿Qué tienes ahí?

—Charlie. Mi perrito. —Tendió el muñeco de peluche a Brian para que lo viera.

—Es muy bonito. —Necesitaba tocarla, acariciar su piel, pero se contuvo—. ¿Sabes quién soy?

—El de las fotos. —Demasiado pequeña para resistir los impulsos, la niña tendió una mano y le tocó la cara—. Guapo.

Johnno lanzó una carcajada y bebió un trago de ginebra.

—Mujeres —se burló.

Brian pasó por alto el comentario y comenzó a jugar con los rizos húmedos de Emma.

—Tú también eres guapa.

Le decía tonterías, la miraba a los ojos. Le flaqueaban las rodillas y el estómago se le tensaba y relajaba como los dedos de las manos cuando marcaban un ritmo. El hoyuelo de Emma se notaba aún más cuando reía. Era como mirarse a sí mismo. Hubiera sido más fácil negarlo, y mucho más conveniente sin duda, pero era imposible. Le gustara o no, él la había engendrado. Sin embargo, reconocer este hecho no significaba que lo aceptara.

Se levantó de un brinco y miró a Pete.

—Será mejor que vayamos a ensayar.

—¿Te vas? —Jane se adelantó para cerrarle el paso—. ¿Así, sin más? Solo tienes que mirarla para darte cuenta.

—Sé lo que veo. —Brian sintió una punzada de culpa al ver que Emma retrocedía hacia el fregadero—. Necesito tiempo para pensar.

—¡No, no! Te irás, como antes. Solo piensas en ti, como siempre. Lo mejor para Brian, lo mejor para la carrera de Brian. No permitiré que vuelvas a dejarme plantada. —Brian casi había llegado a la puerta cuando Jane levantó en brazos a Emma y corrió tras él—. Si te vas, me mataré.

Él se detuvo en seco. Solo el tiempo necesario para mirar atrás. La frase le resultaba familiar. Hasta podría ponerle música.

—Esa treta dejó de funcionar hace tiempo.

—Y la mataré a ella. —Jane escupió las palabras con desesperación. La amenaza quedó flotando en el aire. Ambos la sopesaron. La mujer apretó con fuerza el brazo que sujetaba la cintura de Emma, hasta que esta empezó a gritar.

Brian quedó aterrorizado al oír los gritos de la pequeña —de su hija— resonar en la habitación.

—Suéltala, Jane. Le estás haciendo daño.

—¿Ya ti qué te importa? —Jane comenzó a sollozar, cada vez más alto para ahogar el llanto de su hija—. Estás huyendo otra vez.

—No; no estoy huyendo. Necesito un poco de tiempo para pensar.

—Tiempo para que tu astuto representante pueda inventar una mentira, dirás. —La respiración de Jane se había acelerado y aferraba con ambos brazos y cada vez con más fuerza a la forcejeante Emma—. Tendrás que pasar sobre mi cadáver, Brian.

—Déjala en el suelo —le ordenó Brian cerrando los puños.

—La mataré. —Como se había concentrado en la idea, esa vez lo dijo con más calma—. Le cortaré la garganta, te lo juro. Y luego me degollaré. ¿Podrás vivir con eso, Brian?

—Está mintiendo —murmuró Johnno, pero le transpiraban las palmas de las manos.

—No tengo nada que perder. ¿Acaso crees que quiero vivir así? ¿Criar una chiquilla completamente sola y soportar los cuchicheos de los vecinos? Sin poder salir ni divertirme. Piénsalo, Bri, piensa qué dirán los diarios cuando les cuente nuestra historia. Les contaré todo antes de matarnos a las dos.

—Señorita Palmer —intervino Pete, que levantó la mano en son de paz—, le doy mi palabra de que llegaremos a un acuerdo conveniente para ambas partes.

—Deja que Johnno lleve a Emma a la cocina, Jane. Tenemos que hablar. —Con cautela, Brian dio un paso hacia ella—. Encontraremos una manera de hacer lo mejor para todos.

—Yo solo quiero que vuelvas.

—No voy a ninguna parte. —Más tranquilo, Brian vio que Jane aflojaba los brazos—. Tenemos que hablar. —Hizo una seña a Johnno con la cabeza—. Hablaremos todo lo que sea necesario. ¿Por qué no nos sentamos?

De mala gana Johnno cogió a la niña en brazos. Escrupuloso como era, arrugó la nariz al ver lo sucia que estaba por haberse metido bajo el fregadero, pero la llevó a la cocina. Como Emma no paraba de llorar, la sentó sobre sus rodillas y le dio palmaditas en la cabeza.

—Vamos, preciosa, tranquilízate. Johnno no permitirá que te ocurra nada malo. —Comenzó a mover las rodillas para distraerla, tratando de pensar qué habría hecho su madre en un caso semejante—. ¿Quieres una galleta?

Emma asintió. Tenía los ojos húmedos e hipaba.

Johnno siguió moviendo las rodillas. A pesar de las lágrimas y la mugre, decidió que era una criatura encantadora. Y una auténtica McAvoy, admitió con un suspiro. Una McAvoy de pies a cabeza.

—¿Sabes dónde podemos encontrar galletas?

La niña sonrió y señaló una alacena alta.

Treinta minutos más tarde, habían terminado el plato de galletas y el té azucarado que preparó Johnno. Brian los observaba desde el umbral de la cocina. Johnno hacía muecas y Emma no paraba de reírse. Siempre se podía contar con él cuando se acababan las patatas fritas.

Entró en la cocina y acarició el cabello de su hija.

—¿Te gustaría dar un paseo en mi coche, Emma?

La niña se lamió las migajas de los labios.

—¿Con Johnno?

—Sí, con Johnno.

—Por lo visto le he caído bien. —Johnno se metió la última galleta en la boca.

—Me gustaría que vivieras conmigo, Emma, en mi casa nueva.

—Bri...

Brian levantó la mano para interrumpir a Johnno.

—La casa es muy bonita y tendrás tu propia habitación.

—¿Tengo que ir?

—Soy tu papá, Emma, y me gustaría que vivieras conmigo. Podríamos intentarlo y, si no eres feliz, ya se nos ocurrirá otra cosa.

Emma lo escrutó de arriba abajo. Adelantó su carnoso labio inferior e hizo un puchero. Estaba acostumbrada a ver esa cara, pero era un poco diferente de las fotos. No sabía por qué, ni le importaba. Su voz la hacía sentir bien, a salvo.

—¿Mi mamá vendrá con nosotros?

—No.

A la niña se le llenaron los ojos de lágrimas. Recogió su vapuleado perrito negro y lo abrazó.

—¿Charlie puede venir?

—Por supuesto. —Brian extendió los brazos y la levantó con dulzura.

—Espero que sepas lo que haces, hijo mío.

Brian miró a Johnno por encima de la cabeza de Emma.

—Yo también.

2

Emma vio por primera vez la gran casa de piedra desde el asiento delantero del Jaguar plateado. Lamentaba que Johnno, que tenía una barba tan divertida, se hubiera marchado. El hombre de las fotos le dejaba tocar todos los botones del salpicadero. Ya no le sonreía, pero tampoco la regañaba. Olía bien. El automóvil olía bien. Emma apretó la nariz de Charlie contra el asiento y balbuceó algo en voz bajísima.

La casa le pareció enorme, con sus ventanas y sus torres redondas. Era de piedra, piedra que la intemperie había vuelto gris, y todas las ventanas tenían forma de diamante. El césped de los jardines era tupido y verde, y olía a flores. Emma sonrió entusiasmada.

—Castillo.

Brian también sonrió.

—Sí, yo pensé exactamente lo mismo. Cuando era pequeño, quería vivir en una casa como esta. Mi papá, tu abuelito, trabajaba en el jardín. —Cuando no estaba demasiado borracho, añadió para sus adentros.

—¿Está aquí?

—No, está en Irlanda. —En un pequeño chalet que Brian había comprado un año atrás, con un dinero que Pete le había adelantado. Detuvo el coche frente a la entrada principal. Debía hacer algunas llamadas antes de que la historia llegara a los periódicos—. Algún día lo conocerás. Y también a tus tías, tus tíos y tus primos. —La levantó en brazos y una vez más se asombró y conmovió al ver con cuánta facilidad se acurrucaba contra él—. Ahora tienes una familia, Emma.

Con la niña en brazos, entró en la casa. Oyó la voz rápida y ligera de Bev.

—Creo que el azul, el azul liso. No podría vivir con todas esas flores en las paredes. Y los trofeos de caza tienen que desaparecer. Esto parece una cueva. Quiero blanco, blanco y azul.

Brian se asomó por la puerta del salón y la vio sentada en el suelo, rodeada de muestras de papel y catálogos. Ya habían quitado parte del papel pintado y terminado parte del enlucido. Bev prefería atacar una misma tarea desde doce ángulos distintos.

Parecía tan menuda y dulce allí sentada, en medio de los escombros. Tenía el pelo negro, cortado en ángulo recto hacia el mentón. Grandes aros de oro reluciente pendían de sus orejas. Sus ojos eran exóticos, en forma y color. Tenían pestañas muy largas y eran verdes como el mar, con pintas doradas. Todavía conservaba el bronceado del fin de semana que habían pasado en las Bahamas. Brian conocía cada milímetro de su piel, sabía cómo era al tacto, qué olor tenía.

Bev tenía la cara pequeña y triangular y el cuerpo menudo y anguloso. Viéndola sentada en el suelo, con las piernas cruzadas, sus cómodos pantalones de cuadros y su pulcra camisa blanca, nadie sospecharía que estaba embarazada de dos meses.

Brian cambió de brazo a su hija y se preguntó cómo reaccionaría su futura esposa al verla.

—Bev.

—Brian, no te he oído entrar. —Se dio la vuelta para levantarse y se detuvo de pronto—. Ah. —Empalideció al ver a la niña en brazos de Brian, pero se recuperó de inmediato. Se levantó de un brinco y se acercó a los dos decoradores que estudiaban las muestras de papel—. Brian y yo queremos hablar un poco más antes de tomar una decisión. Os llamaré hacia el final de la semana.

Los acompañó hasta el umbral entre promesas, seductora

como siempre. Apenas cerró la puerta, respiró hondo y apoyó una mano sobre el bebé que crecía en su vientre.

—Esta es Emma.

Bev esbozó una sonrisa forzada.

—Hola, Emma.

—Hola. —Súbitamente intimidada, la niña enterró la cara en el cuello de su padre.

—¿No te gustaría ver un rato la tele, Emma? —Brian le dio una suave palmada en el trasero para que recuperara la confianza. La niña se encogió de hombros. Brian insistió, con un tono entre animado y desesperado—. Hay un televisor muy grande y muy bonito en aquella habitación de allí. Puedes sentarte en el sofá con Charlie.

—Quiero hacer pipí —susurró ella.

—Ah, bien...

Bev se secó las lágrimas. De no haber tenido tantas ganas de llorar, habría reído de buena gana.

—Yo la llevaré.

Emma se aferró con fuerza al cuello de Brian.

—Supongo que me corresponde a mí —dijo él. La llevó al cuarto de baño, al otro lado del vestíbulo. Dirigió a Bev una mirada de impotencia y cerró la puerta—. ¿Tú...? ¡Ah! —Retrocedió al ver que Emma se bajaba sola las bragas y se sentaba en el inodoro.

—Yo no mojo las braguitas —dijo con toda naturalidad—. Mamá dice que solo las niñas tontas y malcriadas lo hacen.

—Eres una niña grande —aprobó Brian. Sin embargo sintió un arrebato de furia—. Muy bonita y muy inteligente.

Cuando terminó de orinar, Emma se subió las bragas.

—¿Vendrás conmigo a ver la tele?

—Dentro de un rato. Tengo que hablar con Bev. Es una mujer muy agradable, ya lo verás. —La levantó en brazos hasta el lavabo—. Ella también vive conmigo.

Emma jugó con el agua un momento.

—¿Da palizas?

—No. —Brian la estrechó contra su pecho para reconfortarla—. Nadie volverá a pegarte jamás. Te lo prometo.

Conmovido, la llevó a una sala donde había un sofá con almohadones y un gran televisor. Encendió el aparato, buscó un programa de humor y dijo:

—Volveré pronto.

Emma lo miró alejarse. Se sintió aliviada al ver que dejaba la puerta abierta.

—Será mejor que vayamos al salón —dijo Bev señalando hacia allí. Una vez dentro, volvió a sentarse en el suelo y comenzó a mirar las muestras—. Jane no mentía, según parece.

—No. Es mía.

—Ya lo veo, Bri. Se parece tanto a ti que da miedo. —Los ojos se le llenaron de lágrimas y se odió por eso.

—Dios mío, Bev.

—No, por favor no. —Brian quiso abrazarla, pero ella lo rechazó con un gesto—. Necesito un minuto. Esto es muy duro.

—También para mí. —Encendió un cigarrillo y dio una calada profunda—. Tú sabes por qué rompí con Jane.

—Dijiste que temías que te comiera vivo.

—Era muy inestable, Bev. Ni siquiera cuando éramos niños estaba en sus cabales.

Ella no podía mirarlo, no todavía. Recordó que lo había presionado para que volviera a ver a Jane, para que averiguara la verdad sobre su hija. Con las manos cruzadas sobre el regazo contempló el mármol polvoriento de la chimenea.

—Hace mucho tiempo que la conoces.

—Fue la primera chica con quien me acosté. Acababa de cumplir trece años. —Brian se frotó los ojos. Hubiera querido que no fuera tan fácil recordar—. Mi padre se emborrachaba todos los días y tenía uno de sus famosos ataques de cólera antes de desplomarse. Yo me escondía en el sótano de la casa. Un día, Jane estaba allí, como si esperara a alguien. Antes de que me diera cuenta estaba a horcajadas sobre mí.

—No tienes por que contármelo, Bri.

—Quiero que lo sepas. —Brian parecía decidido a tomarse su tiempo. Dio una calada y exhaló el humo con parsimonia—. Jane y yo nos parecíamos mucho. En su casa también había una persona violenta y nunca les alcanzaba el dinero. Cuando comenzó a interesarme la música, dejé de pasar tanto tiempo con ella. Enloqueció. Me amenazó, amenazó con matarse... y me alejé de ella. Reapareció poco después de que formáramos la banda, cuando estábamos luchando por conseguir lo que deseábamos. Tocábamos en sótanos inmundos y apenas ganábamos para comer. Supongo que volví con ella porque la conocía, porque me conocía. En realidad fui un imbécil.

Todavía llorosa, Bev lanzó una carcajada.

—Sigues siendo un imbécil.

—Es verdad. Estuvimos juntos casi un año. Al final ella estaba furiosa, siempre intentaba meter cizaña entre los muchachos y yo. Interrumpía los ensayos, montaba escenas. Una vez apareció en el club y atacó a una chica del público. Después lloraba y me suplicaba que la perdonara. Llegamos al punto en que la manera más fácil de apaciguarla era decir: «Por supuesto, está bien, olvídalo». Cuando rompí con ella, juró matarse. Acabábamos de firmar un contrato con Pete y teníamos varios conciertos en Francia y Alemania. Él quería que grabáramos nuestro primer disco y trabajaba de firme para lograrlo. Me la quité de la cabeza apenas salimos de Londres. No sabía que estaba embarazada, Bev. Ni siquiera he pensado en ella durante estos tres años. Si pudiera volver atrás... —Se interrumpió en seco. Pensó en la niña que estaba en la sala contigua, con su pequeño hoyuelo y su diente torcido—. No sé qué haría.

Bev se rodeó las piernas con los brazos y apoyó el mentón sobre las rodillas. Era una joven práctica, hija de una familia estable. Le resultaba difícil comprender la pobreza y el dolor, aunque era precisamente eso lo que la había atraído del pasado de Brian.

—Lo importante es saber qué piensas hacer ahora.

—Ya lo he hecho. —Apagó el cigarrillo en un cuenco de porcelana del siglo XIX. Por esta vez Bev no le regañó.

—¿Qué has hecho, Bri?

—Me he llevado a Emma. Es mía. Va a vivir conmigo.

—Entiendo. —Bev encendió un cigarrillo. Desde que estaba embarazada había dejado de beber y de coquetear con las drogas, pero el tabaco era un hábito difícil de abandonar—. ¿No pensaste que debíamos hablar primero? Según tengo entendido, íbamos a casarnos dentro de unos días.

—Vamos a casarnos. —La tomó de los hombros y la zarandeó un poco para hacerla entrar en razón. Temía que, como tantos otros, se alejara de él—. Maldita sea, Bev, por supuesto que hubiera querido hablar contigo, pero no pude. —La soltó de golpe y comenzó dar patadas a los catálogos y las muestras de papel desparramados en el suelo—. Entré en aquel apartamento sucio y hediondo con la intención de amenazar a Jane para que dejara de acosarnos. Vi que era la misma de siempre. Gritaba como una loca y al minuto siguiente suplicaba que la perdonara. Dijo que Emma estaba en el dormitorio, pero no era así. Se había escondido... —Brian se presionó los ojos con la palma de las manos—. Joder, Bev, la encontré escondida bajo el fregadero como un animal asustado.

—Dios mío. —Bev dejó caer la cabeza sobre las rodillas.

—Jane quiso golpearla. Iba a pegar a esa niñita porque estaba asustada. Cuando la vi... Mírame, Bev. Por favor. Cuando la vi, me vi a mí mismo. ¿Puedes comprenderlo?

—Quiero comprenderlo. —Bev meneó la cabeza; todavía luchaba contra el llanto—. No, no quiero. Quiero que las cosas sean como eran antes de que te marcharas esta mañana.

—¿Crees que debí haberla abandonado?

—No. Sí. —Apretó los puños cerrados contra las sienes—. No lo sé. Tendríamos que haber hablado. Podríamos haber llegado a alguna clase de acuerdo.

Brian se arrodilló junto a ella y le tomó las manos.

—Pensaba irme. Quería dar unas vueltas en el coche y reflexionar un poco antes de volver a casa para hablar contigo. Entonces Jane dijo que se mataría.

—Dios mío, Bri.

—Podría haber soportado esa amenaza. Estaba tan furioso que no me hubiera dolido dejarla librada a su suerte, pero también amenazó con matar a Emma.

Bev se puso una mano sobre el vientre y acarició al niño

que llevaba dentro, un niño que ya era maravillosamente real para ella.

—No; no pudo decir eso.

—Lo dijo. —Brian le apretó las manos con fuerza—. No sé si hubiera cumplido su palabra, pero en ese momento parecía dispuesta a hacerlo. No podía dejar a Emma allí, Bev. Ni siquiera podría haber dejado al hijo de un desconocido.

—No. —Bev retiró las manos que él tenía aferradas para acariciarle el rostro. Mi Brian, pensó. Mi dulce y cariñoso Brian—. Por supuesto que no. ¿Cómo lograste quitársela?

—Ella estuvo de acuerdo —explicó Brian sucintamente—. Pete ya está preparando unos documentos para que todo sea legal.

—Bri. —Las manos de Bev apretaron las mejillas de su prometido. Estaba enamorada, pero no era ciega—. ¿Cómo?

—Le extendí un cheque por cien mil libras. Acordamos que recibirá veinticinco mil cada año hasta que Emma cumpla los veintiuno.

Bev dejó caer los brazos.

—Santo Dios, Brian. ¿Has comprado a la niña?

—No puedes comprar lo que es tuyo —masculló Brian mordiendo las palabras porque aquello lo hacía sentirse sucio—. Le he dado a Jane dinero suficiente para que no se acerque a Emma ni a nosotros. —Le puso una mano en el vientre—. Ni a nosotros. Ahora escúchame, por favor. Publicarán muchas noticias en los diarios y algunas serán horribles. Te pido que me apoyes, que lo sobrellevemos juntos. Y que le des una oportunidad a Emma.

—¿Qué otra cosa podría hacer?

—Bev...

Ella negó con la cabeza. Se quedaría con él y juntos capearían el temporal. Sin embargo todavía necesitaba un poco de tiempo para acostumbrarse a la idea.

—Últimamente he leído muchos libros. Sé que no conviene dejar solo a un niño tan pequeño durante tanto tiempo.

—Bien. Iré a echar un vistazo.

—Iremos a echar un vistazo.

Emma todavía estaba en el sofá, abrazada a Charlie con todas sus fuerzas. La luz del televisor no perturbaba su sueño. Tenía lágrimas secas en las mejillas. Bev se conmovió un poco al verlas.

—Tendremos que pedir a los decoradores que le preparen un dormitorio en el piso de arriba —murmuró.

Acostada en la cama, entre sábanas suaves y frescas, Emma mantenía los ojos bien cerrados. Sabía que si los abría todo estaría oscuro. Y había cosas escondidas en la oscuridad.

Tenía a Charlie aferrado del cuello. Aguzó el oído. A veces las cosas hacían ruidos que cortaban el aire.

Aunque ahora no oía nada, sabía que estaban allí, esperando. Esperaban a que abriera los ojos. Se le escapó un gemido y se mordió el labio. Su mamá siempre se enfurecía cuando lloraba de noche. Su mamá entraría y la zarandearía con fuerza, le diría que era estúpida, que era un bebé. Las cosas se deslizarían bajo la cama o hacia los rincones mientras su mamá estuviera allí.

Enterró la cara en el pelaje familiar y maloliente de Charlie.

Recordó que estaba en otro lugar. El lugar donde vivía el hombre de las fotos. Parte del temor se transformó en curiosidad. Le había dicho que podía llamarlo «papi». Era un nombre gracioso. Siempre con los ojos cerrados, comenzó a decir «papi». Murmuró la palabra en la oscuridad, como si fuera un canto.

Habían comido pescado y patatas fritas en la cocina, con la señora de cabello oscuro. Habían oído música. Parecía que todo el tiempo se escuchaba música en aquella casa. Cuando el señor papi hablaba, su voz sonaba como música.

La señora parecía triste, aun cuando sonreía. Emma se preguntó si esperaría a que estuvieran solas para darle una paliza.

Él la había bañado. Emma recordaba la extraña expresión de su semblante, pero sus manos no hacían daño y no le había metido demasiado jabón en los ojos. Cuando papi le preguntó por los moretones, Emma dijo lo que su mamá le había indicado que dijera si alguien preguntaba. Era una niña torpe. Tropezaba y se caía todo el tiempo. Emma vio que los ojos de papi hervían de furia, pero no la golpeó.

Le dio una camisa para ponerse y ella se rió mucho al ver que le llegaba hasta los pies.

Cuando papi fue a acostarla, la señora del cabello oscuro lo acompañó. Sentada en el borde de la cama, sonreía mientras él le contaba un cuento de castillos y princesas.

Pero cuando Emma despertó ambos se habían ido. Se habían ido y la habitación estaba oscura. Tenía miedo. Miedo de que las cosas la atraparan, le clavaran sus dientes enormes y la devoraran. Tenía miedo de que su mamá volviera y la abofeteara porque no estaba en casa, en su cama.

¿Qué había sido eso? Estaba segura de haber oído un sonido sibilante en el rincón. Contuvo la respiración y abrió un ojo. Las sombras cambiaban de forma, se erguían pululantes, estaban a punto de alcanzarla. Ahogando sus sollozos contra el peludo cuerpo de Charlie, intentó volverse más pequeña, tan pequeña que no pudieran verla, tan pequeña que todas las cosas horribles y escurridizas que se ocultaban en la oscuridad no pudieran devorarla. Su mamá las había mandado. Quería castigarla porque se había ido con el hombre de las fotos.

El terror era tal que comenzó a transpirar y temblar como una hoja. Hasta que salió en forma de aullido. Un solo aullido, agudo. Bajó de la cama arrastrándose y salió al pasillo a trompicones. Algo se estrelló contra el suelo.

Se quedó paralizada, tendida boca abajo con las piernas abiertas. Abrazada al perro como un náufrago a su tabla, esperó lo peor.

Se encendieron las luces. Emma parpadeó, momentáneamente cegada. El viejo miedo se transformó en miedo a lo desconocido cuando oyó las voces que se acercaban. Se arrastró hasta la pared y se sentó con el cuerpo muy rígido, como si estuviera congelada. Clavó la vista en los fragmentos de porcelana de la vasija que acababa de romper.

La castigarían. La echarían de la casa. La encerrarían en un cuarto oscuro para que se la comieran los monstruos.

—¿Emma? —Brian se agachó junto a ella. Estaba medio dormido todavía, con el cerebro embotado por el porro que había fumado antes de hacer el amor con Bev. Emma se encogió y extendió un brazo para atajar el golpe que suponía vendría—. ¿Estás bien?

—Ellas lo han roto —balbuceó, esperando salvarse.

—¿Ellas?

—Las cosas oscuras. Mamá las ha enviado a buscarme.

—Ay, Emma. —Brian apoyó una mejilla contra su cabeza.

—Brian, ¿qué...? —Bev llegó corriendo, abotonándose la bata. Lanzó un pequeño suspiro al ver lo que había quedado de su vasija de Dresde, pero se recompuso de inmediato y fue hacia ellos tratando de esquivar los fragmentos rotos—. ¿Se ha hecho daño?

—No creo. Está aterrada.

—Veamos qué tenemos aquí. —Bev tomó la mano de Emma. Tenía el puño apretado, el brazo rígido como alambre—. Emma. —La voz de Bev sonó firme, pero en ella no había maldad. La niña levantó la cabeza con cautela—. ¿Te has hecho daño?

Todavía temerosa, Emma señaló su rodilla. Había unas gotas de sangre en la camisa blanca. Bev levantó el borde y miró. La herida era grande, pero superficial. Pensó que la mayoría de los niños habrían llorado a gritos por una herida como aquella. Tal vez Emma no lloraba porque ese corte no era nada comparado con los moretones que Brian había visto mientras la bañaba. Con un gesto más automático que maternal, Bev bajó la cabeza y le besó la herida. Boquiabierta de emoción, Emma le entregó su corazón para siempre—. Tranquilízate, cariño. Es apenas un rasguño. —La levantó en brazos y le acarició el cuello.

—Hay cosas en la oscuridad —murmuró Emma.

—Tu papá las hará desaparecer. ¿Verdad, Bri?

Tal vez por su sangre irlandesa, o tal vez por la marihuana, Brian lloró al ver a su hija en brazos de la mujer que amaba.

—Por supuesto. Las cortaré en pedacitos y las arrojaré fuera de la casa.

—Será mejor que barras esto cuando termines —murmuró Bev antes de alejarse.

Emma pasó la noche —la primera noche de su nueva vida— acurrucada con su familia en una gran cama de bronce.

3

Emma se sentó junto a la ventana con parteluz de la sala principal y miró a través del cristal, tal como venía haciendo desde hacía nueve días. Escrutó el largo camino de grava que se abría más allá de los setos del jardín, con sus dedaleras combadas y sus aguileñas frondosas. Y esperó.

Sus moretones estaban desapareciendo, pero ella no se había dado cuenta. Nadie la golpeaba en la nueva casa grande. No todavía. Todos los días le servían el té y los amigos de su padre, que entraban y salían despreocupadamente de la casa, le traían regalos. Muñecas de porcelana y caramelos.

Todo era muy confuso para Emma. La bañaban todos los días, aunque no hubiera jugado en la tierra, y le ponían ropa que olía a limpio. Nadie la llamaba niña estúpida porque tenía miedo de la oscuridad. Todas las noches encendían una lámpara con pantalla rosa en su dormitorio, y había pequeños capullos de rosa en las paredes. Los monstruos casi nunca visitaban su nueva habitación.

Tenía miedo de que le gustara, porque estaba segura de que su mamá pronto volvería a buscarla.

Bev la había llevado en el coche bonito a una tienda enorme, llena de vestidos brillantes y olores agradables. Había comprado montones de bolsas y cajas con cosas para Emma. Lo que más le gustaba era el vestido rosa de organdí con falda de volantes. Se había sentido como una princesa con él cuando su papá y Bev se casaron. También le habían puesto unos relucientes zapatos negros con tirillas y medias blancas. Y nadie la había regañado cuando se ensució las rodillas.

La boda le pareció extraña y solemne. Todos estaban plantados en el jardín y el sol se filtraba entre las nubes. Un hombre llamado Stevie que lucía una larga camisa blanca y pantalones muy anchos del mismo color cantó con voz ronca al son de su guitarra, de un blanco brillante. Emma pensó que era un ángel, pero Johnno rió a carcajadas cuando se lo dijo.

Bev llevaba una corona de flores en el cabello y un vaporoso vestido de varios colores, largo hasta los tobillos. Emma pensó que era la mujer más bella del mundo. Por primera vez en su corta vida sintió una punzada de envidia. Quiso ser hermosa, adulta y estar allí parada junto a su papá. No volver a sentir miedo ni a tener hambre. Y, como las niñas de los cuentos de hadas que tanto le gustaban a Brian, ser feliz para siempre.

Cuando comenzó a llover, entraron para comer el pastel y beber champán en una habitación que olía a libros, flores y pintura fresca. Las guitarras sonaban, los invitados cantaban y reían. Mujeres hermosas con minifaldas ajustadas u holgados vestidos de algodón recorrían la casa a su antojo. Algunas se agachaban para saludarla o le daban palmaditas en la cabeza, pero Emma estuvo a sus anchas la mayor parte del tiempo.

Nadie advirtió que había comido tres porciones de pastel y manchado de helado el cuello de su nuevo vestido. No había otras niñas con quienes jugar y Emma era demasiado pequeña para deslumbrarse con los nombres y las caras de las estrellas de la música que habían asistido a la boda. Aburrida y con el estómago un poco revuelto por la cantidad de pastel que había engullido, se fue a dormir acunada por los sonidos de la fiesta.

Al rato despertó. Inquieta, arrastró a Charlie fuera de la cama con la intención de bajar por la escalera. El penetrante aroma de la marihuana la detuvo. Estaba familiarizada con ese olor, demasiado familiarizada. Como el hedor de la ginebra, la dulce fragancia del porro estaba firmemente asociada a su madre en el cerebro de Emma. Y a los pellizcos y palizas que debía soportar cada vez que Jane se colocaba.

Más triste que nunca, se acurrucó en un escalón e intentó tranquilizar a Charlie. Si su mamá estaba allí, la llevaría lejos. Sabía que no volvería a usar jamás el bonito vestido rosa, ni escucharía la voz de su papá, ni entraría en las tiendas enormes e iluminadas de la mano de Bev.

Se le erizó la piel al oír pasos en la escalera. Como siempre, esperó lo peor.

—Estás ahí, Emma. —Eufórico y en paz con el mundo, Brian se dejó caer junto a ella—. ¿Qué haces?

—Nada —respondió la niña abrazando con fuerza su perro de peluche. Intentó volverse pequeñita, muy pequeñita. Si no la veían, no podrían hacerle daño.

—Es una fiesta estupenda. —Apoyado sobre los codos, Brian sonreía mirando al techo. Jamás, ni en sus más locas fantasías, había imaginado que algún día recibiría en su propia casa a gigantes de la talla de McCartney, Jagger y Daltrey. Y en su propia boda, además. Caramba, estaba casado. Era un hombre casado y tenía una alianza de oro en el dedo.

Observó el anillo mientras marcaba con un pie descalzo el ritmo de la música que llegaba desde abajo. Ya no podía echarse atrás. Como católico y persona idealista, creía que, una vez celebrado, su matrimonio duraría para siempre.

Aquel era el día más importante de su vida. Buscó en el bolsillo de la camisa la cajetilla de cigarrillos, pero la había dejado abajo. Uno de los más importantes, pensó con un suspiro. Y si su padre estaba demasiado ebrio o había tenido demasiada pereza para recoger los malditos pasajes que le había enviado a Irlanda... ¿a quién le importaba? Toda su familia estaba allí, en su casa. Su verdadera familia.

Alejó de su mente todos los recuerdos del pasado. De ahora en adelante solo habría mañanas. Una vida entera de mañanas.

—¿Qué te parece, Emma? ¿Quieres bajar y bailar un rato en la boda de tu papi?

Con los hombros encorvados Emma negó con la cabeza. El humo que impregnaba el aire le hacía latir las sienes.

—¿Quieres un poco de pastel? —Brian tendió la mano para

acariciarle el cabello, pero Emma se apartó, asustada—. ¿Qué pasa? —Asombrado, le dio una palmadita en el hombro.

El estómago de Emma, ya demasiado revuelto, no pudo soportar aquella mezcla de terror y exceso de dulces. Hipó una sola vez y vomitó el pastel y el té sobre el regazo de su padre. Desolada, lanzó un leve gemido y volvió a refugiarse en el peludo cuerpo de Charlie. Brian prorrumpió en carcajadas, y la niña se quedó allí tendida, demasiado mareada para intentar defenderse de la paliza que seguramente iba a recibir.

—Bien, supongo que te sentirás mucho mejor ahora. —Estaba demasiado drogado para disgustarse. Se puso de pie y le tendió una mano—. Vamos a lavarnos.

Para sorpresa de Emma, aquella vez no hubo golpes, pellizcos crueles ni bofetadas súbitas. Entraron en el cuarto de baño cogidos de la mano. Brian se desnudó, le quitó a ella toda la ropa y abrió la ducha. Incluso cantó bajo el agua, una canción de marineros borrachos que la hizo olvidar su malestar.

Una vez duchados y envueltos en toallas, Brian la llevó de vuelta a su dormitorio. Su cabello húmedo y lacio era el marco perfecto para su cara. Apenas metió a Emma en la cama, cayó como un tronco a los pies y pocos segundos después estaba roncando.

Emma se deslizó sigilosamente bajo el cobertor y se sentó junto a él. Reunió coraje, inclinó la cabeza y le plantó un húmedo beso en la mejilla. Enamorada por primera vez en la vida, acomodó a Charlie bajo el brazo laxo de Brian y se fue a acostar sin hacer ruido.

Pero ahora Brian no estaba. El automóvil grande había estacionado frente a la entrada pocos días después de la boda y dos hombres sacaron varias maletas de la casa. Él le dio un beso y prometió traerle un regalo. Emma contempló en silencio el coche que se lo llevaba y lo arrancaba de su vida. Jamás pensó que regresaría, ni siquiera cuando oyó su voz por teléfono. Bev le dijo que había viajado a Estados Unidos, que las chicas aullaban cada vez que lo veían y la gente compraba sus discos apenas se ponían en venta.

Cuando Brian no estaba, no se oía tanta música en la casa y Bev lloraba a escondidas.

Emma recordó que Jane también lloraba. Y no había olvidado los pellizcos y golpes que casi siempre acompañaban su llanto. Esperaba que sucediera lo mismo, pero Bev jamás le puso una mano encima. Ni siquiera por la noche, cuando los obreros se iban y se quedaban las dos solas en la casa enorme y vacía.

Día tras día, Emma se acurrucaba con Charlie en el asiento de la ventana y vigilaba. Le gustaba imaginar que el gran automóvil negro se acercaba por el camino y que, cuando se detenía y se abría la puerta, aparecía su papá.

Cada día, al ver que no llegaba, aumentaba su certeza de que jamás regresaría. La había abandonado porque ella no le gustaba, porque no la quería. Porque era una molestia y una estúpida incurable. Esperaba que Bev también se fuera y la dejara sola en la casa inmensa. Entonces volvería su mamá.

¿Qué le pasaba a aquella niña por la cabeza?, se preguntó Bev. Desde el umbral la vio sentada en su ahora habitual puesto de centinela junto a la ventana. Emma pasaba horas allí, paciente como una anciana. Era raro que jugara con algo, salvo con el viejo y andrajoso perro de peluche que había traído consigo. Y era todavía más raro que pidiera algo.

Hacía casi un mes que Emma había llegado a sus vidas y Bev estaba muy lejos de saber lo que sentía.

Unas semanas atrás, todos sus planes eran perfectos. Quería que Brian triunfara, desde luego, pero lo que más deseaba era formar un hogar y una familia con él.

Se había criado en el seno de una tradicional familia de clase media alta, según las normas de la Iglesia anglicana. Las costumbres, las responsabilidades y la imagen eran parte importante de su formación. Había recibido una buena y sólida educación, que la había preparado para tener un matrimonio estable y sensato y criar hijos serios y sensatos.

Bev jamás se había rebelado, sobre todo porque nunca se

le había pasado por la cabeza que podía hacerlo. Hasta que conoció a Brian.

Aunque sus padres habían asistido a la boda, Bev sabía que jamás le perdonarían del todo que se hubiera ido a vivir con él antes de casarse. Tampoco comprenderían jamás por qué se había casado con un músico irlandés que no solo cuestionaba la autoridad, sino que además escribía canciones para desafiarla.

Era indudable que la existencia de la hija ilegítima de Brian les había provocado asombro y disgusto, tanto como el hecho de que su propia hija aceptara a aquella niña sin poner reparos. Pero ¿qué otra cosa podía hacer? Emma existía. Y nadie podía negarlo.

Bev quería a sus padres y una parte de ella siempre anhelaría desesperadamente su aprobación, pero quería más a Brian; lo amaba tanto que a veces sentía miedo. Y también quería a la hija de Brian. Más allá de lo que hubiera querido, más allá de los planes que hubiera podido fraguar, esa niña era también su hija.

Era difícil mirar a Emma y no sentir nada. Por muy silenciosa y discreta que fuera, resultaba imposible no fijarse en ella. Su aspecto no era ajeno a ello, por cierto. Tenía los mismos rasgos lánguidos y angelicales de su padre. Pero lo fundamental era su inocencia, una inocencia que en sí misma era un milagro teniendo en cuenta cómo había pasado los tres primeros años de su vida. Inocencia y aceptación, pensó Bev. Sabía que si en ese mismo momento entraba en la habitación y le gritaba y la golpeaba Emma toleraría el maltrato sin gemir siquiera. Eso le parecía más trágico que la miseria de la que la habían rescatado.

La hija de Brian. Instintivamente Bev apoyó la mano sobre la vida que se gestaba en su vientre. Lo que más quería en el mundo era darle a Brian su primer hijo, pero ya no sería posible. No obstante, cuando el resentimiento anidaba en su corazón, le bastaba mirar a Emma para hacerlo desaparecer. ¿Cómo guardar rencor a alguien tan frágil, tan vulnerable? Sin embargo, no podía quererla como la quería Brian. No podía profesarle ese amor incondicional, instintivo.

Tuvo que admitir que en realidad no quería amarla. Era la hija de otra mujer y su existencia siempre le recordaría que Brian había intimado con otra persona. El hecho de que hubiera ocurrido cinco o diez años atrás no tenía la menor importancia para Bev. Mientras Emma existiera, Jane sería parte de sus vidas.

Brian había sido el primer hombre con quien se había acostado y, aunque sabía que él había tenido otras mujeres cuando se enamoraron, le resultó fácil olvidarlo y convencerse de que la primera vez que llegaron juntos al clímax había sido una iniciación para ambos.

Maldita sea, ¿por qué debía irse justo ahora, cuando todo era un caos? La niña se deslizaba por la casa como una sombra. Los obreros martillaban y serraban sin parar. Y, por si fuera poco, estaba la prensa. Y era tan horrible como Brian le había dicho. Los titulares parecían gritar el nombre de este, el de Bev y el de Jane. Cómo odiaba, cómo detestaba ver su foto y la de Jane en la misma página de los periódicos. Cuánto despreciaba aquellos chismes desagradables y malintencionados sobre flamantes esposas y antiguas amantes.

Y el escándalo no terminó pronto, como ella había esperado. Se hacían constantes cábalas y preguntas sobre los aspectos más íntimos de su vida. Como esposa de Brian McAvoy, se había convertido en un objeto de dominio público. Más de una vez se había jurado que, como casarse con Brian era lo que más quería en el mundo, soportaría con entereza las vivisecciones públicas, la falta de libertad, los titulares de periódico estúpidos.

Y lo haría. De algún modo lo haría. Sin embargo, cuando Brian estaba lejos como ahora, a miles de kilómetros de distancia, Bev se preguntaba si soportaría pasarse la vida huyendo de los fotógrafos, esquivando micrófonos, usando peluca y gafas de sol para salir a comprar zapatos. Se preguntaba si Brian alguna vez comprendería lo humillante que era para ella ver algo tan íntimo como su embarazo expuesto en los titulares de los diarios, solo para que un montón de desconocidos leyeran la noticia mientras desayunaban.

Cuando no estaba con él, no podía reírse de los chismes y tampoco pasarlos por alto. Casi nunca salía cuando Brian estaba de gira. En menos de dos semanas, la casa que había soñado para ambos —llena de habitaciones acogedoras y ventanas soleadas— se había convertido en una prisión. Una prisión que compartía con la hija de Brian.

Pero sus padres la habían educado para cumplir con su deber sin rechistar.

—Emma —dijo Bev, que se obligó a esbozar una sonrisa cuando la niña se dio la vuelta—, he pensado que te apetecería tomar el té.

No había nada que Emma reconociera más rápido o le produjera más desconfianza que una sonrisa falsa.

—No tengo hambre —repuso abrazando a Charlie con fuerza.

—Yo tampoco. —Ya que debían compartir el encierro, al menos podían dirigirse la palabra—. No es nada agradable tomar el té con todos esos martillazos. —Decidió dar el primer paso y se sentó en la ventana junto a Emma—. Es un lugar bonito, pero creo que tendríamos que plantar más rosales. ¿Tú qué opinas?

Emma se encogió de hombros y sacó un poco el labio inferior, como iniciando un puchero.

—Cuando yo era niña teníamos un jardín precioso —prosiguió Bev con algo de desesperación en la voz—. Me encantaba sentarme fuera en verano con un libro y oír el zumbido de las abejas. A veces no leía ni una página, solo soñaba. Es gracioso. La primera vez que oí la voz de Brian, estaba en el jardín.

—¿Vivía contigo?

Con solo nombrar a Brian, había captado la atención de Emma.

—No. La oí por la radio. Era su primer sencillo, «Shadowland». Decía así: «Por la noche / a medianoche / cuando las sombras abrazan la luna...» —Comenzó a entonar la melodía con una cadencia suave, pero se interrumpió de inmediato al oír a Emma, que la cantaba con una asombrosa voz de contralto.

—«... y la tierra está caliente y quieta, / desesperado, te espero...»

—Sí, es esa. —Sin darse cuenta Bev estiró la mano y le acarició el cabello—. Tuve la impresión de que Brian la cantaba solo para mí. Estoy segura de que todas las chicas sentían lo mismo.

Emma no dijo nada. Recordó que su madre ponía una y otra vez la canción en el tocadiscos... y bebía y lloraba mientras las palabras reverberaban en las paredes.

—¿Te gustó porque cantaba esa canción?

—Sí, pero me gustó mucho más cuando lo conocí.

—¿Por qué se ha ido?

—Por su música, por su trabajo. —Bev advirtió que los grandes ojos de Emma estaban llenos de lágrimas. Sus inmensos ojos azul oscuro. El parentesco volvía a hacerse presente, lo quisiera ella o no—. Ay, Emma. Yo también le echo de menos, pero volverá a casa dentro de unas semanas.

—¿Y si no vuelve?

Era una tontería, pero Bev a veces despertaba en mitad de la noche con ese mismo, espantoso temor.

—Por supuesto que volverá. Los hombres como Brian necesitan que la gente escuche su música y necesitan estar presentes cuando eso ocurre. Se irá muchas veces, pero siempre volverá. Te quiere mucho, y a mí también. —Tomó la mano de Emma para consolarse y consolarla—. Y hay una cosa más. ¿Tú sabes de dónde vienen los niños?

—Los hombres se los meten a las señoras, pero luego no los quieren.

Bev tuvo que reprimir una palabrota. De haber podido, le habría cortado alegremente la garganta a Jane. Aunque su madre siempre había sido muy reservada e incapaz de hablar de cosas íntimas como no fuera vagamente, Bev no se andaba con tapujos.

—Los hombres y las mujeres que se aman hacen bebés juntos y casi siempre los quieren mucho. Yo tengo uno aquí dentro. —Apoyó la mano de Emma sobre su vientre—. El bebé de tu padre. Cuando nazca, será tu hermano o tu hermana.

Tras un instante de vacilación Emma deslizó la mano sobre el vientre de Bev. No comprendía cómo podía haber una criatura allí dentro. Su vecina la señora Perkins, que vivía al otro lado del callejón, tenía una barriga enorme e inflada antes de que naciera el pequeño Donald.

—¿Dónde está?

—Aquí dentro. Ahora es muy pequeñito. Tienen que pasar todavía seis meses antes de que esté listo para salir.

—¿Yo le gustaré?

—Creo que sí. Y Brian será vuestro papá.

Encantada, Emma comenzó a acariciar el vientre de Bev con la misma ternura con que a veces acariciaba a Charlie.

—Yo lo cuidaré. Nadie le hará daño.

—No, nadie le hará daño. —Con un suspiro, Bev pasó el brazo sobre los hombros de Emma y se quedó mirando el seto al otro lado de la ventana. Esta vez Emma no se apartó. Se quedó quieta, fascinada, con su pequeña mano sobre el vientre de Bev—. Ser mamá me da un poco de miedo, Emma. ¿Qué te parece si me dejas practicar un poco contigo? —Respiró hondo, se levantó y cogió a Emma en brazos—. Vamos a empezar ahora mismo. Subamos a ponerte ese precioso vestido rosa. Saldremos a tomar el té. —Al diablo con los reporteros, al diablo con los mirones y los papanatas—. Seremos las dos damas más bonitas de Londres e iremos a tomar el té al Ritz.

Aquel fue el comienzo de su primera relación con otra mujer, libre de miedo e intimidación. Durante los días siguientes hicieron compras en Harrods, pasearon por Green Park y almorzaron en el Savoy. Bev hizo caso omiso de los fotógrafos que las perseguían. Cuando descubrió que a Emma le encantaban los materiales bellos y los colores brillantes, satisfizo hasta sus menores caprichos. Dos semanas después, la niñita que había llegado vestida con una camisa vieja tenía el ropero lleno de prendas.

Pero cada noche la soledad volvía a atormentarlas. Y, cada una en su cama, añoraban al mismo hombre.

La nostalgia de Emma era más directa. Quería que Brian regresara porque la hacía sentir bien. Aún no había aprendido a definir el amor ni a sufrir por su causa. Pero Bev sí sufría. Temía que Brian se cansara de ella, que encontrara una mujer más acorde con su propio mundo. Echaba de menos el sexo salvaje y poderoso como un volcán. Era tan fácil creer que la amaría siempre y que siempre estaría con ella en ese momento embriagador y sereno que llega después del amor y antes del sueño. Sola en la inmensa cama de bronce, se preguntaba si Brian compartiría la soledad con otras mujeres, además de con la música.

El teléfono sonó cuando comenzaba a clarear. Bev levantó el auricular al tercer timbrazo.

—¿Diga? —Carraspeó un poco para aclararse la garganta—. Hola.

—Bev. —La voz de Brian sonó urgente, precipitada.

Bev despertó de golpe y se irguió en la cama.

—Bri, ¿qué ocurre? ¿Ha pasado algo malo?

—Nada. Todo. Hemos arrasado, Bev. —Lanzó una carcajada vibrante, eufórica—. Cada noche la multitud es mayor. Hemos tenido que redoblar las medidas de seguridad para impedir que las chicas se suban al escenario. Es una locura, Bev. Una locura. Esta noche, una muchacha ha agarrado a Stevie por la manga cuando corríamos a la limusina. Le arrancó la chaqueta, literalmente. La prensa dice que somos la vanguardia de la segunda invasión británica. Nos llaman vanguardistas.

Con la cabeza hundida en las almohadas, Bev se esforzó por fingir un poco de entusiasmo.

—Es maravilloso, Brian. Aquí han dicho algo por la tele, pero no demasiado.

—Es como ser un gladiador. Estás en medio del escenario y oyes los rugidos de la multitud. —No creía poder explicar, ni siquiera a ella, la excitación y el terror extremos que sentía cuando salía al escenario—. Hasta Pete está pasmado.

Bev sonrió al recordar al pragmático representante, para quien los negocios eran lo primero y lo último.

—Eso quiere decir que sois algo grande.

—Sí. —Brian dio una calada al porro que había encendido para prolongar la excitación—. Quisiera que estuvieras aquí.

Bev oyó los ruidos de fondo, la música a todo volumen, la mezcla de risas femeninas y masculinas.

—Yo también.

—Ven, entonces. —Brian empujó a una rubia medio desnuda y de ojos vidriosos que intentaba sentarse en sus rodillas—. Prepara una maleta y sube a un avión.

—¿Qué?

—Lo que has oído. Todo esto no significa nada si no estás aquí para compartirlo. —En el otro extremo de la habitación, una morena de casi dos metros de estatura comenzó a desnudarse lentamente. Stevie, el guitarrista de la banda, tragó una pastilla de Quaalude como si fuera azúcar candi—. Mira, sé que hablamos de esto y decidimos que lo mejor para ti era que te quedaras en casa, pero nos equivocamos, Bev. Te necesito aquí, conmigo.

Ella sintió que se le llenaban los ojos de lágrimas y la risa la ahogaba.

—¿Quieres que vaya a Estados Unidos?

—Lo más rápido que puedas. Podemos encontrarnos en Nueva York dentro de... Joder. ¿Cuándo estaremos en Nueva York, Johnno?

Repantigado en un sofá, Johnno se sirvió lo último que quedaba de una botella de bourbon Jim Beam.

—¿Dónde coño estamos ahora?

—No importa. —Brian se frotó los ojos, que estaban enrojecidos, y trató de concentrarse. El alcohol y la marihuana le habían embotado la mente—. Pete se ocupará de los detalles. Tú prepara el equipaje.

Bev ya se había levantado de la cama.

—¿Qué hago con Emma?

—Tráela. —Conmovido al pensar en su familia, Brian sonrió a la rubia—. Pete se las ingeniará para conseguirle un pasaporte. Alguien te llamará esta tarde y te dirá qué hacer. Joder, te echo mucho de menos, Bev.

—Yo también. Estaremos allí lo antes posible. Te amo, Bri. Te amo más que a nada en el mundo.

—Yo también te quiero. Volveré a llamarte.

Inquieto y malhumorado, Brian fue a buscar la botella de coñac apenas hubo colgado el auricular. La quería con él ahora mismo. No al cabo de un día, no al cabo de una hora. Se había excitado con solo oír su voz. Estaba excitado, caliente como un toro, y sufría.

La voz de Bev sonaba igual que la noche que la había conocido. Tímida, un poco vacilante, y tan dulcemente fuera de lugar en aquel local lleno de humo adonde habían ido a tocar con la banda. A pesar de la timidez, había en ella algo profundamente sólido y verdadero. Esa noche, no pudo quitársela de la cabeza. Ni esa noche... ni ninguna otra desde entonces.

Levantó la botella de coñac y bebió varios tragos. Por lo visto la morena y Stevie no se molestarían en buscar la intimidad de un dormitorio para follar. La rubia había abandonado por cansancio a Johnno y restregaba su cuerpo largo y esbelto contra P. M., el batería.

Entre envidioso y divertido, Brian bebió otro trago. P. M. apenas contaba veintiún años, su cara redonda y juvenil aún tenía marcas de acné en el mentón. Una expresión de asombro y fascinación cruzó su cara cuando la rubia se deslizó hasta el suelo y enterró la cara en su bragueta.

Brian cerró los ojos y se quedó dormido. La música vibraba en su cabeza.

Soñó con Bev, con la primera noche que pasaron juntos. Sentados en el suelo de su apartamento, con las piernas cruzadas, habían hablado de música y poesía hasta cansarse. Yeats, Byron y Browning. Adormilados, compartieron varios cigarrillos de marihuana. Brian no tenía la menor idea de que era la primera vez que Bev probaba las drogas. Como tampoco tenía idea —hasta que la penetró allí mismo, en el suelo, entre las velas que titilaban— de que era la primera vez que hacía el amor.

Ella había llorado un poco, pero sus lágrimas no lo hicieron sentir culpable. Por el contrario, despertaron en él un sentimiento protector. Estaba completa y poéticamente enamorado. Hacía más de un año de aquello y nunca había estado con otra mujer desde entonces. Cada vez que lo asaltaba la tentación, veía el rostro de Bev.

Se había casado por ella, por ella y por el hijo que llevaba en el vientre. Su hijo. Aunque Brian no creía en el matrimonio —más bien pensaba que era una tontería firmar un contrato por amor—, no se sentía atrapado. Por primera vez desde su infancia miserable tenía algo que lo consolaba y excitaba, aparte de la música.

«Te amo más que a nada en el mundo.» No, él no podía pronunciar esas palabras con tanta facilidad y sinceridad como ella. Y era probable que jamás pudiera hacerlo. Pero la amaba. Y cuando amaba, Brian era fiel.

—Vamos, amigo mío. —Johnno, que apenas podía tenerse en pie, lo obligó a levantarse—. Es hora de ir a la cama.

—Bev va a venir, Johnno.

Su amigo enarcó una ceja y miró el enjambre de cuerpos por encima de su hombro.

—Los demás también.

—Se reunirá con nosotros en Nueva York. —Riendo como un niño, Brian se colgó del cuello de su amigo—. Vamos a Nueva York, Johnno. Al maldito Nueva York. Porque somos los mejores.

—Eso sí es elegante, ¿no? —Johnno arrojó a Brian sobre la cama con un gruñido sordo—. Que duermas bien, Bri. Mañana tendremos que hacer otra vez lo mismo.

—Quiero que despiertes a Pete —murmuró Brian mientras Johnno le quitaba los zapatos—. Un pasaporte para Emma. Pasajes. Tengo que hacer las cosas bien por ella.

—Las harás. —Un poco mareado por cortesía del Jim Beam, Johnno estudió su adquisición más reciente: un reloj suizo. A Pete seguramente no le gustaría que lo despertara a esa hora. No obstante, se dispuso a cumplir su misión.

4

Emma hizo su primer vuelo transatlántico en primera clase. Y se sintió muy mareada. No podía, como le indicaba Bev de tanto en tanto, mirar las bonitas nubes ni hojear los libros de fotos que había guardado en su equipaje de mano. Emma notaba el estómago revuelto y ácido, aunque no tenía nada dentro. Apenas percibía los inútiles masajes que le daba Bev y la voz tranquilizadora de la azafata.

No importaba que tuviera ropa nueva: una minifalda color rojo brillante y una blusa floreada. No importaba que le hubieran prometido subir al Empire State Building. Las náuseas eran tan persistentes que tampoco importaba que fuera a ver a su padre.

Cuando el avión aterrizó en el aeropuerto JFK, se sentía tan débil que apenas podía tenerse en pie. Rendida de cansancio, Bev la llevó como pudo hasta la puerta. Cuando pasaron por el control de aduana, estuvo a punto de romper a llorar al ver a Pete.

Enfundado en su impecable traje Savile Row, el representante escrutó a la niña de cara pálida y la mujer impaciente.

—¿Un viaje difícil?

En vez echarse a llorar, Bev tuvo un ataque de risa.

—Claro que no. Ha sido un placer, de principio a fin. ¿Dónde está Brian?

—Quería venir, pero tuve que prohibírselo. —Se hizo cargo del equipaje de mano de Bev y la tomó del brazo—. Los muchachos no pueden abrir la ventana para que entre un poco de aire sin provocar un ataque de histeria masivo.

—Y a ti te encanta.

Pete sonrió. Se estaban acercando a la salida de la terminal.

—Sabes que soy un optimista, pero jamás esperé algo así. Brian se hará rico, Bev. Todos nos haremos ricos.

—El dinero no es lo más importante para Brian.

—No, pero tampoco creo que le cierre la puerta cuando comience a entrar. Vamos, tengo un coche esperando.

Cuando Bev intentó despabilarla, Emma gimió y volvió a acurrucarse entre sus brazos.

—Las maletas.

—Las enviarán directamente al hotel —dijo Pete en cuanto salieron de la terminal—. También hay muchas fotos tuyas en las revistas.

El automóvil que las esperaba era una limusina Mercedes blanca, grande como un barco. Pete sonrió complacido al ver el rostro perplejo de Bev.

—Mientras estés casada con un rey tendrás que acostumbrarte a viajar como una reina, cariño.

Sin decir palabra, Bev se acomodó en su asiento y encendió un cigarrillo. Esperaba que fuera el vuelo largo y penoso lo que la hacía sentirse tan vacía y fuera de lugar. Acurrucada entre Bev y Pete, Emma pasó su primer viaje en limusina durmiendo y sudando.

Cuando llegaron al Waldorf, Pete no se detuvo en la recepción. Por el contrario, las empujó disimuladamente hasta el ascensor. La suerte los había acompañado, pero él no sabía si sentirse aliviado o desilusionado. Una escena multitudinaria en el aeropuerto o en el camino de entrada del hotel habría sido incómoda para todos, pero también les habría valido un gran titular en los diarios. Y los titulares vendían discos.

—Os he conseguido una suite de dos dormitorios. —El gasto adicional perturbaba su espíritu práctico. No obstante, lo creía justificado, porque sabía que la presencia de Bev haría que Brian se mostrara más colaborador y más creativo. Y no vendría nada mal que la prensa se enterara de que viajaba con su familia. Si no podía venderlo como un soltero sexy, lo vendería como padre y marido amante. Haría lo que fuera necesario. Y más.

»Todos estamos en el mismo piso —prosiguió—. Y la seguridad es excelente. Cuando estábamos en Washington, dos adolescentes se las ingeniaron para entrar en la habitación de Stevie ocultas en el carrito de la señora de la limpieza.

—Parece un mal chiste.

Pete se encogió de hombros. Recordó que Stevie estaba lo bastante ebrio para aceptar el ofrecimiento de las chicas. El guitarrista había calculado que dos muchachas de dieciséis años equivalían a una mujer de treinta y dos. Y así fue como se acostó con una adulta mayor de edad.

—Los muchachos tienen varias entrevistas programadas para hoy. Y mañana saldrán en *Sullivan*, un programa de televisión.

—Brian no me dijo adónde iríamos luego.

—Filadelfia, Detroit, Chicago, Saint Louis...

—En realidad no tiene importancia. —Cuando se abrió la puerta del ascensor, Bev lanzó un prolongado suspiro de gratitud. A quién diablos le importaba dónde estarían mañana. Ahora estaba allí. Y no le importaba estar muerta de cansancio o que le dolieran los brazos por cargar con Emma. Estaba allí y lo único que deseaba era sentir la energía de Brian en el aire.

—De acuerdo. —Pete sacó una llave del bolsillo—. Tenéis un par de horas antes de la entrevista. Es para una revista nueva que publicará su primer número a fin de año. Se llama *Rolling Stone*.

Bev tomó la llave, agradecida porque Pete era lo bastante delicado y sensato para no interrumpir las dos horas de gracia que le había concedido con Brian.

—Gracias, Pete. Me aseguraré de que llegue a tiempo.

Apenas abrió la puerta, Brian salió corriendo del dormitorio vecino. No podía esperar para abrazarlas.

—Gracias a Dios —murmuró llenando de besos la cara de Bev. Luego alzó a la desmadejada y dormida Emma—. ¿Qué ocurre?

—Ahora nada. —Bev se pasó las manos por el cabello—. Se ha sentido muy mal en el avión. Apenas ha podido dormir. Creo que se pondrá bien cuando haya descansado un poco.

—Muy bien. No te muevas. —Brian llevó a Emma al segundo dormitorio. La niña apenas abrió los ojos cuando la deslizó entre las sábanas.

—¿Papi?

—Sí. —La fragilidad de la chiquilla continuaba conmoviéndolo—. Duerme un rato. Todo está bien.

Reconfortada por el sonido de su voz, Emma le tomó la palabra y volvió a dormirse.

Brian dejó la puerta entreabierta y miró a Bev. Estaba pálida por el cansancio y las profundas ojeras hacían que sus ojos parecieran más grandes y oscuros. Se sintió embriagado de amor. Un amor más fuerte que todo cuanto había vivido antes. Sin decir nada, la tomó en sus brazos y la llevó a la cama.

Aunque era un hombre elocuente, no tenía palabras para describir lo que sentía. Las palabras se convertían en poesía, la poesía en canción. Más tarde estaría lleno de palabras, tendría palabras a raudales. Lo inundarían y todas provendrían de allí, de su hora más preciosa con Bev.

Y ella fue, en esa hora, completamente suya.

Había una radio encendida junto a la cama. La televisión también estaba funcionando. Brian había intentado conjurar el silencio con voces extrañas, pero cuando tocó a Bev supo que ella era la única música que necesitaba.

La disfrutó como un sibarita. La desnudó lentamente, mirándola, absorbiéndola. Los ruidos del tráfico al otro lado de la ventana... más tarde los recordaría y los transformaría en bajos y agudos; los casi inaudibles gemidos de placer de Bev, en una suerte de melodía. Hasta podía oír el susurrante canto de sus manos al deslizarse sobre su piel.

La luz del sol se filtraba por la ventana; la cama grande y mullida crujía bajo el peso de sus cuerpos.

El cuerpo de Bev iba cambiando poco a poco, sutilmente, con la nueva vida que albergaba. Perplejo y conmovido, Brian puso la mano sobre el vientre redondo de su esposa. Rozó la carne con los labios en señal de reverencia.

Era una tontería, pero se sentía como un soldado que había vuelto de la guerra cubierto de cicatrices y medallas. Aunque quizá no era una tontería. No podía llevarla al campo de batalla donde había combatido y triunfado. Ella siempre lo estaría esperando. Lo leía en sus ojos, lo sentía en sus brazos, que lo envolvían con ternura. La infinita paciencia y la promesa de esperarlo siempre estaban en sus labios, que se abrieron a él como un fruto en sazón. La pasión de Bev era más lenta y constante que la de él, menos egoísta, y en cierto modo equilibraba sus impulsos ansiosos, e incluso peligrosos. Con ella se sentía más hombre y menos símbolo en un mundo hambriento de ellos.

Cuando por fin la penetró, recuperó la voz. Pronunció su nombre en un prolongado y suave suspiro de gratitud y esperanza.

Más tarde, mientras ella yacía soñolienta bajo las sábanas revueltas, se sentó en calzoncillos a los pies de la cama. Bev estaba ahíta de sexo, pero la mente de Brian estaba sobreexcitada. Por fin tenía todo lo que siempre había querido, lo que siempre había soñado.

—Pete se encargó de que filmaran el concierto de Atlanta. Aquello fue una locura, Bev. No solo por los gritos ensordecedores de los fans. A veces el ruido impedía que me oyera cantar. Era como... no sé, como estar en la pista de un aeropuerto lleno de aviones que despegan todo el tiempo. Pero, a pesar del ruido, había gente que escuchaba, ¿sabes? A veces distinguías algo entre las luces y el humo de la marihuana. Una cara. Y entonces cantabas solo para esa cara. Y luego Stevie tocaba un solo, como en «Undercover» y la gente enloquecía otra vez. Era como, no sé, como una avalancha sexual.

—Lamento no haber estado allí para aplaudirte.

Muerto de risa, Brian le tiró del tobillo.

—Me alegra tanto que estés aquí ahora. Este verano es especial. Se siente en el aire, se ve en la cara de la gente. Y nosotros somos parte de eso. Nunca volveremos, Bev.

Ella se puso tensa y lo miró a los ojos.

—¿A Londres?

—No. —La literalidad de Bev lo impacientaba a veces, pero también lo divertía—. A las cosas como eran antes. No volveremos a suplicarle a nadie para tocar en un club mugriento, ni a agradecer que nos den patatas fritas y cerveza gratis por toda paga. Joder, Bev, estamos en Nueva York... y pasado mañana nos habrán escuchado millones de personas. Y será importante. Nosotros seremos importantes. Es todo lo que siempre he querido.

Bev se incorporó en la cama y le tomó las manos.

—Siempre has sido importante, Bri.

—No. Era solo un melenudo cantante más. Pero ya no, Bev. Y nunca volveré a serlo. La gente me escucha. El dinero nos permitirá experimentar un poco y hacer algo más que rock tradicional. Hay una guerra, Bev. Toda una generación se está rebelando. Nosotros le daremos voz.

Aunque Bev apenas comprendía aquellos grandes sueños apasionados, desde el principio se había sentido atraída por su idealismo.

—Solo te pido que no me dejes atrás.

—No podría. —Las palabras de Brian eran sinceras—. Voy a darte lo mejor, Bev. A ti y a nuestro hijo. Lo juro. Tengo que vestirme. —Le besó las manos y sacudió su cabello desgreñado—. Pete está muy entusiasmado con nuestra aparición en el primer número de la nueva revista que saldrá en noviembre. —Le arrojó una camiseta desteñida—. Vamos.

—Pensaba quedarme aquí.

—Bev... —Ya habían pasado antes por eso—. Eres mi esposa. La gente quiere saber de ti, de nosotros. —Su enojo se esfumó como por arte de magia cuando la vio sentarse y meter los brazos en las mangas de la camiseta—. Si les damos un poco, no nos perseguirán tanto. —Cuando lo dijo, lo creyó—. Es muy importante, sobre todo por Emma. Quiero que vean que somos una familia.

—Una familia debería ser una cosa privada, íntima.

—Tal vez, pero ya han publicado muchos chismes sobre

Emma. —Brian había visto docenas de artículos que descubrían a Emma como «el fruto del amor». Suponía que debía de haber cosas peores, dado que Emma no era ni remotamente producto del amor. Su otro hijo sí lo era. Brian apoyó la mano sobre el vientre de Bev—. Necesito que me acompañes.

Contrariada pero siempre comprensiva, Bev bajó de la cama y comenzó a vestirse.

Alguien llamó a la puerta veinte minutos más tarde.

—Johnno.

Al entrar dirigió una sonrisa de complicidad a Bev.

—Sabía que no podías estar lejos de mí. —Como si ejecutaran un paso de tango, la obligó a echarse hacia atrás y la besó. Bev soltó una carcajada. Johnno vio acercarse a Brian por encima de su cabeza—. Ah, bien. Parece que nos ha pillado. Será mejor que digamos la verdad.

—¿Dónde has conseguido un sombrero tan ridículo? —fue todo lo que dijo Brian.

Johnno dejó a Bev con los pies bien plantados en el suelo y enderezó el ala de su sombrero de fieltro blanco.

—¿Te gusta? Es el último grito.

—Pareces un rufián con eso en la cabeza —comentó Brian dirigiéndose al bar.

—Ya ves. Sabía que había elegido bien. Casi me cuesta la vida, pero me las ingenié para escaparme a hacer algunas compras en la Quinta Avenida. Me gustaría probar un trago de eso, colega. —Johnno señaló con la cabeza el whisky que Brian acababa de servirse.

—¿Has salido del hotel? —Tenía en una mano la botella y el vaso en la otra.

—Unas gafas de sol, una túnica floreada... —Johnno arrugó la nariz—. Y un collar de cuentas. Fue el mejor de los disfraces... hasta que quise volver a entrar. Perdí el collar. —Aceptó el vaso que Brian le ofrecía y se dejó caer en el sofá con un suspiro de placer—. Este es mi lugar, Brian. Yo soy Nueva York.

—Pete te cortará la cabeza cuando se entere de que has salido por tu cuenta.

—Menudo maricón está hecho Pete —dijo Johnno alegremente—. Aunque no es precisamente mi tipo. —Sin dejar de sonreír vació de un trago el vaso de whisky—. Y bien, ¿dónde está la chiquilla?

—Durmiendo. —Bev encendió un cigarrillo.

Volvieron a llamar la puerta. Esta vez abrió Brian. Stevie entró como una tromba. Saludó a Bev con una leve y ausente inclinación de la cabeza y fue directo al bar. P. M. siguió sus pasos. Estaba pálido y se dejó caer en una silla.

—Pete ha dicho que haríamos la entrevista aquí —explicó—. Traerá al reportero. ¿De dónde has sacado eso? —preguntó a Johnno.

—Es una larga y triste historia, hijo mío. —Con el rabillo del ojo vio a Emma parada en el vano de la puerta del segundo dormitorio—. No miréis ahora, pero tenemos compañía. Hola, cara de ciruela.

La niña rió complacida, pero no entró. Por el momento solo tenía ojos para Brian.

Él se acercó despacio, la levantó en brazos y le palmeó el trasero.

—Emma, ¿qué se siente al ser una viajera internacional?

La niña pensaba que lo había soñado, que había soñado que la acostaba en la cama y le besaba la mejilla, pero no era un sueño... porque él estaba allí. Y le sonreía. Y el sonido de su voz disipaba por completo el malestar de su estómago.

—Tengo hambre —dijo. Y sonrió de oreja a oreja.

—No me sorprende. —Brian le besó el hoyuelo al costado de la boca—. ¿Qué te parece una porción de pastel de chocolate?

—Sopa —dijo Bev.

—Pastel y sopa —se corrigió Brian—. Y un poco de té. —Dejó a la niña en el suelo y fue hasta el teléfono para llamar al servicio de habitación.

—Ven aquí, Emma, tengo algo para ti. —Johnno palmeó el almohadón que tenía a su lado.

Emma titubeó. Su madre le había dicho lo mismo muchas veces, y el «algo» había sido una bofetada. Pero la sonrisa de

Johnno era sincera. Cuando Emma se sentó junto a él, Johnno sacó un diminuto huevo de plástico transparente del bolsillo. Dentro había un anillo de juguete con una piedra de color rojo chillón. Johnno se lo puso en la mano y Emma suspiró. Sin decir palabra comenzó a mover el huevo de un lado a otro para observar cómo se deslizaba el anillo en su interior.

Era un objeto sin valor, pensó Johnno. Se había topado por casualidad con una máquina que escupía esas cosas a cambio de un cuarto de dólar, y le habían sobrado unas monedas tras su furtiva escapada. Más conmovido de lo que hubiera deseado admitir frente a los demás, abrió el huevo y colocó el anillo en el dedo de Emma.

—Ya está. Estamos comprometidos.

Emma sonrió deslumbrada al ver el anillo. Y luego sonrió a Johnno.

—¿Puedo sentarme en tus rodillas? —preguntó.

—Claro que sí. —Acercó los labios a la oreja de la niña—. Pero si mojas la braguita romperé nuestro compromiso.

Muerta de risa, Emma subió a las rodillas de Johnno y se puso a jugar con el anillo.

—Primero mi esposa, después mi hija —se burló Brian.

—Tendrías que preocuparte si tuvieras un hijo. —Stevie escupió las palabras con la misma facilidad con que tragaba litros de alcohol. De inmediato deseó haberse mordido la lengua antes de hablar—. Lo siento —murmuró. Se hizo un incómodo silencio—. Es la resaca. Me pone de mal humor.

Llamaron a la puerta. Johnno se encogió de hombros con pereza.

—Será mejor que saques a relucir tu famosa sonrisa, hijo mío. El espectáculo está a punto de comenzar.

Estaba furioso, pero lo disimuló muy bien frente al joven y barbudo reportero que los entrevistó. Los demás no tenían la menor idea de cómo se sentía. Ninguno de ellos —salvo Brian, que había ido a la escuela con él— había sido amigo suyo en aquellos tiempos. Nadie sabía las cosas que le habían dicho: maricón, nena, raro. Los calificativos dolían más que las palizas esporádicas. Johnno sabía que, de no ser por la lealtad y los puños rápidos de Brian, más de una vez le habrían destrozado la cara.

Siempre andaban juntos. Dos niños de diez años, hijos de padres alcohólicos. La pobreza era moneda corriente en el este de Londres y siempre había algún matón dispuesto a romper el brazo a alguien a cambio de unos peniques. Pero también había maneras de escapar. La música fue la vía de escape para Brian y Johnno.

Elvis, Chuck Berry, Muddy Waters. Juntaban todo el dinero que lograban ganar —o robar— para comprar sus preciosos tesoros singles. A los doce años escribieron su primera canción. Era bastante mala; rimas estilo «amor/dolor» entonadas al son de los tres únicos acordes que conseguían arrancar a su vapuleada guitarra. La habían cambiado por medio litro de ginebra del padre de Brian, que se ganó una horrible paliza. Pero desde entonces hacían música.

Johnno tenía casi dieciséis años cuando se dio cuenta de lo que era. Se resistió, lloró, se arrojó sobre cualquier chica que pareciera dispuesta a cambiar su destino. Pero ni la resistencia ni las lágrimas ni el sexo pudieron cambiarlo.

Brian le había ayudado a aceptarse. Era de noche, bastante tarde. Estaban bebiendo en el sótano de su apartamento. Johnno había robado un poco de whisky a su padre. El hedor rancio de la basura lo invadía todo. Sentados en el suelo a la luz de una vela, se pasaban la botella. Roy Orbison languidecía en el tocadiscos portátil. «Only the Lonely». Johnno soltó su confesión, mezclada con lágrimas de borracho y brutales amenazas de suicidio.

—No soy nada y nunca seré nada. Vivo como un maldito cerdo. —Bebió otro trago de whisky—. Mi viejo apesta. Y mamá lloriquea y se queja, pero no mueve un dedo para que las cosas cambien. Mi hermana hace la calle y a mi hermano menor le han arrestado dos veces este mes.

—Salir de la mierda depende de nosotros —dijo Brian, empapado de filosofía alcohólica. Escuchaba a Orbison con los ojos entrecerrados. Quería cantar como él, con esa melancolía de otro mundo—. Tenemos que hacer algo diferente con nuestras vidas, Johnno. Y lo haremos.

—Algo diferente. Yo no puedo hacer nada diferente. A menos que me mate. Tal vez lo haga. Quizá deba hacerlo de una buena vez y dejar de joder.

—¿De qué diablos estás hablando? —Brian hurgó en la arrugada cajetilla de Pall Mall y encontró el último cigarrillo de la noche.

—Soy marica. —Johnno escondió la cabeza entre los brazos y lloró.

—¿Marica? —Brian estaba paralizado, con la cerilla encendida a pocos milímetros de la punta del cigarrillo—. Vamos, Johnno, no digas tonterías.

—He dicho que soy marica. —Johnno alzó la voz y miró a Brian. Tenía el rostro surcado de lágrimas de desesperación—. Me gustan los chicos. Soy una mariquita ardiente y pervertida.

La noticia impactó a Brian, pero la bebida le ayudó a adoptar una actitud abierta.

—¿Estás seguro?

—¿Por qué coño iba a decirte algo así si no estuviera seguro? Me lo monté con Alice Ridgeway por una sola razón: estaba pensando en su hermano.

Eso sí era desagradable, pensó Brian, pero se guardó sus sentimientos. Hacía más de seis años que eran amigos. Se habían defendido mutuamente, habían mentido por el otro, habían compartido sueños y secretos. Brian encendió otra cerilla, la acercó al cigarrillo y comenzó a pensar en voz alta.

—Bien, supongo que si eres así... eres así. Y punto. No es para cortarse las venas.

—Tú no eres marica.

—No. —Esperaba fervientemente no serlo... y juró pasar las próximas semanas demostrándoselo a sí mismo con todas las chicas a las que pudiera convencer que abrieran las piernas. No; él no era marica. Estaba seguro. Sus acrobacias sexuales con Jane Palmer eran una señal indiscutible de sus preferencias. El mero hecho de pensar en ella le provocó una erección. Se cruzó de piernas para disimularla. No era momento de excitarse sino de pensar en el problema de Johnno—. Muchas personas son homosexuales —murmuró—. Escritores, artistas... esa clase de gente. Nosotros somos músicos, de modo que podrías considerarlo parte de tu espíritu creativo.

—Eso es una gilipollez —masculló Johnno limpiándose la nariz con la manga.

—Tal vez, pero es mejor que cortarse las venas. Si lo haces, tendré que buscarme otro socio.

Con la sombra de una sonrisa en los labios, Johnno volvió a levantar la botella.

—¿Seguimos siendo socios, entonces?

—Por supuesto. —Brian le pasó el cigarrillo—. Siempre y cuando no empieces a tener fantasías conmigo.

Y con aquellas palabras el asunto se dio por concluido.

Cuando tenía un amante, Johnno actuaba con discreción y jamás hacía comentarios al respecto. Aunque la banda conocía y respetaba sus inclinaciones, Johnno proyectaba la imagen de un semental heterosexual para resguardar su intimidad y complacer a Pete. Casi siempre le resultaba divertido hacerlo.

Sin embargo, echaba de menos algunas cosas. Pero se negaba a reconocerlo. Mientras mecía a Emma sobre sus rodillas, pensó que jamás tendría un hijo.

Al ver a Brian abrazar a Bev tuvo que admitir su frustración más honda y demoledora. El único hombre al que amaba de verdad jamás sería suyo.

5

Emma estaba fascinada con Nueva York. Después de desayunar tarde —Brian la había atiborrado de mermelada de fresa y pastelillos—, se quedó sola con Bev, pero esta vez no se preocupó. Su papi aparecería en la tele esa noche y le había prometido llevarla al lugar donde grababan los programas.

Salieron a recorrer la ciudad en el gran automóvil blanco. Rió al ver la peluca rubia y las enormes gafas redondas que Bev se había puesto. Aunque esta no sonrió mucho al principio, el entusiasmo de la niña la distrajo. A Emma le gustaba ver a la gente que andaba a toda prisa. Reía cuando tropezaban unos con otros e interrumpían el tráfico mientras los coches no paraban de tocar la bocina. Había montones de mujeres con minifaldas, tacones altos y cómicos peinados, tiesos como piedra tallada. Otras llevaban tejanos y sandalias, y el cabello lacio y largo les caía como lluvia sobre la espalda. En casi todas las esquinas había vendedores de perritos calientes, refrescos y helados que los peatones compraban para aliviar las altas temperaturas imperantes fuera del fresco refugio de la limusina. Emma no comprendía la energía nerviosa y agresiva del tráfico, pero disfrutaba contemplándolo.

Sereno y elegante con su uniforme color canela y su gorra con visera, el chófer estacionó junto a la vereda. La música no le interesaba en absoluto, a menos que cantara Frank Sinatra o Rosemary Clooney, pero estaba seguro de que sus dos hijas adolescentes enloquecerían cuando les llevara el autógrafo de los componentes de la banda al finalizar su trabajo de dos días.

—Hemos llegado, señora.

—Ah. —Bev miró por la ventanilla. Estaba un poco aturdida.

—Este es el Empire State Building —explicó el conductor. Luego señaló las puertas con un gesto—. ¿Desea que la pase a buscar dentro de una hora?

—Una hora, sí. —Bev sujetó con firmeza la mano de Emma cuando el chófer abrió la portezuela del vehículo—. Vamos, Emma. Devastation no es el único que llegará a la cima.

Vieron una fila larga y sinuosa. Los bebés lloraban y los niños chillaban. Se pusieron al final de la cola. En completo silencio, dos guardaespaldas se ubicaron detrás de ellas. Un grupo de estudiantes franceses llegó pocos segundos más tarde. Todos llevaban bolsas de los almacenes Macy's y hablaban a gritos en su veloz y fluido idioma. Emma distinguió el embriagador aroma de la marihuana entre la mezcla de perfumes, sudor y pañales mojados. Nadie parecía advertirlo. O a nadie parecía importarle. Entraron en el ascensor a empujones.

Al cabo de unos largos y sofocantes minutos salieron y tuvieron que volver a esperar, delante de un segundo ascensor. A Emma no le importó. Sin soltar la mano de Bev estiró el cuello para mirar a la gente. Cabezas calvas, sombreros ladeados, barbas enmarañadas. Cuando empezó a dolerle el cuello, fijó su atención en el calzado. Alpargatas, relucientes zapatos con puntera, zapatillas blancas como la nieve y botas negras. Algunos arrastraban los pies al andar, otros marcaban un ritmo, unos pocos cambiaban el peso del cuerpo de un pie a otro. Casi nadie podía quedarse quieto.

Cuando se cansó de observar los pies y los zapatos, se puso a escuchar las voces. Un grupo de chicas discutía acaloradamente. Por el mero hecho de ser adolescentes, se ganaron la envidia instantánea de Emma.

—Stevie Nimmons es el más guapo —insistía una de ellas—. Tiene unos enormes ojos pardos y un bigote estupendo.

—Brian McAvoy —dijo otra—. Es guapísimo. —Para demostrar lo que decía, extrajo de su bolsito de tela una foto recortada de una revista. Todas se apiñaron para verla y lanzaron un suspiro—. Me muero cada vez que lo miro.

Las adolescentes comenzaron a dar chillidos eufóricos. El resto de la gente las miró con curiosidad y ellas se taparon la boca con la mano para ahogar la risa.

Entre complacida y alarmada, Emma miró a Bev.

—Esas chicas están hablando de papi.

—Chist. —Bev se moría de ganas de contárselo a Brian, pero también era consciente de por qué llevaba peluca y gafas de sol—. Ya lo sé, pero nosotras debemos mantener nuestra identidad en secreto.

—¿Por qué?

—Luego te lo explicaré —respondió Bev, y se sintió muy aliviada cuando les llegó el turno de subir al ascensor.

A Emma se le taparon los oídos, como en el avión, y abrió los ojos como platos. Por un momento tuvo miedo de volver a marearse. Se mordió el labio inferior, cerró los ojos y suplicó desesperadamente que su papá fuera a rescatarla.

Deseaba no estar allí. Deseaba haber llevado a Charlie para que la consolara. Y rezó —con todo el fervor de una niña de tres años— para no vomitar el delicioso desayuno sobre sus lustrosos zapatos nuevos.

Por fin las puertas se abrieron y el temido movimiento oscilante se interrumpió. Todos reían, hablaban y andaban en grupos. Obediente a la presión de Bev sobre su mano, permaneció junto a ella mientras luchaba contra las náuseas.

Había un quiosco enorme, lleno de estanterías colmadas de reproducciones en miniatura y otros recuerdos del Empire State. Y ventanales. Grandes ventanales desde donde se veían el cielo y el enjambre de edificios de Manhattan. Emma se quedó pasmada y muy quieta mientras la gente hormigueaba alrededor. Su malestar se transformó en asombro.

—Es una maravilla, ¿no crees, Emma?

—¿Es el mundo?

Aunque estaba tan asombrada como Emma, Bev no pudo menos que reírse ante aquella observación.

—No. Es solo una pequeña parte del mundo. Vamos, salgamos un poco.

El viento ululaba sobre sus cabezas. Una ráfaga levantó la falda de Emma, que retrocedió contra la pared. Pero nuevamente sintió más entusiasmo que miedo. Muerta de risa, Bev la levantó en brazos.

—Estamos en la cima del mundo, Emma.

Mientras miraban la ciudad por encima del alto muro, Emma sintió que una colmena de abejas le zumbaba en el estómago. Todo estaba allí abajo. Las encrucijadas de las calles, los desfiladeros que formaban las implacables hileras de edificios, los autobuses y automóviles diminutos, tan pequeños que parecían de juguete. Todo era tan claro y verdadero...

Bev introdujo una moneda en una caja y Emma miró por el telescopio, pero prefería lo que podía ver con sus propios ojos.

—¿Podemos quedarnos a vivir aquí?

Bev movió el telescopio hasta encontrar la estatua de la Libertad.

—¿Aquí, en Nueva York?

—Aquí. En la cima.

—Nadie vive aquí, Emma.

—¿Por qué no?

—Porque es una atracción turística —respondió Bev sin pensar—. Y una de las maravillas del mundo, creo. No se puede vivir en una maravilla.

Emma miró por encima de la pared alta y pensó que ella sí podía.

El estudio de televisión no la impresionó. No era tan bonito ni tan grande como aparecía en pantalla. La gente era común. Sin embargo, las cámaras le gustaron. Eran grandes y aparatosas, y los que estaban detrás parecían importantes. Se preguntó si mirar por una de ellas sería como mirar por el telescopio del Empire State Building.

Antes de que pudiera preguntárselo a Bev un hombre flaco comenzó a hablar en voz muy alta. Su acento americano era lo más raro que había oído hasta entonces. Emma apenas llegó a entender la mitad de lo que decía, pero distinguió la palabra «Devastation». Y luego estalló el griterío.

Una vez repuesta del impacto inicial, soltó la falda de Bev y asomó la cabeza. Aunque no entendía una sola palabra de lo que gritaban, se daba cuenta de que no era malo. Era un ruido agradable y alegre que hacía vibrar las paredes y retumbaba en el techo. Sonrió complacida, aunque sintió temblar ligeramente la mano de Bev.

Le gustaban los movimientos de su padre en el escenario. Brincaba y se contoneaba mientras su voz, fuerte y clara, se mezclaba con las de Johnno y Stevie. Su cabello lanzaba destellos dorados bajo las luces brillantes de los focos. Emma era una niña y sabía reconocer la magia con solo verla.

Durante toda su vida conservaría esa imagen en la mente y el corazón. Cuatro hombres jóvenes en lo alto de un escenario, bañados en luz, en alegría, en música.

A muchos kilómetros de distancia, Jane estaba cómodamente sentada en su nuevo piso. Tenía medio litro de Gilbey's y cuatrocientos gramos de marihuana colombiana sobre la mesa. Había encendido velas, docenas de velas, que junto con las drogas contribuían a disipar su malhumor. En el estéreo sonaba la clara voz de tenor de Brian.

Se había mudado a Chelsea con el dinero que había logrado sacarle. El vecindario estaba lleno de gente joven: músicos, poetas, artistas y sus hordas de fanáticos seguidores. Jane estaba convencida de que encontraría a otro Brian en Chelsea. Otro idealista de rostro atractivo y manos hábiles.

Podía ir a los bares cuantas veces se le antojara, escuchar música, elegir un acompañante para cada noche.

El piso tenía seis habitaciones, con muebles nuevos y relucientes en todas ellas. Los armarios estaban repletos de ropa de las tiendas de moda. En un dedo lucía un grueso anillo de diamantes que había comprado la semana anterior porque se sentía triste. Pero ya se había aburrido de él.

Dejándose llevar por la ignorancia, había creído que cien mil libras equivalían a todo el oro del mundo. Acarició la seda de su bata y sintió un escalofrío de placer. Era tan suave al tacto. Sin embargo, muy pronto había descubierto que las grandes sumas de dinero se gastaban con tanta facilidad como las pequeñas. Aunque todavía le quedaba bastante, no tardó en darse cuenta de que había vendido a Emma por muy poco.

Brian habría pagado dos veces más por la niña, pensó Jane acunando la botella de ginebra. Más de dos veces más, por mucho que el imbécil de Pete frunciera el ceño y mascullara entre dientes. Brian quería a Emma. Sentía una ternura especial por los niños. Jane siempre lo había sabido, pero lamentablemente no había tenido la astucia de explotar aquella veta tan sensible.

Solo había obtenido unas miserables veinticinco mil libras anuales. Se preguntó cómo se las arreglaría para vivir con tan poco dinero.

Bastante mareada por la ginebra, enrolló un porro.

De tanto en tanto atendía a algún cliente, más por la compañía que por el dinero. Jamás se le había pasado por la cabeza que echaría de menos a Emma. Sin embargo, a medida que transcurrían las semanas, la maternidad adquiría un nuevo sentido emocional para Jane.

Había dado a luz. Había cambiado pañales inmundos. Había gastado su dinero —ganado a duras penas— en comida y ropa para la niña. Y era probable que la mocosa ni siquiera recordara su existencia.

Contrataría a un abogado, al mejor de todos, con el dinero de Brian. Era lo justo. No había un solo tribunal en el país que no aceptara que los hijos debían estar con su madre. Recuperaría a Emma. O, mejor aún, obtendría dos veces más dinero por ella.

Ya verían lo que ocurría cuando empezara a exprimirlos. Brian y su flamante y estirada esposa no se olvidarían de ella. Nadie se olvidaría de ella. Ni la repugnante prensa, ni el estúpido público, ni su propia hija.

Con esa idea en la mente, buscó el frasco de metedrina y se preparó para volar.

6

Emma no podía esperar más. Como fuera caía una insidiosa cellisca, tuvo que aplastar la cara contra la ventana para poder ver.

Pronto llegarían. Johnno se lo había dicho. Y era lo bastante lista para saber que se burlaría de ella si volvía a preguntarle cuánto tardarían. Pero no soportaba esperar. Cuando se
le enfrió la nariz de tenerla tan pegada al cristal de la ventana,
se puso a bailar. Primero brincó sobre un pie, luego sobre el
otro. Su papi vendría a casa con Bev... y con su nuevo hermanito. Darren. Su hermano se llamaba Darren. Susurró el nombre. El sonido la hizo sonreír.

Nunca le había pasado nada tan grande, ni tan importante,
como tener un hermano. Sería suyo y necesitaría que ella lo
atendiera y cuidara. Había practicado varias semanas seguidas con las muñecas que llenaban su habitación.

Sabía que debía sostenerle la cabeza con sumo cuidado.
De lo contrario, podía caerse hacia atrás y romperse. A veces
los bebés despertaban en medio de la noche y lloraban porque querían leche. Emma pensó que el llanto no la molestaría.
Se frotó el pecho plano y se preguntó si Darren encontraría
leche allí.

No la habían dejado ir a verlo al hospital. Ella se enfadó
tanto que, por primera vez desde que había llegado a su nueva casa, se escondió en un ropero. Todavía estaba enojada,
pero sabía que a los adultos no les importaban las rabietas de
los niños.

Cuando se cansó de estar de pie, fue a sentarse junto a la ventana y acarició a Charlie. No tenía más remedio que seguir esperando.

Trató de pensar en otra cosa. En su viaje a Estados Unidos. Canturreando para sí, recordó todas las cosas que había visto. El gran arco plateado en Saint Louis. El lago de Chicago, inmenso como el océano. Y Hollywood. Le había encantado aquel enorme cartel blanco en la colina. Intentó recordar todas las letras.

Su padre había tocado en un teatro enorme, justo al lado del cartel. Todos llamaban estadio a aquel teatro. A Emma le pareció raro, pero le divirtió oír los aplausos y los alaridos de la multitud al aire libre.

Había celebrado su tercer cumpleaños en Hollywood, y todos habían comido una porción de pastel blanco decorado con confites plateados.

Habían tenido que viajar en avión casi todos los días, y ella se había asustado cada vez que volaban, pero logró combatir el malestar. Muchas personas viajaban con ellos. Su padre decía que eran sus «compañeros de carretera». A Emma le parecía una tontería aquella expresión, porque siempre viajaban por el aire y jamás pisaban una carretera.

Lo que más le gustaba eran los hoteles. Servicio de habitaciones y cama flamante y limpia casi todas las noches. Le encantaba mirar caras y lugares nuevos por la ventana todas las mañanas.

Abrió la boca en un gran bostezo y se repantigó en su asiento, con el perro de peluche bajo el brazo.

Cuando volvieran a vivir en un hotel, Darren iría con ellos. Todos le querrían.

Contemplar la cellisca le daba sueño. Pensó en la Navidad. Por primera vez en su vida, había encontrado un calcetín con su nombre bordado colgado de la repisa de la chimenea. Había montones de regalos bajo el árbol que había adornado con Bev. Muñecos de peluche, juguetes de madera y muñecas con vestidos bellísimos. Por la tarde todos habían jugado al parchís. Incluso Stevie. Primero fingió hacer trampa para hacerla reír, pero luego se la echó sobre el hombro y recorrieron la casa de arriba abajo gritando como locos.

Más tarde su padre trinchó el gran pavo de Navidad. Después de la comilona le entró sueño, se hizo un ovillo frente al fuego y se durmió escuchando música.

Había sido el mejor día de su vida. Hasta hoy. La despertó el ruido de un coche. Pegó la cara al cristal empañado de la ventana y miró. Lanzó un chillido de alegría y bajó al suelo de un brinco.

—¡Johnno! ¡Johnno! Ya han llegado. —Emma corrió por el pasillo. La suela de sus zapatos rayó el suelo de madera que tanto había costado restaurar y pulir.

—Espera un momento. —Johnno dejó de garrapatear la letra de una canción que tenía en la cabeza y la atrapó al vuelo—. ¿Quiénes han llegado?

—Papi, Bev y mi niño.

—¿Tu niño? ¿No me digas? —Le pellizcó la nariz y miró a Stevie, que estaba probando unos acordes—. ¿Vamos a darle la bienvenida al nuevo McAvoy?

—Enseguida estaré con vosotros —respondió el guitarrista ensimismado.

—Ya voy. —Antes de levantarse del suelo P. M. se metió en la boca el último trozo del bollo con pasas—. ¿Habrán podido salir del hospital sin ser atacados por la turba?

—Las precauciones de Pete hacen que James Bond parezca un novato. Dos limusinas de señuelo, veinte guardaespaldas fornidos... y la huida final en la furgoneta de una floristería. —Johnno soltó una carcajada y se dirigió al vestíbulo. Emma le pisaba los talones—. La fama nos convierte en mendigos, querida Emmy. Jamás lo olvides.

Pero a Emma no le importaban la fama ni los mendigos ni ninguna otra cosa. Solo quería ver a su hermano. Apenas se abrió la puerta, liberó su mano sudorosa de la de Johnno, siempre pulcra y seca, y atravesó el vestíbulo veloz como una saeta.

—Déjame verlo —pidió.

Brian se agachó y levantó la manta que cubría el bulto que llevaba en brazos. Emma se enamoró de su hermano a primera vista. Fue un amor incondicional, que lo abarcó todo. Era mucho más de lo que había esperado.

No era un muñeco. Hasta cuando dormía se podía apreciar el suave temblor de sus pestañas oscuras. Tenía la boca pequeña y húmeda; su piel era fina y delicadamente pálida. Llevaba puesta una gorrita azul en la cabeza, pero Brian le dijo que su cabello era oscuro como el de Bev. Y tenía el puñito cerrado. Emma lo rozó con la punta de los dedos. Estaba caliente y apenas se movió al sentirla.

El amor la atravesó como un rayo de luz.

—¿Qué te parece? —le preguntó Brian.

—Darren. —Emma pronunció el nombre lentamente, como si lo saboreara—. Es el niño más guapo del mundo.

—Tiene la preciosa cara de los McAvoy —murmuró Johnno. Se sentía un tonto sentimental—. Buen trabajo, Bev.

—Gracias. —Por suerte había terminado. Ninguno de los libros que había leído la había preparado para el agotador y exquisito trabajo del parto. Aunque las últimas horas habían sido difíciles, estaba orgullosa de haber traído a su hijo al mundo por la vía natural. Ahora solo quería instalarse en su casa y ser madre.

—El médico no quiere que Bev camine demasiado en los próximos días —explicó Brian—. ¿Quieres subir al dormitorio a descansar un poco, mi amor?

—Lo último que quiero es meterme en otra cama.

—Entonces ven y siéntate un rato. El tío Johnno te preparará una taza de té.

—Maravilloso.

—Subiré a acostar al bebé. —Brian sonrió al ver que P. M. retrocedía sin saber qué hacer—. No muerde, tío. No tiene dientes.

El batería esbozó una sonrisita tonta y metió las manos en los bolsillos.

—Por un tiempo, no me pidas que lo toque.

—Solo te pido que entretengas un poco a Bev. Ha pasado momentos muy duros. Esta tarde vendrá una niñera, pero hasta entonces no quiero que haga nada que pueda cansarla.

—Eso sí puedo hacerlo. —Evidentemente aliviado, P. M. regresó al vestíbulo.

—Pondremos a dormir al bebé —anunció Emma tirando del borde de la manta—. Yo te enseñaré a hacerlo.

Comenzaron a subir por la escalera. Emma iba delante.

La habitación del bebé tenía cortinas blancas transparentes y franjas de arco iris pintadas en las paredes celestes. La cuna lucía una orla de encaje irlandés blanco como la nieve, entretejida con cintas de satén rosadas y azules. En un rincón había un andador pasado de moda, custodiado por un enorme oso de peluche. Junto a la ventana esperaba una antigua mecedora.

Emma se quedó junto a la cuna mientras su padre acostaba a Darren. Cuando Brian le quitó la gorrita, estiró la mano con cuidado y acarició su suavísimo cabello negro.

—¿Despertará pronto?

—No lo sé. Tengo la sensación de que los recién nacidos son impredecibles. —Brian se acuclilló junto a su hija—. Tenemos que ser muy cuidadosos con él, Emma. Es una criatura indefensa, como ves.

—Yo no permitiré que le pase nada, nunca. —Apoyó la mano sobre el hombro de su padre y observó al bebé dormido.

Emma no estaba segura de que le gustara la señorita Wallingsford. La joven niñera tenía un bonito cabello rojo y unos encantadores ojos grises, pero casi nunca le permitía tocar al pequeño Darren. Bev había entrevistado a docenas de aspirantes y, a diferencia de Emma, estaba más que satisfecha con Alice Wallingsford. Tenía veinticinco años, venía de una buena familia, sus referencias eran excelentes y sus modales, exquisitos.

Durante los primeros meses posteriores al nacimiento de Darren, Bev estaba tan cansada y su humor era tan variable que los servicios de Alice resultaron inestimables. Lo más importante era que podían hablar de mujer a mujer y con absoluta confianza de asuntos como el nacimiento de los dientes, el amamantamiento y las dietas. Bev estaba tan decidida a recuperar su figura esbelta como a ser una buena madre. Mientras Brian se encerraba a componer canciones con Johnno o se reunía con Pete para decidir los temas del próximo disco, Bev consagraba todos sus esfuerzos al hogar que tanto había anhelado para ambos.

Aunque escuchaba con interés las opiniones de Brian acerca de la guerra en Asia y los disturbios raciales en Estados Unidos, su mundo se centraba en otras cosas. Por ejemplo, en saber cuándo calentaría más el sol para sacar a Darren a dar un paseo. Había aprendido a hornear pan y a hacer punto. Mientras tanto, Brian escribía canciones de protesta contra la guerra y la hipocresía social.

Cuando su cuerpo volvió a la normalidad, la mente de Bev se relajó. Fue la etapa más dulce de su vida. Su hijo era regordete y saludable; su esposo la trataba como a una reina en la cama.

Bev se había sentado en la mecedora, junto a la ventana de la habitación de Darren. El bebé estaba prendido a su seno y Emma acurrucada a sus pies. Había llovido durante toda la mañana, pero el sol acababa de asomar en todo su esplendor. Pensó que esa tarde los llevaría a dar un paseo por el parque.

—Voy a acostarlo, Emma. —Bev se cubrió el pecho con la blusa—. Se ha quedado dormido.

—¿Puedo cogerlo en brazos cuando despierte?

—Sí, pero solo si yo estoy contigo.

—La señorita Wallingsford nunca me deja tocarlo.

—Alice es muy prudente. —Bev alisó la sábana y se apartó de la cuna. Su hijito apenas tenía cinco meses, pero ya no podía imaginar la vida sin él—. Vayamos a la cocina a preparar un pastel. A tu papá le encanta el de chocolate.

Emma sabía que la propuesta debía ponerla contenta y salió corriendo detrás de Bev. Alice estaba en el pasillo, con una pila de sábanas limpias para el bebé en los brazos.

—Creo que dormirá un buen rato, Alice —dijo Bev—. Tiene la panza llena.

—Sí, señora.

—Emma y yo estaremos en la cocina.

Una hora más tarde, justo cuando acababan de poner a enfriar el pastel, oyeron un portazo.

—Tu papá ha llegado temprano. —Bev se arregló el cabello automáticamente y fue corriendo a recibirlo—. Bri, no te esperaba hasta más... ¿Qué ocurre?

Estaba pálido como un muerto. Tenía los ojos enrojecidos y nublados. Sacudió la cabeza como si quisiera despejar sus ideas. Bev corrió hacia él con las manos tendidas.

—Lo han asesinado.

—¿Qué? —Bev le clavó los dedos en la mano—. ¿A quién? ¿A quién han asesinado?

—A Kennedy. A Robert Kennedy. Lo han matado.

—Ay, Dios santo. Ay, Dios. —Bev se quedó inmóvil, con la mirada fija. Horrorizada, recordó el asesinato del presidente de Estados Unidos, un crimen que había lamentado el mundo entero. Y ahora su hermano. Su joven y brillante hermano.

—Estábamos ensayando para el álbum —prosiguió Brian—. Pete entró de repente. Lo había oído en la radio. No le creímos, pero después oímos la noticia. Maldita sea, Bev. Hace unos meses mataron a King... y ahora esto. ¿Qué le ocurre al mundo?

—Señor McAvoy... —Alice comenzó a bajar por las escaleras. Su rostro estaba tan blanco como su delantal—. ¿Es verdad? ¿Está seguro?

—Sí. Ojalá fuera una pesadilla. Pero es verdad.

—Ay, esa pobre familia. —Alice estrujó su delantal. No sabía qué hacer para calmarse—. Esa pobre madre.

—Era un buen hombre —murmuró Brian—. Habría sido el próximo presidente de Estados Unidos. Y habría detenido esta maldita guerra, estoy seguro.

Emma no soportaba ver llorar a su padre. Demasiado inmersos en su propia pena, los adultos no se dieron cuenta. No conocía a nadie llamado Kennedy, pero lamentaba que hubiera muerto. ¿Habría sido amigo de su papá? Tal vez había combatido en aquella guerra de la que tanto hablaba su padre.

—Prepara un poco de té, Alice, por favor. —Bev acompañó a Brian al vestíbulo.

—¿A qué clase de mundo traemos a nuestros hijos? ¿Cuándo comprenderán, Bev? ¿Cuándo comprenderán por fin?

Emma dejó a los adultos con su té y sus lágrimas y subió a ver a Darren.

La encontraron en la habitación del pequeño una hora más tarde, tarareando una nana que Bev solía cantar.

Presa del pánico, Bev empujó la puerta del dormitorio, pero Brian la detuvo.

—No, ellos están bien. ¿Acaso no te das cuenta? —La visión de sus hijos disipó en parte aquella sensación de ira y desamparo. Emma se balanceaba en la mecedora, con los pies muy lejos del suelo y el bebé en los brazos.

Levantó la vista al oírlos llegar. Una sonrisa beatífica se dibujó en sus labios.

—Estaba llorando, pero ahora está contento. Me ha sonreído. —Se inclinó para besarle la mejilla y Darren hizo un gorgorito de placer—. Me quiere. ¿No es cierto, Darren?

—Sí, te quiere. —Brian se arrodilló frente a la mecedora y abrazó a sus hijos—. Gracias a Dios por todos vosotros —murmuró tendiendo una mano a Bev—. Creo que me volvería loco sin vosotros.

Brian se mantuvo cerca de su familia durante las semanas siguientes. Trabajaba en casa siempre que era posible e incluso llegó a fantasear con la idea de instalar allí un estudio de grabación. La guerra del sudeste asiático no lo dejaba dormir. El horrible e inútil conflicto en su Irlanda natal lo desgarraba. Sus discos encabezaban las listas de ventas, pero eso ya no lo satisfacía tanto como en los primeros tiempos. La música le servía para proyectar sus sentimientos y para ahogar lo peor de ellos. La vida familiar lo mantenía equilibrado.

Ellos eran lo único que le aportaba cordura y bienestar, de eso estaba seguro.

Bev le dio la idea de llevar a Emma al estudio. Estaban a punto de grabar los primeros temas del tercer álbum. Brian pensaba que era más importante que el primero. Esta vez tendría que demostrar que Devastation no era obra de la casualidad. Y tampoco una pálida imitación de otras bandas, como los Beatles o los Rolling Stones. Tenía que demostrarse a sí mismo que la magia, que parecía haberse esfumado durante el último año, continuaba intacta.

Quería algo único, un sonido distintivo que los identificara. Descartó por lo menos una docena de piezas de rock puro escritas con Johnno. Eso podía esperar. A pesar de las objeciones de Pete, el grupo apoyó su decisión de sazonar los temas con declaraciones políticas, auténtico rock rebelde, sucio y agresivo, y canciones folclóricas irlandesas. Guitarras eléctricas y flautas metálicas.

Cuando entró en el estudio de grabación, Emma no tenía la menor idea de que presenciaría un hito en la historia de la música. Para ella, se trataba de pasar el día con su papá y sus amigos. El estudio parecía una enorme sala de juegos; había equipos electrónicos, instrumentos y una cabina alta de vidrio. Se sentó en una enorme silla giratoria y bebió una Coca-Cola directamente de la botella.

—¿No crees que la cría se va a aburrir un poco? —preguntó Johnno a Brian, probando unos acordes en el órgano electrónico. Llevaba un anillo en cada dedo meñique: el diamante de costumbre en uno y un flamante zafiro en el otro.

—Si no somos capaces de entretener a una niña, será mejor que colguemos los instrumentos. —Brian ajustó la correa de su guitarra—. De todos modos, quiero tenerla cerca. Jane ha vuelto a las andadas.

—Es una puta —dijo Johnno en voz muy baja, como si mordiera las palabras. Se sirvió un vaso de Coca-Cola mezclada con ron.

—Esta vez no obtendrá nada, pero no deja de ser una molestia. —Brian vio que Emma estaba muy entretenida hablando con Charlie—. Jane nos acusa de haberla empujado a firmar los papeles con engaños. Pete se está ocupando del asunto.

—Solo quiere más dinero.

Brian asintió. Una sonrisa sombría se dibujó en sus labios.

—No le sacará ni un penique más a Pete. A mí tampoco. Hagamos una prueba de sonido, ¿quieres?

—Hola, Emma. —Stevie, que acababa de llegar, le hundió un dedo en la panza—. ¿Quieres formar parte de la banda?

—He venido a mirar. —Emma se quedó observándolo, fascinada por el aro de oro que lucía en la oreja.

—Me parece muy bien. Siempre actuamos mejor cuando tenemos público. Quiero que me digas algo, Emmy. —Stevie se agachó y le susurró al oído—: Quiero la verdad y nada más que la verdad. ¿Quién es el mejor de todos?

Aquel juego se había convertido en algo habitual entre ellos. Emma, que por supuesto conocía las reglas, levantó los ojos, los bajó y miró a ambos lados. Luego se encogió de hombros y gritó entusiasmada:

—¡Papi!

La respuesta le valió un bufido de disgusto y una andanada de cosquillas. Se acurrucó contra el respaldo de la silla, haciendo un gran esfuerzo para no mojar las bragas.

—En este país es ilegal lavarles el cerebro a los niños —dijo Stevie acercándose a Brian.

—La chica tiene gusto.

—Claro que sí. Tiene muy mal gusto. —Sacó su Martin del estuche y acarició el mástil con los dedos—. ¿Qué haremos primero?

—Grabaremos la parte instrumental de «Outcry».

—Lo primero es lo primero. —Con una leve inclinación de la cabeza, Stevie probó algunos acordes—. A trabajar, compañeros.

El guitarrista era el único de los cuatro que se había criado en el seno de una familia adinerada, en una casa con jardín y dos criadas internas. Estaba acostumbrado a las cosas buenas; las esperaba y enseguida se aburría de ellas. Cuando se enamoró de la guitarra, sus encopetados padres maldijeron el día en que se la habían regalado.

A los quince años ya había formado su propia banda. Stevie and the Rousers. Duró solo seis meses; las encarnizadas luchas internas acabaron por destruirla. Sin desalentarse, Stevie formó otro grupo, y luego otro más. Su vibrante talento natural atraía a muchos, pero todos cometían la torpeza de pedirle que cumpliera la función de líder, para la que era absolutamente incapaz.

Se había cruzado con Brian y Johnno en una fiesta en el Soho, una de esas reuniones a la luz de las velas envueltas en humo e incienso que tanto aterraban a sus padres. La intensidad musical de Brian y el ingenio cáustico y despreocupado de Johnno lo atrajeron como un imán. Por primera vez en su vida Stevie se unió a un grupo en vez de formarlo. Y aceptó el liderazgo de Brian con verdadero alivio.

Habían tenido malas épocas, cuando merodeaban por los bares en busca de una oportunidad de tocar. Pero también épocas buenas en que componían canciones y hacían música. Y había tenido mujeres, un glorioso y sudoroso desfile de chicas dispuestas a caer de espaldas por un tipo rubio con una guitarra en la mano.

Y Sylvie, la muchacha que había conocido durante la primera gira en Amsterdam. La bonita Sylvie, de mejillas carnosas, que chapurreaba el inglés y tenía ojos cándidos. Habían hecho el amor en una habitación mugrienta, con el techo lleno de goteras y los vidrios de las ventanas cubiertos de hollín. Se había enamorado de ella, tanto como se creía capaz. Incluso fantaseó con la idea de llevarla a vivir con él a Londres, a algún apartamento diminuto sin agua caliente.

Pero Sylvie quedó embarazada.

Stevie recordaba el momento en que se lo había anunciado. Tenía el rostro pálido y los ojos llenos de esperanza y miedo. Pero él no quería tener hijos. Santo Dios, solo tenía veinte años. Su música era lo primero y así debía ser. Y si sus padres se enteraban de que había tenido un hijo con una camarera holandesa... Para Stevie fue humillante comprobar que por muy lejos que escapara y por mucho que protestara, le seguía importando la opinión de sus padres.

Con suma discreción y pagando una alta suma de dinero, Pete hizo los arreglos necesarios para que le practicaran un aborto. Con lágrimas en las mejillas, Sylvie hizo lo que Stevie le pidió. Después desapareció de su vida. Solo entonces se dio cuenta de que la había amado más de lo que se creía capaz de amar.

No quería pensar en eso. Odiaba recordar aquel episodio... y recordarla. Pero últimamente no podía quitárselo de la cabeza. Era probable que tuviera relación con Emma. Con el rostro sonrosado de alegría, jugaba a dar vueltas en la silla giratoria. Su hijo, o su hija, habría tenido casi la misma edad.

Emma se divertía en el estudio. Se divertía tanto que lamentaba que Darren no estuviera allí. Ver tocar a su padre y sus amigos en la sala de grabación era muy diferente de verlos actuar en los teatros y auditorios de Estados Unidos. La energía era distinta. Aunque no lo comprendía, podía sentirlo.

Comenzó a verlos como un ser único, un cuerpo con cuatro cabezas. Esa imagen la hizo reír, pero parecía verdadera. Los cuatro discutían, se insultaban, bromeaban o permanecían en silencio mientras oían las grabaciones. Emma desconocía el significado de las palabras técnicas, pero no tenía necesidad de comprenderlas. Reía cuando se abrazaban o hacían un alto para bromear con ella: Además, le dejaron comer montones de patatas fritas y llenarse la barriga de Coca-Cola.

Se sentó en las rodillas de P. M. durante un descanso y tocó la batería. Dijo su nombre ante el micrófono y oyó el eco de su voz en la sala. Se quedó dormida en la silla giratoria, con un palillo de batería en la mano. El fiel Charlie hizo las veces de almohada. Se despertó al oír la voz de su padre, que entonaba una trágica balada de amor.

Emma lo contempló embobada. Pero antes se frotó los ojos para alejar el sueño y bostezó sobre el mustio pelaje de Charlie. Su corazón era demasiado joven para conmoverse con la letra de la canción, pero la música le llegó al alma. Cada vez que volviera a escuchar esa canción recordaría aquel instante, cuando despertó con el sonido de la voz de su padre. Una voz que lo llenaba todo. Una voz capaz de llenar su cabeza y de llenar el mundo.

Cuando Brian terminó de cantar, olvidó que debía permanecer callada. Se puso en pie en la silla y aplaudió.

—¡Papi!

Pete masculló una palabrota en la cabina de grabación, pero Brian levantó la mano.

—Déjalo. —Miró a su hija y sonrió—. Déjalo —repitió tendiendo los brazos hacia Emma. La niña corrió hacia él y Brian la levantó en el aire—. ¿Qué te parece, Emma? Acabas de convertirte en una estrella de rock.

7

Si la fe de Brian en la humanidad se había visto tambaleada en 1968 por los asesinatos de Martin Luther King y Robert Kennedy, volvió a afirmarse en el verano de 1969 en Woodstock. El festival fue para él una celebración de la juventud y la música, del amor y la solidaridad. Simbolizó la posibilidad de dejar atrás aquel año de guerra y derramamientos de sangre, de revueltas y de descontento. En lo alto del escenario, mientras contemplaba aquel mar de cuerpos humanos, supo que jamás volvería a hacer algo tan grandioso ni tan memorable.

Aunque le entusiasmaba estar allí y dejar su huella, también le deprimía y aterraba saber que la década de los sesenta —más que nada, el espíritu de los sesenta— estaba llegando a su fin.

Pasó aquellos gloriosos tres días dominado por una intensa energía emocional y creativa, estimulado por el ambiente reinante, eufórico por el efecto de las drogas que se conseguían sin la menor dificultad, acuciado por el miedo de comprobar adónde lo había llevado el éxito. Pasó toda una noche solo en la caravana de la banda, componiendo sin parar durante una maratón de catorce horas. La cocaína era su único combustible. Una tarde luminosa se sentó en el bosque con Stevie, y juntos oyeron la música y los aplausos de las cuatrocientas mil personas allí reunidas. El LSD lo hizo ver universos en una hoja de arce.

Brian abrazó la idea y la realidad de Woodstock. Solo lamentaba no haber convencido a Bev de que les acompañara. Una vez más, ella se había quedado esperando. Pero ahora lo esperaba en la casa que habían comprado en las colinas de Hollywood. La historia de amor de Brian con Estados Unidos acababa de comenzar. La segunda gira de la banda por territorio norteamericano fue como regresar a casa para él. Era el año del festival, un fenómeno que, en opinión de Brian, demostraba la fuerza de la cultura del rock.

Quería —más que querer, necesitaba— recuperar la exaltación de los primeros éxitos, cuando la banda, la unidad que formaban los cuatro, era una fuerza eléctrica que había irrumpido como un tornado en el mundo de la música y merecido el reconocimiento público. El año anterior había sentido que esa electricidad, esa unión se evaporaban lentamente. Como los años sesenta. Pero luego, en Woodstock, sintió que todo volvería a renovarse.

Apenas subieron al avión y dejaron atrás a los fieles en Woodstock, Brian cayó en un sueño exhausto. A su lado, con total despreocupación, Stevie tomó un par de barbitúricos y cerró los ojos. Johnno se puso a jugar al póquer con algunos de los técnicos que los acompañaban. P. M. era el único que parecía inquieto en su butaca junto a la ventana. Quería recordarlo todo. A diferencia de Brian, le molestaba la infraestructura paupérrima que socavaba el simbolismo y la importancia del festival. El barro, la basura, la falta de medidas higiénicas adecuadas. La música había sido maravillosa, casi hasta el punto de lo intolerable, pero a menudo, muy a menudo, el público estaba demasiado drogado para darse cuenta.

No obstante, a pesar de su pragmatismo y su simplicidad, P. M. también había sentido la euforia de la solidaridad y la unión fraterna. Había sentido paz, tres días de pacífica convivencia familiar con cuatrocientos mil seres humanos. Pero también había visto la mugre, las relaciones sexuales indiscriminadas, el consumo descontrolado de drogas.

Las drogas le daban miedo. No podía admitirlo ni siquiera ante sus compañeros de banda, que eran como hermanos

83

para él. Las drogas lo hacían sentir enfermo, estúpido o le daban sueño. Solo las tomaba cuando no encontraba una manera elegante de rechazarlas. Le asombraba la alegría con que Brian y Stevie probaban todo cuanto caía en sus manos. Y también lo perturbaba. Pero la despreocupación con que Stevie se inyectaba heroína en las venas lo aterraba.

Johnno era más selectivo respecto a lo que se metía en el cuerpo, pero tenía una personalidad tan fuerte que nadie se atrevía a reírse si se negaba a tomar un ácido o una anfetamina o a inhalar una raya de cocaína.

P. M. sabía que la personalidad no era su punto fuerte. Ni siquiera era músico, no como los demás. Sabía que estaba a la altura de cualquier otro batería. Era bueno, muy bueno, pero no sabía escribir música ni leer una partitura. No se expresaba a través de la poesía ni de las declaraciones políticas.

Tampoco era guapo. Incluso ahora, con veintitrés años, era víctima de ocasionales erupciones de acné.

No obstante, a pesar de lo que, en su opinión, era un conjunto de indeseables inconvenientes, formaba parte de una de las bandas de rock más grandes y exitosas del mundo. Tenía amigos sinceros y leales, dispuestos a apoyarlo en los buenos y en los malos momentos. En dos años había ganado más dinero del que había soñado obtener en toda su vida.

P. M. era muy cauto y precavido con lo que ganaba. Como su padre tenía un pequeño taller de reparaciones en Londres, sabía un poco de negocios y libros de contabilidad. Era el único de los cuatro que preguntaba a Pete por los gastos y las ganancias del grupo. Y también era el único que se tomaba la molestia de leer los contratos que firmaban.

Le agradaba tener dinero, y no solo porque su buena fortuna le permitía enviar cheques a su familia, cosa que, para sus desconfiados padres, era la única prueba tangible de que había triunfado en la vida. Pero no era solo eso. A P. M. le gustaba sentir el peso de los billetes en el bolsillo.

No se había criado en la pobreza como Brian y Johnno, pero tampoco había conocido, ni siquiera de lejos, las comodidades de que Stevie disfrutó en su niñez.

Iban rumbo a Texas. Otro festival en un año lleno de festivales. En realidad, no le importaba. Después del festival darían otro recital en otra ciudad. Todo se mezclaba y desdibujaba en su memoria... los meses, los escenarios. Pero no quería que aquello terminara jamás. Le asustaba volver a hundirse en la oscuridad si eso llegaba a ocurrir.

Sabía que, cuando acabara el verano, irían a California. A Hollywood. Durante unas semanas vivirían rodeados de estrellas de cine. Y esos días estaría cerca de Bev, pensó con una mezcla de culpa y placer. La esposa de Brian era la única persona a la que P. M. amaba más que al propio Brian.

Emma colocó en su lugar los cubos de letras. Se sentía orgullosa de estar aprendiendo a leer, y había decidido enseñar a Darren todo lo que sabía.

—Eee, mmm, mmm, aaa —dijo señalando los cubos correspondientes a medida que deletreaba su nombre—. Emma. Ahora tú: Emma.

—¡Ma! —Darren lanzó una carcajada y, con un empujoncito, desbarató la hilera de cubos—. Ma... ma.

—Eee... maa —insistió la niña, un poco desairada. Pero se inclinó a besarlo—. Probemos algo más fácil. —Puso un cubo encima de otro—. Ppp, aaa, ppp, iii. Papi.

—Papi. ¡Papi, Papi! —Satisfecho con sus logros, Darren se levantó sobre sus piernas regordetas y corrió a buscar a Brian.

—No. Papi no está aquí ahora, pero mamá está en la cocina. Esta noche daremos una gran fiesta para celebrar que han acabado el nuevo álbum. Pronto volveremos a casa, a Inglaterra.

Emma estaba ansiosa por regresar, aunque su casa de Estados Unidos le gustaba tanto como el castillo en las afueras de Londres. Durante más de un año había sobrevolado el océano con su familia con la misma facilidad con que otras familias iban de una punta a otra de la ciudad en automóvil.

Había cumplido seis años en el otoño de 1970 y, por deseo de Bev, tenía una institutriz británica. Sabía que cuando regresaran a Inglaterra comenzaría a ir a la escuela con otros niños de su misma edad. La idea le parecía maravillosa y aterradora.

—Cuando volvamos a casa aprenderé muchas cosas más y te las enseñaré todas. —Apiló los cubos y construyó una torre altísima—. Mira, este es tu nombre. Darren.

Con un chillido de euforia, Darren se acercó gateando para mirar las letras.

—Ddd, aaa, zzz, lll, mmm, nnn, ooo, ppp. —Sonrió con picardía y apoyó un brazo sobre la torre. Los cubos temblaron y cayeron desparramados—. ¡Darren! Darren McAvoy.

—Sabes decir tu nombre muy bien, ¿eh? —Después de tres años de convivencia, el tono y la cadencia de la voz de Emma reflejaban fielmente los de Brian. Con una sonrisa, comenzó a construir una estructura más compleja para que su hermano la derrumbara.

Era la luz de su vida, su hermanito de densa cabellera oscura y ojos risueños, verdes como el mar. A los dos años, tenía el rostro de un querubín de Botticelli y la energía de un demonio. Hacía todo lo que había que hacer antes del tiempo previsto. Por ejemplo, había empezado a gatear varias semanas antes de lo que indicaban los libros de pediatría que Bev leía con fruición.

Su cara había aparecido en las portadas del *Newsweek*, *Photoplay* y *Rolling Stone*. El mundo entero se había enamorado de Darren McAvoy. Por sus venas corría sangre de campesinos irlandeses y británicos conservadores, pero él era un príncipe. Por más precauciones que tomara Bev, los paparazzi se las ingeniaban para tomarle fotos al menos una vez por semana. Y sus fans siempre querían más.

Le enviaban carretadas de juguetes, que Bev distribuía meticulosa y equitativamente entre varios hospitales y orfanatos. Le llovían ofertas para hacer publicidad: comida para bebés, una línea de ropa para niños, una cadena de jugueterías. Todas las ofertas eran sistemáticamente rechazadas. En medio de tanta atención y adulación, Darren continuaba siendo un niño feliz y saludable que disfrutaba al máximo la maravilla de sus dos años. De haber sabido que despertaba tanto interés en la gente, sin duda habría estado alegremente de acuerdo en que lo merecía.

—Este es el castillo. —Emma siguió colocando los cubos—. Y tú eres el rey.

—Yo soy el rey. —Darren se dejó caer y rebotó sobre su trasero, mullido por los pañales.

—Sí. El rey Darren I.

—Primero —repitió el niño. Conocía muy bien el significado de esa palabra y le gustaba ocupar ese lugar—. Darren es el primero.

—Eres un rey muy bueno y proteges a todos los animales. —Emma acercó al siempre fiel Charlie. Consciente de su deber regio, Darren se inclinó y le estampó un beso húmedo—. Y aquí están todos tus nobles y valientes caballeros. —Fue señalando los juguetes de peluche y las muñecas uno por uno—. Estos son papi y Johnno, Stevie y P. M. Y aquí está Pete, que es, ah... tu primer ministro. Y esta es la hermosa lady Beverly. —Satisfecha, Emma acarició a la muñeca bailarina, que era su favorita.

—Mamá. —Darren besó a la muñeca—. Mamá es bonita.

—Es la dama más bella del mundo, pero una bruja horrible la persigue y la ha encerrado en una torre. —Emma recordó fugazmente a su madre, pero la olvidó enseguida—. Todos los caballeros corren a salvarla. —Haciendo ruido de galope, empujó al resto de los juguetes hacia la muñeca—. Pero solamente sir Papi puede romper el hechizo.

—Sir Papi. —La combinación de palabras impactó tanto a Darren... que tropezó y cayó encima del castillo.

—¡Oh, no! —gimió Emma—. Está bien. Si insistes en andar por ahí derribando tu propio castillo, yo me rindo.

—Mamá. —Darren la abrazó con fuerza—. Mi mamá. Juguemos a la granja.

—Está bien, pero primero tenemos que recoger los cubos. Si no, la pulcra señorita Wallingsford dirá que somos unos niños desordenados y maleducados.

—Puta. Puta. Puta.

—¡Darren! —Muerta de risa, Emma se tapó la boca con las manos—. Eso no se dice.

Al ver que la hacía reír, Darren repitió la palabra a voz en cuello.

—Qué bonita palabra en boca de un niño. —Sin saber reír o enojarse, Bev asomó la cabeza por el vano de la puerta.

—Quería decir pulcra —explicó Emma.

—Ya veo. —Darren corrió hacia ella y Bev le tendió los brazos—. Es importante no cambiar las letras de las palabras, amiguito. ¿Y qué estáis tramando vosotros dos?

—Estábamos jugando al castillo, pero a Darren le divierte más derribarlo.

—Darren el destructor. —Bev le frotó el cuello con la nariz hasta que chilló de risa. Darren aferró con sus piernecitas la cintura de su madre para que lo sostuviera en su posición predilecta: cabeza abajo.

Bev no sabía que se podía amar tanto. La pasión que sentía por Brian empalidecía ante el amor que profesaba a su hijo. Y él se lo devolvía con creces, sin saberlo siquiera. Así de simple. Un abrazo, un beso, una sonrisa bastaban para hacerla feliz. Siempre en el momento justo. Era lo mejor que le había pasado en la vida, lo más radiante.

—Muy bien. Ahora ayudarás a tu hermana a ordenar los cubos.

—Yo puedo hacerlo sola —se anticipó Emma.

Bev dejó a Darren en el suelo y sonrió a la niña.

—Tiene que aprender a recoger las cosas, Emma, por mucho que tú y yo queramos ahorrarle siempre el trabajo de hacerlo.

Bev se quedó mirándolos, la frágil niña de cabello rubio y el robusto niño moreno. Emma era una criatura pulcra y de buenos modales que ya no se escondía en los roperos. Brian le había dado una oportunidad. Y Bev había puesto su granito de arena para que se transformara en una niña brillante y alegre. Pero Darren había inclinado la balanza para siempre. Por devoción a su hermano menor, Emma había olvidado el miedo y la timidez. Darren sentía por ella un amor incondicional.

Incluso cuando era muy pequeño, dejaba de llorar en cuanto ella lo acariciaba. El vínculo entre ambos se iba fortaleciendo con el paso del tiempo.

Bev se había conmovido hasta la médula cuando, unos meses atrás, Emma comenzó a llamarla mamá. Ya no podía mirarla y pensar que era hija de Jane. No sentía —no podía sentir— por ella el amor feroz y casi desesperado que sentía por Darren, pero la quería con un amor constante y tierno.

Como le gustaba el ruido que hacían, Darren dejaba caer los cubos dentro de la caja.

—Ddd —balbuceó. Su letra favorita osciló como un péndulo sobre la caja—. ¡Dado... dedo... Darren!

La dejó caer y se alegró al comprobar que era la más ruidosa del abecedario. Contento de haber cumplido su deber, subió de un brinco a su rojiblanco caballo de madera y comenzó a cabalgar hacia el Oeste.

—Íbamos a jugar a la granja. —Emma bajó del estante una caja y un enorme establo Fisher-Price. Bastaba pronunciar la palabra «granja» para que Darren montara a caballo. Se estiró sobre la grupa para sacar de la caja los animales y las personas de cara redonda.

—Vamos, vamos —canturreaba. Sus dedos, todavía torpes, se esforzaban por acoplar las piezas de plástico blanco que componían la cerca.

Emma se puso a ayudarle y miró a Bev.

—¿Quieres jugar con nosotros?

Bev recordó que tenía un millón de cosas que hacer. Brian había invitado a muchísima gente a la fiesta que ofrecían esa noche. Dentro de unas horas la casa estaría atestada. Siempre parecía estarlo; era como si Brian tuviera miedo de pasar unas horas solo. Bev no sabía de qué diablos intentaba escapar y dudaba que él mismo lo supiera.

Hasta que regresemos a Londres, pensó para consolarse. Todo volvería a estar en su lugar cuando regresaran a casa.

Miró a los niños, sus hijos, y sonrió de oreja a oreja.

—Me encantaría jugar con vosotros.

Una hora después, Brian los encontró sentados sobre la

alfombra color turquesa, que representaba un maizal que estaba siendo arado por una flota de tractores Tonka. Emma se levantó antes que nadie.

—¡Papi ha llegado a casa! —Se lanzó a sus brazos como una flecha, segura de que la atraparía.

Brian la cogió en el aire y le estampó un sonoro beso en la mejilla. Luego enlazó a Darren con el brazo que le quedaba libre.

—Quiero uno bien grande —pidió. Y su hijo le plantó un ruidoso y húmedo beso en el mentón. Con los dos niños en brazos, Brian intentó esquivar las cercas de plástico blanco y los personajes regordetes desparramados por el suelo—. ¿Otra vez estáis jugando con la granja? —preguntó.

—Es el juego favorito de Darren. —Bev esperó a que se sentara y sonrió complacida. Brian siempre se sentía feliz en medio del círculo familiar—. Me temo que acabas de aterrizar sobre un montón de estiércol.

—¿En serio? —Se inclinó un poco y la atrajo hacia sí—. No sería la primera vez que me siento en la mierda.

—Mierda —repitió Darren. Su dicción era perfecta.

—Excelente ejemplo —murmuró Bev.

Brian se limitó a sonreír y comenzó a hacerle cosquillas a su hijo.

—¿Qué hay que hacer?

Bev se recostó contra la pared. Darren se liberó del abrazo paterno y se sentó en su regazo.

—Estamos arando surcos bajo el maíz porque hemos decidido plantar soja.

—Es una decisión muy sabia. Eres todo un granjero. —Con suavidad, hundió el índice en la prominente barriga de su hijo—. Tendremos que viajar a Irlanda. Allí podrás conducir un verdadero tractor.

—Vamos. Vamos. —Entonando su frase favorita, Darren comenzó a brincar en las rodillas de Bev.

—Darren solo podrá conducir un tractor cuando sea grande —advirtió Emma enlazando las manos sobre una rodilla como una señorita muy formal.

—Así es. —Bev miró a Brian con una sonrisa cómplice—. Y tampoco podrá usar el palo de críquet ni la bicicleta que alguien tuvo la gran idea de comprarle.

—Mujeres —dijo Brian a Darren—. No comprenden las cosas de los hombres.

—Puta —soltó Darren, encantado con la nueva palabra que acababa de aprender.

—¿Cómo dices? —Brian apenas podía contener la risa.

—Mejor no preguntes. —Bev estrechó a Darren en sus brazos y lo dejó en el suelo—. Primero vamos a ordenar este caos. Luego iremos a tomar el té.

—Buena idea. —Brian se levantó de un brinco y la tomó de la mano—. Emma, cariño, tendrás que ocuparte de todo. Mamá y yo tenemos que hacer algo muy importante antes de tomar el té.

—Brian...

—La señorita Wallingsford está abajo —prosiguió Brian, arrastrando a Bev fuera del cuarto—. Y no olvidéis lavaros las manos.

—Brian, la habitación de Darren está hecha un desastre.

—Emma se encargará de todo. Es la más ordenada de la casa. —Empujó a Bev hacia el dormitorio—. Además, le gusta hacerlo.

—Aun así, yo... —Bev aferró las manos de Brian, que ya había comenzado a quitarle la camisa—. Bri, no podemos hacerlo ahora. Tengo que ocuparme de un millón de cosas.

—Y esta es la primera de la lista. —Brian le cerró la boca con un beso y observó satisfecho que había dejado de luchar contra sus impulsos.

—Anoche también fue lo primero de la lista —murmuró ella deslizando las manos por la cadera de Brian—. Y esta mañana también.

—Siempre es lo primero de la lista —susurró Brian quitándole los tejanos.

La delgadez y la firmeza del cuerpo de su esposa no dejaban de sorprenderlo. Después de todo, había tenido dos hijos. Dos no, uno. Un solo hijo. A menudo olvidaba que Bev no había parido a Emma, tal vez deliberadamente. Por muy familiar que le resultara su cuerpo, cuando la acariciaba como ahora revivía las primeras noches que habían pasado juntos.

Habían recorrido un largo camino desde el primer apartamento de dos piezas con su cama pequeña y chirriante. Ahora tenían dos mansiones en dos países, pero el sexo continuaba siendo tan apasionado y dulce como cuando solo tenía esperanzas desesperadas y sueños radiantes en los bolsillos.

Rodaron sobre la cama, con las piernas entrelazadas y los labios cada vez más voraces. Cuando Bev se sentó a horcajadas sobre él, Brian contempló el placer reflejado en su cara.

Apenas había cambiado. Ahora tenía el cabello largo hasta los hombros, fino y lacio. Su piel era blanca como la leche, pero la pasión que la inflamaba le había dado un ligero rubor. Se incorporó para besarle los pechos, que cubrió de besos prolongados y susurrantes. Bev echó la cabeza hacia atrás y Brian comenzó a lamerle los senos, cada vez más excitado por los breves e indefensos gemidos de su esposa.

Con Bev anhelaba la belleza. Y en Bev la encontraba.

Aferrándola por las caderas, la levantó y la colocó encima de él. Dejó que ella marcara el ritmo. Dejó que ella lo llevara exactamente allí adonde él quería ir.

Desnuda y satisfecha, Bev se desperezó y se acurrucó contra él. Miró el sol que se filtraba por la ventana con los ojos entornados. Hubiera preferido que acabara de comenzar el día, que fuera una mañana perezosa y que pudieran quedarse como estaban durante horas.

—No pensé que fuera a gustarme pasar tanto tiempo aquí, tantos meses, mientras vosotros grababais. Pero ha sido maravilloso —murmuró acariciándole el pecho.

—Podemos quedarnos un poco más. —Brian estaba comenzando a recuperar la energía. Siempre le pasaba lo mismo después de hacer el amor con ella—. Podríamos tomarnos unas semanas libres, viajar un poco, volver a Disneylandia.

—Darren está convencido de que es su parque de atracciones privado.

—Entonces tendremos que construirle uno. —Se dio la vuelta sobre la cama y se apoyó sobre los codos—. Antes de venir a casa tuve una reunión con Pete. «Outcry» ha ganado el disco de platino, Bev.

—Oh, Bri. Es maravilloso.

—Es mucho más que eso. Yo tenía razón —La tomó de los hombros y la hizo sentarse frente a él—. A la gente le interesa la letra de las canciones. «Outcry» se ha convertido en el himno del movimiento antibélico. Está impulsando un cambio. —Brian no percibía la desesperación que había en su voz, la desesperación de un hombre que intentaba convencerse a sí mismo—. Vamos a editar otro sencillo. «Love lost», creo. Aunque Pete anda diciendo que no es un tema comercial.

—Es tan triste...

—Precisamente por eso. —Las palabras parecían escapársele de la boca y tuvo que morderse la lengua para calmar su impaciencia—. Me gustaría que lo oyeran en el Parlamento, el Pentágono y las Naciones Unidas, en todos los lugares donde esos miserables gordos hipócritas toman las decisiones. Tenemos que hacer algo, Bev. Si la gente me escucha porque mis discos son un éxito, debo tener algo importante que decir.

Sentado frente al escritorio del ático que había alquilado en el corazón de Los Ángeles, Pete Page evaluaba varias posibilidades. Como a Brian, el éxito de «Outcry» lo había sumido en un estado de dicha, pero en su caso era una cuestión de ventas, no de conciencia social. Después de todo, para eso le pagaban, ¿no?

Tal como había predicho tres años atrás, Brian y los demás eran muy ricos. Y Pete se ocuparía de que lo fueran aún más.

La música de la banda era auténtica, pura. Pete lo sabía desde que escuchó su primera grabación seis años atrás. Un poco tosca, como un diamante en bruto, pero su sonido reflejaba con precisión aquella época. En calidad de representante, había conseguido buenos contratos para otras dos bandas, pero Devastation le había dado la oportunidad de alcanzar la gloria.

Él los necesitaba. Y ellos lo necesitaban a él. Los había acompañado en giras y conciertos, había esperado en sótanos horrendos, acosado a productores discográficos y recurrido a todos sus contactos. Pero la recompensa superaba con creces sus expectativas iniciales. No obstante, sus expectativas eran flexibles. Quería más para ellos. Y más para él, por supuesto.

La banda comenzaba a preocuparlo, como grupo e individualmente. En los últimos tiempos todos hacían lo que se les antojaba. Johnno solía viajar a Nueva York y Stevie pasaba semanas enteras Dios sabía dónde. P. M. siempre estaba al alcance de la mano, pero se había liado con una ambiciosa aspirante a estrella cinematográfica. Pete no creía que fuera una simple aventura. Y además estaba Brian, por supuesto, que aprovechaba cualquier oportunidad para manifestar su posición antibélica.

Eran una banda, maldita sea. Una banda de rock and roll. Y lo que cada uno hacía por separado afectaba al grupo. Y lo que hacía el grupo afectaba las ventas. Por si eso fuera poco, se habían negado a planear una gira tras el lanzamiento del último álbum.

Pete no estaba dispuesto a ver cómo el grupo se deshacía en mitad del camino como los Beatles.

Respiró hondo y se acomodó en el sillón mientras seguía pensando en ellos. En lo que habían sido y en lo que eran.

Le encantaba la colección de coches de Johnno. El Bentley, el Rolls-Royce, el Ferrari. Johnno tenía un don especial: sabía gastar el dinero. A Pete ya no lo preocupaba que sus preferencias sexuales se hicieran públicas. Con el correr de los años había cultivado un gran respeto por la inteligencia, el sentido común y el talento de Johnno.

No; no tenía que preocuparse por él. Miró los papeles acumulados sobre su escritorio. Johnno sabía mantener en la intimidad lo que era íntimo. Y el público deliraba con sus atuendos exóticos y su lengua maledicente.

El caso de Stevie era diferente. Las drogas se habían convertido en un problema. Aunque no afectaban su desempeño artístico, al menos no todavía, Pete había notado que los cambios de humor de Stevie eran cada vez más acusados y frecuentes. Y había llegado al extremo de drogarse durante las dos últimas sesiones de grabación. Hasta el propio Brian, que no se abstenía de tomar drogas, se había enojado con él.

Sí, tendría que vigilar más a Stevie.

En cuanto a P. M., siempre estaba ahí. Era fiel como un perro y digno de toda confianza. Sus perpetuas reflexiones y preguntas sobre todas y cada una de las palabras de los contratos enfurecían o divertían a Pete, según el caso. Pero el chico sabía invertir su dinero, cualidad que le había ganado el respeto de su representante. Pete también se había llevado una sorpresa —grata y provechosa— al ver que su carácter hogareño y convencional fascinaba a las chicas. Aunque en un principio había temido que fuera el punto débil de la banda, el batería había demostrado ser uno de sus puntos fuertes.

Brian. Pete se sirvió dos dedos de Chivas Regal y volvió a sentarse en su mullido sillón de cuero. Brian era, sin lugar a dudas, el corazón y el alma del grupo. Era el impulso creativo, la conciencia.

Había sido una suerte que el asunto de Emma no resultara contraproducente. El tema le había preocupado mucho, pero luego se tranquilizó al ver que generaba simpatía y récords de ventas. Sí, de tanto en tanto tenía que habérselas con Jane Palmer, pero el escándalo no había minado la popularidad del grupo. La boda de Brian tampoco. Al principio se había sentido frustrado por no poder venderlos como una banda de atractivos jóvenes solteros. Sin embargo, la vida familiar de Brian había provocado un aluvión de entrevistas y artículos en los diarios.

Lo único que había que lamentar eran las arengas pacifistas, los discursos. El apoyo de Brian a los estudiantes que abogaban por una sociedad democrática, a los norteamericanos objetores de conciencia que no cumplían el servicio militar obligatorio. Estaban a punto de conseguir una portada del *Time* cuando Brian salió al ruedo con un ramillete de críticas inoportunas al juicio de Chicago.

Pete comprendía el poder y la dinámica de los medios. Sabía que una sola declaración fuera de lugar podía poner a las masas, a las masas compradoras de discos, en contra de uno. Pocos años atrás John Lennon había abierto su propia lata de gusanos con un comentario extemporáneo y sarcástico. Se atrevió a decir que los Beatles eran más grandes que Jesús. Y Brian estaba cerca de cometer el mismo error, demasiado cerca.

Por supuesto que tenía derecho a opinar. Pete bebió un trago de whisky y suspiró. Pero llegaba un momento en que las creencias personales y el éxito público debían tomar caminos distintos. Debido a la fascinación de Stevie por las drogas y al idealismo de Brian, la situación amenazaba con convertirse en un verdadero desastre.

Había varias maneras de evitarlo, por supuesto. Pete ya había considerado algunas. Quería que el público no viera a Stevie como un rockero drogadicto sino como un músico extraordinario. No quería que vieran a Brian como un fanático pacifista. Quería que lo vieran como un padre abnegado.

Si lograba equilibrar la imagen de la banda, no solo los jóvenes comprarían discos y revistas. Los padres seguirían el ejemplo de sus hijos.

8

Se quedaron dos semanas más en California. Los días eran largos y perezosos. Hacían el amor por las tardes y daban fiestas que duraban toda la noche. En mitad de la semana viajaban a Disneylandia, inevitablemente disfrazados para ocultar su identidad. Los fotógrafos que Pete había contratado para tomar imágenes de aquellas escapadas eran tan discretos que Bev jamás advirtió su presencia.

Ella decidió arrojar al inodoro sus píldoras anticonceptivas y Brian comenzó a escribir canciones de amor.

Cuando se acercaba la hora de regresar a Inglaterra, el grupo hizo las paces consigo mismo e instaló informalmente su cuartel general en la casa de Brian, en la ladera de una colina.

—Tendríamos que ir todos juntos. —Con aire despreocupado, Johnno dio una calada al porro—. *Hair* es el primer musical importante para nuestra generación. Un musical de rock. —Le gustaba aquella frase, su grandilocuencia lo hechizaba. Tenía varias ideas para un musical. En cuanto regresaran a Londres esperaba componer con Brian uno que superara a *Hair* y *Tommy*, el gran éxito del grupo The Who—. Podríamos quedarnos en Nueva York un par de días —prosiguió—. Ver la obra, hacer un poco de ruido y luego poner rumbo a Londres.

—¿Es cierto que aparecen desnudos? —preguntó Stevie.

—Hasta la médula, hijo mío. Eso solo ya compensa el precio de la entrada.

—Tendríamos que ir. —Brian apoyó la cabeza sobre la rodilla de Bev, relajado por la compañía y el porro. Había pasado más tiempo del que deseaba en un mismo lugar y la idea de viajar a Nueva York le venía como anillo al dedo—. Por la música y por la política.

—Tú vas por la política —se burló Stevie—. Yo voy por las chicas desnudas.

—Le diré a Pete que se encargue de organizarlo. ¿Tú qué opinas, Bev?

A ella no le gustaba Nueva York, pero sabía que Brian ya lo había decidido. Y no quería echar a perder el apacible bienestar de que habían disfrutado en las últimas semanas.

—Será divertido. Tal vez podamos llevar a Darren y Emma a Central Park y al zoológico antes de volver a casa.

Emma no cabía en sí de entusiasmo. Recordaba muy bien su primer viaje a Nueva York, la cama enorme y la habitación del hotel, el escalofrío que la recorrió de pies a cabeza cuando estaba en la cima del mundo, las gloriosas vueltas en el tiovivo de Central Park. Quería compartir todo aquello con Darren.

Mientras se preparaban para el viaje, intentó explicarle todas las maravillas que había visto y vivido. Alice Wallingsford les permitió jugar con su granja favorita. De ese modo no se harían daño y ella podría recoger las cosas de la habitación con toda tranquilidad.

—Vaca mu —balbuceó Darren sacando de la caja una vaca de juguete blanca con manchas negras—. Quiero ver una vaca mu.

—No creo que veamos una vaca, pero sí veremos leones en el zoológico. —Emma lanzó un rugido que lo hizo chillar.

—Lo estás excitando demasiado, Emma —dijo Alice automáticamente—. Ya casi es hora de acostarse.

Emma suspiró y miró hacia otro lado. Darren siguió dando vueltas alrededor de ella. Llevaba puesto un mono y sus pequeñas Keds rojas. Para regocijo de Emma, intentó un arriesgado salto mortal.

—Cuánta energía. —Alice chasqueó la lengua, aunque en realidad estaba encantada con el niño—. No sé cómo conseguiremos que se duerma esta noche.

—No guardes a Charlie —se apresuró a decir Emma, justo cuando Alice se disponía a meter el perrito de peluche en una caja de embalaje—. Tiene que viajar conmigo en el avión.

Con un suspiro de fastidio, Alice dejó a un lado al maloliente muñeco.

—Necesita un buen lavado. No quiero que vuelvas a ponerlo en la cuna de Darren, Emma.

—Quiero a Charlie —declaró Darren. Intentó un segundo salto mortal y aterrizó pesadamente sobre su caja de herramientas Playskool. Pero, en vez de llorar, tomó el martillo de madera y comenzó a golpear los clavos de colores—. Quiero a Charlie —canturreaba.

—Por mucho que lo quieras, precioso, ese perrito huele muy mal. No quiero gérmenes en tu camita.

Darren le dedicó una sonrisa radiante.

—Me gustan los gérmenes.

—Eres un rompecorazones. —Alice lo levantó en brazos y lo colocó a horcajadas sobre su cadera—. Ahora Alice te dará un buen baño antes de que te acuestes, un baño lleno de burbujas. No dejes todas esas cosas tiradas, Emma —agregó desde la puerta—. Podrás bañarte cuando Darren termine. Y luego bajarás a darles las buenas noches a tus padres.

—Sí, señorita —Esperó a que Alice desapareciera de la vista y fue a buscar a Charlie. Su perro no olía mal. Enterró la cara en su suave pelaje. Y volvería a ponerlo en la cuna de Darren cuantas veces fuera necesario, porque Charlie lo cuidaba mientras dormía.

—Ojalá no hubieras invitado a toda esa gente a venir a casa esta noche. —Bev estaba colocando en su sitio los almohadones del sofá, aunque sabía que era una pérdida de tiempo preocuparse por esos detalles.

—Tenemos que despedirnos, ¿no? —Brian puso un disco

de Jimi Hendrix para recordar que, aunque el artista hubiera muerto, su música continuaba viva—. Además, apenas lleguemos a Londres volveremos a trabajar como locos. Quiero relajarme mientras pueda.

—¿Cómo vamos a relajarnos con más de cien personas merodeando por la casa?

—Bev, es la última noche que pasaremos aquí.

Ella volvió a abrir la boca, pero la cerró de golpe cuando Alice hizo entrar a los niños.

—Ahí está mi niño. —Cogió a Darren en brazos y guiñó un ojo a Emma—. ¿Charlie está listo para viajar? —le preguntó, acariciándole el cabello. Conocía y compartía el miedo que le daban los aviones.

—Está un poco nervioso, pero estará tranquilo conmigo.

—Por supuesto que sí —afirmó Bev, y estampó un beso a Darren entre la oreja y el cuello—. ¿Ya te han bañado? —Hubiera querido hacerlo ella misma. Nada le gustaba más que jugar con Darren en la bañera. Era un verdadero placer pasarle la esponja enjabonada por la piel blanca y radiante.

—Está bañado y listo para ir a dormir —intervino Alice—. Han bajado para dar las buenas noches antes de que los lleve a la cama.

—Yo lo haré, Alice. Apenas he visto a los niños con todo el jaleo de hoy.

—Muy bien, señora. Entonces terminaré de hacer el equipaje.

—Papi... —Emma sonrió tímidamente a Brian—. ¿Puedes contarnos un cuento? Por favor.

Brian tenía pensado fumar un buen porro mientras escuchaba a Hendrix, pero le resultó imposible resistirse a esa sonrisa. Tampoco pudo hacer caso omiso de la risa clara y burbujeante de su hijo.

Subió por las escaleras con su familia. Hendrix quedó atrás, tocando en la sala vacía.

Darren tardó dos cuentos en cerrar los ojos. Se rebelaba contra el sueño como también contra todas las actividades sedentarias. Quería estar continuamente en movimiento, correr, reír, dar saltos mortales. Sobre todo, quería ser el valiente y joven caballero del que hablaba su padre. Quería arrancar la relumbrante espada mágica de la piedra y matar dragones.

Bostezó y, soñoliento, se acurrucó entre los pechos de su madre. Percibía el olor de Emma. Y se durmió feliz de tenerla cerca.

No despertó cuando Bev lo acostó en la cuna. Darren dormía del mismo modo que hacía todas las cosas: plenamente entregado. Bev lo cubrió hasta los hombros con la manta blanca con bordes de satén azul tratando de no pensar que pronto sería demasiado grande para la cuna.

—Es precioso. —Incapaz de resistir la tentación, acarició la cálida mejilla de su hijo con la punta de los dedos.

Con la cabeza de Emma apoyada sobre su hombro, Brian miró a su hijo.

—Cuando está así, es difícil creer que pueda convertir una habitación en un caos con una sola mano.

Bev rió por lo bajo y abrazó a Brian por la cintura.

—Con las dos manos.

—Y los pies.

—Jamás había conocido a nadie que amara tanto la vida. Cada vez que lo miro, comprendo que tengo todo lo que siempre he querido. Imagino cómo será de aquí a un año, o dentro de cinco años. En cierto modo, hace que la idea de envejecer resulte agradable.

—Las estrellas del rock no envejecen. —Brian frunció el ceño. Por primera vez Bev percibió una huella de sarcasmo, o acaso de desilusión, en su voz—. Pasan a la cuarta dimensión o se dedican a apostar en Las Vegas, enfundados en sus trajes blancos.

—Tú no, Bri. —Lo abrazó con más fuerza—. Dentro de diez años todavía estarás en la cima.

—Sí. Pero si alguna vez me compro un traje blanco con solapa de lentejuelas, dame una patada en el culo.

—Será un verdadero placer. —Bev le acarició la mejilla para tranquilizarlo, como si fuera un niño, y le estampó un beso—. Vamos a acostar a Emma.

—Quiero hacer las cosas bien por ellos, Bev. —Cruzó el vestíbulo en dirección al dormitorio, con Emma adormilada en los brazos—. Por ellos y también por ti.

—Estás haciendo las cosas bien.

—El mundo está podrido. Solía pensar que si llegábamos a la cima, si de verdad llegábamos, la gente escucharía lo que teníamos que decir, y eso produciría algún cambio. Ahora... ya no sé si pienso lo mismo.

—¿Qué ocurre, Bri? ¿Algo va mal?

—No lo sé. —Acostó a Emma en su cama. Hubiera deseado conocer el motivo de la inquietud y la insatisfacción que había comenzado a sentir—. Hace un par de años, cuando las cosas empezaron a irnos bien, creía que todo era fabuloso. Las chicas que gritaban, nuestra foto en todas las revistas, nuestra música en todas las emisoras de radio.

—Era lo que anhelabas. Lo que siempre quisiste.

—Lo era y aún lo es. Aunque ahora no estoy seguro. ¿Cómo pueden escuchar lo que intentamos decir, qué importa lo buenos que seamos o no, si gritan como locas durante todos los malditos recitales? Somos un objeto cultural, una imagen que Pete ha pulido para vender discos. Odio eso. —Frustrado, hundió los puños en los bolsillos del pantalón—. Supongo que en aquel entonces no me daba cuenta de lo mucho que nos divertíamos. Pero es imposible volver atrás en el tiempo.

—No sabía que te sentías así. ¿Por qué no me lo habías dicho?

—Yo tampoco lo sabía. Es solo que ya no me siento Brian McAvoy. —¿Cómo explicar que la sensación que revivió en Woodstock se había desvanecido por completo al año siguiente?—. No sabía que me resultaría frustrante no poder salir a tomar algo con mis amigos, o sentarme en la playa sin que la gente pulule alrededor como si quisiera quitarme algo, un pedazo de mí.

—Podrías parar. Podrías retirarte un tiempo y dedicarte solo a escribir.

—No puedo parar. —Miró a Emma, que dormía serenamente—. Tengo que grabar, tengo que dar conciertos. Cada vez que salgo al escenario o entro en el estudio sé, en lo más profundo de mí, que eso es precisamente lo que quiero hacer. Lo que necesito hacer. Pero el resto... El resto es una porquería, y al principio no sabía que sería así. Tal vez se deba a la forma en que murieron Joplin y Hendrix. Eso sí fue un desperdicio. Y luego la separación de los Beatles. Es como el final de algo. Pero yo todavía no he terminado.

—No es el final de nada. —Bev le puso una mano en el hombro y comenzó a masajear los músculos tensos—. Es solo un cambio.

—¿Acaso no te das cuenta de que, si no avanzamos, retrocedemos? —Pero él sabía muy bien que ella no se daba cuenta. Intentó expresar sus sentimientos con palabras más fáciles de comprender—. Tal vez se deba a que Pete nos está presionando para que volvamos a salir de gira. O a que quiere convencer a Stevie de que grabe algunos temas con otras bandas. O a la película que quiere que rodemos. Lo único que sé es que ya no se trata de que nos reunamos los cuatro para tocar poniendo el corazón. Todo se ha reducido a imagen pública y asqueroso mercadeo, a inversiones y estrategias para evadir impuestos.

Emma dio media vuelta en la cama y murmuró algo.

—Y supongo que me preocupa que Emma comience a ir a la escuela. Y que Darren tenga que hacerlo algún día. ¿Cómo será para ellos? ¿La gente los molestará, querrá sacarles algo porque soy quien soy? No quiero que tengan la niñez miserable que tuve yo, por supuesto, pero ¿acaso les hago algún bien si permito que formen parte de algo que es más grande y poderoso que todos nosotros juntos? Y más voraz.

—Piensas demasiado. —Bev le tomó la cara entre las manos—. Eso es lo que más me gusta de ti. Los niños están bien. Basta con mirarlos para darse cuenta. Tal vez no tengan una infancia normal, pero son felices. Y haremos que continúen siéndolo y que se encuentren a salvo. Seas lo que seas, seas quien seas... sigues siendo su padre. Nosotros nos ocuparemos del resto.

—Te amo, Bev. Debo de estar loco para preocuparme por todo esto. Tenemos todo lo que deseamos. —La estrechó con fuerza y apoyó la cabeza sobre su perfumado cabello. Pero, en lo profundo de su corazón, hubiera querido comprender por qué «todo» se había transformado en «demasiado».

El descontento de Brian se esfumó con un par de porros. La casa estaba llena de gente que lo comprendía, que sabía lo que quería hacer y adónde quería llegar. O al menos eso pensaba. La música sonaba a todo volumen, había drogas en cantidad y variedad. Cocaína, marihuana, hachís turco, speed y anfetaminas. Los invitados elegían la sustancia al ritmo del rock opresivo y conmovedor de Janis Joplin. Brian necesitaba oírla una y otra vez, oír su voz desgarrada en «Ball and chain». De algún modo lo ayudaba a aceptar que estaba vivo, que aún tenía la oportunidad de cambiar las cosas.

Miró a Stevie. Estaba bailando con una pelirroja que lucía una minifalda púrpura. A Stevie no le preocupaba ser un mascarón de proa ni adornar la pared de la habitación de alguna adolescente. Brian bajó las galletitas saladas que había estado masticando con un buen trago de whisky irlandés. Stevie saltaba alegremente de una mujer a otra sin que se le moviera un cabello. Por supuesto, estaba drogado la mayor parte del tiempo. Con una semisonrisa dibujada en los labios, Brian sacó otro porro del recipiente y decidió que ya era hora de acompañarlo.

En el otro extremo de la habitación, Johnno lo observaba. Desechó la hierba y encendió un Gauloise para reflexionar mejor. Aquello sucedía cada vez más a menudo en los últimos tiempos. Tal vez por ser el más próximo a Brian, era el único que lo había notado. Su amigo solo parecía estar a gusto cuando los dos se encerraban a escribir canciones. Melodías, frases, puentes.

Sabía que las muertes de Hendrix y Joplin habían perturbado a Brian. A él también. A su manera, habían sido tan devastadoras como los asesinatos de los hermanos Kennedy. Se suponía que la gente debía envejecer y volverse decrépita antes de morir. Sin embargo, aunque aquellas muertes lo habían conmovido, no estaba de luto como Brian. Pero así eran las cosas. A Brian siempre le preocupaba más todo, Brian siempre necesitaba más.

Miró a Stevie y no le gustó lo que vio. Le traía sin cuidado que se acostara con todas las mujeres del continente, aunque le parecía una conducta bastante vulgar. Su verdadera preocupación eran las drogas y el hecho de que estuviera perdiendo el control. A Stevie no le importaba la imagen que habían comenzado a proyectar. Una banda de rockeros drogados.

Miró hacia otro lado y vio a P. M. Allí también había un problemita. No con las drogas, claro. El pobre P. M. apenas podía moverse después de esnifar una raya de cocaína. El problema era la rubia pechugona que se le había pegado como una lapa dos meses atrás. El batería no hacía ningún esfuerzo para desprenderse de ella.

Johnno la escrutó con la mirada. Era una rubia de cara alargada y ojos negros, toda piernas y tetas, enfundada en un ajustado vestido rojo. Estaba seguro de que no era tan cabeza hueca como aparentaba. Por el contrario, era más astuta que un hurón y sabía tocar la melodía que P. M. quería oír. Si no tomaban cartas en el asunto, pronto lo convencería de que se casara con ella. Y la rubia no se quedaría en un segundo plano como Bev.

Los tres, cada uno a su manera, estaban a punto de destruir al grupo. Y la banda era lo que más le importaba a Johnno.

Emma se despertó porque la música del estéreo hacía vibrar el suelo de su dormitorio. Se quedó quieta un momento, escuchando. Como hacía de vez en cuando, intentó reconocer la canción solo por el ritmo.

Estaba acostumbrada a las fiestas. A su papá le gustaba invitar a gente. Mucha música, muchas risas. Cuando fuera más grande, ella también iría a fiestas.

Bev siempre se aseguraba de que la casa estuviera impecable antes de que llegaran los invitados. Emma pensaba que era una tontería. A la mañana siguiente todo era un caos de vasos hediondos y ceniceros rebosantes de colillas. Casi siempre había algunos invitados despatarrados sobre los sillones y las sillas, durmiendo a pierna suelta en medio del desastre.

Emma se preguntó cómo sería pasar toda la noche levantada, hablando, riendo, oyendo música. A los adultos nadie les decía cuándo debían acostarse o bañarse.

Con un suspiro, dio media vuelta y quedó boca arriba. Habían puesto una música más rápida. Notó cómo hacía vibrar las paredes. Y algo más. Pasos. Pasos en el pasillo. Es la señorita Wallingsford, pensó. Se preparó para cerrar los ojos y fingir que dormía. Luego se le ocurrió otra cosa. Tal vez fuera papi, o mamá, que quería ver cómo estaban ella y Darren. Si eran ellos, fingiría que acababa de despertar y los convencería de que le contaran qué pasaba en la fiesta.

Pero el sonido de los pasos continuó más allá de su habitación. Emma se sentó en la cama y abrazó a Charlie. Le hubiera gustado un poco de compañía, aunque fuera por un ratito. Quería hablar de la fiesta y del viaje a Nueva York. Quería saber qué canción estaba sonando. Se quedó sentada, inmóvil. Una niña pequeña y soñolienta con su camisón rosa, bañada por la alegre luz de su lámpara de Mickey.

Creyó oír llorar a Darren. Se enderezó entre las sábanas y aguzó el oído. Estaba segura de haber oído el llanto nervioso de Darren sobre el pulso de la música. Automáticamente bajó de la cama y se colocó a Charlie bajo el brazo. Haría compañía a su hermano hasta que se tranquilizara y dejaría a Charlie con él, para que lo cuidara durante el resto de la noche.

El pasillo estaba a oscuras. Emma se sorprendió. Siempre dejaban encendida una luz por si necesitaba ir al baño durante la noche. Tuvo un poco de miedo. Imaginó todas las cosas que acechaban en los rincones. Hubiera preferido quedarse en su habitación con el sonriente Mickey.

Entonces oyó gritar a Darren.

Emma intentó convencerse de que no había nada en los

rincones. Comenzó a andar con paso inseguro por el pasillo a oscuras. No había nada allí. Nada en absoluto. Ni monstruos, ni fantasmas, ni cosas resbaladizas o pegajosas.

Ahora se oía una canción de los Beatles.

Se humedeció los labios. Solo hay oscuridad, solo hay oscuridad, repetía para sus adentros. Cuando llegó a la puerta de Darren, sus ojos ya se habían acostumbrado a la falta de luz. Estaba cerrada. Eso también era raro. Siempre la dejaban entreabierta para poder oír al bebé si se despertaba o les llamaba.

Emma estiró la mano para alcanzar el picaporte, pero retrocedió de un brinco cuando notó que algo se movía a sus espaldas. El corazón le latía desbocado. Las sombras oscilantes formaban monstruos sin nombre. Un sudor helado le corría por la frente y la espalda.

Nada por aquí, nada por allá. Emma intentaba darse ánimo y Darren lloraba con toda la fuerza de sus pulmones.

Giró el picaporte y empujó la puerta.

«*Come together* —cantaba Lennon—. *Over me.*»

Había dos hombres en la habitación. Uno sujetaba a Darren, trataba de inmovilizarlo, pero el bebé lloraba de miedo y furia. El otro tenía algo en la mano, algo que la luz de la lámpara en forma de jirafa hizo brillar.

—¿Qué estáis haciendo?

El hombre que tenía algo en la mano dio un respingo al oír su voz. No era un médico, pensó Emma al ver la jeringuilla que sostenía. Lo reconoció. Sabía que no era médico. Y Darren no estaba enfermo.

El otro comenzó a maldecir, soltó un montón de palabras soeces, mientras luchaba para impedir que Darren se liberara de sus brazos.

—Emma —dijo el hombre al que ella conocía con voz serena y amistosa. Y le sonrió. Una sonrisa falsa, iracunda.

La niña lo advirtió y vio que aún tenía la jeringuilla en la mano. El hombre avanzó un paso hacia ella. Emma dio media vuelta y escapó corriendo.

Oyó que Darren gritaba:

—¡Mamá!

Cruzó el pasillo entre sollozos. Había monstruos, susurraba para sus adentros, presa del pánico. Había monstruos y seres con dientes afilados en las sombras. La estaban persiguiendo.

El monstruo casi logró aferrarla por una punta del camisón. Maldiciendo, intentó atraparla. La agarró del tobillo con una mano, pero resbaló. Emma chilló como si le hubieran echado encima aceite hirviendo. Cuando por fin llegó al borde de la escalera, llamó a su padre a gritos. Gritó su nombre hasta quedar sin voz.

Entonces se le aflojaron las piernas. Y cayó rodando por los escalones.

En la cocina, alguien se sentó en el mostrador y pidió cincuenta pizzas. Bev negó con la cabeza y buscó más hielo en el frigorífico. Los norteamericanos eran los mayores consumidores de hielo del mundo. Sin pensar, dejó caer un cubito en su vino recalentado. Allá donde fueres..., decidió. Luego fue hacia la puerta.

Encontró a Brian en el umbral.

Sonriendo, su esposo le pasó un brazo por la cintura y le dio un beso largo y lento.

—Hola, nena.

—Hola. —Sin soltar la copa de vino, Bev le rodeó el cuello con los brazos—. Bri.

—¿Mmm?

—¿Quién es toda esta gente?

Brian lanzó una carcajada y le hundió la nariz en el cuello.

—Me has atrapado. —El perfume de Bev le provocó una erección inmediata. La atrajo con fuerza hacia sí moviéndose al sinuoso ritmo del dúo Lennon-McCartney—. ¿Qué te parece si vamos arriba y les dejamos el resto de la casa?

—Me parece una grosería. —Se apretó contra él—. Una grosería, una maldad... y la mejor idea que he oído en las últimas horas.

—Bien, entonces...

Brian intentó cogerla en brazos y ambos estuvieron a punto de caerse. El vino de la copa de Bev, ya más frío, le corrió por la espalda. Ella apenas podía contener la risa.

—Tal vez tú puedas llevarme en brazos —dijo Brian. Fue entonces cuando oyeron gritar a Emma.

Brian se dio la vuelta en el acto y tropezó con una mesa baja. Se tambaleó, mareado por las drogas y el alcohol, pero enseguida se enderezó y corrió al vestíbulo. Ya se había reunido un montón de gente. Se abrió paso a empujones y vio a su hijita hecha un ovillo al pie de la escalera.

—Emma. Dios mío. —Le daba miedo tocarla. Tenía sangre en la comisura de la boca. La limpió con un dedo tembloroso. Levantó la vista y vio un mar de rostros sumidos en una niebla borrosa, todos irreconocibles. Notó que se le revolvía el estómago y trató de contener el vómito—. Llamad a una ambulancia —murmuró, y volvió a inclinarse sobre su hija.

—No la muevas. —Bev se arrodilló junto a él. Estaba pálida como la tiza—. Creo que no conviene moverla. Necesitamos una manta. —Un alma previsora le arrojó a las manos un mantón—. Se pondrá bien, Bri. —Con sumo cuidado, Bev tapó a la niña—. Se pondrá bien, ya verás.

Brian cerró los ojos y sacudió la cabeza, como si quisiera borrar lo que había visto. Cuando volvió a abrirlos, Emma seguía tendida en el suelo, pálida como una muerta. Había demasiado ruido. La música retumbaba en los techos, los invitados murmuraban alrededor. Sintió una mano en el hombro. Un apretón rápido y tranquilizador.

—La ambulancia está en camino —le dijo P. M.—. Aguanta, Bri.

—Haz que se vayan —masculló. Levantó los ojos y vio el rostro pálido y perplejo de Johnno—. Sácalos de aquí. Ahora mismo.

Johnno asintió y pidió a la gente que se fuera. La puerta estaba abierta. Los faros de los automóviles iluminaban la noche cuando se oyó el ulular de las sirenas.

—Subiré un momento —dijo Bev sin perder la calma—. Avisaré a Alice de lo que ha ocurrido y veré cómo está Darren. Iremos al hospital con ella. Se pondrá bien, Bri. Estoy segura.

Brian solo pudo asentir. Bajó la vista y contempló la cara pálida e inmóvil de Emma. No podía dejarla sola. De haberse atrevido, habría ido al baño y se habría metido un dedo en la garganta para deshacerse de las sustancias químicas con que se había atiborrado esa noche.

Pensó que todo era como un sueño, un sueño borroso y desdichado. Hasta que vio la cara de Emma. Lamentablemente era real, demasiado real.

El disco *Abbey Road* continuaba sonando. El tema del asesinato. El martillo de plata de Maxwell estaba a punto de caer sobre su víctima.

—Bri. —Johnno lo tomó del brazo con suavidad—. Aléjate un poco. Deja que ellos se ocupen.

—¿Cómo?

—Apártate, por favor. —Johnno lo ayudó a incorporarse—. Tienen que echarle un vistazo.

Con el cerebro todavía embotado, Brian vio entrar a los médicos de la ambulancia, que de inmediato se agacharon junto a su hija.

—Debe de haberse caído por la escalera.

—Se pondrá bien. —Johnno miró a P. M. por encima del hombro de Brian. Sus ojos eran un pozo de miedo e impotencia—. Las niñas son mucho más fuertes de lo que parecen.

—Es verdad. —Stevie, que apenas podía mantenerse en pie, se detuvo detrás de Brian y le puso las manos sobre los hombros—. Nuestra Emma no permitirá que un resbalón por la escalera le impida jugar durante mucho tiempo.

—Iremos contigo al hospital. —Pete se unió al grupo mientras los médicos colocaban a Emma sobre la camilla.

Arriba, Bev gritó... y gritó y gritó, hasta que sus chillidos llenaron todos los rincones de la casa.

9

Lou Kesselring roncaba como un elefante herido. Y cuando bebía una cerveza antes de acostarse, roncaba como dos elefantes heridos. Su esposa hacía frente a aquel castigo nocturno con tapones para los oídos desde hacía diecisiete años. Lou sabía que Marge sentía por él un amor constante y para nada insensato. Se creía afortunado e inteligente por no haber dormido con ella antes de casarse. Era un hombre sincero, pero había guardado bajo siete llaves su pequeño gran secreto. Cuando Marge lo descubrió, ya tenía la alianza en el dedo.

Esa noche estaba haciendo temblar el techo. Hacía casi treinta y seis horas que no dormía en su propia cama. Ahora que por fin habían cerrado el caso Calarmi, pensaba disfrutar no solo de una buena noche de sueño, sino de un fin de semana de holgazanería.

Soñaba con jugar al golf en el jardín, podar los rosales y practicar un poco de lucha libre con su hijo. Asarían hamburguesas en la barbacoa y Marge prepararía su famosa ensalada de patatas.

Doce horas atrás había tenido que matar a un hombre. No era la primera vez, aunque, gracias a Dios, tampoco era algo que pasara todos los días. Cuando su trabajo lo llevaba a esos extremos, necesitaba con desesperación volver a la vida cotidiana. A la ensalada de patatas y las hamburguesas quemadas, al tibio y firme cuerpo de su esposa junto al suyo en la cama. A la risa de su hijo.

Era policía. Un buen policía. Aquella era la segunda vez que había tenido que disparar su arma durante los seis años que llevaba en el departamento de homicidios. Como la mayoría de sus colegas, sabía que la aplicación de la ley era en realidad una serie de días monótonos: rellenar papeles, reunir información, hacer llamadas telefónicas. Y momentos, segundos aislados, de verdadero terror.

También sabía que, como oficial de policía, vería, tocaría y viviría cosas que la mayoría de la gente desconocía: asesinatos, guerras entre pandillas, cuchilladas en callejones sin salida, sangre, crueldad, miseria.

Lou era consciente de su deber, pero jamás soñaba con su trabajo. Tenía cuarenta años y nunca, desde que le entregaron su placa a los veinticuatro, había llevado el trabajo a casa.

Pero a veces el trabajo lo seguía aunque él no quisiera.

Dio media vuelta en la cama. El timbre del teléfono lo interrumpió en medio de un ronquido. Estiró una mano instintivamente y, con los ojos todavía cerrados, levantó el auricular.

—¿Diga? Habla Kesselring.

—Teniente, soy Bester.

—¿Qué coño quieres, Bester? —No tenía por qué cuidar su vocabulario ni reprimir el malhumor; Marge dormía con tapones en los oídos.

—Lamento despertarlo, señor, pero ha ocurrido algo. ¿Conoce a McAvoy, Brian McAvoy, el cantante?

—¿McAvoy? —Kesselring se pasó la mano por la cara, luchando por mantenerse despierto.

—El cantante de Devastation. La banda de rock.

—Sí, sí. Claro. —No le interesaba demasiado el rock, a menos que se tratara de Presley o los Everly Brothers—. ¿Qué ha ocurrido? ¿Los chicos han puesto la música demasiado alta y se han asado el cerebro?

—Alguien ha matado a su hijito. Parece un intento de secuestro fallido.

—Ah, mierda. —Completamente despierto, Lou encendió la lámpara—. Dame la dirección.

La luz despertó a Marge. Apenas abrió los ojos, vio a Lou

sentado en la cama desnudo, garrapateando algo en un papel. Se levantó sin emitir queja alguna, metió los brazos en su bata de algodón y fue a prepararle un café.

Lou encontró a Brian en el hospital. No sabía mucho de él. Lo había visto algunas veces en los diarios o por televisión, casi siempre hablando en contra de la guerra. Decían que era un pacifista. Lou no prestaba demasiada atención a los tipos que iban por ahí drogados, con el cabello largo hasta el culo, repartiendo flores en las esquinas. Pero lo cierto era que tampoco prestaba demasiada atención a la guerra. Había perdido un hermano en Corea y el hijo de su hermana había partido rumbo a Vietnam tres meses atrás.

Pero en aquel momento no le preocupaban las opiniones políticas de McAvoy ni su corte de pelo.

Se detuvo para observarlo de lejos. Estaba derrumbado sobre un sillón de tapizado floreado. Parecía más joven en persona. Muy joven, tal vez demasiado flaco. Para ser un hombre, tenía una belleza extraña y muy llamativa. Su mirada reflejaba la estupefacción y perplejidad de quien ha sufrido una conmoción. Había otras personas en la sala. Varias columnas de humo ascendían de numerosos ceniceros.

Brian se llevó mecánicamente un cigarrillo a los labios, le dio una calada, lo dejó en el cenicero y exhaló el humo.

—Señor McAvoy.

Brian volvió a coger el cigarrillo y levantó la vista. Vio a un hombre alto y esbelto, de cabello oscuro muy bien peinado hacia atrás, con la cara larga y soñolienta. Vestía un traje de color gris y una convencional corbata a juego sobre la camisa blanca almidonada. Sus zapatos negros estaban relucientes, sus uñas perfectamente cortadas. Tenía una pequeña herida en el mentón; evidentemente se había cortado mientras se afeitaba.

En qué cosas se fija uno, pensó Brian, y dio otra calada al cigarrillo.

—Sí.

—Soy el teniente Kesselring. —Lou le mostró su placa, pero

Brian continuó mirándolo a la cara, sin demostrar el menor interés por su identidad—. Necesito hacerle unas preguntas.

—¿No puede esperar un poco, teniente? —Pete Page observó la placa de identificación con detenimiento y dureza—. Dadas las circunstancias, el señor McAvoy no está en condiciones de responder preguntas.

—Sería útil que pudiéramos aclarar algunos detalles. —Lou se sentó, volvió a guardar la placa y apoyó las manos sobre las rodillas—. Lo siento mucho, señor McAvoy. No quiero aumentar su dolor, solo pretendo encontrar al responsable de lo ocurrido.

Brian encendió un cigarrillo con la colilla de otro. Pero no dijo palabra.

—¿Qué puede decirme sobre lo que ha sucedido esta noche?

—Han matado a Darren. Han matado a mi hijo. Lo sacaron de la cuna y lo dejaron en el suelo.

Desesperado, Johnno levantó su vaso de café Styrofoam y se alejó unos pasos. Lou sacó del bolsillo una libreta y un lápiz de punta afilada.

—¿Conoce a alguien que quisiera hacer daño al niño?

—No. Todos quieren a Darren. Es muy listo y divertido. —Se le cerró la garganta. Miró alrededor sin ver. Necesitaba un vaso de café.

—Sé que es difícil, pero ¿puede decirme qué ha ocurrido esta noche?

—Dimos una fiesta. Todos debíamos viajar a Nueva York mañana... y dimos una fiesta.

—Me gustaría tener la lista de los invitados.

—No sé... Bev podría... —Brian se interrumpió. Acababa de recordar que Bev estaba en una habitación al fondo del pasillo, fuertemente sedada.

—Nosotros podríamos facilitarle una lista bastante exacta —intervino Pete. Trató de beber un poco de café, pero tenía un agujero ardiente en el estómago—. Pero de una cosa puede estar seguro: Brian no invitó a su casa a nadie capaz de hacer esto.

Lou continuó preguntando.

—¿Conocía usted a todos los que estaban en la fiesta, señor McAvoy?

—No lo sé. Probablemente no. —Brian apoyó los codos sobre las rodillas y se apretó los ojos con la palma de las manos. El dolor que se provocó era lo más parecido al consuelo—. Amigos y amigos de amigos, ya sabe. Uno abre la puerta y la gente entra. Así son las cosas.

Lou asintió como si lo comprendiera. Recordó las fiestas que organizaba Marge. La selecta lista de invitados —«Se ruega confirme su asistencia»—, la supervisión de la comida y la bebida. La fiesta de su decimoquinto aniversario la habían planeado tan meticulosamente como una cena presidencial.

—Hablaremos con las personas de la lista, entonces —decidió Lou—. Su hija se llama Emma, ¿verdad?

—Sí, Emma.

—Estaba arriba durante la fiesta.

—Sí. Dormida. —Sus dos hijos, sanos y salvos lejos del bullicio—. Ambos estaban dormidos.

—¿En la misma habitación?

—No, tienen dormitorios separados. Alice Wallingsford, la niñera, estaba arriba con ellos.

—Sí. —Lou ya había leído el informe. Habían encontrado a la niñera atada, amordazada y muerta de terror en su cama—. ¿Y la niña se cayó por las escaleras?

La mano de Brian comenzó a moverse espasmódicamente. Apenas podía sostener el vaso de plástico. Lo estrujó sin querer y el café rebasó los bordes. Parte del contenido se derramó sobre el suelo.

—La oí llamarme. Estaba saliendo de la cocina con Bev. —Recordaba con claridad meridiana el beso rápido y ardiente que se habían dado antes de oír el alarido—. Fuimos corriendo... y Emma estaba en el suelo, al pie de la escalera.

—Yo la vi caer. —P. M. parpadeó varias veces. Tenía los ojos inyectados en sangre—. Miré hacia arriba y la vi caer. Todo ocurrió muy rápido.

—Dicen que la niña gritó. —Lou miró a P. M.—. ¿Gritó antes de caer... o después?

—Yo... antes. Sí. Por eso miré hacia arriba. Gritó y luego pareció perder el equilibrio.

Lou tomó nota. Tendría que hablar con la pequeña.

—Espero que no se haya hecho mucho daño.

—Los médicos... —El cigarrillo de Brian se había quemado hasta el filtro. Lo arrojó al cenicero y bebió el resto de café frío y amargo que había quedado en el vaso estropeado—. Todavía no han salido. No me han dicho nada. No puedo perderla a ella también. —La mano volvió a temblarle y el café se derramó otra vez. Johnno se sentó a su lado.

—Emma es fuerte. Los niños se caen y se golpean todo el tiempo. —Dirigió a Lou una mirada aviesa—. ¿No puede dejarlo en paz?

—Solo necesito hacerle un par de preguntas. —Estaba acostumbrado a que lo miraran mal—. Su esposa, señor McAvoy... ¿fue ella quien encontró a su hijo?

—Sí. Subió cuando oímos llegar a la ambulancia. Quería ver si todo estaba bien... Quería estar segura de que Darren no se había despertado. La oí gritar, gritar y gritar como una loca. Y corrí. Cuando llegué a la habitación de Darren, la encontré sentada en el suelo con él. Lo tenía abrazado. Y gritaba. Tuvieron que darle algo para sedarla.

—Señor McAvoy, ¿había recibido algún tipo de amenaza contra usted, su esposa o sus hijos?

—No.

—¿Nada?

—No. Bien, de vez en cuando recibo alguna carta llena de odio. Casi siempre por cuestiones políticas. Pete las tiene clasificadas.

—Necesitaría ver todo lo que ha recibido en los últimos seis meses.

—Son un montón de cartas, teniente —le advirtió Pete.

—Ya nos arreglaremos.

Brian no les prestaba atención. Se levantó al ver entrar al médico.

—Emma —fue todo lo que dijo. Lo único que pudo decir.

—Está durmiendo. Tiene una conmoción cerebral, un brazo roto y contusiones en algunas costillas, pero no hay lesiones internas.

—Se pondrá bien.

—Tendremos que vigilarla de cerca durante los próximos días, pero sí, el pronóstico es muy bueno.

Entonces lloró. Lloró como no había podido llorar al ver el cuerpo sin vida de su hijo, como no pudo hacerlo cuando le arrancaron a su familia de los brazos y lo dejaron solo en aquella sala de espera con las paredes pintadas de verde. Se tapó la cara con las manos. Las lágrimas calientes resbalaban entre sus dedos.

Lou cerró la libreta sin decir palabra. Hizo una seña al médico y ambos salieron al vestíbulo.

—Soy el teniente Kesselring, de homicidios. —Una vez más, sacó a relucir su placa de identificación—. ¿Cuándo podré hablar con la niña?

—Tendrá que esperar por lo menos un día, tal vez dos.

—Necesito interrogarla lo antes posible. —Sacó una tarjeta y se la entregó al médico—. Por favor, llámeme en cuanto esté en condiciones de hablar. ¿Y la esposa? Beverly McAvoy.

—Está sedada. Despertará dentro de diez o doce horas. Pero no puedo garantizarle que esté en condiciones de hablar, ni que yo esté dispuesto a permitírselo.

—Llámeme. —Lou miró hacia la sala de espera—. Yo también tengo un hijo, doctor.

Emma tuvo sueños terribles. Quería llamar a su padre, a su madre, pero era como si una mano le tapara la boca, los ojos. Como si un peso enorme la aplastara.

Su hermanito estaba llorando. El llanto retumbaba en la habitación, en su cabeza. Como si Darren estuviera dentro de su mente y gritara para poder salir. Quería ir con él, tenía que ayudarlo, pero había serpientes de dos cabezas y cosas resbaladizas y viscosas de fauces negras y chorreantes alrededor de su cama. La acosaban cada vez que trataba de bajar. Siseaban, babeaban, se burlaban de ella.

Si se quedaba en la cama estaría a salvo. Pero Darren la estaba llamando.

Debía ser valiente, tener coraje y correr hasta la puerta. Lo hizo. Cuando llegó al umbral, las serpientes desaparecieron. El suelo parecía estar vivo bajo sus pies. Se movía, latía como un corazón. Miró hacia atrás por encima del hombro. Solo vio su habitación, llena de juguetes y muñecas bien ordenados en los estantes. El ratón Mickey le sonreía alegremente. Mientras Emma lo miraba, su sonrisa se transformó en una mueca.

Salió corriendo al pasillo, a la oscuridad.

Había música y las sombras parecían danzar a su ritmo. Se oían ruidos. El sonido de una respiración pesada, húmeda. Gruñidos y el movimiento de algo seco y deslizante sobre la madera. Mientras corría hacia el lugar donde lloraba Darren, sentía aquella respiración caliente en los brazos. Y unos pellizcos dolorosos y rápidos en los tobillos.

La puerta estaba cerrada. Empujó y golpeó con los puños. El llanto de su hermano era cada vez más fuerte, pero la música lo ahogaba. La puerta se disolvió bajo sus pequeños puños cerrados. Vio al hombre, pero no tenía cara. Solo vio el brillo de sus ojos, el resplandor de sus dientes.

Comenzó a avanzar hacia ella. Y Emma le tuvo más miedo que a las serpientes, los monstruos, las fauces y las garras. Ciega de terror, echó a correr. Los gritos de Darren eran cada vez más fuertes.

Luego empezó a caer en un pozo oscuro. Oyó un sonido, como el ruido de una ramita al quebrarse. Quiso gritar en su agonía, pero no pudo. Seguía cayendo en aquel pozo sin fondo, completamente indefensa. La música y el llanto de su hermano retumbaban en su cabeza.

Cuando despertó, todo brillaba. No había muñecas en los estantes. Ni siquiera había estantes. Solo paredes vacías. Al principio se preguntó si estaba en un hotel. Trató de recordar, pero apenas comenzó a hacerlo volvió el dolor. Un dolor ardiente y sordo que parecía asaltarla en todo momento y en todas partes. Gimió y volvió la cabeza para defenderse de la horrible sensación.

Su padre estaba durmiendo en una silla. Tenía la cabeza echada hacia atrás, un poco ladeada, la cara mortalmente pálida bajo la barba, los puños cerrados sobre el regazo.

—Papi.

Brian, que estaba a punto de dormirse, se despejó de golpe. La vio acostada entre las sábanas del hospital, con los ojos muy abiertos. Parecía asustada. Sintió que se le llenaban los ojos de lágrimas ardientes, que el llanto le subía a la garganta y lo ahogaba. Luchó para reprimirlo con las pocas fuerzas que le quedaban.

—Emma. —Brian se acercó a la cama y apoyó su rostro exhausto sobre el cuello de su hija.

Emma intentó abrazarlo, pero el peso del yeso se lo impidió. Volvió a sentir miedo. Un miedo atroz. De nuevo oyó en su mente aquel ruido seco, como una rama que se quiebra. Y el dolor. El grito de dolor.

Si no había sido un sueño... Si aquello había sido real, entonces el resto...

—¿Dónde está Darren?

Fue lo primero que preguntó. Brian sabía que iba a hacerlo. Cerró los ojos con fuerza. ¿Cómo decírselo? ¿Cómo decirle lo que él mismo aún no podía comprender ni creer? Era solo una niña. Su única hija.

—Emma. —Le besó la mejilla, la sien, la frente, como si de algún modo los besos pudieran calmar el dolor que tenían ambos. Luego le tomó la mano—. ¿Recuerdas cuando te conté un cuento sobre ángeles y te dije cómo viven en el cielo?

—Vuelan y tocan música y nunca se hacen daño unos a otros.

Ah. Qué listo había sido, pensó Brian con amargura. Tan listo que había tejido una historia bellísima.

—Sí, así es. —Sintió todo el peso de su fe católica sobre los hombros—. A veces Dios ama tanto a algunas personas que quiere que estén con él en el cielo. Allí está Darren ahora. Es un ángel en el paraíso.

—¡No! —Por primera vez desde que había salido a gatas del mugriento fregadero tres años atrás, Emma empujó a su padre lejos de ella—. No quiero que sea un ángel.

—Yo tampoco.

—Pídele a Dios que lo mande de regreso —dijo ella con furia—. Ahora mismo.

—No puedo. —Las lágrimas volvieron a inundar los ojos de Brian; esta vez no pudo reprimirlas—. Se ha ido, Emma. Darren se ha ido.

—Entonces yo también me iré al cielo y cuidaré de él.

—No. —El miedo le cerró el estómago y secó sus lágrimas. Clavó los dedos en los frágiles hombros de su hija. Por primera vez le dejó marcas en la piel—. No puedes irte. Te necesito, Emma. No puedo traer de vuelta a Darren, pero no voy a perderte.

—Odio a Dios —exclamó la niña. Tenía los ojos secos, encendidos de furia.

Yo también, pensó Brian abrazándola. Yo también.

La noche del asesinato habían entrado y salido más de cien personas de la residencia de los McAvoy. El cuaderno de Lou era una maraña de nombres, anotaciones e impresiones. Sin embargo estaba muy lejos de encontrar una respuesta. La puerta y la ventana de la habitación del niño estaban abiertas, aunque la niñera insistía en que había cerrado la segunda después de ponerlo a dormir y echado el cerrojo. Pero nada indicaba que alguien hubiera entrado allí por la fuerza.

Había huellas de calzado bajo la ventana. Número 40, recordó Lou. Pero en la tierra no se veían marcas de escalera y tampoco se habían encontrado restos de cuerda en el alféizar.

La niñera no era una gran ayuda. Aquella noche había despertado con una mano sobre la boca. Tras vendarle los ojos la habían atado y amordazado. En las dos entrevistas que había mantenido con ella cambió de opinión respecto al tiempo que había permanecido amarrada. Pasó de treinta minutos a dos horas. Aunque era la última en la lista de sospechosos, Lou todavía esperaba el informe de antecedentes que había solicitado.

Necesitaba hablar con Beverly McAvoy. Había postergado la entrevista el mayor tiempo posible. Y trató de postergarla aún más después de ver las fotos del expediente policial del pequeño Darren McAvoy.

—Trate de ser lo más breve posible —le pidió el médico. Estaban frente a la puerta de la habitación de Beverly—. Le hemos dado un sedante suave, pero puede pensar con claridad. Tal vez con demasiada claridad.

—No quiero que esto sea más duro para ella de lo que ya es. —Lou se preguntó si habría algo que pudiera ser más duro. Le bastó recordar la imagen del niño muerto para saber que no—. También debo interrogar a la niña. ¿Está en condiciones de hablar?

—Está consciente, pero no sé si querrá hablar con usted. Apenas ha cruzado más de dos palabras con nadie, excepto con su padre.

Lou asintió y entró en la habitación. La mujer estaba sentada en la cama. Aunque tenía los ojos abiertos, no lo miró. Parecía demasiado frágil y excesivamente joven para haber tenido un hijo y haberlo perdido. Llevaba un camisón azul claro. Sus manos, que descansaban sobre las sábanas blancas, estaban absolutamente inmóviles.

Brian estaba sentado en una silla junto a ella. Su cara sin afeitar tenía un color ceniciento. Tenía los ojos envejecidos, enrojecidos e hinchados por el llanto y la falta de sueño, y nublados por el dolor. Pero cuando levantó la vista, Lou vio otra cosa en su mirada. Furia.

—Lamento tener que molestarles.

—El médico nos ha avisado de que vendría. —Brian no se puso en pie y tampoco lo invitó a sentarse. Simplemente se quedó mirándolo—. ¿Ya sabe quién lo hizo?

—Todavía no. Me gustaría hablar con su esposa.

—Bev. —Brian puso una mano sobre la de su esposa, pero no hubo respuesta—. Este es el policía que está tratando de averiguar... de averiguar qué ocurrió. Perdón —murmuró mirando a Lou—, no recuerdo su nombre.

—Kesselring. Teniente Kesselring.

—El teniente necesita hacerte unas preguntas. —Bev no se movió. Apenas respiraba—. Bev, por favor.

Tal vez la desesperación que se percibía en la voz de Brian llegó a lo más profundo de ella, donde había intentado ocultarse. Movió la mano, inquieta. Cerró los ojos un instante, con fuerza, y deseó con todo su corazón estar muerta. Luego volvió a abrirlos y miró directamente a Lou.

—¿Qué quiere saber?

—Todo lo que pueda decirme sobre aquella noche.

—Mi hijo estaba muerto —dijo ella llanamente—. ¿Qué otra cosa puede importar?

—Tal vez algo de lo que me diga pueda ayudarme a encontrar al asesino de su hijo, señora McAvoy.

—¿Eso me devolverá a Darren?

—No.

—Ya no siento nada —musitó Bev mirándole con expresión cansada—. No siento las piernas, ni los brazos, ni la cabeza. Cuando trato de sentirlos, me duele. Lo mejor es no intentarlo siquiera, ¿no le parece?

—Quizá, por un tiempo. —El oficial acercó una silla a la cama—. Pero ¿podría decirme lo que recuerda de aquella noche?

Bev dejó caer la cabeza hacia atrás y fijó la vista en el techo. Ofreció una descripción monótona de la fiesta, similar a la que había dado su marido y a la de todas las otras personas que Lou había entrevistado. Rostros familiares, caras desconocidas, gente que entraba, gente que salía. Alguien había pedido cincuenta pizzas desde el teléfono de la cocina.

Eso era nuevo. Lou tomó nota del dato.

Ella estaba hablando con Brian, oyó gritar a Emma, la encontraron al pie de la escalera.

—La gente se apiñó alrededor —murmuró—. Alguien, no sé quién, pidió una ambulancia. No la movimos, teníamos miedo de moverla. Después oímos la sirena de la ambulancia. Yo quería ir al hospital con Emma, con ella y con Brian, pero primero quise ver cómo estaba Darren. También quería despertar a Alice y contarle lo que había ocurrido.

»Entré en el cuarto de Emma a buscar su bata. En realidad no sé por qué lo hice. Solo pensé que podría necesitarla. Caminé por el pasillo. Me enojé porque las luces estaban apagadas. Siempre dejamos encendida la del pasillo por Emma. Le da miedo la oscuridad. A Darren no —musitó con una media sonrisa—. Nunca ha tenido miedo a nada. Solo dejamos encendida una lamparita en su cuarto por si acaso despierta en mitad de la noche. Suele despertarse. Le gusta estar acompañado. —Bev se tapó la cara con las manos. Le temblaba la voz—. No le gusta estar solo.

—Sé que es difícil, señora McAvoy. —Ella había sido la primera en llegar al escenario del crimen. Ella había encontrado y movido el cadáver de su hijo—. Necesito saber exactamente qué encontró cuando entró en la habitación de Darren.

—Encontré a mi hijo. —Rechazó la mano de Brian. No soportaba que nadie la tocara—. Estaba en el suelo, al lado de la cuna. Primero pensé... pensé que había trepado por una barandilla y se había caído. Estaba tan quieto sobre la pequeña alfombra azul. No se le veía la cara. Lo levanté en brazos. Pero no despertó. Lo sacudí, grité. Pero no despertó.

—¿Vio a alguien en el piso de arriba, señora McAvoy?

—No. Arriba no había nadie. Solo mi hijo. Luego se lo llevaron. No me dejaron quedarme con él. Por el amor de Dios, Brian, ¿por qué no me permitiste quedarme con él?

—Señora McAvoy —dijo Lou poniéndose de pie—, haré todo lo posible por encontrar al que hizo esto. Se lo prometo.

—¿Acaso cambiarán las cosas por eso? —Bev se echó a llorar. Un llanto mudo, insondable—. ¿Acaso cambiarán las cosas por eso?

Algo cambiará, pensó Lou. Se detuvo un instante en el pasillo. Por supuesto. Algo tendría que cambiar.

Emma observó a Lou con una intensidad tan franca y directa que lo hizo sentirse incómodo. Era la primera vez que una niña hacía que tuviera ganas de ver si tenía la camisa manchada.

—He visto muchos policías en la tele —murmuró Emma cuando Lou se presentó—. Matan gente.

—A veces. —Buscó algo que decir—. ¿Te gusta la televisión?

—Sí. Lo que más nos gusta a Darren y a mí es *Barrio Sésamo*.

—¿Quién te gusta más, Coco o la rana Gustavo?

La niña esbozó una débil sonrisa.

—Me gusta Óscar porque es muy maleducado.

Al ver que sonreía Lou aprovechó la oportunidad y bajó la protección de la cama. Emma no puso objeciones cuando se sentó en el borde.

—Hace tiempo que no veo *Barrio Sésamo*. ¿Óscar sigue viviendo en un cubo de basura?

—Sí. Y grita y regaña a todo el mundo.

—Supongo que, en ciertas ocasiones, gritar y enfadarse hace que uno se sienta mejor. ¿Sabes por qué estoy aquí, Emma? —La niña no respondió y aferró contra su pecho un viejo perro de peluche negro—. Necesito hablar contigo sobre Darren.

—Papi dice que ahora es un ángel y está en el cielo.

—Estoy seguro de que así es.

—No es justo que se haya ido. Ni siquiera se despidió.

—No pudo hacerlo.

Ella ya lo sabía. Y también sabía, en lo más hondo de su corazón, lo que había que hacer para transformarse en ángel.

—Papi dice que Dios lo quiere a su lado, pero yo creo que Dios se ha equivocado y tendría que mandarlo de vuelta.

Lou le pasó la mano por el cabello. La obstinada lógica de la niña lo conmovía tanto como el dolor de la madre.

—Fue un error, Emma, un error terrible, pero Dios no puede mandarlo de vuelta con nosotros.

Emma hizo un mohín con los labios. Era más un gesto de desafío que un puchero.

—Dios puede hacer todo lo que quiere.

Lou no sabía cómo moverse en aquel terreno pantanoso.

—No siempre. A veces los hombres hacen cosas y Dios no puede intervenir. No puede arreglarlas. Nosotros tenemos que hacerlo. Creo que puedes ayudarme a averiguar cómo ocurrió este error. ¿Quieres contarme todo lo que pasó aquella noche, la noche que caíste por la escalera?

Emma miró a Charlie y acarició su pelambre.

—Me rompí el brazo.

—Lo sé. Y lo lamento muchísimo. Yo tengo un hijo. Es mayor que tú. Tiene casi once años. Se rompió el brazo cuando trataba de patinar en el tejado de casa.

Impresionada por el relato, Emma lo miró con sus ojos enormes.

—¿En serio?

—Sí. También se rompió la nariz. Mientras patinaba cayó del tejado y aterrizó sobre las azaleas.

—¿Cómo se llama?

—Michael.

Emma hubiera querido conocerlo y preguntarle qué se sentía al salir volando de un tejado. Le parecía una acción muy valiente. Algo que a Darren le habría gustado intentar. Volvió a acariciar a Charlie.

—Darren hubiera cumplido tres años en febrero.

—Lo sé. —Lou le tomó la mano. Tras un instante de vacilación Emma le apretó los dedos.

—Yo le quería más que a nadie —dijo lisa y llanamente—. ¿Está muerto?

—Sí, Emma.

—¿Y no puede volver, aunque haya sido un error?

—No. Lo lamento mucho.

Emma tenía que preguntárselo. Tenía que preguntarle lo que no se había atrevido a preguntar a su padre. Su padre se habría puesto a llorar y tal vez no le habría dicho la verdad. Pero el hombre de los ojos claros y la voz serena no lloraría.

—¿Yo tengo la culpa? —musitó clavando sus ojos en los de Lou con desesperación.

—¿Por qué habrías de tener la culpa?

—Porque escapé corriendo. No lo cuidé. Prometí que siempre lo cuidaría. Pero no lo hice.

—¿De qué escapaste corriendo?

—De las serpientes —respondió sin titubear. Solo recordaba la pesadilla—. Había serpientes y cosas con dientes enormes.

—¿Dónde?

—Alrededor de la cama. Se ocultan en la oscuridad y se comen a las niñas malas.

—Ya veo. —Lou sacó su cuaderno—. ¿Quién te ha dicho eso?

—Mi mamá... la que era mi mamá antes de Bev. Bev dice que en casa no hay serpientes, pero dice eso porque no las ve.

—¿Y tú viste las serpientes la noche que te caíste?

—Intentaron impedir que fuera a ver a Darren, que estaba llorando.

—¿Darren estaba llorando?

Emma asintió, contenta porque Lou no le había dicho que no había serpientes.

—Sí. Le oí. A veces se despierta de noche, pero se vuelve a dormir cuando le hablo y le llevo a Charlie.

—¿Quién es Charlie?

—Mi perro. —Se lo entregó a Lou para que lo inspeccionara.

—Es muy bonito —dijo Lou palmeando la polvorienta cabeza de Charlie—. ¿Esa noche se lo llevaste a Darren?

—Iba a hacerlo. —A Emma se le ensombreció el rostro mientras se esforzaba por recordar—. Siempre lo llevo conmigo para que espante a las serpientes y las otras cosas. El pasillo estaba a oscuras. Nunca está a oscuras. Ellos estaban ahí.

Lou apretó el lápiz entre los dedos.

—¿Quiénes estaban ahí?

—Los monstruos. Los oí gruñir y deslizarse. Darren lloraba a gritos. Me necesitaba.

—¿Entraste en su habitación, Emma?

Ella negó con la cabeza. Se veía claramente, parada en el pasillo oscuro, rodeada de cosas que se deslizaban alrededor.

—En la puerta, se veía luz por debajo de la puerta. Los monstruos estaban con él.

—¿Viste a los monstruos?

—Había dos monstruos en el dormitorio de Darren.

—¿Les viste la cara?

—No tienen cara. Uno de ellos lo tenía cogido con fuerza y lo hacía llorar. Darren me llamó, pero yo escapé corriendo. Escapé y lo dejé con los monstruos. Y ellos lo mataron. Lo mataron porque yo escapé.

—No. —Lou abrazó a la desdichada niña y le permitió llorar sobre su pecho mientras le acariciaba el cabello—. No, tú corriste a pedir ayuda. ¿No es así, Emma?

—Quería que viniera mi papá.

—Era lo mejor que podías hacer. No eran monstruos, Emma. Eran hombres, hombres malos, y tú no podrías haberlos detenido.

—Prometí que cuidaría a Darren, que jamás dejaría que le ocurriera nada.

—Intentaste cumplir tu promesa. Nadie te culpa de nada, querida.

Pero Emma sabía que el hombre de los ojos claros estaba equivocado. Ella se culpaba. Y siempre lo haría.

Lou regresó a su casa poco antes de la medianoche. Había pasado varias horas sentado a su escritorio analizando todas sus anotaciones, todos y cada uno de los datos que había recabado. Hacía mucho tiempo que era policía y sabía que la objetividad era su mejor y más preciada herramienta. Sin embargo el asesinato de Darren McAvoy se había transformado en un asunto personal. No podía olvidar la foto en blanco y negro del niño. Un niño que hacía poco había dejado de ser un bebé. La imagen se le había grabado a fuego en el cerebro.

También tenía una imagen del dormitorio de Darren. Las paredes blancas y azules, los juguetes desparramados todavía sin embalar, su ropita bien doblada sobre una mecedora, las zapatillas desabrochadas debajo.

Y la aguja hipodérmica, todavía llena de fenobarbital, a pocos pasos de la cuna.

Ni siquiera tuvieron ocasión de usarla, pensó Lou sombríamente. No pudieron clavársela en la vena para dormirlo. ¿Pensaban sacarlo por la ventana? ¿Brian McAvoy habría recibido una llamada telefónica varias horas después? ¿Acaso pensaban pedirle dinero a cambio de devolverle el niño sano y salvo?

Pero no hubo llamada ni rescate.

Lou se frotó los ojos y comenzó a subir por la escalera. Aficionados, pensó. Imbéciles. Asesinos. ¿Dónde diablos estarían ahora? ¿Quién demonios eran?

«¿Las cosas cambiarán por eso?», había preguntado Bev. Por supuesto que cambiarán, dijo Lou para sus adentros. Apretó los puños hasta que los nudillos se le pusieron blancos. La justicia siempre implicaba un cambio.

La puerta de la habitación de Michael estaba abierta. El suave sonido de la respiración de su hijo lo atrajo. La débil luz de la luna vio un caos de ropa y juguetes desparramados por el suelo, apilados sobre la cama, amontonados en el armario. En otra ocasión aquello lo habría hecho suspirar con fastidio. El alegre desorden de Michael era un verdadero misterio para Lou. Tanto él como su esposa eran pulcros y ordenados por naturaleza. Michael era un tornado, un huracán velocísimo que brincaba de un lado a otro y dejaba una estela de caos y destrucción a su paso.

Sí, en otra ocasión habría suspirado con fastidio y pensado en el sermón que soltaría a su hijo a la mañana siguiente, pero esa noche aquel desorden hizo que sus ojos se llenaran de lágrimas de gratitud. Su hijo estaba sano y salvo.

Fue hasta la cama, tratando de no pisar nada. Tuvo que apartar el embotellamiento de coches Matchbox para encontrar un lugar donde sentarse. Michael dormía boca abajo, con la mejilla derecha sobre la almohada, los brazos extendidos y las sábanas enredadas en los pies.

Durante un minuto, cinco, diez… estuvo allí sentado contemplando al niño que había engendrado con Marge. El denso cabello oscuro, que había heredado de su madre, le cubría la cara. Tenía la piel bronceada, pero aún conservaba la suavidad de rocío de la primera infancia. Su nariz aguileña daba carácter al rostro, tal vez demasiado bonito para un varón. Su cuerpecito firme y fuerte comenzaba a mostrar los primeros signos de virilidad. Estaba lleno de moretones y cicatrices que pronto desaparecerían.

Seis años y dos abortos, recordó Lou. Hasta que por fin habían podido unir el esperma y el óvulo para dar vida. Una vida fuerte y real. Michael tenía lo mejor y lo más radiante de ambos.

Lou recordó el rostro de Brian McAvoy. El dolor, el aturdimiento, la furia, la impotencia. Sí, claro que lo comprendía.

Michael se desperezó un poco cuando Lou le acarició la mejilla con la mano.

—¿Papá?

—Sí. Solo quería darte las buenas noches. Vuelve a dormir.

Michael bostezó y se dio la vuelta. Los coches cayeron estrepitosamente al suelo.

—No quería romperlos —murmuró entre sueños.

Lou sonrió y se llevó las manos a los ojos. No sabía qué era, pero tampoco le importaba.

—No te preocupes. Te quiero, Michael.

Pero su hijo no respondió; estaba completamente dormido.

10

Era un día brillante, casi balsámico. La brisa del Atlántico mecía la alta hierba verde, que susurraba secretas canciones. Emma las oía. La voz ronca y solemne del sacerdote no lograba imponerse a aquella música.

Era un hombre alto, de cara rubicunda. Su cabello blanco marcaba un fuerte contraste con la sotana negra. Aunque tenía un acento similar al de su padre, Emma apenas comprendía lo que decía. Y además no quería comprender. Prefería oír el rumor de la hierba y los monótonos mugidos del ganado en la colina, más allá del cementerio.

Finalmente Darren tendría su granja. En Irlanda. Pero jamás conduciría un tractor ni arrearía a las perezosas vacas de piel manchada.

Era un lugar hermoso, con un césped tan verde que parecía pintado. Emma siempre recordaría aquel verde esmeralda y el aroma fresco y vital de la tierra acabada de remover. Recordaría la sensación del aire en su cara. Una brisa marina tan húmeda que, en vez de brisa, podría haber sido llanto.

Había una iglesia cerca, una construcción de piedra con un campanario blanco y ventanucos con vidrieras. Habían entrado a rezar antes de llevar el pequeño ataúd reluciente al cementerio. La iglesia olía a flores e incienso. Era un olor demasiado intenso y dulce. Había muchas velas encendidas, aunque los rayos del sol se filtraban por los vidrios de colores.

También había estatuas pintadas de personas con túnicas. Y una estatua de un hombre que sangraba en una cruz. Brian le había dicho que aquel era Jesús, quien cuidaba a Darren en el cielo. Emma pensó que era imposible que alguien que parecía tan triste y cansado pudiera cuidar de su hermanito y hacerlo reír.

Bev no había dicho nada. Permaneció de pie, pálida como una muerta. Stevie había vuelto a tocar la guitarra, como en la boda, pero esta vez vestía de negro y la melodía era triste y serena.

A Emma no le gustó estar en el interior de la iglesia. Por eso se alegró un poco cuando salieron al sol. Johnno y P. M., que tenían los ojos enrojecidos de tanto llorar, llevaron el ataúd junto con otros cuatro hombres que al parecer eran sus primos. Emma no sabía por qué se necesitaban tantas personas para cargar a Darren, que en realidad no pesaba nada, pero tuvo miedo de preguntar.

Se consoló mirando las vacas, la alta hierba y los pájaros que revoloteaban sobre su cabeza.

A Darren le habría gustado su granja, pensó. Pero no le parecía bien, no le parecía justo que no estuviera allí, a su lado, listo para correr, brincar y reír.

No tendría que estar en esa caja, pensaba. No tendría que ser un ángel, aunque tuviera alas y tocara música. Si ella hubiera sido fuerte y valiente, si hubiera cumplido su promesa... Darren no se habría transformado en ángel. Y ella habría estado en la caja. Ella, no él. Se le llenaron los ojos de lágrimas. Había permitido que le ocurrieran cosas malas a Darren. No lo había salvado de los monstruos.

Johnno la levantó en brazos al ver que se había echado a llorar. Comenzó a mecerla suavemente y el movimiento la reconfortó un poco. Apoyó la cabeza sobre su hombro y le oyó repetir las palabras que pronunciaba el sacerdote.

—El Señor es mi pastor, no querré...

Pero ella sí quería. Quería a Darren. Parpadeó para apartar las lágrimas de sus ojos y miró la hierba que se mecía con el viento. Oyó la voz de su padre, ahogada de dolor.

—... aunque camine por el valle de las sombras y la muerte, no temeré el mal...

Pero el mal existía. Emma quería gritarlo a los cuatro vientos. El mal existía y había matado a Darren. El mal no tenía rostro.

Vio un pájaro que volaba sobre su cabeza y lo siguió con la vista. Vio un hombre en la cima de la loma más cercana. Estaba de pie, observando la pequeña tumba y el dolor ajeno. Tomaba fotos en silencio.

Brian sabía que nunca volvería a ser el mismo. Mientras bebía una botella de whisky irlandés que había sobre la mesa, pensaba que nada volvería a ser igual. El alcohol no aliviaba el dolor como esperaba. Solo hacía que arraigara aún más.

Ni siquiera podía consolar a Bev. Dios era testigo de que lo había intentado. Había querido consolarla y que ella lo consolara. Pero su Bev estaba enterrada en lo más profundo de la mujer pálida y muda que había estado junto a él cuando sepultaron a su hijo. Y Brian no podía alcanzarla.

La necesitaba, maldita sea. Necesitaba que alguien le explicara por qué había ocurrido aquello, que alguien le dijera que tuviera esperanza, incluso ahora, en los días más negros de su vida. Por eso había llevado a Darren allí, a Irlanda. Por eso había insistido en que se oficiara una misa, las plegarias, la ceremonia. Frente a la muerte, los católicos lo eran más que nunca. Sin embargo, ni las palabras familiares, ni las fragancias... ni siquiera la esperanza que el sacerdote intentó comunicar al dar la comunión habían aliviado su dolor.

Jamás volvería a ver a Darren. Jamás volvería a abrazarlo. No lo vería crecer. Toda aquella palabrería sobre la vida eterna no significaba nada si no podía tener a su hijo en brazos.

Quería estar furioso, pero se sentía demasiado cansado para experimentar esa o cualquier otra emoción. Mientras se servía otro vaso de whisky pensó que, si no había consuelo, aprendería a convivir con el dolor.

La cocina olía a pasteles y sabrosa carne asada. Aunque

sus parientes se habían marchado hacía ya varias horas, el olor persistía. Habían estado a su lado y Brian quería ser agradecido. Habían venido a acompañarlo, a cocinar los alimentos que de algún modo también nutrían el alma. Habían llorado la muerte de su hijo, a quien la mayoría no llegó a conocer.

Apenas apuró el vaso de whisky, se sirvió otro. Solo buscaba el olvido.

—¿Hijo?

Brian alzó la vista y vio a su padre en el umbral, titubeante. Tuvo ganas de reír. Qué ironía. Los papeles se habían invertido. Recordaba con toda claridad cuando, siendo apenas un niño, entraba de puntillas en la cocina mientras su padre se emborrachaba como una cuba sentado a aquella misma mesa.

—Sí. —Brian levantó el vaso a la altura de los ojos y miró a su padre por encima del borde.

—Deberías tratar de dormir un poco.

Brian vio que los ojos de su padre se clavaban como dardos en la botella. Sin decir palabra, la empujó hacia él. Entonces Liam McAvoy, ya viejo a los cincuenta años, se decidió a entrar. Tenía la cara redonda y enrojecida, llena de marcas y puntos por los capilares rotos bajo la piel. Su hijo había heredado sus ojos azules soñadores y el suave cabello rubio, poblado de canas. Se había convertido en un tipo flaco de huesos quebradizos. Ya no era el hombre grande y poderoso que Brian temía cuando era niño. Sintió un escalofrío cuando su padre cogió la botella. Tenían las mismas manos, los mismos dedos largos y finos. ¿Cómo no lo había notado antes?

—Ha sido un hermoso funeral —murmuró Liam intentando iniciar una conversación—. A tu madre le habría gustado que lo hayas traído aquí, a descansar con ella. —Se sirvió tres dedos de whisky y vació el vaso de un solo trago. Parecía sediento.

Fuera caía la suave lluvia de Irlanda.

Brian se dio cuenta de que nunca habían bebido juntos. Sirvió más whisky para ambos. Tal vez tuvieran algo en común, después de todo. Con una botella en medio, claro.

—La lluvia de los granjeros —masculló Liam. Su sonido y el whisky parecían tranquilizarlo—. Un agradable calabobos.

La lluvia de los granjeros. Su hijito soñaba con ser granjero, pensó Brian. ¿Tanto habría enraizado la semilla de Liam McAvoy en el pequeño Darren?

—No quería que estuviera solo —dijo—. Pensé que debía volver a Irlanda, con la familia.

—Está bien. Has hecho bien.

Brian encendió un cigarrillo y le pasó la cajetilla. ¿Alguna vez habían hablado como padre e hijo? Si lo habían hecho, Brian lo había olvidado.

—No tendría que haber ocurrido.

—Muchas de las cosas que ocurren en este mundo no tendrían que ocurrir jamás. —Liam encendió el cigarrillo y levantó el vaso—. Atraparán a los miserables que lo hicieron, hijo. Los atraparán. Ya lo verás.

—Ya ha pasado una semana. —Parecían años—. Todavía no tienen nada. Ni una sola pista.

—Los atraparán —insistió Liam—. Y esos miserables hijos de puta se pudrirán en el infierno. Solo entonces el pobre niño descansará en paz.

Pero Brian no quería pensar en la venganza. No quería pensar que su dulce hijito descansaría en paz bajo la tierra. Había pasado el tiempo y estaba perdido. Tenía que haber algún motivo para lo que había ocurrido.

—¿Por qué no fuiste nunca a vernos? —Brian se inclinó hacia su padre—. Te envié los pasajes. Para la boda, cuando nació Darren, para el cumpleaños de Emma, para el de Darren. Por el amor de Dios, lo conociste en el velatorio. ¿Por qué no fuiste?

—La granja requiere mucho trabajo —dijo Liam entre un sorbo y otro. Estaba tan lleno de remordimientos que se confundían en su mente—. No puedo desaparecer de mi casa cada vez que a ti se te antoja.

—Ni siquiera una vez. —Era vital que su padre le diera una respuesta sincera—. Podrías haber mandado a mamá. Podrías haberla dejado ir antes de que muriera.

—La mujer debe estar al lado de su marido. —Liam levantó el vaso y lo tendió hacia Brian—. Es mejor que no lo olvides, muchacho.

—Siempre has sido un miserable egoísta.

La mano de Liam, asombrosamente fuerte, se clavó como una garra en la de su hijo.

—Ten cuidado con lo que dices.

—Esta vez no voy a correr a esconderme, papá. —Su mirada y su voz eran serenas pero decididas. Estaba dispuesto a dar batalla.

Lentamente, Liam retiró la mano y volvió a levantar el vaso.

—No quiero pelear contigo. Hoy no. No quiero pelear el día en que han enterrado a mi nieto.

—Nunca fue tuyo. No lo viste hasta que estuvo muerto —replicó Brian—. No te molestaste en conocerlo. Pero cambiaste los pasajes que te envié por dinero en efectivo y saliste a comprar más whisky.

—¿Y dónde has estado tú todos estos años? ¿Dónde estabas cuando tu madre murió? En algún lugar, tocando tu música de mierda.

—Esa música de mierda te ha dado cuatro paredes y un techo, no lo olvides.

—Papi... —Emma estaba en el umbral, abrazada a su perrito de peluche. Tenía los ojos muy abiertos y aterrados, le temblaba el labio inferior. Había oído las voces beligerantes y olido el aroma caliente del alcohol antes de llegar a la cocina.

—Emma. —Un poco ebrio, Brian se acercó para levantarla cuidando de no rozar el brazo enyesado—. ¿Qué estás haciendo aquí?

—He tenido una pesadilla. —Habían vuelto las serpientes y los monstruos. Todavía oía el eco del llanto de Darren.

—Es difícil dormir en cama ajena. —Liam se puso de pie. Aunque su mano era temible, palmeó con suavidad la cabeza de su nieta—. Tu abuelito te preparará un vaso de leche caliente.

Emma sorbió por la nariz mientras Liam sacaba de un estante una olla vieja y abollada.

—¿Puedo quedarme contigo? —preguntó a su padre.

—Por supuesto. —Brian la llevó hasta una silla y la sentó en su regazo.

—Me he despertado y no estabas.

—Estoy aquí, Emma. —Brian le acarició el cabello y miró a su padre con dureza por encima de la cabeza de la niña—. Siempre estaré cuando me necesites.

Incluso allí, pensó Lou. Incluso en un momento como aquel. Estudió las fotos granuladas del funeral de Darren McAvoy. Siempre la prensa amarilla. Marge lo había mandado a comprar pan integral, y vio los periódicos en el supermercado. Como todo lo que tenía que ver con los McAvoy, despertaron su interés y su compasión. Se sintió bastante avergonzado de su compra frente a Sally, la cajera.

En la intimidad de su hogar llegó a sentirse un voyeur. A cambio de unas monedas, él y otros miles de personas observaban el dolor ajeno. Este crispaba todas las caras, aunque se vieran borrosas. Lou lo percibió en el rostro de la niña, con el brazo enyesado en cabestrillo.

Se preguntó qué habría visto, qué podría recordar. Los médicos con los que había consultado coincidían en que, si efectivamente había visto algo, lo había enterrado en su mente. Podría recordarlo al día siguiente, dentro de cinco años... o nunca.

DEVASTATION EN EL CEMENTERIO

Había más titulares, docenas. Lou ya tenía un cajón lleno.

¿EMMA MCAVOY FUE TESTIGO DE LA HORRIBLE
MUERTE DE SU HERMANO?

LA MUERTE DE UN HIJO SACUDE A DEVASTATION

ASESINATO RITUAL DEL HIJO DE UNA ESTRELLA DEL ROCK:
¿SON LOS SEGUIDORES DE MANSON SUS AUTORES?

Basura, pensó Lou. Pura basura. Se preguntó si Pete Page
habría podido proteger a los McAvoy de los detalles más tru-
culentos. Frustrado, apoyó la cabeza en las manos y observó
una foto.

No podía distanciarse del caso. Por primera vez se llevaba
el trabajo a casa. Y con el trabajo, el deseo de venganza. Montones de carpetas, fotos y notas apilados en su escritorio, es-
tratégicamente ubicado en un rincón del ordenado comedor.
Aunque le habían asignado un buen grupo de investigadores,
Lou supervisaba personalmente todo lo que hacían. Había
entrevistado a todos los integrantes de la lista de invitados a
aquella fiesta funesta. Había analizado meticulosamente los
informes de los forenses y registrado muchas veces la habitación de Darren en busca de pruebas.

Ya habían pasado más de dos semanas desde el asesinato y
no tenía absolutamente nada.

Para ser aficionados, eran muy hábiles en el arte de no dejar rastros. Y eran aficionados, de eso estaba seguro. Un profesional jamás hubiera asfixiado a un niño cuyo rescate podía
procurarle un millón de libras, y tampoco habría actuado con
semejante torpeza para simular un allanamiento de morada.

Estaban en la casa. Habían entrado por la puerta principal.
Sin embargo, Lou tenía la certeza de que el hecho de que estuvieran en el interior no garantizaba que sus nombres figu-
raran en la lista que Page había elaborado. Media California
había entrado allí esa noche y había recibido una copa, un
porro o cualquier otra droga que hubieran utilizado para animar la fiesta.

No habían encontrado huellas dactilares en la habitación
del niño y tampoco en la aguja hipodérmica. Solo huellas de
los McAvoy y la niñera. Por lo visto, Beverly McAvoy era
una excelente ama de casa. La planta baja estaba sucia y desor-

denada, como cabía esperar después de una fiesta de esas características, pero el primer piso, el piso de la familia, estaba perfectamente limpio y ordenado. Marge lo hubiera aprobado, pensó Lou mientras intentaba recordar las distintas habitaciones. Ni huellas digitales, ni suciedad, ni señales de lucha.

Pero había habido una lucha, un combate a vida o muerte. En el transcurso una mano había tapado la boca de Darren McAvoy y, acaso inadvertidamente, su nariz. Se había desarrollado entre el momento en que Emma oyó llorar a su hermano —si es que lo había oído— y el momento en que Beverly McAvoy subió a ver cómo estaba su hijo.

¿Cuánto había durado? Cinco minutos, diez... No más de diez, desde luego. Según el médico forense, Darren McAvoy había muerto entre las dos y las dos y media de la noche. Alguien había pedido una ambulancia para Emma a las 2.17 horas.

De nada servía, pensó Lou con desconsuelo. De nada servía tener las horas correlativas y montones de notas y archivos bien etiquetados. Necesitaba encontrar una sola cosa fuera de lugar, un nombre que no encajara, una historia que no cuadrara.

Necesitaba encontrar a los asesinos de Darren McAvoy. Sabía que de lo contrario su rostro lo atormentaría hasta la muerte. El rostro de Darren y la pregunta de su llorosa hermanita: «¿Yo tuve la culpa?».

—¿Papá?

Sobresaltado, Lou se dio la vuelta. Su hijo estaba junto al respaldo de la silla, con una pelota de fútbol americano en la mano.

—Te he dicho mil veces que no aparezcas de golpe, Michael.

—No lo he hecho. —Cuando su padre volvió a sus papeles, Michael alzó la vista al techo. Si daba portazos y caminaba por la casa como una persona normal, le decían que era demasiado ruidoso. Si intentaba andar en silencio, le decían que aparecía de golpe. No había forma de acertar.

—Papá —repitió.

—¿Mmm?

—Prometiste jugar conmigo esta tarde.

—En cuanto termine con esto, Michael.

Michael trasladó el peso de una pierna a otra. Llevaba puestas unas cómodas zapatillas de deporte. En las últimas semanas su padre le había dado siempre la misma respuesta: «En cuanto termine con esto».

—¿Cuándo vas a terminar?

—No lo sé, pero acabaré antes si no me molestas.

Mierda, pensó Michael, pero tuvo la astucia de no pronunciar en voz alta la palabrota. Nadie tenía tiempo para nada. Su mejor amigo estaba en casa de la estúpida de su abuela, y su segundo mejor amigo estaba enfermo de gripe o algo así. ¿Qué tenía de bueno el sábado si uno no podía divertirse un rato?

Trató de seguir el consejo de su padre. Fue a mirar el árbol de Navidad, debajo del cual había varias pilas de regalos. Michael tomó el paquete que tenía su nombre. Estaba envuelto con un papel de elfos danzarines. Lo sacudió con sumo cuidado, y oyó un tintineo levísimo que le produjo una tremenda satisfacción.

Quería un avión con control remoto. La palabra «avión», escrita con letras mayúsculas y subrayada tres veces, había encabezado su lista de Navidad. Para que sus padres supieran que hablaba en serio. Estaba seguro, absolutamente seguro, de que había un avión con control remoto dentro de la caja.

Volvió a ponerla en su lugar. Todavía faltaban varios días para que pudiera abrirla. Faltaban muchos días para que pudiera rizar el rizo y hacer acrobacias con su avión, y él necesitaba hacer algo ahora mismo.

Por el olor dedujo que su madre horneaba algo en la cocina, cosa que le agradaba, pero sabía que si asomaba la nariz por la puerta lo obligaría a preparar la masa de las galletitas o a decorar los pastelitos de jengibre. Cosas de mujeres.

¿Cómo iba a jugar con los L. A. Rams si nadie le daba un maldito pase? Además, ¿qué tenía de interesante aquel montón de diarios y fotos? Mientras volvía al escritorio de su padre, se pasó la lengua por el diente que se había roto jugando la semana anterior. Le gustaba que su padre fuera policía y se jactaba de ello todo el tiempo. Para alardear decía que su padre era un tirador experto y encerraba de por vida a los locos que andaban por ahí sueltos, tipos como Charlie Manson. Hubiera sido muy triste tener que explicar a sus amigos que su padre mecanografiaba formularios y estudiaba material de archivo. Para eso, era mejor tener un padre bibliotecario.

Michael se puso la pelota bajo el brazo y asomó la cabeza por encima del hombro de Lou. Estaba convencido de que, si le incordiaba mucho, su padre abandonaría los papeles y saldría a jugar con él. Sus ojos se posaron en la foto de Darren McAvoy.

—Caramba. ¿Ese niño está muerto?

—¡Michael! —Lou se dio la vuelta con la velocidad del rayo, pero al ver los ojos fascinados y perplejos de su hijo decidió guardarse el sermón para otro momento. Dejándose llevar por el instinto le puso una mano en el hombro—. Sí.

—Vaya. ¿Qué le pasó? ¿Se puso enfermo?

—No. —Lou se preguntó si debía sentirse culpable por utilizar la tragedia de un niño para aleccionar a otro—. Lo asesinaron.

—Pero es solo un niño pequeño. La gente no mata niños.

—No. Pero a veces sí.

Contemplando aquella foto de archivo policial Michael fue consciente de su propia mortalidad por primera vez en sus once años.

—¿Por qué?

Lou recordó haber dicho a Emma que no había monstruos. Sin embargo, cuanto más pensaba en lo que le habían hecho a Darren, más seguro estaba de que sí existían.

—No lo sé. Estoy tratando de averiguarlo. Ese es mi trabajo: investigar, descubrir, saber.

El hecho de que su padre fuera policía no impedía que Michael tuviera una imagen de la justicia propia de las películas.

—¿Cómo haces para investigar?

—Hablo con la gente, analizo las pruebas. Pienso mucho.

—Parece aburrido. —Michael no podía dejar de mirar la foto.

—Casi siempre lo es.

El niño se alegró de haber decidido ser astronauta. Apartó la vista de la foto y se concentró en el periódico que su padre acababa de comprar. Como era inteligente, asoció la información al instante.

—Es el hijo de Brian McAvoy. Alguien intentó secuestrarlo o algo así, pero murió. Todos los chicos hablan del tema.

—Es verdad. —Lou guardó la foto de Darren en una carpeta.

—¡No lo puedo creer! Estás trabajando en ese caso. ¿Conoces a Brian McAvoy?

—Sí.

Su padre conocía a Brian McAvoy. Michael se quedó mirándolo, fascinado.

—¡Qué pasada! ¿Conoces al resto del grupo? ¿Has hablado con ellos?

Lou meneó la cabeza y comenzó a ordenar sus papeles. Qué simple era la vida a los once años. En realidad debería serlo siempre, pensó a continuación, revolviendo el cabello oscuro y enmarañado de su hijo.

—Sí, he hablado con ellos. Parecen muy agradables.

—¿Agradables? —se burló Michael—. Son los mejores. Los mejores del mundo. No puedo esperar para contárselo a los chicos.

—No quiero que se lo cuentes a nadie.

—¿Que no se lo cuente a nadie? —Michael se pasó la mano por el pelo revuelto—. ¿Cómo que no? Los chicos no podrán creerlo. Tengo que decírselo.

—No. No tienes que decirle nada a nadie. Quiero que guardes el secreto, Michael.

—¿Por qué?

—Porque algunas cosas son privadas. —Volvió a mirar los escandalosos titulares—. O deberían serlo. Y esta es una de esas cosas. Ven conmigo. —Le quitó la pelota y se la puso bajo el brazo—. Veamos si puedes atrapar las bombas que voy a lanzarte. ¡Vamos, hijo!

11

P. M. contemplaba absorto las olas que rompían en la arena. Hacía un mes que había comprado la casa y todavía no podía convencerse de que era suya. La casa en la playa de Malibú —su casa en la playa de Malibú— tenía todo cuanto había prometido el agente inmobiliario. Techos altos, una gran chimenea, kilómetros de vidrio. En el dormitorio del primer piso, donde ahora dormía su amante, había dos claraboyas, otra chimenea y un balcón que rodeaba toda la planta.

El propio Stevie había quedado fascinado cuando fue a verla. P. M. tuvo una maravillosa sensación de logro personal al mostrarle las habitaciones, el mobiliario exquisito y el estéreo de última generación que él mismo había montado. Pero ahora Stevie estaba en París, Johnno en Nueva York y Brian en Londres. Y P. M. se sentía muy solo.

Todavía se hablaba de la gira que harían cuando lanzaran su nuevo álbum en primavera, pero P. M. no creía que Brian estuviera en condiciones de hacerla. Habían pasado casi dos meses desde aquella noche horrible y aún continuaba recluido. P. M. se preguntó si sabría que «Love lost» encabezaba las listas de singles más vendidos y habían conseguido un disco de oro. Se preguntó si le importaría.

Sabía que la policía no tenía ninguna pista de los asesinos de Darren. Se había mantenido en contacto con Kesselring. Era lo menos que podía hacer por Brian... y por Bev.

Pensó en Bev. La había visto muy pálida y abatida en el funeral. No había dicho una sola palabra, no había hablado con nadie. P. M. hubiera hecho cualquier cosa para consolarla, pero no sabía cómo. Su fantasía de llevarla a la cama y hacerle el amor con ternura hasta que pasara el dolor lo había impactado tanto que solo pudo rozar la mano fría y rígida que ella le tendió.

Angie Parks bajó por la escalera de caracol con una camiseta rosa que apenas le cubría las caderas. Se había maquillado imperceptiblemente; un poco de rímel y un toque de brillo en los labios. Había desenredado los nudos que el sueño y el sexo habían formado en su larga cabellera rubia, y la había peinado para darle el aspecto fresco y alborotado de quien ha pasado una noche magnífica en la cama.

Angie sabía que el sexo era la mejor manera de obtener lo que una quería de un hombre. Y ella quería obtener muchas cosas de P. M.

Contempló el enorme comedor con paredes de cristal y decidió que era un buen punto de partida. Un excelente comienzo. Cuando convenciera a P. M. de que se mudaran a Beverly Hills, conservarían la residencia de Malibú como casa de fin de semana. Las estrellas vivían en Beverly Hills y Angie estaba decidida a ser una.

P. M. sería el primer escalón. Gracias a la relación que mantenían Angie había protagonizado varios anuncios publicitarios y conseguido un papel secundario en un telefilme. Pero quería cosas mejores, más importantes, y estaba dispuesta a hacer feliz a P. M. para obtenerlas.

Le estaba agradecida. Si la prensa no hubiera prestado tanta atención a su relación, probablemente habría tenido que dedicarse a la pornografía. Por muy atractivas que fueran, las chicas también tenían que pagar el alquiler. Dobló la muñeca para que la luz rozara los diamantes y zafiros de la pulsera que le había regalado P. M. Mirándola supo que nunca más tendría que preocuparse por el alquiler.

Avanzó hacia las puertas de vidrio y lo vio en la terraza. Pensó que casi parecía guapo bajo la primera luz del sol. Un alma solitaria. Hasta una persona ambiciosa como ella era capaz de sentir piedad. P. M. no era el mismo desde la muerte del niño. Angie la había lamentado de verdad, pero la tragedia hacía que P. M. se pegara todavía más a ella. Y la prensa valía su peso en oro. Las mujeres inteligentes aceptaban todas las oportunidades que se les cruzaban en el camino y las aprovechaban al máximo.

Se pasó una mano por los turgentes pechos, orgullosa de su firmeza. Era una de las pocas mujeres que no necesitaba usar sostén. Los apoyó sobre la espalda de P. M. y lo abrazó.

—Te he echado de menos, querido.

P. M. le rozó la mano con los labios y se sintió un poco avergonzado por estar pensando en Bev.

—No quería despertarte.

—Sabes que me encanta que me despiertes. —Se colocó frente a él. Sus brazos eran como amarras largas, suavísimas. Con un leve suspiro lo besó en la boca—. No me gusta verte tan triste.

—Estaba pensando en Bri. Estoy preocupado por él.

—Eres un buen amigo, tesoro —musitó Angie cubriéndole la cara de besos rápidos y ligeros—. Es una de las cosas por las que te quiero

P. M. la atrajo hacia sí. Como siempre, le asombraba y fascinaba oírla decir que le quería. Era tan hermosa, con sus enormes ojos pardos y su boquita de muñeca. Su voz susurrante era música para sus oídos. Una música que solo sonaba para él.

Angie lo estrechó con fuerza cuando él le acarició las piernas y rozó la firme carne de sus glúteos. Su cuerpo era un sueño para él: esbelto, exultante y bronceado. Como un melocotón dorado. Cuando ella temblaba, P. M. se sentía un rey.

—Te necesito, Angie.

—Tómame, entonces.

Dejó caer la cabeza hacia atrás y lo miró a los ojos agitando sus pestañas maquilladas. Sin apartar la vista de él, bajó la mano con lentitud, cogió el borde de la camiseta y se la quitó por encima de la cabeza. Desnuda y sensual bajo la luz del sol, sus pezones eran rosados y sus pechos tan dorados como el resto de su cuerpo. P. M. conservó la calma necesaria para empujarla hasta la puerta entre besos. Luego la tendió en el suelo.

Ella le permitía hacer todo lo que se le antojaba, y casi siempre disfrutaba. Cuando lo creía necesario, agregaba algunos gemidos y gritos en el momento preciso. No era que P. M. no la excitara. La excitaba, sí, pero de una manera suave. Angie hubiera preferido que fuese un poco más enérgico y de vez en cuando le dejara algunos moretones.

Pero las fornidas manos del batería acariciaban su piel con reverencia rayana en la adoración. Hasta cuando jadeaba y comenzaba a sudar como un caballo la trataba como si estuviera hecha de cristal fino. Era demasiado considerado para caer con todo su peso sobre ella. Demasiado cortés, incluso en medio de la pasión sexual, para arrasarla por dentro y lograr que sus gemidos fueran sinceros.

Como de costumbre, la poseyó con ternura, con aquel ritmo lento y constante que siempre la dejaba a medio camino de la satisfacción plena. Se quedó encima de ella solo un instante, apenas el tiempo necesario para recuperar el aliento. Mientras tanto Angie se dedicó a estudiar las vetas de la brillante madera que recubría el techo. Siempre consciente del peso de su cuerpo, P. M. se dejó caer en el suelo y deslizó el brazo bajo la cabeza de Angie para que estuviera más cómoda.

—Ay, querido ha sido maravilloso —susurró acariciando el pecho húmedo y pálido de su amante. Como ante todo era una mujer práctica, decidió terminar lo que él había dejado a medio hacer en cuanto volviera al dormitorio—. Eres el mejor, cariño. El mejor de todos.

—Te amo, Angie. —Su mano se entretuvo en el rubio cabello de la mujer. Comprendió que eso era lo que necesitaba. El sexo frenético con una desconocida no le interesaba. Necesitaba saber que alguien lo esperaba cuando salía de gira o de juerga. En su casa o en una triste habitación de hotel. Quería lo que tenía Brian.

Pero no quería a Bev. De eso estaba seguro. O al menos trataba de convencerse cada vez que sentía la dolorosa y recurrente punzada del remordimiento. Quería una esposa, una familia, un hogar. Podría tenerlo con Angie.

—¿Quieres casarte conmigo?

Se quedó pasmada. Había anhelado con todo su corazón que ocurriera aquello. Y estaba ocurriendo. Como en un sueño, vio una turba de productores cinematográficos peleándose por ella y una mansión blanca en Beverly Hills. Una sonrisa le iluminó la cara. Estuvo a punto de echarse a reír, pero respiró hondo y cambió de expresión en un santiamén. Cuando lo miró, tenía los ojos llenos de lágrimas.

—¿Hablas en serio? ¿De veras quieres casarte conmigo?

—Te haré feliz, Angie. Mira, sé que no es fácil estar casada con alguien que se dedica a lo que yo. Están las giras, las fans, la prensa... Pero podemos tener algo para nosotros, solo para nosotros dos. Algo que sea nuestro, solo nuestro.

—Amo lo que eres, amo lo que haces —repuso ella con la más absoluta sinceridad.

—Entonces ¿aceptas? ¿Te casarás conmigo y formaremos una familia?

—Me casaré contigo. —Se arrojó a sus brazos. Lo de formar una familia era otra cosa, pensó mientras P. M. volvía a tenderla en el suelo. Pero, siendo la esposa de P. M. Ferguson, su carrera solo podría tomar un rumbo ascendente.

Brian no sabía cuánto más podría soportar. Caminaba de una punta a otra de la casa, día tras día, y todas las noches dormía junto a una mujer que se apartaba cada vez que intentaba tocarla.

Llamaba por teléfono a Kesselring casi a diario con la esperanza de que por fin pudiera decirle algo, cualquier cosa. Necesitaba un nombre, un nombre y una cara contra los que desatar su furia inerme.

No tenía nada salvo una habitación infantil vacía y una esposa que andaba por la casa como una sonámbula, como el espectro de la mujer que amaba.

Y tenía a Emma. Gracias a Dios, tenía a Emma.

Se frotó la cara con las manos y se levantó de la mesa donde había intentado componer. Sabía que, de no haber sido por Emma, se habría vuelto loco.

Su hija también sufría, pero en silencio. Parecía sumida en una profunda tristeza. Brian solía quedarse con ella mucho después de la hora de ir a dormir. Le contaba cuentos, le cantaba... o la escuchaba. Ambos sabían cómo conseguir que el otro sonriera. Cuando lo hacían, el dolor se calmaba un poco.

Brian sentía terror cuando Emma salía de la casa. Los guardaespaldas que había contratado para que la acompañaran a la escuela no podían alejar el miedo atenazador que sentía cada vez que su hija cruzaba el umbral.

¿Y cómo se sentiría cuando él mismo tuviera que salir? Por mucho que extrañara a su hijo, algún día tendría que volver a los escenarios, al estudio de grabación, a la música. Y tendría que llevar con él a su hija de seis años.

No había manera de dejarla con Bev. No por el momento. Y tampoco en el futuro inmediato, en opinión de Brian.

—Perdón, señor McAvoy.

—Sí, Alice. —Continuaba a su servicio, aunque no había ningún niño que cuidar. Ahora cuidaba a Bev, pensó Brian. Aturdido, sacó un cigarrillo de la cajetilla que había dejado sobre la mesa.

—El señor Page ha venido a verlo.

Brian miró la mesa, los papeles desparramados, el caos de letras y frases a medio componer.

—Dile que pase.

—Hola, Bri. —A Pete le bastó una mirada para saber que Brian estaba luchando, sin éxito hasta el momento, para reanudar su trabajo. Bolas de papel estrujado, un cigarrillo humeante en un cenicero repleto de colillas, el aroma suave del alcohol, aunque era apenas mediodía—. Espero que no te moleste que haya venido sin avisarte. Tengo que resolver algunas cosas y pensé que no querrías venir a la oficina.

—Pensaste bien. —Alargó la mano para tomar la botella, que nunca estaba demasiado lejos—. ¿Quieres un trago?

—Por el momento no, gracias. —Se sentó e intentó esbozar una sonrisa. Se trataban con rigidez y formalidad desacostumbradas. Nadie sabía cómo conducirse con Brian, qué preguntas hacer, qué preguntas evitar—. ¿Cómo está Bev? —aventuró Pete.

—No lo sé. —Brian recordó que había encendido un cigarrillo y lo buscó entre las colillas apagadas—. No dice casi nada, no sale de su encierro. —Exhaló el humo con un largo suspiro quebrado. Cuando por fin miró a Pete, había una expresión de súplica y arrogancia en sus ojos. Igual que años atrás, cuando se acercó para pedirle que fuera su representante—. Se pasa las horas sentada en la habitación de Darren, Pete. Incluso por la noche. A veces me despierto y la encuentro allí, sentada en esa maldita mecedora. —Bebió un trago y enseguida otro, más largo—. No sé qué diablos hacer.

—Quizá necesite tratamiento.

—¿Estás hablando de un psiquiatra? —Brian se levantó de la mesa y la ceniza del cigarrillo cayó sobre la alfombra. Era un hombre sencillo, hijo de gente sencilla. En su opinión, las cuestiones íntimas se resolvían en la intimidad—. ¿Qué bien podría hacerle hablar de su vida sexual, decir que odiaba a su padre o alguna otra chorrada por el estilo?

—Solo era una sugerencia, Bri. —Pete le tendió la mano e inmediatamente la dejó caer sobre el reposabrazos del sillón—. Piénsalo, de todos modos.

—Aunque yo creyera que puede ser útil, dudo que ella esté de acuerdo.

—Tal vez necesita un poco más de tiempo. Solo han pasado dos meses.

—Darren habría cumplido tres años la semana pasada. Ay, Dios.

Sin decir palabra, Pete se levantó y sirvió un poco más de whisky en el vaso de Brian. Se lo tendió y le ayudó a sentarse.

—¿Sabes algo de la policía?

—Siempre hablo con Kesselring. No tienen la menor idea. Eso empeora las cosas en cierto sentido. No saber quién fue.

Pete volvió a sentarse. Necesitaban superar la situación, todos ellos, y seguir adelante.

—¿Y Emma?

—Ya no tiene pesadillas y le quitarán la escayola dentro de unas semanas. Supongo que la escuela la distrae un poco, pero el dolor siempre está presente. Se le ve en los ojos.

—¿No ha conseguido recordar nada más?

Brian negó con la cabeza.

—Joder, Pete, no sé si en realidad vio algo o solo fue un mal sueño. Emma siempre está viendo monstruos. Y yo quiero que esto quede atrás. De algún modo tenemos que dejar atrás lo que ocurrió.

Pete guardó silencio. Debía pensar muy bien lo que iba a decir.

—Ese es uno de los motivos que me han traído aquí. No quiero presionarte, Bri, pero la compañía discográfica insiste en que hagamos una gira para lanzar el nuevo álbum. Yo me he negado en redondo, pero me pregunto si no sería bueno para ti.

—Hacer una gira significa dejar sola a Bev. Y a Emma.

—Ya lo sé. No tienes por qué decidirlo ahora. Piénsalo. —Pete sacó un cigarrillo de la cajetilla y lo encendió—. Podríamos recorrer Europa, Estados Unidos y Japón. Siempre y cuando tú y los muchachos estéis dispuestos. El trabajo podría ayudarte a superar esta situación.

—Y venderíamos muchísimos discos, dadas las circunstancias.

Pete sonrió sin ganas.

—Así es. En los tiempos que corren, es imposible lograr que un álbum encabece la lista de los más vendidos si la banda no da conciertos o no hace giras. Hablando de discos, he firmado contrato con ese chico nuevo. Robert Blackpool. Creo que te he hablado de él.

—Sí. Dijiste que tenías grandes esperanzas.

—Y es verdad. Te gustará su estilo, Bri. Por eso quiero que le permitas grabar «On the Wing».

La propuesta lo pilló por sorpresa. Tuvo que hacer una pausa para pensar.

—Nosotros somos los únicos que grabamos nuestros temas.

—Así ha sido siempre, hasta el momento, pero es buen negocio expandirse un poco. —Pete esperó un momento. Trató de sopesar la reacción de Brian. Lo notó un poco más receptivo que de costumbre y volvió a presionarle—. Insististe en que sacáramos esa canción del último álbum y creo que le viene como anillo al dedo a Blackpool. No tiene nada de malo que un artista novato grabe un tema que Johnno y tú habéis desechado. A decir verdad, en este caso solo aumentará vuestra reputación de compositores.

—No estoy seguro. —Se pasó las manos por los ojos. Aquello no tenía la menor importancia para él—. Hablaré con Johnno.

—Ya he hablado con él. —Pete sonrió—. Está de acuerdo si tú también lo estás.

Brian encontró a Bev en la habitación de Darren. Aunque le costaba muchísimo, entró. Trató de no mirar la cuna vacía, los juguetes bien colocados en los estantes, el enorme oso de peluche que habían comprado juntos antes de que Darren naciera.

—Bev. —Puso una mano sobre la de su esposa y esperó, infructuosamente, que ella lo mirara.

Estaba demasiado delgada. Los huesos de la cara sobresalían demasiado para ser elegantes. Había desaparecido el brillo de sus ojos, de su cabello, de su piel. Brian tuvo que apretar los dientes para no agarrarla de los hombros y zarandearla hasta que volviera a la vida.

—Bev, esperaba que bajaras a tomar el té.

Brian olía a alcohol. A Bev se le revolvió el estómago. ¿Cómo podía quedarse sentado, bebiendo y escribiendo canciones? Asqueada, retiró la mano que él tenía entre las suyas y la dejó caer sobre su regazo.

—No quiero té.

—Tengo algunas noticias. P. M. se ha casado.

Bev levantó la vista. Sus ojos no mostraban el menor interés.

—Quiere que pasemos unos días con él. Está ansioso por mostrarnos su nueva casa en la playa y quiere lucir a su flamante esposa.

—Jamás volveré allí. —Había tanta violencia en su voz, tanta violencia feroz e iracunda, que Brian dio un paso atrás. Sin embargo, aquella emoción virulenta no le impresionó tanto como su mirada cuando los ojos de Bev por fin se cruzaron con los suyos. Una mirada de odio.

—¿Qué quieres de mí? —preguntó Brian. Se agachó y aferró los reposabrazos de la mecedora—. ¿Qué demonios quieres?

—Déjame en paz.

—Te he dejado en paz. Te he dejado en paz aquí sentada, hora tras hora. Te he dejado en paz cuando necesitaba tu apoyo más que nunca en la vida. Y todas las noches te dejo en paz, aunque espero que no me des la espalda. Que solo por una vez no me des la espalda. Maldita sea, Bev. También era mi hijo.

Ella no dijo nada. Solo se echó a llorar. Brian se acercó para consolarla, pero ella lo rechazó con un movimiento brusco.

—No me toques. No soporto que me toques. —Brian retrocedió. Bev se levantó de la mecedora y fue hacia la cuna.

—No soportas que te toque. —Brian estaba a punto de estallar de furia—. No soportas que te mire. No soportas que te hable. Hora tras hora, día tras día te quedas aquí sentada como si fueras la única que sufre. Esto tiene que acabar, Bev.

—Para ti es muy fácil, ¿verdad? —Sacó la sábana de la cuna y la apretó contra su pecho—. Te sientas a beber y a componer tu música como si nada hubiera ocurrido. Es tan fácil para ti que da asco.

—No. —Extenuado, se llevó las manos a los ojos y apretó—. No es fácil, pero no puedo dejar de vivir. Darren está muerto, y yo no puedo hacer nada para cambiar las cosas.

—No; no puedes hacer nada. —El dolor impotente era como ácido sobre una herida abierta—. Tenías que dar una fiesta esa noche. Tenías que meter a toda esa gente en nuestra casa. Tu familia nunca fue suficiente para ti... y ahora Darren está muerto. Necesitabas tener más, más gente, más música. Siempre más. Y una de las personas que dejaste entrar en nuestra casa mató a mi hijo.

Brian no podía hablar. Le hubiera dolido menos que sacara un cuchillo y le abriera un tajo desde el corazón a las entrañas. Y el impacto habría sido menor. Estaban frente a frente, separados por la cuna vacía.

—Él no dejó entrar a los monstruos. —Emma apareció en el umbral. Llevaba los libros atados con una correa y colgados del hombro. Sus ojos, muy negros, se destacaban en su piel pálida—. Papi no dejó entrar a los monstruos. —Escapó corriendo por el pasillo antes de que Brian pudiera hablar. Sus sollozos dejaron un eco que era como una huella.

—Te felicito. —Brian masculló las palabras a duras penas. Una mano de hierro atenazaba las mandíbulas—. Ya que quieres estar sola, me llevaré a Emma y no volverás a vernos.

Bev quería llamarlo, detenerlo, pero no pudo. Estaba cansada, demasiado cansada. Una vez más, se dejó caer en la mecedora.

Tardó una hora en tranquilizar a Emma. Cuando por fin se durmió, extenuada por el llanto, Brian levantó el teléfono. Había tomado una decisión. Llamó a Pete.

—Mañana viajamos a Nueva York —se limitó a decir—. Emma y yo. Nos alojaremos en casa de Johnno, nos tomaremos unos días libres. Necesito encontrar una buena escuela para mi hija y arreglar todo lo concerniente a la seguridad. Cuando Emma encuentre colegio y esté a salvo, iremos a California y comenzaremos los ensayos. Prepara la gira, Pete. Y que sea lo más larga posible. —Bebió un buen trago de whisky—. Estamos listos para el rock and roll.

12

—No quiere volver. —Brian miró a Emma, quien iba de un lado a otro de la sala de ensayos con su nueva cámara. Se la había regalado durante la lacrimosa despedida de la Academia para Niñas Saint Catherine's, en el barrio más caro de Nueva York.

—Apenas estuvo allí un mes antes de las vacaciones de primavera —le recordó Johnno. Sentía compasión por la niña, que acababa de tomar una foto del Aston Martin de Stevie—. Dale un poco de tiempo para adaptarse.

—Parece que lo único que hacemos es adaptarnos. —Hacía ya ocho semanas que había abandonado a Bev y todavía la echaba de menos. Las mujeres que había tenido desde entonces eran como drogas. Y las drogas eran como mujeres. Ambas aliviaban el dolor solo por unos instantes.

—Podrías llamarla —apuntó Johnno. Su larga amistad con Brian le permitía leerle fácilmente el pensamiento.

—No. —Lo había pensado más de una vez, pero desde el primer momento la prensa había comentado su separación y su renovado apetito sexual. Páginas y páginas. Dudaba que Bev y él tuvieran algo que decirse, algo que no empeorara aún más las cosas—. Lo único que me preocupa es Emma. Y la gira.

—Ambas estarán fabulosas. —Johnno enarcó una ceja y miró a Angie con una expresión irónica—. Con alguna excepción, por supuesto.

Brian se encogió de hombros y comenzó a tocar el piano.

—Si consigue un papel en la película, nos la quitaremos de encima por un tiempo.

—Es una puta barata y mentirosa. ¿Has visto la piedra que le ha hecho comprar a P. M.? —Johnno ladeó la cabeza e imitó el acento de clase alta—. Vulgar, demasiado vulgar, corazón.

—Guarda esas zarpas. Mientras P. M. siga interesado por ella, estamos perdidos. Y tenemos cosas más importantes de que preocuparnos. Mucho más importantes que la pequeña Angie. —Vio que Stevie regresaba a la sala de ensayo.

Brian había notado que cada vez pasaba más tiempo en el cuarto de baño. Y sus excursiones no tenían relación alguna con las necesidades de su vejiga. Fuera lo que fuese que Stevie hubiera fumado, aspirado o tragado aquella vez, estaba en pleno vuelo. Se detuvo junto a Emma para alzarla un momento en brazos. Luego tomó su guitarra y se puso a improvisar. Como el amplificador estaba apagado, era imposible oír sus frenéticos acordes.

—Será mejor esperar a que pase el efecto para hablarle —apuntó Johnno—. Si es que nos damos cuenta. —Iba a decir algo más, pero decidió que Brian ya tenía demasiadas cosas en la mente. Seguramente no sería conveniente contarle lo que había oído antes de salir de Nueva York.

Jane Palmer iba a escribir un libro. Increíble. Por supuesto que alguien lo escribiría por ella, ya que era incapaz de unir dos frases. No obstante, suponía que obtendría una buena suma por el librito. Y, aparte de lo que revelara o inventara en su público diario íntimo, una cosa era segura: a Brian no iba a gustarle. Lo mejor sería que Pete se ocupara del asunto. No había motivos para molestar a Brian antes de finalizar la gira con algo que en realidad ya estaba en marcha.

Emma prestaba poca o ninguna atención al ensayo. Había oído antes todas las canciones, docenas de veces. La mayoría pertenecía al álbum que su padre y los otros habían compuesto mientras estaban en California. Le habían permitido ir al estudio de grabación varias veces. Y una de aquellas veces Bev había llevado a Darren.

No quería pensar en Darren porque le dolía demasiado, pero luego sentía remordimientos por intentar olvidarlo.

También echaba de menos a Charlie. Lo había dejado en Londres, en la cuna de Darren. Esperaba que Bev lo cuidara mucho. Y tal vez algún día, cuando regresaran a casa, Bev volvería a hablarle y a reír como antes.

Aún no entendía mucho acerca de culpas y castigos, pero pensó que era justo dejar a Charlie en Londres.

Además estaba la escuela. Emma estaba convencida de que ir a ese lugar, tan lejos de todo lo que más amaba, era un merecido castigo por no haber cumplido su promesa de cuidar a Darren.

Recordó que ya la habían castigado antes, evocó los golpes y los gritos. Pero aquello era más fácil porque cuando cesaban los golpes también cesaba el castigo. En cambio, su actual destierro parecía no tener fin.

Sin embargo, su padre jamás decía que era un castigo. Decía que iría a una buena escuela, donde aprendería a ser inteligente. Donde estaría a salvo. Siempre estaba vigilada. Unos hombres la seguían a todas partes. Eso le molestaba. Eran hombres grandullones y silenciosos, de mirada aburrida. No eran como Johnno y los demás. Emma quería viajar con la banda de una ciudad a otra, aunque tuviera que ir en avión. Quería dormir en hoteles, botar sobre las camas y pedir que le llevaran el té a la habitación. Pero no. Tendría que volver a la escuela, a las monjas de ojos tiernos y mano firme, a los rezos matinales y las lecciones de gramática.

Miró a su padre, que cantaba «Soldier blues». Otra canción sobre la guerra, una más. Una letra dura y desafiante para una melodía dura y desafiante. No sabía por qué le gustaba tanto. Tal vez por la manera en que P. M. aporreaba los platillos, o por la guitarra frenética de Stevie, que sonaba como el latido de un corazón. Cuando la voz de Johnno se sumó a la de Brian, Emma apuntó con la cámara.

Le gustaba hacer fotos. Jamás se le había ocurrido pensar que la cámara era demasiado cara y difícil de manejar para una niña de su edad. Como tampoco se le habría ocurrido pensar que Brian se la había regalado para paliar la culpa que le producía abandonarla en una escuela.

—Emma.

Se dio la vuelta y vio a un hombre alto, moreno. No era uno de los guardaespaldas, pero su rostro le resultaba familiar. Entonces lo recordó. Le sonrió porque había sido amable con ella cuando la visitó en el hospital. Y porque no la había hecho sentir avergonzada cuando lloró sobre su hombro.

—¿Te acuerdas de mí? —preguntó Lou.

—Sí. Eres el policía.

—Así es. —Apoyó la mano sobre la cabeza del niño que estaba a su lado, absolutamente absorto en el ensayo—. Este es Michael. Ya te hablé de él.

Los ojos de Emma se iluminaron, pero era demasiado tímida para preguntarle qué se sentía al patinar sobre el tejado de una casa.

—Hola —murmuró.

—Hola. —Michael apenas la miró y esbozó una sonrisa fugacísima. Dadas las circunstancias, aquella era toda la atención que podía prestarle. El ensayo de la banda era un imán para sus ojos.

—Necesitamos las trompetas —dijo Brian cuando hicieron un alto—. No sabré cómo suena si no agregamos las trompetas. —El corazón se le detuvo al ver a Lou parado junto a Emma. Luego volvió a latir lenta, pesadamente—. Teniente.

—Señor McAvoy. —Lou lanzó una rápida mirada de advertencia a su hijo y cruzó la sala en dos zancadas—. Lamento interrumpir su ensayo, pero necesito hablar nuevamente con usted. Y con su hija, si es posible.

—¿Tiene alguna...?

—No. Tengo poco o nada que agregar a lo que ya sabe. Por favor, ¿podría dedicarme unos minutos de su valioso tiempo?

—Por supuesto. Muchachos, podéis ir a almorzar si tenéis ganas. En unos minutos me reuniré con vosotros.

—Puedo acompañarte, si quieres —se ofreció Johnno.

—No. —Brian le dio una suave palmada en el hombro—. Gracias.

Emma captó la mirada de Michael. Había visto la misma expresión en sus compañeras de escuela cuando se enteraron de quién era su padre. Hizo un mohín con los labios. Le gustaba la cara de Michael, la nariz levemente aguileña, los ojos de color gris claro.

—¿Te gustaría conocerlos?

Michael se secó el sudor de las manos en sus tejanos gastados.

—Sí. Sería una pasada.

—Espero que no le moleste —dijo Lou a Brian al ver que Emma le había ahorrado el trabajo de preguntar—. He traído a mi hijo conmigo. No se ajusta estrictamente a los procedimientos, pero...

—Comprendo. —Brian miró con envidia al niño, que en aquel momento observaba fascinado a Johnno. ¿Darren habría sido tan vivaz, tan fuerte a los once años?—. ¿Qué le parece si le regalamos el nuevo álbum? No llegará a las tiendas hasta dentro de dos semanas. Su hijo será el rey del patio de la escuela si lo tiene antes que nadie.

—Es muy amable de su parte.

—No es nada. Tengo la sensación de que usted ha dedicado más tiempo del que debía al caso de Darren.

—Ni usted ni yo trabajamos de nueve a cinco, señor McAvoy.

—Es cierto. Siempre odié a los policías —admitió Brian con una débil sonrisa—. Supongo que es común detestarlos hasta que uno los necesita. He contratado a un equipo de detectives privados, teniente.

—Sí, lo sé.

Era raro, pero Brian empezó a sentirse cómodo y esbozó una sonrisa de complicidad.

—Sí, ya sé que lo sabe. Me han comentado que en los últimos meses ha avanzado usted más que cinco policías juntos. Hasta ahora, es lo único nuevo que me han dicho. El resto ya me lo dijo usted. Cualquiera pensaría que tiene tanto interés como yo por atrapar al asesino.

—Era un niño precioso, señor McAvoy.

—Sí, lo era. —Miró la guitarra que aún tenía en la mano y la apoyó con excesivo cuidado en el soporte, porque en realidad quería estrellarla contra el suelo—. ¿De qué quería hablar conmigo?

—Me gustaría volver a analizar algunos detalles. Sé que es un proceso repetitivo y agotador, pero...

—No tiene importancia.

—También me gustaría hablar con Emma una vez más.

La sensación de comodidad desapareció tan rápido como había llegado.

—Ella no puede decirle nada.

—Tal vez no le hice las preguntas correctas.

Brian se pasó la mano por el cabello. Ahora lo llevaba muy corto y todavía se sorprendía al tocarlo.

—Darren está muerto y no quiero poner en peligro la salud mental de Emma. En este momento es un ser muy frágil. Solo tiene seis años y se siente desarraigada por segunda vez en su vida. Supongo que habrá leído que mi esposa y yo nos hemos separado.

—Lo lamento mucho.

—Emma es la que más sufre nuestra separación. No quiero volver a perturbarla.

—No la presionaré —prometió. Y desistió automáticamente de la idea de hipnotizarla.

Feliz en su papel de anfitriona, Emma llevó a Michael a conocer a su padre.

—Papi, este es Michael.

—Hola, Michael.

—Hola. —Brian tenía un nudo en la garganta y apenas pudo sonreír.

—¿Te gusta la música?

—Sí. Tengo casi todos vuestros discos. —Michael quería desesperadamente pedirle un autógrafo, pero temía quedar como un idiota—. Ha sido una pasada oíros tocar y todo eso. Sois los más grandes.

—Gracias.

Emma tomó una foto.

—Mi papá te enviará una copia —prometió mientras admiraba el incisivo roto de Michael.

Cuando Lou salió de la sala de grabación con su hijo, que lo seguía de mala gana, experimentó los primeros síntomas de una jaqueca y un amargo sentimiento de frustración. Había cumplido su promesa y no había presionado a Emma. En realidad, no habría podido. En cuanto mencionó la noche de la muerte de su hermano, la mirada de la niña se perdió en el vacío, totalmente inexpresiva y su cuerpo se puso rígido. El instinto le indicaba que había visto u oído algo, pero su recuerdo de aquella noche era borroso. Estaba poblado de monstruos y sombras que se arrastraban.

No le molestaba admitir que la resolución del caso dependía de una niña de seis años aterrorizada, cuya memoria de aquella noche podría borrarse para siempre, según decían los psicólogos que había entrevistado.

Todavía le quedaba «el hombre de la pizza», pensó sombríamente. Había tardado dos días en localizar la pizzería y ponerse en contacto con el dependiente del turno noche. El tipo recordaba el encargo de cincuenta pizzas. En un principio, pensó que era una broma, y también recordaba el nombre de la persona que lo había hecho.

Tom Fletcher, un músico de jazz que tocaba el saxo alto y el saxo tenor, tuvo antojo de pizza aquella noche. Lou tardó varias semanas en localizarlo y unas cuantas más en llenar los papeles necesarios para obligarlo a regresar de su gira por Jamaica.

Prefería cifrar sus esperanzas en él. La persona que había entrado en la habitación de Darren no había bajado por la escalera principal ni había escapado por la ventana. Solo quedaba una ruta posible: la escalera de la cocina, donde Tom Fletcher estaba intentando convencer al dependiente nocturno que enviara cincuenta pizzas con todos los ingredientes.

—Eh, papá, ha sido una pasada. —Michael arrastraba los pies por el camino para demorar la partida y en cierto modo prolongar aquel momento de gloria. Abrió la portezuela del Chevelle modelo 1968 de su padre y estiró el cuello para ver las ventanas más altas del edificio que habían dejado atrás—. Mis amigos se volverán locos cuando se lo cuente. Ahora sí puedo contárselo, ¿no? Todo el mundo sabe que estás trabajando en el caso.

—Sí. —Lou se apretó el puente de la nariz con los dedos índice y pulgar. No sabía si la jaqueca era fruto de la tensión o del ritmo furioso de aquella música—. Todo el mundo lo sabe. —Ya había dado tres conferencias de prensa al respecto.

—¿Por qué tienen todos esos guardias de seguridad? —preguntó Michael.

—¿Qué guardias?

—Aquellos. —Mientras Lou se dejaba caer pesadamente en el asiento del conductor, Michael señaló a los cuatro hombres de espaldas anchas y trajes oscuros que estaban apostados cerca de la entrada del edificio.

—¿Cómo sabes que son guardias?

—Por favor, papá. —Michael miró al techo y suspiró—. Siempre sabes cuando alguien es policía. Aunque sea un policía alquilado.

Lou no sabía si reprenderlo o reírse. Se preguntó qué sentiría su capitán si supiera que un niño de once años podía identificar fácilmente a un agente encubierto.

—Para evitar que la gente los acose o incluso para impedir que les hagan daño. Y por la niña, supongo —agregó Lou—. Alguien podría intentar secuestrarla.

—Caramba. ¿Eso quiere decir que tienen guardaespaldas todo el tiempo?

—Sí.

—Qué rollo —murmuró Michael con absoluta sinceridad. Ya no estaba tan seguro de querer convertirse en una estrella de rock—. No me gustaría tener gente vigilándome todo el día. ¿Cómo podría tener secretos?

—Es difícil, pero se puede.

Al llegar a la esquina, Lou giró a la derecha y Michael miró por encima del hombro.

—¿Podemos ir al McDonald's?

—Sí. Por supuesto.

—Supongo que ni siquiera puede hacer eso.

—¿Qué?

—La niña. Emma. Supongo que ni siquiera puede ir a un McDonald's.

—No. —Lou le revolvió el cabello—. Supongo que no puede hacerlo.

Pocos minutos después, Michael se había provisto del típico menú: hamburguesa con queso, patatas fritas y un batido. Lou lo dejó solo un momento para hacer una llamada. Desde la cabina telefónica, vio que su hijo echaba montones de ketchup a la hamburguesa.

—Kesselring —dijo—. Llegaré a la comisaría dentro de una hora.

—Tengo malas noticias para ti, Lou.

—¿Qué ocurre?

—Fletcher, el hombre de la pizza.

—¿No ha llegado a Los Ángeles?

—Sí, ha llegado. Esta mañana envié a un par de uniformados a buscarlo para comenzar el interrogatorio. Parece que llegaron seis horas tarde. Porque hacía seis horas que había muerto.

—Mierda.

—Parece un típico caso de sobredosis. Tenía todo lo necesario para inyectarse (ya sabes, la cuchara, el mechero, la jeringuilla) y un poco de heroína de primera calidad. Estamos esperando el informe del forense.

—Menuda putada. —Dio un puñetazo a la pared de la cabina telefónica, con tanta fuerza que una madre que pasaba por allí ordenó a sus tres niños que apresuraran el paso—. ¿Los muchachos del laboratorio ya han examinado la habitación del hotel?

—De arriba abajo.

—Dame la dirección —Buscó su cuaderno para tomar nota—. Tengo que dejar a mi hijo en casa. Después pasaré a echar un vistazo.

Lou anotó la dirección, maldijo una vez más su mala suerte y estrelló el auricular en la horquilla. Se apoyó un momento contra la puerta de la cabina. Necesitaba tranquilizarse. Por la ventana vio a su hijo, que devoraba alegremente su hamburguesa con queso.

13

Academia Saint Catherine's, 1977

Dos semanas más, pensó Emma. Faltaban dos largas, aburridas y tristes semanas para las vacaciones de verano. Por fin podría ver a su padre, a Johnno y a todos los demás. Podría respirar sin que nadie le dijera que lo hacía por la gracia de Dios. Podría pensar sin que nadie la previniera contra los pensamientos impuros.

En lo que a Emma concernía, las monjas debían de estar llenas de pensamientos impuros. De lo contrario no estarían tan seguras de que todos los demás los tenían.

Volvería al mundo real durante unas pocas y preciosas semanas. Nueva York. Emma cerró los ojos durante un instante. Sentada en su habitación —silenciosa como un claustro—, evocó los ruidos, los olores y la vida de la ciudad. Con un suspiro apoyó los codos sobre el escritorio. La hermana Mary Alice sin duda habría blandido el puntero en señal de reconvención al ver su postura desgarbada. Emma no podía concentrarse bien en los verbos franceses que debía conjugar. Contempló los verdes jardines cercados por altos muros de piedra que protegían la escuela del mundo pecador.

Sin embargo, por muy altos que fueran, no podían excluir a todos los pecadores. Ella estaba llena de pecados y se sentía dichosa y agradecida porque su compañera de habitación,

Marianne Carter, también lo estaba. Sus días en Saint Catherine's habrían sido una tortura sin ella.

Sonrió complacida al recordar a su compañera de cuarto y mejor amiga, una pelirroja pecosa y divertidísima. Marianne era una pecadora, sí, y en ese preciso momento estaba siendo castigada por su última transgresión. La caricatura de la madre superiora que había dibujado con tanta gracia y esmero la había hecho merecedora de una cruel condena: fregar los baños durante dos horas seguidas.

De no haber sido por Marianne, Emma habría huido. Aunque no sabía adónde.

Solo había un lugar en el mundo donde deseaba estar. Con su padre. Y él la habría enviado de vuelta a la escuela.

No era justo. Tenía casi trece años, era una adolescente y debía permanecer encerrada en esa escuela anticuada conjugando verbos, recitando el catecismo y diseccionando ranas. Qué asco.

No era que odiara a las monjas, aunque debía admitir que tal vez odiaba a la hermana Immaculata. La celadora. ¿Quién no hubiera odiado a aquella mujer de labios ajados, que tenía una verruga en el mentón y la afición malsana de obligar a las niñas a hacer tareas extra en castigo por las infracciones más insignificantes?

Su padre se había reído cuando le habló de la hermana Immaculata.

Lo extrañaba; los extrañaba a todos.

Quería ir a su casa. Pero ya no sabía dónde estaba su casa. A menudo recordaba la mansión de Londres, el castillo donde había sido tan feliz durante tan poco tiempo. Pensaba en Bev y lamentaba que su padre jamás le hablara de ella. Sin embargo, no se habían divorciado. Los padres de algunas de sus compañeras estaban divorciados, pero no se les permitía hablar del tema.

Todavía pensaba en Darren, su dulce hermanito. A veces no recordaba cómo era su cara ni cómo sonaba su voz, pero cuando soñaba con él ambas eran tan claras como la vida misma.

No recordaba casi nada de la noche en que murió. Las

monjas tendían a expulsar las insensateces paganas —llámense monstruos, serpientes o cosas malas— de las cabezas de las niñas. Como si fueran demonios. Pero cada vez que soñaba con aquella noche, lo que le ocurría siempre que estaba enferma o molesta por algo, recordaba el terror que había sentido al caminar por el pasillo oscuro, los sonidos que la acechaban, los monstruos sombríos que sujetaban a Darren. El llanto y los forcejeos de su hermano. Y también recordaba que se había caído.

Sin embargo, cuando por fin despertaba, lo había olvidado todo.

Marianne atravesó el umbral tambaleándose de forma exagerada. Le mostró las manos.

—Destrozadas —dijo dejándose caer sobre la cama—. ¿Habrá algún conde francés que quiera besarlas en este estado?

—¿Ha sido muy duro el castigo? —preguntó Emma tratando de reprimir la risa.

—Cinco cuartos de baño. As-que-ro-so. Puaj. Cuando salga de esta cárcel, voy a tener un ama de llaves para mi ama de llaves. —Se tendió boca abajo y cruzó los tobillos en el aire. Emma sonrió. Le encantaba el enérgico acento norteamericano de Marianne—. He oído una conversación entre Mary Jane Witherspoon y Teresa O'Malley. Va a acostarse con su novio cuando regrese a su casa este verano.

—¿Quién?

—No lo sé. Creo que se llama Chuck o Huck o algo por el estilo.

—No me refería al novio. ¿Quién va a hacerlo... Mary Jane o Teresa?

—Mary Jane, tontita. Tiene dieciséis años y está bien desarrollada.

Emma miró su pecho plano y frunció el ceño. Se preguntó si tendría tetas de las que jactarse cuando cumpliera dieciséis años. Y si tendría un novio con quien acostarse.

—¿Y si se queda embarazada, como le ocurrió a Susan la primavera pasada?

—Ah. Los padres de Mary Jane arreglarán el asunto. Tienen montones de dinero. Y Mary Jane tiene algo más. Un diafragma.

—Todas tenemos diafragma.

—No hablo de ese diafragma, boba. Es un método anticonceptivo.

—Ah. —Como de costumbre, Emma admiró la sabiduría superior de Marianne.

—Ya sabes cómo es. Te lo pones en las partes íntimas, con una crema espermicida. Los espermatozoides muertos no pueden dejarte embarazada. —Marianne se dio la vuelta y se quedó mirando el techo—. Me pregunto si la hermana Immaculata se ha acostado alguna vez con alguien.

La sola idea bastó para que Emma recuperara el buen humor.

—No lo creo. Estoy segura de que se baña con el hábito puesto.

—Ostras, casi me olvido. —Marianne volvió a darse la vuelta. Metió la mano en el bolsillo de su arrugado uniforme y extrajo una cajetilla de Marlboro medio llena—. He encontrado oro en el baño del segundo piso. —Fue hasta el cajón donde guardaba su ropa interior y sacó una caja de fósforos—. Alguien la pegó con cinta adhesiva en la parte de atrás de la cisterna.

—Y tú la cogiste.

—Ya conoces el refrán ese de «a Dios rogando y con el mazo dando». Cierra la puerta con llave, Emma.

Compartieron un Marlboro, exhalando pequeños hilos de humo por la ventana abierta. Aunque a ninguna le gustaba el sabor de los cigarrillos, fumaban porque el tabaco era una cosa de adultos y pecadores. Y ambas anhelaban ser adultas y pecadoras.

—Dos semanas más —murmuró Emma, con voz soñadora.

—Tú irás a Nueva York, pero a mí me mandarán otra vez al campamento.

—No creo que sea tan malo como esto. La hermana Immaculata no estará allí.

—Algo es algo. —Marianne intentó adoptar una pose sofisticada con el cigarrillo—. Intentaré convencerlos de que me permitan pasar dos semanas con mi abuela. Es estupenda.

—Yo haré montones de fotos.

Marianne asintió y comenzó a hacer planes para el futuro.

—Cuando salgamos de este lugar alquilaremos un apartamento, en Greenwich Village o Los Ángeles por ejemplo. En algún lugar fabuloso. Yo seré artista y tú serás reportera gráfica.

—Daremos fiestas.

—Las mejores del mundo. Y usaremos ropa maravillosa. —Marianne tiró del dobladillo de su uniforme—. Nada de faldas escocesas.

—Antes preferiría morir.

—Solo faltan cuatro años.

Emma miró por la ventana. Era difícil pensar en términos de años cuando no sabía qué ocurriría en las siguientes dos semanas.

Al otro lado del país, Michael Kesselring se miraba al espejo. Llevaba puestos la toga y el birrete. No podía creerlo. Por fin había terminado. La escuela secundaria había quedado atrás y la verdadera vida estaba a punto de comenzar. Iría a la universidad, por supuesto. Pero tenía todo el verano por delante.

Había cumplido dieciocho años. Podía beber alcohol, votar y, gracias al presidente Carter, el servicio militar no interrumpiría sus planes.

Si es que tenía planes, pensó.

No sabía qué quería hacer con la vida que tenía por delante. Su trabajo de media jornada en la camisería Buzzard's Tee le daba para pagar la gasolina y las salidas. No tenía la menor intención de pasarse la vida estampando camisetas. Pero el futuro continuaba siendo un misterio para él.

Le daba un poco de miedo quitarse la toga y el birrete. Era como dejar atrás la primera juventud. Con ambas prendas en las manos, echó un rápido vistazo a su habitación. Era un caos de ropa, recuerdos, discos y —desde que su madre había dejado de limpiarla— enormes pilas de revistas *Playboy*. En un rincón estaban los trofeos que había ganado en equitación y béisbol. Recordó que gracias a ellos había convencido a Rose Anne Markowitz de que subiera al asiento trasero de su Pinto de segunda mano para hacerlo con él al ritmo de «Feeling alright», en la voz de Joe Cocker.

Michael era un muchacho de cuerpo macizo y atlético, piernas largas y reflejos rápidos. A su madre le encantaba decir que era idéntico a su padre. Suponía que, a su manera, tenía algunas cosas del viejo, aunque la relación entre ambos era bastante conflictiva. Solían discutir por el largo del cabello, la ropa, la política, el toque de queda. El capitán Kesselring era muy estricto.

Tal vez porque era policía, pensó Michael. Recordó que una vez había cometido la imprudencia de llevar un porro a casa. No le permitieron salir durante un mes. Y recibió el mismo castigo por unas insignificantes multas por exceso de velocidad.

A Lou le gustaba repetir hasta el cansancio que la ley era la ley. Gracias a Dios, Michael no tenía el menor interés en ser policía.

Arrancó la borla del birrete antes de arrojarlo, junto con la toga, sobre la cama deshecha. Muchos hubieran dicho que era un sentimental por conservarla, pero nadie tenía por qué enterarse. Buscó en los cajones del armario la vieja caja de cigarros donde guardaba algunas de sus posesiones más valiosas. La carta de amor que Lori Spiker le había escrito cuando estudiaba primero, antes de abandonarlo por un motociclista tatuado que tenía una Harley. La entrada al recital de los Rolling Stones al que, después de mucha sangre, sudor y lágrimas, sus padres le habían permitido asistir. La chapa de su primera cerveza ilegal. Eso sí había sido glorioso. Cuando volvió a ponerla en su lugar con una sonrisa, se topó con la instantánea de Brian McAvoy.

La niña había cumplido su palabra. La foto había llegado por correo solo dos semanas después del increíble día en que su padre lo llevó a conocer a la banda. Con la foto le habían mandado el último álbum de Devastation, que todavía no había salido a la venta. Gracias a eso, Michael fue la envidia de sus compañeros durante varias semanas.

Volvió a recordar aquel día, su entusiasmo casi insoportable, el sudor de las axilas. Hacía tiempo que no pensaba en eso. Llegó a la conclusión de que había sido un maravilloso regalo de su padre, tal vez a causa de su recientemente adquirido estatus de adulto. Algo extraordinario. No era que el viejo no hiciera cosas maravillosas o extraordinarias de tanto en tanto, pero aquella tarde había ido a la sala de ensayos en misión policial. Y el oficial Lou Kesselring jamás mezclaba el trabajo con los placeres personales.

Sin embargo aquel día lo había hecho, pensó Michael.

Era raro, pero ahora lo recordaba todo. Volvía a ver a su padre cargado de expedientes policiales que analizaba hasta el cansancio en su propia casa, noche tras noche. Por lo que Michael sabía, Lou jamás había llevado trabajo a casa ni antes ni después de aquel caso.

El niño, el hijo de Brian McAvoy, había sido asesinado. La noticia salió en todos los diarios y todavía la recordaban de vez en cuando. Tal vez porque la policía no logró resolver el caso.

El caso de su padre.

Aquel año, a Michael lo nombraron mejor jugador de la liga juvenil. Y su padre se perdió la mayoría de los partidos. Y un montón de cenas.

Había pasado mucho tiempo desde entonces, pero Michael se preguntaba si su padre aún continuaría pensando en Brian McAvoy y su hijo muerto. O en la niña que había tomado aquella foto. Muchos decían que había visto lo que le ocurrió a su hermano y se había vuelto loca. Pero no parecía loca cuando Michael la conoció. La recordaba vagamente. Era una niña delgada, de cabello rubio y enormes ojos tristes. Y tenía una voz suave, de acento dulce. Una voz muy parecida a la de su padre, Brian.

Pobre chica, pensó Michael. Puso la borla del birrete justo encima de la instantánea. Guardó la caja de cigarros en el cajón y se preguntó qué habría sido de ella.

14

Emma no podía creer que las vacaciones se habían acabado. En menos de una semana regresaría a Saint Catherine's. Aunque extrañaba a Marianne, eso sí. Pasaría semanas contándole todo lo que había ocurrido en el verano. El mejor de su vida, aunque solo había pasado dos semanas en Nueva York.

La banda había volado a Londres a fin de rodar unas tomas para un nuevo documental y Emma había tomado el té en el Ritz, como habían hecho Bev y ella tantos años atrás. Había estado con Johnno, Stevie y P. M. Los había oído tocar y discutir sobre los temas que incluirían en el próximo disco mientras comían patatas fritas y pescado en la cocina.

Había hecho varios carretes de fotos y apenas podía esperar para colocarlas en su nuevo álbum. Quería mirarlas una y otra vez hasta cansarse, para revivir todos los recuerdos.

Su padre la había invitado a asistir a su primer ensayo como adolescente. Ese fue su regalo de cumpleaños anticipado. Su cabello rizado, largo hasta los hombros, la hacía sentirse muy adulta.

Y estaba comenzando a desarrollarse.

Emma lanzó una mirada rápida y subrepticia a la parte superior de su biquini. No tenía el pecho bien formado, demasiado grande, pero al menos no la confundirían con un varón. Y estaba bronceada. Al principio no le había entusiasmado la idea de pasar sus últimas semanas de vacaciones en California, pero el bronceado valía la pena.

Y además estaba el surf. Tuvo que insistir muchísimo para que Brian le permitiera lanzarse sobre las olas. Sabía que la reluciente tabla roja era un regalo secreto de Johnno. Y también sabía que si este no hubiera hecho muchos chistes para convencer a Brian, ella aún estaría sentada en la playa viendo cómo los demás hacían surfing.

Era cierto que solo podía tenerse en pie unos segundos y enseguida caía al agua, pero aquello la mantenía alejada de los guardaespaldas, que sudaban como caballos bajo las sombrillas clavadas en la arena. Era ridículo tomar tantas precauciones, pensaba Emma mientras arrastraba la tabla hacia el mar. Si nadie sabía quién era.

Cada vez que comenzaba un nuevo año, estaba segura de que su padre los despediría. Pero pasaba el tiempo y permanecían allí con sus anchas espaldas y su rostro muy serio. Por lo menos no podían acompañarla al mar. Emma se estiró sobre la tabla y comenzó a avanzar hacia la rompiente. Aunque sabía que la estaban observando con los prismáticos, prefería imaginar que estaba sola. O, mejor aún, con alguno de los grupos de adolescentes que atestaban las playas.

Subió a la cresta de una ola y disfrutó de los vaivenes y de la forma en que su estómago parecía hundirse con el movimiento. El mar rugía en sus oídos y se mezclaba con el alboroto musical de las radios portátiles. Vio que un muchacho alto con bermudas azul marino se dejaba llevar suavemente por una ola hasta la playa y envidió su habilidad y su libertad.

Decidió que, si no podía ser libre, al menos sería tan hábil como el mejor.

Con la paciencia impaciente que caracteriza a los surfistas, esperó la ola indicada. Conteniendo la respiración, se agachó sobre la tabla y finalmente se puso en pie. Impelida por la fe de la juventud, dejó que la ola la llevara. Se mantuvo erguida casi diez segundos antes de perder el equilibrio. Cuando salió a la superficie, vio que el muchacho de las bermudas azul marino miraba en su dirección y se apartaba el húmedo cabello negro de la cara de un manotazo. El orgullo herido la obligó a subir nuevamente a la tabla.

Volvió a intentarlo una y otra vez. Apenas aguantaba unos segundos antes de que las olas le quitaran la tabla de la planta de los pies y la hicieran caer. Pero Emma volvía a subir y, con los músculos doloridos, remaba con los brazos y esperaba.

Imaginaba que los guardaespaldas hacían comentarios sobre su torpeza mientras tomaban sus bebidas recalentadas. Cada nuevo fracaso era una humillación pública que solo servía para incitarla a hacerlo bien, aunque solo fuera una vez, costara lo que costase. Solo una vez. Quería dominar la ola y llegar a la playa de pie sobre su tabla solo una vez.

Cuando volvió a levantarse, le temblaron los músculos de las piernas. Vio la ola que avanzaba hacia ella, el cristalino túnel azul verdoso, la espuma blanca danzante. La deseaba. La necesitaba. Solo una vez, un único triunfo absoluta y completamente suyo.

Tomó la ola. Parecía que el corazón se le salía del pecho cuando entró en el tubo. Vio que la playa se acercaba velozmente, percibió el resplandor de las lentes de los prismáticos. El rumor del agua era música para sus oídos, para su corazón. Lo saboreó por un instante. El gusto de la libertad.

La torre de agua se cerró a sus espaldas y la barrió de la tabla. La violencia del mar la arrastró como si fuera un muñeco. Un instante sentía el sol en la cara, y al instante siguiente volvía a hundirse bajo la pared de agua. El mar la golpeaba, la dejaba sin aliento, la obligaba a asomar la cabeza para respirar. Tenía los brazos y las piernas débiles.

Sintió que le ardían los pulmones y se esforzó por salir a la superficie. La veía brillar unos metros más arriba, pero la fuerza del agua la arrastraba hacia las profundidades. Se aferraba al agua, pero esta la empujaba hacia abajo. Comenzó a girar como un remolino hasta que la superficie quedó fuera de su alcance.

Al notar que le faltaban las fuerzas se preguntó si debía rezar. Un acto de contricción.

Oh, Dios mío, me arrepiento de todo corazón de haberos ofendido.

El agua parecía arrastrarla hacia abajo. La plegaria se borró de su mente y la música ocupó el vacío que había dejado. «*Come together. Right now. Over me.*»

El pánico la atravesó como un puñal. Estaba oscuro. Estaba muy oscuro y los monstruos habían regresado. Sus esfuerzos por alcanzar la superficie se transformaron en brazadas desesperadas e inútiles. Abrió la boca para gritar y sintió que se ahogaba.

Unas manos intentaban atraparla. Loca de terror, luchó para zafarse. Las golpeó con fuerza, como el agua la golpeaba a ella. Era el monstruo, el que le había sonreído, el que quería matarla como había matado a Darren. Sintió que un brazo la aferraba por la garganta y vio danzar esferas rojas bajo sus párpados. Cuando llegó a la superficie, las esferas se volvieron grises y desaparecieron.

—Relájate —oyó que le decían—. Te llevaré a la playa. Solo sujétate y relájate.

No podía respirar. Comenzó a tirar del brazo que la aferraba por la garganta, sin darse cuenta de que no era eso lo que impedía el paso del aire. Miró el sol y respiró hondo. Era el aire lo que le quemaba la garganta y los pulmones, no el agua. Pero estaba viva. Derramó lágrimas de vergüenza y gratitud.

—Te pondrás bien.

Emma apoyó una mano sobre el brazo que la rodeaba.

—He resbalado —se disculpó.

Oyó una risa breve y un poco sofocada.

—Ha sido durísimo, pero has tenido una primera experiencia fabulosa.

Sí, es cierto, pensó Emma, y se esforzó por contener las arcadas para evitar mayores humillaciones. Luego sintió la arena, áspera y caliente bajo su piel. Su salvador la había tendido en la playa, pero las primeras caras que vio fueron las de los guardaespaldas. Demasiado débil para hablar, los miró con furia. Aunque eso no los hizo retroceder, impidió que continuaran acercándose.

—No intentes levantarte hasta dentro de unos minutos.

Emma volvió la cabeza y tosió. Escupió un poco de agua.

Se oía música. Los Eagles, pensó aturdida. «Hotel California.» Antes también había escuchado música, en la oscuridad, pero no recordaba las palabras ni la melodía. Volvió a toser. La luz del sol la cegaba. Parpadeó un poco y clavó la vista en su salvador.

Reconoció de inmediato al chico de las bermudas azul marino y esbozó una débil sonrisa. Tenía el cabello negro, chorreante, y sus ojos también eran oscuros, de un gris profundo y transparente como el agua de un lago.

—Gracias.

—De nada. —Se sentó junto a ella. El papel de caballero lo hacía sentir un poco incómodo. Sus amigos se burlarían de él durante varias semanas. Pero no podría haberla dejado allí sola, librada a su suerte. Después de todo, era apenas una cría. Una cría muy guapa, pensó, y se sintió todavía más incómodo. Le dio una palmada fraternal en el hombro y pensó que tenía los ojos más grandes y más azules que había visto en su vida.

—Supongo que he perdido la tabla.

El chico se protegió los ojos con la mano y miró hacia el mar.

—No. Fred la está trayendo ahora mismo. Es muy bonita.

—Ya lo sé. Hace solo dos semanas que la tengo.

—Sí, ya te he visto por aquí. —Volvió a mirarla. Estaba apoyada sobre los codos y los rizos húmedos caían en cascada sobre su espalda. Tenía una voz bellísima, de acento suave y musical—. ¿Eres inglesa?

—Irlandesa. Sobre todo irlandesa. Nos quedaremos unos pocos días. —Suspiró al ver que el tal Fred se acercaba con su tabla—. Gracias. —Sin saber qué más decir, Emma se dedicó a quitarse la arena húmeda de las rodillas.

El chico de las bermudas azul marino hizo una seña amistosa a Fred y a los otros chicos que se habían acercado, tras lo cual cada uno volvió a ocuparse de sus asuntos.

—Cuando mi padre se entere de esto, me prohibirá volver a hacer surf.

—¿Y por qué tendría que enterarse?

—Siempre se entera de todo. —Emma hizo un gran esfuerzo para no mirar a los guardaespaldas.

—Todo el mundo resbala de la tabla alguna vez. —Qué ojos más bonitos, volvió a pensar el muchacho, y clavó deliberadamente los suyos en el mar—. Lo estabas haciendo muy bien.

—¿En serio? —Emma se ruborizó un poco—. Tú eres maravilloso. Te he estado observando.

—Gracias. —El muchacho esbozó una sonrisa tímida. Tenía un diente roto.

Emma se quedó mirándolo. Los recuerdos volvieron en torbellino.

—Tú eres Michael.

—Sí. —La sonrisa se hizo más amplia—. ¿Cómo lo sabes?

—Tú no me recuerdas. —Emma se sentó en la arena, con las piernas cruzadas—. Te conocí hace muchísimo tiempo. Soy Emma. Emma McAvoy. Tu padre te llevó a la sala de ensayo una tarde.

—¿McAvoy? —Michael se pasó la mano por el cabello chorreante—. ¿Brian McAvoy? —Cuando dijo aquel nombre en voz alta, vio que Emma miraba rápidamente alrededor para comprobar si alguien lo había oído—. Claro que te recuerdo. Me enviaste una foto. Todavía la tengo. —Entrecerró los ojos y miró a lo lejos, por encima del hombro—. Ahora entiendo la presencia de esos tipos —murmuró escrutando a los guardaespaldas—. Pensé que eran narcos o algo por el estilo.

—Guardaespaldas —dijo Emma con sarcasmo, y se encogió de hombros—. Mi padre se preocupa mucho por mí.

—Apuesto que sí. —Michael recordó la foto de archivo policial de un niño pequeño. Se quedó sin palabras.

—Recuerdo a tu padre. —Emma comenzó a dibujar círculos en la arena—. Vino a verme al hospital cuando perdí a mi hermano.

—Ahora es capitán —explicó Michael, a falta de algo mejor que decir.

—Es una excelente noticia. —La habían educado para ser cortés en toda circunstancia—. Mándale un saludo de mi parte, por favor.

—Claro. —No tenían nada más que decirse. El rumor de las olas llenaba los momentos de silencio—. Eh, ¿quieres tomar una Coca-Cola o alguna otra cosa?

Emma levantó la vista, asombrada por la invitación. Era la primera vez que mantenía una conversación de más de cinco minutos con un chico. Sí hablaba con hombres, claro, había muchos en su vida. Pero era fabuloso que un chico pocos años mayor que ella la invitara a tomar una Coca-Cola. Era una experiencia maravillosa y una suerte de iniciación. Estaba a punto de aceptar cuando recordó a los guardaespaldas. No soportaba que la estuvieran vigilando.

—Gracias, pero tengo que irme. Papá dijo que pasaría a buscarme dentro de dos horas, pero no creo que me convenga seguir haciendo surf. Tengo que llamarlo para avisarle.

—Yo puedo llevarte. —Michael sintió que se le estremecían los hombros. No podía ser más estúpido. ¿Cómo era posible que se sintiera cohibido hablando con una niña? Pero no recordaba haber estado tan nervioso desde que invitó a Nancy Brimmer al baile de San Valentín en el último año de la escuela primaria—. Te llevaré a casa —prosiguió. Emma no le quitaba los ojos de encima—. Si quieres, claro.

—Probablemente tendrás algo mejor que hacer.

—No. La verdad es que no.

Después de un momento de éxtasis, Emma decidió que Michael quería volver a ver a su padre. Un chico como él —debía de tener por lo menos dieciocho años— no podía interesarse por ella. Pero la hija de Brian McAvoy era otro cantar. Volvió a sonreírle y se levantó. Él le había salvado la vida. Si ver a su padre era el único premio que podía ofrecerle, con gusto se lo daría.

—Me parece bien. Si no es demasiada molestia para ti.

—En absoluto. —Michael intentó serenarse antes de levantarse de la arena. Emma debía de pensar que era un completo imbécil.

—Volveré en un minuto. —Emma salió corriendo en dirección a los guardaespaldas. En el camino, recogió su bolso de playa y su toalla—. Mi amigo me llevará a casa —anunció con su tono de voz más despectivo.

—Señorita McAvoy. —El guardia llamado Masters carraspeó, incómodo—. Sería mejor que llamara a su padre.

—No hay necesidad de molestarlo.

El otro perro guardián, Sweeney, se secó el sudor de la frente.

—A su padre no le gustará que un desconocido la lleve a su casa.

—Michael no es un desconocido. —El tono altanero de su voz la hizo sentir mal, pero no podía dejarse humillar delante de Michael—. Lo conozco, y mi padre también. El padre de Michael es capitán de la policía local. —Se puso una larga camiseta con los colores del arco iris sobre el biquini—. Vosotros nos seguiréis de cerca. ¿Qué puede pasarme? —Dio media vuelta y, con la cabeza bien alta, volvió al lugar donde Michael la estaba esperando con las dos tablas de surf.

—Tranquilo. —Sweeney apoyó la mano sobre el hombro de Masters—. Démosle un respiro. No tiene muchas ocasiones de disfrutar.

La aguja del indicador de combustible de Michael se acercaba peligrosamente a la palabra «vacío» cuando frenó ante las altas puertas de hierro de la mansión de Beverly Hills. El guardia se sorprendió un poco, pero de inmediato pulsó un botón y las inmensas puertas se abrieron hacia dentro. Mientras avanzaba por el sendero bordeado de árboles, Michael lamentó no tener más que unas sandalias deformadas y un viejo suéter de equitación para ponerse con las bermudas.

La casa era de piedra rosa y mármol blanco. Un edificio de cuatro pisos que ocupaba más de media hectárea, rodeado de césped verde muy bien cuidado. La puerta de entrada era doble, en forma de arco y de cristal. Michael no sabía si el pavo real que picoteaba la hierba le gustaba o le daba miedo.

—Muy bonito.

—En realidad es de P. M. Mejor dicho, de su esposa. —Emma se sintió un poco avergonzada por los leones de mármol de tamaño natural que flanqueaban la entrada—. La casa perteneció a una estrella de cine, no recuerdo exactamente a quién, pero Angie la reformó por completo. Ahora está en Europa rodando una película y nosotros nos quedaremos unas semanas. ¿Tienes tiempo para entrar un momento?

—Ah, sí. Claro que tengo tiempo. —Michael se miró los pies, cubiertos de arena, y frunció el ceño—. Si estás segura de que no seré una molestia.

—Por supuesto que lo estoy. —Emma bajó del coche, el mismo Chevelle modelo 1968 en el que, mucho tiempo atrás, Lou había ido a la sala de ensayo. Esperó que Michael desatara su tabla de la baca y comenzó a subir por los escalones—. Tendré que contarle a papá lo que ha ocurrido. Si no, lo harán los guardaespaldas. Espero que no te moleste si... bien, si digo que la cosa no ha sido para tanto. ¿Comprendes?

—Claro. —Michael volvió a sonreírle, y a Emma le dio un brinco el corazón—. Los padres siempre exageran. Supongo que no pueden evitarlo.

Oyó música apenas ella abrió la puerta. Un piano, una serie de acordes atronadores, seguidos de notas experimentales, y otra vez los acordes. Emma cogió la tabla y la apoyó contra una pared.

—Están aquí. —Tras un instante de vacilación, tomó la mano de Michael y lo condujo por el amplio pasillo blanco.

Él jamás había visto una casa como aquella, aunque le daba vergüenza admitirlo. Las puertas en forma de arco dieron paso a una interminable serie de habitaciones. En todas había cuadros abstractos que parecían frenéticos latigazos de color sobre las paredes blanquísimas. Hasta los suelos eran blancos. Michael no pudo evitar sentir que estaba recorriendo un templo.

Entonces vio a la diosa. El retrato de la vestal colgaba sobre una chimenea de mármol blanco. Era rubia y tenía la boca fruncida en un mohín. Llevaba puesto un vestido de lentejuelas blancas que marcaba peligrosamente las curvas de su generoso busto.

—¡Uau...!

—Esa es Angie —explicó Emma arrugando la nariz—. Está casada con P. M.

—Sí. —Michael tenía la extraña sensación de que los ojos

del retrato estaban vivos y lo miraban con ansia—. Yo, eh... he visto su última película. —No agregó que, después de verla, había tenido sueños fascinantes e incómodamente eróticos—. Esa mujer tiene algo.

—Sí, lo tiene. —Aunque todavía no había cumplido los trece años, Emma sabía muy bien qué era ese «algo». Tiró con impaciencia de la mano de Michael y siguieron caminando.

Lo condujo a una habitación, la única donde se sentía cómoda. El único reducto de aquel mausoleo que P. M. había podido decorar a su gusto. Al menos eso creía Emma. Había colores, una armoniosa mezcla de azules, rojos y amarillos dorados. Sobre la repisa de la chimenea descansaba una hilera de premios musicales. Las paredes estaban cubiertas de discos de oro. Cerca de la ventana había un par de plantas bien cuidadas; dos limoneros que P. M. había plantado y cuidado.

Su padre estaba sentado ante un hermoso piano de media cola que aparecía en una película cuyo título Emma siempre olvidaba. Johnno estaba junto a él, fumando uno de sus habituales cigarrillos franceses. Había un montón de papeles en el suelo y una enorme jarra de limonada con hielo sobre la mesita de café. Los cubitos de hielo habían comenzado a derretirse en los vasos, que ya habían dejado un cerco en la madera.

—Mantengamos un ritmo rápido —decía Brian tocando unos acordes—. Agreguemos las cuerdas y las trompetas, pero la guitarra debe ser la fuerza dominante.

—Muy bien, pero el ritmo no es ese. —Johnno apartó las manos de Brian del teclado. Los diamantes de sus meñiques relumbraron cuando atacó las teclas.

Brian sacó un cigarrillo de la cajetilla y lo deslizó entre sus dedos.

—Te odio cuando tienes razón.

—Papá.

Brian levantó la vista. Esbozó una sonrisa, que se evaporó al ver a Michael.

—Emma, te dije que me llamaras si querías regresar antes.

—Lo sé, pero me encontré con Michael. —Curvó los labios en una sonrisa encantadora que hizo aparecer el hoyuelo de la comisura—. Resbalé de la tabla y Michael me ayudó. —Como no quería ahondar en el tema, decidió pasar a otra cosa—. Y pensé que te gustaría volver a verlo.

Había algo muy perturbador en el hecho de ver a su hija, su hijita querida, de la mano de un muchacho que era casi un hombre.

—¿Volver a verlo?

—¿No te acuerdas? Su padre lo llevó a un ensayo. Su padre, el policía.

—Kesselring. —Brian sintió que se le tensaban los músculos del estómago—. ¿Tú eres Michael Kesselring?

—Sí, señor. —Como no estaba seguro de que fuera correcto estrechar la mano a un gigante de la música, se quedó inmóvil, frotándose las palmas contra las bermudas llenas de arena—. Tenía once años cuando lo conocí. Fue estupendo.

Brian se había acostumbrado a no mostrar su dolor bajo los focos del escenario. Miró a Michael, un muchacho alto, moreno, musculoso, pero no vio al hijo de Lou Kesselring. Vio lo que podría haber sido su hijito muerto. Hizo un esfuerzo por sonreír y se levantó del piano.

—Es agradable volver a verte. ¿Recuerdas a Michael, Johnno?

—Por supuesto. ¿Conseguiste que tu viejo te comprara una guitarra eléctrica?

—Sí. —Michael sonrió. Le gustaba que se acordaran de él—. Tomé lecciones durante un tiempo, pero me aconsejaron que me dedicara a otra cosa. Ahora, a veces toco la armónica.

—¿Por qué no le traes una Coca-Cola a Michael, Emma? —Brian se dejó caer sobre el reposabrazos del sillón y señaló un sofá. Su anillo de boda lanzó un resplandor plateado—. Siéntate.

—No quiero interrumpir su trabajo.

—Vivimos para que nos interrumpan —masculló Johnno, pero suavizó el sarcasmo con una sonrisa—. ¿Qué te ha parecido la canción?

—Fabulosa. Todo lo que hacen es buenísimo.

Johnno enarcó una ceja sin cinismo, divertido con la observación del muchacho.

—Es un chico brillante, Bri. Tal vez deberíamos mantenerlo a nuestro lado.

Michael sonrió apenas. No sabía si debía sentirse avergonzado.

—En realidad no soy brillante. Me gusta todo lo que hace Devastation.

—¿No te gusta la música disco?

—Es una porquería.

—Es un chico muy brillante —dictaminó Johnno—. ¿Y cómo fue que te encontraste con Emma en la playa? —Siguió hablando con Michael porque sabía que Brian necesitaba tiempo para adaptarse a la situación.

—Tuvo un pequeño problema con una ola y la ayudé a salir del agua. —Con la habilidad característica de los adolescentes para despistar a los adultos, restó importancia al incidente—. Está en muy buena forma, señor McAvoy. Solo necesita un poco más de práctica.

Brian esbozó otra sonrisa, no sin esfuerzo, y se puso a juguetear con su vaso de limonada.

—¿Tú haces surf a menudo?

—Cada vez que puedo.

—¿Cómo está tu padre?

—Bien. Ahora es capitán.

—Ya me he enterado. Debes de haber terminado la enseñanza secundaria, si no me equivoco.

—Sí, señor. Me gradué en junio.

—¿Piensas seguir estudiando?

—Sí... Creo que debería ir a la universidad. Mi padre cuenta con eso.

Johnno sacó un paquete de cigarrillos y ofreció uno a Michael. El chico aceptó, pero la primera calada de aquel tabaco fuerte y exótico le revolvió el estómago.

—Entonces —dijo Johnno, que se divertía con el muchacho—, ¿piensas seguir los pies planos de tu padre? ¿No es así como llaman a los polis? ¿Pies planos?

—Ah. —Michael dio otra calada, corta, al Gauloise—. No creo tener madera de policía. Papá es muy bueno en lo suyo. Tiene mucha paciencia, claro está. Como ocurrió con el caso de su hijo. Trabajó en él durante años, incluso después de que el departamento lo cerrara. —Se interrumpió de golpe. Apenas podía creer que hubiera sacado a relucir aquel tema—. Está muy... entregado a su trabajo —concluyó en un susurro.

—Sí, es cierto. —Un poco más cómodo, Brian esbozó aquella sonrisa hechizadora que tanto gustaba a sus fans. Hubiera querido agregar ron a la limonada—. Dale un saludo cordial de mi parte, por favor.

—Por supuesto. —Sintió un profundo alivio al ver aparecer a Emma con dos vasos de refresco en una bandeja.

Una hora después, Emma lo acompañó hasta el coche.

—Quiero agradecerte que no le hayas dicho a papá lo estúpida que he sido hoy.

—No tiene importancia.

—Claro que la tiene. Papá... se preocupa muchísimo. —Emma miró los altos muros de piedra que rodeaban la finca. Fuera donde fuese, siempre había paredes alrededor—. Creo que me metería dentro de una burbuja si pudiese.

El deseo de acariciarle el cabello fue tan fuerte, tan inesperado, que Michael levantó la mano sin pensar. Pero se contuvo y, para disimular, se alisó el pelo.

—Debe de ser duro para él, con lo que le ocurrió a tu hermano y todo lo demás.

—Siempre tiene miedo. Teme que alguien quiera llevarme a mí también.

—¿Tú no tienes miedo?

—No. Creo que no. Los guardaespaldas me siguen a todas partes, de modo que ni siquiera he tenido la oportunidad de sentir miedo.

Con una mano apoyada en la manija de la portezuela, Michael titubeó. No era que Emma le gustara, ni mucho menos, pensó de inmediato. Era apenas una niña.

—Tal vez te vea mañana en la playa.

En el pecho infantil, de Emma comenzó a arder un corazón de mujer.

—Tal vez.

—Podría enseñarte algunos trucos con la tabla... darte algunos consejos.

—Sería estupendo.

Michael entró en el Chevelle. Jugó un poco con las llaves antes de encender el motor.

—Gracias por la Coca-Cola y por todo. Ha sido genial volver a ver a tu padre y a los demás.

—Puedes volver cuando quieras. Adiós, Michael.

—Sí. Hasta la vista.

Michael se alejó por el sendero bordeado de árboles. Estuvo a punto de subir al césped sin querer porque no podía dejar de mirarla por el espejo retrovisor.

Ese verano regresó a la playa todos los días, pero jamás volvió a verla.

15

Disponían de una hora antes de apagar la luz. Una hora hasta que la hermana Immaculata recorriera los pasillos con sus cómodos zapatos negros y metiera su verrugosa nariz en todas las habitaciones para asegurarse de que todos los aparatos de música estaban mudos y los uniformes bien colgados en los armarios.

Disponían de una hora y Emma temía que se les hiciera eterna.

—¿Ya están entumecidas?

—Creo que no.

Con los ojos entrecerrados, Marianne movía los pies al ritmo del último disco de Billy Joel. Estaba convencida de que el cantante tenía razón. Las chicas católicas empezaban mucho más tarde.

—Emma, hace veinte minutos que tienes el hielo en las orejas. Ya se te tendrían que haber congelado.

El hielo se estaba derritiendo y le dejaba un surco helado desde los dedos hasta las muñecas, pero Emma continuaba apretándolo firmemente contra sus orejas.

—¿Estás segura de que sabes lo que haces?

—Por supuesto. —Marianne fue hacia el espejo contoneando las caderas bajo la recatada bata de algodón. Admiró las diminutas esferas de oro que relucían en sus orejas recientemente perforadas—. Observé todos los movimientos que hacía mi prima cuando me las perforó. —Adoptó un exagerado acento

alemán—. *Ja*, tenemos todos los instrumentos. Hielo, aguja.
—Muerta de risa, la colocó bajo la lámpara, y el metal lanzó
un débil resplandor—. Y la patata que robamos de la cocina.
Bastarán dos breves pinchazos para que tus aburridas y sosas
orejas se vuelvan elegantes.

Emma tenía la vista clavada en la aguja. Buscó una manera
de escapar con las orejas y el orgullo intactos.

—No le he preguntado a papá si está bien hacer esto.

—Dios mío, Emma, perforarse las orejas es una decisión
personal. Tienes la menstruación, tienes tetas... aunque sean
pequeñas —agregó con una mueca burlona—. Es decir, ya eres
una mujer.

Emma no estaba segura de querer ser una mujer si para eso
tenía que permitir que su mejor amiga le clavara una aguja en
el lóbulo de la oreja.

—No tengo pendientes —murmuró.

—Ya te he dicho que te prestaré unos míos. Tengo muchísimos, de todas las formas y colores. Vamos, a ver si demuestras tener la típica flema británica.

—Está bien. —Emma respiró hondo y se quitó el hielo de
una oreja—. No lo eches todo a perder.

—¿Yo? —Arrodillada junto a la silla, Marianne dibujó una
pequeña equis en el lóbulo de Emma con un rotulador púrpura—. Escucha, si me equivoco y te clavo la aguja en el cerebro... ¿podré quedarme con tu colección de discos? —Lanzó
una carcajada, colocó una rodaja de patata detrás de la oreja
de su amiga e hincó la aguja.

Siguió una especie de competición para ver cuál de las dos
era más impresionable.

—Ostras. —Marianne metió la cabeza entre las rodillas—.
Por lo menos mis padres no tendrán que temer que me vuelva
drogadicta. Pincharse debe de ser asqueroso.

Emma se levantó. Se sentía muy débil e impresionada.

—No me habías dicho que dolería. —Sintió que se le revolvía el estómago, pero intentó permanecer inmóvil y controlar
la respiración—. Ay, qué asco. Tampoco me dijiste que oiría el
pinchazo.

—Es que yo no sentí ni oí nada. Marcia y yo habíamos robado una botella de bourbon del bar de papá y supongo que no estábamos en condiciones de sentir ni oír nada. —Levantó la cabeza y miró a Emma. Tenía sangre en el lóbulo de la oreja. Apenas una gota, pero la hizo recordar la película de asesinatos que había visto con su prima aquel verano.

—Tenemos que perforar el otro lóbulo.

Emma cerró los ojos.

—Dios santo.

—No puedes andar por ahí con una sola oreja perforada. No podemos dejarlo ahora, Emma. —A Marianne le sudaban las manos. Tiró del hilo de la aguja y se preparó para el segundo asalto—. Ya ha pasado lo peor. No te muevas.

Apretando los dientes, apuntó y disparó. Emma lanzó un gemido y se desplomó en el suelo.

—Ya está. Ahora debes limpiarlas con agua oxigenada para que no se te infecten. Y cúbretelas con el cabello durante un tiempo. Así las hermanas no se darán cuenta.

La puerta se abrió de pronto y las dos se levantaron de un brinco. Pero no era la hermana Immaculata. Teresa Louise Alcott —una chica vivaz y pesada que ocupaba la habitación de enfrente— asomó la cabeza y entró. Llevaba puesta una bata de algodón rosa y unas zapatillas con plumas.

—¿Qué pasa aquí?

—Estamos en plena orgía —respondió Marianne dejándose caer al suelo—. ¿No te han enseñado a llamar antes de entrar?

Teresa se limitó a sonreír. Era una de esas chicas animosas y joviales que se ofrecían como voluntarias para cualquier cosa, siempre entregaban los trabajos a tiempo y lloraban conmovidas ante los pasos de la Pasión. Marianne la detestaba, pero Teresa, además de ser descarada, tenía una gruesa capa de piel protectora y evidentemente pensaba que los insultos eran señales de amistad.

—¡Uau! Te has perforado las orejas. —Se arrodilló para mirar los hilos que todavía colgaban de los lóbulos de Emma—. A la madre superiora le dará un ataque de nervios.

—¿Por qué no te da un ataque de nervios a ti, Teresa? —replicó Marianne—. En tu cuarto.

Teresa volvió a sonreír y se sentó en el suelo.

—¿Te ha dolido mucho?

Emma abrió los ojos, deseando que la intrusa se pudriera eternamente en el infierno.

—No. Ha sido maravilloso. La próxima vez, Marianne me hará un agujero en la nariz. Te dejaré mirar si quieres.

Teresa pasó por alto el sarcasmo y se dedicó a mirarse las uñas, recién pintadas.

—Me encantaría que me perforaras las orejas. Tal vez puedas hacerlo después de la ronda de la hermana Immaculata.

—No sé, Teresa. —Marianne se levantó del suelo y fue a poner un disco de Bruce Springsteen—. Todavía no he terminado el comentario sobre *Silas Marner*. Pensaba hacerlo esta noche.

—Yo ya lo he acabado. —Teresa sonrió con su habitual descaro—. Si me perforas las orejas, te regalo mis apuntes.

Marianne movió un poco los hombros para simular que lo estaba pensando.

—De acuerdo. Trato hecho.

—Fabuloso. Huy, casi lo olvidaba. —Metió la mano en el enorme bolsillo de su vaporosa bata rosa y sacó un artículo de una revista—. Mi hermana me lo envió porque sabe que somos compañeras de escuela, Emma. Lo recortó de *People*. ¿Conocéis la revista? Es genial. Tiene fotos de todo el mundo. Ponen a Robert Redford en la portada, a Burt Reynolds, a todos los tipos guapos.

—Yo la he hojeado alguna vez —dijo Emma. Sabía que esa era la única manera de hacer callar a Teresa.

—Seguro que sí, porque tu padre ha aparecido un millón de veces en la revista. En fin, sabía que te morirías por verlo, así que te lo he traído.

Como su estómago ya parecía estar en buenas condiciones, Emma se puso en pie y aceptó el artículo. Las náuseas, siempre dispuestas a vengarse, volvieron a atacarla de inmediato.

Allí estaba Bev, rodando por el suelo con otra mujer. Y su padre, con una expresión de furia y asombro, tratando de separarlas. El vestido de Bev estaba desgarrado y había en sus ojos una especie de ira salvaje, desatada. La misma ira que destilaban la última vez que la vio.

—Sabía que querrías tenerlo —dijo Teresa con tono desenfadado—. Por eso te lo he traído. Esa es tu madre, ¿no?

—Mi madre —murmuró Emma contemplando la foto de Bev.

—La rubia del vestido brillante. Uau, daría cualquier cosa por tener un vestido como ese. Jane Palmer. Es tu madre, ¿verdad?

—Jane. —Emma miró a la otra mujer. El antiguo miedo regresó de golpe, tan real y contundente como en el pasado. Emma estaba perpleja y azorada, como cuando otra chica le mostró un ejemplar de *Devastated* con la foto de Jane en la contraportada.

Era Jane. Bev estaba peleando con ella y su padre intentaba separarlas. ¿Por qué estarían peleando? El miedo dio paso a una fugaz esperanza. Quizá su papá y Bev estaban juntos otra vez. Tal vez volverían a vivir juntos.

Sacudió la cabeza para aclarar sus ideas y se concentró en el texto.

El gasto valió la pena. Los miembros de la clase alta británica que pagaron doscientas libras para disfrutar de una mousse de salmón y una copa de champán en una cena benéfica ofrecida en el Mayfair de Londres obtuvieron mucho más de lo que esperaban. Beverly Wilson, decoradora de éxito y ex esposa de Brian McAvoy —cantante de Devastation—, llegó a las manos con Jane Palmer, ex amante de McAvoy y autora del muy vendido *roman à clef Devastated*.

El motivo de la pelea, que dejó a ambas contrincantes con varios mechones de cabello menos, ha suscitado numerosas conjeturas, pero fuentes dignas de confianza afirman que la antigua rivalidad no se ha enfriado. Jane Palmer es la madre de Emma, la hija de Brian McAvoy, que actualmente tiene trece años de edad. Emma McAvoy, que ha heredado la lírica belleza de su padre, estudia en una escuela privada en algún lugar de Estados Unidos.

Beverly Wilson, separada de McAvoy desde hace años, era la madre de su único hijo varón, Darren. El niño fue trágicamente asesinado siete años atrás y la policía aún no ha podido resolver el caso.

McAvoy no asistió a la cena con ninguna de las dos mujeres. Por el contrario, se lo vio muy feliz en compañía de su última conquista, la cantante Dory Cates. Aunque McAvoy separó con sus propias manos a las contrincantes, apenas intercambió unas palabras con Wilson. Su ex esposa abandonó de inmediato la fiesta acompañada por P. M. Ferguson, el batería de la veterana banda de rock. Ni McAvoy ni Wilson hicieron comentarios sobre el incidente, pero Palmer amenazó con incluir la escena en su próximo libro.

Como dice una canción del propio McAvoy, parece que «la antigua llama calienta y arde aunque haya pasado el tiempo».

El artículo era más largo. Hablaba de los otros asistentes y de los comentarios que habían hecho acerca del incidente. Se describía el atuendo de los invitados y se explicaba con tono irónico lo que Jane y Bev llevaban puesto esa noche y se habían arrancado con saña la una a la otra. Pero Emma no quiso seguir leyendo. No necesitaba hacerlo.

—La foto es muy nítida, ¿verdad? ¿No os parece increíble que se rompieran el vestido la una a la otra en público? —Los ojos de Teresa resplandecían de entusiasmo—. ¿Crees que se peleaban por tu padre? Apuesto a que sí, porque él es un encanto. Todo esto parece una película.

—Sí. —Dado que estrangular a Teresa le acarrearía la expulsión, Marianne desechó la idea. Había otras maneras más sutiles de tratar con los idiotas. Tomó la aguja, decidida a perforarle los blanduzcos lóbulos. Si se olvidaba de ponerle hielo, sería un lamentable e involuntario error—. Será mejor que te vayas, Teresa. La hermana Immaculata llegará de un momento a otro.

Teresa lanzó un chillido de ardilla y se levantó de un brinco. No quería estropear su impecable expediente escolar con una amonestación.

—Volveré a las diez para darte mis apuntes. Y tú harás lo que me has prometido.

—De acuerdo.

—No puedo esperar. —Teresa sonrió y se llevó las manos a los lóbulos de las orejas.

—Yo tampoco. —Marianne esperó a que cerrara la puerta—. Es una mierda —masculló. Luego rodeó con el brazo los hombros de Emma—. ¿Estás bien?

—Nunca se termina. —Miró la foto. Era buena, pensó con objetividad. Nítida y bien iluminada. Las caras no se veían borrosas, las expresiones eran perfectamente claras. Era fácil ver el odio en los ojos de su madre. Demasiado fácil—. ¿Crees que podría llegar a ser como ella?

—¿Como quién?

—Como mi madre.

—Por favor, Emma. No la has visto desde que eras una cría.

—Pero están los genes, la herencia.

—Puras mentiras.

—A veces soy mala. A veces quiero ser mala, mala como era ella.

—¿Y qué? —Marianne se levantó para quitar el disco de Springsteen. La hermana Immaculata podría llegar en cualquier momento y confiscarlo—. Todos somos malos alguna vez. Eso es porque la carne es débil y estamos llenos de pecados.

—La odio. —Emma sintió alivio al decirlo, un alivio terrible—. La odio. Y odio a Bev porque no me quiere, y a mi papá por haberme encerrado aquí. Odio a los hombres que mataron a Darren. Los odio a todos. Ella también odia a todos. Se le ve en los ojos.

—¿Y qué hay de malo en eso? Algunas veces yo también odio a todos. Y ni siquiera conozco a tu madre.

El comentario hizo reír a Emma. No sabía por qué, pero la hizo reír.

—Creo que yo tampoco la conozco. —Se secó las lágrimas y suspiró—. Apenas la recuerdo.

—Ahí está. —Satisfecha, Marianne se dejó caer en la cama—. Si no la recuerdas, no puedes ser como ella.

Parecía un razonamiento lógico y Emma necesitaba creer que era así.

—No me parezco a ella.

Con la intención de dar una opinión justa y coherente, Marianne tomó el artículo y observó la foto.

—Ni un poquito. Tienes la estructura ósea y el color de piel de tu padre. Debes aceptar el juicio de una artista.

Emma se acarició el suave lóbulo de las orejas.

—¿De verdad vas a perforarle las orejas a Teresa?

—Por supuesto... con la aguja más dura que pueda encontrar. ¿Quieres perforarle una tú?

Emma esbozó una sonrisa cómplice.

16

Stevie jamás había tenido tanto miedo. Había rejas por todas partes y se escuchaba el goteo constante de un grifo en algún lugar del pasillo. Plic, plic, plic. De vez en cuando se oían voces y su eco. O alguien arrastraba los pies. Por lo demás, solo había silencio. Un silencio aterrador.

Necesitaba una dosis. Temblaba de pies a cabeza, sudaba muchísimo. El nudo que tenía en el estómago le impedía vomitar en el desconchado inodoro de porcelana del rincón. Le lloraban los ojos y le goteaba la nariz. Tenía gripe, estaba seguro. Estaba enfermo de gripe y lo habían encerrado. Necesitaba un maldito médico y lo habían metido en un calabozo para que se pudriera. Sentado en el catre, se llevó las rodillas al pecho y apoyó la espalda contra la pared.

Él era Stevie Nimmons. El mejor guitarrista de su generación. Era alguien. Pero lo habían encerrado en una jaula, como a un animal. Habían cerrado con llave y lo habían dejado allí tirado, solo. ¿Acaso no sabían quién era? ¿Acaso no sabían lo que había hecho?

Necesitaba una dosis. Solo una dulce dosis, joder. Entonces podría reírse de lo que estaba ocurriendo.

Hacía frío, demasiado frío. Se acurrucó bajo la manta del catre. Estaba muerto de sed. Tenía la boca tan seca que ni siquiera podía juntar saliva para tragar.

Vendrá alguien, pensó. Sus ojos se llenaron de lágrimas. Alguien iría a salvarlo y lo sacaría de allí. Alguien arreglaría las cosas. Dios santo, necesitaba una dosis. Su madre iría a decirle que ya habían solucionado todo.

Dolía. Era un dolor que lo atravesaba de pies a cabeza. Se echó a llorar con la frente apoyada en las rodillas. Cada vez que respiraba, tenía la impresión de que tragaba pequeños fragmentos de vidrio. Le ardían los músculos, pero tenía la piel helada.

Solo una. Solo una dosis, una jeringuilla, una raya... y volvería a estar bien.

¿Acaso no sabían quién coño era él?

—Stevie.

Oyó su nombre. Miró hacia la puerta de la celda con los ojos nublados por las lágrimas. Se pasó la palma de la mano por la boca y trató de enfocar la mirada. Quiso reír, pero le salió un sollozo ahogado. Intentó levantarse con dificultad. Pete. Pete podría arreglar las cosas.

Tropezó con la manta y cayó de bruces al suelo. Se quedó inmóvil unos segundos. Pete lo observó con detenimiento. El cuerpo de Stevie era piel y huesos. Sus piernas formaban un ángulo extraño con el torso y terminaban en unas botas de piel de serpiente que costaban quinientas libras. Cuando Stevie trató de levantarse, Pete vio que tenía la cara gris, surcada de arrugas marcadas y profundas, y los ojos enrojecidos. Se había golpeado la boca al caer y un hilillo de sangre le brotaba del labio. Apestaba.

—Estoy enfermo, tío. —Intentó levantarse por enésima vez, aferrando las rejas con las manos sudadas—. Tengo gripe.

La gripe de los drogadictos, pensó Pete con indiferencia.

—Tienes que sacarme de aquí. —Stevie apretó los barrotes con sus dedos temblorosos. Aunque su aliento era hediondo, Pete no retrocedió—. Es una locura. Vinieron a mi casa. Irrumpieron en mi casa como un pelotón de malditos nazis. Me refregaron por la cara un papel que no sé qué diablos decía y empezaron a abrir los cajones. Joder, Pete, me trajeron aquí a rastras... como si yo fuera un asesino. Me esposaron. —Se echó a llorar y se limpió la nariz con la manga—. Había un montón de gente mirando cuando me sacaron de casa esposado. Hicieron fotos. Eso no está bien, Pete. No está nada bien. Tienes que sacarme de aquí.

Pete mantuvo la calma todo el tiempo. Su tono de voz era bajo y sereno. Había capeado otras crisis antes y sabía cómo volverlas a su favor.

—Encontraron heroína, Stevie, y lo que cortésmente se denomina «parafernalia para el consumo de drogas». Te acusarán por eso.

—Sácame de aquí.

—¿Me estás escuchando? —La pregunta sonó como un latigazo, fría y precisa—. Encontraron suficiente droga en tu casa para encerrarte.

—La pusieron ellos. Alguien me entregó. Alguien...

—No me vengas con mentiras. —La mirada de Pete se endureció, pero supo ocultar muy bien la repulsión que sentía—. Tienes dos opciones. Ir a la cárcel... o a una clínica de rehabilitación.

—Tengo derecho a...

—Aquí no tienes derecho a nada. Has metido la pata, Stevie. Si quieres que te ayude, tendrás que hacer exactamente lo que yo te diga.

—Solo sácame de aquí. —Stevie se dejó caer al suelo y se dobló sobre sí mismo—. Solo sácame de aquí.

—¿Cuánto tiempo estará allí? —Bev sirvió en dos copas el Pouilly Fumé helado.

—Tres meses. —Johnno se quedó mirándola, contento de que la antigua Bev no hubiera quedado enterrada por completo en la nueva, más moderna y elegante—. No sé cómo se las arregló Pete para sacarlo de la cárcel, y tampoco quiero saberlo. Pero si Stevie pasa un tiempo en la clínica Whitehurst no tendrá que ir a juicio.

—Me alegro. Necesita ayuda, no una condena en prisión. —Bev, que se sentía estúpidamente nerviosa, se acomodó en el sofá junto a él—. Todas las emisoras de radio hablan de eso. Me estaba preguntando qué hacer, qué podía hacer yo, cuando llamaste a la puerta. Tal vez vaya a visitarlo dentro de unas semanas.

—No creo que sea muy agradable de ver.

—Necesitará a sus amigos —dijo Bev. Dejó la copa de vino sobre la mesa. No lo había probado.

—¿Y tú sigues siendo su amiga?

Bev levantó la vista y acarició la lisa mejilla de Johnno. Su expresión se suavizó un poco.

—Estás muy bien así, Johnno. Siempre me pregunté qué habría debajo de la barba.

—Los sesenta llegaron a su fin. Lo más lamentable es que la semana pasada me puse una corbata.

—No te creo.

—Bien, era de cuero blanco, pero no dejaba de ser una corbata. —Se inclinó hacia ella y le dio un beso. Pensó que el tiempo no era más que tiempo, después de todo—. Te he echado de menos, Bev.

—Los años pasan rápido.

—Para algunos. He oído que P. M. y tú sois pareja.

Bev levantó la copa y bebió un trago para ganar tiempo.

—¿Has venido a chismorrear, Johnno?

—Sabes que me encantan los chismes, cariño. ¿Acaso debo fingir que no he visto tus fotos con P. M.? —El sarcasmo de antaño estaba de regreso; débil, sí, pero afilado como una espada—. Por supuesto que prefiero la foto donde estás con Jane, tomada segundos después de que le partieras el labio. —Tomó la mano de Bev, que había hecho ademán de levantarse, y la besó—. Eres mi heroína.

Bev no pudo reprimir la risa. Retiró la mano y volvió a relajarse.

—No tenía la menor intención de pelear con ella, pero no me arrepiento de haberlo hecho.

—Eso se llama tener espíritu. Eres toda una amazona.

—Hizo un comentario sobre Darren —murmuró Bev.

—Lo lamento muchísimo. —La sonrisa desapareció de los labios de Johnno. Volvió a tomarla de la mano. Esta vez, Bev no la retiró.

—De repente lo vi todo rojo. Sé que es un tópico, pero cuando estás muy furiosa lo ves todo rojo. Después... solo sé que me abalancé sobre ella, por Darren, por mí. Y por Emma. Todavía me permito el lujo de defender a Emma, después de lo que le hice.

—Bev.

—No, ya lo sé. No tiene sentido hablar de aquello —lo interrumpió—. Ya está hecho. Supongo que Jane escribirá algunas cosas horribles sobre mí en su próximo libro. Y gracias a sus comentarios viles mi negocio tendrá más éxito. —Olvídalo y sigue adelante, añadió Bev para sus adentros—. P. M. me ha contado que vais a crear vuestro propio sello discográfico.

—Será oficial dentro de un par de semanas. ¿Y dónde está nuestro muchacho?

—Tuvo que viajar a California hace dos días. Por el divorcio. En realidad espero que llegue en cualquier momento.

—¿Esperas que llegue aquí?

Bev bebió otro sorbo de vino y lo miró a los ojos.

—Sí, aquí. ¿Acaso no está bien, Johnno?

—No lo sé. ¿Acaso lo está?

En los ojos de Bev se encendió la llama del antiguo fuego... terca, defensiva.

—Es un hombre muy dulce, muy amable.

—Lo sé. Yo le quiero mucho.

—Ya sé que le quieres. —Con un suspiro, Bev dejó que la vieja llama se apagara—. No compliquemos las cosas, Johnno. Solo buscamos un poco de felicidad, un poco de paz mental.

—Mentira. Hace años que P. M. está locamente enamorado de ti.

—¿Y eso qué tiene de malo? —replicó ella—. ¿Acaso no merezco tener a alguien que me ame? ¿Alguien que me anteponga a todo lo demás?

—Sí, pero ¿acaso él no merece lo mismo?

Bev se levantó, caminó hacia la ventana. El rastro de la lluvia parecía formar rejas sobre los cristales.

—No voy a hacerle daño. Necesita a alguien. Y yo también necesito a alguien. ¿Qué puede haber de malo en eso?

—Brian —dijo Johnno.

—¿Qué tiene que ver Brian con esto? Lo nuestro terminó hace años.

Johnno se levantó del sofá con lentitud.

—No pienso insultarte diciendo que eres una mentirosa o una tonta. Solo diré que me importas. Y también P. M. Y Brian. Y me importa la banda, lo que somos, lo que hicimos, lo que aún podemos hacer.

—Yo no soy una Yoko Ono —le espetó ella con dureza—. No pienso inmiscuirme en tu preciosa banda. ¿Alguna vez lo hice? ¿Acaso podría haberlo hecho?

—No lo hiciste, pero tal vez nunca supiste que podrías haberlo hecho con gran facilidad. Brian jamás ha querido a nadie como te quiso a ti, Bev. Créeme, porque lo sé.

—No digas eso.

Johnno se disponía a decir algo más cuando oyeron que la puerta se abría y unos pasos rápidos se acercaban por el pasillo.

—¡Bev! ¡Bev! —P. M. entró corriendo en la habitación. Su chaqueta empapada por la lluvia parecía flamear—. Johnno, gracias a Dios que estás aquí. Acabo de oír por la radio lo de Stevie. ¿Qué diablos ha pasado?

—Siéntate, hijo mío. —Johnno volvió a repantigarse en el sofá—. Cálmate un poco y te lo contaré.

La amaba tan dulcemente. La acariciaba con tanta suavidad. Las llamas de las velas temblaban y parecían danzar en la oscuridad. Bev deslizó la mano por la espalda de P. M. Sus susurros eran tiernos; sus palabras, maravillosas. Era fácil, tan fácil entregarse a él, dejarse llevar por la fuerza de sus sentimientos.

Jamás tendría que preguntarse si la necesitaba. Si ella era, si siempre sería, suficiente para él. Sabía que, mientras estuviera con P. M., no tendría que pasar las noches atormentándose, preocupándose, sufriendo. Pero también sabía que jamás volvería a tener aquella sensación de unidad, de plenitud, de pertenencia.

Le daba todo lo que podía. Se entregaba a él, se abría para él... aceptaba y hasta anhelaba que entrara en ella. Su cuerpo no temblaba como el de él, su corazón no parecía querer salírsele del pecho. Pero, después del clímax sereno y despejado, llegaba la paz. Y Bev se sentía agradecida.

Pero debería haber sabido que las cosas sencillas no duran.

Las velas todavía brillaban cuando P. M. la atrajo hacia sí para sentir su calor. Amaba la serenidad que la cubría como un manto después del sexo, la completa y en cierto modo elegante quietud de su cuerpo.

Bev tenía los ojos entornados, los labios suaves y apenas entreabiertos. Sus piernas estaban flojas. Si P. M. apoyaba la cabeza sobre su pecho, como solía hacer, sentiría los fuertes y regulares latidos de su corazón.

A veces hablaban... como jamás había hablado con su esposa durante los siete años que estuvieron casados. Hablaban de lo que les había ocurrido durante el día o de lo que pasaba en el mundo. O permanecían tendidos oyendo la radio, que siempre estaba encendida cuando hacían el amor. Y así se quedaban dormidos, tranquilos y satisfechos. A la mañana siguiente P. M. era el primero en despertar, asombrado y encantado de tenerla a su lado.

La hizo dar la vuelta para poder acariciarle el cabello.

—Pronto firmaremos los papeles del divorcio.

Medio dormida, Bev abrió los ojos y miró el dibujo que formaban las luces y las sombras en la pared.

—Me alegro.

—¿En serio?

—Por supuesto. Sé que las últimas semanas han sido muy difíciles para ti, y que quieres dejar todo eso atrás.

—Por supuesto. Me equivoqué al casarme con Angie, Bev. Quería desesperadamente establecerme, tener una esposa, un hogar, una familia. Por supuesto que el monstruo de Beverly Hills jamás fue un hogar. Y ella siempre tenía una excelente excusa para postergar la maternidad. Mejor así. Ella también cometió un error al casarse conmigo.

Bev entrelazó sus dedos con los de su amante.

—Eres demasiado duro contigo mismo.

—No, es verdad. Angie me eligió para dar impulso a su carrera. Es una pena que no se diera cuenta de que la hubiera ayudado igual, sin necesidad de casarnos. Pero nos lanzamos a las aguas del matrimonio y ambos fuimos demasiado perezosos o cautos para salir cuando la cosa se puso fea. —Observó los largos y delgados dedos de Bev entrelazados con los suyos, toscos y gruesos—. Si miro atrás, veo con claridad todos los errores que cometí. Pero no volveré a tropezar con la misma piedra, Bev... si tú me das una oportunidad.

—P. M. —Se incorporó de golpe, aturdida y asustada.

Él le puso las manos sobre los hombros con firmeza inusitada y la miró a los ojos.

—Quiero que te cases conmigo, Bev. Por todos los motivos correctos.

Ella titubeó, para su propia sorpresa. La respuesta no brotó de sus labios con la misma rapidez y certeza con que se había formado en su mente. Su corazón la detuvo. Su corazón, que anhelaba dar a P. M. lo que él quería. Apoyó sus manos sobre las de él.

—No puedo. Lo lamento, pero no puedo.

Él se quedó mirándola, escrutando sus ojos, el remordimiento que había en ellos y esa sombra de piedad que hacía que le entraran ganas de aullar de furia.

—Por Brian.

Bev estuvo a punto de decir que sí, pero no estaba segura de que esa fuera la respuesta.

—No, por mí. —Se apartó de él y, echándose una bata sobre los hombros, se levantó de la cama—. No puedo entregarme. Pensé que podía y quise hacerlo... pero no puedo. —Se dio la vuelta. Su rostro quedó envuelto en sombras, su voz límpida estaba llena de remordimientos—. Estar contigo es lo mejor que me ha ocurrido en mucho tiempo. He vuelto a sentirme feliz. Y por primera vez en muchos años he visto las cosas con claridad.

—Sigues enamorada de él.

—Sí. Creo que podría vivir con eso. Creo que podría aceptarlo en cierto modo y seguir adelante, contigo o con algún otro. Pero fui yo quien lo rechazó, ¿sabes?

—¿De qué estás hablando?

—¿Nunca te lo ha contado? —Sonrió apenas y se sentó en el borde de la cama. Era fácil hablar con él así, como si fuera su amigo, no su amante—. No, supongo que no habrá querido hablar del tema. Ni siquiera contigo. Cuando Darren murió, eliminé a Brian de mi vida. Lo castigué, P. M. Y castigué a Emma. Herí a Brian cuando más me necesitaba, lo culpé de todo porque tenía terror de culparme a mí misma.

—Por el amor de Dios, Bev. Ninguno de los dos tuvo la culpa de nada.

—Nunca pude convencerme del todo. No le permití llorar conmigo la muerte de nuestro hijo. Y cuando estaba sufriendo, cuando ambos estábamos sufriendo, lo rechacé. No fue él quien me dejó, P. M. Yo lo dejé a él. Y a la pobrecita Emma. Supongo que los dos la abandonamos, cada uno a su manera. Volver a verte y estar contigo me ha hecho comprender todo lo que hice. Todo lo que nos hice. Mereces algo mejor que una mujer que no amó lo suficiente y que siempre se arrepentirá de no haberlo hecho.

—Yo podría hacerte feliz, Bev.

—Sí, creo que podrías. —Le tomó la cara entre las manos—. Pero yo no te haría feliz, no por mucho tiempo. Tú siempre sabrías que lo quise primero a él y que, en cierto sentido, jamás volveré a querer a nadie.

Sí, lo sabía. Lo sabía y conocía su respuesta antes de formular la pregunta. Hubiera querido odiarla y odiar a Brian para sentirse un poco mejor. Pero la amaba.

—¿Por qué no vuelves con él? ¿Por qué no hablas con él?

—Darren ya tendría casi diez años. Ha pasado demasiado tiempo, P. M.

Emma caminaba deprisa por el jardín. Si daba la impresión de que iba a alguna parte, las monjas no la detendrían ni le harían preguntas. Había inventado una excusa, por si acaso: un informe de botánica para un proyecto científico.

Necesitaba estar sola. Era una necesidad tan fuerte que sentía deseos de gritar y aullar. Ni siquiera soportaba la compañía de Marianne. Lamentaba haber mentido a su mejor amiga y esa misma tarde confesaría su pecado al padre Prelenski. Pero necesitaba una hora, una hora de soledad, para poder pensar.

Miró rápidamente por encima del hombro y dobló en una hilera de setos. Con el cuaderno apretado bajo el brazo, se internó en un bosquecillo.

Como era sábado, tenía permitido llevar tejanos y zapatillas. Hacía un poco de frío a la sombra de los árboles en flor y Emma se alegró de haberse puesto un suéter. Cuando estuvo segura de que nadie podría verla desde ninguna de las ventanas de la academia, se dejó caer en el suelo. Dentro del cuaderno había más de una docena de recortes, en su mayoría obsequio de Teresa y otras compañeras de clase igualmente entrometidas.

En el primero aparecían ella y Michael. Era del verano anterior. Lo acarició con ternura y, luchando entre la vergüenza y el deleite, estudió sus rasgos y su cuerpo, que se veían muy nítidos. Estaba mojada y despeinada y, lamentablemente para su ego, no llenaba del todo el sostén del biquini.

En cambio Michael estaba guapísimo.

Michael Kesselring, pensó. Por supuesto que su nombre no había salido en el diario. Nadie se molestó en averiguarlo. La prensa solo se interesaba por ella. Pero todas las chicas habían chillado de placer al ver a Michael y querían saber quién era y si Emma había tenido una aventura de verano.

Se había sentido muy adulta hablando de él. Por supuesto, había embellecido la historia. Había contado a sus compañeras que Michael la había llevado en brazos, le había hecho la respiración boca a boca y le había jurado amor eterno. Seguramente a Michael no le importaría, sobre todo porque nunca se enteraría.

Con un suspiro, dejó el recorte en su lugar y sacó otro. Era el que le había dado Teresa la noche en que Marianne le perforó las orejas. No podía recordar la cantidad de veces que lo había sacado, mirado, analizado e intentado diseccionar. Su madre atraía su mirada como un imán. Muerta de terror, Emma buscaba y rebuscaba algún parecido entre ambas. Pero sabía muy bien que no todo lo que se hereda queda a la vista. Era una alumna aplicada y se había interesado especialmente por la biología cuando comenzaron a estudiar la herencia y los genes.

Esa era su madre y no había manera de negarlo. Había crecido dentro de aquella mujer, había nacido de ella. Por muchos años que hubieran pasado, Emma todavía podía percibir el hedor de la ginebra, sentir los golpes y los pellizcos, oír los insultos.

La aterraba... la aterraba tanto que, de solo mirar la foto, hundió sus uñas mordidas hasta el hueso en la palma de sus manos empapadas de sudor.

Ahogando un grito apartó la vista del rostro de Jane y miró el de su padre. Todas las noches rezaba para ser como él: amable, considerada, divertida, bella. Él la había salvado. Había leído la historia miles de veces. Pero, aunque los diarios no la hubieran publicado, ella habría recordado. Cómo la miró cuando salió del armario que había debajo del fregadero, la ternura de su voz cuando le habló. Le había dado un hogar y una vida libre de temores. Aunque luego la había abandonado, jamás olvidaría lo que le había dado en aquellos primeros años. Lo que Bev y él le habían dado.

Por algún motivo, le resultaba más difícil mirar a Bev. Era tan bella, tan perfecta. Emma jamás había querido a una mujer tanto como a ella, jamás había necesitado tanto a nadie. Sin embargo, al mirarla era imposible no pensar en Darren. Darren, que tenía su mismo cabello negro y sedoso, sus mismos dulces ojos verdes. Darren, a quien Emma había jurado proteger. Darren, que estaba muerto.

Por su culpa, pensó Emma. Jamás la perdonarían. Bev la había rechazado. Su padre la había rechazado. Nunca volvería a tener una familia.

Dejó la foto a un lado y se puso a revolver los recortes más viejos. Fotos de cuando era niña, fotos de Darren, los grandes y crudos titulares del asesinato. Emma los guardaba en el fondo de un cajón. Sabía que si las monjas los encontraban llamarían a su padre, y él tendría esa mirada triste y doliente otra vez. No quería hacerle daño, pero tampoco podía olvidar.

Leyó las noticias una vez más, aunque las conocía de memoria. Buscó. Siempre buscaba algo nuevo, algo que explicara por qué había ocurrido aquello, algo que le indicara cómo habría podido impedirlo.

No encontró nada. Nunca encontraba nada.

Tenía algunos recortes nuevos: fotos y noticias acerca de Bev y P. M. Algunos decían que Bev por fin se divorciaría para casarse con P. M. Otros explotaban la jugosa veta de dos hombres que eran como hermanos separados por el amor de una mujer. Un artículo anunciaba la aparición de Prism, el nuevo sello de Devastation. Y había muchas fotos de la fiesta que habían ofrecido en Londres el día de la inaguración. Su padre aparecía en todas con una nueva mujer —otra más en la lista— y también con Johnno, P. M. y Pete. Pero Stevie no estaba. Suspirando, Emma sacó otro recorte.

Stevie estaba en una clínica para personas que abusaban de las drogas. Decían que era un drogadicto. Otros afirmaban que era un criminal. Emma recordó que alguna vez había creído que era un ángel. Parecía cansado en la foto; cansado, flaco y asustado. Los diarios aseguraban que era una tragedia, que era un ultraje. Algunas chicas se burlaban de él con desprecio.

Pero nadie hablaba del tema con ella. Cuando preguntó a su padre, Brian se limitó a decirle que Stevie había perdido el control y estaba recibiendo ayuda. Emma no tenía por qué preocuparse.

Pero se preocupaba. Ellos eran su familia, la única familia que le quedaba. Había perdido a Darren. Tenía que asegurarse de no perder a los demás.

Cuidadosamente, con su mejor letra, comenzó a escribir cartas.

17

Stevie leyó la suya al sol, sentado en un banco de piedra del jardín durante su caminata matinal. Era un lugar hermoso, colmado de rosas, malvas y cantos de pájaros. Estaba rodeado de angostos senderos de ladrillo rojo, que se perdían entre arbustos de glicina y dondiego. Los pacientes de Whitehurst podían moverse a sus anchas dentro de los límites del jardín. Hasta que avistaban los macizos muros de piedra.

Detestaba la clínica, a los médicos, a los otros pacientes. No soportaba las sesiones de terapia, los horarios, las sonrisas forzadas del personal. Pero hacía lo que le decían. Y les decía lo que querían escuchar.

Era un adicto. Necesitaba ayuda. Haría frente a sus problemas paso a paso, uno por uno.

Tomaba la metadona que le daban, pero soñaba con la bendita heroína.

Había aprendido a mantener la calma. Y a ser astuto. Al cabo de cuatro semanas y tres días saldría de aquel encierro convertido en un hombre libre. Pero esta vez sería más cauto. Esta vez, él controlaría a las drogas. Sonreiría a los médicos y a los periodistas, daría sermones sobre los perjuicios que ocasionaban las adicciones y les mentiría en la cara. Cuando saliera de allí, viviría como le diera la gana.

Nadie tenía derecho a decirle que estaba enfermo, que necesitaba ayuda. Si quería drogarse, lo haría. ¿Qué sabían ellos de las presiones que debía soportar día tras día? ¿De la exigencia de ser el mejor, de ser mucho mejor que el resto?

Tal vez se había extralimitado. Quizá. Pero esta vez lo haría dentro de un marco social. Los estúpidos médicos bebían su bourbon. Él aspiraría una raya de cocaína si le apetecía. Fumaría hachís si se le antojaba.

Y al diablo con todos. Al diablo con todos ellos.

Abrió el sobre. Le gustaba que Emma le hubiera escrito. Era la única persona de sexo femenino que le había inspirado sentimientos puros y sinceros. Sacó un cigarrillo de la cajetilla, se apoyó contra el respaldo del banco y aspiró el delicioso aroma a humo y rosas.

Querido Stevie:

Sé que estás en una especie de hospital y lo lamento mucho. No puedo visitarte. Papá dice que él y los otros han ido a verte y que estás mejor. Quería que supieras que pienso en ti. Tal vez cuando mejores podamos ir de vacaciones juntos, todos juntos, como hicimos en California el verano pasado. Te echo muchísimo de menos y todavía odio la escuela. Pero solo me faltan tres años y medio para terminar. ¿Recuerdas cuando era pequeña y tú siempre me preguntabas quién era el mejor? Yo siempre te decía que era papá y tú fingías enojarte. Pero nunca te dije que tú tocas la guitarra mejor que él. No le digas a papá que te lo he dicho. Aquí te envío una foto de nosotros dos en Nueva York, hace un par de años. Nos la hizo papá, ¿te acuerdas? Por eso está desenfocada. He pensado que te gustaría tenerla. Puedes escribirme si tienes ganas, pero si no me escribes no pasa nada. Sé que debería haber separado la carta en párrafos y demás, pero he olvidado hacerlo. Te quiero, Stevie. Mejórate pronto.

Un beso,

EMMA

Stevie dejó caer la carta sobre sus rodillas. Se quedó sentado en el banco, fumando su cigarrillo. Y lloró.

P. M. abrió su carta en la casa vacía que acababa de comprar en una urbanización de las afueras de Londres. Estaba sentado en el suelo. El techo se cernía como una nube sobre su cabeza y tenía una botella de cerveza negra junto a la rodilla. En su único mueble —el estéreo— sonaban los geniales blues de Ray Charles.

No había sido fácil dejar a Bev, pero quedarse con ella hubiera sido aún más difícil. Lo había ayudado a encontrar la casa, como prometió. También la decoraría. De tanto en tanto haría el amor con él. Pero jamás sería su esposa.

Brian tenía la culpa de todo. Poco le importaba lo que Bev hubiera dicho al respecto. La única manera de aliviar su dolor era echar toda la culpa a Brian. No había sido lo suficientemente hombre para acompañarla en los momentos difíciles. Tampoco había sido lo bastante hombre para dejarla marchar. La había tratado mal desde el principio. Le había impuesto a la hija de otra mujer y pedido que la criara como si fuera suya. La dejaba sola durante varias semanas seguidas cuando salían de gira. La había obligado, pensó P. M. con rencor, sí, la había obligado a llevar un estilo de vida que ella jamás había deseado. Drogas, gente y cotilleos.

¿Qué diría Brian, qué dirían todos cuando les anunciara su intención de dejar la banda? Solo de ese modo se darían cuenta de que existía, pensó mientras bebía un trago de cerveza. Brian McAvoy podía irse al infierno. Y también llevarse a Devastation con él.

Abrió la carta de Emma, más por hábito que por curiosidad. Le escribía cada dos meses. Cartas bonitas y comunicativas que él respondía con una postal o un regalo insignificante. La niña no tenía la culpa de que su padre fuera un miserable, pensó P. M. Y comenzó a leer.

Querido P. M.:
Supongo que debería decir que lamento que te hayas divorciado, pero en realidad no lo lamento. Angie nunca me ha caído bien. Las monjas dicen que el divorcio es un pecado, pero yo creo que fingir amar a alguien a quien no amas es un

pecado aún mayor. Espero que vuelvas a ser feliz, porque cuando te vi el verano pasado estabas triste.

Los diarios han publicado un montón de noticias acerca de ti y de Bev. Tal vez yo no debería hablar de estas cosas, pero no puedo evitarlo. Quiero que sepas que no me enojaré si te casas con ella. Es tan bella y tan buena que es imposible no amarla. Tal vez deje de odiarme si es feliz contigo. Sé que no estás peleado con papá como dicen algunos diarios. Sería una estupidez culparlo por amar a Bev si tú también la amas.

He encontrado esta foto que os hice a papá y a ti hace mucho tiempo. Sé que pronto vais a grabar un nuevo disco, así que podrás mostrársela. Espero que seas feliz, porque te quiero. Ojalá te vea en Londres este verano.

Un beso,

EMMA

P. M. se quedó mirando la foto durante un rato. Luego la guardó dentro de la carta y metió esta en el sobre. Comprendió que divorciarse de su esposa había sido sencillo; divorciarse de toda su familia sería mucho más difícil.

De regreso en Nueva York, Johnno pasó el primer día durmiendo, y el segundo, componiendo. Por el momento vivía solo y se sentía muy aliviado y contento de que así fuera. Su último amante lo había vuelto loco con su obsesión por la limpieza. Johnno era bastante escrupuloso a ese respecto, pero incluso él quedó perplejo cuando vio que su compañero se ponía a lavar todas las botellas y latas que habían traído del supermercado.

Valoraba el silencio, sobre todo después de que la criada se hubiera marchado. Evaluó la posibilidad de salir esa noche, pero triunfó la pereza. No tanto por el *jet lag* como por la tensión de los últimos días. Las cuestiones legales e incordios varios del nuevo sello, la difícil visita a Stevie en la clínica... Pero lo peor de todo fueron las horas que compartió con Brian. No soportaba ver a su viejo amigo abrazado a una botella.

No obstante, Brian estaba componiendo mejor que nunca. Sus canciones eran punzantes, líricas, agudas, soñadoras. No hablaba de sus sentimientos, de la pena o la furia que le provocaba la relación de P. M. con Bev, pero todo estaba allí, en su música.

Eso bastaba para tener contento a Pete, pensó Johnno quitándose la camisa. Siempre que Devastation siguiera tocando, el mundo no correría peligro.

Sacó del refrigerador la ensalada de langostinos que le había preparado la asistenta, descorchó una botella de vino y comenzó a revisar ociosamente todos los sobres que se habían acumulado durante su ausencia. Sonrió al ver la letra de Emma.

> Querido Johnno:
> He podido escapar de las monjas por un rato. Supongo que más tarde me castigarán, pero sentía que estaba a punto de estallar si no pasaba unos minutos a solas. La mayoría de las monjas están fuera de sí. Ayer expulsaron a tres chicas de los cursos superiores. Como está prohibido fumar con el uniforme de la academia, Karen Jones, Mary Alice Plessinger y Tomisina Gibralti se quedaron en bragas en el vestuario de las duchas y encendieron un cigarrillo. La mayoría de las chicas piensan que fue genial, pero la madre superiora carece por completo de sentido del humor.

Johnno lanzó una carcajada. Dejó la ensalada a un lado, levantó la copa de vino y se dispuso a disfrutar de la carta.

> Últimamente pienso mucho en papá, en ti y en los otros. He leído las noticias acerca de Stevie y me irrita todo lo que dicen de él. ¿Lo has visto? ¿Está bien? Tengo una foto que salió en el *London Times* y se le ve muy viejo y enfermo. No quiero creer que es un drogadicto, pero ya no soy una niña. Papá no me dice nada al respecto, por eso te lo pregunto a ti. Tú siempre me dices la verdad. Algunas chicas aseguran que todos los cantantes de rock son drogadictos. Algunas chicas son unas verdaderas imbéciles.

Los chismes se cuelan por las paredes, incluso aquí. Tengo el artículo y las fotos de Bev, papá y P. M. que publicó la revista *People*. Jane también ha salido en la prensa. No quiero llamarla mamá. Por favor, no le digas a papá que te he escrito acerca de esto. Se pone muy mal y eso no cambia nada. Al principio yo también me enojé, pero luego lo pensé mejor. Está bien que Bev ame a P. M., ¿no te parece? Es casi como si volviera a formar parte de la familia.

Supongo que en realidad quiero pedirte que cuides a papá. Sé que finge que ya no piensa en Bev, que no la ama. Pero la ama. Estoy segura. Cuando salga de la escuela, yo misma podré cuidarlo. Voy a instalarme en Nueva York con Marianne. Así podré viajar con él y tomar fotos en todos los lugares adonde vayamos.

Aquí te envío un autorretrato. Lo hice la semana pasada. Fíjate que tengo pendientes. Marianne me hizo los agujeros y estuve a punto de desmayarme. Todavía no se lo he dicho a papá, así que mantén la boca cerrada, ¿de acuerdo? Las vacaciones de primavera comienzan dentro de nueve días, de modo que pronto podrá ver el desastre con sus propios ojos. Papá dice que pasaremos las Pascuas en Martinica. Por favor, ven con nosotros, Johnno. Por favor.

Te quiero,

EMMA

¿Qué se suponía que debía hacer con Emma?, se preguntó Johnno. Podía mostrarle la carta a Brian y decir: «Mira, lee esto y abandona esa botella. Tu hija te necesita». Pero, si lo hacía, ni Brian ni Emma se lo perdonarían jamás.

Estaba creciendo. Muy rápido. Pendientes, sostenes y filosofía. Brian no podría seguir guardándola en una burbuja durante mucho tiempo.

Bien, haría todo lo posible por estar presente cuando estallara la pompa de jabón. Por ambos. Cogió la copa de vino y la vació de un solo trago. Por lo visto, pasaría unos días en Martinica.

Brian observaba a su hija sobre la tabla de surf. La arena ardiente le quemaba el trasero y su vaso de ron se había recalentado. ¿Contra qué estaría corriendo?, se preguntó. ¿Por qué siempre parecía tener tanta prisa por llegar de un extremo a otro de la ola? Por experiencia propia podría haberle dicho que, una vez alcanzada la línea de llegada, la gloria era breve y perecedera. Pero ella no le habría prestado atención.

Una adolescente. Dios santo, ¿cómo diablos se había transformado en una adolescente? ¿Y cómo diablos se había convertido él en un ídolo de treinta y tres años?

A los trece, todo le parecía muy simple. Sus metas estaban perfectamente definidas. Salir de la miseria, tocar sus canciones, ser alguien. Lo había logrado todo. Entonces, ¿cuál era el desafío? Levantó el vaso y bebió un buen trago de ron. ¿Dónde coño estaba la gracia?

Vio que Emma se metía bajo una ola y luego reaparecía escurridiza como una nutria. Hubiera preferido que no se alejara tanto de la costa. Era fácil preocuparse cuando la veía. Durante los meses que pasaba en la escuela, jamás se preocupaba por ella. Emma era una buena alumna, obediente y respetuosa. Luego, cuando llegaban las vacaciones, volvía a irrumpir en su vida. Cada vez más crecida, cada vez más hermosa. Brian sabía que alguna vez vería esa mirada en sus ojos. Esa mirada oscura y decidida, idéntica a la suya. Eso lo asustaba.

—Caramba, cuánta energía. —Johnno se dejó caer junto a él—. No para nunca, ¿verdad?

—No. Estamos envejeciendo, Johnno.

—Mierda. —Johnno se caló el sombrero panamá y probó el ron de Brian—. Las estrellas de rock no envejecen, tío. Actúan en Las Vegas. —Volvió a dejar el vaso en la arena con una mueca burlona—. Todavía no hemos caído tan bajo. —Se apoyó sobre los codos—. Por supuesto que tampoco somos Shaun Cassidy.

—Gracias a Dios.

—Si sigues pensando así, tu foto jamás aparecerá en *Tiger Beat*.

Permanecieron sentados en silencio, oyendo el rugido de las olas. Johnno estaba contento de haberles acompañado. La tranquilidad de la villa y la playa privada era un contraste perfecto para las ruidosas multitudes neoyorquinas y la lluviosa primavera de Londres. La villa tenía tres pisos y varias terrazas que daban al mar; tres de sus lados estaban protegidos por altos muros y setos, el cuarto era la suave curva blanca de la playa. Las bellas piedras de colores pastel relumbraban bajo los rayos del sol y el aroma del mar y las flores tropicales invadían todos los rincones.

Sí, se alegraba de haber ido. Y no solo por el sol. Le gustaba poder pasar unos días tranquilos con Brian y Emma. Sabía que esos días muy pronto llegarían a su fin.

—Pete llamó hace un rato.

Brian vio que Emma se ponía de pie, muy erguida, sobre el agua y levantaba la cara hacia el sol. La piel se le había puesto dorada. No bronceada ni enrojecida, sino dorada. Del color de los melocotones. Muy pronto algún muchacho hambriento querría darle un mordisco, pensó con preocupación.

—¿Y?

—Ya está todo arreglado para el mes próximo. Podemos empezar a grabar.

—¿Y Stevie?

—Lo pondrán en un programa de pacientes externos. Ahora es un drogadicto legal. —Johnno se encogió de hombros—. El programa de metadona. Si no consigues drogas en la calle, te las da el gobierno. El caso es que está listo para trabajar con nosotros. ¿Y tú?

Brian levantó el vaso y bebió hasta la última gota. El ron recalentado por el sol le hizo arder la garganta.

—Yo siempre estoy listo.

—Me alegra oír eso. No estarás pensando batirte en duelo con P. M., ¿verdad?

—Déjame en paz, Johnno.

—Preferiría que le rompieras la nariz en lugar de pasarte los próximos meses tratándolo con frialdad o imaginando la mejor manera de matarlo mientras duerme.

—No tengo ningún problema con P. M. —dijo Brian cautamente—. Es su vida.

—Y tu esposa.

Brian atravesó a Johnno con la mirada y reprimió a duras penas todas las palabras desagradables que le vinieron a la mente.

—Hace tiempo que Bev dejó de ser mi esposa.

Johnno echó un vistazo alrededor para asegurarse de que Emma no les oía.

—Puedes ir con ese cuento a los demás, pero no a mí, Bri. —Puso la mano sobre la muñeca de su amigo, apretó suavemente y la retiró de inmediato—. Sé que va a ser difícil para ti. Solo quiero saber si estás preparado.

Brian levantó el vaso, pero recordó que estaba vacío y volvió a dejarlo sobre la arena. Se sentía acalorado a pesar de la fresca brisa marina.

—No se puede volver atrás, Johnno. Y tampoco quedarse quieto. Hay que seguir adelante, se esté preparado o no.

—¡Ah, ha sido magnífico! —Emma cayó de rodillas entre su padre y Johnno. El cabello le chorreaba—. Deberíais venir.

—¿Al agua? —preguntó Johnno mirándola por encima de los cristales azules de sus gafas de sol—. Emma, cariño, hay cosas en el agua. Cosas pegajosas.

Riendo, Emma se inclinó y lo besó en la mejilla. Después besó a su padre. Tuvo que hacer un esfuerzo para mantener la sonrisa cuando percibió el olor acre del ron.

—Los viejos se sientan en la playa —dijo con tono desenfadado—. La gente de mediana edad se queda sentada en la playa.

—¿De mediana edad? —Brian le dio un tirón de pelo—. ¿Quién es de mediana edad?

—Nadie. Mejor dicho, la gente que pasa toda la mañana sentada en la playa bajo una sombrilla. —Esbozó una sonrisa burlona—. ¿Por qué no os estáis aquí sentados y descansáis un poco? Iré a buscaros una bebida fresca. Y traeré mi cámara. Os haré varias fotos para que en el futuro recordéis vuestras bonitas y descansadas vacaciones.

—Esta niña es bastante descarada, Bri.

—Ya lo he notado.

—¿Dejaremos que se salga con la suya?

Emma dio un grito cuando la atraparon. Hubiera podido correr más rápido de haber querido, pero luchó como un jabato para zafarse cuando su padre la aferró de las piernas y Johnno le puso las manos bajo los brazos.

—Derecha al agua. —Johnno echó la cabeza hacia atrás, dejó caer su sombrero panamá sobre la arena y comenzó a correr hacia la orilla con Brian. Emma contuvo la respiración y los obligó a sumergirse con ella.

Jamás había sido tan feliz en su vida. Todo había sido perfecto; absoluta y maravillosamente perfecto. Los días al sol, las noches oyendo tocar a Johnno y su padre. Hacer trampa a los naipes con Johnno. Caminar por la playa con su padre. Tenía montones de carretes fotográficos para revelar, los bolsillos colmados de recuerdos.

Se preguntó si conseguiría dormir. Era su última noche en Martinica, la última noche que pasaría con su padre. Su última noche de libertad. Al día siguiente subiría a un avión y regresaría a la escuela, donde había reglas para todo. Le dirían a qué hora debía levantarse, a qué hora acostarse, qué ropa usar, qué pensar.

Dejó escapar un suspiro y meneó la cabeza. Recordó que pronto llegaría el verano. Y viajaría a Londres. Se encontraría con P. M. y Stevie. Podría estar presente durante las grabaciones.

De algún modo tendría que ingeniárselas para soportar las siguientes semanas. No había más remedio. Sabía que para su padre era muy importante que ella recibiera una buena educación y estuviera a salvo, bien cuidada y protegida. Tuvo que reconocer que las monjas cumplían muy bien esa tarea. Apenas había momentos del día en que no la estuvieran vigilando.

Oyó el sonido del agua. Podía olerla. Obedeciendo al instinto, se puso un par de pantalones cortos. Era tarde. Hasta los guardias estarían dormidos. Pasaría esa última noche sola en la playa. Completamente sola. Se sentaría a mirar el mar sin que nadie la vigilara.

Se escabulló fuera de la habitación, cruzó el pasillo de la villa que su padre había alquilado y bajó por la escalera. Contuvo la respiración, se deslizó entre las altas puertas de cristal y salió corriendo.

Solo se quedó una hora. Regresó de puntillas a la casa, empapada de pies a cabeza. Después de todo, no se había conformado con mirar el agua. Trató de no hacer ruido al entrar. Planeaba subir a su dormitorio con la velocidad de una flecha silenciosa, pero tuvo que ocultarse en la oscuridad al oír la voz de su padre.

—No hagas ruido, querida. Todos están durmiendo.

Se oyó una risita femenina. Y alguien susurró con cerrado acento francés:

—Soy más silenciosa que un ratón.

Brian entró en la casa abrazado a una menuda morena curvilínea. Vestía un sarong de un rosa intenso y calzaba sandalias doradas de tacón alto.

—Me alegra tanto que hayas venido esta noche, *chéri*. —La mujer acarició los flancos de Brian y se le colgó del cuello, obligándolo a bajar la cabeza para besarla.

Avergonzada y perpleja, Emma cerró los ojos. Pero no podía dejar de oír los gemidos húmedos, breves.

—Mmm. Veo que tienes prisa. —La francesa lanzó una carcajada y deslizó las manos bajo la camisa de Brian—. Te daré lo que has pagado, *chéri*, no te preocupes, pero primero me prometiste una fiesta.

—Es verdad.

Eso ayudaría, pensó Brian. La mujer tenía el cabello oscuro y lacio, pero sus ojos eran pardos en vez de verdes. Después de un par de rayas de cocaína, aquel detalle no tendría la menor importancia. Nada tendría importancia. Fue hacia una mesa, abrió un cajón cerrado con llave y sacó un paquetito blanco.

—La fiesta está a punto de comenzar —anunció.

La morena aplaudió. Contorneando las caderas fue hasta la mesita de café y cayó de rodillas.

Azorada, Emma observó cómo su padre preparaba las rayas de cocaína. Vio el billete enrollado, el espejo, la navaja. Sus movimientos eran precisos, rápidos; evidentemente era un experto. Arrodillado junto a la morena, inclinó la cabeza sobre la mesa y esnifó.

—Ah. —La francesa se echó hacia atrás. Le brillaban los ojos. Hundió la punta del dedo índice en el polvo del espejo y la frotó sobre sus encías—. Deliciosa.

Brian le metió un dedo en el sarong y la atrajo hacia sí. Se sentía muy bien. Joven, poderoso, invencible. Estaba excitado, listo para follar y lleno de necesidades. La tendió boca arriba con la intención de penetrarla rápidamente la primera vez. Después de todo, había pagado por la noche completa.

—Papá.

Brian alzó la cabeza. La vio, pero parecía un sueño. Su hija, envuelta en la oscuridad, mortalmente pálida, con los ojos sombríos y húmedos, el cabello chorreándole sobre los hombros.

—¿Emma?

—¿Emma? —La francesa repitió el nombre como si maullara—. ¿Quién es Emma? —Volvió la cabeza, molesta por haber perdido la atención de Brian. Evaluó las posibilidades y luego demostró interés—. Así que también te gustan las niñas. *Ça va*. Ven, preciosa. Únete a la fiesta.

—Cierra la boca, maldita sea. Es mi hija —masculló Brian. Se levantó del suelo con dificultad—. Emma... creía que estabas en la cama.

—Sí —dijo ella con un hilo de voz—. Ya lo sé.

—No deberías estar aquí. —Se acercó a ella y la tomó del brazo—. Estás fría. Y mojada —farfulló, luchando contra los primeros efectos de la cocaína—. ¿Dónde has estado?

—He ido a la playa. —Emma se volvió hacia las escaleras.

—¿Sola? ¿Has ido sola a la playa?

—Sí. —Emma se volvió hacia él y apretó los dientes al oler

el perfume de la francesa—. He ido sola a la playa. Ahora iba a acostarme.

—Sabes que no debes hacer eso. —Brian la tomó de los brazos y comenzó a zarandearla—. Sabes que no puedes ir a ninguna parte sin los guardaespaldas. Por el amor de Dios, ¡has estado nadando! ¿Qué habría pasado si hubieras tenido un calambre?

—Me habría ahogado.

—Vamos, *chéri*, deja que se vaya a la cama. —La morena preparó otra raya de cocaína—. Estamos de fiesta.

—Cierra la boca, joder —le gritó Brian. Ella se encogió de hombros y enfiló la droga—. No vuelvas a hacerlo —insistió mirando nuevamente a Emma—. ¿Entiendes lo que te digo?

—Sí, claro que entiendo. —Se apartó de él. Tenía los ojos oscuros y secos—. Ojalá no entendiera, pero entiendo.

—Hablaremos de esto más tarde.

—¿De mi escapada a la playa... o de esto? —Señaló a la mujer, todavía arrodillada junto a la mesa.

—Esto no es asunto tuyo.

—No. —Emma parecía estar a punto de llorar, pero su voz sonó clara e inexpresiva—. No, tienes toda la razón. Iré a acostarme y te dejaré en paz con tu droga y con tu puta.

Brian le dio una bofetada. Se le fue la mano antes de que pudiera darse cuenta. No pudo detenerse. Vio la marca en la mejilla, la roja bandera de la violencia que tanto detestaba. Perplejo, se miró la mano... y vio la de su padre.

—Emma...

Ella dio un paso atrás, rápido y brusco, y negó con la cabeza. Brian casi nunca le había levantado la voz, y ahora —la primera vez que lo cuestionaba, la primera vez que lo criticaba— la había golpeado. Dio media vuelta y subió corriendo por los escalones.

Johnno la dejó pasar. Se detuvo en mitad de las escaleras. Tenía el torso desnudo, solo llevaba unos pantalones de gimnasia de cintura baja. Estaba despeinado y sus ojos reflejaban un profundo cansancio.

—Déjame hablar con ella. —Aferró con fuerza el brazo de

su amigo, que había llegado a su altura, le impidió seguir adelante—. Ahora no querrá escucharte, Bri. Déjame consolarla un rato.

Brian asintió. Le ardía la palma de la mano. La palma que había golpeado la cara de su hija.

—Johnno... quiero pedirle perdón. Quiero compensarla.

—Claro. —Su amigo le dio una palmada en el hombro e hizo un gesto—. Será mejor que limpies la mierda que has dejado ahí abajo.

Emma tenía los ojos secos. Estaba sentada en el borde de la cama. No se había quitado la ropa mojada. No lloraba. El mundo, el hermoso mundo que había construido en torno a la figura de su padre se había desmoronado. Otra vez estaba perdida.

Dio un brinco al oír que se abría la puerta, pero volvió a sentarse al ver a Johnno.

—Estoy bien —dijo—. No necesito que nadie me bese para tranquilizarme.

—De acuerdo. —Sin hacer demasiado caso a sus palabras, Johnno se sentó junto a ella—. ¿Quieres gritarme un poco?

—No.

—Es un alivio. ¿Por qué no te quitas esa ropa mojada? —Se tapó los ojos con las manos, entreabrió los dedos y sonrió—. Prometo no espiarte.

Solo por hacer algo, Emma se levantó y fue a buscar una bata en el ropero.

—Tú lo sabías, ¿verdad?

—¿Que a tu padre le gustan las mujeres? Sí. Supongo que comencé a sospecharlo cuando teníamos doce años.

—No estoy bromeando, Johnno.

Evidentemente, Emma no facilitaría las cosas.

—Está bien. Escucha, Emmy, el hombre tiene derecho al sexo, pero eso no quiere decir que deba exhibirse delante de su hija.

—Le ha pagado. Es una puta.

—¿Qué quieres que te diga? —Emma se detuvo frente a él, envuelta en una bata blanca de felpa. Johnno le tomó las manos. Se veía tan dolorosamente joven con el cabello húmedo aplastado sobre la cabeza y los hombros, y los ojos sombríos, desilusionados—. ¿Acaso debería decirte que es un pecado y que las monjas tienen razón? Es probable que la tengan, pero así es la vida, Emma. La vida real. Y en la vida real la gente peca. Brian se sentía solo.

—Entonces está bien mantener relaciones sexuales con un desconocido cuando uno se siente solo.

—Ahora comprendo por qué Dios se ocupó de que yo jamás tuviera hijos —murmuró Johnno. Volvió a intentarlo, de la mejor manera que conocía. Con la verdad—. Tener una relación sexual con alguien es fácil... y vacío. Por muy excitante que sea cuando lo estás haciendo. Pero hacer el amor con alguien es una experiencia completamente distinta. Tú misma lo descubrirás cuando llegue el momento. Podría decirse que, cuando hay sentimientos de por medio, es una experiencia sagrada.

—No lo comprendo. No creo que quiera comprenderlo. Salió a la calle, encontró a esa mujer y le pagó para que viniera con él. Tenía cocaína. La he visto. Sé que Stevie... pero nunca pensé que papá... Jamás creí que él también se drogara.

—Hay muchas clases de soledad, Emma.

—¿Tú también te drogas? —preguntó apretando la mandíbula.

—Me drogaba. —Odió tener que admitir una debilidad ante ella. Qué raro. No se había dado cuenta de cuánto la quería hasta aquel momento, cuando debía confesarle sus flaquezas—. Probablemente no me perdí nada. Fue en los años sesenta, Emma. Había que estar allí. —Rió tontamente y la atrajo hacia sí—. Dejé de hacerlo porque no me gustaba. No me gusta perder el control a cambio de un estímulo rápido. Pero eso no me convierte en un héroe. Las cosas son más fáciles para mí. No tengo que soportar las presiones que soporta Brian. Él se toma todo a pecho. Yo me tomo las cosas tal como vienen. Lo único que me importa es el grupo, ¿sabes? Pero a Bri le importa el mundo. Siempre ha sido así.

Emma recordó a su padre con la cabeza inclinada sobre una línea de polvo blancuzco.

—Eso no significa que esté bien lo que hace.

—No. —Con extrema dulzura, Johnno apoyó su cabeza sobre la de Emma—. Supongo que no.

Los ojos de Emma se inundaron de lágrimas, veloces y calientes.

—No quería verlo así. No quería enterarme. Todavía te quiero.

—Ya lo sé. Él también te quiere. Todos te queremos.

—Nada de esto habría pasado si yo no hubiera salido, si no hubiera querido estar sola.

—Tú no lo hubieras visto, pero habría ocurrido de todos modos. —Le besó el cabello—. Ahora tendrás que aceptar que tu padre no es perfecto.

—Pero ya no será lo mismo, ¿verdad, Johnno? —Exhaló un suspiro y se acurrucó contra él—. Jamás volverá a ser lo mismo.

18

Nueva York, 1982

—¿Qué crees que dirá?

Marianne arrastró su maleta fuera del taxi mientras Emma pagaba al conductor.

—Supongo que dirá «hola».

—Por favor, Emma.

Emma se pasó una mano por el cabello, que la brisa nocturna había despeinado.

—Me preguntará qué diablos hacemos aquí y yo le responderé.

—Entonces llamará a tu padre y nos mandarán a la cárcel.

—Ya no cuelgan a la gente en este estado. —Emma levantó su maleta y lanzó un hondo suspiro. Nueva York. Era agradable estar de vuelta. Y esta vez pensaba quedarse.

—Cámara de gas, pelotón de fusilamiento, da lo mismo. Tu padre va a matarnos.

Emma se detuvo en seco. Tenía la mano apoyada sobre el picaporte de la entrada.

—¿Quieres que nos vayamos?

—Ni muerta. —Marianne sonrió y se pasó la mano por su casquete de cabello rojo—. Sigamos adelante.

Emma entró en el vestíbulo y se detuvo un instante para sonreír al guardia de seguridad.

—Hola, Carl.

—Señorita... caramba, señorita McAvoy. —Dejó a un lado su emparedado de salami y le dedicó su mejor sonrisa—. Hacía más de un año que no la veíamos por aquí, ¿verdad? Ya es toda una mujer.

—Una mujer universitaria. —Emma lanzó una carcajada—. Esta es mi amiga, la señorita Carter.

—Es un placer conocerla, señorita Carter. —Carl sacudió las migas de la manga de su uniforme—. ¿El señor Donovan sabe que están aquí?

—Por supuesto —mintió Emma con una dulce sonrisa—. ¿No te avisó de que vendríamos? Bueno, Johnno es así. Solo nos quedaremos un par de días. —Echó a andar hacia los ascensores mientras hablaba. Si Carl no las acompañaba hasta arriba, jamás descubriría el engaño—. Iré a la universidad aquí, en Nueva York.

—Me habían dicho que estudiaría en una elegante universidad de Londres.

—He cambiado de idea. —Emma le guiñó el ojo—. Sabes que mi corazón está en Nueva York.

Marianne alzó la vista al techo cuando las puertas del ascensor por fin se cerraron.

—Lo has hecho muy bien, McAvoy.

—Casi todo lo que he dicho es verdad. —Emma se echó a reír y luego suspiró, nerviosa—. Cumplí dieciocho años hace dos meses. Ya es hora de que sea una mujer independiente.

—Yo los cumplí hace siete meses y mi padre tuvo un ataque de nervios cuando me trasladaron a la Universidad de Nueva York. Bien, ya está hecho. Mañana comenzaremos a buscar un apartamento. Viviremos como habíamos planeado.

—Claro que sí. Bien, ya hemos superado el primer obstáculo. —Salieron del ascensor y caminaron por el ancho y silencioso pasillo hasta llegar a la puerta de Johnno—. Déjame hablar a mí —advirtió Emma. Suspiró al ver la mirada santurrona de Marianne—. La última vez que hablaste, terminamos lustrando reclinatorios tres sábados seguidos.

—Soy una artista, no abogada —murmuró Marianne. Cuando se abrió la puerta, lució su mejor sonrisa.

—¡Johnno! —Emma se arrojó a sus brazos—. Quería darte una sorpresa —anunció antes de besarlo.

—Un momento —murmuró él.

Estaba a medio vestir, con el cerebro un poco embotado por el sueño y la copa de vino que siempre bebía después de cenar. Puso las manos sobre los hombros de Emma y se quedó mirándola. Era una chica alta. En los últimos dieciocho meses había crecido como un sauce: delgada, graciosa, con un toque de elegancia. Su cabello rubio claro le caía tupido y recto sobre los hombros. Vestía unos tejados desteñidos y una camisa ajustada que le marcaba las costillas. Unos enormes aros de oro le colgaban de las orejas.

—Por el amor de Dios, pareces una modelo. —Miró a Marianne—. Y aquí está mi pelirroja favorita. ¿Qué te has hecho en el cabello? —preguntó pasándole la mano por el audaz corte punk.

—Es lo que se lleva ahora —explicó ella, y adelantó la mejilla para recibir un beso—. ¿Te hemos despertado?

—Sí. Supongo que debo invitaros a entrar antes de preguntaros qué diablos hacéis aquí. —Miró hacia abajo—. Con las maletas.

—Ay, Johnno, es maravilloso estar en Nueva York. Apenas subí al taxi en el aeropuerto me sentí como en casa. —Dejó la maleta en el suelo y recorrió la habitación. Se sentó en el sofá, pasó la mano por los cojines color crema... y volvió a levantarse—. ¿Cómo estás?

—Para el carro. —La conocía lo bastante bien para saber que toda aquella energía inquieta era fruto de los nervios—. Yo haré las preguntas esta noche. ¿Queréis beber algo?

—Sí, por favor.

Johnno fue hacia un bar circular de vidrio y sacó dos refrescos.

—¿Acaso existe un día festivo en la universidad que yo desconozca?

—El día de la Liberación. A Marianne y a mí nos han trasladado a la Universidad de Nueva York.

—¿No me digas? —Johnno enarcó una ceja y sirvió dos

vasos de Pepsi Diet—. Qué raro que Brian no me haya dicho nada.

—No se ha enterado. —Emma cogió ambos vasos y pasó uno a Marianne con una mirada de advertencia—. Antes de que digas nada, quiero que escuches lo que tenemos que decir.

Johnno le dio un suave tirón en la oreja.

—¿Cómo te has escabullido de Sweeney y el otro?

—Con una peluca cobriza, unas gafas con montura de carey y una súbita cojera.

—Muy inteligente. —Johnno bebió un trago del vaso de Emma. No se sentía del todo cómodo en su papel de tío confidente—. ¿Tienes idea de lo preocupado que estará Brian cuando sepa que has desaparecido?

El remordimiento se reflejó en los ojos de Emma, que inmediatamente volvieron a endurecerse, decididos.

—Pienso llamarlo para explicarle todo, pero ya he tomado una decisión, Johnno. Y nada de lo que digáis tú, él o cualquier otro me hará cambiar de parecer.

—Todavía no he intentado hacerte cambiar de parecer. —Johnno miró a Marianne y frunció el ceño—. Tu silencio me resulta aterrador.

—Me han pedido que no hable. Ya he pasado por esto con mis padres —agregó rápidamente—. No digo que les haya gustado, pero llegamos a un acuerdo. Emma y yo ya tenemos dieciocho años. Sabemos lo que queremos.

Johnno se sintió repentina y espantosamente viejo.

—¿Y el hecho de tener dieciocho años implica que podéis hacer lo que se os antoje?

—Ya no somos unas niñas —empezó a decir Marianne, pero Emma le tapó la boca con la mano.

—Siéntate, Marianne, y cierra el pico. —Emma recuperó su vaso—. Sé muy bien cuánto le debo a mi padre... y a ti. Desde que tengo tres años he hecho todo lo que se esperaba de mí. No solo por gratitud, Johnno, tú lo sabes mejor que nadie, sino porque le quiero más que a nada en el mundo. Pero no puedo seguir siendo una niña para él y fingir que vivo feliz en la pequeña caja de seguridad donde ha decidido guardarme.

Tú quisiste algo en la vida y mi padre también. Los dos salisteis a buscarlo. Pues yo también quiero algo. —Fue a buscar su maleta, la abrió y sacó una carpeta. Los nervios habían desaparecido. La energía, no—. Aquí están mis fotos. Intentaré ganarme la vida con ellas. E iré a la universidad para aprender más. Compartiré un apartamento con Marianne. Haré amigos, saldré a bailar y pasearé por el parque. Para variar un poco, formaré parte del mundo en vez de quedarme a un lado mirando. Compréndeme, por favor.

—¿Has sido muy infeliz?

Emma esbozó una débil sonrisa.

—No puedo decir cuánto.

—Tal vez deberías hacerlo.

—Lo intenté. —Emma dio la espalda a Johnno un momento—. No me comprendió. No pudo. Yo solamente quería estar con él, contigo. Como no era posible, intenté ser lo que él quería que fuese. Esa noche en Martinica... —Hizo una pausa para elegir cuidadosamente las palabras. Ni siquiera Marianne sabía lo que había visto—. Las cosas cambiaron para mí... y para papá. Terminé lo que había comenzado, Johnno. Le debía eso... y mucho más. Pero esto es por mí.

—Hablaré con él.

—Gracias.

—No me las des todavía. Es capaz de cruzar el Atlántico de un brinco para venir a cortarme la cabeza. —Abrió la carpeta con displicencia—. Siempre has sido inteligente —murmuró—. Las dos lo sois. —Señaló con la cabeza un boceto de Devastation que colgaba de la pared—. Te dije que iba a enmarcarlo.

Marianne se levantó de un salto con un chillido de placer. Lo había dibujado la noche de la fiesta de graduación. La casa que Brian alquiló para la ocasión estaba atestada de gente. Marianne, que no era nada tímida, había ordenado a los cuatro que posaran para ella.

—No creí que hablaras en serio. Gracias.

—Supongo que piensas ganarte la vida dibujando mientras Emma saca fotos.

—Así es. Será un poco difícil vivir como un par de artistas

muertas de hambre con la herencia que me dejó mi abuela, pero vamos a intentarlo.

—Hablando de hambre, ¿habéis comido?

—Yo comí un perrito caliente en el aeropuerto mientras esperaba que aterrizara el avión de Emma. —Marianne sonrió—. Pero creo que no fue suficiente.

—Entonces deberíamos comer algo antes de llamar a Brian —dijo Johnno—. Podría ser nuestra última cena.

—Eh, Johnno. ¿Qué ocurre? ¿No podías dormir? —Las chicas volvieron la cabeza al oír otra voz masculina. Vieron bajar por la escalera de caracol a un hombre muy atractivo que solo llevaba puestos los calzoncillos—. No sabía dónde te habías metido. Ah... —Se detuvo en seco, se pasó una mano por el despeinado cabello oscuro y sonrió—. Hola. No sabía que teníamos visita.

—Luke Caruthers, Emma McAvoy y Marianne Carter. —Johnno metió las manos en los bolsillos de su pantalón de gimnasia—. Luke escribe para la revista *New York*. —Titubeó un poco, luego se encogió de hombros—. Vive aquí.

—Ah. —Fue lo único que se le ocurrió decir a Emma. Sabía reconocer la intimidad sexual por haberla visto, y envidiado, más de una vez—. Hola.

—Así que tú eres Emma. He oído hablar mucho de ti. —Luke le tendió la mano con una sonrisa—. No sé por qué, pero esperaba que fueras una niña.

—Ya no lo soy —murmuró ella.

—Y tú eres la artista —prosiguió Luke dedicando a Marianne su sonrisa más deslumbrante—. Y muy buena.

—Gracias. —Marianne inclinó la cabeza hacia un lado y sonrió. Esperaba parecer una mujer sofisticada.

—Acababa de ofrecerles algo de comer a estas damas. Han hecho un largo viaje.

—No me vendría mal un bocadillo de medianoche. Si me lo permitís, seré yo quien lo prepare. Johnno es un pésimo cocinero.

Marianne se puso en pie, entre fascinada y sorprendida, como buena chica de clase media que era.

—Yo... eh... te echaré una mano. —Corrió hacia la cocina detrás de Luke y miró de soslayo a Emma al pasar.

—Veo que hemos llegado en mal momento —empezó a decir Emma—. No sabía que tenías un... compañero. —Con un hondo suspiro, se sentó en el reposabrazos de un sillón—. No tenía ni idea, Johnno.

—Es el secreto mejor guardado del rock and roll —dijo él con ligereza, pero tenía los puños fuertemente apretados en los bolsillos—. ¿Prefieres que inventemos una excusa y reservemos una habitación en el Waldorf?

Emma bajó la vista y sintió que le ardían las mejillas.

—No, por supuesto que no. ¿Papá sabe que...? Claro que lo sabe —añadió rápidamente—. Qué pregunta más estúpida. No sé qué decir. Él, ah... Luke es muy atractivo.

Una chispa de picardía iluminó los ojos de Johnno.

—Sí, yo pienso exactamente lo mismo.

Emma enrojeció todavía más, pero hizo un esfuerzo y volvió a mirarlo.

—Te estás burlando de mí.

—No, cariño. —La voz de Johnno era suave—. Jamás me burlaría de ti.

Emma lo observó con atención, intentando ver algo diferente en él, si podía encontrar algo raro o malo en aquella cara que conocía tan bien. No encontró nada. Era el mismo Johnno de siempre. Apretó los labios.

—Bueno, supongo que tendré que cambiar de planes.

Johnno acusó el golpe, mucho más duro y certero que los puñetazos de los otros chicos en su niñez.

—Lo lamento, Emma.

—No tanto como yo —repuso ella—. Tendré que olvidar mi fantasía de seducirte. —Por primera vez en su vida vio a Johnno palidecer.

—¿Cómo dices?

—Bien, siempre pensé que cuando creciera, cuando me vieras como mujer... —Se levantó, abrió los brazos y los dejó caer a los costados—. Pensaba que vendría a visitarte, prepararía una cena a la luz de las velas, pondría música y te seduciría. —Tiró de una cadena que llevaba bajo la blusa. De ella colgaba un pequeño anillo de plástico con una piedra de color rojo chillón—. Siempre pensé que serías el primero.

Johnno, que se había quedado sin habla, observó el anillo y luego la miró a los ojos. Había amor en ellos, la clase de amor que dura toda la vida. Y también comprensión sin reproches. Dio un paso y la tomó de las manos. Cuando por fin recuperó el habla, murmuró con un hilo de voz:

—Pocas veces he lamentado ser homosexual. —Inclinó la cabeza y le rozó las manos con los labios—. Y esta es una de esas pocas veces.

—Te quiero, Johnno.

Él la estrechó contra su cuerpo.

—Te quiero, Emma. Dios sabrá por qué, dado que eres más fea que el demonio. —Ella lanzó una carcajada y Johnno le dio un beso—. Vamos, Luke no solo es una delicia para los ojos, también es un cocinero excepcional.

Emma despertó temprano y fue directamente a la cocina, guiada por el aroma del café y el sonido, muy leve, del televisor. No sentía los efectos del *jet lag*. Más bien estaba inquieta y desorientada por haber despertado en una cama desconocida después de haber dormido pocas horas. Fue raro ver a Luke, que untaba de mantequilla una tostada frente a la pantalla del televisor mientras David Hartman entrevistaba a Harrison Ford, desde el umbral de la puerta.

La noche anterior casi había logrado relajarse en su presencia mientras disfrutaban de una sopa y unos bocadillos calientes en la cocina.

Luke tenía buenos modales, era ingenioso, inteligente y muy atractivo. Y homosexual. Igual que Johnno, recordó Emma. Y trató de sonreír.

—Buenos días.

Luke se dio la vuelta. Se veía distinto esa mañana, con el cabello peinado y la barba afeitada. Llevaba unos pantalones grises con raya y una camisa azul impecable a juego con una corbata estrecha de tono más oscuro. Parecía un tipo avispado y muy profesional. Un joven ejecutivo ambicioso, pensó Emma. Exactamente lo opuesto a Johnno.

—Hola. Pensaba que no asomarías la cabeza hasta el mediodía. ¿Quieres café?

—Gracias. No podía dormir. Esta tarde Marianne y yo saldremos a ver apartamentos. Y supongo que me preocupa saber cómo reaccionó mi padre cuando Johnno lo llamó.

—Johnno es muy persuasivo. —Luke le sirvió una taza de café—. ¿Qué te parece si te mimo un poco? ¿Quieres una tostada?

—No. —Emma se llevó la mano al estómago—. ¿Sabes qué ocurrió?

—Discutieron, muchísimo. —Luke miró su reloj y se sentó junto a Emma—. Johnno le dijo de todo, insultos incluidos; pero no creo que le guste que yo te los repita.

Emma dejó caer la cabeza entre las manos.

—Fabuloso.

—También prometió vigilarte, y creo que hizo un juramento de sangre.

—Bendito sea.

—Finalmente, después de mucho hablar, Brian aceptó que fueras a la universidad aquí, pero... —agregó rápidamente, justo cuando Emma estaba a punto de brincar de alegría y ponerse a bailar— tendrás que conservar a tus guardaespaldas.

—Maldita sea. No pienso tolerar que esos dos asquerosos vigilen todos mis movimientos. Sería como estar de vuelta en Saint Catherine's. ¿Cuándo comprenderá que no hay un secuestrador escondido detrás de cada arbusto? La gente ni siquiera sabe quién soy. Y además no les importa.

—A él le importa. —Luke apoyó una mano sobre la suya para tranquilizarla—. Emma, a veces tenemos que aceptar las cosas como son. Te lo digo por experiencia.

—Yo solo quiero llevar una vida normal —dijo ella.

—La mayoría de nosotros queremos lo mismo. —Luke volvió a sonreír cuando Emma levantó la cabeza, ruborizada—.

Mira, los dos queremos a Johnno. Supongo que eso nos convierte en amigos, ¿verdad?

—Por supuesto.

—Entonces... este es mi primer consejo de amigo. Debes ver las cosas de otro modo. Quieres estar en Nueva York, ¿verdad?

—Sí.

—Quieres estudiar en la Universidad de Nueva York.

—Sí.

—Quieres tener tu propia casa.

—Sí. —Emma lanzó un suspiro de frustración.

—Pues bien, ya tienes todo lo que quieres.

—Tienes razón —dijo ella después de pensarlo un momento—. Tienes toda la razón. Y puedo escabullirme de los guardaespaldas cada vez que se me antoje.

—Haré como si no hubiera oído esto último. —Luke volvió a mirar su reloj—. Escucha, tengo que irme. Dile a Johnno que traeré comida china. —Tomó su maletín, pero se detuvo en seco—. Me olvidaba. ¿Son tuyas? —Señaló la carpeta abierta sobre el mostrador de la cocina.

—Sí.

—Muy buenas. ¿Te importa si me las llevo y las hago circular un poco?

—No tienes por qué hacerlo. El hecho de que sea amiga de Johnno no significa que debas sentirte obligado a...

—Un momento. Las encontré por casualidad en la otra habitación. Las miré y me gustó lo que vi. Johnno no me ha pedido que estimule tu ego. Jamás haría una cosa así.

Emma se frotó las palmas de las manos contra los muslos.

—¿De verdad te gustan?

—Sí. Conozco gente. Podría conseguirte algunos contactos, si estás interesada.

—Me encantaría, por supuesto. Sé que tengo mucho que aprender, por eso estoy aquí. He participado en algunas exposiciones y concursos, pero... —Se interrumpió, consciente de que estaba tartamudeando—. Gracias. Me encantaría.

—De nada. Hasta luego. —Luke se metió la carpeta bajo el brazo y salió de la cocina.

Emma se quedó sola, sentada. Respiró hondo. Estaba haciendo lo que quería, pensó. Por fin estaba haciendo lo que quería.

19

—Es nuestro.

Abrazadas como dos colegialas, Emma y Marianne miraban la ciudad por la ventana del ático que acababan de comprar en el SoHo. La voz de Emma sonó perpleja y exultante al decirlo.

—Todavía no lo puedo creer —murmuró Marianne.

—Pues créelo de una vez. Es nuestro. Techos altísimos, cañerías podridas y una hipoteca imposible de pagar. —Con una risotada, Emma dio tres vueltas sobre sí misma—. Somos propietarias, Marianne. Tú, yo y el banco Chase Manhattan.

—Lo hemos comprado. —Marianne se sentó en el gastado suelo de tablas blancas. El ruido y los bocinazos del tráfico, tres pisos más abajo, resonaban en el espacio vacío. Dos coches chocaron en la calle y, aunque tenían las ventanas cerradas, oyeron los gritos y los insultos. Aquello era música para sus oídos.

El ático era un inmenso espacio cuadrado, con grandes ventanales en el frente y una alta cristalera a la derecha.

Una excelente inversión, había admitido de mala gana el padre de Marianne.

Una verdadera locura, fue el veredicto de Johnno.

Inversión o locura, era de ellas. Cada una por su lado, y todavía vestidas con los elegantes trajes que habían elegido para firmar el contrato de compra, comenzaron a recorrer su nuevo hogar, fruto de largas semanas de búsqueda, interminables llamadas a los agentes inmobiliarios y numerosas entrevistas con los bancos. Para otros podía ser un enorme espacio vacío con los techos manchados y los vidrios sucios de hollín, pero para ellas era la realización de un sueño que habían compartido desde la infancia.

Sus miradas se encontraron de pronto; reflejaban el mismo terror, el mismo vértigo. Pero la risa rompió el hielo. Emma lanzó la primera carcajada, que retumbó en las altas paredes enlucidas. Tomándose de las manos, bailaron una polca improvisada de una punta a otra de su nueva casa.

—Es nuestro —jadeó Emma cuando interrumpieron la danza, completamente exhaustas.

—Nuestro. —Se estrecharon las manos formalmente y volvieron a reír.

—De acuerdo, copropietaria —dijo Marianne—. Debemos tomar algunas decisiones.

Se sentaron en el suelo con los bocetos de Marianne, un par de Pepsis calientes y un cenicero repleto de colillas. Tendrían que levantar una pared allí y construir una escalera allá. El estudio estaría arriba; el cuarto oscuro, abajo.

Arreglaron, desarreglaron, construyeron, destruyeron. Después de mucho trajinar Marianne dio una calada a su cigarrillo y señaló el último boceto.

—Eso es. Perfecto.

—Es magnífico. —Emma le quitó el cigarrillo y se premió con una larga calada—. Eres un genio.

—Sí, lo soy. —Marianne sacudió su cabellera erizada y se recostó de espaldas, apoyándose en los codos—. Tú me has ayudado.

—Es cierto. Las dos somos genios. Un lugar para cada cosa y cada cosa en su lugar. No puedo esperar... ay, mierda.

—¿Mierda? ¿Por qué dices eso?

—No tenemos cuarto de baño. Nos hemos olvidado del baño.

Marianne reflexionó un momento y se encogió de hombros.

—Al diablo con el baño. Nos lo haremos encima.

Sin decir nada, Emma le puso una mano sobre la cara y la empujó.

Subida a una escalera de mano, Marianne estaba pintando un retrato tamaño natural de ambas entre dos ventanas. Emma, que se había hecho cargo de la más pedestre tarea de ir al mercado, colocaba los víveres en una Frigidaire reciclada.

—Ha sonado el interfono —gritó Marianne para hacerse oír por encima del ruido de la radio.

—Ya lo sé. —Emma sostenía en los brazos dos racimos de uvas, un paquete de seis latas de Pepsi y un frasco de mermelada de fresa. Cuando el interfono volvió a sonar, dejó todas las cosas sobre un estante. Levantó el auricular que estaba al lado del ascensor, cuya puerta daba al comedor—. ¿Quién es?

—¿McAvoy y Carter?

—Sí.

—Tenemos una entrega de Beds, Beds, Beds.

Emma apretó un botón para abrir la puerta de abajo y lanzó un grito.

—¿Qué ocurre? —preguntó Marianne alejándose un poco de su reciente obra para observarla con el ceño fruncido.

—¡Camas! —exclamó Emma—. Tenemos camas.

—No bromees con esas cosas, Emma. Mucho menos cuando estoy trabajando. Ten cuidado... o te pintaré una verruga en el mentón.

—No estoy bromeando. En este mismo instante están subiendo las camas.

Marianne la miró, pincel chorreante en mano.

—¿Camas de verdad?

—Colchones, Marianne. —Emma apoyó una mano en la escalera—. Somieres.

—Santo Dios. —Marianne cerró los ojos y fingió un espectacular espasmo—. Creo que he tenido un orgasmo —gimió.

Emma cruzó el ático como una saeta al oír la campanilla del ascensor. Cuando las puertas se abrieron, solo vio un colchón de matrimonio envuelto en plástico.

—¿Dónde lo pongo? —preguntó el repartidor con voz ahogada.

—Ah. Por favor, súbalo por aquella escalera y colóquelo en el rincón del fondo. —El hombre, cuya gorra tenía bordado el nombre «Buddy», puso los ojos en blanco para manifestar su descontento, se acomodó el colchón sobre la cabeza y se encaminó hacia la escalera.

—Solo podemos subir uno en el ascensor —dijo al pasar—. Mi compañero está esperando abajo.

—Ah. De acuerdo. —Emma abrió nuevamente la puerta de abajo—. Camas de verdad —dijo a Marianne, que acababa de bajar de la escalera.

—Por favor, no hagas demostraciones de afecto delante de desconocidos —bromeó—. Maldición, está sonando el teléfono. Yo lo atiendo.

Volvió a sonar la campanilla del ascensor. Emma indicó al segundo hombre —Riko, si su gorra no mentía— dónde colocar el colchón y sonrió a Buddy, que ya iba a buscar los somieres. Cuando las puertas del ascensor volvieron a abrirse, miró con curiosidad el enorme somier que ocupaba todo el espacio.

—Uno sube y el otro baja. ¿Os apetece una bebida fría?

—Sí. —Brian asomó la cabeza detrás del somier.

—¡Papá!

—Señor McAvoy —gritó Marianne para hacerse oír por encima del ruido de la radio. Se detuvo a mitad de camino y se limpió las manos manchadas de pintura en el mono—. Hola.

—¿Les importaría quitarse del medio? —se quejó Buddy, y comenzó a maniobrar para llevar los somieres a sus respectivos sitios.

—Papá —musitó Emma—. No sabíamos que estabas aquí.

—Por supuesto que no. Santo Dios, Emma, cualquiera podría subir por ese ascensor. ¿Siempre dejáis la puerta de abajo abierta?

—Nos están entregando algo que compramos. Camas, para más datos. —Señaló a Riko, que luchaba bajo el peso de su carga. Emma sonrió complacida y besó a su padre—. Creía que estabas en Londres.

—Estaba. Pero decidí que ya era hora de ver dónde vivía mi hija. —Entró en el ático y lo recorrió con una larga y ceñuda mirada. El suelo estaba cubierto de trapos y telas. Sobre la caja de embalaje de la cocina, que hacía las veces de mesa y banco, había diarios viejos, una lámpara, un vaso semivacío y una lata de pintura. Desde el alféizar de la ventana, la radio los bombardeaba con los cuarenta principales, según el programa de Casey Kasem. El resto del mobiliario lo componían la escalera de mano, una mesa de juego y una solitaria silla plegable.

—Joder —fue lo único que se le ocurrió decir.

—Estamos en plena construcción —explicó Emma con forzada alegría—. Aunque no lo parece, pronto habremos terminado. Los carpinteros deben hacer algunos retoques y el lunes próximo acabarán de colocar los azulejos en el baño.

—Parece un almacén.

—A decir verdad, era una fábrica —indicó Marianne—. Hemos dividido los ambientes con paredes de vidrio. Fue idea de Emma. Una idea genial, ¿no le parece? —Señaló la pared de bloques de vidrio, alta hasta la cintura, que separaba el comedor de la cocina—. Y hemos conseguido electrodomésticos antiguos —prosiguió entusiasmada. Tomándolo del brazo, lo llevó a recorrer la casa.

»El dormitorio de Emma estará aquí. La pared de vidrio otorga intimidad y al mismo tiempo deja pasar la luz. Mi habitación estará arriba, una especie de estudio y dormitorio. Ya hemos montado el cuarto oscuro de Emma un poco más allá... y el lunes que viene el cuarto de baño no solo funcionará sino que será muy bonito.

Brian odiaba las evidentes posibilidades de aquel espacio. Las odiaba porque hacían que Emma dejara de ser su hijita para convertirse en una mujer, en una desconocida.

—¿Habéis decidido vivir sin muebles?

—Queríamos esperar a tener todo terminado. —Emma notó su voz seca y cortante, pero no podía evitarlo—. No tenemos prisa.

—¿Puede firmar aquí? —Buddy le deslizó una factura de entrega bajo la nariz—. Pusimos todo en su lugar. —Se sonó la

nariz con un trapo rojo y miró a Brian—. Eh. Eh, usted no es...
Claro que sí. Que me lleven todos los demonios. McAvoy.
Eres Brian McAvoy. Eh, Riko, aquí está Brian McAvoy. El de
Devastation.

—¿Me estás tomando el pelo?

Automáticamente los labios de Brian esbozaron una sonrisa radiante.

—Encantado de conoceros.

—Esto es genial, sencillamente genial —prosiguió Buddy—.
Mi esposa no va a creerlo. Nuestra primera cita fue en el concierto que diste aquí en el setenta y cinco. ¿Podrías firmarme
un autógrafo?

—Por supuesto.

—Ostras, no se lo va a creer. —Mientras Buddy buscaba un
pedazo de papel en los bolsillos, Emma trajo un cuaderno y
se lo dio a su padre.

—¿Cómo se llama tu esposa? —preguntó Brian a Buddy.

—Doreen. Tío, se caerá muerta cuando se entere.

—Espero que no. —Sin dejar de sonreír, Brian le entregó el
autógrafo.

Al cabo de diez minutos, y después de que Brian firmara
un autógrafo para Riko, por fin se fueron. Siguiendo su ejemplo, Marianne desapareció por la escalera de caracol de hierro
forjado.

—¿Tienes una cerveza? —preguntó Brian.

—No. Solo refrescos.

Súbitamente inquieto, Brian enderezó los hombros y caminó hacia los ventanales. Emma estaba demasiado expuesta
en esa casa. ¿Acaso no se daba cuenta? Las enormes ventanas,
la ciudad. El hecho de que él hubiera comprado el primer piso
del edificio e instalado allí a Sweeny y otro tipo no tenía la menor importancia ahora que podía evaluar la situación. Emma
era vulnerable. Cada vez que salía a la calle.

—Esperaba que eligieras algo en el sector más caro de la
ciudad, un edificio más seguro.

—¿Como el Dakota? —replicó ella. Y se maldijo al instante—. Lo lamento, papá. Sé que Lennon era amigo tuyo.

—Sí, lo era. —Brian le dio la espalda—. Lo que le ocurrió podría ayudarte a comprender lo que siento. Le dispararon en la calle... no para robarle, no por pasión. Solo por ser quien era, por ser lo que era. Eres mi hija, Emma. Eso te hace muy vulnerable.

—¿Y qué me dices de ti? —contraatacó ella—. Te expones cada vez que sales al escenario. Bastaría que hubiera un loco entre los miles de personas que han pagado la entrada. ¿Nunca se te ha ocurrido pensar que me muero de miedo de solo pensarlo?

Brian negó con la cabeza.

—No. Jamás pensé que una idea semejante te pasaría por la cabeza. Nunca habías dicho nada.

—¿Las cosas habrían cambiado si hubiera dicho algo?

Brian se sentó en el alféizar de la ventana, permaneció en silencio un momento y sacó un cigarrillo.

—No. Uno no puede dejar de ser quien es, Emma, por mucho que lo desee. Pero ya perdí un hijo. —Encendió un fósforo y lo observó arder—. No podría sobrevivir si perdiera otro.

—No quiero que hables de Darren. —El antiguo dolor volvió a inundarla. Su voz adquirió un tono apagado y sombrío.

—Estamos hablando de ti.

—Hablemos de mí, entonces. No puedo seguir viviendo para ti. De lo contrario, acabaré odiándote. Te complací estudiando en Saint Catherine's, papá, y pasé un año en una universidad que detestaba. Tengo que empezar a vivir mi propia vida. Por eso estoy aquí.

Brian dio una profunda calada. Necesitaba un trago.

—Casi preferiría que me odiaras, entonces. Tú eres todo lo que tengo.

—No es verdad. —Se acercó a él. El amor ahogó todos los resentimientos y las desilusiones—. Nunca he sido todo para ti y jamás lo seré.

Lo tomó de las manos y se sentó a su lado. Era un hombre atractivo, incluso a los ojos de su hija. Ni los años, ni los sufrimientos, ni la vida misma habían dejado su huella en él. Por lo menos no en su aspecto. Tal vez estaba demasiado flaco, pero el tiempo no había arrugado su rostro ni encanecido su claro cabello rubio. ¿Cuál era la magia que la había hecho crecer sin que su padre envejeciera? Con las manos de Brian todavía entre las suyas escogió cuidadosamente las palabras.

—El problema es que durante la mayor parte de mi vida tú fuiste todo lo que tenía —murmuró Emma apretándole los dedos—. Y casi todo lo que necesitaba. Ahora necesito otras cosas, papá. Lo único que pido es la oportunidad de encontrarlas.

—¿Aquí? —Brian echó un rápido vistazo al ático.

—Para empezar, sí. Aquí.

Era imposible argumentar contra algo que él conocía tan bien por experiencia propia.

—Permíteme instalar un sistema de seguridad.

—Papá...

—Emma —la interrumpió acariciándole la mano—, quiero dormir tranquilo.

Ella lanzó una carcajada y se relajó un poco.

—Está bien. Lo consideraré un regalo de bienvenida a mi nuevo hogar. —Lo besó en la frente—. ¿Quieres quedarte a cenar?

Brian miró alrededor una vez más. Le recordaba su primera casa, aunque tenía menos de la mitad de superficie. Sin embargo le traía recuerdos. Amontonar muebles viejos y pintar las paredes a brochazos para tapar las manchas de humedad. Hacer el amor con Bev en el suelo.

—No. —De pronto no quería estar allí; no quería sentir la juventud, la esperanza, la inocencia—. ¿Qué te parece si os invito a cenar afuera?

Marianne se asomó peligrosamente por la baranda de la escalera.

—¿Adónde?

Brian levantó la vista y le sonrió.

—A donde vosotras queráis.

Tras aceptar resignado la decisión de Emma, Brian desempeñó con eficacia el papel de padre indulgente. Le compró una litografía de Andy Warhol, una exquisita lámpara de Tiffany con los signos del zodíaco y una alfombra Aubusson en distintas gamas de azul pizarra y rosa. Durante toda la semana que pasó en la ciudad, cada día se presentaba con un nuevo obsequio. Emma no podía impedirlo. Además, viendo cuánto le complacía hacerlo, enseguida dejó de intentarlo.

Las chicas ofrecieron su primera fiesta la última noche que Brian pasó en Nueva York. Colocaron las cajas de embalar sobre la valiosa alfombra. La lámpara Tiffany embelleció la mesita de juego. Sirvieron los tentempiés en los frágiles platitos Limoges que les había enviado la madre de Marianne y en toscos recipientes de plástico. Gracias a Johnno, la radio fue reemplazada por un equipo estereofónico que hacía temblar las paredes.

Los invitados fueron un grupo de estudiantes universitarios mezclados con músicos y estrellas de Broadway. Los atuendos iban de los tejanos a la seda y las lentejuelas. Se oían conversaciones y risas ahogadas por la música que retumbaba en los ventanales.

Emma sintió nostalgia de las fiestas de su niñez. La gente sentada en el suelo, en cojines. Personas atractivas e inteligentes hablando de arte, de política. Como de costumbre, ella bebía agua mineral y observaba.

—Es una *soirée* muy interesante —dictaminó Johnno pasándole un brazo por encima de los hombros—. ¿Te ha sobrado alguna cerveza, por casualidad?

—Vamos a ver.

Lo arrastró a la cocina. En el refrigerador solo había una botella de vino barato y parte de un paquete de seis unidades de Beck's. Emma abrió la botella y se la dio.

—Como en los viejos tiempos —dijo.

—Más o menos. —Johnno olió el contenido del vaso de Emma—. Eres una buena chica.

—No soy una gran bebedora.

—No tienes por qué disculparte. Bri se está divirtiendo

mucho —dijo Johnno señalándole con la cabeza. Estaba sentado en el suelo, apoyado contra la pared. Como un juglar, arrancaba dulces acordes a su guitarra acústica.

Cuando Emma lo vio así, concentrado, cantando para el grupo que lo rodeaba, sintió que el amor le salía por los poros.

—Parece que le gusta tocar aquí tanto como en un estadio o en el estudio de grabación.

—Más —se apresuró a decir Johnno antes de beber otro trago de cerveza—. Aunque no creo que lo sepa.

—Creo que empieza a aceptar todo esto. —Emma miró la mezcla de gente que llenaba la casa. Su casa—. Después de todo, ha hecho instalar un sistema de seguridad que haría empalidecer de vergüenza a los guardias de la reina en el palacio de Buckingham.

—¿Te molesta?

—No. En realidad no. Por supuesto que casi nunca recuerdo los números del código. —Bebió un sorbo de agua, feliz de estar en la cocina, alejada del gentío y las risas—. ¿Luke te ha contado que envió mi carpeta a Timothy Runyun?

—Algo me ha dicho. —Johnno ladeó la cabeza—. ¿Ocurre algo?

—No lo sé. Me ha ofrecido un trabajo a media jornada como ayudante.

Johnno le tiró suavemente del cabello, que Emma había recogido en una coqueta cola de caballo.

—Son poquísimos los que comienzan en la cima, Emma.

—No es eso. En absoluto. Runyun es uno de los diez fotógrafos más prestigiosos del país. Empezar como su conserje sería un sueño hecho realidad.

—¿Entonces?

Emma dejó de observar la fiesta y lo miró a los ojos.

—Entonces, ¿por qué me ha ofrecido un empleo a mí, Johnno? ¿Por mis fotos... o por ti y por mi padre?

—Creo que deberías preguntárselo a Runyun.

—Pienso hacerlo. —Dejó el vaso sobre el mostrador de la cocina, pero volvió a levantarlo de inmediato—. Sé que *Ame-*

rican Photographer publicó una de mis fotos por sugerencia de Luke.

—¿No me digas? —murmuró Johnno sin dar demasiada importancia al asunto—. ¿Acaso debo suponer que la foto no merecía semejante honor?

—Era una foto buenísima, pero...

Johnno se apoyó contra el refrigerador y bebió otro trago de cerveza.

—Relájate, Emma. No puedes ir por la vida buscando segundas intenciones detrás de todo lo que te ocurre, ya sea bueno o malo.

—No es que no le esté agradecida a Luke. Ha sido muy bueno conmigo, desde el principio. Pero esto no es como darnos lecciones de cocina a mí y a Marianne.

—Nada podría compararse con eso —dijo Johnno secamente.

—Quiero que ese trabajo con Runyun sea mío. Solo mío. —Sacudió su cola de caballo. Unas finísimas columnas doradas oscilaron en sus orejas—. Tú tienes tu música, Johnno. Yo siento lo mismo por mis fotos.

—¿Eres buena?

Emma levantó el mentón.

—Soy muy buena.

—Entonces no hay nada más que decir. —Dando por zanjado el asunto, Johnno volvió a concentrarse en los invitados—. Vaya reunión.

Emma quería seguir hablando del tema, pero se pasó una mano por el cabello y decidió que lo mejor sería desistir.

—Lamento que P. M. y Stevie no hayan podido venir.

—Quizá la próxima vez. Veo que hay algunas caras viejas entre las nuevas. Habéis desenterrado a Blackpool.

—Papá se cruzó con él ayer mismo. El próximo fin de semana dará un recital en el Madison Square Garden. No queda una sola entrada disponible en toda la ciudad. ¿Irás a escucharlo?

—Ni pienso. —Johnno enarcó una ceja—. No soy precisamente un fan de Blackpool.

—Pero él grabó tres canciones del dúo Donovan-McAvoy.

—Los negocios son negocios —dijo Johnno, dando nuevamente por zanjada la cuestión.

—¿Por qué no te cae bien?

Johnno se encogió de hombros y bebió otro trago.

—Nunca lo he sabido muy bien. Creo que me molesta esa sonrisita arrogante.

Emma se dio la vuelta para buscar otra bolsa de patatas fritas en la alacena.

—Tiene derecho a ser arrogante. Cuatro discos de oro, un par de grammys y una esposa preciosa.

—Una esposa preciosa y loca como una cabra, según me han dicho. Lo que es evidente es que ha decidido hincarle el diente a nuestra pelirroja favorita.

—¿A Marianne? —Emma arrojó a un lado la bolsa de patatas fritas y recorrió el ático con mirada ansiosa. Pocos segundos después localizó a su mejor amiga acurrucada en la oscuridad bajo la ventana. Estaba con Blackpool. Sintió una mezcla de emoción, celos y alarma—. Dame un cigarrillo —murmuró tratando de olvidar lo que sentía.

—Ya es mayorcita, Emma.

—Por supuesto que lo es. —Aspiró el fuerte tabaco francés y entrecerró los ojos—. Y él tiene suficientes años para... —Se interrumpió de golpe, recordando que Johnno tenía cuatro o cinco años más que Blackpool.

—Adelante. —Johnno chasqueó la lengua—. No te muerdas la lengua.

Pero Emma no sonrió.

—Marianne ha vivido demasiado protegida.

—Por supuesto, madre superiora.

—Vete a la mierda, Johnno. —Volvió a coger el vaso, sin quitarle los ojos de encima a Blackpool. El nombre le cuadraba a la perfección, pensó. Blackpool. Laguna negra. Su cabello era oscuro y abundante, y siempre vestía de negro. Chaquetas y pantalones de cuero, mocasines, camisas de seda. Su rostro era hosco, sensual. Se parecía a Heathcliff, tal como Emma siempre lo había imaginado. Por si fuera poco, pensa-

ba que el personaje de *Cumbres borrascosas* era más autodes-
tructivo que heroico. A su lado, Marianne parecía una fina
vela radiante a punto de encenderse.

—Quería decir que ha pasado la mayor parte de su vida en
esa maldita academia.

—Y su cama estaba junto a la tuya —le recordó Johnno.

Pero Emma no tenía ganas de reír.

—De acuerdo, es verdad, pero yo he pasado temporadas
con vosotros. He visto cosas. Marianne solo iba de la escuela al campamento o a la finca de su padre. Sé que parece independiente y segura de sí misma, pero en el fondo es una
ingenua.

—Yo apostaría a favor de nuestra pelirroja favorita. Blackpool es un baboso, querida Emma, pero no es un monstruo.

—Por supuesto que no. —Dijera lo que dijese Johnno, continuaría vigilando a Marianne. Dio otra calada al cigarrillo... y
se quedó helada.

Alguien había puesto otro disco. Los Beatles. *Abbey Road*.
El primer tema de la cara A.

—Emma. —Alarmado, Johnno la aferró por la muñeca. Tenía el pulso desbocado y la piel más fría que el hielo—. ¿Qué
diablos...? Emma, mírame.

«*He say one and one and one is three.*»

—Quita ese disco, por favor.

—¿Qué?

—Que quites el disco. —Sintió arder el aire en sus pulmones.
Se estaba ahogando—. Por favor, Johnno. Apaga el tocadiscos.

—Está bien. No te muevas de aquí.

Johnno se abrió paso entre la multitud. Avanzaba con paso
rápido y decidido para evitar que lo detuvieran.

Emma se aferró al borde de la pared baja hasta que se le
entumecieron los dedos. Ya no veía la fiesta, los atractivos invitados que charlaban y reían, los vasos de plástico llenos
de vino blanco, las botellas de cerveza importada. Solo veía
la oscuridad de un pasillo, oía los chasquidos y el sisear de los
monstruos. Y el llanto de su hermanito.

—Emma. —Oyó la voz de Brian, que acababa de entrar en

la cocina. Johnno estaba a su lado—. ¿Qué ocurre, nena? ¿Te sientes mal?

—No. —Era papi, pensó. Papi haría que se fueran los monstruos y las cosas horribles—. No, es Darren. He oído llorar a Darren.

—Santo Dios. —Brian la agarró de los hombros y comenzó a zarandearla—. Emma, mírame.

—¿Qué? —Levantó la cabeza de golpe. La niebla que le velaba los ojos se convirtió en llanto—. Lo lamento. Lo lamento tanto. Escapé corriendo.

—No pasa nada. —Brian la abrazó. Clavó sus ojos angustiados en los de Johnno, por encima de la cabeza de su hija—. Tenemos que sacarla de aquí.

—Llevémosla a su dormitorio —propuso Johnno, y de inmediato comenzó a abrirles paso entre la gente como si nada ocurriera. Cuando cerró tras ellos las puertas corredizas de vidrio opaco, los ruidos de la fiesta se transformaron en un sordo murmullo.

—Acuéstate un rato, Emma —dijo Brian con voz tranquilizadora mientras la recostaba en la cama—. Me quedaré aquí contigo.

—Estoy bien. —Sus dos mundos habían vuelto a separarse. No sabía si sentir pena o vergüenza—. No sé qué ha provocado esa reacción. Algo hizo clic en mi cabeza y volví a tener seis años. Perdóname, papá.

—Chist. —Brian le besó la sien—. No tiene importancia.

—Ha oído la música —dijo Johnno sentándose junto a ella—. La música te perturbó.

—Sí. —Emma se humedeció los labios resecos—. Sí, ha sido la música. Era la misma que sonaba aquella noche. Cuando me desperté y oí gritar a Darren. Estaba sonando cuando salí al pasillo. Lo había olvidado. Nunca he soportado ese tema, pero no sabía por qué. Esta noche todo me volvió a la mente. Supongo que es por la fiesta.

—¿Qué te parece si empiezo a echar a la gente?

—No. —Emma tomó la mano de Johnno antes de que pudiera levantarse—. No quiero estropear la fiesta. Por Marianne. Ya me siento bien, en serio. Ha sido tan raro. Casi como si volviera a estar allí. Me pregunto si habré llegado a la puerta, si habré visto...

—No. —Brian le aferró las manos con decisión—. Ya ha pasado. Es un capítulo cerrado. Algo que dejamos atrás. No quiero que pienses en eso, Emma.

Estaba demasiado cansada para discutir.

—Creo que descansaré un rato. Nadie me echará de menos.

—Me quedaré contigo —dijo Brian.

—No. Me siento bien. Solo quiero dormir un poco. Faltan pocas semanas para Navidad. Viajaré a Londres, como te prometí. Pasaremos toda una semana juntos.

—Me quedaré contigo hasta que te duermas —insistió Brian.

Cuando despertó de la pesadilla, su padre ya se había ido. Había sido tan vívida, tan espantosamente real. Como lo que había ocurrido doce años atrás. Un sudor frío le cubría la piel. Estiró la mano para encender la lámpara. Necesitaba la luz. Podía haber tantas cosas escondidas en la oscuridad.

Todo estaba en silencio. Eran las cinco de la madrugada. Todo estaba tranquilo y sereno. La fiesta había terminado y estaba sola tras las paredes de vidrio de su habitación. Se levantó de la cama con dificultad, como si fuera una anciana. Quería quitarse la ropa húmeda y ponerse una bata. Abrió la puerta corrediza y encendió otra luz.

La sala era un caos. Percibió distintos olores... cerveza agriada, humo, una mezcla evanescente de perfumes y transpiración humana. Miró la escalera. Marianne estaría durmiendo arriba. No quería despertarla. Y lo haría si se ponía a limpiar, impulsada por su pulcritud innata. Tendría que esperar a la salida del sol por lo menos.

Pero también quería hacer otra cosa. Y quería hacerla enseguida, antes de que la cobardía la disuadiera sobre el impulso. Se sentó junto al teléfono y llamó al servicio de información.

—Hola. Necesito los números de American Airlines, TWA y Pan Am.

20

No pensaba sentirse culpable. A decir verdad, por el momento Emma no quería sentir nada de nada. Sabía que su padre se pondría furioso si llegaba a enterarse de que había volado sola a California, sin sus guardaespaldas. Esperaba de todo corazón que jamás lo descubriera. Con un poco de suerte podría pasar dos días enteros en California, viajar en el último vuelo nocturno del domingo y estar de regreso en Nueva York el lunes para asistir a clase, con Marianne por único testigo de su escapada.

Bendita Marianne, pensó Emma cuando aterrizó el avión. Había desistido de hacer preguntas al darse cuenta de que las respuestas serían dolorosas. En cambio, se había levantado poco después del alba para ayudarla. Disfrazada con una peluca rubia, unas gafas de sol y el impermeable de Emma, había asistido a la misa de maitines en Saint Patrick... acompañada por los guardaespaldas, por supuesto.

La estratagema le había permitido llegar a tiempo al aeropuerto para tomar un avión a la costa Oeste. En lo que a Sweeney y su socio concernía, Emma McAvoy pasaría un fin de semana tranquilo encerrada en su casa. Si Johnno o Brian llamaban por teléfono, Marianne tendría que distraerlos. Pero ¿acaso alguien podía negar que su mejor amiga era una charlatana consumada?

Fuera como fuese, la suerte estaba echada. Bajó del avión. Ya estaba allí y haría exactamente lo que había ido a hacer.

Tenía que volver a ver la casa. La habían vendido muchos

años atrás y no sería fácil convencer a sus nuevos dueños de que la dejaran entrar. Pero tenía que verla.

—Beverly Wilshire —dijo al taxista.

Exhausta, echó la cabeza hacia atrás y cerró los ojos tras las gafas oscuras. Hacía demasiado calor para llevar un abrigo de invierno, pero ni siquiera tenía energía suficiente para quitárselo de los hombros. Necesitaba alquilar un automóvil, pensó con un suspiro de enojo. Tendría que haberlo hecho antes. Meneando la cabeza, se prometió arreglarlo con el conserje en cuanto hubiera desempaquetado las pocas cosas que había metido al tuntún en la maleta.

Allí sí había fantasmas, pensó. A lo largo de Hollywood Boulevard, en Beverly Hills, en las playas de Malibú y en todas las colinas que rodeaban la bahía de Los Ángeles. Fantasmas de ella misma, cuando viajó por primera vez a Estados Unidos en su infancia. De su joven y heroico padre llevándola sobre los hombros en Disneylandia. De Bev, sonriente, con una mano protectora sobre el bebé que llevaba en el vientre. Y de Darren. El fantasma de Darren, que reía y conducía su tractor imaginario sobre la alfombra turquesa.

—¿Señorita?

Emma parpadeó y miró al portero uniformado que pretendía ayudarla a bajar del taxi.

—¿Piensa alojarse en nuestro hotel?

—Sí, gracias. —Mecánicamente pagó al taxista y atravesó el vestíbulo hasta el mostrador de la recepción. Recibió la llave de su habitación y trató de olvidar que era la primera vez que estaba sola en algún sitio.

Ya en el dormitorio, abrió el elegante bolso de mano Gucci y, como de costumbre, dobló cuidadosamente su ropa interior, colgó los vestidos y colocó los artículos de tocador. Después levantó el teléfono.

—Soy la señorita McAvoy, de la habitación trescientos doce. Necesito alquilar un coche. Por dos días. Sí, lo antes posible. Me parece bien. Bajaré enseguida.

Pero aún tenía que hacer algo más, algo que le daba miedo. Abrió el listín telefónico y buscó la letra K. Kesselring, L.

Anotó la dirección en la mano, por lo demás pulcra e impecable. Continuaba viviendo en el mismo lugar.

—¿Piensas seguir comiendo toda la mañana, Michael, o vas a ponerte de una vez a cortar el césped del jardín?

Michael sonrió burlonamente a su padre y engulló otra tortita.

—El jardín es muy grande. Y yo tengo que recuperar fuerzas. ¿No es cierto, mamá?

—El chico no ha comido bien desde que se fue de casa. —Contenta de tener a sus dos hombres sentados a la mesa, Marge volvió a llenar las tazas de café—. Eres piel y huesos, Michael. Te he guardado la mejor parte de un jamón delicioso que he preparado esta semana. Quiero que te lo lleves a casa.

—No pienso darle mi jamón a este mal perdedor —objetó Lou.

Michael enarcó una ceja y untó las tortitas que quedaban de Aunt Jemima.

—¿A quién llamas mal perdedor?

—Tú perdiste la apuesta, pero no veo que nadie haya cortado el césped de mi jardín.

—Pienso hacerlo —gruñó Michael sirviéndose otra salchicha—. No obstante, insisto en que el partido estaba amañado.

—Ganaron los Orioles, con toda claridad y justicia. Y ganaron hace más de un mes. Es hora de que pagues tu deuda de juego.

Michael agitó la salchicha en el aire. Desde que había comenzado el campeonato mundial tenían la misma conversación todos los fines de semana... y evidentemente la seguirían teniendo hasta el día en que por fin pagara su apuesta.

—Como capitán de la policía, deberías saber que las apuestas son ilegales.

—Como novato asignado a mi distrito, deberías apelar a tu sentido común y no hacer apuestas estúpidas. El cortacésped está en el cobertizo.

—Sé muy bien dónde está. —Michael se levantó de la mesa y abrazó a su madre—. ¿Cómo puedes vivir con este tipo?

—No es nada fácil. —Marge sonrió dándole una palmadita en la mejilla—. Ten cuidado cuando quites la maleza que rodea los rosales, querido.

Marge observó cómo se alejaba tras cerrar de golpe la puerta mosquitera. Por un instante deseó que volviera a tener diez años. Pero la sensación pasó rápido dejando una silenciosa estela de orgullo.

—Hemos hecho un buen trabajo, Lou.

—Sí. —Lou llevó su plato y el de Michael al fregadero. Estaba envejeciendo bien, solo había engordado tres kilos en los últimos veinte años. Tenía el cabello completamente cano, pero al menos lo conservaba. Aunque de tanto en tanto recordaba —no sin cierto desasosiego— que se acercaba a los sesenta, se sentía mejor que nunca en su vida. Gracias a que su esposa vigilaba con diligencia cosas tales como el colesterol y el azúcar, pensó Lou pasándole el brazo por encima de los hombros.

La propia Marge estaba viviendo una madurez plena y satisfecha. Y seguía tan delgada como el día de su boda. No había nada en el mundo que le impidiera asistir a sus clases de aeróbic dos veces por semana. Su cabello tenía un elegante tono marrón ceniza.

Cinco años atrás, se había encaprichado —al menos eso creyó Lou en un principio— con iniciar su propio negocio. Lou se creía un marido indulgente por haber permitido que «su mujercita» abriera una pequeña librería. Había sido amable y considerado, como un adulto que palmea la cabeza de un niño. Pero la astuta y a menudo despiadada intuición comercial de Marge lo dejó boquiabierto. Su pequeña empresa se había expandido y ahora ya tenía tres prósperas librerías en Hollywood, Bel Air y Beverly Hills.

Cuando oyó el motor del cortacésped, pensó que la vida estaba llena de sorpresas. Su esposa, que durante años pareció ser feliz quitando el polvo a los muebles y cocinando pasteles, era una mujer de negocios con contable propio. Su hijo, que había pasado por la universidad sin pena ni gloria y andado dieciocho meses a la deriva después de graduarse, terminó por matricularse en la academia de policía sin decir una palabra. Y el propio Lou había comenzado a pensar seriamente en algo que siempre le pareció imposible: la jubilación.

La vida era hermosa, pensó aspirando el aroma de las salchichas y las rosas. Dejándose llevar por el impulso abrazó a Marge y le dio un largo beso en la boca.

—El chico estará entretenido por lo menos una hora —murmuró acariciándole los pechos—. Vamos arriba.

Marge echó la cabeza hacia atrás y sonrió con picardía.

Michael empujaba el cortacésped. Le gustaba gastar energía física y notar el sudor en la piel. Lo que le molestaba era perder una apuesta. Detestaba perder, fuera a lo que fuese.

Echaba de menos tener un jardín, ver y oler las flores y el césped. Su apartamento le resultaba cómodo; tenía una piscina de tarjeta postal y un montón de vecinos ruidosos. Pero aquella urbanización de altos árboles frondosos, jardines bien cuidados, barbacoas en el patio de atrás y camionetas estacionadas era su verdadero hogar. Volvía a sentirse niño allí. Paseos en bicicleta los sábados por la mañana. Ricky Jones, siempre subido en su monopatín, al final de la calle. Niñas bonitas que pasaban a tu lado con sus vestiditos de algodón y fingían no verte, mientras tú cambiabas cromos de jugadores de béisbol sentado en el bordillo de la acera.

El antiguo vecindario no había cambiado mucho desde su niñez. Los vendedores de periódicos continuaban haciendo el reparto en bicicleta y arrojando las noticias de cada día sobre los arbustos. Los vecinos aún competían por tener el mejor césped, el mejor jardín. Pedían prestadas las herramientas y se olvidaban de devolverlas.

El solo hecho de estar allí le daba una sensación de continuidad. Algo que no sabía cuánto necesitaba hasta que se marchó.

Sus ojos percibieron un movimiento. Levantó la vista justo a tiempo para ver cerrarse la persiana del dormitorio de sus padres. Se detuvo en seco, boquiabierto. El mango del cortacésped vibraba entre sus manos. Aunque aún no tuviera su placa dorada, no era necesario ser detective para deducir lo que ocurría detrás de la persiana. A las nueve en punto de la mañana. Se quedó mirándola un instante. No sabía si sentirse cómplice, avergonzado o contento. Decidió que era mejor no pensar en eso. Imaginar a los propios padres en la cama era un poco siniestro.

Continuó pasando la segadora con una sola mano, mientras con la otra se desabrochaba la camisa. Las luces navideñas ya colgaban de los aleros de las casas, pero la temperatura llegaría a los treinta grados al mediodía. Michael saludó a la señora Baxter, que había salido a regar sus gladiolos. La mujer se limitó a fruncir el ceño y él siguió adelante, canturreando el tema de Bruce Springsteen que sonaba en sus auriculares. Más de diez años atrás había roto de un pelotazo el ventanal de la señora Baxter y era evidente que aún no lo había perdonado.

Ya había terminado el jardín de atrás y la mitad del delantero cuando comenzó a preguntarse por qué su padre jamás habría comprado un cortacésped motorizado. Un elegante Mercedes descapotable frenó junto al bordillo. Michael no le hubiera prestado atención, pero había una rubia al volante. Tenía debilidad por las rubias. La chica se quedó allí sentada, con los ojos ocultos detrás de sus gafas oscuras. Pasaron cinco minutos.

Bajó del coche lentamente, como si tuviera todo el tiempo del mundo. Era elegante y esbelta como el Mercedes, con sus largas y delgadas piernas apenas cubiertas por una minifalda de fino algodón. Michael también se fijó en sus manos —bien cuidadas, delicadas y gráciles—, que sostenían una cartera de piel gris.

Bella, nerviosa y oriunda de otra ciudad, dedujo Michael. Y rica. Su cartera y sus zapatos de piel eran caros, eso saltaba a la vista, en sus muñecas y orejas brillaba el definido resplandor del oro verdadero. Hasta su manera de moverse era señal de riqueza y privilegios. Sus manos revelaban cierto nerviosismo, pero sus movimientos eran gráciles como los de una bailarina.

No titubeó en el camino. Obviamente había decidido acercársele mientras estaba sentada en el Mercedes. Michael percibió su perfume, suave, sutilmente seductor, sobre la fragancia de la hierba cortada.

El corazón casi dejó de latirle cuando ella le sonrió. Apagó el motor del cortacésped con una mano, se quitó los auriculares con la otra y se quedó mirándola extasiado. Springsteen y la E Street Band marcaban un vago compás metálico en aquel silencio repentino.

—Hola. Lamento haber interrumpido tu trabajo.

A Michael se le secó la boca. Era una estupidez. Era ridículo. Pero no podía evitarlo. Esa voz... la había tenido en la cabeza durante años. Lo sorprendía en sueños, frente al televisor, cuando conversaba con otras mujeres. Cuando vio que ella se mordía el labio, recordó de pronto. Se quitó las gafas de sol y le sonrió.

—Hola, Emma. ¿Has encontrado buenas olas para hacer surf últimamente?

La sorpresa hizo que los labios de Emma se entreabrieran un poco, pero inmediatamente esbozaron una sonrisa de reconocimiento y placer.

—Michael. —Hubiera querido arrojarse a sus brazos. La sola idea la hizo ruborizar, pero se limitó a tenderle la mano—. Me alegra volver a verte.

Michael estrechó con fuerza la mano de Emma, pero tenía la palma húmeda. La soltó casi enseguida y se limpió las manos en su tejano gastado.

—Tú... nunca volviste a la playa.

—No. —Emma no dejó de sonreír, pero el hoyuelo desapareció de la comisura de sus labios—. Nunca aprendí a hacer surf. No sabía si aún continuarías viviendo en la casa de tus padres.

—A decir verdad, ya no vivo aquí. Perdí una apuesta con el viejo, por lo que tendrá servicio de jardinería gratuito durante unas semanas. —No sabía qué decirle. La veía tan hermosa, y en cierto modo tan frágil, sobre el césped recién cortado, con sus caros zapatos italianos y su cabello rubio apenas mecido por la brisa—. ¿Cómo estás? —preguntó por fin.

—Bien. ¿Y tú?

—También. He visto fotos tuyas. Recuerdo una que te hicieron en uno de esos lugares para esquiar.

—Saint Moritz.

—Supongo que sí. —Michael observó sus ojos, tan grandes, azules y atormentados como antaño. Sintió que le hormigueaba el estómago con solo mirarlos—. ¿Estás de... visita en la ciudad?

—No. Bueno, sí. En realidad...

—Michael. —Este volvió la cabeza al oír la voz de su madre. Estaba de pie en el umbral de la puerta, impecable—. ¿No piensas invitar a tu amiga a tomar un refresco?

—Por supuesto. ¿Tienes tiempo? —le preguntó a Emma.

—Sí. En realidad he venido a ver a tu padre.

Michael sintió que sus esperanzas se desinflaban como un globo vapuleado después de una fiesta de cumpleaños. ¿De dónde diablos había sacado la idea de que Emma había ido a verlo a él?

—Papá está dentro —indicó con una sonrisa forzada—. Disfrutando la desgracia ajena.

Emma lo siguió hasta la puerta que Marge había dejado abierta. Aferraba su cartera como si en ello le fuera la vida. Por mucho esfuerzo mental que hiciera, la resultaba imposible aflojar los dedos.

Ya habían adornado el árbol de Navidad. Emma se quedó mirándolo. Era un pino alto y recto adornado con guirnaldas y bolas brillantes, junto a la ventana del fondo. Había varios paquetes de regalo debajo, bien envueltos y con grandes lazos. Por toda la casa había ramas de pino que perfumaban el ambiente.

Los muebles eran viejos; no estaban en mal estado pero se les notaban los años. Emma pensó que eran parte de la familia. Hacía tanto tiempo que los tenían que seguramente ya no les prestaban atención. Día tras día, noche tras noche, volvían a repantigarse en el mismo sofá, a sentarse en la misma silla. Las cortinas estaban corridas para que entrara la luz. Tres violetas africanas, exuberantes y suntuosas, habían florecido junto a la ventana que daba al este.

Emma, que se había quitado las gafas oscuras, abría y cerraba automáticamente las patillas mientras observaba la habitación.

—¿Quieres sentarte?

—Sí, gracias. No me quedaré mucho tiempo. No quiero estropearte el fin de semana.

—Claro, he estado esperando toda la semana la gran ocasión de cortar el césped. —Michael esbozó una sonrisa burlona. Más relajado, la invitó a sentarse en una silla—. Iré a buscar a mi padre.

Antes de que pudiera dar el primer paso, Marge apareció con una bandeja con varios vasos, una enorme jarra de té helado y un plato de galletas caseras.

—Esto es para vosotros. Abotónate la camisa, hijo —dijo al pasar. Dejó la bandeja sobre la mesita de café—. Es un placer recibir en casa a una amiga de Michael.

—Emma, te presento a mi madre. Mamá, esta es Emma McAvoy.

Marge la reconoció al instante, pero se esforzó por borrar de su mirada todo rastro de piedad o fascinación.

—Ah, sí. Por supuesto. —Sirvió el té—. Todavía guardo el recorte del diario... cuando Michael y tú os conocisteis en la playa.

—Mamá...

—Son cosas de madre —se disculpó Marge—. Me alegra conocerte, Emma.

—Gracias. Lamento no haber anunciado que vendría.

—Tonterías. Los amigos de Michael siempre son bienvenidos.

—Emma ha venido a ver a papá.

—Ah. —Marge frunció el ceño solo por un instante—. Bueno, Lou está fuera asegurándose de que Michael no ha estropeado ninguno de sus rosales. Iré a buscarlo.

—Corté un rosal... cuando tenía doce años —explicó Michael. Estiró la mano para coger una galleta—. Pero jamás volverá a confiar en mí. Sírvete una galleta, por favor. Las de mamá son las mejores del barrio.

Emma probó una por cortesía. Tenía miedo de meterse algo en el estómago.

—Tenéis una casa preciosa.

Michael recordó su breve recorrido turístico por la mansión de Beverly Hills donde ella había pasado aquel verano.

—Siempre me ha gustado. —Se inclinó un poco y puso una mano sobre la de Emma—. ¿Ocurre algo malo?

Ella no podía explicar por qué esa pregunta serena y esa mano amable habían estado a punto de hacerle perder el control. Habría sido tan fácil apoyarse en él, abrirle su corazón y dejarse consolar. Pero eso habría equivalido a escapar de nuevo.

—No estoy segura —musitó.

Emma se levantó al ver entrar a Lou. Esbozó una sonrisa tímida, vulnerable... y absolutamente fascinante para Michael.

—Capitán.

—Emma. —Lou se acercó y le estrechó las dos manos, obviamente contento de verla—. Ya eres una adulta.

Emma estuvo otra vez a punto de desmoronarse. Quería apoyar la cabeza sobre su pecho y llorar como lo había hecho tantos años atrás. En cambio, apretó las manos de Lou con fuerza entre las suyas y lo miró a los ojos.

—Usted no ha cambiado nada.

—Ese es exactamente el halago que todo hombre necesita oír de labios de una mujer bella.

Emma sonrió, ya más relajada.

—No, hablo en serio. Estoy estudiando fotografía e intento observar y recordar las caras de las personas. Usted es muy amable al aceptar volver a verme.

—No digas tonterías. Siéntate, siéntate. —Miró el té helado y eligió un vaso. Quería darle tiempo para que se sintiera a gusto—. ¿Tu padre está en la ciudad?

—No. —Emma deslizó los dedos por el borde del vaso, pero no probó la bebida—. Está en Londres... o camino de Londres. Ahora vivo en Nueva York. Voy a la universidad.

—Hace años que no voy a Nueva York. —Lou se acomodó en una mecedora donde se le veía tan a gusto que Emma pensó que rara vez escogía otro lugar para sentarse—. Fotografía, dices. Recuerdo que tenías una cámara la última vez que te vi.

—Todavía la tengo. Papá suele decir que creó un monstruo cuando me regaló la Nikon.

—¿Y cómo está Brian?

—Bien —respondió ella, aunque no estaba en absoluto segura—. Ocupado. —De eso sí estaba segura. Respiró hondo y fue directo al grano—. No sabe que estoy aquí. Y no quiero que se entere.

—¿Por qué?

Emma levantó la mano y la dejó caer enseguida en un gesto de impotencia.

—Porque se enojaría muchísimo y se sentiría fatal si supiera que he venido a verle para hablar de Darren.

—¿Podrías echarme una mano, Michael? —Marge comenzó a levantarse de la silla, pero Emma hizo un gesto negativo con la cabeza.

—No, por favor. No hay necesidad de que salgan. No es un asunto privado. Supongo que nunca lo ha sido. —Inquieta, dejó el vaso en la mesa—. Simplemente me preguntaba si había algo, algo que usted pudiera saber, algo que la prensa no haya publicado... y que en su momento no me dijeron porque era una niña. Logré olvidar lo ocurrido durante largos períodos, pero jamás he conseguido olvidarlo del todo. Y anoche recordé...

—¿Qué? —Lou se inclinó hacia ella.

—Una canción —murmuró Emma—. Una canción que estaba sonando aquella noche. Recordé que la había oído mientras iba a la habitación de Darren. La música venía de la planta baja. Fue todo tan claro. Por un instante, solo por un instante. La canción, la letra, el llanto de Darren. Pero no pude llegar a la puerta. En mi cabeza, cuando trato de recordar, me veo parada en el pasillo.

—Quizá eso fue lo que hiciste. —Lou frunció el ceño y clavó la vista en el contenido de su vaso. Al igual que Emma, había logrado olvidar el caso durante largos períodos, pero siempre regresaba. Sabía que el rostro del niño jamás dejaría de atormentarlo—. Emma, nunca llegamos a saber si entraste en la habitación o viste algo. En aquel momento pensabas que sí, pero estabas muy confundida. Al parecer oíste algo que te asustó, corriste hasta la escalera para llamar a tu padre y te caíste. Solo tenías seis años y te aterraba la oscuridad.

Me aterraba... y me sigue aterrando, pensó Emma.

—Nunca he podido superarlo, ya ve. Y odio no saber, no estar segura de si habría podido impedirlo. Tal vez podría haberlo salvado.

—En cuanto a eso, sí puedo ayudarte a recuperar la paz mental. —Lou dejó el vaso a un lado. Quería que Emma lo viera como policía, como oficial—. Esa noche había dos hombres en la habitación de tu hermano. La niñera dijo que había oído susurrar a dos personas mientras le vendaban los ojos. La evidencia forense corroboró su testimonio. La jeringuilla que hallamos en el suelo del cuarto de tu hermano contenía un sedante, la dosis necesaria para dormir a un niño. Por lo que pudimos averiguar, el tiempo transcurrido entre el amordazamiento de la niñera y tu caída no superó los veinte minutos. Fue un intento de secuestro, Emma. Con resultados trágicos, pero muy bien planeado. Ocurrió algo que trastocó los planes de los secuestradores, algo que les sorprendió. Tal vez jamás sepamos qué fue. Pero si hubieras entrado en esa habitación e intentado pelear con ellos... no habrías podido salvar a Darren y es muy probable que también te hubieran matado a ti.

Emma deseó con todas sus fuerzas que Lou tuviera razón. Rogó que tuviera razón. Pero sus palabras no lograron tranquilizarla. Cuando se marchó de la casa, una hora más tarde, se prometió que intentaría creerle.

—Tienes unos padres maravillosos —dijo a Michael, que la había acompañado hasta el Mercedes.

—Sí. Casi he conseguido domarlos. —Puso la mano sobre la manija de la portezuela. No estaba dispuesto permitir que desapareciera de su vida en un abrir y cerrar de ojos, como antes. Recordó a Emma en la playa aquella tarde... ¿cinco años atrás? Se la veía triste... triste y hermosa. Algo en ella lo había conmovido. Lo mismo que lo conmovía ahora—. ¿Te quedarás un tiempo en la ciudad?

Emma miró la calle. El barrio era precioso. Se oía jugar a los niños a pocos metros de distancia y el rumor de otro cortacésped. Con ansiedad repentina, se preguntó cómo sería vivir en aquel lugar.

—Me voy mañana.

De haber podido, Michael habría blasfemado a los cuatro vientos.

—Ha sido un viaje relámpago.

—Debo asistir a clase el lunes. —Emma levantó la vista. Se sentía tan rara como él. Era más atractivo de lo que recordaba... el diente roto, la nariz ligeramente aguileña—. Ojalá pudiera quedarme más tiempo.

—¿Qué vas a hacer ahora?

—Yo... pensaba conducir un rato. Quería subir a las colinas.

Michael comprendió enseguida, aunque la idea no terminaba de gustarle.

—¿Quieres que te acompañe?

Emma decidió rechazar cortésmente su ofrecimiento, como le habían enseñado, pero se oyó decir:

—Sí, me encantaría.

—Aguarda un minuto. —Michael desapareció antes de que cambiara de opinión. Entró en la casa y cerró con un portazo... y dio un nuevo portazo al salir. Con una sonrisa, se acomodó en el asiento del acompañante—. Gracias a ti me he librado de cortar el césped. Papá no soportará dejarlo tal como está hasta que yo regrese. Es demasiado ordenado.

—Me alegra haberte ayudado.

Emma condujo sin rumbo durante un rato. Era un verdadero placer sentir el viento en el cabello, oír música de la radio y charlar. Apretó un poco los labios cuando la voz de su padre resonó clara y fuerte en los altavoces.

—¿Te parece raro?

—¿Oírlo? —Emma sonrió—. No, en realidad no. Conocí

su voz antes de conocerlo a él. Es difícil pensar en papá sin pensar en su música. A ti debe de pasarte lo mismo. Tu padre es tu padre, pero es policía. Estoy segura de que para ti es natural verlo con un revólver, una chapa o lo que sea que use.

—Lo que sea. Sin embargo, me sentí bastante raro cuando empecé a trabajar para él.

—¿Trabajas para él?

—Sí. Yo también soy policía. —Michael sonrió, casi sin querer—. Como dijo Johnno alguna vez, estoy siguiendo los pies planos del viejo.

21

—¿Eres policía? —Emma frenó ante una señal de stop y aprovechó la oportunidad para mirarlo a los ojos.

—A mi padre le gusta decir que soy un novato. —Michael volvió a sonreír—. ¿Qué ocurre? ¿Me ha crecido la nariz?

—No. —Emma esperó unos segundos y volvió a arrancar. Probablemente era una tontería que su idea de policía estuviera limitada a Lou y, en el otro extremo del espectro, a la imagen que ofrecían algunas series televisivas como *Starsky y Hutch*—. Es raro pensar en ti como policía.

—Pues bien, eso ya es algo. Jamás supuse que pensaras en mí.

Emma lanzó una carcajada.

—Por supuesto que he pensado en ti. Cuando nuestra foto salió en los diarios, fui la chica más popular de la escuela durante varias semanas. Claro que adorné la historia para darme importancia.

—Yo hice exactamente lo mismo. —Apoyó el brazo sobre el respaldo del asiento y se puso a jugar con la punta del cabello de Emma—. Gracias a esa foto conseguí una cita con Sue Ellen Cody.

—¿En serio? —Emma lo miró de soslayo.

—Tuve mis quince minutos de fama. Durante mucho tiempo esperé que volvieras.

—Sweeney le contó todo a papá. —Emma se encogió de hombros—. Y ese fue el final de la historia. ¿Te gusta ser policía?

—Sí. Pensaba que era lo peor del mundo hasta que crucé el umbral de la academia. Pero aquí me tienes. Algunas cosas nos están predestinadas. Por mucho que intentemos esquivarlas, terminaremos estando allí donde debemos estar. Si quieres ir a la casa, tienes que tomar aquella calle.

Emma volvió a frenar y miró hacia delante.

—¿Cómo sabes...?

—Mi padre acostumbraba hacerlo. Fui con él varias veces. Se quedaba sentado en el coche y miraba. Creo que te gustará saber que jamás ha olvidado lo que pasó. Que jamás ha aceptado el hecho de no haber podido encontrar a los asesinos.

—Creo que siempre lo he sabido —murmuró ella—. Por eso quería verlo, volver a hablar con él. —Exhaló un hondo suspiro—. Tú sabías lo que pensaba hacer cuando dije que quería conducir un rato.

—Me lo imaginaba.

—¿Por qué viniste?

—No quería que fueras sola.

Emma se puso rígida. El movimiento fue apenas perceptible, pero Michael notó que sus hombros se ponían tensos y su mandíbula se endurecía.

—No soy frágil, Michael.

—De acuerdo. Quería estar contigo.

Emma volvió la cabeza. Los ojos de Michael eran amables, como los de su padre, pero aún podía ver en ellos al muchacho que la había llevado a su casa aquella tarde, en la playa. Su cuerpo se fue relajando poco a poco.

—Gracias —murmuró.

Arrancó nuevamente y siguió sus indicaciones. Contrariamente a lo que había pensado, las calles no le resultaban familiares. Comprendió que jamás habría encontrado la casa estando sola y se sintió una estúpida. Habían dejado de hablar, excepto por los ocasionales «gira a la derecha» o «ahora a la izquierda» de Michael. La radio del Mercedes emitía la música suave y tranquilizadora de Crosby, Still and Nash.

No tuvo que decirle que frenara. Emma reconoció la casa. Era como una foto revelada y guardada en su mente. Seguía igual que antes, rodeada de árboles, setos vivos y flores invernales de la colina. Era rústica, con esa clase de rusticidad que solo los ricos pueden pagar. Pino rojo de California y grandes ventanales, césped que descendía en terrazas hacia los bosques y arroyos.

Emma vio el letrero clavado en el suelo. Michael también reparó en él. Anunciaba que la casa estaba en venta.

—Podríamos decir que es obra del destino —comentó él tocándole el brazo—. ¿Quieres entrar?

Emma tenía las manos enlazadas en el regazo. Veía su ventana, la ventana del dormitorio desde donde alguna vez había observado la veloz huida de un zorro entre los árboles con su querido Darren.

—No puedo.

—De acuerdo. Entonces nos quedaremos aquí sentados todo el tiempo que quieras.

Emma se vio nadando en el arroyo. Oía la risa de Bev mientras Darren brincaba entusiasmado en el agua con sus piececitos descalzos y salpicaba a todos. Recordaba un picnic que habían compartido los cuatro. Un mantel extendido bajo el árbol, su padre tocando la guitarra, Bev leyendo un libro mientras Darren dormitaba en su regazo.

Había olvidado por completo aquel día. ¿Cómo podía haberlo olvidado? Había sido tan bello, tan perfecto. La frescura de la hierba, el calor del sol y su perezoso reflejo amarillo sobre las hojas, las suaves sombras grisáceas. Aún podía oír la voz de su padre, las palabras que cantaba. «Nunca es tarde para buscar el amor. / Nunca es temprano para encontrarlo.»

Habían sido felices, pensó Emma. Eran una familia. Pero al día siguiente dieron una fiesta y todo cambió. La realidad se dio la vuelta como un guante.

—Sí —dijo de pronto—. Quiero entrar.

—Está bien. Mira, será mejor que no sepan quién eres. Para que no piensen cosas raras.

Emma asintió e hizo avanzar el Mercedes a través de los portones abiertos de par en par.

Cuando llegaron a la puerta de entrada, Michael le apretó la mano para darle ánimo. Los dedos de Emma estaban helados, pero no temblaban. Michael esbozó su mejor sonrisa cuando se abrió la puerta.

—Hola. Pasábamos por aquí y hemos visto el letrero. Hace varias semanas que estamos buscando casa. Tenemos una cita para ver otro lugar dentro de una hora, pero no hemos podido resistir la tentación. Todavía no la han vendido, ¿verdad?

La mujer, una cuarentona con mocasines Bass y una chaqueta de Calvin Klein, los escrutó cautelosamente de arriba abajo durante unos segundos, que parecieron siglos. Observó con desdén la camisa de algodón, los Levi's gastados y las deterioradas botas de Michael. Pero también tuvo suficiente agudeza para reparar en los discretamente caros zapatos de Emma y su falda y blusa Ralph Laurent. Obviamente, tampoco pasó por alto el Mercedes descapotable estacionado en la entrada. Sonrió. Hacía cinco meses que la casa estaba en venta y aún no había tenido ninguna oferta en firme.

—Bien, en realidad tenemos un posible comprador, pero hasta el lunes próximo no firmaremos el contrato de venta. —Su mirada se detuvo un instante en el pequeño pero elegante anillo de diamantes y zafiros de Emma—. Supongo que no haremos mal a nadie si os muestro la casa.

Abrió la puerta de par en par y enarcó una ceja al ver que Emma titubeaba un poco, como si no se animara a entrar.

—Me llamo Gloria Steinbrenner.

—Encantado de conocerla. —Michael le estrechó la mano—. Soy Michael Kesselring, y esta es Emma.

La señora Steinbrenner les dedicó una sonrisa de oreja a oreja. Al diablo con el agente inmobiliario pensó. Acababa de abrir la puerta a los mejores compradores en potencia y pensaba aprovechar al máximo la oportunidad.

—La casa está en perfectas condiciones. A mí me encanta. —En realidad, detestaba cada ladrillo, cada tabla del suelo—. Tener que venderla me rompe el corazón, pero... para ser franca, mi marido y yo nos estamos divorciando y hemos de liquidar nuestras propiedades.

—Ah. —Michael adoptó una expresión comprensiva y al mismo tiempo atenta. O al menos eso esperaba—. Lo siento mucho.

—No hay por qué. —La mujer hizo un gesto despectivo con la mano—. ¿Vosotros vivís en esta zona?

—No, en realidad somos... del valle —respondió Michael en un rapto de inspiración—. Pero nos morimos de ganas de escapar de las multitudes y la contaminación. ¿No es cierto, Emma?

—Sí. —La joven esbozó una sonrisa forzada—. La casa es preciosa.

—Gracias. Como podéis ver, el salón es magnífico. Techos altos, suelos de roble auténtico, muchas ventanas y espacios abiertos. Por supuesto, la chimenea es de verdad.

Por supuesto, pensó Emma. ¿Acaso no había pasado horas sentada frente a ella? Los muebles eran distintos, nuevos... Solo verlos le provocó un arrebato de odio. Esculturas modernas, pretenciosas y relucientes mesas esmaltadas. ¿Adónde habían ido a parar los almohadones, las divertidas cestas atiborradas de ovillos de hilo y cinta que Bev había preparado?

—El comedor está por aquí, pero este sector frente a las ventanas de la terraza es perfecto para cenar en la intimidad.

No; no era para nada así, pensaba Emma mientras los seguía mecánicamente. Bev había puesto plantas ante esos ventanales. Una jungla de plantas en macetas antiguas y urnas de barro. Stevie y Johnno le habían comprado un árbol. Emma aún recordaba sus gruñidos y jadeos al subirlo por la escalera. Habían querido hacerle una broma, pero Bev lo dejó donde estaba y compró un petirrojo de plástico para colgarlo de una rama.

—¿Emma?

—¿Qué? —Se estremeció e hizo un esfuerzo por volver a la realidad—. Lo siento.

—Por favor, no te preocupes. —La mujer estaba feliz de ver que Emma parecía fascinada con la casa—. Te preguntaba si te gusta cocinar.

—No, en realidad no soy buena cocinera.

—La cocina es el último grito. La remodelamos hace solo dos años. —Empujó la puerta de vaivén para mostrar sus tesoros—. Todo nuevo. Microondas, cocina Jean-Air y horno de calor circulante, por supuesto. Kilómetros de mostrador. Y una despensa enorme, desde luego.

Emma contempló aquella cocina moderna y sin alma. Todo era blanco y acero inoxidable. Las ollas de cobre de Bev, siempre relucientes y colgadas de unos ganchos, habían desaparecido, al igual que las macetas con plantas aromáticas que adornaban los alféizares de las ventanas. Ya no estaba la silla de comer de Darren; tampoco los libros de cocina ni los coloridos frascos de botica antiguos.

La mujer no paraba de parlotear. Obviamente creía que la cocina era su *pièce de résistance*, pero Emma estaba pasmada, paralizada por la pena.

Sonó el teléfono y la dueña de la casa cerró la impecable puerta blanca de una alacena.

—Disculpadme. Solo tardaré un momento.

—¿Estás bien? —murmuró Michael.

—Sí. —Quería estarlo—. Me gustaría subir a los dormitorios.

—Escúchame bien, Jack. —La voz de la señora Steinbrenner había perdido su tono amable y encantador—. No quiero oír tus quejas ni las amenazas de tu abogado. ¿Has entendido?

Michael se aclaró la garganta.

—Perdón —murmuró con su mejor sonrisa—, ¿le molesta que recorramos la casa?

La mujer negó con la cabeza y bramó al auricular:

—Escúchame, pedazo de imbécil...

—Parece que tardará un rato —dijo Michael a Emma, aliviado—. ¿Estás segura de que quieres subir?

No; no estaba segura. Estaba cualquier cosa menos segura.

—Después de haber llegado hasta aquí, sería una pena no continuar —respondió.

—Muy bien. —Aunque Emma gritara a los cuatro vientos que no era una muchacha frágil, Michael le pasó un brazo sobre los hombros cuando comenzaron a subir por la escalera.

Las puertas estaban abiertas... la puerta del dormitorio donde dormían Bev y su padre. Donde Emma los había oído reír por las noches, cuando ya era muy tarde. La habitación de Alice, siempre limpia y ordenada, era ahora una sala con las paredes cubiertas de libros y un aparato de televisión. Su propio cuarto. Emma se detuvo y asomó la cabeza por el vano de la puerta.

Las muñecas habían desaparecido, al igual que la lamparita de Mickey Mouse y las cortinas de encaje blanco y rosa que Bev le había regalado. Hacía tiempo que allí no dormía ni soñaba una niña. Lo habían transformado en una habitación de huéspedes. Flores de seda, una cama estilo Hollywood llena de almohadones de colores vivos, material de lectura dispuesto ordenadamente. Unas persianas habían reemplazado las contraventanas que Emma recordaba, y una moqueta ocupaba el lugar de su bonita y alegre alfombra de retazos.

—Esta era mi habitación —dijo lentamente—. El empapelado tenía rosas y violetas, las cortinas eran de encaje rosa y la cama estaba cubierta por un mullido edredón blanco. Había muñecas en los estantes... y cajitas de música. Supongo que era el cuarto ideal con el que soñaría cualquier niña, al menos por un tiempo. Y Bev lo sabía. No sé por qué pensé que la encontraría igual.

Michael recordó una frase que había leído en la universidad y le había conmovido.

—«Todo cambia; nada muere.» —Se encogió de hombros, un poco avergonzado. No era uno de esos hombres que sueltan citas memorables en medio de las conversaciones—. En tu cabeza sigue siendo la misma. Y eso es lo que importa.

Emma no dijo nada. Volvió la cabeza y miró el pasillo, en dirección a la habitación de Darren. La puerta también estaba abierta, como debió de estarlo la noche fatídica.

—Estaba en la cama —explicó—. Algo me despertó. La música. Pensé que había sido la música. En realidad no la oía, pero sí la sentía. Hacía vibrar las paredes. Traté de adivinar cuál era la canción y qué estaba haciendo la gente. Quería crecer para poder estar en las fiestas. Oí algo. Algo... —murmuró frotándose con gesto enojado las sienes, donde la jaqueca comenzaba a tomar forma—, no sé qué, pero yo... pasos —recordó de pronto. El corazón comenzó a golpearle las costillas—. Oí que alguien caminaba por el pasillo. Quería que fuera papá o Bev. Quería que vinieran a hablar conmigo un momento. Pensaba que tal vez podría convencerlos de que me permitieran bajar. Pero no eran papá ni Bev.

—Tranquila. —Michael vio que el sudor le cubría la frente y le cogió una mano entre las suyas—. Tómatelo con calma.

—Darren estaba llorando. Le oí llorar. Estoy segura. No fue un sueño. Le oí llorar. Me levanté de la cama. Alice me había prohibido llevar a Charlie al cuarto de mi hermano, pero yo sabía que a Darren le gustaba dormir con él... y estaba llorando. Pensé llevarle a Charlie y hablar un rato con él hasta que volviera a dormirse. Pero el pasillo estaba oscuro.

Miró alrededor. La luz del sol entraba por las ventanas de los dormitorios.

—Estaba oscuro, pero no debía estarlo. Siempre dejaban una luz encendida para mí. Tengo tanto miedo de la oscuridad. Hay cosas en la oscuridad.

—¿Cosas? —repitió Michael frunciendo el ceño.

—No quería salir al pasillo porque estaba a oscuras, pero Darren seguía llorando. Oí la música cuando salí al pasillo, a la oscuridad. Sonaba muy fuerte y tuve miedo.

Empezó a caminar hacia la puerta como una sonámbula.

—Los oía susurrar en los rincones, deslizarse por las paredes, arrastrarse por la alfombra...

—¿Qué oías? —preguntó Michael en voz muy baja—. ¿Qué oíste?

—A los monstruos. —Emma se dio la vuelta y lo miró a los ojos—. Oí a los monstruos. Y... no recuerdo. No recuerdo cómo llegué hasta la puerta. Estaba cerrada, sé que estaba cerrada, pero no sé si la abrí.

Se detuvo en el umbral. Por un instante vio la habitación tal como la recordaba... llena de juguetes de Darren, pintada con colores brillantes. Su cuna, su mecedora, su nuevo triciclo reluciente. Pero la imagen se disolvió y la vio cómo era ahora.

Un escritorio de roble y un sillón de cuero. Láminas enmarcadas, estantes de vidrio repletos de baratijas.

Una oficina. Habían transformado el cuarto de su hermano en una oficina.

—Corrí —prosiguió—. No recuerdo nada... excepto que salí corriendo y caí por la escalera.

—Has dicho que llegaste a la puerta, pero, cuando mi padre te visitó en el hospital poco después del hecho, le contaste que la habías abierto.

—Fue como un sueño. Y ahora no recuerdo nada. Todo se evaporó.

—Tal vez sea mejor así.

—Era precioso. —Le dolía demasiado mirar la habitación—. Era absolutamente precioso. Yo le quería más que a nada y a nadie. Todos le querían. —Las lágrimas le nublaron los ojos—. Necesito salir de aquí.

—Vamos. —Michael la condujo por el pasillo y la ayudó a bajar por las escaleras. Las mismas escaleras por las que había caído aquella noche. Intentó disculparse con Gloria Steinbrenner, que acababa de salir de la cocina.

—Lo lamento, mi esposa no se encuentra bien.

—Oh —Al principio la mujer se sintió molesta y desilusionada, pero luego recuperó la esperanza—. Procura que descanse un poco. Como habrás visto, la casa es ideal para una pareja con niños. No pensaréis criar un hijo en el valle...

—No. —Michael no se molestó en aclarar la situación y condujo a Emma hacia la puerta—. Nos mantendremos en contacto —prometió.

Esta vez ocupó el asiento del conductor. De no haber estado tan preocupado por la palidez de Emma y la perspectiva de conducir un automóvil de treinta mil dólares, habría advertido que un sedán azul oscuro los estaba siguiendo.

—Perdóname —murmuró ella apenas iniciaron el descenso por el camino sinuoso.

—No seas tonta.

—No, de verdad lo lamento. No he sabido afrontar la situación.

—Has estado muy bien. —Estiró la mano para darle una palmada tranquilizadora—. Mira, nunca he perdido a una persona querida, pero basta ser humano para imaginar lo que se siente. No seas tan dura contigo misma, Emma.

—¿Tendría que olvidar lo que ocurrió? —La joven esbozó una débil sonrisa—. Ojalá pudiera. Pensé que si me quedaba allí parada, en el lugar exacto, e intentaba recordar lo que había pasado... recuperaría la memoria de aquel momento. Pero no... —Se encogió de hombros y volvió a ponerse las gafas de sol—. Eres un buen amigo.

—En efecto —musitó Michael—. El mejor compañero. ¿Tienes hambre?

A punto de negar con la cabeza, Emma cambió de opinión.

—Sí —admitió—. Estoy muerta de hambre.

—Puedo invitarte a comer una hamburguesa. Creo —agregó Michael intentando recordar cuánto dinero llevaba en la billetera.

—Me encantaría comer una hamburguesa. Y como has tenido la gentileza de acompañarme, invito yo.

Michael estacionó el coche en un McDonald's. Cuando descubrió que su billetera solo contenía tres dólares y el número de teléfono de una pelirroja a la que apenas recordaba, dejó a un lado lo que, a su entender, no era más que un estúpido orgullo machista. Emma no discutió cuando le propuso que pidieran una hamburguesa para llevar, y tampoco opuso resistencia cuando Michael volvió a sentarse tras el volante.

—Me ha parecido que sería mejor comerlas en la playa.

—De acuerdo. —Emma cerró los ojos y se recostó en el asiento. Se alegraba de haber ido a la casa, de haber subido por aquellas escaleras. Se alegraba de estar allí, con la brisa cálida meciéndole el cabello y Michael sentado a su lado—. Cuando me fui de Nueva York, caía aguanieve.

—También tenemos universidades en la soleada California.

Emma sonrió. Le gustaba sentir el viento en la cara.

—Me gusta Nueva York —dijo abstraída—. Siempre me ha gustado. Hemos comprado un ático. Ya está casi habitable.

—¿Habéis comprado...?

—Sí. Marianne y yo estudiamos juntas en la academia Saint Catherine's. —Como tenía los ojos cerrados, Emma no pudo ver la mirada de alivio y satisfacción de Michael—. Siempre decíamos que algún día viviríamos en Nueva York. Y por fin lo hemos conseguido. Ella estudia arte.

Michael decidió que Marianne le caía bien.

—¿Es buena?

—Sí, muy buena. Algún día los galeristas se pelearán por exponer sus cuadros. Solía hacer unas caricaturas increíbles de las monjas. —Miró a Michael con curiosidad. Vio que tenía el ceño fruncido—. ¿Qué pasa?

—Nada. Probablemente sea mi instinto de policía novato fuera de servicio. ¿Ves aquel sedán, justo detrás de nosotros?

Emma miró por encima del hombro.

—Sí. ¿Y?

—Va detrás de nosotros desde que compramos las hamburguesas. —Michael cambió de carril. El sedán hizo lo propio—. Si el conductor no fuera tan estúpido, diría que nos está siguiendo.

Emma exhaló un largo suspiro de hastío.

—Debe de ser Sweeney.

—¿Sweeney?

—Mi guardaespaldas. Siempre me encuentra. A veces pienso que papá me ha hecho poner un rastreador bajo la piel.

—Sí, podría ser. —A Michael no le gustaba que lo persiguieran, y mucho menos que lo hiciera un aficionado en la que consideraba una primera cita largamente deseada—. Podría despistarlo.

Emma bajó un poco las gafas. Los ojos le brillaron de alegría por primera vez detrás de los cristales.

—¿Lo dices en serio?

—Podría intentar mi mejor truco. Este novato lo hará morder el polvo.

—Hazlo —dijo ella. Una sonrisa burlona le cruzó los labios.

Encantado, Michael pisó el acelerador, adelantó una camioneta y aumentó la velocidad a ochenta kilómetros por hora.

—Solíamos hacer carreras en la autopista... en mi inexperta y loca juventud. —Pasó zigzagueando entre una furgoneta y un BMW, y esquivó un Caddy con un leve movimiento de la muñeca. El Mercedes avanzaba a una velocidad de noventa kilómetros por hora.

—Eres bueno. —Riendo, Emma se dio la vuelta en su asiento y escrutó el horizonte de vehículos—. Yo no lo veo.

—Está allá atrás, intentando adelantar al Caddy. Y el Caddy le obstruye el paso porque he hecho enojar al conductor. Sujétate fuerte. —Pisó el acelerador, se desvió un poco, giró y se dirigió a toda velocidad hacia una salida. Tras dar media vuelta, y gracias al potente motor del Mercedes, volvió a entrar en la autopista... en la dirección contraria. Pasaron como una ráfaga junto al sedán, redujeron la velocidad hasta alcanzar un decoroso término medio y siguieron circulando tranquilamente por el otro carril.

—Eres muy bueno —repitió Emma—. ¿Eso es lo que te enseñan en la academia de policía?

—Ciertas cosas no se aprenden. Se nace con ellas. —Michael frenó y acarició el volante—. Qué maravilla de coche.

Emma se acercó un poco y lo besó en la mejilla.

—Gracias. Otra vez —dijo. Antes de que Michael pudiera responder, cogió la bolsa de las hamburguesas y salió corriendo hacia la playa—. ¡Me encanta esto! —Sin dejar de reír, comenzó a girar sobre sí misma—. Me gusta el agua... su olor, su sonido. Si pudieran poner un océano en Broadway, yo estaría en el paraíso.

Michael quería abrazarla, atraparla en uno de sus giros y comprobar si su boca era tan sabrosa como hermoso era su cuerpo. Pero Emma se dejó caer en la arena y metió la mano en la bolsa de las hamburguesas.

—Esto también huele divinamente. —Sacó una y se dio cuenta de que él la estaba mirando—. ¿Qué ocurre?

—Nada. —Otra vez tenía la boca seca—. Ah... estaba recordando que una vez me pregunté si irías a McDonald's. ¿Recuerdas cuando nos vimos por primera vez, en el ensayo? Papá me llevó a comer una hamburguesa cuando salimos y yo me pregunté si alguna vez habrías ido, con todos esos guardaespaldas.

—No, nunca iba, pero papá, Johnno o cualquier otro las traían a casa. No sientas pena por mí. —Volvió a meter la mano en la bolsa—. Hoy no.

—De acuerdo. Pásame las patatas fritas.

Comieron con ganas y no dejaron ni una sola miga para las gaviotas. Se había levantado un poco de brisa, que traía la humedad del mar. Había otras personas en la playa, algunas familias, chicas jóvenes que exhibían sus bronceados perfectos y sus esbeltas figuras, las inevitables radios con la música a todo volumen... pero para Emma era uno de los momentos más apacibles y solitarios de su vida.

—Podría acostumbrarme a esto —comentó con un suspiro. Estiró los brazos hacia atrás y se desperezó—. Sentarme en la playa y oír el mar... —Sacudió la cabeza con tanto entusiasmo que el cabello le cayó como una lluvia dorada sobre la espalda—. Ojalá tuviera más tiempo.

—Ojalá. —Michael necesitaba tocarla. No recordaba un solo momento de su vida en que no hubiera deseado hacerlo. Cuando le pasó un dedo por la mejilla, Emma volvió la cabeza y sonrió. Al ver los ojos de Michael, lo que había en ellos, el corazón se le estremeció y sus labios se entreabrieron, menos por sorpresa que por inquietud.

No ofreció resistencia cuando él acercó la boca a sus labios. Giró el cuerpo con un gemido sofocado, como invitándolo a hacer algo que aún no comprendía del todo. Michael la hizo arder con el suave roce de sus dientes. Cuando le metió la lengua en la boca, Emma oyó que emitía un sonido gutural y notó que las manos de Michael se ponían tensas sobre sus brazos.

Sin vacilar, apretó su cuerpo contra el de él y absorbió aquella sensación.

Si se lo hubiera dicho, ¿habría creído que era la primera vez que la besaban? ¿La primera vez que sentía lo que estaba sintiendo? Un deseo caliente, líquido, punzante invadió su cuerpo. ¿Sería eso lo que había estado esperando? Aunque no podía dejar de hacerse preguntas, cerró los ojos para guardar el recuerdo.

—Sí —murmuró él. Y volvió a besarla, muy suavemente, porque le parecía que así debía ser.

—¿Sí qué?

—Eres tan sabrosa como bella. Hacía tiempo que me lo venía preguntando.

Emma tragó saliva y se apartó un poco. Un torbellino de sentimientos nacía en su interior y no sabía qué hacer con ellos. Eran demasiado grandes y llegaban demasiado rápido.

—Es la sal. —Aturdida, se levantó de la arena y corrió hacia el mar.

Para los hombres era fácil confundir el desconcierto con la despreocupación. Se quedó sentado donde estaba. Quería darse tiempo. Lo que sentía por Emma era real. Por estúpido que pareciese, estaba enamorado. Era hermosa, elegante y sin duda estaba acostumbrada a que los hombres la desearan. Hombres ricos e importantes. Y él era un policía novato, hijo de una familia de clase media. Exhaló un largo suspiro, se levantó y trató de mostrarse tan desenfadado como ella.

—Se está haciendo tarde.

—Sí. —¿Acaso se había vuelto loca?, pensó Emma. Quería llorar, reír, bailar y lamentarse... todo a la vez. Deseaba entregarse a él, pero al día siguiente estaría a miles de kilómetros de distancia. Michael solo había querido ser amable. Ella era la pobre niña rica, título que detestaba, y él... él estaba haciendo algo con su vida—. Debería regresar. —Emma dio media vuelta y sonrió—. Me alegro mucho de que hayas venido conmigo hoy, que hayamos compartido este momento.

—Me gustaría que nos mantuviéramos en contacto. —Michael le tomó la mano... Era un gesto demasiado amistoso, pensó. Al diablo con la amistad—. Quiero volver a verte, Emma. Necesito verte otra vez.

—No sé...

—Llámame cuando vuelvas.

Su manera de mirarla hacía que la piel de Emma ardiera y se congelara alternativamente.

—Lo haré. Me gustaría... En realidad no sé cuándo podré volver a California.

—Pensé que vendrías por la película.

—¿Qué película?

Habían empezado a caminar hacia el coche, pero Michael se detuvo en seco.

—Dentro de dos semanas comenzarán a rodar en Londres, creo, y luego vendrán aquí. Adoptarán más medidas de seguridad que de costumbre. La película —prosiguió, viendo que Emma no comprendía nada—. *Devastated*, basada en el libro de tu madre. Angie será la protagonista. Angie Parks. —Por la expresión de Emma supo que había cometido un gran error y una estupidez—. Perdóname, Emma. Pensé que lo sabías.

—No —dijo ella, repentina e increíblemente exhausta—. No lo sabía.

Descolgó el auricular antes de que terminara el primer timbrazo. Hacía horas que esperaba, y transpiraba, al lado del maldito aparato.

—¿Diga?

—La he encontrado. —La voz, una voz que conocía muy bien, temblaba.

—¿Y?

—Ha ido a ver al policía, Kesselring. Estuvo con él una hora, aproximadamente. Después fue a la casa, a la maldita casa donde ocurrió aquello. Tenemos que hacer algo, enseguida. Te lo dije entonces y te lo repito ahora. No pienso perderlo todo por esto.

—Tranquilízate. —El tono de su voz era brusco, pero los movimientos de sus manos eran serenos. Encendió un cigarrillo—. Dices que ha ido a la casa. ¿Entró?

—La casa está en venta. Entró con el muchacho que la acompañaba.

—¿Qué muchacho? ¿Con quién estaba?

—Con un tipo. Creo que era el hijo del policía.

—De acuerdo. —Anotó el dato en la libreta que siempre

tenía junto al teléfono—. ¿Adónde fueron cuando salieron de la casa?

—Fueron a comerse una hamburguesa.

La punta del lápiz se quebró.

—¿Cómo dices?

—Digo que compraron hamburguesas y entraron en la autopista. Los perdí. Sé que se quedará aquí esta noche. Puedo conseguir que alguien se haga cargo del asunto. Rápido y sin complicaciones.

—No seas imbécil. No hay necesidad.

—Te he dicho que fue a ver al policía, que fue a la casa.

—Sí, ya te he oído. —Su mano había recuperado la calma. Se sirvió un trago. No por nervios... por placer—. Piensa un poco, joder. Si hubiera recordado algo, cualquier cosa, ¿habría ido tranquilamente a comprar una hamburguesa?

—No pienso...

—Ese es precisamente tu problema. Y lo ha sido desde el principio. No recordó nada entonces y tampoco recuerda nada ahora. Tal vez este viajecito impulsivo haya sido un último intento de recuperar la memoria, pero lo más probable es que solo haya sido un viaje sentimental. No tenemos necesidad de hacer daño a Emma.

—¿Y si llega a recordarlo?

—Es improbable. Ahora escúchame bien. Presta mucha atención a lo que voy a decirte. La primera vez fue un accidente, un trágico e imprevisible accidente. Y lo cometiste tú.

—Fue idea tuya. Todo el maldito asunto fue idea tuya.

—Exactamente, puesto que soy el único de los dos capaz de tener un pensamiento original. Pero fue un accidente. No tengo la menor intención de cometer un asesinato premeditado. —Pensó en un músico de jazz que había pedido cincuenta pizzas, pero no pudo recordar su nombre—. A menos que sea imprescindible. ¿Entendido?

—Eres un hijo de puta más frío que la muerte.

—Sí. —Sonrió para sus adentros—. Y te aconsejo que jamás lo olvides.

22

Nevaba en Londres. Húmedos y gruesos copos se colaban por el cuello de los abrigos y se derretían, helados, sobre la piel. La nieve era bella, deslumbrante, digna de una postal... a menos que una tuviera que luchar para abrirse paso en el embotellamiento de King's Road.

Emma prefería caminar. Sospechaba que Sweeney estaría muy enojado con su decisión, pero no podía preocuparse por él ahora. Tenía la dirección en una hoja de papel, en el bolsillo de su grueso abrigo acolchado. No obstante, no necesitaba mapas ni indicaciones. La sabía de memoria.

Era raro estar en Chelsea siendo adulta, libre de andar por donde se le antojara. No recordaba el vecindario. En realidad se sentía una turista en Londres, y el barrio de Chelsea, el gran escenario de los punks y los Sloane Rangers, le resultaba tan ajeno como un canal de Venecia.

Las calles estaban llenas de boutiques y tiendas de antigüedades donde los compradores de último momento, con elegantes abrigos y botas de cuero según los dictados de la moda, entraban a buscar el regalo perfecto entre una horda de ofertas. Jóvenes risueñas con collares de perlas y camisetas de algodón bajo las chaquetas. Muchachos que pretendían parecer rudos, hastiados y mundanos.

A pesar de la nieve, había un vendedor de flores en Sloane Square. Incluso en diciembre se podía comprar un poco de primavera a un precio razonable. Los colores y las fragancias tentaron a Emma, pero siguió andando sin molestarse en buscar algunas libras y chelines en el fondo de su cartera. Hubiera sido demasiado extraño llamar a la puerta de su madre y ofrecerle un ramo.

Su madre. No podía negar que Jane Palmer era su madre, pero tampoco podía aceptarlo. Hasta su nombre le parecía lejano, como algo que hubiera leído en un libro. Sin embargo recordaba su cara, que de tanto en tanto —en ráfagas extrañas, esporádicas— se le aparecía en sueños, la cara que se volvía negra de furia antes de abofetearla o arrastrarla del cabello. La cara de los artículos de *People*, el *Enquirer* y el *Post*.

Una cara del pasado, pensó Emma. ¿Y qué relación tenía el pasado con el presente?

Entonces, ¿para qué iba allí? La pregunta le martilleaba en la cabeza mientras avanzaba por la calle angosta y bien cuidada. Para resolver algo que debía haber resuelto muchos años atrás. Esa era la única respuesta.

Se preguntó si Jane creería que haberse mudado a la próspera y elegante zona donde habían vivido Oscar Wilde, Whistler y Turner era una excelente estrategia. Los escritores y los artistas siempre habían elegido Chelsea. Y los músicos también, recordó Emma. Mick Jagger tenía una casa allí. O la había tenido. Pero poco le importaba si Jagger y los Stones continuaban residiendo en el barrio. Ella había ido a ver a una sola persona.

Tal vez Jane se sentía atraída por los fuertes contrastes. Chelsea era un vecindario punk y doméstico a la vez, tranquilo y frenético. Y había que ser rico para vivir en aquellas casonas exclusivas. O tal vez se hubiera mudado allí solo porque Bev había decidido hacerlo.

Eso tampoco tenía importancia.

Se detuvo en seco. Con los nervios crispados, apretaba y aflojaba la tira de su cartera mientras la nieve caía sobre su cabello y sus hombros dejando una suave estela de copos. La casa era muy distinta del minúsculo apartamento donde habían vivido juntas. Imitaba el estilo antiguo, pero de lejos se veía que era solo un moderno remedo barato de una mansión victoriana. Algún arquitecto osado había decidido agregarle cúpulas y ventanas altas y estrechas. Podría haber tenido cierto encanto, pero las cortinas estaban cerradas y nadie había retirado la nieve de los escalones. Tampoco nadie se había molestado en colgar una guirnalda o una hilera de luces navideñas.

Emma recordó, no sin cierta ansiedad, el hogar de los Kesselring. Aunque la tradicional nieve no era un fenómeno meteorológico habitual en California, su casa era un ejemplo de la calidez y la alegría propias del espíritu navideño. Emma se obligó a recordar que no iba allí a celebrar la Navidad. Aquella no era su casa.

Respiró hondo, empujó la verja y se abrió paso entre la nieve para llegar a la puerta. Había una aldaba de bronce sobre la madera ornamentada. Emma se quedó mirándola, como si esperara que la cabeza de león se disolviera y tomara la forma del castigado semblante de Jacob Marley, el espectro de *Cuento de Navidad*. Tal vez el invierno, la Navidad o los fantasmas de su infancia la hacían imaginar cosas.

Levantó el llamador. Tenía las manos heladas, a pesar de los guantes con forro de piel. Era solo una vieja cabeza de león de bronce. La dejó caer contra la madera.

No obtuvo respuesta y volvió a llamar, con la secreta esperanza de que nadie la oyera. Si no la atendían, ¿acaso podría convencerse de que había hecho todo lo posible para borrar de su mente y su corazón a Jane, para sofocar su necesidad de verla? Sintió unas desesperadas ganas de escapar. Quería huir de aquella casa que fingía ser lo que no era, de la cabeza de león de bronce, de la mujer que nunca había desaparecido del todo de su vida. Cuando estaba a punto de marcharse, aliviada, la puerta se abrió.

No pudo hablar. Se quedó mirando a la mujer que apareció con una bata de seda roja y se apoyó contra el marco de la puerta. Tenía las caderas anchas, demasiado anchas para ser atractivas, y su cabello era una maraña rubia que enmarcaba un rostro abotagado y también demasiado ancho. El rostro de una desconocida. Emma solo recordaba sus ojos. Los reconoció de inmediato. Los mismos ojos entrecerrados y furibundos, enrojecidos por el alcohol, las drogas o la falta de sueño.

—¿Y bien? —Por deferencia al aire helado, Jane se ajustó el cinturón de la bata. Emma percibió el brillo de un diamante en su dedo y, para su horror, notó el familiar hedor de la ginebra barata—. Mira, querida, tengo mejores cosas que hacer que congelarme en el umbral un sábado por la tarde.

—¿Quién coño es? —Un iracundo rugido masculino retumbó en el piso superior. Jane miró con expresión hastiada por encima del hombro.

—Espera, ¿vale? —gritó—. ¿Y bien? —Volvió a mirar a Emma—. Como habrás visto, en este momento estoy ocupada.

Vete, pensó Emma, desesperada. Da media vuelta y vete. Ahora mismo. Ahora.

—Quisiera hablar contigo. —Oyó su propia voz como si fuera la de una desconocida—. Soy Emma.

Jane no se movió, pero su mirada cambió. Entrecerró los ojos para mirarla mejor. Vio una mujer joven, alta, esbelta, de tez pálida y delicada, cabello rubio ondulado. Vio a Brian... luego a su hija. Por un instante sintió algo parecido al remordimiento, pero sus labios se curvaron con desdén.

—Bueno, bueno, bueno. La pequeña Emma ha vuelto a casa de su mamá. —Lanzó una carcajada tan fuerte y sonora que Emma retrocedió, temerosa de que la golpeara. Pero Jane se apartó del umbral—. Adelante, querida. Vamos a charlar un rato.

Jane comenzó a hacer cálculos mientras avanzaba por el pasillo hasta una sala desordenada, completamente oscurecida por gruesas cortinas. Olía raro... una mezcla de alcohol avinagrado y humo, pero no de tabaco. Después de todo, aquella casa no era tan distinta del viejo apartamento.

Pronto dejaría de recibir el cheque que Brian le hacía llegar todos los años. Y no habría amenaza, extorsión ni súplica que pudiera arrancarle un solo penique más. Pero le quedaba la chica. La pequeña Emma, su hija. Jane sabía que las mujeres debían ser previsoras. Sobre todo cuando tenían gustos caros... y vicios caros.

—¿Te apetece un trago? Para celebrar nuestro encuentro.

—No, gracias.

Jane se encogió de hombros y se sirvió una copa. Cuando se dio la vuelta, la seda roja osciló sobre sus robustas caderas.

—¿Por los lazos familiares? —preguntó levantando el vaso a manera de brindis. Volvió a reírse al ver que Emma se miraba las manos—. Quién iba a decir que llamarías a mi puerta después de tantos años. —Bebió todo el contenido del vaso y volvió a llenarlo hasta el borde antes de sentarse en el sofá de terciopelo púrpura—. Siéntate, mi querida Emma. Quiero que me cuentes todo de ti.

—No tengo nada que contar. —Rígida como un palo, Emma tomó asiento en el borde de una silla—. He venido a Londres para pasar las fiestas.

—¿Fiestas? Ah, la Navidad. —Jane sonrió y comenzó a dar golpecitos en el vaso con una uña rota y medio despintada—. ¿Le has traído un regalo a tu mamá?

Emma negó con la cabeza. Se sentía como cuando era niña. Sola y aterrada.

—Lo menos que podrías haber hecho después de todos estos años es traerle un regalito a tu madre. —Jane hizo un gesto despectivo con la mano y se repantigó en el sofá—. No te preocupes. Nunca fuiste una niña considerada. Ya eres toda una adulta, ¿verdad? —Observó con mirada experta y codiciosa los pendientes de diamantes que Emma lucía—. Y, por lo que veo, te ha ido muy bien. Colegios elegantes, ropas elegantes.

—Voy a la universidad —dijo Emma sin poder evitarlo—. Tengo un trabajo.

—¿Un trabajo? ¿Para qué diablos quieres un trabajo? Tu viejo está lleno de dinero.

—Me gusta trabajar. —Emma lamentaba no poder controlar su tartamudeo—. Quiero trabajar.

—Nunca fuiste muy brillante. —Jane frunció el ceño y bebió otro trago de ginebra—. Cuando pienso en todos los años de mi vida que desperdicié vistiéndote y llenándote la barriga… y jamás recibí una sola palabra de gratitud de tu parte. —Se estiró para alcanzar la botella de ginebra y volvió a llenar el vaso—. Solo moqueabas y lloriqueabas. Y después te fuiste con tu padre sin mirar atrás. Has vivido por todo lo alto, ¿verdad, mi niña? La princesita de papá. Ni una sola vez has pensado en mí en todos estos años.

—Sí he pensado en ti —murmuró Emma.

Jane volvió a golpear el vidrio con la uña. Necesitaba una dosis, pero temía que Emma desapareciera si abandonaba la habitación y, con ella, su última oportunidad.

—Te llenó de veneno contra mí. —Comenzó a derramar lágrimas de cocodrilo—. Te quiso toda para él. Pero yo fui la que soportó los dolores del parto, la desgracia de criar sola a una hija. Podría haberme deshecho de ti, ¿sabes? En aquellos tiempos también era fácil hacerlo si conocías a la persona adecuada.

Emma levantó la mirada y la clavó sombría e intensa en los ojos de su madre.

—¿Por qué no lo hiciste?

Jane cogió el vaso con ambas manos. Estaba temblando. Hacía varias horas que no se inyectaba y la ginebra era un pobre sustituto. Pero era lista, demasiado lista como para admitir que la perspectiva de abortar en un callejón le había dado más miedo que la posibilidad de parir en una aséptica sala de hospital.

—Yo le quería. —Como creía en sus palabras, sonaron verdaderas—. Siempre le he querido. Nos criamos juntos, ya lo sabes, y él me quería y me era fiel. De no haber sido por la música, por su puta carrera, aún estaríamos juntos. Pero me hizo a un lado, como si yo no fuera nadie. Nunca le importó nadie ni nada, excepto su música. ¿Acaso crees que le importas? —Se levantó y se tambaleó un poco a causa de la ginebra—. Jamás le has importado un bledo. Todo fue una cuestión de imagen. No quería que el estúpido público pensara que Brian McAvoy era capaz de abandonar a su hija.

Las dudas y los temores de antaño volvieron a asaltar a Emma. Tuvo que obligarse a hablar.

—Sí me quiere. Lo ha hecho todo por mí.

—Brian ama a Brian. —Jane apoyó las manos en los brazos

de la silla de Emma y se acercó aún más. Le brillaban los ojos. De puro placer. Ya no tenía manera de perjudicar a Brian, y Dios era testigo de que había hecho lo imposible para hacerlo sufrir, pero podía lastimar a Emma. Y eso la complacía. Casi tanto como herirlo a él—. De no haber temido un escándalo, nos habría abandonado a las dos sin pensarlo siquiera. Estaba a punto de hacerlo cuando lo amenacé con contarle todo a la prensa.

No mencionó la amenaza de matarse y matar a Emma. A decir verdad, había sido algo tan insignificante para ella que lo había olvidado.

—Brian sabía lo que habría ocurrido si la prensa publicaba que el gran astro del rock había abandonado a su hija ilegítima en la miseria. Lo sabía muy bien. Y ese inútil de su representante también lo sabía. Por eso te llevó consigo y me pagó una buena suma para que no me acercara a ti.

Emma estaba mareada. Tenía ganas de vomitar. Le daban asco las palabras, le repugnaba el hedor que la envolvía como una bruma pestilente cada vez que Jane abría la boca para hablar.

—¿Te pagó?

—Yo me lo gané. —Jane tomó el mentón de Emma entre sus dedos y apretó—. Me gané cada libra que recibí, y merecía mucho más. Te compró. Y contigo compró la tranquilidad de su conciencia. Pagó un precio muy barato, pero jamás pudo tener la conciencia tranquila, ¿verdad? Nunca pudo comprar eso.

—Suéltame. —Emma aferró la muñeca de Jane y la apartó de su cara—. No vuelvas a tocarme.

—Eres tan mía como suya.

—No. —Emma se levantó de la silla, rogando que no se le aflojaran las piernas—. No, tú me vendiste. Y vendiste cualquier derecho maternal que creyeras tener o poder reclamar. Quizá él me comprara, Jane, pero tampoco es mi dueño. —Tuvo que luchar para contener las lágrimas. No quería llorar en esa casa, frente a esa mujer despiadada—. He venido a pedirte que impidas que se ruede la película basada en tu libro. Esperaba que sintieras algo por mí, que respetaras mis deseos al menos en esto. Pero veo que he perdido el tiempo.

El amante de Jane desató un diluvio de insultos desde la escalera.

—¡Sigo siendo tu madre! —exclamó Jane—. No puedes cambiar esa realidad.

—No, claro que no puedo. Solo tengo que aprender a vivir con ella. —Emma dio media vuelta y se dirigió hacia la puerta. Tuvo que hacer un esfuerzo para no echar a correr.

—¿Quieres que impida que filmen la película? —Jane la aferró del brazo—. ¿Cuánto estás dispuesta a pagar para conseguirlo?

Con absoluta calma, Emma volvió la cabeza y la miró. Le dirigió una última y larga mirada.

—¿Cómo se te ocurre pensar que voy a pagarte? Esta vez has calculado mal, Jane. Jamás podrás sacarme un solo penique.

—Zorra. —Jane le dio una bofetada en la mejilla. Emma no se molestó en tratar de esquivarla. Simplemente abrió la puerta y salió.

Anduvo largo rato sin rumbo, esquivando compradores y personas que sacaban a pasear a su perro, sin prestar atención a las risas, los ruidosos motores y la frenética alegría navideña que la rodeaba. Las lágrimas no cayeron. Le sorprendió lo fácil que era controlarlas. Tal vez fuera por el frío... o por el ruido. Era tan fácil no pensar en medio de aquel caos. Cuando se encontró parada frente a la puerta de Bev, no supo cómo había llegado. Y tampoco si había querido hacerlo.

Llamó de inmediato. No era momento de ponerse a pensar. No era momento de sentir. Había llegado la hora de atar todos los cabos sueltos y seguir adelante con su vida.

La puerta se abrió. La recibieron una ráfaga de aire caliente y villancicos navideños. Aroma a pino y bienvenida. Emma miró a Alice mientras la nieve formaba remolinos a sus espaldas. Era tan raro ver a su antigua niñera... Con el paso del tiempo, Emma se había vuelto más alta y Alice más vieja. Una sombra nubló los ojos de la señorita Wallingsford. Le temblaron los labios. Evidentemente la había reconocido.

—Hola, Alice. —Emma sentía los labios rígidos, pero se obligó a sonreír—. Me alegra volver a verte.

Alice no se movió de su lugar. No podía hacerlo. Las lágrimas comenzaron a rodar por sus mejillas.

—Alice, no te olvides de darle ese paquete a Terry si por casualidad pasa por aquí. —Era obvio que Bev tenía prisa; llevaba un abrigo negro de visón sobre el brazo—. Estaré de regreso cerca de... —Se detuvo en seco. Dejó caer la pequeña cartera de cuero negro de sus manos nerviosas—. Emma —susurró.

Las dos permanecieron inmóviles, separadas por menos de un metro de distancia y por Alice, que no podía parar de llorar. Lo primero que sintió Bev fue alegría, necesidad de correr y estrechar a Emma contra su pecho. Pero luego sintió vergüenza.

—Tendría que haber llamando antes de venir —musitó Emma—. Pero estaba en la ciudad y pensé que...

—No sabes cuánto me alegra que hayas venido. —Bev recuperó la calma, sonrió y dio un paso adelante—. Alice —añadió con voz suave, poniéndole una mano en el hombro—. Prepáranos un té, por favor.

—Estabas a punto de salir —se apresuró a decir Emma—. No quiero desbaratar tus planes.

—No importa. Ve, Alice —dijo Bev. La mujer asintió y desapareció por el pasillo—. Has crecido tanto... —murmuró retorciéndose las manos para resistir la tentación de tocarla—. Es difícil de creer... ¡Pero te debes estar congelando ahí parada! —Avanzó un poco más y tomó la mano enguantada de Emma entre las suyas—. Entra, por favor.

—Tienes cosas que hacer.

—Pensaba ir a la fiesta de un cliente. No tiene la menor importancia. Quiero que te quedes. —Apretó la mano de Emma y escrutó su rostro con mirada ansiosa—. Por favor.

—Por supuesto. Me quedaré unos minutos.

—Quítate el abrigo.

Se sentaron, como dos desconocidas de modales impecables y corteses, en el espacioso y radiante salón de Bev.

—Esto es precioso —dijo Emma con una sonrisa estudiada—. He oído decir que eres una decoradora magnífica. Ahora veo que es cierto.

—Gracias. —Ay, Dios. Bev estaba muy nerviosa. ¿Qué debía decir? Y sobre todo, ¿qué no debía decir?

—Mi amiga y yo hemos comprado un ático en Nueva York. Todavía no hemos terminado de decorarlo. —Emma carraspeó para aclararse la garganta y miró los leños que ardían en la chimenea—. No sabía que era tan complicado. Siempre hiciste que pareciera fácil.

—Nueva York —dijo Bev, apoyando las manos sobre sus rodillas—. ¿Ahora vives allí?

—Sí. Estudio en la Universidad de Nueva York. Fotografía.

—Ah. ¿Y te gusta?

—Muchísimo.

—¿Cuánto tiempo te quedarás en Londres?

—Me quedaré aquí solo hasta el dos de enero.

Se hizo un largo e incómodo silencio. Ambas suspiraron aliviadas al ver entrar a Alice con el carrito del té.

—Gracias, Alice. Yo serviré. —Bev puso una mano sobre la de la señorita Wallingsford y apretó suavemente.

—Se quedó contigo —comentó Emma cuando volvieron a estar solas.

—Sí. Aunque lo más correcto sería decir que nos quedamos juntas. —El té, la tetera, las tazas y las exquisitas galletas bien dispuestas sobre el plato de Sèvres fueron una gran ayuda en aquel momento. Bev no tenía sed ni apetito, pero el ritual, el simple y civilizado ritual de servir el té la ayudó a relajarse—. ¿Todavía sigues tomando el té con mucha crema y azúcar?

—No. Ahora tengo costumbres norteamericanas. —Había flores frescas en un jarrón. Tulipanes. Emma se preguntó si Bev se los habría comprado al florista de la plaza o los habría cultivado ella misma—. Solo le pongo mucho azúcar.

—Brian y yo siempre temimos que te volvieras una gorda

desdentada por tu afición a los dulces —bromeó Bev. Le guiñó el ojo y trató de encontrar un tema de conversación más llevadero—. Entonces... háblame de fotografía. ¿Qué clase de fotos te gusta hacer?

—Prefiero fotografiar gente. Retratos, supongo, más que temas abstractos o naturalezas muertas. Espero poder ganarme la vida así.

—Es maravilloso. Me encantaría ver algunos de tus trabajos. —Volvió a reprimir el impulso de abrazarla—. La próxima vez que viaje a Nueva York, quizá.

Emma miró el árbol de Navidad junto a la ventana. Tenía centenares de adornos diminutos pintados a mano y lazos de encaje blanco. No había comprado un regalo para Bev, una caja envuelta en papel brillante para colocar debajo de aquel árbol. Pero tal vez pudiera darle algo de todos modos.

—¿Por qué no me preguntas cómo está, Bev? —dijo con dulzura—. Sería más fácil para ambas.

Bev la miró a los ojos. Esos bellos ojos azul oscuro tan parecidos a los de su padre.

—¿Cómo está?

—Ojalá lo supiera. Está componiendo mejor que nunca. La última gira... bien, probablemente ya te habrás enterado.

—Sí.

—Está componiendo la banda sonora de una película y quiere hacer un disco conceptual. Y vídeos. A veces creo que quien inventó los vídeos tenía a papá en mente. Todo sale perfecto, como en los conciertos. —Hizo una pausa y decidió decir la verdad—. Bebe demasiado.

—También me he enterado de eso —musitó Bev—. P. M. está muy preocupado por él. Pero ellos... ya sabes que se han distanciado bastante en los últimos años.

—Quiero convencerlo de que ingrese en una clínica de rehabilitación. —Emma se encogió de hombros con evidente nerviosismo—. Pero no me hace caso. Tiene el ejemplo de Stevie, pero es tan duro fracasar en esto. Es imposible razonar con él porque el alcohol no ha afectado su obra ni su creatividad. Y ni siquiera su salud, al menos hasta ahora. Pero...

—Estás preocupada.

—Sí. Sí, claro que lo estoy.

La sonrisa de Bev era más serena que antes, más fácil. Y era solo el fantasma de la sonrisa que Emma recordaba.

—¿Por eso has venido a verme? —preguntó.

—En parte sí, supongo. Pero además he venido por otras muchas razones.

—Emma, te juro que si creyera que puedo ayudar, si pensara que puedo hacer algo, cualquier cosa, lo haría.

—¿Por qué?

Bev levantó la taza con cautela. Necesitaba tiempo para elegir las palabras.

—Brian y yo compartimos muchas cosas. No importa cuánto tiempo haya pasado, cuánto hayamos sufrido... esos sentimientos jamás se olvidan.

—¿Lo odias?

—No. No, por supuesto que no.

—¿Y a mí? ¿Me odias?

—Emma, por favor...

Emma meneó la cabeza y se levantó de golpe.

—No quería preguntarte eso. No quería volver sobre todo aquello. Pero de repente me sentí... incompleta en cierto modo. No sé qué pensaba conseguir. —Se acuclilló junto a los leños que crujían suavemente en la chimenea—. He ido a ver a Jane.

La taza de Bev golpeó contra el plato. Apenas podía controlar el temblor de sus manos.

—Ah.

Emma lanzó una carcajada nerviosa y se pasó la mano por el cabello.

—Eso digo yo, «ah». Sentí que tenía que hacerlo, pensaba que verla me ayudaría a aclarar mis sentimientos. Y fui tan estúpida como para pensar que podría convencerla de que impidiera que filmaran esa película basada en su libro. —Se dio la vuelta—. No sabes lo que es mirarla a los ojos sabiendo lo que es. Y sabiendo también que es mi madre.

—No sé qué decirte, Emma, excepto la verdad. —Bev la escrutó un instante. Tal vez pudiera hacer algo, por pequeño que fuera, para remediar el error que había cometido tantos años atrás. Dejó la taza sobre el plato y cruzó las manos. Luego habló con voz serena y segura—. No te pareces en nada a ella. En nada. No te parecías en nada a ella cuando viniste a vivir con nosotros, y no te pareces en nada a ella ahora.

—Me vendió a papá.

—Ay, Dios. —Bev se llevó las manos a la cara y las dejó caer—. No fue así, Emma.

—Él le dio dinero. Ella lo aceptó. Yo fui un objeto que intercambiaron y del que tú debiste hacerte cargo.

—¡No! —Bev se levantó de un brinco, haciendo temblar la porcelana—. Eso es una crueldad y una estupidez. Sí, él le pagó. Y le hubiera pagado mil veces más, lo que fuese necesario para salvarte.

—Jane dice que solo lo hizo para no perjudicar su imagen pública.

—Miente. —Bev se acercó a Emma y la tomó de las manos—. Escúchame. Recuerdo el día que te trajo a casa, recuerdo tu aspecto. Y también lo recuerdo a él. Estaba nervioso, quizá un poco asustado, pero decidido a hacer lo mejor para ti. No por su imagen pública, sino porque eras su hija.

—Y cada vez que me miraba, cada vez que tú me mirabas... la veíais a ella.

—Brian no. Jamás. —Bev suspiró. Pasó un brazo por encima de los hombros de Emma y se sentó en el sofá—. Tal vez lo hice al principio. Era joven, por el amor de Dios. Tenía la misma edad que tú ahora. Estábamos locamente enamorados, íbamos a casarnos. Yo estaba embarazada de Darren. Y de pronto apareciste tú... una parte de Brian que no tenía nada que ver conmigo. Me dabas miedo. O tal vez incluso tuve celos de ti. Lo cierto es que no quería sentir nada por ti. Un poco de lástima, quizá, pero nada más. —Cuando Emma intentó apartarse, Bev la tomó de los hombros—. No deseaba quererte, Emma, pero te quise. No lo planeé. No me levanté una mañana y me dije que merecías una oportunidad. Simplemente te ganaste mi afecto.

Entonces Emma se derrumbó. Apoyó la cabeza sobre el

hombro de Bev y prorrumpió en llanto desgarrado, sin vergüenza, mientras los leños crujían y Bev le acariciaba el cabello.

—Lo siento mucho, querida. No sabes cuánto lamento no haber estado a tu lado cuando me necesitabas. Pero ya eres una adulta y he perdido mi oportunidad.

—Creía que me odiabas... por Darren.

—No. Ay, no.

—Que me culpabas...

—No. —Bev se echó hacia atrás, azorada—. Santo Dios, Emma. Eras una niña. Culpé a Brian, y me equivoqué. Me culpé a mí misma, y ojalá me haya equivocado. Pero, por más cosas imperdonables que yo haya hecho o pensado, jamás te culpé a ti.

—Le oí llorar...

—Chist. —Bev tomó las manos de Emma y se las llevó a la mejilla. No sabía que había sufrido tanto. De haberlo sabido... Cerró los ojos un instante. De haberlo sabido, esperaba haber podido tener la fuerza suficiente para olvidar su dolor por el bien de la niña—. Escúchame, fue lo más horrible que me ha pasado en la vida, lo más destructivo, lo más doloroso. Expulsé de mi lado a las personas que más debía cuidar. Los primeros años después de la muerte de Darren estaba... En realidad no sabía quién era ni dónde estaba. Iniciaba una terapia tras otra y las abandonaba, contemplaba la posibilidad del suicidio, anhelaba tener coraje para terminar con mi sufrimiento. Había algo en él, Emma. Algo especial, casi mágico. A veces no podía creer que había nacido de mí. Y cuando murió, de ese modo tan repentino... tan cruel e innecesario, fue como si me arrancaran el corazón. No podía hacer nada. Había perdido a mi hijo. Y entonces, en mi dolor, di la espalda a mi otra hija. Y también la perdí.

—Yo también le quería... muchísimo.

—Lo sé. —Bev sonrió con dulzura—. Vaya si lo sé.

—Y a ti también. Te he echado mucho de menos todos estos años.

—Pensaba que jamás volvería a verte, que nunca podrías perdonarme.

Emma se quedó perpleja. ¿Perdonarla? Durante años había creído que era a ella a quien había que perdonar. Bastaron esas palabras para aliviar el dolor que la había acompañado durante todo el día y por fin pudo sonreír.

—Cuando era niña, pensaba que eras la mujer más bella del mundo. —Emma se inclinó y apoyó su mejilla en la de Bev—. Y lo sigo pensando. ¿Te molestaría que volviera a llamarte mamá?

Emma sintió el hondo y tembloroso suspiro de Bev, que la estrechó contra su pecho.

—Espera un momento. Tengo algo para ti.

Una vez sola, Emma buscó un pañuelo de papel en su cartera. Se recostó sobre los almohadones y se secó los ojos. Bev siempre había sido su madre. Y siempre lo sería. Tal vez aquella era la única duda que había logrado disipar, el único conflicto que había dejado atrás.

—Lo guardaba para ti. —Bev volvió a entrar en el salón—. O quizá lo guardaba para mí. Ha sido una gran compañía en mis noches solitarias.

Emma lanzó un grito de alegría y se levantó de un brinco.

—¡Charlie!

23

Había veintidós músicos de orquesta, compuesta de violines, violonchelos, flautas, fagots y un arpa, en el estudio de grabación. Un par de asistentes habían dedicado bastante tiempo y esfuerzo a decorarlo. Del techo pendían montones de bolas rojas brillantes, había ramas de pino distribuidas por las paredes y un árbol de Navidad de aluminio, tan feo y ordinario que resultaba gracioso, apoyado sobre un estante en un rincón.

Johnno había preparado un cóctel que, con su habitual grandilocuencia, bautizó como «brindis orgiástico». Después de beber dos copas sin morir, los demás se animaron a probarlo. Nadie se había emborrachado —no todavía—, pero imperaba un clima de alegría general.

Hacía cuatro horas que trabajaban en la misma canción y Brian estaba casi satisfecho con el resultado. Oyó la última grabación por los auriculares. Todavía lo asombraba que una canción —lo que antes fuera una vaga melodía en su mente— pudiera tener vida propia. Una vida clara y poderosa. Algunas veces, cuando oía lo que había ayudado a crear, percibía un eco de lo que había sentido al escribir su primera canción.

Vio a Pete en la cabina de grabación. Enojado e impaciente con el espíritu perfeccionista de Brian, como siempre. Pero no le prestó atención y se dejó invadir por la música.

Johnno jugaba al póquer con uno de los flautistas y la deslumbrante arpista de dedos largos y delgados. Había desenterrado una visera verde de algún rincón y animaba la partida con trampas descaradas y apuestas altísimas.

P. M. leía una novela de misterio barata. Bastante escabrosa, a juzgar por la tapa. Al parecer prefería su propia compañía y la de un par de asesinos mediocres.

Stevie estaba en el baño, como de costumbre. Su último intento de desintoxicación había durado menos de una semana después de salir de la clínica.

Estaban satisfechos, pensó Brian, y más que dispuestos a dar por terminada la sesión. Oyó la última nota sostenida.

—Quiero grabar las voces otra vez.

Johnno ganó la apuesta. ¿Y quién decía que estaba prohibido seducir a una bonita compañera heterosexual? Guiñó el ojo con picardía a la arpista, que lanzó una carcajada y le entregó un billete de cinco libras.

—¿Cómo sabías que querría volver a grabarlas?

—Conozco a mi muchacho —explicó Johnno. Se puso en pie y levantó un puño amenazador en dirección a la cabina de grabación. Advirtió la expresión irritada de Pete pero, siguiendo el ejemplo de Brian, la pasó por alto—. Habrá que ponerse otra vez los pantalones —bromeó.

—Déjalo ya, tío. —Stevie reapareció en el estudio. Estaba en pleno vuelo gracias a una dosis de cocaína de primera calidad mezclada con heroína—. ¿Acaso no sabes qué día es? Estamos en Nochebuena, joder.

—Solo dos horas más. —Brian disimuló su enojo. Por muy triste que fuera, podrían aprovechar a Stevie durante unos veinte minutos más antes de que se viniera abajo—. Empecemos ahora mismo para que puedas volver a casa y colgar tu calcetín.

—Caramba, mirad quién está aquí —anunció Stevie al ver que Emma entraba sigilosamente en el estudio—. Nuestra niñita querida. —Le pasó un brazo sobre los hombros—. Y bien, Emma, ¿quién es el mejor?

Emma esbozó una sonrisa y besó la escuálida y demacrada mejilla de Stevie.

—Papá.

—Solo encontrarás carbón en tu calcetín, tesoro.

—Suponía que estarías aquí. —Como Stevie no dejaba de abrazarla, Emma lo acompañó hasta el micrófono. Lo sentía vibrar como una cuerda tensada—. ¿Te parece bien si me quedo a escucharos un rato?

—La entrada cuesta cinco peniques y dos chelines. —Percibiendo que Emma se sentía incómoda, Johnno la liberó del pesado abrazo de Stevie—. Pero, como es Navidad, te perdonaremos los chelines.

—No tardaremos mucho —anunció Brian.

—Hace dos horas dijo exactamente lo mismo. —Johnno la abrazó un momento para confortarla—. Tu padre es un maníaco obsesivo. Vamos a echarlo de la banda en cuanto termine la grabación.

Brian apagó su cigarrillo y bebió un trago de agua fresca para aclararse la garganta.

—Solo las voces de «Lost the Sun».

—Es la vigésima vez que grabamos las voces —intervino P. M., que se mostró complacido al sentir el roce de los labios de Emma en la mejilla.

—Lamento distraerte de tu pasión literaria —replicó Brian.

Automáticamente Emma se paró entre ambos mientras se quitaba la bufanda y el abrigo.

—¿«Lost the Sun»? —repitió—. Soy una chica con suerte. Es mi canción favorita de este álbum.

—Muy bien. Puedes cantar con nosotros si quieres.

El comentario de Johnno hizo reír a Emma, que de inmediato fue a sentarse en un rincón.

—No, espera. —Brian la tomó del brazo con una sonrisa maliciosa en los labios—. Eso es precisamente lo que necesitamos. —Hizo una seña para que le pasaran otros auriculares—. Entrarás en la segunda estrofa.

—Papá... no puedo hacerlo.

—Por supuesto que puedes. Conoces la letra, la melodía.

—Sí, pero...

—Es perfecto. No sé cómo no se me ocurrió antes. Esta canción necesita un toque femenino. No pongas demasiada intensidad al cantar, solo un poco de tristeza.

—No tiene sentido discutir —dictaminó Johnno, y le puso los auriculares en la cabeza—. Está decidido.

Brian pellizcó la nariz de Emma, fuerte.

Si eso lo hacía feliz, pensó ella. Nada mejor que una idea nueva para despertar el entusiasmo de su padre. Brian estaba dando instrucciones. De tanto en tanto consultaba a Johnno, constantemente vigilaba con ojo de águila a Stevie y, sin extralimitarse, mantenía una prudente distancia con P. M.

Emma oyó la música, los instrumentos de cuerda y las flautas tristes y nostálgicas. Era un sonido pleno, casi clásico. Como lluvia, pensó. No una tormenta, apenas una llovizna gris y constante.

La voz de su padre inundó sus oídos, clara y en cierto modo dulce a pesar de la melancolía de la letra.

—«Busqué tu cara. / Grité tu nombre. / Eras la luz, / pero fui sombra. / Perdí el sol...»

Se quedó escuchando, como siempre sorprendida por la armonía profunda y casi misteriosa que Brian lograba con Johnno. La voz de su padre se elevaba, prolongaba las notas, las acariciaba. Las palabras tristes y desesperanzadas se clavaron como dardos en su corazón.

Hablaba de Bev, comprendió de pronto. La canción hablaba de Bev. Y hablaba a Bev. Abrió los ojos como platos y miró a Brian. ¿Cómo no se había dado cuenta antes? ¿Por qué no lo había comprendido?

Todavía estaba enamorado de ella. Ni resentido ni enojado; dolorosamente enamorado.

Emma no pensó, tan solo se dejó llevar por sus sentimientos. Hizo lo que su padre le había pedido. Cantó con ellos.

No se dio cuenta de que Johnno dejaba de cantar para que solo se oyeran su voz y la de su padre. Sin pensar, tomó la mano de Brian. No sabía que tenía los ojos llenos de lágrimas. Sus voces se fundieron, y también sus corazones.

—«Mi vida está en sombras sin ti, / sin ti. / Sueño con la luz y despierto en la oscuridad. / Perdí el sol...»

Cuando terminó la música, Emma se llevó la mano de su padre a la mejilla.

—Te quiero, papá.

Brian la besó en los labios e hizo un enorme esfuerzo por contener el llanto.

—Oigamos la grabación —propuso.

Era casi la una cuando los músicos empezaron a marcharse. Pasó casi otra hora hasta que Brian estuvo satisfecho con la superposición de las voces y los instrumentos. Emma lo vio llenar un vaso de Chivas Regal y beberlo como si fuera agua mientras analizaba algunos detalles técnicos con el ingeniero de sonido. No quería enojarse con él, y mucho menos en aquel momento, mucho menos cuando estaba comenzando a comprender parte de su dolor. Pero tampoco podía quedarse sentada como si nada pasara, observando cómo ahogaba las penas en litros de whisky.

Salió del estudio y empezó a pasearse de arriba abajo. Al cabo de unos minutos se dirigió al baño para retocarse el maquillaje. Les había oído decir que irían a un club local. Aunque estaba muy cansada, decidió acompañarlos. Tenía que vigilar a su padre.

Quedó muda de asombro y terror al abrir la puerta. Los antes prístinos azulejos blancos estaban manchados de sangre. Su olor frío y metálico, mezclado con el ácido hedor del vómito, le cerró la garganta. Se llevó una mano al cuello y lo apretó un poco para recuperar la voz. Retrocedió de golpe y estuvo a punto de resbalar, pero se las ingenió para volver corriendo al estudio.

—¡Papá!

Brian aún tenía el vaso en una mano y trataba de ponerse la chaqueta con la otra. Su cara reflejaba la alegría de la labor cumplida. Cuando vio a Emma, dejó de reírse de los chistes de Johnno.

—¿Qué ocurre? ¿Ha pasado algo malo?

—En el baño. Rápido. —Lo aferró de la mano y lo llevó a rastras—. Está por todas las paredes. No... no me atrevo a entrar.

Emma retrocedió y se abrazó a Johnno. Brian abrió la puerta de un puntapié.

—Maldita sea. —Echó un rápido vistazo y volvió a cerrarla—. Manda a alguien que limpie este desastre —ordenó a Pete. Tomó a Emma del brazo y empezó a arrastrarla de vuelta hacia el estudio.

—¿Que lo limpien? —Emma se apartó de él—. Papá, por el amor de Dios, hay sangre en las paredes. Han herido a alguien. Tenemos que...

—Ponte el abrigo. Nos vamos.

—¿Nos vamos? Tenemos que llamar a la policía, a un médico o...

—Tranquilízate, Emma —murmuró Pete—. No hay necesidad de llamar a la policía.

—¿Que no hay necesidad? —Emma lo miró espantada. Luego miró a su padre—. Tenemos que llamar a la policía —insistió.

—No vamos a llamar a nadie. Es mejor que olvides lo que has visto.

—Pero...

—Ha sido Stevie. —Furioso, Brian la tomó de los hombros y la obligó a mirar a Stevie, que parecía desmayado en un rincón—. Ha vuelto a consumir drogas duras. Es imposible clavarse una aguja en todas las venas disponibles sin perder un poco de sangre.

—Dios mío. —Como una ráfaga, la espantosa imagen de las paredes manchadas de sangre volvió a la mente de Emma—. ¿Cómo puede hacerse algo así? Se está matando.

—Probablemente.

—¿Por qué no haces algo para impedirlo?

—¿Qué diablos se supone que debo hacer? —Brian cogió el abrigo de Emma y se lo echó sobre los hombros—. Es su vida.

—Eso es lo más despreciable que he oído en mucho tiempo —masculló ella.

Pete le tocó el hombro. Siempre había cumplido la misma función en el grupo: pacificar, aplacar los ánimos.

—No puedes culpar a Brian, Emma. Te juro que lo ha intentado. Todos lo hemos intentado. En cuanto terminemos de grabar el álbum, lo convenceremos de que reingrese en la clínica de desintoxicación.

—En cuanto terminéis el álbum —repitió Emma—. El maldito álbum. —Miró a su padre, asqueada—. Es tu amigo.

—Sí, es mi amigo. —Brian no se molestó en contarle cuántas veces había suplicado a Stevie que pidiera ayuda, cuántas veces había limpiado la sangre y se había deshecho de las jeringuillas para evitarle mayores problemas—. Tú no entiendes, Emma.

—No; no entiendo. —Lo miró con rabia a los ojos y dio media vuelta—. Me voy a casa.

—Emma... —Desgarrado e incapaz de hacer otra cosa, Brian se acercó a Stevie y se quedó inmóvil, mirándolo.

—Ve con ella —le dijo P. M., mientras ayudaba a Stevie a levantarse—. Lo llevaré a la cama.

—De acuerdo. —Brian alcanzó a Emma en la calle. Había dejado de nevar y la luna brillaba, azul, en el cielo nocturno. Se cerró automáticamente la chaqueta para impedir la entrada del viento—. Emma. —Le puso la mano en el hombro. El gesto bastó para detenerla, pero no se dio la vuelta al oír su voz—. No te culpo por estar enojada. Sé que impresiona ver algo así, saber que una persona querida está metida en algo semejante.

—Sí. —Respiró hondo antes de darse la vuelta. Lo miró a la cara. Sus ojos eran francos—. Sí, impresiona.

—Yo no me pincho, Emma. Jamás lo he hecho.

Emma estuvo a punto de lanzar un suspiro de alivio, pero lo reprimió.

—¿Y te parece bien que otros lo hagan?

Frustrado, Brian se pasó la mano por el cabello.

—No digo que esté bien ni mal. Es la realidad.

—Esa no es mi realidad.

—Lo sé, y me alegro. —Brian le tomó la cara entre las manos—. Emma, si pudiera te protegería de todo lo que puede herirte o enfurecerte.

—No quiero que me protejas. No lo necesito. —Se dieron la vuelta y vieron que P. M. y Johnno arrastraban a Stevie hasta un automóvil—. ¿Esa es la clase de vida que quieres? ¿Para eso has trabajado? ¿Esa es la realización de tus sueños?

La pregunta lo avergonzó. Y también lo enfureció, porque no estaba seguro de la respuesta.

—No puedo explicarlo, Emma, pero sé que nadie consigue todo lo que desea. Y puedo asegurarte que es imposible hacer realidad los sueños.

Emma le dio la espalda, pero no se marchó. Brian le besó suavemente el cabello, rozándolo apenas. Caminaron hasta el coche sin hablar. Como una sombra, Sweeney los seguía a pocos metros.

El hecho de haber vivido cerca de Hollywood toda la vida no había conseguido que a Michael dejaran de fascinarle el glamour y la fantasía. Le gustaba ver a las estrellas de cine como a cualquier hijo de vecino. Y naturalmente no le molestó saber que debería pasar algunos días de febrero controlando a las multitudes y garantizando la seguridad del rodaje de *Devastated*. Pero se desilusionó al enterarse de que Angie Parks no participaría en la primera etapa de filmación en Los Ángeles. No obstante, se divertía observando a las mellizas que interpretaban el papel de Emma.

La gente que seleccionó el elenco había hecho un gran trabajo; seguramente no les habría sido fácil encontrar dos niñas que se parecieran a Emma. Claro que, de niña, Emma había sido mucho más bonita que las mellizas. Y ahora era más bella aún. Sus ojos eran más grandes, más azules. Y su boca... A Michael no le hacía bien pensar en su boca.

Sería mejor que se concentrara en su trabajo. Que no era pan comido, como decían algunos veteranos. Los fans de Devastation no dejaban de acosar al equipo día tras día. Los más inflexibles no aprobaban el libro de Jane Palmer ni la película. Muchos llevaban carteles y pancartas, otros se limitaban a abuchearlo. Había unos pocos que llevaban ropa de cuero, el cabello cortado al estilo de los indios mohawk y collares de perro, y que parecían sentir un deseo irrefrenable de embestir con la cabeza a los policías.

También acudían grupitos de chicas que chillaban y reían

cada vez que aparecía Matt Holden. El joven actor, que interpretaba el papel de Brian McAvoy, era el sueño de todas las adolescentes. Un sueño que Michael padecía día tras día. Presas de una suerte de delirio báquico, las más fanáticas le daban patadas en los tobillos, le arañaban los hombros y le tiraban del uniforme en un vano intento de acercarse a su ídolo.

Al diablo con el glamour, pensó Michael mientras recorría el estudio de filmación. El sol estaba alto, una leve bruma parecía envolverlo. El aire era denso, pesado, incluso para Los Ángeles. Los productores habían decidido que les daría buena prensa invitar a algunos fans a asistir al rodaje unos días y hacer de extras. Los agentes de seguridad ya tenían bastantes dificultades para contener a la multitud detrás del cordón policial. Ahora, con toda aquella gente merodeando por el decorado que representaba una calle de Londres, cada músculo debía estar alerta.

Entonces la vio. Angie Parks. La sensual y voluptuosa diva de la pantalla grande que había redefinido el término «sexo caliente». La prensa ya había explotado la sabrosa ironía de que la ex esposa de P. M. Ferguson interpretara el personaje de la ex amante de Brian McAvoy.

Los hombres silbaron y dijeron toda clase de insensateces cuando la señorita Parks pasó junto a ellos, enfundada en una falda ajustadísima y una blusa de algodón. El cabello le caía hasta los hombros y lo llevaba un tanto ahuecado en la coronilla, con las puntas peinadas hacia arriba según los estrictos dictados de la moda de comienzos de los años sesenta. La diva sonrió a sus admiradores. Fue un gesto amistoso, pero distante y frío. Cuando por fin se reunió con el director de la película y su coprotagonista, se prepararon para rodar la primera toma.

La escena era simple. Jane y Brian iban andando por la calle sucia y oscura, tomados de la cintura. Los actores debían transmitir una sensación de intimidad. En el transcurso de la mañana filmaron la misma escena desde distintos ángulos y tomaron primeros planos del rostro de Jane, que miraba con adoración a su amado Brian.

Durante la pausa del almuerzo Michael advirtió que Angie lo estaba mirando. De repente el cuello de la camisa le pareció demasiado ajustado y el sudor le perló la frente bajo la gorra.

Vio que murmuraba algo al oído a uno de los ayudantes. El muchacho asintió y Angie se colgó del brazo del director.

Ese mismo día, un poco más tarde, grabaron los diálogos. La misma caminata, los mismos movimientos. Michael no recordaba una sola palabra de lo que habían dicho. Algo sobre el amor imperecedero, juramentos de devoción eterna, planes para el futuro. Solo sabía que entre una toma y otra Angie lo había mirado directamente a los ojos por lo menos una vez. Los músculos del estómago se le tensaban como cuerdas cada vez que ella lo miraba.

La estrella de la película estaba tratando de seducirlo, pensó con una excitación lánguida y palpitante que bordeaba el miedo feroz. Y no era para nada sutil. Por muy fascinado que estuviera con ella, Michael había notado las miradas envidiosas y los comentarios groseros de los otros oficiales de seguridad.

No obstante, quedó perplejo cuando, una vez concluida la escena, Angie lo invitó a acompañarla curvando ligeramente el índice.

—Mi caravana está por allí —anunció la diva.

—¿Cómo?

—Mi caravana. —La actriz le sonrió. Era la misma sonrisa lenta y seductora que Michael había visto media docena de veces en el cine. Le habían pintado los labios de color rosa brillante para la escena. Sin dejar de mirarlo, entreabrió la boca y recorrió su labio inferior con la punta de la lengua—. Tengo que cambiarme y quitarme el maquillaje. Puedes esperar fuera.

—Pero...

—Me llevarás a casa —indicó ella. Sin decir más, comenzó a caminar hacia la caravana.

—Señorita Parks, yo estoy... eh... de servicio.

—Sí. Y acaban de asignarte a mi servicio. —Angie volvió a sonreír. Era evidente que la frase que acababa de pronunciar le causaba un enorme placer—. He recibido varias cartas con amenazas... debido al papel que estoy interpretando. Me siento mucho más segura con un hombre fuerte y valeroso a mi lado. —Hizo una pausa y, mientras firmaba unos autógrafos, esbozó una sonrisa capaz de dejar mudo a cualquiera—. Los productores se pusieron de acuerdo con tus superiores esta misma tarde. —Lo miró agitando sus arqueadas pestañas y entró en la caravana, donde inmediatamente la rodeó un enjambre de ayudantes.

Completamente embobado, Michael se quedó donde estaba.

—Kesselring.

Parpadeó un poco antes de fijar la vista en la ancha y rubicunda cara del sargento Cohen.

—¿Sí, sargento?

—Tendrás que escoltar a la señorita Parks a su casa. Hasta nueva orden, deberás pasar a buscarla todas las mañanas, traerla al estudio y acompañarla de regreso a su domicilio.

Cohen no aprobaba aquella decisión. Era obvio por su manera de pronunciar las palabras. Michael pensó que, de no haber vestido uniforme policial, habría escupido al suelo.

—Sí, señor.

—Espero que sepas conducirte correctamente.

—Sí, señor. —Michael se cuidó muy bien de no sonreír hasta que el sargento le dio la espalda.

Treinta minutos después, Angie salió de la caravana. Llevaba puesto un mono rojo y un cinturón de cuero adornado con tachuelas le ceñía la cintura. Dejaba una estela de perfume a su paso, una fragancia intensa e impetuosa destinada a derretir a los hombres. A Michael se le hizo la boca agua. Angie tenía el cabello deliciosamente despeinado y había ocultado sus bellos ojos tras unas enormes gafas de sol. Las bajó un poco para mirarlo de arriba abajo una vez más. Luego lo miró a los ojos. Fue una mirada provocativa y prolongada. Sin decir palabra, esperó que él abriera la puerta del coche policial.

Le dio la dirección de su casa, cerró los ojos y permaneció fríamente callada durante todo el trayecto. Mucho antes de que llegaran a la verja de la residencia, Michael concluyó que había confundido las intenciones de la actriz. Se sintió muy estúpido, pero también aliviado. ¿Acaso no había oído decir que Angie Parks tenía una apasionada relación con el protagonista masculino? Por supuesto que la mayoría de los chismes eran puras conjeturas y publicidad, pero ciertamente tenía más sentido que se sintiera atraída por una estrella en ascenso como Matt Holden que por un humilde policía uniformado.

Angie hizo una seña al guardia de la entrada y las ornamentadas puertas de hierro forjado se abrieron majestuosamente de par en par. Michael recordó que había estado antes en esa casa. Había llevado a Emma en el viejo Chevelle, con las tablas de surf atadas en la baca. Sonrió para sus adentros. Y sintió pena. Emma solo sería parte de su vida en sus fantasías.

Consciente de su deber, bajó del coche y fue a abrir la portezuela de la pasajera.

—Acompáñame, oficial.

—Señora, yo...

—Acompáñame —repitió Angie, y comenzó a subir los escalones con esa forma de andar que la caracterizaba.

Dejó la puerta abierta para que él la cerrara y atravesó el vestíbulo sin mirar atrás. Estaba segura de que Michael la seguiría como un perrito. Los hombres siempre la seguían. Arrojó las gafas de sol sobre una mesa y entró en lo que, con todo orgullo, llamaba su sala de recepción. Abrió un gabinete Luis XV y sacó dos vasos.

—¿Whisky o bourbon? —Sabía que estaba parado en el umbral, titubeante.

—Estoy de servicio —murmuró Michael. No podía dejar de mirar el retrato tamaño natural de Angie que presidía la chimenea. Y ella lo sabía; siempre pasaba lo mismo. Pero Michael ya lo había visto antes, parado en el mismo lugar, y Emma estaba a su lado.

—Por supuesto. Es tranquilizador saber que tomas tu deber tan en serio. —Angie fue hasta el bar y sirvió un vaso de refresco—. Porque lo tomas en serio, ¿verdad?

—Sí.

Sonriendo, Angie levantó el vaso.

—Pero nada te prohíbe beber una Coca-Cola, ¿no? Me gustaría charlar contigo un rato. Conocerte un poco más. —Bebió un trago de bourbon, con los ojos fijos en el borde del vaso—. Sobre todo teniendo en cuenta que vas a protegerme durante un tiempo. Vamos. —Se pasó la lengua por el labio superior. Disfrutaba cada palabra que decía, cada hilo que agregaba a la red que tanto la excitaba tejer. No había nada más satisfactorio en el mundo que atrapar a un hombre en la suave y pegajosa red del sexo—. No tengas miedo, no muerdo.

Esperó a que Michael aceptara el vaso y se tendió en el sofá; nadie podía llamar a eso «sentarse». Arqueó la espalda sobre los almohadones mullidos y apoyó perezosamente el brazo sobre el respaldo. La seda de su traje pareció crujir cuando cruzó las piernas.

—Siéntate. —Bebió otro trago de bourbon. Bajo su experta y estudiada sonrisa seductora comenzaba a arder un volcán. Era tan joven y esbelto. Su cuerpo debía de ser duro como una roca. Y sin duda sería un muchacho ardiente. Apenas lograra superar su timidez inicial, sumamente atractiva en sí misma, sería hermoso. Debía de tener unos veinticinco años. Le sobraba energía para follar durante horas. Angie deslizó los dedos por un almohadón—. Cuéntame algo de ti.

Michael se sentó. Se sentía un imbécil plantado en medio de la habitación, con un vaso de Coca-Cola en la mano. No era ningún estúpido. Su primera impresión acerca de las intenciones de Angie Parks había dado en el blanco. El problema era que no estaba seguro de lo que quería hacer al respecto.

—Mi padre es policía también —empezó a decir—. Nací en California. —Bebió un trago de Coca-Cola e intentó convencerse de que estaba tranquilo y relajado. Joder, tenía veinticuatro años. Si la estupenda señorita Parks quería coquetear con él, lo menos que podía hacer era darle el gusto—. Y soy fan de Angie Parks. —Michael sonrió sin mirarla y la actriz estuvo a punto de ronronear.

—¿En serio?

—He visto todas sus películas. —Una vez más, el enorme retrato atrajo su mirada.

—¿Te gusta?

—Sí. Es fabuloso.

Con un solo movimiento, lento y fluido, la actriz se estiró para tomar un cigarrillo de una pitillera Lalique. Lo sostuvo entre los dedos y esperó. Michael tomó el encendedor de mesa que hacía juego con la pitillera y le dio fuego.

—Fuma uno, si quieres —dijo Angie señalando los cigarrillos.

Michael ya estaba pensando en lo que les diría a sus compañeros en el vestuario. Caerían muertos de envidia al saber que se había sentado en el sofá de Angie Parks.

—Ya lo había visto —murmuró.

—¿De qué hablas?

—Del retrato. —Dio una calada al cigarrillo y comenzó a relajarse—. Pensándolo bien, es gracioso. Estuve aquí hace siete u ocho años, creo. Con Emma.

Angie abrió los ojos.

—¿McAvoy?

—Sí. Nos cruzamos en la playa aquel verano. Nos habíamos conocido unos años antes. La acompañé a su casa. Bueno, aquí. Creo que usted estaba en Europa, rodando una película.

—Mmm. —Angie se quedó pensando un momento y sonrió. De algún modo, ese detalle lo hacía más interesante. Estaba a punto de seducir a un amigo de la pequeña Emma McAvoy mientras hacía de mamá de Emma en la que sin lugar a dudas sería la película más taquillera del año. Y lo más interesante de todo sería pensar que ella era Jane mientras hacía el amor con Michael—. El mundo es un pañuelo. —Dejó el vaso sobre la mesa y se arrimó un poco a él para jugar con los botones de su camisa—. ¿Sueles ver a Emma?

—No. Bueno, en realidad la vi el mes pasado, cuando pasó por la ciudad.

—Qué dulce —dijo ella. El primer botón ya estaba abierto—. ¿Vosotros salís juntos?

—No. Es decir... No, señorita Parks.

—Angie. —Expulsó con suavidad el humo del cigarrillo en la cara de Michael y aplastó la colilla en el cenicero—. ¿Y tú cómo te llamas, precioso?

—Michael. Michael Kesselring. Yo no...

Angie se detuvo en seco.

—¿Kesselring? ¿Eres pariente del oficial que investigó el asesinato del niño McAvoy?

—Es mi padre. Señorita...

Angie lanzó una carcajada. Larga, estridente y feliz.

—Esto cada vez se pone mejor. Digamos que todo es obra del destino, Michael. —Le deslizó una mano por el muslo—. Relájate.

No era ningún estúpido. Y no estaba muerto. Cuando ella le apretó suavemente los genitales, el placer lo atravesó como una espada al rojo vivo. Y la culpa. Era ridículo, pensó para darse ánimo. Angie era preciosa, peligrosa... la fantasía más osada de la mayoría de los hombres. Él se había acostado con varias mujeres, empezando por Caroline Fitzgerald la noche antes de cumplir los diecisiete. Habían perdido la virginidad juntos, sudorosa y torpemente. Pero Michael había progresado mucho desde entonces.

Angie le quitó el cigarrillo de los dedos y lo dejó humeando sobre el cenicero. El sexo de Michael estaba duro como un palo bajo la palma de su mano. Sería dulce, pensó. Dulcísimo. Y la ironía del destino... la ironía era maravillosa. ¿Qué más podía pedir?

—Nunca me he acostado con un policía —murmuró mordiéndole apenas el labio—. Serás el primero.

Michael sintió que los pulmones volvían a llenársele de aire, aire denso y caliente. Sacudió la cabeza para despejarse. Tuvo un recuerdo fugaz, dolorosamente lúcido, de la tarde de invierno que había pasado con Emma en la playa. Entonces Angie se levantó del sofá y, con un solo movimiento de la mano, se quitó el cinturón de cuero. Sacudió apenas los hombros y la seda roja se deslizó suavemente hasta el suelo. Su cuerpo era blanco y voluptuoso. Estaba completamente desnuda. Angie comenzó a acariciarse, lenta y amorosamente, como lo haría un amante. Antes de que Michael reuniera la fuerza suficiente para levantarse, Angie se sentó a horcajadas sobre sus rodillas. Con un gemido de placer, le metió en la boca uno de sus perfectos y sedosos senos.

—Quiero que me hagas cosas —murmuró—. Quiero que me hagas todo lo que quieras.

24

La prensa sensacionalista tuvo su día de gloria.

EL AMANTE POLICÍA DE ANGIE PARKS
LA VERDADERA HISTORIA
TRIÁNGULO DE CRIMEN Y PASIÓN EH HOLLYWOOD

Se arrojaron como buitres sobre la conexión McAvoy y la explotaron al máximo. En Nueva York, Emma trató de hacer caso omiso a los rumores y rogó que no tuvieran relación alguna con la realidad.

De todos modos no era asunto suyo, solía pensar mientras pasaba largas horas en el cuarto oscuro. Michael era solo un amigo... un conocido, a decir verdad. Ningún vínculo los unía, mucho menos una relación amorosa. Salvo el beso que se habían dado.

Estaba exagerando otra vez. Un beso no significaba nada. Ella no lo había permitido, no podía permitirlo. Aunque hubiera sentido... ni siquiera estaba segura de lo que había sentido. Además, no tenía ninguna importancia. Si Michael se había dejado atrapar por la telaraña de Angie, solo cabía sentir pena por él. Tenerle lástima. La sola idea de sentirse traicionada era ridícula.

Cada uno tenía su propia vida. Él en la costa Oeste, y ella en la costa Este de Estados Unidos. Y por fin, gracias al cielo, estaba haciendo algo valioso con la suya.

Trabajaba para Runyun. Podía ser una humilde ayudante, sí, pero era la humilde ayudante de Runyun. Había aprendido más en las últimas diez semanas que en sus muchos años de clases y lectura de libros. Guiada por el débil resplandor de la luz roja, deslizó suavemente una foto en la bandeja de revelado. Estaba mejorando. Y tenía la intención de superar su propia marca hora tras hora.

Llegaría un día en que Runyun se sentiría orgulloso de ella. Emma estaba segura.

En el campo profesional iba en la dirección deseada, pero en lo personal su vida era un torbellino.

Su madre. ¿Cómo explicar lo que significaba saber que la mujer que había visto en aquella sombría habitación de Londres la había parido? ¿Alguna vez sería capaz de discernir y comprender sus sentimientos? ¿Y sus temores? Por mucho que se hubiera esmerado Bev, jamás había podido disipar su peor temor: ¿acaso podía ser como su madre? ¿Tenía la semilla del mal en lo profundo de su corazón? ¿Alguna vez germinaría y la obligaría a dejar de ser lo que deseaba para transformarse en lo que estaba destinada a ser? ¿En lo que llevaba en la sangre?

Una borracha. Una borracha vulgar y amargada.

¿Cómo podría escapar al destino que parecía cercarla? Su madre, su abuelo, su padre. Por mucho que intentara cerrar los ojos a la verdad, tenía que aceptar que el hombre que más amaba en el mundo era tan esclavo del alcohol como la mujer que más quería odiar.

La sola idea la aterraba.

No quería creerlo. Tenía miedo de no creerlo.

No era bueno. No era nada bueno obsesionarse con tales pensamientos. Emma colgó la fotografía para que se secara. La estudió con mirada crítica y volvió a la ampliadora.

Harta de preocuparse por sí misma, decidió preocuparse por Marianne. Sabía que su amiga solía faltar a clase para salir a comer o tomar algo con Robert Blackpool en algún lugar de moda. Luego hacían un recorrido por los clubes —Elaine's, Studio 54, Danceteria— para que Blackpool se pavoneara un poco.

Algunas noches Marianne llegaba al amanecer, ojerosa, con el maquillaje corrido y dispuesta a contar sus aventuras. Pero peores aún eran las noches que Blackpool pasaba en el ático, en el estudio de Marianne. En la cama de Marianne.

Emma deseaba con todo su corazón que Marianne fuera feliz. Y Marianne era feliz. Por primera vez en su vida estaba locamente enamorada de un hombre que aparentemente la adoraba. Llevaba la vida excitante, rutilante y decadente que ambas habían soñado mientras estaban atrapadas entre las severas paredes de Saint Catherine's.

A Emma le enojaba sentirse tan celosa y dispuesta a criticar. Le molestaba no poder hablar con Marianne cuando tenía ganas y se consideraba mezquina y vil por ello. La irritaba ver la luminosidad del sexo satisfecho en el rostro de Marianne. Y se sentía una miserable.

Pero sobre todo no podía aceptar de buen grado la relación de su amiga. Blackpool era un hombre guapo, excitante y con talento. Emma no podía negarlo, mucho menos mientras miraba las fotos que se estaban secando. Ante la incansable insistencia de Marianne, había accedido a fotografiar a Blackpool. Y él se había comportado como un perfecto caballero. Relajado, divertido, complaciente, con ese estilo amable que le sentaba tan bien. El amante de su mejor amiga.

El amante. Emma lanzó un leve suspiro de tristeza y frunció el ceño al ver las fotos. Tal vez esa fuera la clave. Marianne y ella lo habían compartido todo —lo que pensaban, lo que hacían, lo que soñaban— durante más de diez años. Esto era algo que no podían compartir y la radiante felicidad de Marianne era un escollo, un palo en la rueda, un constante recordatorio de algo que Emma jamás había experimentado.

Pensó que debía sentirse avergonzada. No obstante, podía justificar lo que sentía por Blackpool. Era demasiado libidinoso, tenía demasiada experiencia, le gustaban demasiado los clubes y las mujeres. Sus ojos eran demasiado sombríos cuando la miraban, y demasiado arrogantes cuando miraban a Marianne. Pero lo cierto era que Emma envidiaba locamente a su mejor amiga.

Después de todo, no tenía ninguna importancia que Blackpool no le cayera bien. El profundo desagrado que Johnno sentía por él y sus comentarios maliciosos acerca de su pasión por los pantalones de cuero y las cadenas de plata tampoco importaban. Lo único que importaba era que Marianne estaba enamorada.

Encendió la luz y se desperezó. Pasar la mayor parte del día en el cuarto oscuro siempre le daba un apetito voraz. Esperaba que Runyun y su contacto en la *Rolling Stone* aprobaran las fotos de Devastation que había tomado en la sala de grabación.

Oyó que se abría la puerta del ascensor mientras escrutaba el refrigerador en busca de algo más interesante que un pedazo de queso lleno de hongos.

—Espero que hayas traído provisiones —gritó por encima del hombro—. Lo único que hay en la nevera son experimentos científicos.

—¿Qué dices?

Emma dio un respingo al oír la voz de Blackpool.

—Pensaba que eras Marianne.

—No. Me ha dado una llave. —Sonriendo despreocupadamente Blackpool sacudió el llavero frente a los ojos de Emma y lo guardó en el bolsillo de sus tejanos—. De haber sabido que me encontraría con una mujer hambrienta, habría pasado por el colmado antes de subir.

—Marianne está en clase. —Emma miró su reloj—. Llegará pronto.

—No tengo prisa. —El hombre entró en la cocina y miró el contenido del frigorífico por encima del hombro de Emma, que se apartó automáticamente—. Patético —dictaminó. No obstante, cogió una de las cervezas importadas que Marianne compraba exclusivamente para él. Había un abridor de bronce colgado de la pared. Blackpool abrió la botella y miró fijamente a Emma.

Se había hecho un moño para evitar que el cabello le tapara la cara mientras trabajaba. Bajo la mirada escrutadora de Blackpool, se percató de que los vaqueros le quedaban demasiado ajustados y notó que su camiseta, demasiado holgada, le dejaba un hombro al descubierto. Tiró de la tela para cubrirlo.

—Lamento no poder ofrecerte nada más.

Blackpool enarcó una ceja, sonrió y bebió un trago de cerveza.

—No te preocupes. Considérame un miembro de la familia.

A Emma no le gustaba estar encerrada con él en la diminuta cocina. Cuando intentó salir, Blackpool se apartó apenas para dejarla pasar y sus cuerpos se rozaron. Su actitud fue deliberadamente insinuante, y sorprendente, ya que hasta el momento se habían tratado con la amabilidad típica con que se trata al amigo de un amigo. Blackpool lanzó una carcajada al ver que Emma se apartaba de él como del fuego.

—¿Te pongo nerviosa, Emma?

—No. —Era mentira. Una mentira que caía por su propio peso. Emma había intentado no pensar en él como hombre, no quería pensar en él como una mujer piensa en un hombre. Pero no pudo evitar sentir sus muslos largos y fuertes contra los suyos—. ¿Vais a salir tú y Marianne?

—Ese es el plan. —Blackpool tenía la costumbre de pasarse la lengua por el borde de los dientes antes de sonreír, como quien está a punto de saborear una comida suculenta—. ¿Quieres venir con nosotros?

—No creo. —La única vez que Marianne la había invitado a salir con ellos, habían arrastrado a Emma de un club a otro para evitar a los paparazzi.

—Nunca sales a divertirte, preciosa.

Emma echó la cabeza hacia atrás cuando Blackpool estiró la mano para jugar con su cabello.

—Tengo que trabajar.

—Hablando de eso, ¿has revelado ya las fotos que me hiciste?

—Sí. Se están secando.

—¿Te molesta si echo un vistazo?

Bastante inquieta y perturbada, Emma se dirigió al cuarto oscuro. Intentó convencerse de que no le tenía miedo. Si

Blackpool quería averiguar si ella estaba interesada en un triángulo amoroso, lo pondría inmediatamente en su lugar.

—Creo que te gustarán —murmuró.

—Ah, eso crees, pero estoy acostumbrado a un nivel muy alto, querida Emma.

La espalda se le puso rígida oír que la llamaba «querida», pero continuó hablando como si nada.

—Buscaba un estilo desenfadado, con un toque de arrogancia.

Sintió la respiración caliente de Blackpool en la nuca.

—¿Sexy?

Emma sintió un escalofrío incontrolable.

—Algunas mujeres creen que la arrogancia es sexy —afirmó.

—¿Y tú?

—No. —Emma señaló con un gesto las fotos que colgaban de la cuerda—. Si te gusta alguna, te haré una copia.

Ver su propia imagen distrajo tanto a Blackpool que abandonó el coqueteo. La sesión fotográfica había sido informal. Las habían tomado allí mismo, en el ático. Él había aceptado pasar debido a la insistencia de Marianne, pero también porque quería poner a prueba sus encantos con Emma. Le gustaban las mujeres más jóvenes que él, recién salidas del cascarón, especialmente desde la horrible ruptura con su esposa. La mujer en cuestión tenía treinta años, era afilada como un escalpelo y se había revelado propensa a los ataques de ira cada vez que sospechaba, con toda razón, que Blackpool le era infiel.

Le encantaba el vibrante entusiasmo de Marianne, su ingenio y su desinhibición en la cama. Emma, la joven y silenciosa Emma, era otra cosa. Se preguntó cómo sería quebrar aquella fría reserva. Por supuesto que él podría hacerlo si quería. Y el padre de la chica se volvería loco, cosa que agregaba cierto encanto perverso a la intriga. Blackpool había fantaseado más de una vez con tenerlas a las dos en la cama. Dos cuerpos livianos y firmes, dos jóvenes y ágiles estudiantes. Sospechaba que Emma aún era virgen, como Marianne antes de conocerlo a él. La sola idea le hacía la boca agua.

Olvidando sus fantasías por un rato, se dedicó a estudiar las fotos en blanco y negro que Emma había tomado.

—Marianne me había dicho que eras buena, pero pensé que lo decía porque sois amigas.

—No. —Emma se las ingeniaba para mantener la distancia incluso en aquel espacio reducido—. Soy buena.

Blackpool se rió al oír eso. Su risa fue como un zumbido que recorrió la piel de Emma. Sintió que se le endurecían aún más los músculos y se apartó. Maldita sea, Blackpool era atractivo, pero más allá del instinto primitivo, había algo que le causaba repulsión.

—Y eres buena, cielo. —Cuando se dio la vuelta para mirarla, Emma aspiró su perfume. Una mezcla del olor a cuero de su chaqueta, sudor y cerveza—. Como dice el refrán, las aguas quietas son las más profundas.

—Sé hacer mi trabajo.

—Es más que un simple trabajo. —El cantante apoyó una mano sobre la pared, como al descuido. Por fin la tenía atrapada. No podía resistir la sensación de peligro—. La fotografía es un arte, ¿no crees? Los artistas nacen con dones que otras personas no tienen.

Blackpool extendió la mano y le quitó una horquilla del cabello. Emma se quedó inmóvil, palpitante y fascinada como un animalillo deslumbrado por los faros del camión que va a atropellarlo.

—Yo lo sé bien —prosiguió Blackpool—. Los artistas se reconocen unos a otros. —Lentamente le quitó otra horquilla—. ¿Tú me reconoces, Emma?

Ella no podía hablar ni moverse. Por un instante, ni siquiera pudo pensar. Cuando se disponía a negar con la cabeza, él se inclinó hacia ella y hundió la mano en su mata de cabello. Las horquillas cayeron al suelo. Blackpool apretó su boca caliente y anhelante sobre los labios de Emma.

Al principio, ella no se resistió. Y siempre se odiaría por aquel instante asombrado de tórrido placer. Fascinado sobre todo por su perfecta inocencia, Blackpool le clavó la lengua en los labios entreabiertos, como si fuera un puñal. Emma lanzó un gemido e intentó desasirse, pero él deslizó una mano bajo su camiseta y comenzó a acariciarle los pechos. Apretaba y aflojaba, apretaba y aflojaba... Emma tuvo que hacer un esfuerzo para recuperar el aliento.

—No. No sigas.

Blackpool volvió a reír. La fragilidad y los temblores de Emma habían convertido un simple interés pasajero en una hoguera de pasión. La aplastó con su cuerpo y la estrechó con fuerza, hasta que el ardor renuente se transformó en miedo.

—Suéltame.

Emma luchó con todas sus fuerzas. Clavó las uñas en el cuero de su chaqueta intentando desasirse. Blackpool volvió a estrellarla contra la pared, con tanta violencia que los frascos cayeron de los estantes. Estaba aterrada. El terror era como un animal dentro de ella, agazapado, sin coraje para gritar. Blackpool le abrió la cremallera y comenzó a bajarle los tejanos. Emma no tenía conciencia de que estaba llorando. Tampoco sabía que sus lágrimas lo excitaban aún más.

Él la soltó para quitarse los pantalones. Liberada, Emma buscó desesperadamente una vía de escape. Temblando de terror, aferró un par de tijeras con las dos manos.

—Aléjate de mí. —Su voz sonó ronca, tan temblorosa como las manos que sostenían las tijeras.

—¿Qué pasa? —A Blackpool le sobraba astucia para saber que aquella mirada iracunda anunciaba que atacaría primero y lo lamentaría después. Tenía razón con respecto a la virginidad de Emma, pensó respirando pesadamente. Sí, era virgen. Y él quería liberarla de aquel obstáculo—. ¿Defiendes tu honor? Hace un minuto estabas dispuesta a dejarlo a un lado.

Emma sacudió la cabeza y lo apuntó con el filo de las tijeras cuando se atrevió a dar un paso hacia ella.

—Vete. Quiero que te vayas. No vuelvas a acercarte a mí... ni a Marianne. Cuando le cuente que...

—No le contarás nada. —A pesar de la furia que lo invadía, sonrió con malicia—. Si lo haces, perderás una amiga. Está enamorada de mí y creerá cualquier cosa que yo le diga. Imagínate intentando seducir al amante de tu mejor amiga.

—Eres un miserable, un mentiroso.

—Es cierto, querida Emma, pero tú eres una frígida. —Ya más calmado, levantó la botella de cerveza y bebió un trago—. Y yo que quería hacerte un favor. Tienes problemas, tesoro, graves problemas. Pero un buen polvo puede remediar cualquier desgracia. —Sin dejar de sonreír, comenzó a frotarse los genitales—. Y créeme, soy muy bueno en la cama. Si no confías en mi palabra, puedes preguntárselo a tu mejor amiga.

—Vete.

—Pero tú no quieres saber nada de esas cosas, ¿no es cierto? Eres una dulce niñita católica, pero hierves de pecados y fantasías lujuriosas cuando me oyes hacerlo con Marianne allá arriba. A las chicas como tú les gusta que las violen. Así pueden fingir que son inocentes mientras aúllan de placer y piden más.

Emma apretó los dientes y clavó los ojos en el bulto que Blackpool seguía acariciando con deleite.

—Si me obligas a usarlas —dijo con voz fría, mostrando las tijeras—, te las clavaré en las pelotas.

Tuvo la satisfacción de verlo empalidecer de ira... y también de miedo, estaba segura. Blackpool retrocedió. Aquella mirada desdeñosa que enloquecía a las mujeres hizo que a Emma le corriera un sudor helado por la espalda.

—Puta.

—Es mejor ser una puta que un eunuco —dijo ella sin perder la calma, aunque temía que las tijeras resbalaran en cualquier momento de sus manos nerviosas.

Oyeron la puerta del ascensor e intentaron recuperar la compostura.

—¡Emma! —La alegre voz de Marianne resonó en el ático—. ¿Estás en casa, Emma?

Blackpool miró a Emma con su característica arrogancia.

—Estamos aquí, preciosa. Emma me estaba mostrando las fotos.

—Ah, ya las ha revelado.

Blackpool dio media vuelta y salió, dejando en manos de Emma la decisión de seguirlo o quedarse.

—Te estaba esperando —le oyó decir Emma con voz más suave que la seda.

—No sabía que vendrías. —Las entrecortadas palabras de Marianne eran una clara señal de que se estaban besando. Emma se frotó los labios con una mano, sin soltar las tijeras—. Vamos a ver las fotos.

—¿Para qué quieres verlas si me tienes aquí?

—Robert... —La protesta de Marianne terminó en un gemido ahogado—. Pero Emma...

—No te preocupes por ella. Está ocupada. Durante todo el día no he hecho más que pensar en ponerte las manos encima.

Emma permaneció inmóvil, oyendo los murmullos y los gemidos de la pareja mientras subían por la escalera. Sin hacer ruido, cerró la puerta del cuarto oscuro. No quería oír. No quería imaginar. Casi se le aflojaron las piernas antes de llegar al taburete. Se sentó con dificultad y dejó caer las tijeras, que rebotaron en el suelo. Apoyó los pies sobre el banco y se abrazó las rodillas.

La había tocado, pensó asqueada. La había tocado y, que Dios la perdonara, por un instante había deseado que siguiera tocándola. Había deseado no tener que decidir nada, dejarlo todo en manos de Blackpool. Él lo había notado y se lo había hecho saber. Lo odiaba por eso. Y se odiaba.

El teléfono sonó tres veces antes de que Emma reuniera energía suficiente para contestar.

—Diga.

—Emma... Emma, ¿eres tú?

—Sí.

Se oyó un crujido en la línea, un titubeo.

—Soy Michael. Michael Kesselring.

Emma clavó los ojos en las fotos que se secaban en la cuerda sobre su mesa de trabajo.

—Sí, Michael.

—Yo... ¿Te encuentras bien? ¿Ocurre algo malo?

Emma se dio cuenta de que tenía ganas de reír, de reír sin parar.

—No, ¿por qué tendría que ocurrir algo malo?

—Bueno, te noto un poco... Supongo que has leído la noticia.

—Sí.

Michael suspiró hondo. El discurso que había preparado cuidadosamente se evaporó de su mente.

—Te he llamado porque quería explicarte que...

—¿Explicarme qué? Lo que tú haces y con quién lo haces no es asunto mío. —La furia que el miedo le había impedido expresar salió a la superficie—. No se me ocurre una sola razón por la que pueda importarme a quién te estás follando. ¿A ti se te ocurre alguna?

—Sí. No, maldita sea. No quiero que tengas una mala impresión, Emma.

Ella estaba temblando, pero confundió la pena y la crisis nerviosa con un ataque de ira.

—¿Vas a decirme que no te has acostado con ella?

—No; no voy a decirte eso.

—Entonces no tenemos nada más de que hablar.

—Emma... Joder, no sabía que todo se me iría de las manos. Quiero que hablemos, necesito contarte lo que pasó, pero no por teléfono. Puedo arreglar las cosas e ir a verte un par de días.

—No pienso recibirte.

—Por el amor de Dios, Emma.

—No lo haré. No tengo ningún motivo para hacerlo, Michael. Como te he dicho, eres libre de acostarte con quien te dé la gana. Y tienes mi bendición si tanto la necesitas. Quiero dejar atrás esa parte de mi vida. Por completo. Volver a verte no entra en mis planes. ¿Comprendes lo que digo?

—Sí. —Se hizo un largo silencio, demasiado largo—. Sí, supongo que sí. Buena suerte, Emma.

—Gracias, Michael. Adiós.

Emma estaba llorando otra vez, pero no se molestó en secarse las lágrimas. Había reaccionado. Había reaccionado al espantoso momento que había pasado con Blackpool. Deseaba que a Michael le fuera bien en la vida, por supuesto que lo deseaba. Al diablo con él y con todos los hombres.

Cerró la puerta con llave, encendió la radio a todo volumen, se sentó en el suelo y siguió llorando.

25

Nueva York, 1986

El ático parecía haber sido arrasado por un huracán. Emma recordó que Marianne siempre había sido un viento poderoso, un tifón. Había diarios y revistas desparramados por todas partes, tres bolsos vacíos, dos de ellos rojos, un único zapato del mismo estridente color y un montón de discos esparcidos por el suelo como una baraja de naipes. Emma eligió uno, lo puso en el tocadiscos y sonó la voz de Aretha Franklin.

Sonrió al recordar que Marianne había puesto ese mismo disco la noche anterior, mientras terminaba de preparar su equipaje a toda velocidad. Era difícil hacerse a la idea de que el ático y ella tendrían que arreglárselas sin Marianne durante la mayor parte de ese año.

Emma recogió una blusa de seda púrpura y un top Converse rojo. Otros dos artículos que por algún motivo habían escapado a la enloquecida búsqueda de objetos esenciales que Marianne había llevado a cabo. No había podido rechazar la oportunidad de estudiar durante un año en París, nada menos que en la École des Beaux Arts. Emma estaba contenta por ella, pero era duro, muy duro, estar completamente sola en el ático que compartía con su amiga.

El fragor del tráfico que llegaba de la calle se superponía a la voz de Aretha. Por la ventana abierta entraba la alta y poderosa voz de soprano de una vecina estudiante de ópera. Estaba practicando un aria de *Las bodas de Fígaro*. Tal vez fuera ridículo sentirse sola en Nueva York, pero Emma se sentía así.

No por mucho tiempo, pensó dejando la blusa y el zapato de Marianne en el primer escalón de la escalera de caracol. Debía hacer las maletas. Dentro de dos días estaría en Londres. Volvería a salir de gira con Devastation, pero esta vez tendría un cargo específico. Fotógrafa oficial de la banda. Se lo había ganado por mérito propio, pensó mientras ponía la primera maleta sobre la cama. Le habían dado una oportunidad cuando su padre le pidió que fotografiara a la banda para la tapa del álbum. La tapa de *Lost the Sun*, recordó. El austero retrato en blanco y negro había hecho furor, tanto que hasta Pete había dejado de quejarse de un supuesto nepotismo. Y no había dicho una palabra cuando le pidieron a Emma que hiciera la foto para la carátula del próximo disco.

Emma había tenido una pequeña gran satisfacción cuando, como representante del grupo, el propio Pete la invitó a participar de la gira. Salario y gastos incluidos. Runyun había mascullado entre dientes, pero solo por un rato. Algo acerca de la comercialización del arte. Cosas de viejo.

Londres, Dublín, París —un breve encuentro con Marianne—, Roma, Barcelona, Berlín. Por no mencionar todas las ciudades intermedias. La gira europea duraría diez semanas. Cuando terminara, Emma haría algo que se había prometido hacer casi dos años atrás. Abriría su propio estudio.

Tras haber buscado infructuosamente su traje de cachemir negro se dirigió hacia la escalera y se detuvo un momento para recoger la blusa y el zapato de su amiga. Una vez arriba, aspiró una fascinante mezcla de perfumes. Turpentine y Opium. Marianne había dejado su estudio tal como le gustaba. Hecho un caos. Había montones de recipientes, desde un sencillo frasco de mayonesa hasta un jarrón Dresde, atiborrados de pinceles, espátulas y trozos de carboncillo; telas apoyadas en desorden contra las paredes, y tres batas de pintor, todas de colores brillantes y manchadas de colores todavía más brillantes, abandonadas sobre la mesa y las sillas.

El caballete aún estaba al lado de la ventana, junto con una taza de algo que Emma no estaba segura de querer investigar. Negando con la cabeza entró en el área del dormitorio. Apenas había lugar para la cama. Con el transcurso de los años el arte de Marianne había invadido todos los rincones. La enorme cama con cabecera de mimbre estaba comprimida entre dos mesitas de noche. Sobre una de ellas había una lámpara, cuya pantalla parecía un bonete de paja. Sobre la otra, media docena de velas de distintos tamaños.

La cama estaba deshecha. Marianne se negaba a hacer la cama por principio desde que habían salido de Saint Catherine's. Emma solo encontró tres cosas en el ropero y las tres le pertenecían. El traje de cachemir negro estaba colgado entre una falda de cuero rojo que había olvidado que tenía y una camiseta con la leyenda «I love New York» con las mangas cortadas.

Emma sacó sus cosas del armario y se dejó caer sobre las arrugadas sábanas de Marianne.

Santo Dios, cómo iba a extrañarla. Habían compartido todo: bromas, crisis, discusiones, lágrimas. No había secretos entre ellas. Excepto uno, recordó Emma. Un secreto que todavía la hacía temblar.

Jamás había contado a Marianne lo de Blackpool. No se lo había contado a nadie. Había querido hacerlo, sobre todo aquella noche que Marianne regresó a casa borracha y completamente segura de que él iba a proponerle matrimonio.

—Mira lo que me ha dado. —Marianne había exhibido con orgullo el corazón de diamante con cadena de oro que llevaba colgado del cuello—. Dice que no quiere que me olvide de él mientras graba su nuevo disco en Los Ángeles. —Marianne comenzó a dar vueltas por el ático sentada en una silla con ruedas.

—Es muy bonito —se había obligado a decir Emma—. ¿Cuándo se marcha?

—Se ha ido esta noche. Lo he llevado al aeropuerto.

Emma sintió un inmenso alivio.

—Cuando su avión despegó, me senté en el aparcamiento y lloré como una niña durante media hora. Soy una estúpida.

Volverá pronto. —Marianne se interrumpió de pronto y abrazó a Emma—. Me pedirá que me case con él, Emma. Estoy segura.

—¿Que te cases con él? —El alivio se transformó en pánico. Recordó la sensación de aquellas manos brutales sobre su cuerpo, el modo en que le había tocado los pechos—. Pero, Marianne, él es... cómo...

—Lo supe por la forma en que me dijo adiós, por su manera de mirarme cuando me dio el collar. Ostras, Emma, tuve que hacer un gran esfuerzo para no suplicarle de rodillas que me llevara con él. Pero quiero que me pida que vaya. Sé que lo hará. Sé que lo hará.

No lo hizo, por supuesto.

Todas las noches Marianne pasaba horas sentada junto al teléfono y todos los días regresaba corriendo de la universidad para ver si tenía algún mensaje. Nada. Ni una sola llamada.

Tres semanas más tarde, descubrieron el porqué de su silencio a través de la pequeña pantalla. Allí estaba Blackpool, vestido con su tradicional chaqueta de cuero, acompañado por una morena joven y sensual, cantante de coro para más datos, en una fiesta de Hollywood. La televisión dio la primicia. Después, las revistas del corazón se abalanzaron sobre el caso.

La primera reacción de Marianne fue reírse. Luego intentó hablar con él. Pero Blackpool jamás devolvió las llamadas. *People* publicó un artículo sobre su flamante y voluptuosa novia. A Marianne le informaron de que el señor Blackpool estaba de vacaciones en Creta. Con la morena.

Emma se levantó y fue hasta la ventana del estudio. Jamás había visto a Marianne tan desolada, ni antes ni después de aquello. Había sentido un gran alivio cuando por fin salió de su llorosa depresión e insultó a Blackpool con una maestría tal que inflamó el corazón de Emma. Luego, ceremoniosamente, arrojó el corazón de diamantes por la ventana. Emma esperaba que alguna vagabunda de ojos de águila lo hubiera encontrado.

Marianne había superado la crisis y el abandono. Se había concentrado en su trabajo con un entusiasmo y un tesón que debía agradecerle a Blackpool. Emma pensaba que solo los artistas que habían sufrido eran realmente buenos.

Ella habría querido poder olvidarlo con la misma facilidad, pero siempre recordaría todo lo que le había dicho, los insultos que había derramado en sus oídos. Su única venganza había sido quemar las fotos y los negativos.

Pero todo aquello pertenecía al pasado. Hizo a un lado los pensamientos sombríos y se levantó. Su problema era que recordaba las cosas con excesiva claridad. Era una bendición y una maldición poder ver las cosas que habían ocurrido un año atrás, veinte años atrás, con la misma facilidad con que veía su cara en el espejo.

Salvo una noche, una sola noche en toda su vida. Una noche que solo recordaba en sueños confusos, borrosos.

Bajó por la escalera con las ropas que acababa de recuperar bajo el brazo. El zumbido del portero electrónico la hizo fruncir el ceño. Todo el mundo sabía que Marianne se había ido y que ella estaba con un pie en el avión.

El interfono hizo un poco de ruido cuando apretó el botón.

—¿Quién es?

—¿Emma? Soy Luke.

—¿Luke? —Abrió la puerta de abajo, encantada con la imprevista visita—. Sube, por favor.

Corrió al dormitorio y arrojó la ropa sobre la cama. Llegó justo a tiempo para recibirlo cuando se abrió la puerta del ascensor.

—Hola. —Emma lo abrazó fuerte, un poco sorprendida al ver que vacilaba antes de devolverle el abrazo—. No sabía que estabas en la ciudad.

Retrocedió para mirarlo y tuvo que fingir una sonrisa. Luke tenía un aspecto horrible. Estaba pálido, ojeroso, demasiado flaco. La última vez que lo había visto iba camino de Miami. Trabajo nuevo, vida nueva.

—Llegué hace un par de días. —Luke esbozó una sonrisa débil, pero la expresión de sus ojos era muy seria—. Estás más guapa que nunca, Emma.

—Gracias. —La mano de Luke parecía helada entre las suyas y Emma la soltó automáticamente—. Vamos a sentarnos. Traeré algo para beber. ¿Te apetece una copa de vino?

—¿No tendrás una botella de bourbon por casualidad?

Emma enarcó las cejas. Hacía tiempo que lo conocía y jamás había bebido nada más fuerte que una copa de Chardonnay.

—No lo sé. Iré a ver.

Esperó a que se sentara en el sofá en forma de ele y corrió a la cocina, veloz como una flecha.

Miami no le había sentado bien, saltaba a la vista. Emma abrió todas las alacenas y revisó su magra reserva de alcohol. O tal vez no soportaba haber roto con Johnno. Parecía un zombi. Estaba macilento. Como un sobreviviente de una catástrofe. El Luke que Emma recordaba, el Luke del que se había despedido dieciocho meses atrás, era un espécimen hermoso, musculoso y fuerte de la raza humana.

—Tengo coñac —gritó desde la cocina. Alguien les había regalado una botella de Courvoisier para Navidad.

—Está bien. Gracias.

Como no tenían copas de coñac, buscó una de vino y luego se sirvió un vaso de agua Perrier.

Luke pareció sentirse más a gusto cuando Emma se sentó en la otomana frente a él. No a su lado.

—Siempre me ha gustado este lugar. —Señaló el mural que Marianne había pintado sobre la pared enlucida—. ¿Dónde está?

—En París. —Emma consultó el reloj—. O a punto de llegar. Pasará un año estudiando allí.

Luke miró las fotos que colgaban de la pared vecina.

—He visto tu estudio fotográfico de Baryshnikov.

—Fue el mayor desafío de mi vida. Cuando Runyun me pidió que lo hiciera, casi me desmayé de emoción.

—Y la tapa del disco. —Luke bebió un trago de coñac. Sentía cada gota que bajaba por su garganta.

—Espera a ver la próxima. —Emma trataba de mantener un tono de voz alegre y animado, pero no podía disimular su preocupación cada vez que miraba a Luke—. Estará en las tiendas hacia el final de la semana. Claro que la música tampoco es mala, eso hay que reconocerlo —bromeó.

Emma vio que los dedos de Luke se ponían blancos como el mármol sobre el borde de la copa.

—¿Cómo está Johnno?

—Está bien. Creo que lo han convencido de que haga un cameo en *Miami Vice*... Estoy segura de que se pondrá en contacto contigo si se entera de que estás aquí.

—Sí. —Luke bebió otro trago de coñac—. No está en la ciudad.

—No, está en Londres. —La cantante de ópera comenzó a practicar sus escalas—. Se están preparando para la gira. Yo iré con ellos. De hecho, volaré a Londres pasado mañana.

—¿Vas a ver a Johnno?

—Sí, dentro de dos días. Tenemos mucho que hacer antes de empezar la gira. ¿Qué ocurre, Luke?

Luke negó con la cabeza. Dejó la copa sobre la mesa con mucho cuidado y metió una mano en el bolsillo de su chaqueta. Sacó un sobre blanco inmaculado y se lo entregó a Emma.

—¿Podrías darle esto de mi parte?

—Por supuesto.

—En cuanto lo veas.

—Sí, como tú digas. —Iba a dejarlo sobre la mesa, pero percibió la mirada ansiosa de Luke—. Lo guardaré ahora mismo en la maleta.

Emma dejó un momento solo a Luke, que miraba con expresión apagada por la ventana. Cuando regresó estaba de pie, con la copa vacía entre las manos. Empezó a decir algo, y Luke se tambaleó hacia un costado. La copa se estrelló contra el suelo antes de que Emma pudiera agarrar a Luke. No sabía que pesaba tan poco. La quebradiza fragilidad de su cuerpo la impresionó más que su extrema palidez.

—Siéntate. Vamos a sentarnos. Estás enfermo. —Se arrodilló en un cojín junto a él y comenzó a acariciarle el cabello. Exhausto, Luke cerró los ojos—. Creo que tienes fiebre. Deja que te lleve al médico.

—No. —Luke echó hacia atrás la cabeza. Sus ojos brillaban de furia cuando se cruzaron con los de Emma—. Ya he visto al médico. He visto a una maldita flota de médicos incompetentes.

—Tienes que comer algo —dijo ella con firmeza—. Parece que hace más de una semana que no pruebas bocado. Déjame prepararte...

—Emma. —Luke la tomó de la mano. Ella lo sabía. Vio en su cara que ya lo sabía, pero se negaba a aceptarlo. Él mismo había tardado bastante en aceptarlo—. Me estoy muriendo. —Decirlo parecía fácil. Era casi un alivio—. Tengo sida.

—No. —Emma le clavó los dedos en la mano, desesperada—. Dios mío, no.

—Hace varias semanas que estoy enfermo. Meses, en realidad —admitió con un suspiro—. Primero pensé que era un resfriado mal curado, gripe, deficiencia vitamínica. No quería consultar al médico. La sola idea me aterraba. Luego, bien... me vi obligado a hacerlo. No acepté el primer diagnóstico, ni el segundo, ni el tercero. —Lanzó una carcajada y volvió a cerrar los ojos—. Es imposible escapar de algunas cosas.

—Hay tratamientos. —Frenética, Emma se llevó la mano de Luke a la mejilla—. He leído que hay tratamientos, fármacos.

—Estoy atiborrado de fármacos. Algunos días me siento bastante bien.

—Hay clínicas.

—No pienso pasar el poco tiempo de vida que me queda encerrado en una clínica. He vendido mi casa, así que tengo un poco de dinero. Voy a alquilar una habitación en el Plaza. Pienso ir al teatro, al cine, a los museos, a ver ballet. Haré todas las cosas que no he tenido tiempo de hacer en los últimos años. —Volvió a sonreír y rozó la mejilla de Emma con un dedo—. Lamento haber roto la copa.

—No te preocupes por eso.

—Parecía de Waterford —murmuró Luke—. Siempre has tenido mucha clase, Emma. No llores. —Se le endureció la voz. No quería ver lágrimas en sus ojos.

—Voy a barrer los vidrios rotos.

—Ahora no. —Luke volvió a tomarla de la mano. Necesitaba desesperadamente que alguien le cogiera la mano—. Quédate aquí conmigo. Solo un momento.

—Está bien. No puedes rendirte, Luke. Todos los días descubren... ay, sé que parece una estupidez y suena trillado —dijo con desesperación—, pero cada día están más cerca. Se están haciendo tantas investigaciones... y los medios están logrando que la gente tome conciencia. —Volvió a llevarse la mano de Luke a la mejilla—. Están decididos a encontrar una cura. Tienen que encontrarla.

Él no dijo nada. No podía dar a Emma el consuelo que necesitaba. ¿Cómo explicarle lo que había sentido cuando le informaron del diagnóstico? ¿Acaso comprendería, acaso podría comprender que no solo sentía miedo y rabia? También estaba la humillación. Y el desconsuelo. Cuando presentó un cuadro de neumonía pocas semanas atrás, los paramédicos de la ambulancia no quisieron tocarlo siquiera. Estaba completamente aislado de todo contacto humano, de toda compasión, de toda esperanza.

Emma era la primera persona que lo tocaba, que lloraba por él. Y no podía explicarle lo que sentía.

—Cuando veas a Johnno, no le digas que tenía mal aspecto.

—No lo haré.

Eso pareció consolarlo un poco. Volvió a relajar la mano.

—¿Recuerdas cuando intenté enseñaros a cocinar?

—Recuerdo que dijiste que yo era un caso perdido, pero que Marianne era el colmo de la ineptitud.

—Al final aprendiste a preparar espaguetis.

—Todavía los preparo según tu receta una vez por semana, lo quiera o no.

Luke se echó a llorar. Lágrimas lentas y mudas que se deslizaban entre sus pestañas cerradas.

—¿Por qué no pospones por un tiempo lo del Plaza y te quedas aquí conmigo? —Luke negó con la cabeza. Emma insistió—. Esta noche, entonces. Quédate a pasar la noche aquí. Me siento sola sin Marianne y podrás comprobar que ahora la salsa de los espaguetis me sale mucho mejor.

Se quedó sentada junto a él, esperando. Luke enterró la cara entre las manos y lloró.

Llovía cuando aterrizó en Heathrow. La suave lluvia primaveral la hizo pensar en narcisos. Cruzó la puerta de desembarque con el estuche de la cámara colgado del brazo. Johnno salió a su encuentro y le dio un sonoro beso en la mejilla. Luego le pasó un brazo por encima de los hombros y se abrieron paso entre el gentío rumbo a la salida de la terminal.

—Pete hará que envíen tus maletas. —Pasaron de largo por la zona de recogida de equipaje y llegaron a la salida—. Recuérdame que le bese los pies cuando lo vea.

Emma enarcó una ceja al ver que Johnno abría la portezuela de una limusina.

—No soporto el tráfico de los aeropuertos —se justificó Johnno. Una vez dentro del vehículo, sirvió dos vasos de Pepsi y le ofreció una bolsa de patatas fritas—. Además, aquí podemos comer y beber a gusto. ¿Lo has pasado muy mal en el avión?

—He intentado superarlo a base de tranquilizantes y oraciones. —Emma comenzó a devorar las patatas fritas. Comer en un avión era un lujo que su estómago no se podía permitir—. No te preocupes. Tengo una buena reserva de ambas cosas para la gira.

—Me alegra tenerte a bordo.

En lugar de abordar el tema que tenía en mente, Emma comenzó a hacer preguntas con tono ligero. Johnno no dijo nada cuando ella estiró la mano y cerró la ventanilla de vidrio que separaba el asiento trasero del chófer.

—Te agradezco que hayas venido a buscarme.

—Supuse que tenías algo que decirme.

—Sí. ¿Tienes un cigarrillo?

Johnno sacó dos y los encendió a la vez.

—¿Es algo serio?

—Muy serio. —Emma dio dos caladas al Gauloise—. Luke vino a verme hace un par de días.

—¿Está en Nueva York?

—Sí... Cenamos juntos.

—Qué bien. ¿Y cómo está mi viejo amigo Luke?

Con la vista baja, Emma sacó el sobre de su cartera.

—Me pidió que te entregara esto.

Se dio la vuelta para mirar la lluvia soñolienta. Johnno abrió el sobre y leyó en silencio. Solo se oían el sonido apagado del motor, el suave gotear de la lluvia, las suaves notas de un preludio de Chopin. Emma esperó. Un minuto, cinco minutos. Luego se volvió hacia Johnno, que estaba mirando al frente, con rostro inexpresivo. Había dejado caer la carta sobre su regazo. Emma sintió que se le encogía el corazón cuando él volvió la cabeza y la miró a los ojos.

—¿Estás enterada?

—Sí, él mismo me lo dijo. —Sin saber qué hacer, Emma tomó la mano de Johnno entre las suyas—. Lo lamento, Johnno. No sabes cuánto lo lamento.

—Está preocupado por mí —dijo con voz ronca, clavando los ojos en la carta—. Me pide que me haga las pruebas. Y quiere... quiere que sepa que mantendrá nuestra relación en secreto hasta el final. Dios mío. —Dejó caer la cabeza hacia atrás y lanzó una carcajada hueca, vacía como una cáscara de nuez—. Dios mío. Se está muriendo y quiere que yo sepa que mi reputación está a salvo.

—Es importante para él.

A Johnno le ardía la garganta. Se dio cuenta de que era porque estaba reprimiendo el llanto. Dio una profunda calada al cigarrillo.

—Él fue importante para mí, maldita sea. Ahora se está muriendo... ¿y qué se supone que debo decirle? Gracias, tío. No sé cómo agradecerte que te lleves mi secreto a la tumba.

—Por favor, Johnno. Para él es importante que así sea. Él... Luke está tratando de atar los cabos sueltos. Necesita atar los cabos sueltos antes de morir.

—A la mierda con todo. A la puta mierda con todo. —El dolor y la furia hacían estragos en su interior. No podía descargarlos contra nada, contra nadie. De nada le servía maldecir la enfermedad... como no le había servido de nada maldecir al destino cuando supo que era homosexual. Buscó otro cigarrillo. Las manos le temblaron cuando intentó encenderlo—. Hace seis meses pagué una buena cantidad de dinero para que me hicieran las pruebas con total discreción. Estoy sano. —Inhaló con furia y estrujó la carta en el puño—. Mi sistema inmunológico no presenta ningún problemita desagradable. Nada. Yo no tengo ningún problema.

Emma comprendió enseguida. Tal vez por eso, su voz sonó vehemente.

—Es una estupidez que te sientas culpable por estar sano.

—¿Dónde está la justicia, Emma? —Alisó la carta, la dobló con esmero y se la guardó en el bolsillo—. ¿Dónde está la maldita justicia?

—No lo sé. —Emma apoyó la cabeza sobre el hombro de Johnno—. Cuando asesinaron a Darren, era demasiado pequeña para hacerme esa pregunta, pero desde entonces me la he hecho cientos de veces, Johnno. ¿Por qué muere la gente a la que queremos... y nosotros quedamos vivos? Las monjas dicen que es la voluntad de Dios.

—Esa explicación no me basta.

—No, a mí tampoco. —Tuvo una breve lucha con su conciencia. Supuestamente sabía lo que debía decirle. Pero no—. Luke está en Nueva York. Se quedará unas semanas en el Plaza. No quería que te lo dijera.

Johnno la abrazó en silencio.

—Gracias —murmuró.

Cuando la limusina se detuvo frente a la casa de Brian en Londres, Johnno la besó en la frente.

—Dile a Brian... dile la verdad. Volveré dentro de un par de días.

—De acuerdo. —Emma vio desaparecer la limusina en la lluvia brumosa.

26

Emma colocó un gran angular y se agachó frente al escenario del Palladium de Londres. Era innegable que Devastation era tan dinámico durante los ensayos como en los conciertos. Estaba satisfecha con las fotos que había hecho hasta el momento y había modificado su horario para poder trabajar en el cuarto oscuro.

En ese momento estaba fotografiando el escenario vacío, los instrumentos, los amplificadores y los cables abandonados mientras la banda se tomaba una hora de descanso. Había teclados electrónicos, trompetas y hasta un piano de cola. Lo que le interesaba ahora, lo que a su modo quería inmortalizar, eran los puntales de la creación musical.

La vapuleada y sagrada Martin la hizo pensar en el hombre que la tocaba. Stevie estaba tan maltrecho y era tan brillante como aquel instrumento que mimaba desde hacía casi veinte años. La correa nueva —cuya audaz mezcla de colores era un verdadero imán para el ojo— había sido un regalo de Navidad de Emma.

También estaba el bajo Fender de Johnno, de un rutilante color turquesa. Al lado de la Martin, parecía frívolo y demasiado vulgar en su soporte. Como su propietario, era un instrumento competente y sagaz bajo aquel barniz elegante y despreocupado.

La batería de P. M. ostentaba el logo de la banda. Desde cierto ángulo, era absolutamente ordinaria, pero, si uno se acercaba más, se apreciaba la compleja estructura de bombos, tambores y platillos. Los tres juegos de palillos, añadidos prudentemente, el brillo de los bordes de cromo que P. M. insistía en pulir personalmente.

Más allá estaba la Gibson de su padre, hecha a medida. Una guitarra absolutamente simple, de clase trabajadora, con su sencilla correa negra. No estaba vapuleada, no era impactante, pero la madera, de color dorado claro, relucía como el oro. Y cuando Brian pulsaba sus cuerdas, los ojos de Emma se llenaban de lágrimas.

Bajó la cámara y acarició el mástil de la guitarra, pero retiró la mano enseguida al oír música. Por un momento pensó que el instrumento había cobrado vida por arte de magia. Sintiéndose una tonta, recorrió el escenario con la vista. Se oía música y ciertamente era un sonido mágico.

Cruzó el escenario sin hacer ruido, guiada por ella.

Lo vio sentado en el suelo, con las piernas cruzadas, junto a la puerta de un camerino. La música resonaba en el pasillo. Sus dedos largos y elegantes acariciaban las cuerdas, se deslizaban sobre ellas como los dedos de un amante. Cantaba en voz muy baja, para sí.

—«Tú dormías pero yo estaba despierto. / Un rayo de luna besó tu cara y jugó con tu cabello angelical. / Suspiraste mi nombre mientras te miraba. / Y deseé con toda mi alma. / Entrar en tus sueños, / quedarme allí para siempre contigo. / En tus sueños...»

Su voz era cálida y suave. Estaba inclinado sobre la guitarra y su cabello rubio oscuro le tapaba el rostro. Emma no dijo nada. No quería molestarlo, pero se agachó y enfocó la lente. Bajó la cámara de inmediato cuando él miró en su dirección, alertado por el clic del obturador.

—Perdón. No quería interrumpir.

Los ojos del hombre eran dorados como su cabello. Se cruzaron con los de Emma y le sostuvieron la mirada. Su cara era un fiel reflejo de su voz. Pálida, de facciones suaves. Tenía pestañas muy largas. Sus labios gruesos y perfectamente delineados esbozaron una sonrisa. Una sonrisa tímida, pensó Emma.

—Ningún hombre en sus cabales podría pensar que lo interrumpes. —Siguió rasgueando la guitarra mientras la observaba. Una música ausente. La había visto antes, por supuesto, pero era la primera vez que tenía ocasión de mirarla de cerca. Emma se había recogido el cabello y tenía la cara despejada, de modo que pudo apreciar sus rasgos delicados—. Hola. Soy Drew Latimer.

—Hola... Ah, por supuesto. Tendría que haberte reconocido. —Y seguramente lo habría hecho de no haber estado tan impresionada y nerviosa. Se acercó y le tendió la mano—. Eres el cantante de Birdcage Walk. Me gusta tu música.

—Gracias. —Él le estrechó la mano y no la soltó hasta que Emma se arrodilló a su lado—. ¿La fotografía es un pasatiempo o una profesión?

—Las dos cosas. —Emma notó que el corazón comenzaba a latirle más deprisa. Drew no le quitaba los ojos de encima—. Espero que no te moleste que te haya hecho una foto. Te he oído tocar y me he acercado.

—Me alegra que lo hayas hecho. —Más de lo que quería admitir—. ¿Por qué no cenamos juntos esta noche y me haces cien fotos más?

Emma se rió con ganas.

—Por lo general no hago tantas fotos cuando estoy comiendo.

—Entonces no traigas la cámara.

Emma esperó hasta estar segura de no tartamudear.

—Tengo que trabajar.

—¿Qué te parece si desayunamos juntos entonces? ¿Almorzamos? Ya sé, compartiremos una tableta de chocolate.

Emma, se levantó del suelo con una sonrisa cómplice.

—Me ha dicho un pajarito que ni siquiera tienes tiempo para compartir una tableta de chocolate. Tu banda será telonera de Devastation mañana por la noche.

Drew no le soltó la mano. No tenía la menor intención de dejarla escapar tan fácilmente.

—¿Y si te hago entrar en el concierto y después nos bebemos una copa?

—Estaré en el concierto.

—De acuerdo, ¿a quién tengo que matar? —Sostenía la guitarra con una mano, y con la otra, los dedos de Emma. Su camisa tejana desabotonada casi hasta la cintura dejaba entrever una piel pálida y suave. Se levantó de un brinco y se quedó frente a ella—. No vas a desaparecer de mi vida en la víspera de mi gran debut, ¿verdad? Necesito apoyo moral.

—Lo harás muy bien.

Drew apretó el puño cuando Emma intentó desasirse.

—Dios mío, por muy trillado que suene, es la verdad. Eres la mujer más bella que he visto en toda mi vida.

Halagada y ruborizada, Emma trató de liberar su mano.

—Tendrías que salir más.

—De acuerdo —repuso él. Su sonrisa era lenta, arrasadora—. ¿Adónde te gustaría ir?

Emma intentó de nuevo liberar sus manos, medio muerta de pánico y medio muerta de risa. Oyó voces y movimientos en el escenario. Los músicos estaban regresando.

—Tengo que volver. En serio.

—Por lo menos dime cómo te llamas. —Le acarició los nudillos con el pulgar. Emma sintió que se le aflojaban las rodillas—. Todo hombre tiene derecho a conocer el nombre de la dama que le ha roto el corazón.

—Me llamo Emma. Emma McAvoy.

—Ay, joder. —Drew le guiñó el ojo antes de soltarle la mano—. Perdóname, no tenía la menor idea. Ostras, me siento un imbécil.

—¿Por qué?

Drew se pasó la mano por el cabello y la dejó caer.

—Eres la hija de Brian McAvoy, y a mí no se me ocurre nada mejor que tratar de conquistarte de la manera más torpe.

—A mí no me ha parecido torpe —murmuró Emma. Carraspeó un poco para aclararse la garganta. Sus ojos volvieron a encontrarse con los de Drew—. Tengo que volver. Ha sido... agradable conocerte.

—Emma. —Drew hizo una pausa. Disfrutó cada segundo cuando ella se detuvo, titubeante, y se dio la vuelta para mirarlo—. Tal vez tengas tiempo para compartir una tableta de chocolate en las próximas diez semanas.

—Bueno. —Suspiró hondo y volvió al escenario.

Drew le envió una Milky Way atada con una cinta rosa y la primera carta de amor de su vida. Emma se quedó inmóvil en el umbral, con la mirada fija en el papel. El mensajero se retiró sin que ella se diera cuenta.

> Emma:
> Cuando lleguemos a París te daré una sorpresa, pero por ahora quería regalarte esto, para recordar nuestro primer encuentro. Estaré pensando en ti esta noche, cuando toque «In Your Dreams».
>
> DREW

Emma miró la tableta de chocolate. Un canasto repleto de diamantes no la hubiera conmovido más. Sabiendo que nadie podía verla, hizo tres piruetas en el vestíbulo. Luego, dominada por un impulso, tomó su chaqueta y salió corriendo de la casa.

Alice abrió nuevamente la puerta, pero esta vez no lloró. Miró a Emma a los ojos. Sus labios esbozaron una leve sonrisa.

—Has vuelto.

—Sí. Hola, Alice. —Apenas podía contenerse. Los pies le bailaban solos. Se inclinó y sorprendió a su antigua niñera con un sonoro beso en la mejilla—. He vuelto. Tenía ganas de ver a Bev. ¿Está en casa?

—Está arriba, en su despacho. Le diré que estás aquí.

—Gracias. —Emma no solo quería bailar, también quería cantar. Jamás en su vida se había sentido así. Exultante, nerviosa y absolutamente bella. Si eso era estar enamorada, había esperado demasiado para experimentarlo. Había un ramo de narcisos y jacintos en un jarrón junto a la puerta. Inclinó la cabeza para olerlos y decidió que jamás había aspirado una fragancia más dulce.

—Emma. —Bev bajó corriendo por la escalera, con un lápiz sobre la oreja y unas grandes gafas de montura negra sobre la nariz—. Me alegro tanto de verte... —La estrechó entre sus brazos con fuerza—. Cuando nos vimos en Nueva York el invierno pasado dijiste que vendrías, pero no creí que tuvieras tiempo de visitarme.

—Tengo todo el tiempo del mundo. —Emma lanzó una carcajada de felicidad y la abrazó—. Ay, mamá. ¿No te parece que es un día precioso?

—Ni siquiera he podido salir a tomarme un respiro, pero confío en tu palabra. —Bev retrocedió unos pasos y entrecerró los ojos tras sus gafas de lectura—. Estás en una nube. ¿A qué se debe?

—¿En serio? —Emma se llevó las manos a las mejillas—. ¿Se nota? —Sin dejar de reír, tomó del brazo a Bev—. Tenía que contárselo a alguien. No podía aguantarme. Papá está no sé dónde, con Pete y el nuevo productor de la gira. Tampoco me hubiera servido de mucho hablar con él, a decir verdad.

—¿No? —Bev se quitó las gafas y las dejó sobre una mesa mientras se dirigían a la sala—. No me imagino en qué no podría haberte ayudado Brian.

—Ayer conocí a alguien.

—¿Alguien? —Bev señaló un sillón y se sentó en el apoyabrazos mientras Emma, que no podía estarse quieta, iba de una punta a otra de la sala—. Entiendo que ese alguien es de sexo masculino.

—Un maravilloso alguien de sexo masculino. Ay, sé que parezco una idiota... la clase de idiota que siempre juré y perjuré que no sería jamás, pero es que es un hombre estupendo. Es atractivo, dulce y divertido.

—¿Y ese hombre atractivo, dulce y divertido se llama...?

—Drew. Drew Latimer.

—El cantante de Birdcage Walk.

Emma sonrió eufórica y volvió a abrazar a Emma antes de reanudar su nerviosa caminata.

—Veo que estás al día.

—Por supuesto. —Bev frunció el entrecejo... y tuvo que admitir que era una remilgada. ¿Qué era eso de preocuparse porque Emma tenía una relación con un músico? El puchero que dice a la sartén que se aparte porque la tizna, pensó recordando su propia historia. Y no pudo menos que sonreír—. ¿Y es tan guapo en persona como en las fotos?

—Más. —Emma recordó cómo le había sonreído, evocó el brillo de sus ojos—. Nos cruzamos en la zona de los camerinos. Bueno, es una manera de decir. Estaba sentado en el suelo. Tocaba la guitarra y cantaba, como hace papá algunas veces. Enseguida nos pusimos a hablar y trató de seducirme. Supongo que dije un montón de tonterías. —Se encogió de hombros. Por más tonterías que hubiera dicho, quería recordar todas y cada una de las palabras que habían pronunciado—. Lo mejor de todo es que no sabía quién era yo. —Se agachó y tomó a Bev de las manos—. No tenía la menor idea de quién era yo.

—¿Y eso tiene alguna importancia?

—Sí. Claro que sí. Se sintió atraído por mí, ¿te das cuenta? Por mí, no por la hija de Brian McAvoy. —Se sentó medio segundo y volvió a levantarse. Hubiera querido girar como una peonza—. Siempre he tenido la sensación de que todos los hombres que salían conmigo querían saber cosas de papá o cómo era ser la hija de Brian McAvoy, pero él me invitó a cenar antes de enterarse. Luego, cuando se lo dije, se sintió un poco... avergonzado. Hubo algo tan encantador en su manera de reaccionar...

—¿Saliste con él?

—No. Estaba demasiado aturdida. Y quizá me daba un poco de miedo aceptar. Pero hoy me ha enviado un mensaje. Y... ay, mamá, me muero de ganas de verlo. Me gustaría que vinieras esta noche, que pudieras estar allí, compartir esto conmigo.

—Sabes que no puedo, Emma.

—Lo sé, lo sé. —Exhaló un hondo suspiro—. Ya ves, nunca me había sentido así, como si tuviera...

—La cabeza en las nubes y te faltara el aliento.

—Sí. —Emma se rió—. Sí, exactamente así.

Bev había sentido lo mismo una vez. Una sola vez en su vida.

—Tienes tiempo de sobra para conocerlo. Ve con cautela.

—Siempre voy con cautela —musitó Emma—. ¿Tú fuiste con cautela con papá?

Dolía. Habían pasado más de quince años... y aún dolía.

—No. No quise escuchar a nadie.

—Te escuchaste a ti misma. Mamá...

—Por favor, no hablemos de Brian.

—Está bien. Solo una cosa más. Papá va a Irlanda, a la tumba de Darren, dos veces al año. El día del cumpleaños de Darren y en... en diciembre. Pensé que debías saberlo.

—Gracias. —Bev estrechó suavemente la mano de Emma—. Pero no has venido a hablar de cosas tristes.

—No. No, claro que no. —Emma se arrodilló y apoyó la cabeza sobre el muslo de Bev—. He venido a pedirte un favor de vital importancia para mí. Necesito algo absolutamente espléndido para esta noche. Salgamos de compras y ayúdame a encontrarlo.

Bev se levantó de un brinco, riendo.

—Iré a buscar mi chaqueta.

Emma casi se había convencido de que era una tontería preocuparse por la ropa. Estaba allí para hacer fotos, no para coquetear con el cantante de los teloneros. Tenía tanto que hacer —supervisar los equipos y las luces, controlar a los tramoyistas y las máquinas de humo, entre otras cosas— que pronto olvidó que había tardado más de una hora en vestirse.

El público había empezado a entrar, aunque faltaban todavía treinta minutos para que comenzara el concierto. Había varios tenderetes que exhibían artículos de la banda: camisetas, sudaderas, pósters, llaveros. Estaban en la década de los ochenta y el rock and roll ya no era solamente una música para chicos jóvenes y rebeldes. Era un gran negocio.

Emma, un rostro anónimo para la multitud, recorrió los puestos de venta enfundada en un mono negro y se entretuvo fotografiando a los fans que gastaban hasta la última libra que tenían en los bolsillos para llevarse algún recuerdo del gran acontecimiento. Los oyó discutir, diseccionar y alabar a su padre. Sonrió un poco recordando el día que, muchos años atrás, había hecho cola frente a un ascensor para subir a la cima del Empire State Building. Entonces tenía menos de tres años. Ahora, diecinueve años después, Brian McAvoy todavía hacía palpitar los volubles corazones de las adolescentes.

Cambió de cámara. Quería color para mostrar las chillonas franjas rojas, azules y verdes de las camisetas adornadas con letras llamativas.

DEVASTATION 1986

Los fans eran un verdadero arco iris. Peinados punks, cabezas rapadas, melenas largas. El estilo era la falta de estilo. La vestimenta iba desde los tejanos gastados a los elegantes trajes de tres piezas. Muchos de los que forcejeaban por abrirse paso tenían la misma edad de su padre o incluso más. Médicos, dentistas, ejecutivos que habían crecido al ritmo del rock and roll y querían compartir el legado con sus hijos. Había niños en edad escolar, criaturas que aún no sabían andar sentadas a horcajadas sobre los hombros de sus padres, mujeres con collares de perlas con sus hijas, que aferraban sus camisetas de Devastation recién compradas. Y, como un eco de los sesenta, el lánguido pero inconfundible aroma del porro mezclado con las fragancias de Chanel o Brut.

Emma se alejó abriéndose paso lentamente entre la multitud. El guardia de seguridad asintió y le permitió entrar a la parte de atrás del escenario al ver el pase que llevaba colgado del segundo botón de su traje.

Si fuera era una locura... allí detrás era peor. Un amplificador defectuoso, otro rollo de cable, un asistente frenético que corría de un extremo a otro, desesperado por dejar listo hasta el último detalle. Emma hizo varias fotos. Luego dejó que los técnicos y ayudantes continuaran con su trabajo y fue al camerino a hacer el suyo.

Quería fotos, como las que tenía grabadas en la mente. Papá y los otros en el camerino, compartiendo el mismo cigarrillo, bromeando, metiéndose en la boca un chicle o una almendra garrapiñada. Estaba a punto de sonreír ante la idea cuando se topó con Drew. Era como si la hubiera estado esperando.

—Hola otra vez.

—Hola. —Emma sonrió, nerviosa, y ajustó la correa de su cámara para distraer las manos—. Quería agradecerte el regalo.

—Pensé mandarte rosas, pero era demasiado tarde. —Retrocedió para mirarla—. Estás espléndida.

—Gracias. —Esforzándose por apaciguar su respiración, Emma lo inspeccionó de arriba abajo. Había elegido un cómodo conjunto de cuero blanco con tachuelas de plata para salir al escenario. Y unas botas del mismo estilo y color que casi le llegaban a las rodillas. Su cabello alborotado y su media sonrisa la hicieron pensar en un vaquero vestido de gala.

—Tú también —murmuró, dándose cuenta de que había pasado demasiado tiempo mirándolo—. Estás fantástico.

—Queremos impactar al público. —Drew se frotó la palma de las manos en los muslos—. Estamos muy nerviosos. Don, el bajista, está descompuesto. Tiene la cabeza metida en el inodoro y no para de vomitar.

—Papá siempre dice que canta mejor cuando está nervioso.

—Entonces triunfaremos esta noche. —La tomó de la mano con cierta timidez—. Escucha, ¿has pensado en lo que te dije? ¿Que tal vez podríamos salir un rato cuando todo haya terminado? Podríamos tomar algo juntos.

Emma no había pensado en otra cosa.

—En realidad, yo...

—Soy un pesado. —Drew suspiró y la miró a los ojos—. No puedo evitarlo. Apenas te vi... pensé, guau, es ella. La mujer de mis sueños. —Se pasó una mano por el cabello cuidadosamente alborotado y peinado con brillantina—. Esto no se me da bien.

—¿De veras? —Emma se preguntó cómo era posible que no oyera los latidos de su corazón.

—No. —La tomó de la mano—. Lo intentaré de nuevo... Sálvame la vida, Emma. Pasa una hora conmigo.

Ella sonrió lentamente, hasta que se le formó el hoyuelo en la comisura de la boca.

—Me encantaría.

Apenas oyó los gritos y los aplausos. Su cerebro apenas había captado la música. Cuando todo terminó y su padre, bañado en sudor, salió a saludar por última vez, Emma supo que si una ínfima parte de las decenas de fotos que había hecho resultaba buena... sería sencillamente un milagro.

—Ostras, estoy muerto de hambre. —Secándose con una toalla la cara y el cabello, Brian se dirigió al camerino. Los silbidos y los aplausos todavía resonaban en sus oídos—. ¿Qué te parece, Emma? ¿Invitamos al resto de las reliquias del rock a comer una pizza?

—Ah... me encantaría. —Ella titubeó un poco, sin comprender por qué se sentía tan incómoda—. Pero tengo cosas que hacer. —Se apresuró a darle un beso—. Has estado maravilloso.

—¿Acaso esperabas otra cosa? —preguntó Johnno, que se abría paso dando codazos entre la multitud. Luego susurró con voz cascada—. Somos leyendas.

P. M. se paró junto a ellos, con la cara roja como un tomate.

—Esa lady Annabelle... la del pelo... —Levantó las manos a los costados de la cabeza para mostrar lo que quería decir.

—¿La de los zapatos rojos y los diamantes? —preguntó Emma.

—Creo que sí. Ha chocado contra un foco detrás del escenario. —P. M. se pasó la mano por la frente. Aunque su voz sonaba afligida, un destello de risa brilló en sus ojos—. Cuando me acerqué para ver qué ocurría, ella... ella... —Carraspeó para aclararse la garganta y negó con la cabeza, como si no se atreviera a proseguir—. Intentó abusar de mí.

—Santo Dios, hay que llamar a la policía. —Johnno le pasó un brazo por encima de los hombros para reconfortarlo—. Habría que encerrar bajo siete llaves a las mujeres como ella.

Sé que te sientes utilizado y sucio, querido, pero no te preocupes. Puedes contarle a tío Johnno todo lo ocurrido. —Comenzó a caminar con la intención de llevarse a P. M. de allí—. Solo dime dónde te ha tocado... y cómo. No te dé vergüenza ser explícito. Quiero todos los detalles.

Brian los observó marcharse con una sonrisa cómplice.

—P. M. siempre atrae a mujeres llamativas y escandalosas. Es difícil entender por qué.

Había afecto en su voz. Emma lo percibió al instante y se preguntó si su padre sabría que ya había perdonado a su viejo amigo. Pero la sonrisa de Brian se evaporó de inmediato al ver a Stevie a menos de un metro de distancia, apoyado contra la pared. Pálido como un muerto, tenía la cara y el pelo bañados en sudor. Emma pensó que parecía diez años más viejo.

—Vamos, tío. —Como quien no quiere la cosa, Brian le deslizó un brazo por la cintura. Con pulso firme, soportó todo el peso de su cuerpo—. Iremos a darnos una ducha y luego nos comeremos un buen pedazo de carne.

—¿Quieres que te ayude, papá?

Brian negó con la cabeza y se dirigió al camerino de Stevie. Estaba visiblemente contrariado, pero no pensaba compartir aquella carga con su hija ni con nadie.

—No. Yo me ocuparé de él.

—Entonces... nos veremos en casa —murmuró ella, pero Brian ya había cerrado la puerta. Sintiéndose un poco perdida, Emma fue a buscar a Drew.

Emma esperaba que hubiera elegido un club ruidoso y atestado de gente donde tocaran rock a todo volumen. Tramp o Taboo, por ejemplo. Pero no. Estaban en un compartimiento apenas iluminado, en un club de jazz del Soho. Un lugar lleno de humo y buena música. En el escenario había un trío vestido de azul celeste. Un pianista, un bajista y un cantante. La música era suave y melancólica, como la iluminación del local.

—Espero que no te moleste que hayamos venido aquí.

—No. —Deliberadamente, Emma desenlazó las manos y aflojó los hombros. La luz tenue era una bendición. Gracias a ella Drew no se daría cuenta de lo nerviosa que estaba, y tampoco Sweeney, que fumaba perezosamente su habitual cigarrillo unas mesas más allá—. Nunca había venido aquí. Me gusta.

—Bueno, tal vez no estés acostumbrada a frecuentar lugares como este, pero es difícil hablar o estar a solas en la mayoría de los otros clubes. Y quería hacer las dos cosas contigo.

Emma volvió a entrelazar los dedos, rígidos como estalactitas.

—No he tenido ocasión de decirte lo maravilloso que has estado esta noche. Pronto seréis vosotros las estrellas de los conciertos y otros harán de teloneros.

—Gracias. Tus palabras significan mucho para mí. —Apoyó una mano sobre la de Emma y le acarició suavemente los nudillos con el pulgar—. Estábamos un poco cohibidos por ser la primera noche, pero poco a poco nos iremos soltando.

—¿Cuánto tiempo hace que te dedicas a la música?

—Desde que tenía diez años. Supongo que debo agradecérselo a tu padre.

—¿Ah, sí? ¿Por qué?

—Mi primo trabajó en algunas giras de Devastation cuando yo era niño y una vez me llevó a un concierto. Por supuesto que no pagué la entrada. Brian McAvoy. Me dejó pasmado, así de simple. En cuanto pude ahorrar algo de dinero, me compré una guitarra de segunda mano. —Sonrió complacido. Su mano sostenía con firmeza la de Emma—. El resto es historia.

—No sabía esa parte de tu historia.

—Supongo que jamás se la había contado a nadie. —Drew se encogió de hombros con cierto nerviosismo—. Me da un poco de vergüenza.

—Pues no debería avergonzarte. —Emma se acercó un poco más a él, fascinada—. Es una anécdota conmovedora. Justo la clase de historia que vuelve locas a las fans.

Drew la miró. Bajo la luz tenue, sus ojos emitían un fulgor dorado oscuro.

—En este momento no pienso en las fans. Emma...

—¿Qué queréis tomar?

Emma apartó la mirada de los ojos de Drew y parpadeó al mirar a la camarera.

—Ah... un agua mineral.

Drew enarcó la ceja pero no hizo ningún comentario.

—Una Guinness. —Continuó mirando a Emma, sin dejar de jugar con sus dedos—. Debes de estar harta de oír anécdotas de músicos —murmuró—. Preferiría saber más de ti.

—No hay mucho que contar, en realidad.

—Creo que te equivocas. Quiero saber todo lo que hay que saber sobre Emma McAvoy. —Se llevó su mano a los labios—. Todo.

Ella pasó una noche de ensueño. La música sensual era el fondo perfecto. Él parecía prestar atención a cada una de sus palabras. Y la tocaba, no dejaba de tocarla. Apoyaba su mano sobre la de Emma, le acariciaba el cabello, le rozaba el brazo con delicadeza. No se movieron de su rincón oscuro y ni una sola vez miraron a las otras parejas sentadas a las mesas.

Cuando salieron del club, caminaron por la orilla del Támesis a la luz de la luna. Corría una leve brisa. Era tarde, muy tarde, pero la hora ya no tenía importancia. Emma aspiró el aroma del río, la fresca fragancia de las flores primaverales. Cuando Drew se quitó la chaqueta y le cubrió los hombros con ella, pensó en los corteses caballeros de otros tiempos.

—¿Tienes frío?

—No. —Emma respiró hondo y negó con la cabeza—. Es maravilloso. Jamás recuerdo cuánto me gusta Londres. Hasta que regreso.

—Yo he vivido aquí toda la vida. —Drew aminoró el paso y contempló el reflejo de las estrellas en la oscura superficie del río. Quería ver otros ríos, otras ciudades, y sabía que pronto le llegaría el momento de hacerlo—. ¿Alguna vez has pensado en mudarte, en volver a vivir aquí?

—No, nunca.

—Tal vez deberías pensarlo. —Le puso la mano sobre el hombro con suavidad para impedir que siguiera andando—.

Todo el tiempo me pregunto si eres real. Cada vez que te miro, me parece que eres un sueño. —Sus dedos se tensaron sobre la piel de Emma. La presión rápida e inesperada, la repentina intensidad de sus ojos, su voz... Emma sintió la boca seca—. No quiero que te evapores.

—No pienso ir a ninguna parte —murmuró ella.

El corazón se le desbocó cuando Drew inclinó la cabeza para besarla. Sintió el calor de su boca, suave y leve, tiernísima. Él se apartó apenas y luego, muy lentamente, sin dejar de mirarla, volvió a posar sus labios sobre los de Emma.

Era dulce, tan dulce. Tan tierno. Emma se entregó al beso. Le deslizó una mano por la espalda y permitió que él la guiara. Con maestría, Drew rozó con sus labios la cara de Emma... y la besó por última vez en la boca, larga y profundamente.

—Será mejor que te acompañe a casa. —Su voz sonaba ronca, inquieta—. Emma. —Sin poder contenerse, le acarició los brazos—. Quiero volver a verte, así. ¿Está bien?

—Me parece magnífico —susurró ella, y dejó descansar su cabeza sobre el hombro de Drew.

27

Durante las semanas siguientes Emma pasó todo su tiempo libre con Drew. Cenas a medianoche para dos, largos paseos a la luz de la luna, alguna hora robada por la tarde. En los momentos que compartían había algo excitante, íntimo y desesperado precisamente porque eran tan escasos.

Le presentó a Marianne en París. Se encontraron en un pequeño café del boulevard Saint Germain, atestado de turistas y parisinos que bebían vino tinto o *café au lait* mientras veían pasar el mundo.

Con su blusa de encaje blanco y una minifalda ajustada, Marianne parecía una verdadera parisina. El peinado punk había quedado atrás. Ahora llevaba su roja cabellera a la francesa, corta y lacia. Pero su acento seguía siendo estadounidense cuando gritó el nombre de Emma y corrió a abrazarla.

—Estás aquí, no puedo creer que estés aquí. Parece que han pasado mil años. Déjame mirarte. Dios mío, estás guapísima. Te odio.

Emma lanzó una carcajada y se echó el cabello detrás de los hombros.

—Tú tienes toda la pinta de una estudiante de arte francesa. *Très chic et sensuel.*

—Para los franceses, eso es tan importante como la comida. Tú debes de ser Drew. —Marianne enlazó la cintura de Emma con un brazo y tendió la mano al joven.

—Encantado de conocerte. Emma me lo ha contado todo de ti.

—Ajá. Bueno, sentaos, por favor. Ya sabéis, Picasso solía venir a tomar una copa aquí. Yo vengo a menudo y siempre me siento en una mesa distinta. Sé que si alguna vez me siento en su silla entraré en trance. —Levantó su copa—. ¿Quieres un poco de vino? —preguntó a Drew, que asintió de inmediato. Marianne hizo una seña al camarero—. *Un vin rouge et un café, s'il vous plaît.* —Guiñó un ojo a Emma—. ¿Quién hubiera dicho que las aburridas lecciones de francés de la hermana Magdelina serían útiles algún día?

—Tu acento sigue siendo terrible.

—Lo sé. Estoy intentando mejorarlo. ¿Y cómo va la gira?

—Devastation está en su mejor momento. —Emma sonrió a Drew—. Y los teloneros están causando sensación.

Drew apoyó una mano sobre la de Emma.

—El público responde muy bien —dijo, y dejó de mirar a Marianne para volverse hacia Emma—. Todo responde bien.

Marianne bebió un sorbo de vino mientras observaba al joven. De haberse dedicado al arte religioso, lo habría pintado como el apóstol Juan. Tenía el mismo aspecto intenso y soñador. O, varios siglos más tarde, como Hamlet. El joven príncipe azotado por la tragedia. Sonrió al camarero que les llevó las bebidas. Si se remontaba solo unos años atrás, lo hubiera elegido como modelo para retratar al joven Brian McAvoy. Se preguntó si Emma habría advertido el parecido.

—¿Adónde iréis luego? —preguntó.

—A Niza. —Drew estiró las piernas—. Pero no tengo prisa por dejar París. —Miró hacia la calle. Los automóviles y las bicicletas pasaban veloces como rayos, con manifiesta indiferencia por la vida y la integridad de los peatones—. ¿Cómo es vivir aquí?

—Es una ciudad ruidosa, excitante. —Marianne se echó a reír—. Es maravilloso. Tengo un pequeño apartamento justo encima de una panadería. Creedme, no hay nada en el mundo que huela como una panadería francesa a primera hora de la mañana.

Ya habían pasado una hora conversando y bebiendo cuando Drew se inclinó y besó a Emma en la oreja.

—Debo volver a ensayar y sé que queréis hablar un rato a solas. Te veré esta noche. Y a ti también, Marianne.

—Estoy deseando que llegue el momento. —Marianne no pudo quitarle los ojos de encima mientras se alejaba... al igual que la mitad de las mujeres que estaban en el café—. Creo que es el hombre más atractivo que he visto en mi vida.

—No me cabe la menor duda. —Emma se inclinó y tomó las manos de su amiga—. Te gusta, ¿verdad?

—¿Cómo podría no gustarme? Es guapo, inteligente, divertido y tiene talento. —Marianne esbozó una sonrisa cómplice—. Tal vez te abandone por mí.

—Lamentaría tener que matar a mi mejor amiga, pero...

—Supongo que no corro riesgo alguno. Solo tiene ojos para ti. Pero no entiendo por qué... Solo porque tienes unos pómulos increíbles y unos enormes ojos azules. Por no mencionar tu kilométrica melena rubia y tu falta de grasa en las caderas. Algunos hombres tienen mal gusto. —Se apoyó contra el respaldo de la silla—. Pareces ridículamente feliz.

—Lo soy. —Emma respiró hondo y aspiró aquel fabuloso aroma a vino y flores. El perfume de París—. Creo que estoy enamorada de él.

—¿Hablas en serio? Si no lo dices no me habría dado cuenta. —Sonriendo, Marianne le dio una palmadita en la mejilla—. Se te ve en la cara, hermana. Si te pintara en este momento, el cuadro se titularía «loca de amor». ¿Qué piensa de él tu padre?

Emma bebió un sorbo de café frío.

—Siente un gran respeto por el talento de Drew como músico y compositor de canciones.

—Quiero saber qué piensa de Drew como hombre del cual su hija está enamorada.

—No lo sé. Todavía no hemos hablado del tema.

—¿Quieres decir que aún no le has contado que tenéis una relación amorosa?

—No.

—¿Por qué?

—No lo sé. —Emma empujó la taza de café hacia un costado—. Supongo que quiero guardar el secreto. Quiero que sea solo mío por un tiempo. Papá cree que todavía soy una niña.

—A todos los padres les pasa lo mismo con sus hijas. El mío me llama dos veces por semana para asegurarse de que no he sucumbido a los encantos de algún lujurioso *comte* francés. Ojalá sucumbiera uno de estos días. —Marianne inclinó la cabeza al ver que Emma no sonreía—. ¿Crees que no aprobará tu relación con Drew?

—No lo sé. —Emma irguió los hombros, inquieta.

—Emma, si la cosa va en serio, tarde o temprano tendrá que enterarse.

—Ya lo sé. Solo espero que se entere más tarde que temprano.

No se enteró mucho más tarde.

Emma estaba disfrutando del sol matinal en la terraza de su habitación en Roma. Aunque era tarde para desayunar, todavía estaba en bata. El café se había enfriado mientras revisaba la pila de fotos que había hecho la noche anterior. Quería hacer un libro con ellas, aparte del uso que pensara darles Pete.

Sonriendo, separó su foto favorita de Drew. La había hecho a la sombra frondosa del Bois de Boulogne. Él la había besado solo unos segundos después. Y le había dicho que la amaba.

La amaba. Emma cerró los ojos y levantó los brazos al cielo. Había esperado y deseado que pronunciara aquellas palabras, pero no tenía idea de que se sentiría tan feliz hasta que por fin lo hizo. Ahora podía empezar a soñar cómo sería estar siempre con él, hacer el amor con él, estar casada con él, formar un hogar y criar a sus hijos con él.

Hasta entonces no había sabido cuánto necesitaba aquello. Un hombre que la amara, una casa propia, hijos. Serían felices, tan felices... ¿Quién podría comprender mejor la vida y los problemas de un músico que una mujer que había sido criada por uno de ellos? Podría consolarlo y apoyarlo en su trabajo. Y él haría lo mismo por ella.

Después de la gira, pensó. Después de la gira podría empezar a hacer planes.

Los golpes en la puerta interrumpieron sus pensamientos. Esperaba que fuera Drew, que venía a desayunar con ella. Ya lo había hecho un par de veces. Su sonrisa de bienvenida se desdibujó ligeramente cuando vio a su padre en el umbral.

—Papá. Me sorprende verte levantado antes del mediodía.

—Quizá soy demasiado predecible. —Brian entró en la habitación de Emma con un diario doblado bajo el brazo. Primero miró la cama, luego a su hija—. ¿Estás sola?

—Sí. —Ella se quedó mirándolo con expresión desconcertada—. ¿Por qué? ¿Ocurre algo malo?

—Tú me lo dirás. —Le puso el diario en la mano. Emma tuvo que desplegarlo y darle la vuelta. La foto decía más que cualquier palabra. Una foto de Drew y ella. No hacía falta saber italiano para entender el titular. Estaban abrazados y ella lo miraba con la expresión soñadora y arrobada de una mujer a la que acaba de besar su amante.

No sabía dónde la habían hecho. Tampoco importaba. Lo único que importaba era que alguien había irrumpido en un momento muy íntimo y luego había divulgado su intimidad en la prensa.

Emma arrojó el diario sobre la cama y salió a la terraza. Necesitaba un poco de aire.

—Malditos sean —murmuró golpeando la baranda con el puño—. ¿Por qué no nos dejan en paz?

—¿Desde cuándo sales con él, Emma?

Ella le miró por encima del hombro. El viento sopló mechones de cabello rubio sobre sus ojos.

—Desde el principio de la gira.

Brian se metió las manos en los bolsillos.

—Ya hace varias semanas, entonces. Varias semanas... y no te has molestado en decírmelo.

Emma se dio la vuelta y alzó la cabeza.

—Tengo más de veintiún años, papá. No tengo que pedir permiso a mi padre para salir con un hombre.

—Me lo has ocultado. Maldita sea... Entra —ordenó Brian mordiendo las palabras—. Esos capullos de los periodistas no apartan sus teleobjetivos de nosotros.

—¿Y eso qué importa? —preguntó Emma, poco dispuesta a perder terreno—. Todo lo que hacemos termina por ser pasto del público. Es parte del precio que debemos pagar. —Señaló con un gesto las pilas de fotos sobre la mesa—. Yo misma lo hago.

—No es lo mismo, y lo sabes muy bien. —Brian se interrumpió de pronto y se pasó una mano furiosa por el cabello—. De todos modos eso da igual. Quiero saber qué hay entre Drew y tú.

—¿Quieres saber si me acuesto con él? No, todavía no. —Emma deslizó las manos sobre la baranda—. Pero eso no es asunto tuyo, papá. Tú mismo me dijiste, años atrás, que tu vida sexual no era asunto mío.

—Soy tu padre, maldita sea. —Brian se oyó decirlo. Era su padre. De algún modo se había convertido en el padre de una mujer adulta. Y no sabía qué diablos hacer al respecto. Esperó hasta estar seguro de que su voz sonaría serena—. Te quiero, Emma, y me preocupo por ti.

—No tienes por qué preocuparte. Sé lo que hago. Estoy enamorada de Drew y él está enamorado de mí.

Brian quedó sin habla. Para disimular, levantó la taza de café frío y bebió el contenido de un solo trago. Una paloma sobrevoló la terraza. Tenía las alas de color gris claro.

—Hace solo unas semanas que lo conoces. Eso quiere decir que apenas lo conoces.

—Se gana la vida tocando la guitarra —señaló Emma con un deje de sarcasmo—. Sería ridículo que lo criticaras por eso.

—Lo último que quiero en la vida es que te relaciones con un músico. Por el amor de Dios, Emma, sabes muy bien cómo son las cosas. Las exigencias, las presiones, el ego. Lo único que sé de ese chico es que es ambicioso y tiene talento.

—Yo sé todo lo que necesito saber.

—Deberías oírte. Hablas como quien tiene pájaros en la cabeza. Te guste o no, no puedes confiar en un hombre solo porque tiene un rostro atractivo y te dice que te ama. Tienes demasiado dinero. Y demasiado poder.

—¿Poder?

—Cualquiera que me conozca un poco sabe que yo haría cualquier cosa por ti. Cualquier cosa que me pidieras.

Emma tardó un poco en comprender, pero finalmente las palabras cobraron sentido. Fue hasta donde estaba su padre con los ojos nublados por el llanto y la furia.

—¿Es eso, entonces? ¿Piensas que Drew se interesa por mí porque tengo dinero, porque cree que yo podría convencerte de que lo ayudaras en su carrera? Te parece imposible que un hombre se interese por mí, se enamore de mí. De mí. Solo de mí.

—Por supuesto que no, pero...

—No, eso es exactamente lo que piensas. Después de todo, ¿cómo podría alguien mirarme y no verte? —Emma dio media vuelta y apoyó las manos en la baranda. Percibió el reflejo del sol en una lente. Había un fotógrafo abajo, en el jardín. Le importaba un bledo. Que hiciera todas las fotos que quisiera—. Ya ha ocurrido antes. Sí, papá, ya ha ocurrido. «Emma, ¿quieres venir a cenar el viernes... y de paso puedes recoger las entradas de mi primo y un pase para el concierto de tu padre en Chicago?»

—Lo lamento, Emma. —Brian quiso acercarse, pero ella se apartó bruscamente.

—¿Qué lamentas? No puedes evitarlo, ¿verdad? Yo he aprendido a vivir con eso, e incluso ahora me divierte. Pero esta vez he encontrado a alguien a quien le importo, que se interesa por mis sentimientos y mis pensamientos. Que no me ha pedido nada, excepto que esté con él. Y tú quieres echarlo a perder.

—No quiero echarlo a perder. No quiero que te hagan daño.

—Tú me has hecho daño. —Emma tenía los ojos secos cuando lo miró—. Déjame en paz, papá. Y deja en paz a Drew. Si te entrometes, jamás te perdonaré. Lo juro.

—No pienso entrometerme. Solo quiero ayudarte. No quiero que cometas un error.

—Si me equivoco, seré yo quien se equivoque. Dios es testigo de que tú te has equivocado muchas veces. Durante años te he visto hacer lo que se te antojaba con quien te venía en gana. Huiste de tu felicidad, papá, pero yo no huiré de la mía.

—Te gusta hurgar en las heridas —musitó Brian—. No me había dado cuenta hasta hoy. —Abandonó la terraza iluminada por el sol, dejando sola a su hija.

Drew deslizó un brazo sobre los hombros de Emma. Estaban en otra terraza, en otra ciudad. Emma no percibía la elegancia del viejo mundo del Ritz de Madrid. Oía el susurro de las fuentes y olía el perfume de los exuberantes jardines, pero le habría dado igual estar en cualquier otro lugar. No obstante, el abrazo de Drew era un consuelo. Apoyó la mejilla sobre su fornido brazo.

—No me gusta verte triste, Emma.

—No estoy triste. Tal vez un poco cansada, pero no triste.

—Hace semanas que te noto preocupada, desde que discutiste con Brian. Por mi culpa. —Drew retiró el brazo y se alejó unos pasos—. Lo último que quería era causarte problemas.

—No tiene nada que ver contigo. —Drew se dio la vuelta. Sus ojos relumbraron, oscuros, a la luz de la luna—. En realidad no. Papá hubiera reaccionado del mismo modo con cualquier otro. Siempre ha sido sobreprotector. En gran parte debido... a lo que le ocurrió a mi hermano.

Drew le rozó la sien con los labios.

—Sé que debió de ser duro para ti, y también para él, pero sucedió hace mucho tiempo.

—Algunas cosas jamás se olvidan. —Emma tuvo un escalofrío. De pronto, sintió que se le helaban los huesos en la cálida noche de verano—. Es difícil para mí... precisamente porque comprendo cómo se siente. Me ha dado todo, no solo materialmente; en todos los sentidos.

—Te adora. Se le nota en la mirada. —Drew volvió a sonreír y le acarició la mejilla—. Yo sé exactamente lo que siente.

—Yo también le quiero. Sin embargo, sé que no puedo pasarme la vida intentando complacerlo. Y lo he hecho durante muchos años.

—No confía en mí. —El encendedor de Drew brilló en la oscuridad, seguido por el fuerte aroma del tabaco—. Y no le culpo. Desde su punto de vista todavía estoy en el primer escalón, luchando por llegar a la cima.

—No me necesitas para llegar a la cima.

Drew lanzó una bocanada de humo.

—No obstante, comprendo lo que le pasa. Es fácil, ya que los dos estamos locos por ti.

Emma se acercó para besarle el hombro.

—Acabará por aceptarlo, Drew. Simplemente no se da cuenta de que soy una mujer adulta. Y de que estoy enamorada.

—Si alguien puede ablandar el corazón de Brian, esa eres tú. —Drew arrojó el cigarrillo por el balcón y la estrechó en sus brazos—. Me alegra que no hayas querido salir esta noche.

—Los clubes y las fiestas no son una tentación para mí.

—Eres una señorita chapada a la antigua, ¿verdad? —Una sonrisa se dibujó en los labios de Drew, que se posaron suavemente sobre los de Emma.

—¿Te molesta?

—¿Pasar la noche a solas contigo? —Comenzó a acariciarle el torso mientras jugaba con su boca—. ¿Acaso tengo cara de loco?

—Tienes la cara más bella del planeta. —Emma contuvo la respiración cuando sus dedos le rozaron levemente los pechos. Eran pequeños y firmes. Drew tuvo una erección instantánea al sentirla temblar contra él.

—Dulce —murmuró—. Siempre tan dulce. —La besó con hambre en los labios. Cada vez más exigente y menos paciente, comenzó a empujarla en dirección a la cama—. La gira pronto terminará.

—Sí. —Emma echó la cabeza hacia atrás. Drew parecía querer devorarla con los labios, que surcaban veloces todos los puntos sensibles de su cuello.

—¿Vendrás a Londres cuando acabe, Emma?

Ella volvió a temblar. Era la primera vez que él insinuaba que su relación podía continuar.

—Sí. Volveré a Londres.

—Tendremos muchas noches como esta. —La acostó sobre la cama. Su voz era serena, sus manos, lentas. No quería romper el hechizo—. Pasaremos todas las noches juntos. —Con mano hábil, comenzó a levantarle la blusa—. Y podré mostrarte, una y otra vez, lo que siento por ti. Cuánto te deseo. Déjame mostrártelo, Emma.

—Drew. —Emma gimió mientras la boca del joven bajaba por su cuerpo y su lengua trazaba la curva de sus pechos. El placer y la pasión la invadieron por completo. Ahora sí, se dijo mientras sus largos dedos callosos le recorrían la piel. Esta vez sí.

Sintió la tensión de sus hombros, a los que se había aferrado. Drew tenía los hombros fuertes y los brazos demasiado fornidos para ser un hombre tan esbelto y delicado. A Emma le encantaba sentir los movimientos de sus músculos bajo los dedos.

La mano de Drew se deslizó hasta la cinturilla de sus pantalones. Sus hábiles dedos comenzaron a luchar, impacientes, con los botones.

—No. —Emma se odió al oírse pronunciar esa palabra, pero no pudo evitarlo. Él pareció no oírla y siguió adelante, acariciándola y besándola. Casi aterrada, Emma luchó por desasirse—. No, Drew, por favor. —Cuando por fin logró liberarse, tenía los ojos llenos de lágrimas—. Lo lamento. Aún no estoy preparada para esto.

Él no dijo nada. Emma no podía verle la cara. Se acurrucó en la cama, en la oscuridad, e intentó serenarse.

—Sé que no estoy jugando limpio. —Furiosa consigo misma, se limpió una lágrima de la mejilla—. No sé si es porque las monjas hicieron un buen trabajo conmigo o es a causa de papá, pero necesito un poco más de tiempo. Tienes todo el derecho del mundo a estar enojado, pero no puedo hacerlo. No todavía.

—¿No me deseas? —La voz de Drew sonaba tranquila y extrañamente inexpresiva.

—Sabes que sí. —Emma buscó su mano y trató de entrelazar sus rígidos dedos con los suyos—. Supongo que estoy un poco asustada... y que me siento insegura. —Avergonzada, se llevó la mano de Drew a los labios—. No quiero perderte, Drew. Por favor, dame un poco más de tiempo.

Lanzó un suspiro de alivio al sentir que la mano de Drew se aflojaba.

—No puedes perderme, Emma. Tómate todo el tiempo que necesites. Puedo esperar. —La estrechó en sus brazos y continuó acariciándola, esta vez con ternura. Pero cerró con rabia el puño de la otra mano en la oscuridad.

28

Le resultaba extraño volver a pasar el verano en Londres. Durante su niñez había pasado por lo menos unas semanas de vacaciones en la ciudad todos los años. Pero ahora era diferente. Ya no era una niña. Ya no vivía en la casa de su padre. Y estaba enamorada.

Sabía que Drew se había sentido herido cuando se negó a irse a vivir con él. No lo había hecho por cuestiones morales... aunque la moral quizá había pesado un poco en su decisión. Quería prolongar un poco más el noviazgo, los exuberantes ramos de flores que él le enviaba, los mensajes divertidos que llegaban por correo o una mano misteriosa deslizaba bajo la puerta. Quería tiempo para disfrutar de aquella sensación magnífica. El desafío de estar enamorada. El terror de estar enamorada. La exaltación, las fantasías y la felicidad que toda mujer tiene derecho a sentir por lo menos una vez en su vida.

Y sobre todo quería tiempo para estar segura de haber salido, por fin, de la sombra de su padre.

No era que lo quisiera menos. Emma dudaba de poder quererlo menos algún día. Pero había descubierto que no solo deseaba que sus fotos se valoraran por su propio mérito. También deseaba que su persona irradiara su propia luz. Y además estaba Bev.

Emma había vivido la mayor parte de su vida sin el amparo de una figura materna. En aquellas últimas semanas de verano, que anticipaban suavemente el otoño, había hecho realidad un anhelo de toda su vida: se había instalado en una de las habitaciones de huéspedes de Bev.

Si Drew se impacientaba con ella, trataría de hacerle comprender. Necesitaba pasar un tiempo con Bev. No para volver a ser niña, sino para rehacer un vínculo. ¿Cómo podría funcionar bien su nueva relación si dejaba las otras sin resolver?

Tenía su trabajo. La ciudad donde su padre había pasado su infancia cautivó su imaginación. Emma pasaba horas recorriendo las calles y los parques en busca de temas. Una anciana que iba a dar de comer todos los días a las palomas de Green Park. Las parejas ultramodernas que paseaban sus labradores o empujaban cochecitos de bebé por King's Road. Los punks de expresión ruda que pululaban en los clubes.

Se quedó un mes y luego prolongó su estancia otros dos meses. Celebró con Drew el ascenso del álbum de Birdcage Walk al puesto número doce de los más vendidos de *Billboard*. Se divirtió observando la persecución despiadada de lady Annabelle sobre el perplejo y asombrado P. M. Cortó asteres y crisantemos en el jardín de Bev y preparó ramos fragantes, espléndidos. Y por fin dio un paso adelante y envió sus fotos y una propuesta de libro a un editor.

—He quedado con Drew a las siete —anunció Emma poniéndose una chaqueta corta de ante—. Iremos a cenar y luego al cine.

—Que te diviertas. —Bev recogió una brazada de muestras y catálogos—. ¿Adónde vas ahora?

—A casa de Stevie.

—Creía que estaba indispuesto.

—Por lo visto se encuentra mejor. —Emma se miró en el espejo del pasillo. El azul intenso del ante combinaba a la perfección con el color de sus ojos—. Tengo las últimas fotos de la gira. Nos encontraremos con papá allí mismo para decidir cuáles son las mejores.

—Yo debo reunirme con lady Annabelle. —Bev puso los ojos en blanco y suspiró. Se paró detrás de Emma y se enderezó el pendiente izquierdo frente al espejo—. No sé si quiere que le decore el salón o sacarme información sobre cómo es P. M. en la cama.

Emma se colocó la carpeta bajo el brazo.

—¿No crees que ya lo sabe?

Bev lo pensó un instante y sonrió con picardía.

—Ten la certeza de que muy pronto me enteraré. —Besó a Emma en la mejilla y salió a toda prisa.

Unos minutos después, Emma subió a su Aston Martin. Trató de imaginar al dulce y modesto P. M. con la exuberante y llamativa lady Annabelle. No pudo. Pero lo cierto era que tampoco había podido imaginarlo con Angie Parks.

Atravesó las calles atestadas de vehículos al esforzado estilo británico. Estaba contenta de que Drew y su banda hubieran firmado contrato con Pete Page. Si alguien podía llevar a la cima a Birdcage Walk, ese era Pete. Bastaba recordar lo que había hecho —y continuaba haciendo— por Blackpool, pensó con una mueca de desdén. El tipo estaba amasando una fortuna gracias a las empresas publicitarias. Emma sabía que Pete se había enfurecido cuando Brian se negó a promocionar productos o permitir que utilizaran su música en anuncios televisivos, lo que equivalía a rechazar millones de libras y que se conociera al grupo en todo el mundo. Pero Emma estaba orgullosa de su padre. Que Blackpool se dedique a explotar esa veta, pensó con desprecio mientras aparcaba frente a la mansión de Stevie.

Emma se había alegrado cuando Stevie compró la antigua casa victoriana y el terreno que la rodeaba. El guitarrista se había interesado incluso por la jardinería y había aparecido en la puerta de Bev con varios libros sobre rosales, suelos y jardines de piedra. Su mala salud ya no era un secreto, pero Pete, el hábil e imprescindible Pete, se las había ingeniado para ocultar las verdaderas causas a la prensa.

Emma había temido que la gira agotara a Stevie, pero la había sobrellevado con entereza. Había vuelto a escribir y acompañado a Brian a algunas cenas benéficas, a las que su padre jamás se negaba a asistir.

Emma pensaba que, en los últimos tiempos, Brian estaba

como pez en el agua. El mundo del rock había abrazado varias causas nobles. Los músicos de Europa y Estados Unidos se estaban organizando para hacer algo nuevo con su talento. Los conciertos multitudinarios a beneficio de causas loables —desde la sequía y la hambruna en Etiopía a la lucha de los agricultores en Estados Unidos— eran parte de la escena de los ochenta tal como las campañas políticas y el amor libre habían sido la bandera de los sesenta. La gloria, el *flower power* y los discutibles días de placer de Woodstock habían pasado. Ahora los rockeros abrazaban la causa de la humanidad y la estrechaban contra sus pechos sudorosos. Emma estaba orgullosa de ser parte de eso, de documentar los cambios y dar su testimonio fotográfico.

Al final del sendero, un barril de violetas se marchitaba a pleno sol. Meneando la cabeza Emma las colocó bajo la sombra oblicua del alero. Era evidente que Stevie no había leído bien los libros de jardinería.

Llamó al timbre. Como el coche de su padre no estaba a la vista, pensó que Stevie tal vez podría llevarla a recorrer los jardines.

El ama de llaves abrió la puerta y miró a Emma con impaciencia y desconfianza.

—Buenos días, señora Freemont.

Un moño tirante e impecable recogía el cabello de la señora Freemont, de color castaño veteado de canas. Tendría entre cuarenta y sesenta años, y cubría su cuerpo rechoncho y ovalado con un pulcro vestido de lana negra. Hacía más de cinco años que trabajaba para Stevie, limpiaba la sangre y los vómitos, tiraba a la basura sus botellas vacías y desviaba la vista cuando sus obligaciones domésticas la ponían en contacto con jeringuillas de aspecto sospechoso. Alguien podría haber tenido la ingenuidad de creer que era fiel a su empleador, pero la saludable señora Freemont solo era fiel al importante salario que Stevie le pagaba a cambio de que no se metiera en sus cosas.

El ama de llaves frunció el ceño y le permitió pasar.

—Está por ahí. Probablemente en la cama. Todavía no he limpiado el piso de arriba.

Vieja bruja, pensó Emma, pero sonrió cortésmente.

—No se preocupe. Me está esperando.

—No es asunto mío —dijo juiciosamente la señora Freemont, y fue a atacar alguna mesa indefensa con su plumero.

—No se preocupe por nada —dijo Emma, abandonada a su suerte en el vestíbulo vacío—. Puedo encontrar sola el camino.

Comenzó a subir por la antigua escalera de roble mientras se desabotonaba la chaqueta.

—¡Stevie! —gritó—. Ponte decente. No tengo todo el día.

La casa era inmensa. Esa era una de las razones por las que tanto le gustaba a Emma. El revestimiento del ancho pasillo del piso superior era de caoba, los relucientes apliques de bronce y los globos de cristal habían sido lámparas de gas en el pasado. Emma recordó la vieja película de Ingrid Bergman en la que Charles Boyer, en un papel atípico, conspiraba para volver loca a su inocente esposa. La comparación podría haber sido correcta, si no fuera porque a Stevie le había parecido divertido colgar litografías de Warhol y Dalí entre las antiguas lámparas.

Oyó música. Con un suspiro, llamó a la puerta. Nada. Volvió a llamar hasta que le dolieron los nudillos.

—Vamos, Stevie. Levántate y anda.

Al ver que no respondía, Emma rogó fervientemente que no estuviera acompañado y empujó la puerta.

—¿Stevie?

El dormitorio estaba vacío. Las cortinas, corridas y el aire, viciado. Frunció el ceño al ver la cama deshecha y una botella de Jack Daniel's medio vacía sobre la mesa del siglo XVIII. Maldiciendo por lo bajo fue a retirarla, pero llegó demasiado tarde para salvar la lustrosa y antigua madera de cerezo del cerco blanco. Sin darse por vencida, dejó la botella semivacía sobre un ejemplar arrugado de *Billboard* y apoyó las manos sobre las caderas.

Había progresado tanto, pensó, y ahora se atiborraba de whisky. ¿Por qué diablos no comprendía que su salud estaba tan deteriorada que el alcohol le haría tanto mal como las drogas?

Por lo visto se había emborrachado la noche anterior, pensó mientras corría las cortinas y abría las ventanas para que entraran la luz y el aire. Probablemente se había arrastrado hasta el cuarto de baño para vomitar, y se había quedado dormido en el suelo. Si había pillado una pulmonía, se lo tendría bien merecido. No pensaba sentir lástima por él.

Abrió la puerta del baño.

Sangre. Y vómitos. Y orina. El hedor la obligó a retroceder y le provocó náuseas. Sintió que la bilis le subía a la garganta y miró las manchas rojas y grises que danzaban ante sus ojos. Cayó contra el tocadiscos y la aguja arañó el vinilo. El silencio repentino fue como una bofetada. Emma lanzó un grito de alarma y corrió hacia Stevie, que yacía inmóvil y despatarrado en el suelo.

Estaba desnudo y helado. Aterrada, tiró de él hasta que consiguió tenderlo boca arriba. Vio la jeringuilla y el revólver.

—No. Ay, Dios mío, no. —Presa del pánico, buscó la herida. Luego le buscó el pulso. Encontró la herida; apenas el trágico pinchazo de la aguja. Y prorrumpió en llanto cuando encontró el pulso, débil y apenas perceptible, en la garganta de Stevie.

—Stevie, santo Dios, Stevie... ¿qué has hecho?

Corrió a la puerta y gritó desde lo alto de la escalera:

—¡Llame a la ambulancia! —bramó—. ¡Llame a la maldita ambulancia! ¡Dese prisa!

Regresó corriendo y arrancó el cobertor de la cama para cubrirlo. La cara de Stevie parecía una pasta hecha con agua y cenizas. Su color y la visión de su piel, que todavía olía a sangre, la aterraron más que su quietud mortuoria. En la frente, justo encima de las cejas, tenía una fea incisión. Emma cogió una toalla y la apretó contra la herida.

Cubrió el cuerpo de Stevie con la colcha y comenzó a darle bofetadas.

—Despierta, maldita sea, Stevie. Despierta. No voy a dejarte morir así. —Lo sacudió, lo abofeteó, pero luego se desmoronó y se echó a llorar sobre su pecho. Tenía el estómago revuelto y tuvo que reprimir las náuseas. Estaba furiosa—.

Por favor, por favor, por favor —repetía como un canto—. Recordó que habían encontrado a Darren tendido en el suelo, solo. Recordó la jeringuilla sobre la alfombra turquesa. No, no. No vas a morirte en mis brazos. —Le acarició el cabello y volvió a buscarle el pulso en la garganta. Esa vez no lo encontró—. ¡Maldito seas! —exclamó. Apartó la colcha y comenzó a apretarle el pecho—. No vas a hacerme esto a mí, ni a papá, a ninguno de nosotros. —Le separó los labios para hacerle la respiración boca a boca y volvió a presionarle el pecho con la palma de las manos—. ¿Me oyes, Stevie? —jadeó—. Vuelve. Te suplico que vuelvas.

Le dio el aire de sus pulmones, sin dejar de masajear la frágil y delgada zona donde debía latir el corazón. Luchó para resucitarlo entre amenazas, súplicas e insultos. Las baldosas le mordían las rodillas, pero no se daba cuenta. Estaba tan concentrada en la cara de Stevie, en rogar por una chispa de vida, que olvidó dónde estaba. Los recuerdos se sucedían en su mente: Stevie vestido de blanco, cantando en el jardín; Stevie en el escenario, entre el humo y las luces de colores, arrancando música febril de una guitarra de seis cuerdas; juegos de mesa frente al fuego; un brazo sobre sus hombros y una pregunta desafiante.

«¿Quién es el mejor, Emmy?»

Tenía una sola idea en la cabeza. No perdería a un ser querido de ese modo, de esa manera tan estúpida e inútil.

Estaba bañada en sudor cuando oyó pasos que subían corriendo por la escalera.

—Aquí. Deprisa. ¡Santo cielo, papá!

—Dios mío. —Brian se agachó junto a ella.

—Lo encontré... Estaba vivo. Pero luego dejó de respirar. —Le ardían los músculos de los brazos, pero continuaba masajeando el pecho inerte—. La ambulancia. ¿Ha llamado el ama de llaves a la ambulancia?

—Llamó a Pete. Llamó por teléfono a su automóvil.

—Maldita sea. Le dije que pidiera una ambulancia. Necesita una ambulancia. —Emma levantó la cabeza y su mirada se cruzó con la de Pete—. Maldito seas, ¿no te das cuenta de que morirá si no recibe ayuda de inmediato? Llama una ambulancia.

Pete asintió. No tenía la menor intención de llamar una ambulancia. Una ambulancia pública. En cambio, se dirigió rápidamente al teléfono y llamó a una clínica discreta y muy privada.

—Para, Emma. Para, está respirando.

—No puedo...

Brian la tomó de los brazos y sintió el temblor de sus músculos.

—Lo has logrado, nena. Está respirando.

Perpleja, Emma miró el pecho de Stevie. Subía y bajaba con un ritmo débil pero constante. Respiraba. Estaba respirando.

A veces gritaba. A veces lloraba. A medida que su cuerpo se desintoxicaba aparecían nuevos dolores. Diablillos atormentadores palpitaban en los abscesos de sus brazos, la carne tierna de la que tanto había abusado... entre los dedos del pie, en la ingle. Hacían cabriolas a lo largo y lo ancho de su piel, al principio calientes, luego fríos. Stevie los veía, a veces atisbaba sus ojillos rojos y sus bocas hambrientas y los sentía danzar sobre su cuerpo antes de que le hincaran el diente.

También padecía ataques de histeria. Tenía tanta fuerza en su locura que los enfermeros debían atarlo a la cama. Solo entonces se tranquilizaba y entraba en una especie de trance. Pasaba horas mirando un mismo punto en la pared.

Cuando caía en esos prolongados letargos, recordaba que iba a la deriva en paz y sin dolor. Y la voz de Emma, furiosa, herida, asustada, exigiéndole que volviera. Había vuelto. Solo para sentir dolor y ni un segundo de paz.

Suplicaba a todos cuantos entraban en la habitación que lo dejaran ir, que le consiguieran drogas. Prometía escandalosas sumas de dinero y profería los peores insultos cuando nadie respondía a sus demandas. No quería volver al mundo de los vivos. Cuando se negó a comer, comenzaron a alimentarlo a través de una sonda.

Empleaban medicación antihipertensiva para engañar a su cerebro y hacerlo creer que no sufría los efectos de la abstinencia. La mezclaban con naltrexona, un antagonista no adictivo de los opiáceos, para que su cuerpo creyera que no recibía drogas. Stevie anhelaba y añoraba el brumoso letargo de la heroína y el subidón de la cocaína.

Casi siempre estaba acompañado, pero detestaba y temía quedarse solo aunque fuera diez minutos. En esos momentos de soledad oía las máquinas que zumbaban y gruñían en respuesta a sus signos vitales.

Al cabo de dos semanas se tranquilizó. Pero también se volvió taimado. Esperaba sentado en el jardín a los sonrientes hijos de puta que lo habían encerrado allí. Comía religiosamente las frutas y verduras que le daban, sonreía y respondía a todas las preguntas. Mentía a la bonita psiquiatra de ojos fríos. Sabía que era la única manera de salir de allí.

Añoraba volver a inyectarse, anhelaba llenarse las venas de aquella gloriosa combinación de blanco porcelana y nieve inmaculada. El bellísimo polvo blanco. Fantaseaba con él, soñaba con grandes montañas de hermoso polvo blanco pulcramente distribuidas sobre bandejas de plata. Hundiría las manos en ellas, se llenaría de polvo blanco hasta la médula.

Soñaba con matar a los médicos, a los enfermeros. Soñaba con matarse. Y luego se echaba a llorar.

Decían que se había destrozado el corazón y el hígado. Decían que estaba anémico y habían iniciado un tratamiento agresivo contra esa afección y su doble adicción a la cocaína y la heroína. Nadie lo llamaba drogadicto. Decían que tenía una personalidad adictiva.

Había sido difícil no reírse a carcajadas cuando oyó aquello. Así que tenía una personalidad adictiva... No me digas, Sherlock. Lo único que quería era que los dejaran en paz, a él y a su personalidad. Era el mejor guitarrista del mundo y lo había sido durante veinte años. Tenía cuarenta y cinco y las chicas de veinte todavía suspiraban por el honor de pasar unas horas en su cama. Era rico, asquerosamente rico. Tenía un Lamborghini, un Rolls-Royce. Compraba motocicletas como otros compraban bolsas de patatas fritas. Tenía una finca de quince hectáreas en Londres, una villa en París y un refugio en la cima de una colina en San Francisco. Le habría gustado ver si alguna de las listas enfermeras o alguno de los médicos santurrones que lo volvían loco podían igualar aquello.

¿Alguna vez habían subido a un escenario y recibido el entusiasta aplauso de diez mil personas? No. Él sí. Estaban celosos, todos ellos. Le tenían envidia. Por eso lo tenían allí encerrado, lejos de sus fans, de su música, de sus drogas.

Sumido en la autoconmiseración, echó un vistazo al dormitorio. El papel pintado de las paredes tenía un estampado de flores en colores azul claro y gris. El suelo estaba cubierto por una gruesa alfombra, también gris, y las ventanas daban al sur. Las cortinas, a juego con el resto de la decoración, intentaban disimular las rejas de las ventanas. En un extremo había un espacio para sentarse a conversar, igualmente de tonos sedantes. Dos sillones mullidos y una silla con respaldo en forma de cuchara. Un festivo ramito de flores secas colocadas en un cesto de mimbre adornaba la mesita de café. En la excelente imitación de un armario del siglo XIX había un televisor, un reproductor de vídeo y un equipo estereofónico. Un centro de entretenimiento, pensó Stevie con amargura. Pero él no se entretenía.

¿Por qué lo habían dejado solo tanto tiempo? ¿Por qué estaba solo?

Sintió que le faltaba el aire, pero volvió a respirar tranquilo cuando se abrió la puerta.

Cada vez que lo visitaba, Brian trataba de que el aspecto de su amigo no le impresionara demasiado. No quería fijarse en su ralo cabello cano, en las arrugas profundas alrededor de los ojos y la boca. No quería mirar el cuerpo delgado y frágil que parecía a punto de quebrarse... un cuerpo al que los abusos habían destrozado. Un cuerpo que parecía el de un viejo.

Sobre todo, no quería mirar a Stevie y ver su propio futuro. Un viejo rico, consentido e indefenso.

—¿Cómo va todo?

La sonrisa de Stevie era sincera, puesto que agradecía la compañía.

—Ah, aquí no paramos de reír. Tendrías que pasar una temporada conmigo.

Ante la sola idea, un escalofrío de miedo recorrió la espina dorsal de Brian.

—Entonces tendrías competencia para conquistar a todas esas enfermeras de piernas largas. —Brian le ofreció una caja de bombones Godiva, que había comprado porque conocía la notoria debilidad por los dulces de los drogadictos—. Casi pareces humano, tío.

—Sí. Creo que el verdadero nombre del doctor Matthew es Frankenstein. ¿Y qué ocurre en el mundo real?

Mantuvieron una conversación tensa, y demasiado cortés, mientras Stevie devoraba los bombones de nuez y crema cubiertos con chocolate.

—Hace mucho que Pete no viene a visitarme —dijo Stevie por fin.

—Tiene muchos compromisos. —No tenía sentido mencionar que Pete apenas daba abasto con la prensa y los patrocinadores de la banda. Habían tenido que cancelar la gira de Devastation por Estados Unidos.

—Más bien dirás que está enfadado.

—Un poco, sí. —Brian sonrió. Se moría de ganas de fumar. Y también necesitaba un trago—. ¿Desde cuándo te preocupan los enojos de Pete?

—No me preocupan. —No era cierto. Cada ofensa dolía como una herida abierta—. No sé por qué coño pierde el culo por eso. Ya informó a la prensa. Neumonía vírica complicada con agotamiento, ¿no es así?

—Parecía lo más apropiado —se justificó Brian.

—Claro, claro, todo va bien. Todo va de puta madre. No hay ningún problema, diablos. Al público no le gustaría saber que el viejo Stevie mezcló demasiadas sustancias en la jeringuilla y pensó en volarse la tapa de los sesos.

—Por favor, Stevie.

—Eh, no te preocupes. Todo está bien. —Apretó los párpados un instante para contener un río de lágrimas. Lágrimas de autoconmiseración—. Pero me duele, Bri, me duele muchísimo. No quiere venir al ver al drogadicto. Me conseguía drogas cuando temía que no pudiera actuar sin inyectarme, pero ahora no quiere verme.

—Nunca me habías dicho que Pete te conseguía drogas.

Stevie bajó la vista. Era un secreto bien guardado. Siempre había algún secreto entre ellos.

—Solo de tanto en tanto, cuando las cosas se ponían difíciles y mis recursos se agotaban. El espectáculo debe continuar, ¿verdad? El maldito espectáculo siempre debe continuar. Entonces me conseguía un poco de heroína, siempre con el ceño fruncido para demostrar su desacuerdo, y cuando el espectáculo terminaba... me metía en un lugar como este.

—Ninguno de nosotros sabía que todo esto terminaría tan mal.

—No, ninguno de nosotros lo sabía. —Stevie comenzó a tamborilear los dedos sobre la tapa de la caja de bombones—. ¿Te acuerdas de Woodstock, Bri? Qué época, tío. Tú y yo sentados en el bosque tomando ácido, en pleno viaje, oyendo música. Y qué música, tío. ¿Cómo coño hemos llegado aquí?

—Ojalá lo supiera. —Brian enterró las manos en los bolsillos e inmediatamente volvió a sacarlas—. Mira, Stevie, vas a salir de esta. Joder, estás a la moda. Todo el mundo se está desintoxicando en alguna clínica. —Se esforzó por sonreír—. Es lo que se hace en los ochenta.

—Así soy yo, siempre me adelanto a mi época. —Aferró la mano de Brian—. Mira, es duro, ¿sabes? Es durísimo, tío.

—Lo sé.

—No puedes saberlo, tío, porque no estás aquí. —Se tragó la rabia y el resentimiento. No podía permitirse mostrarlos en ese momento—. Tal vez pueda lograrlo esta vez, Bri, pero necesito ayuda.

—Por eso estás aquí.

—De acuerdo, de acuerdo... por eso estoy aquí. —Maldita sea, estaba harto de perogrulladas y buenos deseos—. Pero no es suficiente. Necesito algo, Bri, solo un poquito. Podrías traerme un par de gramos de cocaína... para ayudarme a pasar el mal trago.

No era la primera vez que se lo pedía. Con el corazón destrozado, Brian sabía que tampoco sería la última.

—No puedo hacerlo, Stevie.

—Joder, Brian, solo un par de gramos. No es gran cosa. Lo único que me dan aquí son drogas para niños. Es como desintoxicarse con aspirinas.

Brian le soltó la mano y se dio la vuelta. No soportaba mirar esos ojos sombríos y atormentados. Esos ojos suplicantes.

—No voy a conseguirte cocaína, Stevie. Los médicos dicen que sería como ponerte un revólver en la cabeza.

—Ya intenté eso. —Luchando contra las lágrimas que querían desbordarse, Stevie se llevó las manos a la cara—. Está bien, nada de cocaína. Entonces otra cosa. Dolophine, por ejemplo. Es una buena droga, Bri. Si fue buena para los nazis, también lo será para mí. —Clavó la vista en la espalda de Brian y comenzó a chillar—. Es solo un sustituto, viejo. Lo has hecho otras veces cuando te lo pedí. ¿Por qué no ahora? ¿Eh? Me ayudará a no desmoronarme.

Brian suspiró. Iba a abrir la boca para negarse una vez más cuando vio a Emma en el umbral. Parecía una estatua. Llevaba el cabello trenzado y unos pantalones anchos azules con tirantes blancos sobre una camisa carmesí, unos grandes aros de oro en las orejas y un juego de Scrabble bajo el brazo. Brian pensó que parecía una chica de dieciséis años, hasta que se fijó en sus ojos.

Eran fríos. Ojos de mujer, fríos y acusadores.

—¿Interrumpo algo?

—No. —Brian enterró las manos en los bolsillos—. Ya me iba.

—Tengo que hablar contigo —le dijo Emma sin mirarle mientras se dirigía al lado opuesto de la cama de Stevie—. Tal vez puedas esperarme fuera. No tardaré mucho. El médico me ha dicho que Stevie necesita descansar.

—De acuerdo. —Era ridículo, pensó Brian, pero se sentía

como un chico que iba a recibir una regañina—. Vendré a verte mañana o pasado mañana, Stevie.

—Está bien —repuso el guitarrista, y miró a Brian con ojos suplicantes antes de que saliera de la habitación.

—Te he comprado esto. —Emma dejó el juego de mesa sobre las huesudas rodillas de Stevie—. Pensé que podrías practicar un poco si querías ganarme.

—Siempre te ganaba.

—Cuando era niña... y porque hacías trampa. —Bajó la barra de protección de la cama y se sentó junto a él—. Ya no soy una niña.

Stevie no podía dejar las manos quietas. Nervioso, comenzó a tamborilear con los dedos sobre la caja.

—Supongo que no —murmuró.

—Así que quieres un poco de droga. —Emma lo dijo con tal naturalidad que Stevie tardó unos segundos en comprender sus palabras. La miró a los ojos, sin dejar de marcar el ritmo sobre la caja—. ¿Puedes recordarme como se llamaba? Lo escribiré para no olvidarme. Supongo que podré conseguirte un poco dentro de unas horas.

—No.

—Decías que la necesitabas. ¿Cómo se llama la droga? —Sacó una libreta y apoyó la punta del lápiz sobre la primera hoja.

Stevie sintió un atisbo de esperanza y una codicia desesperada antes de enrojecer de vergüenza. Por un momento casi pareció un hombre sano.

—No quiero que te metas en esas cosas.

Emma lanzó una risita burlona. Stevie sintió un sudor helado en la nuca.

—No intentes disimular, Stevie. Estoy metida en esto desde que tenía tres años. ¿De veras crees que no tenía idea de lo que ocurría en las fiestas, en las giras? ¿No pensarás que soy tan tonta?

Stevie lo había creído porque necesitaba creerlo. Emma era, siempre había sido, una serena luz de inocencia en medio del ruido y la locura.

—Yo... estoy cansado, Emma.

—¿Cansado? ¿Necesitas un pinchazo? ¿Una pequeña dosis para huir de la realidad? Dime el nombre, Stevie. Después de todo, te salvé la vida. Me parece justo que pueda ayudarte a perderla.

—No te pedí que me salvaras la vida, maldita seas. —Levantó una mano como si quisiera alejarla, pero la dejó caer sobre la cama. Se sentía acabado—. ¿Por qué no me dejaste solo, Emma? ¿Por qué coño no me dejaste solo?

—Fue un error —respondió ella bruscamente—, pero podemos hacer algo para enmendarlo. —Se inclinó más hacia él. El suave perfume de Emma lo acarició como una brisa, pero los ojos y la voz de la joven eran duros como el mármol de una tumba—. Te conseguiré la maldita droga, Stevie. Te la conseguiré. Te la meteré en el cuerpo. Clavaré la aguja en alguna vena que te haya quedado sana. Es probable que yo también me inyecte un poco.

—¡No!

—¿Por qué no? —Emma enarcó una ceja, extrañada—. Has dicho que es una droga buena. ¿Acaso no se lo dijiste a papá? Es una droga buena. Si es buena para ti, también lo será para mí.

—No. Maldita sea. Mira lo que me he hecho. —Stevie le mostró los brazos, llenos de cicatrices y escaras.

—Veo lo que te has hecho. —Arrojó la libreta y el lápiz al otro extremo de la habitación—. Veo muy bien lo que te has hecho. Eres débil, digno de compasión, patético.

—¡Señorita! —Una enfermera asomó la cabeza por la puerta—. Tendrá que...

—Fuera de aquí. —Emma se dio la vuelta para mirarla. Tenía los puños apretados y los ojos muy brillantes—. Salga de aquí ahora mismo. Todavía no he terminado.

La enfermera cerró la puerta y emprendió la retirada. Sus pasos rápidos resonaron en el pasillo.

—Déjame solo —murmuró Stevie. Las lágrimas inundaron sus ojos y se deslizaron entre los dedos con que se cubría la cara.

—Está bien, te dejaré solo. Cuando haya terminado. Te encontré tirado en el suelo, en medio de tu propia sangre y tu vómito, junto al revólver y la jeringuilla. ¿Qué ocurrió, Stevie? ¿Ni siquiera fuiste capaz de elegir la mejor manera de matarte? ¿Una sola manera de matarte? Fue una desgracia que yo no quisiera verte morir, ¿verdad? Te hice masajes en el pecho y respiración boca a boca allí mismo, en el suelo. Te devolví la vida. Lloré porque tenía miedo de no ser lo suficientemente rápida, buena o inteligente para poder salvarte. Pero cuando te sacaron de allí respirabas. Y pensé que eso era importante.

—¿Qué quieres? —bramó Stevie—. ¿Qué diablos quieres?

—Quiero que pienses... que pienses en alguien que no seas tú, para variar. ¿Cómo crees que me habría sentido si te hubiera encontrado muerto en el suelo del baño? Piensa en papá... ¿cómo crees que se hubiera sentido? Lo tienes todo, pero estás tan endiabladamente decidido a autodestruirte que podrías tener dos veces más de lo que tienes... y tampoco te importaría.

—No puedo evitarlo.

—Ah, esa es una excusa lamentable. Una excusa lamentable, pobre y patética... y perfectamente adecuada para la persona en que te has convertido. —Emma estaba al borde de las lágrimas, pero se contuvo y expresó toda la furia que tenía acumulada—. Te he querido desde que tengo memoria. Te he visto tocar, y año tras año tu capacidad creativa me ha dejado atónita. Y ahora vas a quedarte aquí sentado y a decirme que no puedes evitar matarte. Está bien... pero no esperes que quienes te queremos nos quedemos de brazos cruzados, mirando cómo lo haces.

Estaba a punto de salir cuando una mujer morena y menuda la detuvo en la puerta.

—¿Señorita McAvoy? Soy la doctora Haynes, la psiquiatra del señor Nimmons.

El cuerpo de Emma se tensó como un arco. Parecía un boxeador listo para un nuevo combate.

—Ya me iba, doctora.

—Sí, ya lo veo. —La mujer sonrió y le tendió la mano—. Ha dado un gran espectáculo, querida. Le recomiendo un paseo y luego un baño caliente. —Pasó junto a Emma y se dirigió hacia la cama de Stevie—. Ah, un Scrabble. Es uno de mis juegos favoritos. ¿Le apetece jugar una partida, señor Nimmons?

Emma oyó que las piezas se estrellaban contra la pared y siguió andando.

Encontró a Brian fuera, apoyado en el capó de su nuevo Jaguar. Dio una última calada al cigarrillo y tiró la colilla al césped en cuanto vio a su hija.

—Pensaba que tardarías más.

—No. He dicho todo lo que tenía que decir. —Mientras hablaba, Emma se cerró el cuello de la cazadora azul oscuro y subió la cremallera—. Quería preguntarte si había oído bien. ¿Alguna vez has comprado drogas para Stevie?

—No es lo que tú piensas, Emma. No soy un narcotraficante.

—Lo diré de otro modo, entonces —replicó ella, asintiendo con sarcasmo—. ¿Alguna vez le has suministrado drogas?

—Le conseguí un sustituto de los opiáceos para ayudarlo a soportar la gira y evitar que fuera a buscar heroína a algún callejón de mala muerte.

—Para ayudarlo a soportar la gira —repitió Emma—. Y yo que pensaba que Pete era el malo de la película, el desgraciado que mentía a la prensa y de ese modo ayudaba a que Stevie continuara engañándose.

—Pete no tiene la culpa de nada.

—Sí, por supuesto que tiene la culpa. Todos vosotros tenéis la culpa de esto.

—¿Se supone que tendríamos que publicar un anuncio en *Billboard* para informar de que Stevie es un drogadicto?

—Sería mejor que esto. ¿Cómo conseguirá Stevie hacer frente a su problema si ni siquiera puede admitir lo que es? ¿Y cómo dejará de ser lo que es si sus amigos, sus tan queridos amigos, continúan dándole drogas para que pueda soportar un concierto más, una ciudad más?

—Las cosas no son así...

—¿Ah, no? ¿Acaso te has puesto una venda en los ojos y piensas que lo haces por amistad?

Demasiado exhausto para enojarse, Brian volvió a apoyarse contra el coche. La fría brisa del otoño le enredaba el cabello y olía a lluvia. Paz, pensó mientras escrutaba el rostro enfurecido de su hija. Solo quería un poco de paz.

—Tú no sabes nada de esto, Emma. Y no me gusta recibir sermones de mi propia hija.

—No pienso sermonearte. —Emma dio media vuelta y se dirigió a su coche. Con una mano en la portezuela, volvió la cabeza para mirar a su padre—. ¿Sabes una cosa? Nunca te lo he dicho, pero hace dos años fui a ver a Jane. Es patética, lo único que le importa es su ego y sus propias necesidades. Hasta hoy no me había dado cuenta de cuánto os parecéis.

Dio un portazo y encendió el motor. Si había dolor en el rostro de su padre, Emma no se volvió para verlo.

29

Se casó con Drew por lo civil. La ceremonia fue sumamente discreta. No hubo invitados ni periodistas. Emma no se lo había dicho a nadie, ni siquiera a Marianne. Después de todo era mayor de veintiún años y no necesitaba el permiso ni la aprobación de nadie.

No fue la boda que había soñado. Nada de tules vaporosos y sedas blancas resplandecientes. Nada de flores, salvo la rosa de color rosa que Drew le había dado. Nada de música ni de lágrimas.

Intentó convencerse de que no le importaba. Estaba haciendo exactamente lo que quería. Tal vez fuera egoísta, pero sentía que tenía todo el derecho del mundo a cometer un acto de egoísmo puro. ¿Cómo podría habérselo dicho a Marianne o a Bev sin informar también a su padre? Emma no quería que él estuviera allí, junto a ella. No quería que la entregara.

Ella misma se entregaría.

Para animar la ceremonia aburrida y mecánica se había puesto un audaz vestido de seda rosa, un poco más oscuro que la flor que llevaba en la mano, con encaje en el torso y la falda vaporosa y larga hasta la mitad del muslo.

Pensó en la boda de su padre, la primera que había visto en su vida. Bev estaba en la gloria, feliz como nunca. Brian sonreía. Stevie, vestido de blanco de la cabeza a los pies, cantaba como un ángel. Al recordarlo los ojos se le llenaron de lágrimas, pero las reprimió cuando el novio le tomó la mano.

Drew sonreía. Sin dejar de sonreír, le colocó la sencilla alianza de diamante en el dedo. Su mano era cálida y serena. Su voz sonó clara y firme cuando juró amarla, honrarla y protegerla. ¡Necesitaba tanto que la protegieran! Cuando Drew la besó, Emma creyó ciegamente en sus palabras.

Les declararon marido y mujer. Ya no era Emma McAvoy; a partir de entonces sería Emma McAvoy Latimer. Una nueva persona. Al jurar amor y fidelidad a Drew había iniciado una nueva vida.

No le importó que él tuviera que salir corriendo para ir al estudio de grabación inmediatamente después de la ceremonia. Comprendía las exigencias y las necesidades de los músicos mejor que nadie. Ella misma había querido una boda rápida y anónima mientras él grababa su nuevo disco. Además, la ausencia de Drew le daría tiempo para preparar la suite del hotel donde pasarían su noche de bodas. Quería que fuera perfecta.

Allí sí había flores. Enormes ramos de rosas, orquídeas y narcisos de invernadero. Emma los arregló personalmente solo para darse el gusto. Distribuyó floreros redondos y tubos cilíndricos por todas las habitaciones y colocó una cesta de hibiscos en flor en el cuarto de baño.

Una docena de velas blancas con aroma a jazmín esperaban el momento de ser encendidas. El champán se enfriaba en un cubo de cristal. El volumen de la radio era bajo, adecuado al ambiente.

Emma se dio un prolongado baño con aceites fragantes. Se puso crema y talco en el cuerpo y, siempre atenta a los rituales femeninos, vertió una gota de perfume en sus muñecas. Quería que su cuerpo fuera perfecto para él, como la habitación, como la noche. Se cepilló el cabello hasta que le dolió el brazo. Lentamente, y con sumo placer, se puso el camisón de seda y encaje blanco.

Observó su reflejo en el espejo de cuerpo entero y supo que parecía una novia. Cerró los ojos y se sintió una novia. Su noche de bodas. La noche más hermosa de su vida. Por fin sabría cómo era. Drew entraría en la habitación. La miraría con sus ojos castaños, que poco a poco el deseo iría oscureciendo. Sería amable con ella, dulce y paciente. Casi podía sentir sus largos y hábiles dedos deslizándose sobre su piel. Le diría cuánto la amaba, cuánto la deseaba. Luego la llevaría en brazos al dormitorio y se lo demostraría.

Con paciencia. Con ternura. Con pasión.

A las diez en punto comenzó a sentirse inquieta. A las once, nerviosa. A medianoche estaba frenética. Cada vez que llamaba al estudio le informaban de que su marido se había marchado hacía varias horas.

Imaginó un accidente terrible. Seguramente había tenido prisa por volver junto a ella, ansioso como Emma de comenzar su vida juntos en aquella cama suave e inmensa. Tal vez se había distraído y su coche... No sabrían dónde encontrarla... los médicos, la policía. En ese mismo momento Drew podía estar yaciendo en una cama de hospital, sangrando, llamándola.

Estaba leyendo la lista de hospitales cuando oyó la llave en la cerradura. Antes de que Drew pudiera introducir la llave, Emma abrió la puerta de par en par y se arrojó en sus brazos.

—Ay, Drew. Estaba muerta de miedo...

—Tranquila, nena, tranquila. —Le dio una rápida palmada en las nalgas—. ¿Estás un poquito nerviosa?

Borracho. Emma intentó negarlo, pero la evidencia estaba ante sus ojos. Demoledora. Drew arrastraba las palabras, se tambaleaba un poco, olía a alcohol. Retrocedió para mirarlo.

—Has estado bebiendo.

—He estado celebrando nuestra boda con los muchachos. Uno no se casa todos los días, ¿no te parece?

—Pero tú... Dijiste que regresarías a las diez.

—Joder, Emma, ¿vas a empezar a regañarme en nuestra noche de bodas?

—No, pero... estaba muy preocupada, Drew.

—Bien, ya estoy aquí, ¿no? —Se quitó la chaqueta con dificultad y la dejó caer al suelo. Casi nunca se emborrachaba, pero esa noche le había resultado fácil beber un trago tras otro. Esa noche había escalado otro peldaño hacia la cima—. Mírate. Eres la imagen perfecta de la novia pudorosa y sonrojada. Mi bella, mi hermosa Emma toda vestida de blanco.

Emma se ruborizó. Los ojos de Drew estaban encendidos de deseo. Un deseo que ya había visto antes, que había imaginado que vería esa noche.

—Quería estar hermosa para ti. —Se lanzó a sus brazos y, con confiada inocencia, alzó los labios para buscar los de su esposo.

La lastimó. Su boca era feroz y caliente. Le mordió el labio inferior y la atrajo hacia sí.

—Drew. —Intentó desasirse, horrorizada por el recuerdo de Blackpool en el cuarto oscuro—. Por favor, Drew.

—Esta noche no vas a jugar conmigo. —La aferró del cabello, obligándola a echar la cabeza hacia atrás—. Me has hecho esperar demasiado, Emma. Esta noche no aceptaré excusas.

—No estoy poniendo ninguna excusa. Es solo que... Drew, ¿no podríamos...?

—Ahora eres mi esposa. Y lo haremos a mi manera.

La arrojó al suelo haciendo caso omiso de sus súplicas y forcejeos. Desgarró con manos brutales el encaje del camisón y comenzó a apretar y succionar los pechos de Emma. Su velocidad y su urgencia la aterraron. No estaba bien, pensó frenética. No estaba bien hacerlo allí, en el suelo, con las luces encendidas y el camisón rasgado.

Drew le clavó los dedos en las caderas y apretó la boca contra los labios de Emma. Asqueada por el olor a whisky, ella intentó decir su nombre. Cuando empezó a forcejear para liberarse, Drew le aferró las manos sobre la cabeza y la desvirgó en un solo embate, rápido y feroz.

Emma gritó, sumida en un torbellino de confusión y pánico. Drew entraba y salía de su cuerpo, jadeaba, gruñía. Emma estaba llorando cuando él llegó al orgasmo, se apartó de ella y de inmediato se quedó dormido.

A la mañana siguiente, estaba lleno de arrepentimiento, vergüenza y ternura. Con mirada sombría y voz temblorosa se maldijo y le suplicó que lo perdonara. Estaba borracho. Sí, era una excusa pobre... pero también la única razón que lo había llevado a comportarse como un monstruo. Cuando la estrechó en sus brazos y le acarició suavemente el cabello entre murmullos y promesas, Emma creyó en sus palabras. Era como si otro hombre hubiera ido a mostrarle, en su noche de bodas, lo cruel y despiadado que podía ser el sexo. Su marido solo le brindaba dulzura y comprensión. Al terminar su primer día de recién casada Emma se durmió en los brazos de su esposo, satisfecha. Y soñó con un lecho de rosas para el futuro.

Michael entró en la cocina. Había querido recoger los platos. De hecho, sus intenciones habían sido tan firmes que se sorprendió al encontrar llenos el fregadero y la encimera. Les dirigió una mirada ofuscada y acusadora. Había trabajado turnos dobles toda la semana y se preguntaba por qué diablos los platos no podían recogerse solos.

Con espíritu de autosacrificio decidió hacerse cargo del asunto antes de disfrutar del desayuno y el diario de la mañana. Amontonó los platos, cuencos, tazas y tenedores. Sin pensarlo dos veces, los arrojó dentro de una enorme bolsa de basura Rubbermaid. Todo era plástico y papel, un sistema que su madre no aprobaba pero que a él le iba muy bien. Aunque tenía un lavaplatos Whirlpool en su modesta cocina, jamás había tenido un plato para lavar.

Satisfecho por el deber cumplido, metió la mano en la alacena y palpó un bote de salsa El Paso y un recipiente de mantequilla de cacao Skippy. Los empujó a un costado y por fin encontró lo que estaba buscando: la caja de copos de trigo. Echó una ración en un cuenco Chinet, cogió la cafetera y vertió el café humeante sobre el cereal.

Había descubierto ese manjar por pura casualidad una mañana, medio dormido. Casi había terminado el desayuno cuando vio que el café estaba sobre el cereal y la leche en la taza de poliestireno. Desde entonces prescindía de la leche. Cuando iba a sentarse para disfrutar de su bien merecido desayuno, lo interrumpió un golpe en la puerta mosquitera.

A primera vista parecía una esterilla gris de casi un metro cuadrado. Pero las esterillas no tienen colas inquietas ni lenguas rojas. Michael empujó la puerta y recibió la calurosa bienvenida del enorme perro peludo.

—No trates de disimular —lo regañó apartando las gruesas patas de su pecho desnudo. Las patas del animal golpearon el suelo, pero la mayor parte del barro que traían quedó en el cuerpo de Michael.

Conroy, de raza desconocida, se sentó en el linóleo y se relamió. Olía tan mal como el más maloliente de los perros, pero al parecer eso no le molestaba. Tenía el pelaje enmarañado y lleno de cardos. A Michael le resultaba difícil creer que lo había elegido entre una camada de bonitos y traviesos cachorros hacía menos de dos años. Conroy se había vuelto feo de adulto. No era un perro doméstico, sino un verdadero esperpento. Pero ese pequeño error de la naturaleza tampoco parecía perturbarlo.

Conroy no se inmutó por la regañina y levantó la pata. Michael y él sabían que aquel no era un gesto de sumisión.

—No voy a estrechar esa pata. No sé dónde has estado. Has vuelto a liarte con esa perdida, ¿verdad?

Conroy miró hacia la izquierda. De haber podido, habría silbado bajito.

—No intentes negarlo. Te has pasado todo el fin de semana revolcándote en la mugre y jadeando sobre esa vagabunda mitad beagle, mitad perro callejero. No has pensado en las consecuencias ni en mis sentimientos. —Se dio la vuelta y fue a buscar algo en la nevera—. Si vuelves a follar con ella, tendrás que arreglártelas solito. Te lo he dicho mil veces. Sexo seguro. Estamos en la década de los ochenta, tío.

Arrojó una rodaja de salami que Conroy atrapó ágilmente en el aire y devoró de un solo bocado. A Michael se le ablandó el corazón. Le arrojó dos más antes de sentarse para saborear los copos de trigo empapados en café.

Le gustaba su vida. Había tomado la decisión correcta al

mudarse a una zona residencial. Tenía justamente lo que necesitaba: un buen pedazo de jardín para desempolvar el cortacésped, varios árboles frondosos y lo que quedaba de los arriates del propietario anterior.

Había intentado probar su suerte con la jardinería pero, como resultó inepto, la había abandonado. Conroy aprobó su decisión; ahora nadie se ponía furioso cuando arrancaba los dragones.

Michael había comprado la pequeña casa de ladrillo rojo en un impulso tras su breve y desacertada aventura con Angie Parks. Ella le había enseñado algo, aparte del sexo desenfrenado. Ese algo era que Michael Kesselring era y siempre sería un tipo de clase media.

Le había resultado un poco raro ver a Angie en la pantalla del cine después de que lo reemplazara por un jugador de hockey de veintiún años. Su interpretación de Jane Palmer le había producido una sensación extraña, casi ominosa. Además se había dado cuenta de que Angie había representado constantemente el personaje durante los tres frenéticos meses que duró su relación.

Había ido solo al cine. Quería asegurarse de que se había deshecho de cualquier atracción residual, y enfermiza, que aún pudiera sentir por ella. Cuando Angie exhibió sus magníficos pechos en la pantalla grande, Michael no sintió nada más que vergüenza. Supo que había compartido la cama con la madre de Emma aunque fuera de manera vicaria.

Y se preguntó, amparado en la oscuridad del cine, si Emma iría a ver la película.

Pero no quería pensar en ella.

Había tenido otras mujeres. Nada serio. Además estaba su trabajo. Ya no lo asombraba tener talento y respeto por la función policial. Tal vez no tuviera la paciencia y la habilidad de su padre con los papeles, pero sabía pensar en movimiento, aceptaba las largas y a menudo monótonas horas de vigilancia y tenía suficiente respeto por su vida para no abusar del gatillo.

—Ayer me dispararon —explicó a Conroy. Cada vez que intentaba conversar con él, el perro empezaba a cazar moscas con absoluta indiferencia por sus palabras—. Si ese pervertido hubiera tenido suerte, hoy estarías fuera, completamente solo y muerto de frío, compañero. Ni sueñes con que esa perra te aloje en su casa.

Conroy lo miró, eructó y volvió a sus moscas.

—Una visita al veterinario —murmuró Michael llevándose a la boca una cucharada de cereales—. Una visita y un par de tijeretazos... y tus días de lujuria habrán terminado.

Satisfecho por haber dicho la última palabra, Michael abrió el periódico.

Como de costumbre había información sobre el conflicto en Oriente Próximo, lo último sobre el terrorismo. Algunos comentarios maliciosos acerca de la economía del país. En la sección de noticias locales se informaba de la captura y el arresto de un tal Nick Axelrod, un maleante de segunda que había ingerido fenciclidina y degollado a su amante.

—Este es el tipo que me disparó —dijo Michael acercando el diario a Conroy para que lo olfateara—. Lo encontré en un apartamento en el centro de la ciudad, disparando a las paredes y llamando a Jesús a gritos. Ves, aquí está mi nombre. Detective Michael Kesselrung. Sí, ya lo sé, ya lo sé, pero se supone que es mi nombre. Mira, si no estás interesado por las noticias, ¿por qué no haces algo útil y me traes los cigarrillos? Anda, ve a buscarlos.

Conroy se levantó con un gruñido. Fingió cojear, pero Michael había vuelto a concentrarse en el periódico y no le prestó atención. Rascándose el pecho desnudo buscó la sección de espectáculos.

Sus dedos se curvaron como garfios al ver la foto. Cerró el puño y se lo llevó al corazón.

Era Emma. Estaba... Dios santo, estaba espléndida. Esa sonrisita tímida, esos ojos enormes y serenos. Llevaba puesto un vestido diminuto sin tirantes y el cabello suelto le caía ondulado sobre los hombros desnudos.

Había un brazo sobre su hombro... y el brazo estaba adosado a un hombre. Michael apartó los ojos del rostro de Emma y miró al tipo.

Drew Latimer. Su cerebro conectó la fama y el nombre. También sonreía. Una sonrisa satisfecha y radiante, maldito sea. Volvió a mirar a Emma, estudió cada centímetro, cada ángulo de su cara durante largo rato. Conroy volvió y dejó caer una cajetilla de Winston llena de babas sobre sus rodillas. Pero Michael no se movió.

Muy lentamente, como si estuviera escrita en otro idioma, leyó la noticia.

LA PRINCESA DEL ROCK EMMA MCAVOY SE CASA
CON SU PRÍNCIPE

Emma McAvoy, hija de Brian McAvoy, de Devastation, y la escritora Jane Palmer, se casó en secreto hace dos días con Drew Latimer, de veintiséis años, cantante y guitarrista de la prometedora banda de rock Birdcage Walk. Los recién casados se conocieron en la última gira europea de Devastation.

Michael no continuó leyendo. No podía.

—Joder, Emma. —Cerró los ojos y dejó caer el diario sobre la mesa—. Joder.

Emma se sentía feliz de haber regresado a Nueva York. Apenas podía esperar para mostrarle la ciudad a Drew y pasar su primera Navidad juntos en el ático.

No le importaba que el avión se hubiera retrasado ni que estuviera cayendo una fina y helada cellisca. Pasarían cuatro semanas de luna de miel, que habían pospuesto hasta entonces por la grabación del nuevo disco de su esposo. Quería pasarla en Nueva York, en su casa. Quería hacer la transición de novia a esposa en un ámbito querido y familiar.

Le pidió al chófer de la limusina que les diera una vuelta por el centro de la ciudad. Quería mostrar a Drew las luces, la gente, el majestuoso árbol del Rockefeller Center, el carnaval de Times Square.

Pero lo que más le gustó fue llegar al ático y saber que estaba sola. Por fin sola, sin ningún Sweeney alojado en el piso de abajo.

—Parece que hace años que no piso este lugar. —Sabía que el padre de Marianne se había quejado repetidamente de su negativa a alquilar la casa. Pero estaba feliz, tan feliz de que nadie hubiera vivido allí en su ausencia...—. ¿Y bien? —Se pasó los dedos por el cabello húmedo—. ¿Qué opinas?

—Es un espacio interesante. —Drew miró las paredes de yeso, los suelos desnudos, el grotesco búho de porcelana que Emma había encontrado en una tienda de baratijas del barrio—. Es un poco... espartano.

—Espera a que empiece a decorarlo para la Navidad. Marianne y yo juntamos un montón de adornos absolutamente espantosos. —Al oír que el chófer depositaba el equipaje en el suelo con una tos discreta, Emma buscó una propina en la cartera—. Gracias.

—Gracias a usted, señora —dijo el hombre guardándose en el bolsillo el billete de veinte dólares—. Feliz Navidad.

—Feliz Navidad. —Emma se quitó el abrigo y corrió a la ventana—. Ven a mirar, Drew. El estudio de Marianne tiene mejor vista, pero yo me mareo un poco allá arriba,

—Muy agradable. —Vio una calle sucia y un embotellamiento de tráfico que volvería loco a cualquiera—. Emma, me pregunto por qué no te mudaste a un lugar de más categoría.

—Nunca quise hacerlo.

—Bien, esto tiene su encanto, por supuesto... y estoy seguro de que fue muy apropiado para dos estudiantes universitarias. Pero creo que debemos replantearnos algunas cosas. —Emma se dio la vuelta y él se acercó para acariciarle el cabello—. Después de todo, no querremos compartir nuestro lugar de residencia con Marianne... por muy agradable y simpática que sea.

—No lo había pensado. De todos modos, no regresará hasta dentro de dos meses.

—Será mejor que lo vayas pensando. —Drew suavizó la dureza de sus palabras besándole la frente. Cara bonita y poco seso, pensó palmeándole la mejilla—. Según dicen, se requieren mucho tiempo, dinero y energía para encontrar casa en Nueva York. Dado que quieres que vivamos una parte del año aquí y otra en Londres, tendremos que buscar un lugar apropiado. Joder, hace un frío que pela.

—Pedí al encargado que apagara la calefacción cuando no estuviéramos. —Emma corrió a encenderla.

—Siempre tan práctica, ¿verdad, tesoro? —Su voz tenía un tono burlón, pero sonrió cuando volvió a mirarla—. Estoy seguro de que disfrutaremos mucho aquí durante un par de semanas. Después de todo, para una luna de miel, incluso postergada, solo se necesita una cama. —Rió al ver que Emma se ruborizaba y corrió a besarla. Fue un beso prolongado y ardiente—. Tenemos una cama, ¿no es cierto, Emma?

—Sí. —Se estrechó contra él—. Allí está. Tengo que cambiar las sábanas.

—Después nos ocuparemos de las sábanas. —La empujó hacia el umbral de la habitación y comenzó a quitarle el suéter.

Emma sabía que sería rápido, no feroz y doloroso como en su noche de bodas. Todo sería muy rápido y terminaría pronto. No sabía cómo hacer para pedir más. En algún lugar de su corazón sabía que debía haber algo más que aquel galope rápido en la oscuridad. Sintió el colchón frío en la espalda. Pero el cuerpo de Drew estaba caliente cuando la penetró, mucho antes de que ella estuviera lista para recibirlo. Lo estrechó en sus brazos, aferrándose al calor y esperando la lluvia de estrellas que le habían prometido los libros.

Se estremeció cuando él llegó al orgasmo. Es por el frío, pensó. Pocos segundos después, Drew pareció leerle el pensamiento.

—Joder, esto parece un congelador.

—La casa no tardará en caldearse. Tengo algunas mantas en el arcón.

Emma se estiró para coger su suéter, pero Drew la detuvo con un zarpazo rápido.

—Me gusta mirar tu cuerpo, Emma. Es dulce y menudo, a punto de madurar. Ya no tienes por qué sentir timidez conmigo, ¿no es cierto?

—No. —Bastante incómoda, saltó de la cama y levantó la tapa del arcón. Drew metió la mano en el bolsillo de la chaqueta, que estaba hecha un lío en el suelo, y sacó sus cigarrillos.

—Supongo que no habrá nada para comer en este lugar, ni una botella de licor que nos salve de la pulmonía.

—Hay un poco de coñac en la cocina. —Emma recordó la botella que había abierto para Luke, que había regresado a Miami y luchaba por aferrarse a la vida. Dejó la pila de sábanas y mantas a los pies de la cama. Ya había compartido casi todos sus secretos con Drew, excepto la verdad acerca de Johnno y Luke—. Ni siquiera había pensado en la comida. —Vio que su esposo fruncía el ceño y se llevaba un cigarrillo a la boca—. ¿Qué te parece si voy al mercado de la esquina y compro algo? Puedes beber una copa de coñac y darte un baño caliente mientras tanto. Yo prepararé la cena.

—De acuerdo. —No se le ocurrió ofrecerse a acompañarla—. Tráeme varias cajetillas de cigarrillos, por favor.

—Claro. —Esta vez él no la detuvo cuando fue a recoger su suéter—. No tardaré mucho.

Apenas Emma salió, Drew se levantó de la cama y se enfundó los tejanos, más por comodidad que por pudor. Lo primero que hizo fue servirse un coñac. Aunque le molestó profundamente que no hubiera una copa apropiada, aprobó la marca.

Le sorprendía que Emma esperara que aplaudiera ese estúpido establo que tenía por casa. Un ático en el centro de la ciudad, pensó bebiendo un trago de coñac. No tenía la menor intención de vivir en el centro de la ciudad. Toda su vida había soñado con residir en un barrio de clase alta. Era ridículo pensar que se conformaría con algo inferior a lo mejor justo ahora que iba rumbo a la cima.

Se había criado en un lugar mucho peor que ese, por supuesto. Bebió otro trago y estudió el mural de Marianne sobre la pared de yeso. Pensó de dónde venía y hacia dónde se dirigía. No podía afirmar que había vivido en la pobreza extrema, pero tampoco había estado muy lejos de aquello.

Una vivienda alquilada, un patio embarrado, unos tejanos

remendados. Así había sido su vida. Odiaba pertenecer a la clase trabajadora y odiaba al padre que jamás los había sacado de ella porque no tenía una pizca de ambición. Un viejo de hombros encorvados, pensó con desprecio. Un viejo sin carácter ni agallas. ¿Por qué otra razón los habría abandonado su esposa, a él y a sus tres hijos?

Probablemente para buscar algo mejor que ganarse la vida a duras penas, pensó Drew. ¿Acaso podía culparla por eso? La detestaba.

Él estaba siguiendo su propio camino, y ese camino iba directo a la cima. Levantó el vaso y brindó a la salud del retrato de Emma. Si su complaciente e ingenua mujercita le daba un par de empujoncitos, todos vivirían felices.

Pero él llevaría las riendas.

Consentiría pasar un par de semanas en esa pocilga, y luego se mudarían a un barrio elegante. A uno de esos enormes pisos carísimos y ostentosos en la zona de Central Park. Eso bastaría para comenzar. No le molestaba vivir parte del año en Nueva York. De hecho, estaba convencido de que estar en la ciudad le ayudaría bastante. Especialmente por los contactos de Emma.

Fue hacia el estéreo y buscó entre los discos hasta encontrar uno que fuera de su agrado. *Complete Devastation*. Supuso que era correcto dar las gracias al viejo de ese modo. Después de todo, de no haber sido por la gira jamás hubiera podido atraer a Emma a los camerinos, nunca hubiera podido hechizarla. Esa chica era tan estúpida que había creído que no sabía quién era, que ignoraba lo que podría hacer por él.

Drew movió la cabeza, puso el disco y dejó que el rock invadiera el enorme espacio semivacío.

No; no le resultaría difícil hacerla feliz. Aunque era pésima en la cama —qué decepción, por cierto—, estaba ansiosa por complacerlo. Desde el instante en que había puesto los ojos en Emma, Drew había movido sus hilos con tanta inteligencia como rasgaba las seis cuerdas de su guitarra. Pretendía que su habilidad tuviera recompensa. En especies.

Emma haría las paces con su padre, tarde o temprano. El

viejo había aceptado que se casaran y les había hecho un generoso regalo de bodas de cincuenta mil libras. Un cheque a nombre de Emma que ya habían depositado en una cuenta compartida.

Todavía había ciertas asperezas entre padre e hija, pero pronto las limarían. Drew estaba seguro. Pronto se vería favorecido por ser el yerno de Brian McAvoy. Mientras tanto tenía una esposa muy rica. Una esposa rica e ingenua.

Lanzó una carcajada estridente y fue hasta la ventana. ¿Qué mejor compañía para un hombre ambicioso? Lo único que debía hacer era controlar su carácter y su impaciencia y tenerla contenta. Entonces conseguiría todo cuanto deseaba.

30

Se mudaron a un elegante dúplex en el Upper West Side de Nueva York. Como aquello parecía ser tan importante para Drew, Emma intentaba no pensar que vivían en el undécimo piso. Solo se mareaba cuando se paraba junto a la ventana y miraba hacia abajo. El vértigo era una molestia que la perturbaba. Había estado en la cima del Empire Estate Building, exultante y feliz como pocas veces en su vida. No obstante, si se asomaba por la ventana de un cuarto piso la cabeza le daba vueltas y se le revolvía el estómago.

Pensaba que Drew había tenido razón al decirle que debía aprender a vivir con eso.

Fuera como fuese, a Emma le gustaban los techos altos y artesonados del dormitorio principal, la baranda art decó de la sinuosa escalera, los nichos abiertos en las paredes y las baldosas en damero de la entrada, blancas y marrones.

Emma había pedido a Bev que lo decorara. Confiaba en que su mano maestra y unas semanas en su compañía harían que la mudanza del ático fuera menos dolorosa. Y debía admitir que el dúplex era precioso, con su vista de Central Park y su ancha escalera de caracol. Satisfizo su pasión por las antigüedades y las rarezas amueblándolo con una mezcla del clasicismo del estilo reina Ana de vibrante pop art. Además, le agradaban los enormes ventanales y el pequeño balcón acristalado donde podría tener macetas. Y también le gustaba estar a pocas manzanas de Johnno.

Lo veía casi todos los días. La acompañaba en sus cacerías por las tiendas de antigüedades, cosa que aburría soberanamente a Drew. Era habitual que comiera con ellos un par de veces por semana o que salieran los tres juntos alguna noche. Si no contaba con la aprobación de su padre, por lo menos era un alivio tener a Johnno cerca y oírle hablar de música con Drew. Emma se sintió feliz cuando empezaron a escribir una canción juntos.

Se entregó a la vida doméstica. Quería formar un hogar para ella, Drew y los hijos que todavía no lograba concebir.

Le había asombrado y encantado que Drew quisiera tener hijos de inmediato. Por más desacuerdos que tuvieran, por muchas diferencias que hubiera advertido en sus gustos y opiniones, en ese punto compartían el mismo sueño.

Imaginó cómo sería llevar un hijo en el vientre, sentir cómo el hijo de Drew crecía en su interior. A menudo soñaba despierta con el día en que empujarían juntos un cochecito de bebé por el parque. ¿Tendrían las mismas sonrisas embobadas que solía ver en el rostro de los padres primerizos?

Al ver que pasaban los meses y no quedaba embarazada, se convenció de que debía tener paciencia. Ya llegaría el momento. La culpa de todo la tenía el estrés, la presión de desearlo demasiado. Cuando aprendiera a relajarse mientras hacía el amor, concebiría un hijo.

Cuando empezó la primavera tomó docenas de fotos de mujeres encintas, recién nacidos y niños que daban sus primeros pasos en el parque. Los observaba disfrutar del calor suave de la tarde. Y los envidiaba.

Postergó los planes de abrir su propio estudio y trabajar en el libro, pero continuó vendiendo sus fotos. Le alegraba consagrarse a su flamante vida doméstica y pasar sus horas libres engrosando su carpeta profesional. Empezó a coleccionar libros de cocina y a ver programas culinarios por la televisión. Se sentía halagada cuando Drew elogiaba sus intentos de recrear un plato tradicional. Como él se aburría enseguida de sus fotos, dejó de mostrarle los negativos y de comentarle sus obras en ciernes.

Parecía más contento de verla en su papel de ama de casa. Durante el primer año de matrimonio Emma se sintió feliz de poder complacerlo. Como si no deseara otra cosa en el mundo.

Se obligaba a mantenerse ocupada y trataba por todos los medios de disimular su desconsuelo cada vez que su cuerpo le informaba, con impecable regularidad, que no estaba embarazada. Intentaba no sentirse culpable cuando Drew se ponía de mal humor ante cada nuevo fracaso.

Pero Runyun interrumpió su rutina complaciente y la sacudió de su letargo.

Emma entró como una tromba en el dúplex, con una botella de champán en una mano y un ramo de tulipanes en la otra.

—¿Drew? ¿Estás en casa, Drew?

Apoyó la botella sobre la mesa y encendió la radio.

—¡Apaga de una vez esa mierda, joder! —Drew apareció en lo alto de la escalera. Solo llevaba puestos los calcetines. La mañana no era su mejor momento del día. Tenía el cabello revuelto, los ojos legañosos y la cara ensombrecida por la barba sin afeitar—. Sabes que anoche trabajé hasta muy tarde. No creo que sea mucho pedir un poco de silencio por la mañana.

—Lo siento. —Emma apagó la radio y bajó la voz. En los pocos meses que llevaban casados había aprendido que Drew solía estar de muy mal humor antes del primer café—. No me he dado cuenta de que aún estabas en la cama. Pensé que habías salido.

—Hay gente que no necesita levantarse al alba para ser productiva.

Emma apretó el ramo de flores. No quería estropear el momento con una discusión.

—¿Quieres que te prepare un café?

—Desde luego. Evidentemente no voy a poder dormir.

Emma llevó las flores y el champán a la cocina. Era un espacio angosto al que la zona acristalada con la mesa de desayuno otorgaba mayor amplitud. Los colores imperantes eran el blanco y distintas gamas del azul: encimera de reluciente azul marino, lámparas y electrodomésticos blancos, suelo en damero blanco y celeste. En un rincón había una vieja alacena que la propia Emma había pintado de blanco, y en los estantes descansaba una colección de frascos azul cobalto.

Regó con agua fresca el trío de cactus que había plantado en macetas azules y comenzó a preparar el desayuno. Una mujer la ayudaba con las tareas domésticas tres veces por semana, pero a Emma le gustaba cocinar nuevos platos tanto como revelar una buena foto. Puso a freír la salchicha favorita de Drew antes de moler el café.

Cuando Drew entró en la cocina pocos minutos más tarde, todavía con el torso desnudo y sin afeitar, la mezcla de aromas bastó para que le cambiara el humor. Además le gustaba verla cocinar para él. Eso le recordaba que, aparte de ser hija de Brian McAvoy, y por muy voluminosa que fuese su cuenta bancaria, Emma le pertenecía.

Se acercó a darle un beso en el cuello.

—Buenos días.

—La sonrisa de Emma se evaporó cuando Drew deslizó las manos bajo su blusa y comenzó a frotarle los pechos.

—Estará listo en un minuto —dijo.

—Fabuloso. Estoy muerto de hambre. —Le dio un pellizco rápido y tosco en los pezones.

Emma detestaba que hiciera eso, pero no dijo nada y fue a servirle el café. Cuando le había comentado que no le gustaba que le pellizcara los senos, Drew comenzó a hacerlo más a menudo. Solo para hacerla rabiar un poco, según él. «Eres demasiado susceptible, Emma. No tienes sentido del humor.»

—Tengo noticias —anunció ella antes de pasarle la taza—. Oh, Drew, tengo una noticia maravillosa.

Él entrecerró los ojos. ¿Estaría embarazada? Se moría de ganas de dar un nieto a Brian McAvoy.

—¿Has ido a ver al médico?

—No... ah, no. No estoy embarazada, Drew. Lo lamento. —Emma volvió a experimentar la sensación familiar de culpa e inferioridad. Una sombra de desilusión oscureció el rostro de Drew, mientras se sentaba a la mesa—. Eso aún tardará un poco —murmuró Emma cascando dos huevos sobre la sartén—. Me tomo y anoto la temperatura cada día.

—Claro. —Drew sacó un cigarrillo, lo encendió y la observó a través del humo—. Haces todo lo que puedes.

Emma abrió la boca. Y volvió a cerrarla. No era el mejor momento para recordarle que se necesitaban dos personas para hacer un bebé. La última vez que habían tocado el tema, Drew estrelló una lámpara contra el suelo y salió de la casa dando un portazo. La había dejado sola hasta la mañana siguiente para que se sintiera culpable.

—He ido a ver a Runyun. ¿Recuerdas que te comenté que iría a verlo?

—¿Mmm? Ah, sí. Ese arrogante fotógrafo de tres al cuarto.

—No es arrogante. —De nada serviría explicarle que Runyun no era precisamente un fotógrafo «de tres al cuarto»—. Testarudo —añadió con una sonrisa—. Irritante a veces, pero no arrogante. —Le llevó el plato a la mesa. Se había dejado su taza de café, pero se sentó a la mesa. Se sentía a punto de estallar—. Se está encargando de todo para que haga una exposición. Mi propia exposición.

—¿Una exposición? —dijo Drew masticando un trozo de salchicha con la boca abierta—. ¿De qué coño estás hablando?

—De mi obra, Drew. Te dije que pensaba que Runyun volvería a ofrecerme un puesto de ayudante, pero no me llamó por eso.

—De todos modos no necesitas ningún trabajo. Te he dicho que no quiero que trabajes para un viejo pelmazo y lunático.

—No, pero... eso ya no tiene importancia. Cree que soy buena. Le costó admitirlo, pero realmente cree que soy buena. Va a patrocinar mi exposición.

—¿Estás hablando de una de esas preciosas y selectas reuniones donde la gente va de un lado a otro mirando fotos y dice cosas como «Qué profundo» o «Qué visión»?

Rígida de furia, Emma se levantó lentamente y fue a desenvolver los tulipanes para calmarse un poco. Se convenció de que él no había querido herirla en realidad.

—Es un paso importante en mi carrera. Lo he deseado desde que era niña. Esperaba que lo comprendieras.

Aprovechando que Emma le daba la espalda, Drew miró al techo con fastidio. Ahora tendría que reconfortarla y mimarla un poco.

—Por supuesto que lo comprendo. Me alegro por ti, preciosa. ¿Cuándo es el gran día?

—En septiembre. Runyun quiere darme tiempo para seleccionar mis mejores trabajos.

—Espero que incluyas algunas fotos mías.

Emma se obligó a sonreír y dejó el ramo de los tulipanes bajo un rayo de sol que brillaba sobre la mesa.

—Por supuesto. Eres mi tema favorito.

Estaba segura de que él no intentaba dificultarle las cosas, pero sus constantes demandas de tiempo compartido hacían casi imposible que Emma pudiera dedicarse a su trabajo. Drew decía que ya era hora de sacarle el jugo a Nueva York e insistía en recorrer los clubes. Como necesitaba un descanso, fueron a pasar una semana en las islas Vírgenes. Para él era natural hacerse amigo de los jóvenes y ricos de Nueva York. El dúplex casi nunca estaba vacío. Cuando no recibían invitados, asistían a alguna de las muchas fiestas que se ofrecían en la ciudad. Dado que eran una de las nuevas parejas de moda, los paparazzi los seguían a sol y sombra. El estreno de una obra de teatro en Nueva York, una noche en un nuevo club nocturno, un recital en Central Park. Todo lo que hacían quedaba grabado. Sus nombres y sus caras adornaban las revistas del corazón. Habían aparecido en la portada de *Rolling Stone*, *People* y *Newsweek*. Barbara Walters quería entrevistarlos.

Cuando ya no podía soportar tanta presión, Emma se obligaba a recordar que aquella era, precisamente, la clase de vida con la que había soñado mientras estaba encerrada en Saint Catherine's. Pero la realidad era mucho más agotadora, y sobre todo muchísimo más aburrida, de lo que había imaginado.

Recordaba constantemente que todos decían que el primer año de matrimonio era el más difícil. Requería una buena dosis de esfuerzo y paciencia. Si el matrimonio —y la vida en general— era más difícil y menos excitante de lo que había imaginado... eso era señal de que no se estaba esforzando tanto como debía.

—Vamos, preciosa, es solo una fiesta. —Drew la abrazó por detrás. El agua mineral se derramó sobre el vestido de Emma cuando la obligó a dar unos pasos de baile—. Relájate, Emma.

—Estoy cansada, Drew.

—Siempre estás cansada.

Cuando intentó apartarse, él le clavó los dedos en la espalda. Había pasado tres noches seguidas revelando fotos en el cuarto oscuro. Solo faltaban seis semanas para su exposición y estaba nerviosa como un gato. Y también furiosa, había que admitirlo. Furiosa porque su esposo no mostraba el menor interés por su obra. Furiosa porque dos horas antes le había anunciado que había invitado a algunos amigos.

Una multitud de ciento cincuenta personas merodeaba por todas las habitaciones de la casa. La música era atronadora. Durante el último mes habían dado muchas fiestas de ese tipo. El gasto en bebidas alcohólicas había aumentado a quinientos dólares semanales. No le importaba el dinero. No, no era el dinero. Ni siquiera el tiempo, mucho menos cuando se trataba de recibir amigos. Pero los amigos ya no eran amigos, sino un grupo de gorrones y *groupies*. La semana anterior el dúplex había quedado hecho un desastre cuando todos se fueron. El sofá tenía varias manchas de coñac. Alguien había apagado un cigarrillo en la alfombra oriental. Pero lo peor de todo —peor que el jarrón de Baccarat hecho añicos y que la bombonera Limoges desaparecida— eran las drogas.

Emma había encontrado un grupo de gente, a la que por otra parte nadie le había presentado, esnifando cocaína en la habitación de huéspedes, que aún abrigaba la esperanza de transformar en la habitación de su primer hijo.

Drew le había prometido que jamás volvería a ocurrir.

—Estás enojada porque Marianne no ha venido.

No había ido porque nadie la invitó, pensó Emma.

—No es por eso.

—Desde que volvió a la ciudad pasas más tiempo en el ático con ella que aquí, en tu casa, conmigo.

—Drew, hace casi dos semanas que no veo a Marianne. Entre mi trabajo y nuestra agitada vida social no he tenido tiempo.

—Sin embargo, siempre tienes tiempo para quejarte.

Emma dio media vuelta. Furiosa, rechazó la mano de Drew que intentaba detenerla.

—Subiré a acostarme.

Se abrió paso a empujones entre la multitud, sin prestar atención a las risas y las voces que la llamaban. Él la detuvo en la escalera. La presión de sus dedos la hizo saber que estaba tan enfadado como ella.

—Suéltame —masculló—. No creo que quieras discutir justo ahora, delante de todos tus amigos.

—Entonces discutiremos arriba. —La pellizcó hasta hacerla gritar. Luego la arrastró escalera arriba.

Emma estaba preparada para discutir. A decir verdad, la sola idea de un buen combate a gritos la enardecía. Pero quedó paralizada cuando entró en su dormitorio.

Estaban usando su espejo antiguo para hacer las rayas de cocaína. Había cuatro personas inclinadas sobre su tocador. Reían mientras inhalaban el polvo blanco. Habían empujado a un lado su colección de frascos de perfume antiguos. Uno estaba en el suelo, hecho añicos.

—Fuera de aquí.

Las cuatro cabezas se levantaron y la miraron con los ojos muy abiertos.

—He dicho que salgáis. Fuera de mi habitación. ¡Ahora! ¡Fuera de mi casa!

Antes de que Drew pudiera impedirlo, aferró por la solapa a la persona que tenía más cerca —un hombre que pesaba dos veces más que ella— y comenzó a arrastrarlo fuera del dormitorio.

—Eh, tranquilízate, podemos compartir...

—Fuera —repitió Emma empujándolo hacia la puerta.

Al ver que la cosa iba en serio, los otros tres se retiraron de inmediato en fila india. Una de las mujeres se detuvo un instante y palmeó a Drew en la mejilla. Emma cerró de un portazo y se volvió hacia su marido.

—Esto es la gota que colma el vaso. No pienso tolerarlo más, Drew. Quiero a toda esa gente fuera de mi casa. Y no permitiré que vuelvan a poner los pies en ella.

—¿No? —dijo él con calma.

—¿Es que no te importa? ¿Es que no te importa nada? Este es nuestro dormitorio. Dios santo, Drew, mira mis cosas. Han estado hurgando en mi armario. —Furibunda, levantó una pila de vestidos de seda y ropa blanca—. Sabe Dios qué más habrán roto o robado esta vez, pero eso no es lo peor. Ni siquiera conozco a esas personas que se estaban drogando en mi habitación. No quiero drogas en mi casa.

Ella vio tomar impulso, pero no comprendió el porqué del movimiento. La palma de la mano de Drew se estrelló con tanta fuerza en su cara que la hizo caer al suelo. Sintió el sabor de la sangre. Perpleja, se llevó la mano al labio partido.

—¿Tu casa? —La obligó a levantarse. Le rasgó la camisa cuando la arrojó por el aire. Emma aterrizó brutalmente contra la mesita de noche. Su adorada lámpara Tiffany cayó sobre la alfombra—. Putita malcriada. ¿Así que esta es tu casa?

Demasiado aturdida para replicar o defenderse, retrocedió aterrada cuando él se le echó encima. El rugido de la música ahogó sus gritos de socorro. Drew volvió a levantarla en el aire y la arrojó sobre la cama.

—Nuestra casa, dirás. Y más vale que no lo olvides, imbécil. Es tan mía como tuya. Todo lo que tenemos es tan mío como tuyo. Y no se te ocurra volver a decirme lo que debo hacer. ¿Acaso crees que puedes humillarme de esta manera y salirte con la tuya como si nada hubiera ocurrido?

—Yo no quería... —Emma se interrumpió. Alzó apenas los hombros cuando él levantó la mano.

—Así está mejor. Cuando quiera oírte chillar, te lo haré saber. Siempre haces lo que se te antoja, ¿verdad, Emma? Bueno, esta noche no será una excepción. Quieres quedarte aquí sentada, sola como un perro. Me parece bien. —Arrancó el cable del teléfono—. Quédate sola entonces. —Estrelló el aparato contra la pared y salió dando un portazo. Antes de marcharse, cerró la puerta con llave.

Emma se acurrucó en la cama. Respiraba con dificultad, demasiado aturdida para sentir los cortes y los moretones. Era una pesadilla, pensó. Ya había tenido pesadillas. Recordó con dolor los golpes y gritos que habían atormentado los primeros tres años de su vida.

«Putita malcriada.»

¿Era la voz de Drew... o la de Jane?

Temblando, estiró la mano. El perrito negro de su infancia estaba sobre la almohada. Se abrazó a él y lloró hasta quedarse dormida.

Cuando Drew abrió la puerta a la mañana siguiente, todavía estaba durmiendo. Parado en el umbral, la estudió fríamente. Tenía el pómulo hinchado. Tendría que asegurarse de que no se dejara ver en público en un par de días.

Había sido una estupidez perder los estribos de ese modo, pensó frotándose los muslos con la palma de las manos. Una estupidez muy satisfactoria, pero estupidez al fin y al cabo. Lo cierto era que ella siempre lo estaba provocando. Él ponía todo de su parte, ¿o no? Y no era fácil. Acostarse con ella era como follarse un pescado muerto. Y siempre estaba hablando de su maldita exposición y pasaba horas en el cuarto oscuro en vez de atenderlo como debía.

Lo primero era su trabajo y sus necesidades, no las de ella. Ya era hora de que se diera cuenta.

Se suponía que una esposa debía atender a su marido. Para eso se había casado con ella. Se suponía que debía atenderlo y ayudarlo a llegar a donde quería.

Tal vez la paliza había sido útil después de todo. Seguramente lo pensaría dos veces antes de volver a desafiarlo.

Ahora que le había demostrado quién llevaba los pantalones en casa, podía permitirse algún gesto de generosidad. La dulce y pequeña Emma, pensó. No era difícil manipularla.

—Emma. —Se acercó a la cama con cuidado, tratando de no pisar los pedazos de la lámpara rota. La vio abrir los ojos. Y vio el miedo reflejado en ellos—. Ay, nena, estoy tan arrepentido. —Ella dio un respingo cuando le acarició el cabello—. No sé qué me pasó. Perdí el control. Merecería que me encerraran.

Ella no dijo nada. Las torpes disculpas de su madre resonaron en su cabeza, como un eco.

—Tienes que perdonarme, Emma. Te quiero tanto... Fue porque me gritaste y me echaste la culpa de lo que ocurría. Pero yo no tuve la culpa. —Tomó sus dedos rígidos y se los llevó a los labios—. Sé que esa basura de gente no tenía ningún derecho a estar aquí, en nuestro dormitorio. Pero no fue culpa mía. Después los eché de casa —musitó—. Fue una locura —prosiguió con cautela—. Monté en cólera cuando los vi aquí dentro. Pero luego te pusiste en mi contra.

Emma se echó a llorar. Las lágrimas, lentas y silenciosas, se abrían paso entre sus párpados fuertemente cerrados.

—Jamás volveré a hacerte daño, Emma. Lo juro. Me iré si quieres. Puedes divorciarte de mí. Solo Dios sabe qué haré sin ti, pero no te pediré que me permitas quedarme. Es solo que... joder, todo parece salir mal. El disco no se está vendiendo tan bien como esperábamos. No conseguimos el Grammy. Y... y deseo tanto tener un hijo.

Se echó a llorar, sosteniéndose la cabeza con las manos. Emma estiró los dedos tímidamente y le tocó el brazo. Drew estuvo a punto de lanzar una carcajada, pero aferró la mano de su esposa y cayó de rodillas junto a la cama.

—Por favor, Emma. Sé que el hecho de que me estuvieras acosando y te pusieras en mi contra no justifica lo que hice. Perdóname. Dame otra oportunidad. Haré lo que sea para compensarte.

—Lo superaremos juntos —murmuró ella.

Drew hundió la cara en el cobertor y sonrió.

31

Las fiestas cesaron. De tanto en tanto se reunían con algunos amigos con quienes Emma se sentía a gusto. Pero no hubo más hordas de desconocidos en su casa. Drew se mostraba solícito y dulce, como durante el noviazgo. Emma se convenció de que la ira y la violencia habían sido un episodio aislado.

Lo había agobiado. Él se lo recordaba lo bastante a menudo para inducirla a creerlo. Lo había culpado de algo de lo que él no era responsable. Se había puesto en su contra, pérfidamente y sin motivo, en lugar de apoyarlo y creer en él.

Y si de vez en cuando perdía los estribos, si Emma veía una llamarada de agresividad en sus ojos, si observaba que cerraba los puños o apretaba los labios, siempre tenía buenos motivos, e incluso lógicos, para justificar sus arrebatos. Y siempre, siempre era Emma quien lo sacaba de quicio.

Las heridas sanaron. El dolor desapareció. Drew hizo un esfuerzo para interesarse por sus fotos, aunque señaló de todas las maneras posibles, con suma sutileza, que el pasatiempo de Emma —así lo llamaba— robaba tiempo a su matrimonio e impedía que lo apoyara en su carrera.

Por ejemplo, decía que una foto era bonita... siempre que a uno le interesara ver ancianas dando de comer a las palomas. ¿Y por qué había pasado tanto tiempo lejos de él solo para hacer unas fotos en blanco y negro de la gente que holgazaneaba en el parque?

Él debía comer un emparedado frío aunque hubiera estado componiendo seis horas seguidas. Al parecer era él quien debía llevar la ropa sucia a la lavandería, aunque hubiera pasado toda la tarde en una reunión importante.

Ella no tenía por qué preocuparse. Si su trabajo era tan jodidamente importante, él podría entretenerse solo una noche más.

Suavizaba todas sus críticas con cumplidos. Emma estaba tan seductora cuando preparaba uno de sus platos predilectos en la cocina. Él se sentía bien cuando volvía a casa y la encontraba allí, esperándolo.

Tal vez era un poco insistente y enérgico al expresar sus opiniones acerca de su estilo de vestir, la ropa que compraba o su corte de cabello. Después de todo, la imagen de Emma era tan importante como la suya, dado que era su esposa.

Sobre todo le preocupaba saber qué ropa luciría en la inauguración de la exposición. Pero, como siempre decía, solo quería que estuviera magnífica. Y, como también solía decirle, ella era algo sosa y poco imaginativa a la hora de elegir su atuendo.

Era cierto que Emma prefería el vestido largo de seda negra y la chaqueta de terciopelo dorado al diminuto y ajustado vestido de plumas y lentejuelas que él había escogido. Pero, como decía Drew, ahora era una artista y debía vestir como tal. Conmovida por el hecho de que la hubiera llamado «artista», Emma se puso el vestido de plumas y lentejuelas para complacerlo. Él le regaló un par de gruesos aros de oro con piedras multicolores. Si eran un poco chillones, no tenía la menor importancia. Él mismo se los había puesto a Emma.

Cuando aparcaron frente a la pequeña galería, en la zona norte de la ciudad, Emma sintió que se le revolvía el estómago. Drew le dio una palmadita en la mano.

—Por favor, Emma, no es como si tuvieras que salir al escenario ante diez mil fans que gritan tu nombre. Es solo una pequeña exposición de fotos. —Lanzó una carcajada y la ayudó a bajar de la limusina—. Relájate. Aunque no les gusten, la gente comprará las fotos de la hijita de Brian McAvoy.

Emma se detuvo en el camino de entrada, herida hasta un extremo indecible.

—Eso no es lo que necesito oír ahora, Drew. Quiero que me valoren por mí misma.

—Nada te satisface. Nunca. —Le apretó el brazo con tanta fuerza que la hizo chillar—. Estoy aquí, a tu lado, tratando de apoyarte en lo que has decidido hacer, cueste lo que cueste y sin importar lo que yo piense... y tú vuelves a regañarme por tonterías.

—No era mi intención...

—Nunca lo es. Dado que tanto quieres hacer las cosas por ti misma, tal vez prefieras entrar sola a la galería.

—No, por supuesto que no. —Los nervios y la frustración hicieron que una vena le palpitara en un párpado. Jamás decía lo que él esperaba oír. Y esa noche, su gran noche, no quería ofenderle—. Perdóname, Drew. No quería ofenderte. Estoy nerviosa, eso es todo.

—Está bien. —Satisfecho con la disculpa, le palmeó la mano y la condujo hasta el interior.

Habían llegado tarde por orden expresa de Runyun. Quería que hubiera una multitud, ya bastante intrigada, cuando apareciera su estrella. El viejo maestro estaba vigilando la puerta con sus ojos de águila y, en cuanto Emma entró, se abalanzó.

Era un hombre bajo y corpulento que invariablemente vestía jersey de cuello de cisne y tejanos negros. Al principio Emma había pensado que quería dar una imagen de artista con aquel atuendo, pero en realidad era vanidoso y pensaba que el negro lo hacía parecer más delgado. El cuello vuelto del jersey resaltaba su enorme cabeza calva. Sus ojos verdes, casi transparentes de tan claros, se destacaban bajo unas tupidas cejas negras moteadas de blanco.

Tenía la nariz aguileña y los labios finos. Los compensaba con un elegante bigote estilo Clark Gable. Aquello no bastaba para mejorar su aspecto que, en el mejor de los casos, era y siempre había sido lamentable. Sin embargo, sus tres esposas no lo habían abandonado por feo, sino porque prestaba más atención a su arte que al matrimonio.

No recibió a Emma con una sonrisa ni con un beso. La miró de arriba abajo con el ceño fruncido.

—Santo Dios, pareces una aspirante a estrella dispuesta a meterse en la cama de cualquier director. No importa —agregó antes de que Emma pudiera abrir la boca—. Habla un poco con la gente.

Emma observó a la concurrencia —el resplandor de las joyas y la seda, el brillo del cuero— con una mezcla de horror y desánimo.

—No me harás pasar vergüenza desmayándote, ¿verdad, querida? —dijo Runyun. Nadie se hubiera atrevido a pensar que aquello era una simple pregunta.

—No. —Emma respiró hondo—. No, por supuesto que no.

—Muy bien. —El fotógrafo todavía no había dirigido la palabra a Drew, a quien había odiado nada más verlo—. La prensa está aquí. Ya se han comido la mitad de los canapés. Creo que algunos han acorralado a tu padre.

—¿Papá? ¿Está aquí?

—Anda por allí. —Runyun hizo un gesto vago—. Ahora ve a mezclarte con la gente. Recuerda que debes parecer segura de ti misma y confiada.

—Creía que no vendría —murmuró Emma al oído de Drew.

—Por supuesto que ha venido. —Drew había contado con eso. Le pasó un brazo por encima de los hombros en un gesto cariñoso—. Te quiere, Emma. Jamás en la vida se perdería una noche tan importante como esta. Vamos a buscarlo.

—Yo no...

El brazo cariñoso se transformó en una garra y Emma dio un respingo, sorprendida.

—Es tu padre, Emma. No seas tonta.

Avanzó entre la multitud junto a su esposo, sonriendo automáticamente y deteniéndose a charlar de tanto en tanto. Fue una gran ayuda oír a Drew elogiar su obra. Su aprobación, que había tardado tanto en llegar, hizo renacer la llama en su pecho. Pensó que había sido una estupidez creer que él estaba resentido con su trabajo. Aceptó su beso de felicitación y prometió pasar más tiempo con él, dedicar más tiempo a sus necesidades.

Emma siempre había deseado que la necesitaran. Sonrió al ver que Drew hablaba con entusiasmo de sus fotos con otros invitados. La alegraba que él la necesitara.

Ante la insistencia de su esposo aceptó una copa de champán, pero apenas lo probó.

Vio a Brian rodeado de gente, parado frente a un retrato de Johnno. Se acercó a él. Le dolía la cara de tanto sonreír.

—Papá.

—Emma. —Brian titubeó un momento antes de tomarle la mano. Parecía tan... distante.

—Me alegro de que hayas venido.

—Estoy orgulloso de ti. —Le apretó los dedos como si buscara el vínculo entre ambos que creía perdido—. Muy pero que muy orgulloso.

Emma comenzó a decir algo, pero los flashes de las cámaras la interrumpieron. ¿Había sido también un destello, pensó, un destello de ira lo que había visto en el rostro de su padre antes de que esbozara su habitual y fácil sonrisa de celebridad?

—¿Qué siente al saber que su hija es el centro de atención, Brian?

—No podría sentirme más feliz —respondió él sin mirar al periodista, con la vista clavada en los ojos de Emma. Luego hizo un esfuerzo y estrechó la mano a Drew—. Hola, Drew.

—Brian. Es fabulosa, ¿no crees? —Drew rozó la sien de su esposa con los labios—. No sé quién estaba más nervioso pensando en esta noche, si Emma o yo. Espero que te quedes unos días y vengas a ver nuestra casa. Podríamos cenar juntos una noche.

A Brian le enfureció que la invitación procediera de Drew, no de su propia hija.

—Lamentablemente debo viajar a Los Ángeles a primera hora de la mañana.

—Emma.

Ella se dio la vuelta al instante y su sonrisa forzada desapareció por la sorpresa.

—Stevie. —Se arrojó a los brazos de su viejo amigo lanzando una carcajada—. Me alegro tanto de verte. —Retrocedió

unos pasos para mirarlo de arriba abajo—. Estás estupendo.
—Y era cierto. Jamás volvería a ser el hombre guapo de rasgos suaves que había conocido en su infancia, pero había ganado peso y ya no tenía esas intensas sombras negras alrededor de los ojos—. No sabía que habías... nadie me había dicho que...
—Que había salido de la clínica, pensó.

Stevie comprendió enseguida y sus labios dibujaron una sonrisa.

—Me han dejado salir por buena conducta —explicó con tono socarrón, y volvió a abrazarla—. Incluso he traído a mi doctora. —Soltó a Emma y apoyó una mano sobre el hombro de la mujer que lo acompañaba. Tras un breve momento de desconcierto. Emma reconoció a la morena de cuerpo menudo. Era la psiquiatra de Stevie.

—Hola otra vez.

—Hola. —Katherine Haynes sonrió amablemente y le tendió la mano—. Y enhorabuena.

—Gracias.

—He sido tu primera compradora —prosiguió Katherine—. El retrato de Stevie con su guitarra. Parece que le esté haciendo el amor. No he podido resistir la tentación.

—Lo analizará horas y horas. —Stevie percibió el olor del whisky y tuvo que combatir un viejo y profundo anhelo—. P. M. también anda por aquí, ¿sabes? —Acercó la boca al oído de Emma y le susurró con malicia—: Ha traído a lady Annabelle.

—¡No! ¿En serio?

—Creo que están comprometidos, pero el muy taimado no ha querido reconocerlo. —Stevie le guiñó un ojo y se perdió entre la multitud, asido del brazo de Katherine.

Muerta de risa, Emma se colgó del brazo de su esposo.

—Creo que iré a ver a P. M. —anunció. Y miró a su padre con ojos interrogantes.

¿Qué podía decir Brian? Emma había saludado a Stevie con más afecto y cordialidad que a él. Quería hacer las paces con ella, pero evidentemente aquel no era el momento ni el lugar.

—Como quieras. Te veré antes de marcharme.

—Sí, Emma. Ve tranquila. —Drew le besó la mejilla—. Yo me quedaré conversando un rato con tu padre. Hablaremos todo el tiempo de ti y se nos caerá la baba. Es increíble, ¿no crees? —murmuró en cuanto ella les dio la espalda.

A Emma aquello le parecía increíble. No esperaba tanta gente ni tanto interés por su obra. Pero siempre la hostigaba aquella vocecita que le preguntaba si de verdad creía que habían ido a ver su obra o a ver a su padre y sus compañeros de la banda. Trató de hacerle oídos sordos.

Vio a P. M. Era obvio que ya no huía de lady Annabelle. De hecho, parecía más feliz que nunca. Ella llevaba un vestido de cuero verde esmeralda y botas de piel de serpiente teñidas de amarillo canario. Su rojo cabello rizado parecía haber sufrido una sesión de electrochoque. Después de conversar diez minutos con la exótica lady Annabelle, Emma comprendió que estaba total y absolutamente enamorada.

Era una buena noticia. P. M. merecía una mujer amante y entregada. Una mujer que además fuera divertida.

Mucha gente entraba y salía enseguida, pero eran más los que se quedaban. Con gran inteligencia y espíritu comercial Runyun pasó una selección de los éxitos de Devastation por los altavoces. No sin asombro, Emma vio el discreto punto azul adhesivo bajo más de una docena de fotos. Vendidas, pensó.

Divisó a Marianne justo cuando estaba atrapada en un rincón por un hombrecito pretencioso que quería hablar de la forma y la textura de sus obras.

—Con su permiso —balbuceó. Pero antes de que pudiera emprender la huida, su antigua compañera de habitación se abalanzó sobre ella.

—¡Por fin! ¡Aquí está la estrella de la noche! —exclamó Marianne plantándole un sonoro beso en la mejilla—. Tú —anunció estrechando a Emma entre sus brazos y sumergiéndola en una nube de Chanel—. Lo has logrado. Has recorrido un largo camino desde Saint Catherine's, compañera.

—Sí. —Emma cerró los ojos con fuerza. Eso bastó para que todo pareciera real, por fin.

—Mira quién está allí.

—¡Bev! —Emma se apartó de los brazos de Marianne y se lanzó a los de Bev—. No creí que pudieras venir.

—No me lo hubiera perdido por nada del mundo.

—Entramos juntas y la reconocí —explicó Marianne—. Lo hemos pasado de maravilla elogiándote mientras nos abríamos paso entre el gentío. Esto es fabuloso. —Atrapó al pasar uno de los pocos canapés que habían quedado sobre la mesa—. ¿Te acuerdas de esa foto mía en el ático, con bata de pintor y calcetines de rugby? Un hombre estupendo acaba de comprarla. Iré a ver si la realidad le interesa tanto como el arte.

—No es difícil adivinar por qué la quieres tanto —comentó Bev mirando a Marianne, que maniobraba entre los grupos de gente—. Y bien, ¿qué se siente?

—Es increíble. Y un poco aterrador. —Emma se llevó la mano al estómago, revuelto no tanto por los nervios como por la exaltación—. Hace una hora que estoy tratando de llegar al baño para llorar a mis anchas. Me alegra tanto que hayas venido. —Vio a Brian a pocos pasos de distancia—. Papá está aquí. ¿Quieres hablar con él?

Bev movió apenas la cabeza y lo vio. Estrujó su cartera entre las manos, sin poder contenerse. Habían pasado muchos años y todavía estaba allí. Todo lo que había sentido todavía continuaba allí.

—Por supuesto —respondió con ligereza. Se sentía a salvo en medio de la multitud. Era la gran noche de Emma. Al menos podrían compartir esa satisfacción.

Brian se acercó a ellas. Bev se preguntó si aquello le resultaría tan difícil como a ella. ¿Tendría las palmas de las manos húmedas? ¿Le temblaría el corazón?

No la tocó. No se atrevió. Luchó por encontrar un tono de voz tan desenfadado como su sonrisa.

—Me alegra verte.

—También a mí. —Bev hizo un esfuerzo por aflojar la mano que aferraba la cartera.

—Estás... —Bella, maravillosa, espléndida—. Bien.

—Gracias. Lo estoy. Todo esto es fabuloso para Emma,

¿verdad? —Se dio la vuelta para mirarla, pero había desaparecido. Brian y Bev quedaron encerrados entre cuatro paredes de gente—. Debes de estar muy orgulloso de ella.

—Lo estoy. —Brian bebió un buen trago del whisky que tenía en la mano—. ¿Quieres tomar algo?

Tan cortés, pensó Bev. Tan asquerosamente civilizado.

—No, gracias. Quiero seguir viendo la exposición. Tal vez compre algo. —Pero primero se encerraría a llorar en el baño—. Ha sido agradable volver a verte, Bri.

—Bev... —Era una tontería pensar que todavía pudiera sentir algo por él—. Adiós.

Emma los estaba observando desde la otra punta de la sala. Quería gritarles. ¿Acaso no se daban cuenta? Aquello no era producto de su imaginación ni de sus buenos deseos. Emma era muy perspicaz y sabía observar a la gente, ver lo que sentía. En los ojos, en un gesto, en la postura del cuerpo. Todavía estaban enamorados. Y todavía sentían miedo. Respiró hondo y comenzó a caminar en dirección a su padre. Tal vez si le hablaba...

—Emmy, cariño. —Johnno la abrazó por la cintura—. Estaba a punto de escapar.

—Todavía no puedes irte. —Emma le enderezó las solapas. Ahora le gustaba la moda retro y eran casi tan anchas como la palma de su mano—. Bev está aquí.

—¿En serio? Bueno, tendré que ir a ver si quiere escaparse conmigo. Mientras tanto, permíteme informarte de que acabo de toparme con alguien de tu pasado.

—Mi pasado. —Emma lanzó una carcajada—. Yo no tengo pasado.

—Dices que no, pero sí. Un bochornoso día de verano en la playa. Un galán con bermudas azules. —Abrió los brazos como un mago que acabara de sacar un conejo del sombrero.

—¿Michael?

Era extraño verlo allí, pensó Emma, tan apuesto e incómodo con el traje y la corbata. Seguía teniendo una abundante cabellera negra y mal cortada. Se le había afinado la cara. Ahora era delgada y huesuda, y la nariz ligeramente aguileña le daba un encanto especial. Tenía las manos en los bolsillos y parecía querer que se lo tragara la tierra.

—Yo... eh... estaba en la ciudad y...

Emma lo abrazó. No podía dejar de reír. Michael creyó que se le paraba el corazón. Sabía que su cerebro había dejado de funcionar. Lenta y cuidadosamente, sacó las manos de los bolsillos y le rozó la espalda con suavidad. La sintió tal como la recordaba, como siempre había imaginado que la sentiría. Delgada, firme, frágil.

—Es maravilloso. No puedo creer que estés aquí. —Los recuerdos llegaron en torbellino. Una tarde en la playa. Dos tardes. Lo que había sentido de niña, y luego como mujer, la invadió tan rápida e inesperadamente que se aferró a él. Fue un abrazo prolongado, intenso. Tenía los ojos húmedos cuando se apartó—. Ha pasado mucho tiempo.

—Sí. Unos cuatro años. —Podría haberle dicho exactamente cuántos años, meses y días—. Estás estupenda.

—Tú también. Nunca te había visto con traje y corbata.

—Bien...

—¿Estás en Nueva York por cuestiones de trabajo?

—Sí. —Era mentira, pero la verdad le preocupaba menos que quedar como un tonto ante Emma—. Me enteré de tu exposición por los diarios. —Eso sí era cierto. Salvo que los había leído mientras desayunaba en California. Luego había pedido tres días de permiso por motivos personales.

—¿Qué opinas?

—¿Acerca de qué?

—De la exposición. —Emma lo tomó de la mano y echaron a andar por la sala.

—Es fabulosa. En realidad no sé nada de fotografía, pero me gusta lo que haces. De hecho...

—¿De hecho? —Emma lo instó a proseguir.

—No sabía que eras capaz de hacer algo así. Como esto. —Se detuvo frente a una foto de dos hombres con gorros de lana encasquetados hasta las orejas y abrigos raídos apretados al cuerpo para mantener el calor. Uno de ellos estaba acostado sobre un pedazo de cartón, aparentemente dormido. El otro miraba a la cámara. Tenía los ojos cansados y tristes—. Es muy intensa y muy perturbadora.

—Nueva York no es solo Madison Avenue.

—Se requiere mucho talento, y mucha sensibilidad, para poder mostrar las dos caras de la moneda.

Ella lo miró a los ojos, un poco sorprendida. Eso era precisamente lo que había intentado hacer con sus estudios de la ciudad, de Devastation, de la gente.

—Has dado en el clavo, Michael. Por cierto, tus opiniones son muy acertadas para tratarse de alguien que no sabe mucho de fotografía. ¿Cuándo regresas a casa?

—A primera hora de la mañana.

—Ah. —Reemprendieron la marcha. La sorprendió que su partida inmediata la desilusionara tanto—. Esperaba que pudieras quedarte unos días.

—Ni siquiera sabía si ibas a dirigirme la palabra.

—Ha pasado mucho tiempo, Michael. Y mi reacción no se debió tanto a lo que sucedió contigo como a algo que acababa de ocurrirme. Ya no tiene importancia. —Sonrió y le besó en la mejilla—. ¿Me perdonas?

—Eso mismo iba a preguntarte yo.

Sin dejar de sonreír, ella le tocó la cara.

—Emma.

Dio un respingo al oír la voz de Drew a sus espaldas. Se sintió culpable. La culpa la invadió dolorosamente, como si su esposo la hubiera encontrado en la cama con Michael, no en una exposición de fotos atestada de gente.

—Ay, Drew, me has dado un susto. Te presento a Michael Kesselring, un viejo amigo. Michael, este es Drew, mi marido.

Drew enlazó la cintura de su esposa con brazo firme. No tendió la mano a Michael. Apenas se limitó a inclinar la cabeza con brusquedad.

—Hay unas personas que quieren conocerte, Emma. Estás descuidando tus deberes.

—La culpa es mía —dijo rápidamente Michael, preocupado por la súbita desaparición del brillo en los ojos de Emma—. Hacía mucho tiempo que no nos veíamos. Enhorabuena, Emma.

—Gracias. Da recuerdos a tus padres.

—Lo haré. —Eran los celos, pensó Michael, los que lo hacían desear arrancarla de los brazos de su marido.

—Michael —lo llamó Emma mientras Drew comenzaba a arrastrarla hacia otro lado—. Nos mantendremos en contacto.

—Claro. —Cogió una copa de la bandeja que llevaba un camarero y los observó alejarse. Si solo era una cuestión de celos, ¿por qué diablos cada instinto y cada fibra de su ser lo impulsaban a destrozar la bonita cara de Drew Latimer?

Porque él la tiene, se dijo Michael sin piedad alguna. Y tú no.

Drew no estaba ebrio. Solo había bebido dos copas de champán durante la larga y aburridísima noche. Quería tener la cabeza despejada para controlar la situación. Estaba seguro de que su actuación ante Brian McAvoy tendría su recompensa. Cualquier idiota habría podido darse cuenta de que Drew Latimer adoraba a su esposa y estaba loco por ella. Su interpretación habría merecido un Oscar si la vida fuera justa.

Y mientras representaba el papel de marido amante, ella había hecho gala de su éxito, de la melindrosa educación que había recibido en el maldito internado, de sus amigos de la alta sociedad.

Hubiera querido abofetearla allí mismo, delante de todas las cámaras. Así el mundo se habría enterado de quién llevaba los pantalones. Pero al papá de Emma no le habría gustado. Ni a él ni a los productores, patrocinadores y trajeados ejecutivos que adulaban al gran Brian McAvoy. Tarde o temprano comenzarían a adular a Drew Latimer, de eso estaba seguro. Y entonces Emma sabría lo que era bueno.

Casi estaba decidido a dejarla disfrutar de sus quince segundos de gloria. Pero ella había tenido el coraje de colgarse del brazo de aquel «amigo». Alguien tendría que darle una merecida lección por lo que había hecho. Y él era el hombre indicado.

Permaneció callado durante el trayecto de regreso. A Emma

no pareció importarle. Estaba medio dormida. Fingía estar dormida, pensó Drew. Probablemente ya había hecho planes para encontrarse con ese gilipollas de Kesselring.

Los imaginó juntos en la suite de algún hotel de cinco estrellas, revolcándose en la cama. Casi tuvo ganas de reír. Kesselring se llevaría una gran desilusión cuando descubriera que la atractiva Emma era un desgaste bajo las sábanas. De todos modos, no tendría oportunidad de averiguarlo. Nadie engañaba a Drew Latimer. Eso quedaría muy claro cuando llegaran a casa.

Emma estaba en mitad de un sueño cuando la limusina se detuvo. Con un suspiro, apoyó la cabeza sobre el hombro de Drew y comenzaron a andar hacia el vestíbulo.

—Me siento como si hubiera pasado toda la noche en vela. —Se acurrucó contra él, con una risita soñolienta—. Y la noche parece un sueño. No creo poder esperar para leer las críticas.

Era como estar flotando, pensó Emma. Una sensación maravillosa. Cuando cruzaron la puerta de casa, dejó caer su abrigo.

—Creo que...

La golpeó. Un sonoro puñetazo que la hizo bajar a trompicones los dos escalones de mármol que conducían al comedor. Gimiendo, se llevó la mano a la mejilla.

—¿Drew?

—Puta. Eres una puta artera y mentirosa.

Aturdida, lo vio abalanzarse sobre ella. Se defendió por instinto.

—No, Drew. Por favor. ¿Qué he hecho?

Él la aferró del cabello y volvió a golpearla antes de que pudiera gritar.

—Lo sabes muy bien, ramera. —Le dio un puñetazo en el pecho y Emma cayó al suelo—. Toda la noche, toda la maldita noche he tenido que estar a tu lado, sonriendo, fingiendo que tus estúpidas fotos me importan. ¿Acaso crees que alguien, uno solo de los presentes, fue a verlas? —La levantó por los hombros. Sus dedos furibundos le dejaron marcas rojas en la piel—. ¿Acaso crees que interesas a alguien? ¡No! Fueron a ver a la hijita de Brian McAvoy. Fueron a ver a la esposa de Drew Latimer. Tú no eres nadie. —La soltó.

—Ay, Dios mío, por favor, no vuelvas a golpearme. Por favor.

—No me digas lo que debo hacer. —Para que quedara claro, le propinó un fuerte puntapié. No le dio en las costillas, como era su intención, pero sí en la cadera—. Te crees tan inteligente, tan especial. Es a mí a quien quieren ver. Y yo soy el único que manda aquí. Más vale que lo recuerdes.

—Sí. —Trató de ovillarse rogando que la dejara sola hasta que pasara el dolor—. Sí, lo recuerdo.

—¿Ese Michael ha venido a verte? —Volvió a aferrarla del cabello y comenzó a arrastrarla por el suelo, boca arriba.

—¿Michael? —Emma negó con la cabeza, aturdida. El dolor era cada vez más insoportable—. No. No.

—No me mientas. —Comenzó a golpearla con la palma de la mano abierta, con los puños cerrados... hasta que Emma dejó de sentir los golpes—. Lo tenías todo planeado, ¿verdad? «Ay, Drew, estoy cansada. Me iré derecha a la cama.» Y luego pensabas escabullirte para ir a acostarte con él. ¿No era eso lo que pensabas hacer?

Emma movió débilmente la cabeza, pero él volvió a pegarla.

—Admítelo de una vez, querías follar con él. Vamos, admítelo.

—Sí.

—Por eso te pusiste este vestido, porque querías mostrar las piernas y esas tetas minúsculas e inútiles que tienes.

Con la mente embotada por los golpes, recordó que Drew había elegido aquel vestido. ¿Acaso no lo había elegido él? No estaba segura. No podía estar segura de nada.

—Y lo manoseaste de arriba abajo. Y dejaste que te pusiera sus sucias zarpas encima delante de todo el mundo. Lo deseabas, ¿no es cierto?

Emma asintió. Había abrazado a Michael y por un instante, acurrucada en su pecho cálido y sólido, había sentido algo. Pero no podía recordar qué. No recordaba nada.

—No vas a volver a verlo, ¿verdad?

—No.

—Nunca más.

—No. No volveré a verlo.

—Y jamás volverás a usar este vestido de puta. —Metió la mano en el escote y desgarró la tela hasta la cintura—. Mereces un buen castigo, ¿verdad, Emma?

—Sí. —Emma comenzaba a desvariar. Había derramado el perfume de su mamá. Se suponía que no debía tocar las cosas de mamá. Era una niña mala y detestable, que merecía un castigo.

—Es por tu propio bien.

No volvió a gritar hasta que él la puso boca abajo y comenzó a azotarla con su cinturón. Pero dejó de hacerlo mucho antes de que cesaran los golpes.

32

Esta vez no se disculpó. No había necesidad. Emma pasó diez días en cama para recuperarse y durante todo ese tiempo él le dijo que se lo tenía merecido. Una parte de ella sabía que estaba equivocado, que estaba loco. Pero él era muy convincente e incluso afectuoso, aunque de una manera extraña, cuando le explicaba hasta el cansancio que todo lo hacía por su bien.

En cambio, ella solo pensaba en sí misma. ¿O acaso pensaba en otra cosa cuando pasó todas aquellas semanas preparando su exposición? ¿Se atrevería a decirle que no tenía razón? Todas las noches lo dejaba solo en la cama y había llegado al extremo de burlarse de su matrimonio en público coqueteando con otro hombre.

Lo había obligado a castigarla. Se lo merecía. Ella tenía la culpa de todo.

Aunque el teléfono sonó sin parar durante varios días tras la inauguración de la exposición, Emma no contestó ninguna llamada. Al principio, tenía la boca demasiado hinchada y amoratada para poder hablar. Drew le ponía bolsas de hielo para que bajara la inflamación y le daba de comer sopa. También le daba pastillas para calmar los dolores más fuertes y ayudarla a dormir.

Después le dijo que la gente solo la llamaba para poder hablar con él. Necesitaban estar solos, arreglar su matrimonio, tener un hijo.

Emma quería una familia, ¿verdad? ¿Acaso no quería ser

feliz y tener a alguien que la cuidara? Si no hubiera dedicado tanto tiempo y esfuerzo a su trabajo, ya estaría embarazada. ¿No era eso lo que quería?

Cuando la interrogaba —su método consistía en taladrarla con preguntas mientras ella continuaba en cama, intentando recuperarse—, Emma decía que sí a todo. Pero él nunca quedaba satisfecho.

Se despertó sola en la oscuridad y oyó música. Intentó convencerse de que era solo un sueño. Aferró las sábanas e hizo un esfuerzo para abrir los ojos. Pero incluso con los ojos abiertos seguía oyendo unas palabras extrañas cantadas por un hombre que ya había muerto. Le temblaban los dedos cuando buscó el interruptor de la lamparita. Lo apretó varias veces... pero la luz no se encendía, no iluminaba la habitación y ahuyentaba las sombras.

La música sonaba cada vez más alta y Emma se tapó los oídos con las manos. Pero continuó oyéndola, palpitante, hasta que sus propios gritos la ahogaron.

—Tranquila, Emma. Tranquila. —Drew estaba junto a ella, acariciándole el cabello—. ¿Otra pesadilla? Ya tendrías que haberlas superado, ¿no crees?

—La música. —Emma solo podía jadear y aferrarse a él. Drew era su cuerda de salvamento, la única soga que podría sacarla de aquel océano de miedo y locura—. No ha sido un sueño. La he oído. La canción... ya te lo conté... La canción que estaba sonando cuando asesinaron a Darren.

—No hay ninguna música. —Sin hacer ruido, Drew dejó el mando a distancia del estéreo a un costado de la cama. La sintió temblar como una hoja contra su pecho y pensó que le había dado una buena lección. La música era una excelente estrategia para manipularla y volverla dependiente.

—La he oído —repitió Emma entre sollozos. Le castañeteaban los dientes—. Y la luz, la luz tampoco se encendía.

—Eres bastante mayorcita para tener miedo a la oscuridad, ¿no te parece? —repuso él con pasmosa tranquilidad. Luego se agachó, enchufó la lámpara y apretó el interruptor—. ¿Así está mejor?

Emma asintió y enterró la cara en el hombro de su esposo.

—Gracias. —Sintió que una inmensa gratitud la inundaba. Conmovida, y ya con la luz encendida, se relajó en sus brazos—. No me dejes sola, Drew. Por favor, no me dejes sola.

—Prometí cuidarte. —Sonrió y volvió a acariciarle el cabello—. No te dejaré sola, Emma. No tienes que preocuparte por eso.

Cuando llegó la Navidad, Emma creyó que volvía a ser feliz. Drew se encargaba de todos los detalles engorrosos de la vida cotidiana. Le elegía la ropa, controlaba sus llamadas telefónicas y comenzó a ocuparse de las cuestiones económicas.

Lo único que Emma tenía que hacer era atender la casa y a su esposo. Ya no debía preocuparse ni ponerse ansiosa por tomar decisiones. Guardó su cámara y todo el equipo de fotografía en el cuarto oscuro, y no volvió a entrar en él. Ya no le interesaban. Cada vez que pensaba en su trabajo, se deprimía.

Drew le compró un enorme colgante de diamante en forma de lágrima para Navidad. Emma no sabía por qué, pero cada vez que lo miraba sentía ganas de llorar.

Se hizo todas las pruebas de fertilidad habidas y por haber. Cuando la prensa divulgó sus problemas más íntimos, sufrió la humillación en silencio. Y luego dejó de leer los diarios. Le importaba un bledo lo que ocurría en el mundo exterior. Su mundo eran esas siete habitaciones que daban a Central Park.

Cuando los médicos confirmaron que no tenía ningún problema físico para concebir, sugirió con voz titubeante que él tal vez debía hacerse algunas pruebas.

La golpeó hasta dejarla inconsciente y la encerró en el dormitorio durante dos días.

Las pesadillas continuaban atormentándola una o dos veces por semana. A veces él le hablaba y la acariciaba para tranquilizarla, pero otras le decía a voz en grito que era una estúpida que no le permitía dormir en paz y la dejaba sola, temblando en la oscuridad.

Cuando cometía el descuido de dejar el mando a distancia junto a la cama y el disco *Abbey Road* en el estéreo, Emma estaba demasiado exhausta para darse cuenta.

Sumida en aquella nebulosa mental, poco a poco y casi sin conmoverse, comenzó a comprender lo que él le estaba haciendo. Lo que estaba haciendo de ella. El torbellino de las diez semanas de gira y el hombre del que se había enamorado eran una fantasía que ella misma había creado. No quedaba nada de aquel hombre en el individuo que la mantenía encerrada en el dúplex.

Pensó en huir, pero Drew rara vez la dejaba sola más de dos horas y siempre la acompañaba cuando salía. Muchas veces, despierta en la cama en mitad de la noche, pensaba en escapar. Llamaría a Marianne, a Bev, a su padre. Ellos la ayudarían.

Pero entonces llegaba la vergüenza, alimentada por las dudas que él había inoculado como un veneno en su mente.

No volvió a azotarla con el cinturón hasta la noche de la entrega de los American Music Awards, noche fatídica en que su banda no recibió el premio al mejor disco del año.

Emma no opuso resistencia. No se quejó. Recibió la andanada de puñetazos y puntapiés encogida, como en otros tiempos se había acurrucado bajo el fregadero de la cocina. Y desapareció.

Presa de la ira, él cometió un grave error. Le dijo por qué se había casado con ella.

—¿Qué coño tienes de bueno? —Emma estaba tirada en el suelo, intentando escapar del dolor. Él corría como un loco de un extremo a otro de la habitación, rompiendo todo lo que encontraba a su paso—. ¿Acaso crees que quería liarme con una puta malcriada, estúpida y asexuada?

Descargó contra una bombonera Waterford toda la frustración que había sentido al tener que sonreír y aplaudir mientras otro subía al escenario y recogía el premio. Su premio. El exquisito cristal hecho añicos parecía una lluvia de hielo.

—¿Alguna vez has hecho alguna maldita cosa para ayudarme? Después de todo lo que yo he hecho por ti... Te he hecho sentir importante, te he hecho creer que te deseo. He puesto un poco de romance en tu aburrida y primorosa vida de niña rica.

Cansado de romper objetos de cristal, se agachó y terminó de desgarrar lo que quedaba del vestido de Emma.

—¿De veras creíste que no sabía quién eras la primera vez que hablamos?

La aferró de los hombros y la zarandeó, pero ella permaneció inerte. Apenas podía distinguir su cara. Ya no tenía miedo. Ya no abrigaba ninguna esperanza. Vio que Drew entrecerraba los ojos, leonados y oscurecidos por la furia. Y llenos de odio.

—Parecías una estúpida, Emma. Tartamudeabas y te pusiste roja como un tomate. Estuve a punto de reír a carcajadas. Y luego me casé contigo. Lo único que deseaba era que me ayudaras a llegar a la cima, pero ¿alguna vez has pedido a tu padre que recurra a sus contactos para echarme una mano? No.

Ella no decía nada. El silencio era la única arma que le quedaba.

Contrariado, la dejó caer al suelo. Aunque tenía la visión borrosa, Emma lo observó caminar de una punta a otra de aquel caos de habitación que ella había intentado transformar en un hogar.

—Será mejor que empieces a pensar. Será mejor que encuentres una manera de recompensarme por todo el tiempo que he desperdiciado en tu persona.

Emma volvió a cerrar los ojos. Ya no lloraba. Era demasiado tarde para llorar. Empezó a hacer planes.

La primera posibilidad de huir se presentó cuando supo que Luke había muerto.

—Era mi amigo, Drew.

—Era un asqueroso maricón. —Estaba probando unos acordes en el piano de cola que había comprado con el dinero de su esposa.

—Era mi amigo —repitió Emma tratando de que no le temblara la voz—. Tengo que ir al funeral.

—Tú no tienes que ir a ninguna parte. —Drew levantó la vista y le sonrió—. Tu lugar está aquí, conmigo, no en el entierro de un mariquita.

Entonces lo odió. Y sus propios sentimientos la sorprendieron. Hacía tiempo que no sentía nada. Era raro que hubiera necesitado una tragedia para aceptar por fin que su matrimonio no tenía remedio. Se divorciaría de él. Abrió la boca para decírselo... pero vio sus largos y delgados dedos sobre las teclas. Eran delgados, sí, pero más fuertes que el acero. Ya le había suplicado una vez que se divorciaran y él había estado a punto de estrangularla.

No era prudente hacerlo enojar. Pero aún le quedaba un arma.

—Drew, el público sabe que era mi amigo. Era amigo de Johnno, de papá y de todos nosotros. Si no voy al entierro, la prensa dirá que no he asistido porque murió de sida. Eso no sería bueno para ti, mucho menos ahora que estás haciendo esos conciertos benéficos con papá.

Él aplastó las teclas. Si la puta no cerraba el pico por voluntad propia, tendría que acallarla por la fuerza.

—Me importa un carajo lo que diga la prensa. No iré al funeral de un maricón.

Emma se contuvo. Era vital. Intentó mantener un tono de voz suave y convincente.

—Comprendo lo que sientes, Drew. Un hombre como tú, tan viril. —Casi vomitó al pronunciar aquella palabra—. Pero televisarán el concierto benéfico en todo el país y en Europa. Es lo más grande que se ha hecho desde Live Aid. El dinero recaudado se destinará a encontrar una cura para la enfermedad que ha matado a Luke. —Hizo una pausa para darle tiempo de reflexionar—. Puedo ir con Johnno. En representación tuya —agregó.

Drew volvió a levantar la vista del teclado. Sus ojos no expresaban nada. Parecían vacíos. A Emma se le aceleró el corazón. Conocía muy bien esa mirada vacía y la temía.

—Estás ansiosa por escapar, ¿no es cierto, querida?

—No. —Se obligó a acercarse a él, a pasarle una mano por el cabello—. Me gustaría que vinieras conmigo. —Apretó los dientes—. Luego podríamos visitar los cayos.

—Maldita sea, Emma, sabes que estoy trabajando. Como de costumbre, solo piensas en ti.

—Por supuesto. Perdóname. —Se retractó de sus palabras, pero solo porque era parte de su actuación—. Es que me encantaría que pasáramos unos días fuera. Los dos solos. Llamaré a Johnno y le avisaré que no puedo ir.

Drew reflexionó un momento. El concierto benéfico era el empujón que necesitaba. Planeaba abandonar Birdcage Walk y lanzarse como solista. Después de todo, él era una estrella y la banda se había convertido en una carga demasiado pesada.

Necesitaba que se supiera de él y artículos de prensa al por mayor. Si el funeral podía serle útil, tanto mejor. Fuera como fuese, nada lo entusiasmaba más que deshacerse de Emma por un par de días.

—Creo que deberías ir.

A ella casi se le detuvo el corazón. Ten cautela, se aconsejó. No cometas ningún error.

—Entonces ¿vendrás conmigo?

—No. Creo que podrás arreglarte sola por un día. Especialmente si Johnno se ocupa de ti. Asegúrate de llorar a mares y decir todo lo que convenga sobre la tragedia del sida.

Se puso un sencillo traje negro. Como Drew vigilaba todos sus movimientos, no pudo llevar nada más. Seguramente no iba a necesitar vestiditos de moda para ir a un velatorio, ¿verdad? Él le permitió llevar un par de mocasines negros y un bolso enorme que hizo las veces de equipaje de mano. Incluso revisó su caja de cosméticos sentado en la cama.

Puesto que había guardado su pasaporte bajo llave y le había quitado todas sus tarjetas de crédito —realmente eres muy descuidada con esas cosas, Emma—, dependía por completo de él. Y fue él quien reservó el vuelo. Un pasaje de ida y vuelta. Le había concedido catorce horas de libertad. Su avión despegaría de La Guardia a las nueve y cuarto y volvería a aterrizar allí a las ocho y cinco de la tarde de ese mismo día. Tuvo la inmensa generosidad de darle cuarenta dólares en efectivo. Sintiéndose una ladrona, Emma tomó otros quince del dinero destinado a los gastos domésticos y los ocultó en un zapato.

De tanto en tanto movía los dedos del pie para palpar los billetes y sentía una punzada de entusiasmo y culpa.

Le había mentido.

«Jamás se te ocurra mentirme, Emma. Tarde o temprano sabré la verdad y tendré que castigarte.»

No regresaría. Nunca.

«No intentes abandonarme, Emma. Te encontraré, aunque tenga que remover cielo y tierra. Tarde o temprano te encontraré y lo lamentarás.»

Estaba huyendo de su casa.

«Nunca correrás lo suficientemente rápido para poder escapar de mí, Emma. Me perteneces. Necesitas que te cuide porque cometes demasiados errores estúpidos.»

—¡Emma! Maldita sea, Emma. Presta un poco de atención.

Dio un respingo cuando él le tiró del cabello.

—Lo siento. —Empezó a retorcerse los dedos de las manos. Estaba muy nerviosa.

—Eres una imbécil. Solo Dios sabe dónde estarías sin mí.

—Yo estaba... pensando en Luke.

—Bueno, guárdate la cara larga hasta que salgas por esa puerta. Me da ganas de vomitar. Johnno pasará a buscarte de un momento a otro. —Se acercó tanto que Emma solamente podía ver su cara—. ¿Qué vas a decirle si te pregunta cómo va todo?

—Que va muy bien. Que llevo una vida fantástica. Que lamentas no ir al funeral, pero dado que no conocías a Luke te sentirías un intruso. —Repitió las instrucciones que él le había dado—. Que debo regresar inmediatamente después del servicio fúnebre porque estás un poco resfriado y quiero cuidarte.

—Como una esposa abnegada.

—Sí. Como una esposa abnegada.

—Bien. —Era desagradable verla tan acobardada. Ni siquiera había gemido cuando la golpeó la noche anterior. Quería refrescarle las ideas para que no se le ocurriera dudar de quién llevaba los pantalones en casa. Por supuesto que se había cuidado muy bien de no golpearla en la cara ni en ningún lugar visible. Cuando regresara, le daría una paliza que haría historia. Solo para recordarle que el lugar de la mujer era el hogar.

El lugar de su madre era el hogar, pero se había marchado pronto, como la puta que era, dejándolo solo con el fracasado de su padre. Si el viejo estúpido le hubiera dado unas buenas bofetadas de tanto en tanto, jamás los hubiera abandonado.

Sonrió a su esposa. No, su madre se habría sentado con las manos cruzadas sobre el regazo y habría hecho lo que se le mandaba. Igual que Emma. Lo único que necesitaba una mujer era un hombre que impusiera las reglas y las hiciera cumplir.

—Tal vez no sea buena idea que vayas.

Disfrutó al ver que abría los ojos, bien grandes. Era divertido atormentarla jugando con su asistencia al entierro.

Se le humedecieron las manos pero hizo un gran esfuerzo para no moverlas. Sabía que no debía apartarlas de su regazo.

—Si no quieres que vaya no iré, Drew.

Él le acarició la cara con extrema suavidad, tanta que Emma casi recordó cómo era al principio. Pero el recuerdo solo servía para empeorar las cosas.

—No, debes ir, Emma. El negro te sienta muy bien. ¿Estás segura de que esa puta de Marianne no irá?

—No. Johnno dijo que no podía.

Otra mentira, y rogó que Johnno no la descubriera sin querer. Drew había hecho lo imposible por separarla de Marianne. Y lo había hecho muy bien, pensó con hastío. Su vieja amiga ya no la llamaba ni se molestaba en visitarla.

—Está bien, entonces. Pero si llego a enterarme de que ha ido, tendrás que esquivar este puño cerrado. Es una mala influencia para ti, Emma. Es una cualquiera, una puta. Fingió ser tu amiga solo para acercarse a tu padre. Y luego a mí. Te dije que intentó seducirme, ¿recuerdas?

—Sí.

—Ah, ahí está Johnno. Vamos, regálame esa dulce y triste sonrisa que todos conocemos y amamos. —Los labios de Emma se curvaron automáticamente—. Buena chica. No olvides hablar del concierto benéfico con todos los periodistas —le ordenó mientras bajaban por la escalera—. Asegúrate de decirles que mi mayor compromiso en este momento es recaudar dinero para investigar la cura de esta horrible enfermedad.

—Así lo haré, Drew. No me olvidaré de nada. —Tenía terror de que le flaquearan las rodillas. Tal vez sería mejor que no fuera a ningún lado, después de todo. Drew la había convencido de que estaba totalmente indefensa sin él—. Drew, yo... —Pero su marido ya había abierto la puerta. Vio a Johnno parado en el umbral.

—Hola, nena. —Johnno la estrechó en sus brazos para consolarla y consolarse—. Me alegra tanto que puedas venir.

—Sí. —Un poco aturdida, miró la cara de Drew por encima del hombro de Johnno—. Quiero ir.

Tuvo que luchar contra todos sus demonios durante el vuelo. Drew iría a buscarla. Se daría cuenta de que había robado los quince dólares e iría a castigarla. Adivinaría sus intenciones. Sabría que no iba a volver.

Cuando bajaron del avión tenía tanto miedo que se colgó del brazo de Johnno y buscó a Drew entre la multitud que esperaba. Cuando llegaron a la limusina estaba sudando. Temblaba como una hoja y respiraba con dificultad.

—¿Te sientes mal, Emma?

—No. —Se humedeció los labios resecos. Había un hombre en la esquina, delgado, rubio. Se puso más pálida todavía. Pero el tipo se dio la vuelta... y no era Drew—. Solo estoy un poco nerviosa. ¿Puedo... puedo fumar?

Drew no se lo permitía. La última vez que la había pillado con un cigarrillo le dislocó un dedo. Pero Drew no estaba allí. Emma sacó uno de la cajetilla. Estaba sola en la limusina con Johnno.

—Tal vez no tendrías que haber venido. No sabía que te afectaría tanto. —Johnno trataba de afrontar su propio dolor. Un dolor inmenso, como una marea imparable. Le pasó un brazo sobre los hombros para reconfortarla.

—Estaré bien, no te preocupes —dijo ella, y repitió esas palabras para sus adentros una y otra vez, como un salmo.

Casi no prestó atención al funeral, a las palabras que se dijeron, a las lágrimas que se derramaron bajo el ardiente y húmedo calor del mediodía. Esperaba de todo corazón que Luke la perdonara por ser tan indiferente al dolor que provocaba su partida. Ella también estaba muerta, emocionalmente muerta.

Cuando los deudos comenzaron a alejarse de la tumba silenciosa, del mármol blanco y rosa y de las flores exuberantes, Emma se preguntó si tendría el coraje de seguirlos.

—Johnno. —Marianne le puso una mano en el brazo para detenerlo. En vez de presentarle sus condolencias, lo besó—. Ojalá me hubiera enseñado a cocinar —murmuró. Johnno sonrió al oír aquello.

—Tú fuiste su único fracaso rotundo en el arte culinario. —Miró a Emma—. El chófer te llevará de regreso al aeropuerto. Yo tengo que volver al apartamento de Luke. Debo ocuparme de algunas cosas. —Le pasó un dedo por la mejilla—. ¿Estarás bien?

—Sí.

—No esperaba verte aquí. —Aunque se odió por ello, Marianne no pudo adoptar un tono amistoso.

—Yo... quería venir.

—¿En serio? —Abrió la cartera y arrojó dentro un pañuelo de papel arrugado con evidente enojo—. Creía que no tenías tiempo para los viejos amigos.

—Marianne... —No podía desmoronarse. Aún había varios reporteros en las inmediaciones. La vigilaban, le hacían fotos. Drew las vería y sabría que había estado con Marianne. Sabría que le había mentido. Desesperada, empezó a mirar por encima del hombro—. ¿Puedo...? Yo... necesito...

—¿Te sientes bien? —Marianne se bajó las gafas de sol y estudió el semblante de Emma—. Dios mío, tienes muy mala cara.

—Me gustaría hablar contigo, si tienes unos minutos.

—Yo siempre tengo unos minutos —replicó Marianne buscando un cigarrillo en la cartera—. Pensaba que debías volver enseguida.

—No. —Emma respiró hondo y se decidió—. No voy a volver. Nunca.

Marianne entrecerró los ojos y la observó tras la cortina de humo.

—¿Cómo?

—No voy a volver —repitió Emma. Se aterró al comprobar que le fallaba la voz—. ¿Podemos ir a otro lugar? Por favor. Tengo que ir a algún lugar.

—Por supuesto. —Marianne la tomó del codo—. Subiremos a tu limusina. Iremos a donde tú quieras.

Tardaron muy poco en llegar al hotel de Marianne. Fueron allí porque, cuando Emma empezó a temblar, su amiga consideró que era el mejor lugar para llevarla. Subieron directamente a la suite, un paraíso de varias habitaciones en deliciosos tonos pastel que daban al mar azul y la arena blanca llena de bañistas. Marianne ya se había adueñado del espacio a su manera: dejando una prenda de vestir en todas y cada una de las sillas disponibles. Apartó la camiseta y los pantalones que había usado durante el viaje, indicó a Emma que se sentara y levantó el auricular del teléfono.

—Quiero una botella de Grand Marnier, dos hamburguesas con queso, al punto, una bolsa de patatas fritas y una Pepsi de litro en un cubo con hielo. Aquí tengo veinte dólares para el que me traiga todo eso en menos de quince minutos. —Satisfecha, retiró sus zapatillas de deporte de otra silla y se sentó—. De acuerdo, Emma, ¿qué diablos ocurre?

—He abandonado a Drew.

Marianne estiró las piernas. Aún no estaba del todo decidida a perdonarla.

—Sí, ya me había dado cuenta de eso. Pero... ¿por qué? Pensaba que erais muy felices.

—Sí, soy muy feliz. Él es maravilloso. Me cuida tanto que... —Se interrumpió con una mezcla de pánico y repulsión al oír su voz—. Ay, Dios. A veces creo que es verdad.

—¿Qué crees?

—Lo que me ha enseñado a decir. No sé con quién hablar de esto, Marianne. Y creo que si no lo digo aquí y ahora no lo diré jamás. Quise contárselo a Johnno. Lo intenté, pero no pude.

—Está bien. —Como Emma estaba demasiado pálida, Marianne fue a abrir las puertas del balcón. La brisa marina entró en la habitación—. Tómate tu tiempo. ¿Existe otra mujer?

Se quedó callada y miró a Emma, que comenzó a mecerse en la silla y a reír como una desquiciada.

—Ay, Dios, santo Dios. —La risa se transformó en llanto. Grandes sollozos desgarrados. Sin más titubeos, Marianne se arrodilló junto a ella y le tomó las manos.

—Tranquila, Emma. Te vas a poner enferma. Tranquila, tranquila. Todas sabemos que la mayoría de los hombres son unos miserables. Si Drew te ha sido infiel, deshazte de él.

—No hay otra mujer —balbuceó Emma.

—¿Otro hombre?

Emma trató de contener las lágrimas. Temía que, si continuaba llorando de ese modo, jamás podría parar.

—No. No sé si Drew me ha sido infiel. Y no me importa.

—Si no hay otra mujer, ¿por qué os habéis peleado?

—No nos hemos peleado —dijo Emma con cansancio—. Yo no he peleado, mejor dicho. —No sabía que le resultaría tan difícil decirlo, que sería tan duro de admitir. Las palabras eran como un puño en la garganta. La vergüenza las hacía arder. Respiró hondo varias veces y se secó los ojos con el dorso de la mano—. Estando aquí sentada, hasta soy capaz de creer que lo he imaginado todo, que no ha sido tan horrible como pensaba. A veces era tan dulce, Marianne, tan considerado. Recuerdo que me traía una rosa por la mañana. Y cómo cantaba cuando estábamos los dos solos... cantaba como si yo fuera la única mujer del mundo. Decía que me amaba, que lo único que deseaba era hacerme feliz, cuidarme, protegerme. Pero entonces yo hacía algo... nunca he sabido muy bien qué... pero hacía algo y él... Me golpea.

—¿Qué? —Si le hubiera dicho que Drew tenía alas y salía volando de la terraza todas las tardes, le habría resultado más fácil creerlo—. ¿Te golpea?

427

Emma no percibió la incredulidad de su amiga. Estaba demasiado ensimismada.

—A veces no puedo caminar durante varios días después de una paliza. Últimamente es cada vez peor. —Clavó los ojos en el hermoso papel pintado de color pastel—. Creo que es capaz de matarme.

—Un momento, Emma. Emma, mírame. —Marianne le tomó la cara entre las manos y habló muy lentamente, para estar segura de que comprendía todas y cada una de sus palabras—. ¿Me estás diciendo que Drew te maltrata físicamente?

—Sí.

Marianne exhaló un profundo suspiro. Se sentó sobre los talones sin dejar de mirar la cara de Emma, como si buscara alguna clave.

—¿Se emborracha... se droga?

—No. Solo lo he visto borracho una vez... en nuestra noche de bodas. Jamás se droga. Le gusta controlar la situación. Drew necesita controlarlo todo. Al parecer siempre hago algo, alguna estupidez que lo enfurece.

—Basta. —Marianne se levantó de un brinco, furiosa, y comenzó a caminar de un extremo a otro de la habitación con los ojos inundados de lágrimas—. Nunca has hecho una sola estupidez en tu vida, Emma. ¿Desde cuándo ocurre esto?

—Me golpeó por primera vez dos meses después de que nos mudáramos al centro de la ciudad. No fue tan malo, solo me golpeó una vez. Y después estaba muy arrepentido. Lloró.

—Pobrecito Drew, se me parte el corazón —murmuró Marianne. Corrió a la puerta para recibir el servicio de habitación—. Déjelo aquí, por favor. Yo me ocuparé. —Firmó la cuenta, entregó el billete de veinte dólares y se deshizo del muchacho. Lo primero era lo primero, decidió. Sin mirar siquiera la comida, sirvió dos copas de Grand Marnier—. Bebe —ordenó a Emma—. Sé que no te gusta, pero ambas necesitamos un trago.

Emma bebió dos traguitos y dejó que el calor del alcohol la inundara.

—No sé qué hacer. Al parecer ya no puedo pensar por mí misma.

—Déjame pensar por ti unos minutos, entonces. Voto porque castremos a ese hijo de puta.

—No puedo volver, Marianne. Creo que haría algo, algo realmente horrible si volviera.

—Según parece, puedes pensar muy bien solita. ¿Estás en condiciones de comer?

—No, todavía no. —Necesitaba quedarse sentada un rato y considerar la magnitud de lo que había hecho. Había abandonado a Drew. Había huido y su amiga, su más antigua y más íntima amiga estaba allí con ella. Cerró los ojos y sintió vergüenza—. Lo siento, Marianne, no sabes cuánto lo siento. Sé que no te devolví las llamadas, que no he sido una buena amiga estos últimos meses. Él me lo impidió.

Marianne encendió dos cigarrillos y dio uno a Emma.

—No te preocupes por eso ahora.

—Incluso llegó a decirme que tú... que tú habías tratado de robármelo.

—En sus sueños. —Estaba a punto de reír, pero se contuvo al ver la cara de Emma—. Quiero pensar que no le creíste.

—No, en realidad no, pero... A veces creía todo lo que me decía, fuera lo que fuese. Era más fácil. —Volvió a cerrar los ojos—. Lo peor es que no me hubiera importado.

—Tendrías que haberme llamado, Emma.

—No podía hablarte de eso, y tampoco soportaba estar contigo porque temía que te dieras cuenta.

—Yo te habría ayudado.

Emma solo pudo menear la cabeza mientras cruzaba y descruzaba los dedos de las manos sobre su regazo.

—Estoy tan avergonzada.

—¿Por qué?

—Yo le permití que me hiciera esto, ¿no? Él no me puso un revólver en la cabeza. Es lo único que no me hizo. No tuvo necesidad.

—No sé qué decir, Emma. O sí, se me ocurre algo. Deberías llamar a la policía.

—No. Santo Dios, por favor, no. No podría soportar... ver la noticia en todos los diarios. Además no me creerían. Él lo negaría en redondo. —El miedo volvió a dominarla. Se le veía en la cara, se percibía en su voz—. Solo sé una cosa, Marianne; Drew es capaz de convencer a cualquiera de cualquier cosa.

—Está bien. Nos olvidaremos de la policía y te conseguiremos un abogado.

—Yo... necesito unos días. En este momento no puedo hablar con nadie. Lo único que quiero es estar lo más lejos posible de él.

—De acuerdo. Ya se nos ocurrirá algo. Ahora vamos a comer. Pienso mejor con el estómago lleno.

Obligó a Emma a comer unos bocados y beber un vaso de Pepsi. Esperaba que el azúcar y la cafeína devolvieran un poco de color a sus mejillas.

—Nos quedaremos unos días en Miami.

—No. —Aunque los nervios continuaban atormentándola, Emma había comenzado a pensar con claridad. De todos los planes audaces que había fraguado su mente en los últimos días, solo uno parecía posible—. Ni siquiera puedo quedarme aquí esta noche. Es el primer lugar donde vendrá a buscarme.

—Iremos a Londres, entonces. A casa de Bev. Ella te ayudará.

—No tengo pasaporte. Drew lo guardó en una caja de seguridad. Ni siquiera tengo carnet de conducir. Me lo rompió —Se recostó en la silla. Lo poco que había comido le había revuelto el estómago—. Tengo cincuenta y cinco dólares en la cartera, Marianne... quince de ellos robados del dinero de los gastos domésticos. No tengo ninguna tarjeta de crédito. Me las quitó hace ya varios meses. Solo tengo lo que llevo puesto. Nada más.

Marianne hubiera querido romper algo, pero se levantó y se sirvió otro Grand Marnier. Tanto tiempo, pensó. Había pasado tanto tiempo despechada y alimentando su rencor en el ático mientras Emma vivía un infierno.

—No tienes que preocuparte por el dinero. Te daré algo de

efectivo de mi tarjeta de crédito y luego autorizaré que acepten tu firma. Puedes elegir. Visa, Mastercard o American Express.

—Debes de creer que soy patética.

—No, creo que eres la mejor amiga que he tenido en la vida. —Los ojos de Marianne se llenaron de lágrimas. Esta vez no las contuvo—. Si pudiera, lo mataría por lo que te ha hecho.

—Prométeme que no dirás nada a nadie. No todavía.

—No diré nada, si eso es lo que quieres, pero creo que tu padre debería saberlo.

—No. Las cosas ya están bastante mal entre papá y yo... y no quiero echarle más leña al fuego. Creo que, más que nada, necesito un poco de tiempo. Pensé en ir a la montaña o alquilar una cabaña en el bosque, pero no creo poder soportar el silencio y la soledad. Me gustaría perderme en una gran ciudad ruidosa. Los Ángeles, por ejemplo. Cada vez que pensaba en huir, pensaba en Los Ángeles. Y he vuelto a soñar con aquello, muchísimo.

—¿Con Darren?

—Sí. Las pesadillas volvieron hace unos meses y aún no me abandonan. Siento que necesito estar allí y espero que sea el último lugar adonde a Drew se le ocurra ir a buscarme.

—Iré contigo.

Emma le tomó la mano.

—Esperaba que me acompañaras. Solo por un tiempo.

33

El dormitorio estaba oscuro. Y sucio. Su última sirvienta se había largado la semana anterior, no sin antes llevarse un par de candelabros de plata. Jane no se había dado por enterada del robo. Rara vez salía del dormitorio en aquellos días. De tanto en tanto iba a la cocina a buscar algo para comer y cada vez que lo hacía gemía y jadeaba en las escaleras. Como un eremita, acumulaba drogas, botellas y alimentos en su guarida.

El dormitorio había conocido tiempos mejores. Jane sentía fascinación por el terciopelo rojo, que todavía colgaba de las ventanas en pesados pliegues llenos de polvo. Pero había arrancado en un ataque de furia las cortinas que resguardaban la imponente cama redonda. Como últimamente siempre tenía frío, se arropaba con ellas.

El papel pintado de color rojo y plata de las paredes estaba lleno de manchas. Jane tenía la costumbre de arrojar cosas a sus amantes: lámparas, baratijas y botellas. Por eso le resultaba tan difícil conservar a alguien en su cama más de dos noches seguidas.

El último, un vendedor de droga alto y musculoso llamado Hitch, había soportado sus arranques temperamentales más tiempo que los demás, pero luego, filosóficamente, la habría dejado inconsciente de un puñetazo, le había robado el anillo de diamantes y se había marchado en busca de climas más soleados y compañías más agradables.

Pero le había dejado las drogas. A su manera, Hitch era humanitario.

Hacía más de dos meses que Jane no mantenía relaciones sexuales. No era que le molestara. Si quería un orgasmo, solo tenía que clavarse la aguja bajo la piel y volar. Tampoco le importaba que nadie fuera a verla, que nadie la llamara. Excepto durante el breve lapso en que la droga dejaba de hacer efecto y aún no era consciente de que necesitaba otra dosis. Entonces se echaba a llorar y se compadecía de sí misma. Y sentía furia. Furia, sobre todo.

La película no había ido tan bien como esperaban. Había pasado de la pantalla grande al formato vídeo en un abrir y cerrar de ojos. Jane estaba tan ansiosa por ver su libro filmado que cedió los derechos de vídeo. Cuando su representante se mostró insatisfecho con el trato, lo despidió e hizo las cosas a su manera.

La película no la había hecho rica. Las miserables cien mil libras no durarían demasiado a una mujer de sus gustos y sus apetitos. Estaban reescribiendo su nuevo libro por enésima vez. Pero ella no se dignaría leerlo hasta que el estúpido que se encargaba de la redacción hubiera completado su tarea.

Su fuente de recursos más antigua se había secado. Ya no recibía más cheques de Brian. En cierto modo contaba con ellos. No solo por el dinero, sino porque creía que, mientras tuviera que pagarle, Bri seguiría pensando en ella.

La alegraba saber que él tampoco había encontrado la felicidad. Estaba orgullosa de su pequeña contribución al fracaso de su antiguo amante. Si no podía tenerlo a él, al menos tenía el placer de saber que ninguna otra mujer lo había tenido durante mucho tiempo.

Todavía fantaseaba a veces con que recuperaba la cordura, volvía a ella y le pedía perdón. En sus fantasías se veía haciendo el amor con él sobre la cama de terciopelo rojo, con el mismo frenesí sexual ardiente que habían compartido tantos años atrás. En sus fantasías su cuerpo era terso y curvilíneo, como el de una muchacha. Jane siempre se imaginaba así.

Pero se había convertido en una gorda grotesca. Sus pechos colgaban como globos desinflados hasta rozar lo que antes había sido su cintura. Su vientre, blanco como un pescado, era una masa informe de pliegues de carne blanda. Sus brazos y muslos eran enormes y temblaban como gelatina cuando se dignaba moverlos. Cada vez le resultaba más difícil encontrar una vena para inyectarse a través de las capas de grasa que había acumulado. Por eso había empezado a fumar crack. Todavía podía inyectarse, deslizar la aguja bajo la epidermis, pero rara vez lo hacía.

Extrañaba aquello, lo lloraba como una madre llora un hijo perdido.

Se acodó en la cama y encendió la lámpara. No le gustaba la luz, pero la necesitaba para encontrar la pipa. Tenía el cabello débil y quebradizo, y el tinte rubio ya no cubría las raíces oscuras. Quería aclararlo con Bombshell Beige de Clairol, pero había perdido la caja en algún agujero negro del caos que era su dormitorio. Su camisón de encaje negro tenía el tamaño de una tienda de campaña para dos personas. Cuando encendió el mechero, parecía una soldadora loca, pornográfica.

El humo la tranquilizó. Había pasado varias horas haciendo planes acostada en la cama. Era lo bastante astuta para saber que necesitaba una gran cantidad de dinero si quería pagar a su proveedor. Además quería volver a comprarse vestidos bonitos, vestidos bonitos y jóvenes atractivos con los que follar. Quería ir a fiestas. Que la gente le prestara atención.

Fumaba y sonreía.

Sabía cómo conseguir el dinero, pero debía obrar con inteligencia, con mucha inteligencia. La droga la hacía sentirse inteligente. Ya era hora de mostrar el as que tenía escondido en la manga.

Revolvió su tocador hasta encontrar una caja con papel de carta. Era un papel bonito; tenía todos los colores del arco iris y su nombre impreso en el margen superior. Lo admiró unos segundos y dio otra calada a la pipa antes de ponerse a buscar un bolígrafo murmurando para sus adentros. Era una especie de seguro, pensó Jane mientras comenzaba a escribir. Por supuesto que tendría que cortar su nombre de la hoja. No era tan tonta.

Escribía como una niña, muy despacio, con la lengua entre los dientes. Como si dibujara las letras. Cuando terminó, estaba tan contenta con la pulcritud de su caligrafía que olvidó cortar el membrete. Había varios sellos en la caja. Canturreando pegó tres en el sobre. Quedaban tan bonitos que decidió agregar otro. Luego se dedicó a admirar su destreza manual. Por unos segundos dudó de la dirección, pero enseguida escribió:

Kesselring, detective de la policía
Los Ángeles, California
Estados Unidos

Después de pensarlo un momento, escribió en un extremo del sobre la palabra «¡Urgente!» y la subrayó varias veces.

Lo llevó a la planta baja con la esperanza de encontrar un lugar seguro para esconderlo. Hizo un alto en la cocina y devoró un recipiente de helado con una cuchara de servir. Mirando el sobre empezó a mascullar:

—Estúpida. —Estaba pensando en la última criada—. Ni siquiera es capaz de enviar una maldita carta. Voy a echarla a patadas. —Salió de la cocina indignada y, con gran esfuerzo, se agachó para deslizar el sobre bajo la puerta de entrada. Volvió a subir a su dormitorio y se fumó un porro que la sumió en el olvido.

Tardó una semana en recordar su plan. Recordaba haber escrito la carta. Su seguro de vida. La había escondido. Aunque no logró recordar dónde, no se preocupó. Lo único que le inquietaba era que estaba a punto de quedarse sin comida y sin drogas. Se había bebido la última botella de ginebra. Descolgó el teléfono. Dentro de unas pocas horas ya no tendría que volver a preocuparse por el dinero.

Contestaron al tercer timbrazo.

—Hola, querido. Soy Jane.

—¿Qué quieres?

—Vaya... esa no es manera de tratar a una vieja amiga.

Se oyó un suspiro de exasperación.

—Te he preguntado qué quieres.

—Solo quiero charlar un poco, amorcito, charlar un poco. —Rió entre dientes. La extorsión era un asunto divertido, después de todo—. Ando un poco escasa de fondos.

—No es problema mío.

—Pues yo creo que sí. Ya sabes que, cuando ando escasa de dinero, empieza a remorderme la conciencia. Últimamente me he sentido muy mal por lo que le ocurrió al pobre hijito de Brian. Me he sentido fatal, si quieres que te diga la verdad.

—Ese niño nunca te importó nada.

—Dices cosas terribles, querido. Después de todo, yo también soy madre. Cada vez que pienso en mi dulce Emma, que ahora es una señora adulta y casada, no puedo dejar de recordar a ese pobre niño. Caramba, él también sería adulto ahora... si hubiera vivido.

—No tengo tiempo para estupideces.

—Será mejor que lo encuentres. —Jane adoptó un tono de voz áspero—. He estado pensando en enviar una carta a ese detective de Estados Unidos. Te acuerdas de él, ¿verdad, corazoncito? Se llamaba Kesselring. ¿No te parece increíble que recuerde su nombre después de tantos años? —Sonrió para sí. Todos pensaban que era una estúpida. No continuarían pensándolo durante mucho tiempo.

Él titubeó demasiado y se maldijo por su flaqueza.

—No tienes nada que decirle.

—¿Ah, no? Bueno, ya lo veremos, querido. He pensado que podía escribirle una carta. Si tuviera un par de nombres para investigar, podría reabrir el caso. Tu nombre, por ejemplo, y el de...

—Si revuelves el avispero, todos los aguijones se volverán en tu contra. —Mantenía la voz tranquila, pero sudaba profusamente—. Estás tan involucrada en esto como yo.

—Claro que no. Yo no estuve presente, ¿recuerdas? Jamás le puse un dedo encima a ese niño. —¿Cómo diablos se llamaba el chiquillo? Donald o Dennis, pensó. No tenía la menor importancia—. No, jamás le puse la mano encima. Pero tú sí. Fue un asesinato. Incluso después de tantos años, sigue siendo un asesinato.

—Nunca lograron probar nada. Y jamás lo harán.

—Tal vez sí, con una ayudita. ¿Quieres hacer la prueba, cariño?

No; no quería. Ella sabía perfectamente bien que no podía arriesgarse. Estaba exactamente donde quería estar y no tenía la menor intención de moverse. Costara lo que costase.

—¿Cuánto quieres?

Jane sonrió.

—Creo que un millón de libras bastará.

—Has perdido la razón.

—Fue mi plan —vociferó Jane—. Fue idea mía y jamás vi un mísero penique. Es hora de arreglar cuentas, querido. Eres un hombre rico. Puedes repartir un poco.

—Nunca nos pagaron el rescate —le recordó.

—Porque lo echaste todo a perder. Hace dos años que no recibo un solo penique de Brian. Ahora que Emma es mayor de edad, me ha dejado en la estacada. Podrías considerarlo una especie de jubilación. Semejante suma de dinero cubrirá mis gastos durante mucho tiempo y no tendré que volver a molestarte. Tráeme el dinero mañana por la noche, ¿de acuerdo? Así no me veré obligada a enviar la carta.

Horas más tarde no recordaba si había hecho la llamada o lo había soñado. Y la carta. ¿Dónde diablos la había escondido? Dio otra calada a la pipa con la esperanza de que la ayudara a pensar. Lo mejor que podía hacer era volver a escribirla. Y si él no llegaba pronto, si no llegaba ahora mismo, le llamaría de nuevo.

Se sentó a escribir la carta, pero se quedó dormida.

La despertó el timbre de la puerta. No paraba de sonar. Se preguntó por qué demonios esa estúpida no abría. Estaba convencida de que nadie hacía nada bien en esa casa, excepto ella misma. Bajó por las escaleras jadeando.

Al verlo, recordó. Estaba parado en el umbral con los ojos sombríos y un maletín en la mano. Entonces Jane recordó. Sí, tenía razón, siempre tenía que hacer las cosas por sí misma.

—Adelante, amorcito. Hace tiempo que no nos vemos.

—No he venido de visita. —Pensó que la mujer parecía un cerdo. Gorda, maloliente, sucia, le temblaban las carnes cuando reía.

—Vamos, somos viejos amigos. Beberemos un trago. La botella está arriba, en mi habitación. Llevo todos mis negocios desde mi *boudoir*.

Jane le pasó una mano por la solapa, casi tímidamente. Él toleró la caricia en silencio y tomó la decisión de quemar aquel traje.

—Haremos negocios donde mejor te plazca, pero hagámoslos ya.

—Siempre has tenido mucha prisa para todo. —Jane comenzó a subir por la escalera, balanceando sus caderas de mamut. Él la observó con atención. La vio aferrarse a la baranda con manos como garras, oyó sus jadeos, su respiración ahogada. Un empujón, solo un empujoncito y caería rodando. Nadie dudaría que había sido un accidente. Estuvo a punto de acercarse un poco más, a punto de tocarla. Pero se contuvo. Existía otra manera de hacerlo. Mejor y más segura—. Ya hemos llegado, querido. —Se dejó caer sobre la cama. Tenía la cara roja como un tomate y respiraba con dificultad—. Dime qué quieres beber.

El hedor casi lo hizo vomitar. A pesar de que una sola lámpara iluminaba el dormitorio, vio en la penumbra marañas de ropa, platos sucios, cartones, latas y botellas vacías. El olor fétido parecía pender sobre el cuarto, como las telarañas en los rincones. Casi podía ver el tufo mientras respiraba despacio, entre dientes.

—Me abstendré de beber. —Tuvo cuidado de no tocar nada. No solo por las huellas digitales, sino por temor de ensuciarse.

—Como gustes. Ponte cómodo, por favor. ¿Qué me has traído?

Dejó el maletín junto a ella. También lo quemaría. Marcó la combinación de seguridad y abrió la tapa.

—Parte del dinero.

—Te dije que...

—Es imposible conseguir un millón en efectivo de la noche a la mañana. Tendrás que ser paciente. —Le mostró el contenido del maletín—. Pero te he traído algo más, algo que pensé que te alegraría. En señal de buena fe.

Jane vio la gran bolsa de polvo blanco sobre las ordenadas pilas de billetes. El corazón comenzó a latirle desbocado y la boca se le llenó de saliva.

—Esto no me lo esperaba.

Antes de que pudiera coger la bolsa, él puso el maletín fuera de su alcance.

—¿Quién tiene prisa ahora, eh? —Disfrutaba atormentándola. Le gustaba ver los finos regueros de sudor que le surcaban la cara y se deslizaban por su papada. Había tratado muchas veces con drogadictos y sabía manipularlos—. Es heroína de primera calidad, la mejor que se puede comprar. Una dosis e irás derecha al cielo, Jane. —O al infierno, si uno creía en esas cosas—. Puedes tenerla, Jane. Toda. Pero debes darme algo a cambio.

El corazón de Jane parecía a punto de salírsele del pecho. Estaba mareada y le faltaba el aire.

—¿Qué quieres?

—La carta. Quiero que me la des y que me concedas unos días más para juntar el resto del dinero. Si lo haces, la heroína será toda tuya.

—¿La carta? —Se había olvidado por completo de ella. Lo único que podía hacer era contemplar la bolsa de polvo blanco e imaginar lo que sentiría cuando circulara por sus venas—. No tengo ninguna carta. No la he escrito. —De inmediato recordó que era su seguro de vida y lo miró de soslayo—. Todavía. No la he escrito todavía. Pero lo haré. Deja que me inyecte y después hablamos.

—Hablaremos primero. —Ah, sería un placer matarla, pensó mientras observaba la saliva que se había acumulado en las comisuras de la boca de Jane. Lo del niño había sido un accidente, un trágico accidente que lamentaba de todo corazón. No era un hombre violento, jamás lo había sido. Pero habría sentido un inmenso placer estrangulando a Jane Palmer con sus propias manos.

—Empecé a escribirla. —Jane miró al escritorio, confundida y nerviosa—. Empecé a escribirla, pero preferí esperarte. Si hacemos un trato, la dejaré inconclusa.

No estaba mintiendo. Le bastó una mirada para darse cuenta. Carecía de la inteligencia necesaria.

—Trato hecho. —Volvió a mostrarle el maletín—. Adelante. Es toda tuya.

Jane aferró la bolsa con las dos manos. Por un instante él pensó que la desgarraría con los dientes y se tragaría el contenido como si fuera un montón de galletas. Ella se movió tan rápido como le permitía su obeso cuerpo y comenzó a buscar lo que necesitaba en los cajones.

Esperó, espantado y fascinado por lo que ella estaba haciendo. Ya no prestaba atención a su visitante, solo balbuceaba para sí. Le temblaban las manos y derramó un poco de heroína en el suelo. Comenzó a respirar fuerte mientras calentaba la primera cuchara. No quería inyectársela en la piel, tampoco quería fumarla. Esta vez entraría por vía intravenosa.

Despatarrada en el suelo, llenó la jeringuilla relamiéndose como si estuviera a punto de comer. Tenía lágrimas en los ojos cuando comenzó a buscar la vena. Después los cerró y se apoyó contra el tocador, expectante.

La droga hizo efecto. Se propagó como una ráfaga por su cuerpo, que pareció hincharse y estar a punto de estallar. Abrió los ojos como platos y tuvo una convulsión. Gritó una sola vez, al llegar a la imponente cresta de la ola.

Él la vio morir, pero no disfrutó como había pensado. Fue un proceso espantoso. Jane Palmer tuvo tan poca dignidad en la muerte como había tenido en vida. Cuando estuvo seguro de que había muerto le dio la espalda, sacó un par de guantes de látex del bolsillo y se los calzó. Cogió la carta a medio escribir y la guardó en el maletín. Luchando contra las náuseas, comenzó a buscar entre las cosas de Jane para asegurarse de que en aquella casa no quedara una sola prueba que pudiera incriminarlo.

Brian gruñó cuando lo despertó el teléfono. Trató de incorporarse, pero la resaca sonaba en su cabeza como una sierra de cadena. Protegiéndose los ojos con una mano buscó el aparato a tientas.

—¿Qué pasa?

—Brian, soy P. M.

—Vuelve a llamarme cuando no esté agonizando.

—Bri... supongo que no has leído el diario de la mañana.

—Será lo primero que haga. Lo leeré mañana. No pienso levantarme de la cama hasta entonces.

—Jane está muerta, Brian.

—¿Jane? —Su mente quedó en blanco unos segundos—. ¿Muerta? ¿Está muerta? ¿Cómo?

—Sobredosis. Alguien la encontró anoche. Un ex amante o un proveedor de droga. Algo por el estilo. Llevaba un par de días muerta.

—Hostia. —Brian apretó la palma de las manos contra los ojos.

—Pensé que querrías prepararte antes de que la prensa te caiga encima. Y supuse que querrías decírselo a Emma.

—Emma. —Brian dio un cabezazo contra la cabecera de la cama—. Sí, sí, la llamaré. Gracias por avisarme.

—De nada. Bri... —P. M. se tragó las palabras. Iba a decirle que lo lamentaba, pero en realidad dudaba que alguien fuera a llorar la muerte de Jane—. Nos vemos.

—Claro.

Se quedó acostado unos minutos, tratando de imaginarla. Conocía a Jane desde hacía más tiempo que a nadie, con excepción de Johnno. Alguna vez la había amado... y también la había odiado. Pero no podía imaginarla muerta.

Se levantó y fue hasta la ventana. La luz del sol le hirió los ojos y convirtió la resaca en ceguera. Sin pensar, se sirvió dos dedos de whisky y lo bebió de un solo trago. Lamentaba no sentir otra cosa que aquel terrible dolor de cabeza, que tenía embotada por el efecto del alcohol.

Había sido la primera mujer de su vida.

Se volvió para mirar a la morena que dormía plácidamente bajo las arrugadas sábanas de satén de su cama. Tampoco sentía nada por ella. Siempre procuraba elegir mujeres que no desearan comprometerse, que estuvieran dispuestas a conformarse como él, con unas pocas noches de sexo. El sexo peligroso e indiferente que no tenía nada que ver con el amor.

Una vez había cometido el error de elegir una mujer que quería algo más. Jane jamás le había permitido seguir su vida ni disfrutar plenamente de lo que tenía.

Luego había encontrado a Bev. Ella también había querido algo más. Al igual que él. Pero tampoco lo había dejado seguir su vida en paz. En diecisiete años no había pasado un solo día sin que pensara en ella. Sin que la deseara.

Jane había ensombrecido su vida negándose a salir de ella. Bev la había destrozado negándose a compartirla.

Solo tenía su música... y más dinero del que jamás había soñado. Y una sucesión de mujeres que no significaban absolutamente nada para él.

Y ahora Jane estaba muerta.

Hubiera querido que se le ablandara el corazón, sentir un poco de pena por la chica que había conocido. Una chica ansiosa y desesperada que había jurado amarlo más que a nada en el mundo. Pero no había nada que lamentar. Aquella chica y el muchacho que él había sido estaban muertos desde hacía mucho tiempo.

Tendría que llamar a Emma. Sería mejor que se enterara por él, aunque dudaba que lamentara la muerte de Jane. Después de hablar con ella, y de asegurarse de que no lo necesitaba, viajaría a Irlanda. A la tumba de Darren. A pasar unos días apacibles sentado en la verde y alta hierba.

34

—¿Seguro que estarás bien?

—Sí. —Emma apretó la mano de Marianne para tranquilizarla mientras se dirigían a la entrada del aeropuerto LAX—. Estaré bien. Solo quiero tomarme unos días más para calmarme un poco y reflexionar.

—Sabes que, si me lo pides, me quedo.

—Lo sé. —Evidentemente el apretón en la mano no bastaba para convencerla. Emma dio media vuelta y la abrazó—. Jamás hubiera podido pasar por todo esto sola.

—Sí, claro que hubieras podido. Eres más fuerte de lo que imaginas. ¿Acaso no cancelaste las tarjetas de crédito, cerraste las cuentas bancarias y pediste al contable que ocultara el dinero?

—Todo eso fue idea tuya.

—Solo porque no se te ocurrió pensar en cuestiones materiales. Pero yo no estaba dispuesta a permitir que ese miserable te quitara un solo penique más. Y todavía pienso que deberías denunciarlo a la policía.

Emma negó con la cabeza. Empezaba a creer que podría recuperar su autoestima. Involucrar a la policía, la prensa y el público solo serviría para agregar humillación a las humillaciones.

—Está bien, todavía no —concedió Marianne, aunque no tenía la menor intención de permitir que Drew desapareciera por el foro sin recibir su merecido—. ¿Estás segura de que el contable mantendrá la boca cerrada y no le dirá a nadie dónde estás?

—Sí. Después de todo trabaja para mí. Cuando le dije que pensaba divorciarme, se puso en acción de inmediato. —Había sido casi divertido, si es que esa clase de cosas podían serlo—. Supongo que, después de haberse ocupado de aburridos fideicomisos y otras cosas semejantes durante tantos años, un divorcio complicado debe de entusiasmarle.

Divorcio, pensó. Algo tan serio. Tan definitivo.

Marianne permaneció callada unos segundos mientras seguían caminando.

—Tarde o temprano averiguará dónde estás —afirmó al cabo.

—Ya lo sé. —Los nervios reemplazaron al pesar como por arte de magia—. Solo que prefiero que sea tarde, cuando esté segura de que nada que él pueda decir o hacer me hará cambiar de decisión.

—Ve a ver al abogado —insistió Marianne—. Comienza ahora mismo.

—En cuanto haya despegado tu avión.

Marianne se removía inquieta. Se llevó a la boca un chicle de nicotina. En los aeropuertos ya no quedaba ningún lugar donde estuviera permitido fumar.

—Escucha, Emma, solo han pasado dos semanas desde... desde que vinimos aquí. ¿Estás segura de que no quieres que me quede contigo unos días más?

—Quiero que vuelvas a tu pintura. En serio —se apresuró a agregar antes de que su amiga comenzara a poner objeciones—. Cuando un Kennedy te encarga una obra, quiere decir que has llegado a la cima. Termina ese retrato antes de que Caroline cambie de opinión.

—Llámame. —Marianne oyó que anunciaban su vuelo—. Todos los días.

—Prometido. —Emma la retuvo un momento más—. Cuando esto haya terminado, pienso reclamar mi mitad del ático.

—Es tuya. A menos que decida casarme con el dentista y mudarme a Long Island.

—¿Qué dentista?

—El que quiere hacerme una limpieza dental.

Los labios de Emma se curvaron. Sonreír parecía cada vez más fácil.

—Esa sí es una táctica de seducción novedosa y desagradable.

Marianne pensó que era una delicia ver sonreír a Emma.

—Sí, tal vez, pero tiene unos enormes ojos color castaño. Y los nudillos peludos, por desgracia. No sé si podría enamorarme de un hombre con vello en los nudillos.

—Especialmente porque te los estará metiendo en la boca todo el tiempo. Es el último aviso para embarcar.

—Llámame.

—Por supuesto. —Emma no iba a llorar. Se había prometido no hacerlo Pero las dos estaban llorando. Marianne le dio un último abrazo y se alejó corriendo.

Emma se quedó junto a la puerta de embarque y a través de los enormes ventanales vio cómo el avión avanzaba por la pista. Estaba sola. Librada a su suerte. Las decisiones, los errores, las opiniones... todo correría de su cuenta. Eso la aterraba. Recordó que no hacía mucho había estado sola en Londres. Recordó que había sido una sensación estimulante y liberadora. Y que se había enamorado.

Pero ya no estaba enamorada. Eso era una pequeña bendición.

Empezó a andar hacia la terminal, escrutando la multitud, vigilante y nerviosa. Pocos segundos antes, entre el ruido y la prisa del aeropuerto, se había sentido anónima. Pero ahora, ahora que estaba sola, se sentía vulnerable.

No lograba quitarse de la cabeza que Drew podía estar oculto entre la gente... Por ejemplo allí, detrás de la familia que se dirigía a Phoenix... o más allá, entre los hombres de negocios que esperaban tomar un vuelo rumbo a Chicago. Pasó junto a una tienda de regalos con la cabeza baja, hecha un manojo de nervios. Drew podía estar allí, husmeando en el expositor de revistas, aguardando. Saldría sonriente, diría su nombre, le pondría la mano sobre el hombro y, como siempre hacía, le hundiría la punta de los dedos en la carne hasta llegar al hueso. Se obligó a continuar avanzando. Tuvo que hacer un enorme esfuerzo para no correr hacia la puerta de embarque y suplicar que detuvieran el avión e hicieran bajar a Marianne.

—Emma.

Sintió una mano en el hombro. El aire pareció abandonar sus pulmones y le flaquearon las rodillas.

—¿Emma? Eres tú.

Pálida como una muerta y aturdida por el pánico, levantó la mirada y vio a Michael. Estaba diciendo algo, lo veía mover los labios, pero el torbellino de su mente no le permitía discernir sus palabras.

La alegría de Michael se esfumó. Entrecerró los ojos y la llevó hasta una silla. Le pareció que podía verterla sobre el asiento como si fuera líquida, sus piernas parecían no tener huesos. Esperó a que se le normalizara la respiración.

—¿Te sientes mejor?

—Sí. Sí, estoy bien.

—¿Siempre te desmayas cuando te cruzas por casualidad con un amigo en el aeropuerto?

Emma trató de sonreír.

—Es una mala costumbre que tengo. Me has asustado.

—Ya me he dado cuenta. —Aunque «asustar» no era la palabra apropiada para definir su estado, pensó Michael. La palabra era «aterrar». Estaba tan aterrada como cuando la había arrastrado hasta la superficie de una ola, más de diez años atrás—. ¿Puedes esperarme unos minutos? Voy a decir a mis padres por qué les he dejado plantados de repente. —Al ver que ella asentía, repitió—: Espérame aquí. No te muevas.

—Sí, esperaré. —Era una promesa fácil de cumplir; estaba segura de que sus piernas no la llevarían a ninguna parte por el momento. Otra vez sola, respiró hondo varias veces para tranquilizarse. Ya había pasado suficiente vergüenza y no quería parecer una idiota balbuceante cuando Michael regresara. Aunque él solo tardaría unos minutos, confiaba en poder recuperar el control.

—Y bien, ¿adónde piensas viajar? —preguntó al verlo reaparecer.

—¿Yo? A ninguna parte. Mi madre debe ir a un congreso y papá va a acompañarla. Los he traído porque a él no le gusta dejar el coche en el aeropuerto. ¿Acabas de llegar a la ciudad?

—No. Hace dos semanas que estoy aquí. He estado con una amiga.

—¿Por razones de trabajo?

—No. Bueno... Sí y no.

Acababa de aterrizar un avión. El lugar pronto estuvo atestado de gente. Emma tuvo que combatir un nuevo ataque de pánico mientras intentaba detectar a Drew entre la multitud.

—Debo irme —musitó.

—Te acompañaré. —No le tendió la mano porque percibió su temor a que la tocara—. ¿Estás aquí con tu marido?

—No. —Emma miraba constantemente de un lado a otro, en estado de alerta—. Él está en Nueva York. Nos... —Tenía que acostumbrarse a decirlo, a creerlo—. Nos hemos separado.

—Ah. —Michael no sonrió, al menos no por fuera—. Lo lamento. —De inmediato recordó la reacción de Emma cuando se había topado con ella unos minutos atrás—. ¿Amigablemente?

—Eso espero. —Un escalofrío la recorrió de pies a cabeza—. Caramba, se ve que les gusta mantener frío el lugar.

Michael abrió la boca para hacerle una pregunta, pero comprendió que no tenía derecho a inmiscuirse en sus cosas. Mucho menos en su matrimonio o en su separación.

—¿Cuánto tiempo piensas quedarte aquí?

—Todavía no lo sé.

—¿Qué te parece si vamos a almorzar... o a beber algo?

—No puedo. Tengo una cita dentro de una hora.

—Cena conmigo, entonces.

Una leve sonrisa se dibujó en los labios de Emma. Le hubiera gustado cenar con un amigo, claro que sí.

—Estoy tratando de actuar con discreción y pasar inadvertida. No voy a restaurantes.

—¿Y qué te parece una barbacoa en el patio trasero de mi casa?

—Bien, yo...

—Mira, aquí está mi dirección. —Como no quería darle tiempo a rechazar la invitación, Michael sacó una tarjeta y garrapateó sus señas en el dorso—. Ven a eso de las siete y pondremos a asar un par de chuletas. Todo muy discreto.

Hasta ese momento Emma no se había dado cuenta de que le aterraba volver al hotel, elegir algún plato del servicio de habitaciones y zapear los canales de televisión sentada en la cama para combatir la soledad.

—De acuerdo.

Michael estaba a punto de ofrecerse a llevarla en automóvil, pero vio una enorme limusina blanca junto a la entrada del aeropuerto.

—Te espero a las siete —repitió.

Ella le sonrió una última vez antes de que se separaran. Michael se preguntó si podría encontrar un servicio de limpieza a las dos de la tarde del viernes. Emma pasó de largo junto a la limusina y se ubicó en la cola de taxis. Perezosamente dio la vuelta a la tarjeta.

DETECTIVE M. KESSELRING
HOMICIDIOS

La dejó caer en su cartera con un escalofrío. Qué raro, había olvidado que Michael era policía. Como su padre.

Michael guardó la pila de diarios de dos semanas en el armario del dormitorio. Los dos cubos de basura con capacidad para veinte kilos cada uno ya estaban repletos. Le resultaba difícil creer que un hombre y un perro pudieran acumular tantos desperdicios. Y le asombraba y enojaba que en una ciudad como Los Ángeles no hubiera un solo servicio de limpieza disponible un viernes por la tarde.

Primero atacó la cocina con el limpiador Top Job que le

había prestado la vecina. La casa olía como un bosque de pinos, pero no había manera de evitarlo. Acto seguido engatusó a Conroy con una rodaja de salami y lo condujo hacia el cuarto de baño. Al verlo entrar desnudo en la bañera, siempre con el fiambre en la mano, el perro titubeó. Ambos sabían que el salami era su debilidad. Cuando Conroy saltó dentro de la bañera, Michael cerró la mampara de vidrio.

—A mal tiempo, buena cara compañero —dijo Michael mientras a Conroy se le erizaba el pelaje de indignación.

Tuvo que usar media botella de champú, pero Conroy mostró la entereza de un soldado. De tanto en tanto aullaba, pero eso podía ser una respuesta canina al canturreo de Michael. Cuando ambos estuvieron envueltos en toallas, buscó en el armario de la ropa blanca su secador de cabello. Lo encontró, al lado de una sartén que había dado por perdida.

Primero secó a Conroy, que aún no lo había perdonado.

—Tendrías que darme las gracias en vez de enojarte —le dijo Michael—. En cuanto te olfatee, esa perra callejera se derretirá como un caramelo. Y no volverá a mirar siquiera a ese engreído pastor alemán.

Tardó media hora en limpiar la inundación de agua y pelo de perro. Estaba a punto de preparar la ensalada cuando oyó frenar un coche. No había pensado que iría en taxi. Había imaginado que llegaría en limusina o en algún elegante automóvil alquilado. Emma pagó al conductor bajo la mirada atenta de Michael.

La brisa la despeinó un poco y agitó su sencilla camisa de algodón, cuya talla y el corte varonil la hacían parecer más menuda y femenina. Michael vio que se pasaba la mano por el cabello para quitárselo de la cara mientras avanzaba hacia la casa. Había adelgazado. Michael ya lo había notado en el aeropuerto. Demasiado, advirtió con cierta inquietud. Había pasado de ser esbelta a ser frágil.

Había cierta vacilación en ella, que nunca había notado antes. En su manera de caminar, en las miradas nerviosas que echaba por encima del hombro. Hacía tiempo que Michael era policía y muchas veces había visto esa suerte de pánico controlado. En los sospechosos. Y en las víctimas. Emma parecía estar a punto de escapar y Michael se apresuró a abrir la puerta.

—La has encontrado.

Ella se detuvo en seco, paralizada. Se protegió los ojos del sol con la palma de la mano y lo vio de pie en el umbral.

—Sí. —Los músculos de su estómago comenzaron a distenderse—. Veo que has comprado una casa —dijo, y al instante se sintió una estúpida—. El barrio es muy bonito.

Conroy salió al jardín antes de que Emma traspusiera el umbral. Tenía la intención de correr y revolcarse en la tierra y la hierba para deshacerse de la desdorosa y demasiado humana fragancia del champú.

—¡Quieto! —exclamó Michael.

La orden de su amo jamás lo hubiera detenido, pero el suave ronroneo de Emma obró el milagro.

—Ah, tienes un perro. —Se agachó para acariciarle la cabeza—. Eres un perro precioso, ¿verdad? —Como evidentemente estaba de acuerdo con esa sabia observación, Conroy se sentó y le permitió rascarle las orejas—. Sí, eres muy bueno y sobre todo muy bonito.

Nadie lo había calificado nunca de bonito. Conroy la miró con el único ojo visible bajo su maraña de pelo y volvió la cabeza para olfatear a Michael.

—Buena la has hecho. —Michael la tomó de la mano y la ayudó a levantarse—. Ahora esperará que lo alaben todos los días.

—Siempre he querido tener un perro. —Conroy se apoyó contra los holgados pantalones de Emma. Era el vivo retrato de la adoración.

—Te daré cincuenta dólares si te lo quedas. —Emma lanzó una carcajada y Michael la hizo pasar.

—Esto es muy bonito. —Emma echó un vistazo a la habitación, feliz de oír el sonido de las uñas del perro en el suelo.

El enorme sillón gris parecía bastante mullido para quedarse dormido en él. El sofá era largo y bajo, ideal para una buena siesta.

Michael había extendido en el suelo una manta india de rayas grises y blancas que hacía las veces de alfombra... y cuna de Conroy. Entre las tablillas de las persianas se filtraban los rayos del sol.

—Te imaginaba en uno de esos edificios modernos junto a la playa. Ah, *Las piernas de Marianne.* —Encantada, se acercó a mirar la foto que colgaba sobre el sofá.

—La compré la noche de la exposición.

Emma lo miró por encima del hombro y enarcó una ceja.

—¿Por qué?

—¿Por qué la compré? —Pensativo, Michael metió los pulgares en los bolsillos—. Me gustó. Si pretendes que empiece a hablar de tonos y texturas, olvídalo. Lo único que puedo decirte es que es un gran par de piernas fotografiadas con gran talento.

—Tu opinión me interesa mucho más que una conversación acerca de las texturas. —Emma se dio la vuelta sonriendo. Habían tardado muchas horas en hacerla. No porque fuera difícil, en realidad, sino porque no lograban ponerse de acuerdo sobre los zapatos.

Las piernas de Marianne, cruzadas con elegancia a la altura de las rodillas, aparecían apenas cubiertas por el borde de un elegante volante de tela transparente. Finalmente habían decidido que calzara unos sencillos Chucks negros.

—No tendrías que haberla comprado. Sé que los precios de Runyun son escandalosos. Por lo menos te debía una foto, ¿no crees?

—Ya me diste una.

Emma recordó la foto que le había hecho con Brian.

—Pero entonces no era una fotógrafa profesional.

—Supongo que una de las primeras obras de McAvoy valdrá una buena suma si alguna vez decido venderla. —Le rozó el brazo con los dedos y sintió su rechazo, instantáneo e instintivo. Miedo a los hombres, pensó. Era natural que una mujer tuviera miedo a los hombres tras una ruptura matrimonial—. Vayamos a la cocina. Estaba comenzando a preparar la cena.

El perro los siguió y, cuando Emma se sentó a la mesa, apoyó la cabeza sobre uno de sus pies. Evidentemente la adoraba. Michael sirvió vino en dos copas, que también le había pedido prestadas a su vecina. Encendió la radio, a un volumen muy bajo. Emma reconoció la melosa voz de Nat King Cole mientras rascaba distraídamente la cabeza de Conroy con el pie libre.

—¿Desde cuándo vives aquí?

—Hace casi cuatro años. —Le alegraba tener compañía en la cocina, una verdadera novedad para él. Sin contar a Conroy, por supuesto. Había dispuesto una hilera de hortalizas frescas sobre la encimera. Mirándolas con recelo, lamentó no haber pedido una receta de ensalada a su vecina. Después de lavar la lechuga cogió el cuchillo y se dispuso a cortarla.

—¿Qué estás haciendo? —preguntó Emma.

—Preparo la ensalada. —Emma lo miró de una manera que lo obligó a detenerse, justo cuando se disponía a clavar el cuchillo en el cogollo de la lechuga—. Pero tal vez no te apetezca comer ensalada.

—Prefería un helado de fruta con chocolate caliente, pero puedo aceptar unas verduritas. —Se levantó y fue a inspeccionar las hortalizas. Contó cuatro tomates redondos, todavía un poco verdes, media docena de pimientos de todos los colores y formas, puerros, champiñones, una calabaza, una coliflor y un manojo de zanahorias—. No falta nada —comentó divertida.

—Siempre preparo platos grandes —repuso Michael—. A Conroy le encanta la ensalada.

—Ya veo. —Emma sonrió, le quitó el cuchillo y lo dejó en la encimera—. ¿Por qué no me dejas ocuparme de esto y vas a asar las chuletas?

—¿Sabes cocinar?

—Sí. —Muerta de risa, comenzó a partir con la mano las hojas de lechuga—. ¿Y tú?

—No. —Emma olía a flores silvestres, frescas y delicadas. Michael tuvo que reprimir el impulso de besarle el cuello. Cuando le acarició el cabello, Emma levantó la cabeza con cautela—. Nunca hubiera imaginado que sabías cocinar.

—Me gusta hacerlo.

Estaba cerca de ella, pero no tanto como para hacerle sentir miedo. Mientras quitaba las semillas a un pimiento verde, Emma se dio cuenta de que no sentía el menor temor estando a su lado. Tal vez estaba un poco incómoda, pero no tenía miedo.

—Se te da bien —comentó él.

—Conseguí matrícula de honor en corte de hortalizas durante cinco años seguidos. —Lo empujó hacia la puerta—. Ve a encender el fuego.

Más tarde, llevó la ensalada fuera y la colocó sobre una mesa redonda de madera junto a un patético lecho de petunias. Una sola mirada crítica le bastó para darse cuenta de que Michael podría arreglárselas con las chuletas y volvió a la cocina. No sabía qué hacer con el enorme paquete de platos de papel que había visto en la alacena. Siguió buscando y desenterró tres botellas de cerveza vacías, una caja repleta de sobres de ketchup y mostaza y una provisión maternal de latas de pasta Chek Boyardee. Echó un vistazo al lavavajillas y descubrió que lo usaba para guardar la ropa sucia. Se preguntó si en algún lugar tendría un canasto de ropa lleno de platos y cubiertos.

Los encontró en el microondas: dos preciosos platos de porcelana con rosas de pitiminí pintadas en los bordes, otros dos para ensalada del mismo juego y un par de tenedores y cuchillos para cortar carne.

Cuando Michael terminó de asar las chuletas, ella ya había puesto la mesa.

—No he encontrado el aderezo para la ensalada —dijo Emma.

—Aderezo para ensalada. Sí. —Michael puso las chuletas en los platos. Al verla tan contenta y sonriente, con una mano apoyada sobre la cabeza del perro, pensó que era una tontería fingir que sabía cocinar.

Si iban a conocerse, si esta vez realmente iban a llegar a conocerse, tendría que mostrarle cómo era desde el principio. Con sus pros y sus contras.

—Vigila que Conroy no se entere de esto —dijo señalando las chuletas. Luego fue hasta la verja y saltó al otro lado. Regresó pocos minutos después con un frasco de aliño Wishbone y una gruesa vela azul—. La señora Petrowski te envía sus saludos.

Emma lanzó una carcajada y miró hacia la casa vecina. Había una mujer en el umbral de la puerta de atrás. Le pareció natural saludarla antes de volverse hacia Michael.

—¿Los platos también son de ella?

—Sí.

—Son muy bonitos.

—Esta vez quería ofrecerte algo mejor que una hamburguesa en la playa.

Siempre cautelosa, Emma le pasó la ensalada.

—Me alegra que me hayas invitado a tu casa. No tuvimos tiempo de hablar cuando estuviste en Nueva York. Lamento no haber podido mostrarte la ciudad.

—Otra vez será —dijo él cortando la chuleta.

Comieron y conversaron hasta el crepúsculo. Emma había olvidado cómo era hablar de cosas sin importancia, reír mientras comía a la luz de una vela con música de fondo. Conroy roncaba a sus pies, saciado con la mitad de su chuleta. Los nervios que la habían consumido durante meses comenzaron a desaparecer.

Michael apreció el cambio. Vio que se relajaba poco a poco, músculo por músculo. No había hablado de su matrimonio ni de su separación. Era extraño. Él tenía varios amigos y amigas, que se habían divorciado, y el divorcio había sido su tema preferido de conversación durante el proceso y hasta mucho después.

Cuando la seductora voz de Rosemary Clooney sonó en la radio, Michael se levantó de un brinco e invitó a Emma a acompañarlo.

—Los temas viejos son los mejores para bailar —dijo, pero ella dio un paso atrás.

—La verdad es que no...

—La señora Petrowski se pondrá loca de contento cuando nos vea. —La estrechó suavemente contra su pecho y se obligó a abrazarla de manera amistosa.

Emma se dejó llevar automáticamente por la voz de Clooney, que cantaba «Tenderly». Cerró los ojos y trató de relajarse, de no prestar atención a las emociones que la invadían. No quería sentir nada, salvo paz.

Bailaron sobre el césped, arrullados por una suave brisa. Estaba oscureciendo. Cuando abrió los ojos y respiró hondo, vio el cielo rojizo. El sol se estaba poniendo al oeste.

—Mientras esperaba que llegaras, recordé que hace casi dieciocho años que nos conocemos. —Le rozó el dorso de la mano con el índice. Esta vez ella no retrocedió, pero hubo un momento de parálisis—. Dieciocho años —repitió—. Aunque puedo contar con los dedos de una sola mano los días que pasé contigo.

—Cuando nos conocimos, no me prestaste ninguna atención. —Emma levantó la vista para sonreírle y se olvidó de los nervios—. Estabas demasiado fascinado por Devastation.

—Los chicos de once años ni siquiera se dan cuenta de que las chicas existen. Ese particular nervio óptico no se desarrolla hasta los trece años. Doce, en los casos precoces.

Emma rió entre dientes y no puso objeciones cuando Michael la estrechó un poco más.

—Lo he leído en alguna parte —comentó—. Cuando está plenamente desarrollado, el joven macho espera la salida del número de trajes de baño de *Sports Illustrated* con la misma ansiedad con que espera un partido de fútbol. —Enarcó una ceja al ver que Michael sonreía con malicia—. Tú te lo perdiste. Yo estaba loca por ti.

—¿En serio? —Le deslizó los dedos por la espalda y se puso a jugar con las puntas de su cabello.

—Absolutamente. Tu padre me había contado que te habías caído del tejado mientras patinabas. Quería preguntarte qué se sentía.

—¿Antes o después de recuperar la conciencia?

—En pleno vuelo.

—Supongo que estuve en el aire aproximadamente tres segundos, pero fueron los mejores tres segundos de mi vida.

Era lo que Emma esperaba escuchar.

—¿Tus padres siguen viviendo en la misma casa?

—Sí. No podrían sacarlos de allí ni con un obús.

—Ha de ser agradable —dijo ella—. Tener un lugar como ese, un lugar que siempre será tu hogar. Pase lo que pase. Yo sentía lo mismo por el ático.

—¿Piensas vivir allí cuando regreses?

—No lo sé. —La expresión de angustia volvió a los ojos de Emma y tardó en desaparecer—. Tal vez no regrese.

Michael pensó que debía de haber amado mucho a su esposo para sufrir tanto por la ruptura matrimonial.

—Hay varias casas bonitas en la costa. Si mal no recuerdo, te gusta el mar.

—Sí, me encanta.

Michael quería verla sonreír otra vez.

—¿Todavía quieres aprender a hacer surf?

Sonrió, sí. Pero era una sonrisa melancólica.

—Hace años que no pienso en eso.

—Tengo el domingo libre. Te daré la primera lección.

Emma levantó la vista. Los ojos de Michael tenían un brillo desafiante, un brillo que la tentó.

—De acuerdo.

Él le besó la sien con tanta naturalidad que ella apenas se dio cuenta.

—¿Sabes una cosa, Emma? Cuando te dije que lamentaba que te hubieras separado de tu esposo... —Se llevó la mano de Emma a los labios—. Mentí.

Ella retiró la mano instantáneamente y empezó a recoger los platos.

—Te ayudaré a fregar.

Él se acercó a la mesa y la detuvo apoyando una mano sobre la suya.

—No creo que te haya sorprendido, ¿o sí?

Emma se obligó a mirarlo. La luz del atardecer tenía matices perlados. La silueta de Michael se recortaba contra el cielo azul profundo. Él la miraba directamente a los ojos, con cierta impaciencia.

—No. —Ella dio media vuelta y llevó los platos a la cocina.

Aunque tuvo que hacer un esfuerzo, Michael no insistió. Recordó que era una mujer vulnerable. Era natural después de la ruptura del matrimonio. Tendría que darle tiempo, tanto como él pudiera soportar.

Emma no volvió a relajarse. No podía. ¿Qué clase de mujer era para sentirse atraída por un hombre pocos días después de haber abandonado a otro? No quería pensar en eso. Ya se había hecho a la idea de que jamás volvería a enamorarse. Jamás volvería a dejarse atrapar por el amor, por el lazo matrimonial. Ahora solo quería regresar al hotel, cerrar la puerta de la habitación con llave y sentirse a salvo durante unas horas.

—Se está haciendo tarde. Ya es hora de regresar. ¿Puedo llamar un taxi desde aquí?

—Yo te llevaré.

—No es necesario, yo...

—Emma. He dicho que te llevaré.

Basta. Basta, se ordenó a sí misma. Desenlazó sus nerviosos dedos.

—Gracias.

—Tranquilízate. Si no estás lista para la increíble aventura romántica que vamos a compartir, puedo esperar. Hasta ahora solo han pasado dieciocho años.

Ella no sabía si reír o enojarse.

—Se necesitan dos personas para una relación amorosa —dijo con ligereza—. Me temo que yo he tirado la toalla.

—Como te he dicho, puedo esperar. —Michael cogió las llaves del coche. Al oír el tintineo, Conroy dio un salto y se puso a ladrar—. Le encanta ir en coche —explicó Michael—. Cállate, Conroy.

El perro, que sabía reconocer a un aliado con solo olerlo, se acercó a Emma con la cabeza gacha.

—¿Puede venir con nosotros? —preguntó ella al ver que Conroy apoyaba la cabeza sobre su muslo.

—Tengo un MG.

—No me importa que viajemos un poco apretados.

—Se sentará encima de ti.

—No me molesta.

Conroy seguía la conversación con una oreja levantada. Michael hubiera jurado que se estaba riendo.

—Tú ganas, Conroy. —Señaló la puerta de entrada. Sabiéndose victorioso, Conroy salió disparado como un rayo. De un coletazo hizo caer al suelo la cartera de Emma, que estaba apoyada sobre la mesa.

Cuando Michael se agachó a recogerla, el cierre se abrió y el contenido se desparramó sobre las baldosas. Iba a disculparse por su torpeza cuando reparó en la pistola de calibre 38. Emma no dijo nada al ver que la levantaba y la sopesaba en su mano. Era un arma de primera, la mejor automática de ese calibre que Smith and Wesson tenía en el mercado. Brillaba como la seda y era bastante pesada. No era un simple revólver elegante para la cartera de una dama. Era una pistola destinada a ser utilizada. Extrajo el cargador, vio que estaba lleno de balas y volvió a colocarlo en su lugar.

—¿Para qué tienes esto?

—Tengo permiso para portar armas.

—No es eso lo que te he preguntado.

Emma se acuclilló para recoger la billetera, la polvera y el cepillo.

—Vivo en Nueva York, ¿recuerdas? —dijo con indiferencia, pero comenzó a arderle el estómago, como siempre que decía una mentira—. Muchas mujeres llevan armas en Manhattan. Para protegerse.

Michael se quedó mirándola mientras recogía sus pertenencias del suelo.

—Entonces hace tiempo que la tienes.

—Años.

—Qué raro, porque este modelo salió a la venta hace apenas seis meses. A juzgar por su aspecto, yo diría que no hace ni dos días que la llevas en la cartera.

A Emma le temblaba todo el cuerpo cuando se puso de pie.

—Si vas a interrogarme, ¿no deberías leerme antes mis derechos?

—Basta de mentiras, Emma. No compraste esta pistola para asustar a los ladrones.

Ella sintió que un escalofrío de pánico le subía por la espalda. Se le secó la garganta y se le revolvió el estómago. Michael estaba muy enojado. Se le había oscurecido la mirada y sus movimientos eran rígidos y contenidos.

—Es asunto mío —murmuró ella—. Si vas a llevarme al hotel...

—Primero quiero saber por qué llevas una pistola en la cartera, por qué me has mentido y por qué temblabas de miedo en el aeropuerto esta tarde.

Emma no dijo una sola palabra. Simplemente lo miró. Lo miró con expresión cansada, resignada. Michael recordó que un perro lo había mirado así una vez. El animal se había arrastrado por la hierba hasta el seto del jardín de su casa. Él tenía ocho años. Su madre temía que estuviera rabioso, pero cuando lo llevaron al veterinario resultó que lo habían golpeado. Muy fuerte y con tanta saña que el veterinario tuvo que ponerle una inyección para que muriera en paz.

Sintió que lo invadía una furia loca y avanzó hacia ella. Emma retrocedió tambaleándose.

—¿Qué te hizo? —Hubiera querido gritar, pero la voz le salió como un zumbido entre los dientes.

Ella movió la cabeza. Nada más. Conroy dejó de rascar la puerta y se sentó, temblando.

—Emma, ¿qué coño te hizo?

—Yo... tengo que irme.

—Maldita sea, Emma. —Cuando intentó aferrarla del brazo, ella retrocedió hacia la pared. Ya no tenía una expresión de cansancio. El terror le empañaba los ojos.

—No lo hagas. Por favor.

—No voy a tocarte. ¿De acuerdo? —Gracias a su entrenamiento policial, consiguió mantener un tono de voz bajo y sereno, pero no le quitó los ojos de encima. Había logrado controlar la expresión de su cara—. No voy a hacerte daño. —Sin dejar de mirarla, guardó la pistola en la cartera de Emma y la dejó a un lado—. No debes tenerme miedo.

—No te tengo miedo. —Sin embargo, no podía parar de temblar.

—¿Tienes miedo de él, de Latimer?

—No quiero hablar de él.

—Puedo ayudarte, Emma.

Ella volvió a negar con la cabeza.

—No; no puedes.

—Claro que puedo. ¿Te amenazó? —Al ver que no respondía, avanzó un paso más—. ¿Te golpeó?

—Voy a divorciarme. ¿Qué importancia tiene eso ahora?

—Tiene muchísima importancia. Podríamos conseguir una orden de arresto.

—No; no quiero hacer eso. Quiero que todo termine de una vez. No puedo hablar contigo de esto, Michael.

Por un momento él guardó silencio. El terror remitía poco a poco y no quería volver a asustarla.

—Está bien. Conozco algunos lugares donde podrías hablar con alguien, con otras personas que saben cómo es.

¿En verdad creía que alguien sabía cómo era?

—No necesito hablar con nadie. No tengo ganas de que un montón de desconocidos curiosos se enteren de mis... se enteren de todo esto leyendo el periódico de la mañana mientras desayunan. Además, no es asunto tuyo.

—¿Eso piensas? —preguntó él en voz muy baja—. ¿En verdad piensas eso?

Emma se sintió miserable y avergonzada. En los ojos de Michael había algo que necesitaba, algo que necesitaba desesperadamente pero no tenía el coraje de pedir. Él solo le pedía que le entregara su confianza. Pero ella ya la había entregado una vez, con pésimos resultados.

—Sé que no es asunto tuyo. Es mi problema y debo solucionarlo sola.

Michael comprendió que, si la seguía presionando, Emma se desmoronaría.

—De acuerdo. Solo te pido que lo pienses. No tienes que estar sola en esto.

—Él me robó mi autoestima —dijo con voz serena—. Si no lo hago sola, jamás la recuperaré. Por favor, llévame al hotel. Estoy muy cansada.

35

Evidentemente la muy puta creía que podía irse cuando se le antojara. Creía que podía salir por la puerta y largarse sin más. Ya le daría su merecido cuando la encontrara. Y por supuesto que la encontraría. Lo único que lamentaba amargamente era no haberla golpeado más antes de que viajara a Florida.

No tendría que haberla perdido de vista; tendría que haber sabido que no se podía confiar en ella. Las únicas mujeres en que se podía confiar eran las prostitutas. Hacían su trabajo, cobraban su dinero y ahí se acababa todo. Había un mundo de diferencia entre una prostituta decente y una puta. Y su dulce y delicada esposa era una puta, tal como lo había sido su madre.

Iba a darle la paliza de su vida. Una paliza que jamás olvidaría.

La muy gilipollas había tenido el coraje de marcharse, y el descaro de transferir su dinero y cancelar todas las tarjetas de crédito. Lo había hecho pasar vergüenza en Bijan. Él se había sentido humillado cuando el vendedor le quitó de las manos el guardapolvo de cachemir que pensaba comprar y le informó con suma frialdad de que su tarjeta de crédito había sido cancelada.

Emma lo iba a pagar muy caro.

Y luego había mandado a ese abogado pretencioso con todos esos papeles. De modo que quería divorciarse. Antes muerta que divorciada, pensó.

El abogado de Nueva York no había sido de gran ayuda. Había dicho un par de mentiras por cortesía profesional hacia un colega. La señora Latimer no quería que se conociera su paradero. Pues bien, él lo descubriría costara lo que costase y le partiría la cabeza en dos de un solo golpe.

Al principio temió que hubiera ido con su padre. Ahora que faltaban pocos días para el concierto benéfico y sus planes de lanzarse como solista estaban a punto de dar fruto, no quería tener en su contra a un individuo tan influyente como Brian McAvoy. Este había llamado para avisar que la madre de Emma había muerto. Y él había actuado con toda naturalidad. Estaba orgulloso de sus habilidades. Había dicho a Brian que Emma había salido a pasear esa noche con un par de amigas. Y estaba seguro de que su voz había expresado la medida exacta de condolencia y preocupación cuando prometió comunicarle la infausta noticia.

Si McAvoy no sabía dónde estaba la puta de su hija, ningún otro miembro de la banda lo sabría. Estaban unidos como una pandilla de ladrones. Siempre andaban juntos. Todos para uno, y uno para todos. Pensó en Bev, pero estaba casi seguro de que si Emma hubiera viajado a Londres algún pajarito se lo habría contado al viejo McAvoy.

O tal vez estaban jugando con él, burlándose a sus espaldas. Si ese era el caso, ella recibiría su merecido... con intereses.

Hacía dos semanas que se había marchado. Esperaba que lo hubiera pasado de maravilla en el avión porque pagaría cada hora de vuelo con creces.

Encorvó los hombros para hacer frente al ventarrón. La chaqueta de cuero lo protegía de la peor parte del frío de la incipiente primavera, pero le zumbaban los oídos a causa del frío. O tal vez era por la furia. Le gustó más la segunda opción. Una sonrisa se dibujó en sus labios cuando cruzó la calle en dirección al ático.

Había llegado hasta allí en metro, medio de transporte que consideraba degradante pero más seguro que un taxi dadas las circunstancias. Le encantaría hacerle algo... desagradable a

Marianne. Desagradable para ella, pensó con una risotada. Para él sería un gran placer.

Emma le había mentido. La puta de Marianne había asistido al funeral. Había visto la foto de ambas en los diarios. Estaba seguro de que Marianne lo sabía todo, tan seguro como de que Dios había creado el infierno. Sabía dónde se había escondido Emma. Y, cuando se topara con él, estaría más que dispuesta a decírselo.

Usó la llave que Emma le había dado varios meses atrás. Una vez dentro, marcó el código de seguridad para abrir el ascensor. Cuando entró en él y las puertas se cerraron, frotó los nudillos de una mano contra la palma de la otra. Lo mejor sería que aún estuviera acostada.

El ático estaba en silencio. Avanzó de puntillas y subió por las escaleras con el corazón expectante. Pero se desilusionó al ver la cama vacía. Las sábanas estaban revueltas, pero frías. Su decepción fue tan grande que tuvo que arrasar el ático para aliviarla. Tardó casi una hora en calmar su frustración. Desgarró vestidos, rompió todos los objetos de cristal que encontró a mano y destripó todos los almohadones con un cuchillo de cocina.

Recordó las pinturas apiladas en el estudio. Cuchillo en mano, comenzó a subir de nuevo por la escalera. En ese instante sonó el teléfono. El primer timbrazo lo sobresaltó y se detuvo en seco. Su respiración era pesada y el sudor se le colaba en los ojos. Del labio inferior le corría un hilillo de sangre; se lo había mordido sin querer mientras apuñalaba el sofá.

El contestador automático respondió al cuarto timbrazo.

—Hola, Marianne.

Drew bajó los escalones como un rayo al oír la voz de Emma. Estuvo a punto de levantar el auricular, pero se contuvo a tiempo.

—Probablemente estás todavía en la cama o sumergida hasta el cuello en pintura. Ya me llamarás, pero procura que sea por la mañana. Más tarde iré a la playa a hacer surf. Ya me tengo en pie sobre la tabla más de diez segundos seguidos. No te pongas celosa, pero hoy la temperatura en Los Ángeles será de treinta grados. Llámame pronto.

Los Ángeles, pensó Drew. Volvió la cabeza y contempló el mural en la pared de yeso.

Cuando Marianne la llamó una hora más tarde, Emma estaba a punto de salir. Volvió a cerrar la puerta con llave antes de atender el teléfono.

—Hola. ¿Cómo estás? —La voz de Marianne sonaba soñolienta y satisfecha.

—¿Cómo estás tú? ¿Acabas de levantarte? Debe de ser casi mediodía en Nueva York.

—Todavía no me he levantado. —Se recostó cómodamente contra las almohadas—. Estoy en la cama. En la cama del dentista.

—¿Te has dejado poner una corona en algún diente?

—Digamos que sus talentos exceden la higiene dental. Llamé para oír los mensajes de mi contestador y encontré el tuyo. ¿Cómo estás?

—Muy bien. En serio.

—Me alegra oír eso. ¿Michael irá contigo a la playa?

—No, tiene que trabajar.

Marianne arrugó la nariz. Contaba con que el policía protegiera a Emma si ella no podía estar allí para hacerse cargo. Oyó el sonido de la ducha en el cuarto de baño y deseó que su nuevo amante volviera a la cama en vez de salir a combatir la placa dental.

—Caries o criminales, supongo que un hombre debe cumplir con su deber ante todo. Mira, estaba pensando en ir a visitarte un par de semanas.

—¿Para comprobar mi estado general y vigilarme un poco?

—Precisamente. Y para conocer de una vez a ese Michael que has tenido escondido todos estos años. Que te diviertas con la tabla, Emma. Volveré a llamarte mañana.

A Michael le gustaba salir a patrullar. No le molestaba ocuparse del papeleo o pasar horas al teléfono, pero prefería la acción en las calles.

En sus primeros años en el cuerpo había tenido que hacer oídos sordos a las burlas de sus compañeros. El hijo del capitán. Algunas eran bienintencionadas y otras no, pero las había soportado todas con la cabeza bien alta. Y había trabajado de firme para conseguir su placa dorada.

De regreso en la comisaría robó una rosquilla de un escritorio vecino y la devoró de pie, mientras hojeaba el diario que algún compañero había dejado junto a la cafetera.

Fue directo a la página de los chistes. Después de la noche anterior necesitaba reírse un poco. Luego buscó la sección de deportes; pasaba las páginas con una mano mientras se servía un café con la otra.

JANE PALMER MUERE POR SOBREDOSIS

Jane Palmer, de cuarenta y seis años, ex amante de Brian McAvoy, el cantante de Devastation, y madre de su hija Emma, fue hallada muerta en su casa de Londres, aparentemente víctima de una sobredosis de drogas. El cadáver lo encontró Stanley Hitchman, en la tarde del domingo pasado.

Leyó el resto del artículo, que se limitaba a exponer los hechos, pero se barajaba la hipótesis del suicidio. Michael soltó una maldición y arrojó el diario a un lado. Cogió la chaqueta e hizo una seña a McCarthy.

—Necesito salir una hora. Tengo algo que hacer.

McCarthy apoyó la mano sobre el auricular del teléfono.

—Tenemos tres punks esperándonos.

—Sí, y tendrán que seguir esperándonos. Una hora —repitió Michael y salió de la comisaría a toda prisa.

La encontró en la playa. Solo hacía unos días que Emma había vuelto a su vida, pero ya conocía sus hábitos. Iba a la playa todos los días, siempre al mismo lugar. Pero no hacía surf.

El deporte era apenas una excusa. Se sentaba al sol y miraba el agua o leía bajo la protección de una sombrilla azul y blanca. Sobre todo iba allí para curar sus heridas.

Siempre se sentaba lejos de la gente que tomaba el sol o caminaba por la arena. No buscaba compañía, pero la reconfortaba saber que no estaba sola. Llevaba un bañador muy sencillo, de color azul, nada de frívolos biquinis ni pareos con una provocativa raja en el muslo. Su modestia atraía como un imán. Más de un hombre había pensado en acercarse, pero bastaba una sola mirada de Emma para disuadirlos.

Para Michael, era como si un muro de cristal la rodeara. Delgado, frío como el hielo e impenetrable. Se preguntó si desde allí dentro Emma podría percibir el olor del aceite de coco u oír el bullicio de las radios portátiles.

Avanzó en dirección a ella. La confianza que se había ganado le permitía acercarse un poco más que la mayoría de la gente. Pero Emma había construido una segunda línea de defensa para mantener a distancia incluso a sus amigos.

—Emma.

No soportaba verla sobresaltarse. Detestaba aquel rápido e involuntario movimiento de pánico. Emma dejó caer el libro que estaba leyendo. Detrás de sus gafas oscuras el miedo destelló en sus ojos y luego desapareció. Una sonrisa se dibujó en sus labios y su cuerpo se relajó. Michael lo vio todo. En cuestión de segundos ella había pasado de la serenidad al pánico y luego nuevamente a la calma. Aquello le hizo pensar que estaba acostumbrada a vivir con miedo.

—Michael, no esperaba verte hoy. ¿Te has escapado del trabajo?

—No. Solo tengo unos minutos.

Se sentó junto a ella, a la sombra. La brisa del mar hizo ondear un poco su chaqueta y Emma vio la pistolera que le colgaba del hombro. Siempre la asombraba recordar cómo se ganaba la vida. Michael no se parecía en nada a la imagen que tenía de los detectives. Incluso en aquel momento, viendo el arma contra su camiseta, no podía creer del todo que fuera capaz de usarla.

—Pareces cansado, Michael.

—He tenido una noche agotadora. —Emma sonrió apenas. Él comprendió que pensaba que había aludido a un encuentro sexual con alguna dama, pero no tenía sentido decirle que había pasado la mayor parte de la noche ocupándose del cadáver de cuatro jóvenes—. ¿Has leído el diario de hoy, Emma?

—No. —Evitaba leer la prensa y ver la televisión. Los problemas del mundo, al igual que la gente que lo habitaba, estaban al otro lado de su muro de cristal. Pero sabía que Michael iba a decirle algo que no quería oír—. ¿Qué ocurre? —Su inquietud aumentó cuando él le tomó la mano—. ¿Le ha pasado algo a papá?

—No. —Michael se maldijo por no habérselo dicho directamente. La mano de Emma estaba congelada entre las suyas—. Es Jane Palmer. Ha muerto, Emma.

Ella lo miró como si le estuviera hablando en otro idioma.

—¿Ha muerto? ¿Cómo?

—Por sobredosis, según parece.

—Ya veo. —Emma retiró la mano y clavó la vista en el mar. Cerca de la orilla, el agua tenía un color verde claro, que se hacía más intenso y cambiante hacia el horizonte. A lo lejos era más brillante, casi turquesa. Se preguntó cómo sería estar tan lejos de todo. Flotar completamente sola—. ¿Se supone que debo sentir algo? —murmuró.

Michael sabía que la pregunta no iba dirigida a él sino a ella misma. No obstante, respondió:

—Nadie puede sentir lo que no siente.

—No, es cierto. Nunca la quise, ni siquiera cuando era niña. Solía avergonzarme por eso. Lamento que haya muerto, pero es una pena lejana, impersonal, la clase de pesar que sientes cuando lees en el diario que alguien ha muerto en un incendio o un accidente automovilístico.

—Creo que eso basta. —Él comenzó a acariciarle la trenza, una costumbre que había adquirido últimamente—. Escucha, tengo que regresar, pero quedaré libre a eso de las siete. ¿Por qué no damos un paseo en coche por la costa? Solo tú, Conroy y yo.

—Me encantaría. —Michael se levantó y Emma le tendió la mano. Fue un contacto fugaz. Luego ella se dio la vuelta y siguió contemplando el mar.

Drew llegó al Beverly Wilshire poco después de las tres. Fue el primer hotel al que acudió. Le agradaba y al mismo tiempo le disgustaba que Emma fuese tan predecible. El Connaught en Londres, el Ritz en París, el Little Dix Bay en las islas Vírgenes y siempre el Wilshire en Los Ángeles.

Entró en el vestíbulo con una sonrisa encantadora. Supo que era su día de suerte al ver que tras el mostrador de recepción había una mujer joven y atractiva.

—Hola. —Drew le sonrió y vio que su gesto cortés se transformaba en una expresión de reconocimiento... y fascinación.

—Buenas tardes, señor Latimer.

Apoyó una mano sobre la de la joven y se llevó un dedo a los labios.

—Que sea un secreto entre nosotros, ¿de acuerdo? He venido a ver a mi esposa, pero lamentablemente soy muy despistado y he olvidado el número de su habitación.

—¿La señora Latimer se aloja en el hotel? —La chica levantó una ceja.

—Sí, tuve que hacer algunas cosas antes de venir. Seguro que puedes averiguar el número de su habitación, ¿verdad?

—Por supuesto. —La joven deslizó los dedos sobre el teclado del ordenador—. No hay ningún Latimer.

—¿No? Tal vez se inscribió con su apellido de soltera, McAvoy. —Reprimió un gesto de impaciencia mientras la chica tecleaba.

—Lo siento, señor Latimer, no hay ningún McAvoy.

Hubiera querido aferrar el esbelto cuello de la recepcionista y estrangularla. Hizo un esfuerzo para contenerse y frunció el ceño en un gesto de preocupación.

—Qué raro. Estoy casi seguro de no haberme confundido de hotel. Emma solo se alojaría en el Wilshire. —Evaluó rápidamente todas las posibilidades. Y sonrió—. Ah, por supuesto.

No sé cómo puedo ser tan olvidadizo. Pasó unos días con una amiga y es probable que la habitación todavía esté a su nombre. Ya sabes cómo son las cosas cuando uno quiere desaparecer del mapa por unos días. Prueba con Marianne Carter. Es muy probable que esté en el tercer piso. A Emma no le gustan las alturas.

—Sí, aquí está. Suite trescientos cinco.

—Qué alivio. —Apretó los dientes detrás de su falsa sonrisa—. No me gustaría pensar que he perdido a mi esposa. —Esperó que le entregaran la llave esforzándose por mantener un ritmo respiratorio normal—. Has sido una gran ayuda, preciosa.

—Ha sido un placer, señor Latimer.

Oh no, pensó mientras caminaba en dirección a los ascensores. El placer era de él. Solo suyo. Un inmenso placer.

No se decepcionó al ver la suite vacía. De hecho, le pareció mucho más propicio. Sacó de la maleta un pequeño magnetófono y un grueso cinturón de cuero. Corrió las cortinas de las ventanas, encendió un cigarrillo y se sentó a esperar.

—Kesselring. —Un detective joven abrió la puerta de la sala de interrogatorios donde Michael y McCarthy se turnaban para intentar sacar información a un sospechoso.

—Como puedes ver, estoy bastante ocupado, Drummond. Toma el mensaje.

—Lo he intentado, pero dice que es urgente.

Michael estaba a punto de insultarlo, pero pensó que podía ser Emma.

—No me eches mucho de menos —dijo a Swan antes de salir. Se sentó en el borde de su escritorio y levantó el auricular—. Hola, soy Kesselring.

—¿Michael? Soy Marianne Carter. La amiga de Emma.

—Sí. —Molesto por la interrupción, enterró la mano en el bolsillo para buscar sus cigarrillos—. ¿Estás en la ciudad?

—No. Estoy en Nueva York. Acabo de entrar en el ático. Yo... alguien, alguien lo ha destrozado.

Michael apretó los ojos. Estaba exhausto.

—Sería mejor que llamaras a la policía local. Yo tardaría varias horas en llegar allí.

Marianne no estaba de humor para oír comentarios sarcásticos.

—El ático me importa un carajo. Lo que me preocupa es Emma.

—¿Y qué tiene que ver Emma con todo esto?

—El ático está destruido. Todo, absolutamente todo lo que había aquí está roto, cortado, despanzurrado, hecho añicos. Ha sido Drew. Estoy segura de que ha sido Drew. Probablemente usó la llave de Emma. No sé qué te habrá contado ella, pero es un tipo violento. Muy violento. Y yo...

—Está bien. Tranquilízate. Lo primero que debes hacer es salir de ahí, inmediatamente. Llama a la policía desde la casa de un vecino o utiliza un teléfono público.

—Drew no está aquí. —Marianne se maldijo; estaba tan nerviosa que no era capaz de expresarse con claridad—. Creo que sabe dónde está Emma, Michael. Ella dejó un mensaje en el contestador automático esta mañana. Si él estaba aquí cuando llamó u oyó los mensajes, sabe que está en Los Ángeles. La he llamado al hotel, pero no contesta.

—Yo me ocuparé de todo. Sal ahora mismo de ahí y avisa a la policía. —Sin darle tiempo para decir nada más, colgó el auricular.

—Kesselring, si ya has terminado de hablar con tu novia...

—Vamos. —Michael interrumpió la queja de su compañero y echó a correr hacia la puerta.

—¿Qué coño..?

—¡Vamos! —repitió Michael. Pisó el acelerador en cuanto McCarthy subió al coche.

36

Eran casi las cuatro cuando Emma entró en el vestíbulo del Beverly Wilshire. Durante las horas que había pasado en la playa había tomado una decisión. Llamaría a su padre. Sin duda se habría enterado de la muerte de Jane y estaba segura de que habría tratado de ponerse en contacto con ella.

No sería una conversación fácil, pero era necesaria. Ya era hora de contarle que había abandonado a Drew. Tal vez también fuera hora de sacar provecho a la prensa, siempre tan aficionada a los chismes. Cuando la separación fuera de dominio público, se quebraría el hechizo perpetuo. Y quizá dejaría de sentir miedo.

Buscó la llave en la cartera mientras caminaba por el pasillo rumbo a su habitación. Sus dedos rozaron el caliente metal de la pistola. Pronto dejaría de llevarla a todas partes. Dejaría de mirar por encima del hombro.

Abrió la puerta de la suite y frunció el ceño. Las cortinas corridas no dejaban pasar un solo rayo de luz. Detestaba la oscuridad y maldijo en silencio al servicio de limpieza. Se obligó a entrar. Cerró la puerta y fue hacia la lámpara.

Entonces empezó a sonar la música. Sus dedos se congelaron sobre el interruptor. Era la misma canción ominosa e inconfundible que la atormentaba en sueños. El asesinado Lennon comenzó a cantar en un crispado *stacatto*.

Una luz brilló en el otro extremo de la habitación. Emma lanzó un gemido y se tambaleó. Por un instante una cara flotó en su mente, borrosa pero casi reconocible. Entonces vio a Drew.

—Hola, Emma, cariño. ¿Me has echado de menos?

Salió del trance y corrió hacia la puerta. Pero él fue más rápido. Siempre era más rápido. Le propinó una bofetada y la cartera de Emma voló por el aire. Sin dejar de sonreír, Drew echó el cerrojo de la puerta y puso la cadena.

—Queremos intimidad, ¿no es cierto, amor?

Su voz, agradable y cariñosa, hizo que a Emma se le helara la sangre en las venas.

—¿Cómo me has encontrado?

—Ah, hay algo entre nosotros, Emma. Digamos que nos une un vínculo muy especial. ¿Acaso no te dije que siempre te encontraría?

La música seguía sonando. Era una pesadilla. Emma necesitaba creerlo. Una pesadilla recurrente, la música, la oscuridad. Despertaría empapada en sudor. Un sudor helado, como el de ahora. Y todo habría terminado.

—¿A que no adivinas qué recibí el otro día, Emma? Una petición de divorcio. No fue nada agradable, ¿sabes? Durante dos semanas he estado muy preocupado por ti. Pensé que te habían raptado. —Sonrió con malicia—. Podrían haberte asesinado como a tu hermanito.

—No sigas.

—Ah, te molesta hablar de él, ¿no es cierto? La música también te molesta. Te perturba. ¿Prefieres que la apague?

—Sí. —Si la música cesaba, podría pensar. Sabría qué hacer.

—Muy bien, entonces. —Dio un paso hacia el magnetófono y se detuvo en seco—. No, creo que la dejaré sonar. Tienes que aprender a hacer frente a las cosas, Emma. Ya te lo he dicho antes, ¿verdad?

A Emma le castañeteaban los dientes.

—Lo estoy haciendo —repuso.

—Qué bien. Me parece muy bien. Ahora lo que vas a hacer es llamar a ese elegante abogadito tuyo y decirle que has cambiado de idea.

—No. —El miedo circulaba por el cuerpo de Emma como la sangre. Apenas podía susurrar—. No volveré contigo.

—Por supuesto que volverás. Me perteneces. Ya has metido la pata, Emma. No empeores las cosas.

Ella negó con la cabeza y él exhaló un largo suspiro entrecortado. Con la velocidad de un látigo, le estampó una bofetada en plena cara a Emma. Se le llenó la boca de sangre y tropezó con una mesa. La lámpara se hizo añicos contra el suelo. Lo vio acercarse a través de una bruma de dolor. Y gritó. Él le propinó una patada en el estómago. Emma se quedó sin aire y dejó de gritar. Cuando intentó hacerse un ovillo para protegerse, Drew comenzó a golpearla lenta y metódicamente.

Esta vez ella se defendió. El primer puñetazo apenas le rozó el mentón, pero lo sorprendió tanto que Emma tuvo tiempo de alejarse gateando. Oyó que alguien llamaba a la puerta y exigía que abrieran. Se las ingenió para levantarse y dar un paso vacilante hacia la voz que llamaba, pero él volvió a atraparla.

—¿Así que quieres jugar sucio, Emma?

Comenzó a arrancarle la ropa, clavándole las uñas en la piel. Los forcejeos de Emma solo servían para enfurecerlo aún más. Esta vez sí la castigaría. Y ella jamás lo olvidaría.

Emma oyó que alguien suplicaba, rogaba, hacía promesas. No sabía que era su propia voz. Él continuaba apalizándola, pero ella no sentía los golpes. Drew usó los puños. Ya no le importaba dejarle marcas. Solo quería darle su merecido.

—¿Creías que podrías abandonarme, puta? ¿Creías que te permitiría destrozar todo lo que tanto me he esforzado por conseguir? Antes te mataría.

El cuerpo de Emma era una gelatina de dolor. Cada vez que respiraba, sentía que una docena de cuchillos afilados le atravesaban la garganta. Jamás la había golpeado tanto. Ni siquiera en los peores momentos. Aturdida, aferró la pata de una silla y trató de levantarla para escudarse, pero sus dedos se deslizaron, casi inertes, empapados en su propia sangre.

Dejó de luchar. No le quedaban fuerzas para defenderse. Sintió que Drew la alzaba y la arrojaba lejos. Algo le golpeó el pecho, y lanzó un aullido de dolor. Quedó despatarrada en el suelo, casi inconsciente.

—Puta. Puta de mierda. —Jadeante, Drew volvió a abalanzarse sobre ella. A pesar de los párpados hinchados, Emma vio que le salía sangre de la nariz. Tenía los ojos vidriosos e iracundos. Al ver su cara supo que había traspasado el límite. Esta vez no se conformaría con darle una paliza. La golpearía hasta matarla. Llorando, intentó escapar.

El chasquido del cinturón la hizo saltar. Sus sollozos se transformaron en quejidos y comenzó a arrastrarse por la alfombra. Él seguía azotándola con el cinturón al ritmo de la música que tanto la atormentaba. Emma quedó inerte. La hebilla del cinturón siguió retumbando en sus costillas hasta que ya no pudo ver nada.

Oyó que alguien la llamaba, gritaba su nombre. Como madera astillada. ¿Era el sonido de la madera astillada o era su cuerpo que se partía en dos? El primer golpe de cinturón en la espalda había hecho que apartara el brazo del cuerpo. Ahora rozó algo metálico con los dedos. Cerró la mano sobre la empuñadura del arma. Intentó incorporarse ahogada por los sollozos. Vio la cara de Drew, que volvió a blandir el cinturón en el aire.

Sintió el rebufo de la pistola en la mano.

Michael derribó la puerta justo a tiempo de ver a Drew tambalearse con una expresión de perplejidad en el rostro. Jadeando, volvió a levantar el cinturón. Michael desenfundó su pistola reglamentaria, pero Emma disparó de nuevo antes de que pudiera usarla. Siguió apretando el gatillo mucho después de que se acabaran las balas, mucho después de que Drew cayera muerto a sus pies. Sin levantar el dedo del gatillo apuntó al aire.

—Santo Dios —dijo McCarthy.

—No dejes entrar a nadie. —Michael fue hacia ella, se quitó la chaqueta y le envolvió los hombros. Emma, que tenía la ropa hecha jirones y estaba empapada en sangre, no se movió, pero continuó disparando la pistola descargada. Cuando Michael intentó quitársela, comprobó que la tenía aferrada con una fuerza sobrehumana—. Emma. Nena. Ya ha pasado. Todo está bien. Ya ha pasado. —Le acarició suavemente el cabello. Tuvo que luchar para no expresar su furia. La cara de Emma era una masa sanguinolenta. Tenía un ojo cerrado por la hinchazón y el otro vidrioso por el impacto—. Dame la pistola, nena. Ya no la necesitas. Estás a salvo. —Se agachó un poco para que ella pudiera verle la cara. Le secó la sangre con un trozo de lo que había sido su blusa—. Soy Michael. ¿Me oyes, Emma? Soy Michael. Todo saldrá bien.

La respiración de Emma se tornó agitada. Temblaba como una hoja. Michael la abrazó y trató de reconfortarla. Pero ella no dejaba de temblar. Aflojó la mano y soltó la pistola. No lloraba. Michael sabía que aquellos sonidos que salían de su boca no podían confundirse con el llanto. Gemía. Un gemido animal, grave, que languideció hasta convertirse en débiles hípidos.

—La ambulancia está en camino. —Tras echar un vistazo al cuerpo de Drew, McCarthy se acuclilló junto a Michael—. Le ha dado una buena paliza.

Acunando a Emma en sus brazos, Michael volvió la cabeza y observó el cadáver de Drew Latimer durante largo rato.

—Qué lástima que solo se muera una vez.

—Sí. —McCarthy negó con la cabeza y se puso en pie—. El hijo de puta todavía tiene el cinturón en la mano.

Sentado junto a la tumba de Darren, Brian observaba el movimiento de las nubes en el cielo. Cada vez que se sentaba en la alta y dulce hierba esperaba encontrar la paz. Jamás la había hallado. No obstante, siempre regresaba.

Había dejado que crecieran las flores silvestres en el lugar donde estaba enterrado su hijo. Las prefería a la pequeña placa de mármol que solo tenía inscritos un nombre y dos fechas. Los años eran dolorosamente próximos.

Sus padres estaban enterrados cerca de allí. Aunque los había conocido durante décadas, recordaba a su hijo con más claridad.

Desde el cementerio se veían los campos arados, las franjas pardas que atravesaban el suntuoso verdor. Y las vacas manchadas pastando. Era temprano. Las mañanas de Irlanda eran el mejor momento del día para sentarse a soñar despierto. La luz era suave y perlada, una luz que no había visto en ningún otro lugar excepto allí, en Irlanda. El rocío brillaba sobre la hierba. Solo se oían los ladridos de un perro y el zumbido de un tractor.

Bev se detuvo en seco al verlo. No esperaba encontrarlo allí. Durante años había tenido cuidado de visitar la tumba solo cuando estaba segura de que Brian se encontraba en otra parte. No quería verlo allí, junto al lugar donde habían enterrado juntos a su hijo tantos años atrás.

Estuvo a punto de dar media vuelta y marcharse, pero algo la detuvo. Algo en la manera en que estaba sentado, con las manos apenas apoyadas sobre las rodillas y la vista clavada en las colinas lejanas. Parecía demasiado solo.

Ambos estaban demasiado solos.

Avanzó sin hacer ruido. Él no la oyó llegar, pero volvió la cabeza al ver su sombra en el césped. Bev no dijo nada. Dejó el ramillete de lilas junto a la lápida, lanzó un suspiro y se arrodilló.

En silencio oyeron el rumor del viento entre la alta hierba y el ronroneo lejano del tractor.

—¿Quieres que me vaya? —preguntó Brian.

—No. —Bev pasó la mano sobre la hierba suave que cubría a su hijo—. Era muy guapo, ¿verdad?

—Sí. —Brian sintió que se le llenaban los ojos de lágrimas y luchó por contenerlas. Hacía mucho tiempo que no lloraba en ese lugar—. Se parecía mucho a ti.

—Tenía lo mejor de ambos. —La voz de Bev era serena. Se sentó sobre los talones. Como Brian, clavó la vista en las colinas. Apenas habían cambiado en todos esos años. La vida continuaba. Era la lección más dura que le había tocado aprender—. Era tan inteligente, estaba tan lleno de vida. Tenía tu misma sonrisa, Bri. Tu sonrisa, la de Emma.

—Siempre estaba feliz. Cada vez que pienso en él, recuerdo lo feliz que era.

—Mi mayor temor era olvidarlo. Que su cara y su recuerdo se fueran borrando de mi memoria con el tiempo. Pero no. Recuerdo su risa, sus carcajadas. Jamás he oído un sonido más bello. Lo quería demasiado, Bri.

—No se puede querer demasiado.

—Sí se puede. —Se quedó callada un momento. Una vaca comenzó a mugir. Extrañamente, aquel sonido la hizo sonreír—. ¿Crees que todo se perdió? ¿Que todo lo que era y lo que pudo haber sido se evaporó en el aire y desapareció cuando él murió?

—No. —Brian la miró a los ojos por primera vez—. No; no lo creo.

Su respuesta animó a Bev a continuar hablando.

—Al principio yo sí lo creí. Tal vez por eso me sentí perdida durante tanto tiempo. Sufría al pensar que toda esa belleza y esa alegría habían estado con nosotros durante tan poco tiempo. Pero después supe que no era cierto. Él sigue vivo en mi corazón. Y en el tuyo.

Brian desvió la vista hacia las colinas lejanas y umbrosas.

—A veces necesito olvidar. Hay momentos en que daría cualquier cosa por poder olvidar. Sobrevivir a un hijo es el peor de los infiernos.

—Cuando sucede, sabes que ninguna otra cosa volverá a hacerte sufrir tanto. Lo tuvimos dos años con nosotros, Bri. Eso es lo que me gusta recordar. Fuiste un padre maravilloso. —Le tomó las manos. Se contuvo al sentir que le apretaba los dedos—. Lamento no haber compartido contigo el dolor como compartí la dicha. Fui egoísta con mi dolor, como si fuera solo mío. Pero es nuestro, del mismo modo que Darren era nuestro.

Brian no dijo nada. El llanto no le permitía hablar. Bev se dio cuenta y se sentó a su lado. Permanecieron en silencio, abrazados, hasta que el sol llegó al cenit del mediodía y secó el rocío que cubría los pastos.

—Nunca tendría que haberte abandonado —murmuró él.

—Nos abandonamos mutuamente.

—¿Por qué? —Él apretó el puño—. ¿Por qué?

—Lo he pensado muchas veces. Creo que no podíamos soportar la idea de volver a ser felices. Que sentíamos, o al menos yo sentía, que si volvíamos a ser felices después de su muerte lo estaríamos traicionando. Me equivoqué.

—Bev. —Brian enterró la cara en su cabello—. No te vayas. Por favor, no te vayas.

—No —murmuró ella—. No me iré.

Volvieron andando a la granja, tomados de la mano. El sol entraba por las ventanas cuando subieron al dormitorio. Se desvistieron uno al otro, deteniéndose para besarse largamente en silencio, para acariciarse con ternura.

Brian no era el joven que alguna vez la había amado. Ella tampoco era la misma. Ahora eran más pacientes. No se arrojaron sobre la cama. Se dejaron caer lentamente, sabiendo que cada momento era precioso después de tanto tiempo perdido.

Y sin embargo, aunque habían cambiado, sus cuerpos se acoplaron con naturalidad. Los años parecieron evaporarse cuando ella lo abrazó. Brian le besó el cuello y percibió el perfume familiar, el sabor familiar.

Mantuvieron la calma incluso en el punto más alto de la pasión, sin dejarse arrebatar por ella como en el pasado. Una sonrisa se dibujó en los labios de Bev cuando él le acarició el cabello. A medida que su cuerpo se excitaba, lanzaba suspiros de alegría y deseo. Con los ojos semicerrados, recorrió el cuerpo de Brian con las manos. Recordaba cada ángulo, cada plano. La pasión liberada fluyó como un buen vino.

Bev se ofreció a él, abierta y anhelante. Cuando sus sexos se unieron, lloró. Lo besó en los labios y sintió el sabor de sus lágrimas mezcladas con las suyas.

Luego se quedaron tendidos en silencio, la cabeza de ella apoyada sobre la curva del hombro de él. Bev se preguntó cómo era posible que todo hubiera sido tan fácil y que ella se sintiera tan bien. Habían transcurrido casi veinte años. Había pasado la mitad de su vida lejos de Brian. Y sin embargo allí estaban, dos cuerpos húmedos después del amor. Sintió aletear el corazón de Brian bajo la palma de la mano.

—Es como antes —dijo él, leyéndole el pensamiento—. Y sin embargo es tan distinto.

—No quería que ocurriera esto. Todos estos años he luchado tanto para mantenerme alejada de ti. —Levantó la cabeza y lo miró a los ojos—. No quería volver a amar tanto.

—Solo me siento bien contigo. No me pidas que te deje ir. Esta vez no lo haré.

Ella pasó la mano por el cabello, en el que ya asomaban las primeras canas, para apartárselo de la frente.

—Siempre tuve miedo de que en realidad no me necesitaras, de que no me necesitaras como yo te necesitaba a ti.

—Estabas equivocada.

—Sí, lo sé. —Bev inclinó la cabeza para besarlo—. Hemos perdido mucho tiempo, Bri. Quiero que vuelvas a casa.

Pasaron la noche allí, en la vieja cama, hablando, haciendo el amor. Era tarde cuando sonó el teléfono. Brian atendió la llamada porque no había otra manera de poner fin a la interrupción.

—Hola.

—¿Brian McAvoy?

—Sí, soy yo.

—Soy Michael Kesselring. Lo he estado buscando.

—Kesselring. —Lamentó haber pronunciado el nombre al notar que Bev se ponía rígida—. ¿Qué ocurre?

—Emma.

—¿Emma? —Se sentó de golpe, con la boca como un estropajo. Bev le puso una mano sobre el hombro para reconfortarlo—. ¿Le ha ocurrido algo?

Michael sabía por experiencia que era mejor no andarse con rodeos, pero le resultaba difícil encontrar las palabras.

—Está en el hospital, aquí en Los Ángeles. Ella...

—¿Ha tenido un accidente? ¿Emma ha tenido un accidente?

—No, ha recibido una brutal paliza. Le explicaré todo cuando llegue.

—¿Una paliza? No comprendo.

—Los médicos están haciendo todo lo posible. Dicen que se pondrá bien, pero creo que necesita verlo.

—Estaremos allí lo antes posible.

Bev ya se había levantado y se estaba vistiendo.

—¿Qué ha pasado?

—No lo sé. Está en el hospital de Los Ángeles. —Brian lanzó una maldición mientras luchaba torpemente con los botones de su camisa.

—Déjame ayudarte. —Bev los abrochó en un abrir y cerrar de ojos—. Se recuperará, Bri. Emma es mucho más fuerte de lo que parece.

Brian solo pudo asentir y estrecharla contra su pecho.

37

Estaba oscuro. Había un dolor, un dolor como un sueño lejano que recorría lentamente todo su cuerpo. Parecía cubrirla como un océano rojo, ardiente. La sumergía en él, la atrapaba y le impedía todo contacto con el aire y la luz. Emma intentaba emerger a la superficie e incluso volver a hundirse en aquella marea roja, pero no podía controlar el letargo del sufrimiento. Descubrió que podía tolerar el dolor, pero no la oscuridad, y tampoco el silencio.

Hizo un esfuerzo para moverse. Sintió pánico al darse cuenta de que no sabía si estaba sentada, de pie o acostada. No sentía los brazos ni las piernas, solo ese dolor persistente y en cierto modo fluido. Intentó hablar, llamar a alguien, a cualquiera. Gritó para sus adentros pero nadie acudió a socorrerla.

Sabía que le había hecho daño. Recordaba muy bien, demasiado bien, la mirada de Drew. La había estado esperando, al acecho. Aún podía estar allí, vigilándola, aguardando en la oscuridad. Esta vez él...

Pero quizá ya estaba muerta.

Al pensarlo, sintió algo más que dolor. Sintió rabia. No quería morir. Con un gemido de frustración hizo un último esfuerzo para abrir los ojos. Tuvo que poner en ello toda su fuerza de voluntad. Pero no pudo. Los párpados parecían cosidos con hilo de plomo.

Una mano le rozó el cabello. La sintió, fue como el susurro de una caricia que añadió pánico al dolor y la hizo gritar.

—Descansa, Emma. Todo está bien. Tienes que descansar. No era Drew. No eran ni la voz ni la mano de Drew.

—Estás a salvo. Te lo prometo.

Michael. Quiso decir su nombre, agradecida por no estar sola en la oscuridad. Por estar viva. De inmediato una ola de color rojo oscuro se levantó de la nada y la cubrió.

Perdió y recuperó la conciencia varias veces a lo largo de la noche. Los médicos habían dicho a Michael que la pasaría dormida. Sin embargo, el miedo la hacía combatir el efecto de los sedantes. Lo sentía vibrar en ella cada vez que emergía a la superficie.

Michael le hablaba, hora tras hora repetía las mismas palabras de consuelo y confianza. Su voz o sus palabras parecían calmarla. Por eso se quedó sentado junto a ella cuidándola, tomándola de la mano.

Pero necesitaba hacer algo más. Los años que llevaba en el cuerpo policial no le habían enseñado a tener esa clase de paciencia. Quedarse sentado, impotente, mientras la mujer que amaba libraba una batalla silenciosa. Su cara adorable estaba rota, herida y vendada. Su cuerpo esbelto y suave, cubierto de moretones y magulladuras a consecuencia de los golpes.

Decían que se salvaría. Que tendría grandes padecimientos, físicos y emocionales, pero seguiría viva. Más adelante podrían evaluar el alcance del trauma. Y a él solo le quedaba esperar. Y arrepentirse.

Tendría que haberla presionado un poco. Michael no podía dejar de maldecirse mientras oía la respiración ronca y dificultosa de Emma. Si hubiera aplicado la presión adecuada en el momento adecuado, la habría convencido de que le explicara cuál era la situación. Era policía, por el amor de Dios. Sabía cómo obtener información.

Pero se había mantenido al margen. Había querido darle tiempo y respetar su intimidad. Joder... Intimidad. Se llevó las manos a la cara. Había respetado su intimidad cuando lo que ella necesitaba era protección policial. Le había dado tiempo cuando lo que tendría que haber hecho era pedir una orden de detención a la policía de Nueva York.

Emma yacía en la cama de un hospital porque él no había cumplido su deber, porque había dejado que sus sentimientos interfirieran.

La dejó solo una vez, cuando Marianne y Johnno llegaron de Nueva York.

—Michael. —Johnno lo saludó con una inclinación de la cabeza. Tenía una mano apoyada sobre el hombro de Marianne—. ¿Qué ha ocurrido?

Michael se frotó los ojos con las manos. Las luces del pasillo lo cegaron momentáneamente.

—Latimer. Entró en la habitación del hotel.

—Ay, Dios. —Marianne abrazó el perrito de peluche—. ¿Cómo está?

—Bastante mal. —La imagen de Emma despatarrada sobre la alfombra del hotel cruzó su cerebro como una ráfaga—. Le rompió tres costillas y le dislocó el hombro. Tiene algunas lesiones internas y no sé cuántas contusiones y laceraciones. Y la cara... De todos modos, no creen que vaya a necesitar una intervención quirúrgica importante.

Johnno clavó la vista en la puerta cerrada y apretó las mandíbulas.

—¿Y dónde está el hijo de puta?

—Muerto.

—Me alegro. Queremos verla.

Michael sabía que los médicos no aprobaban su presencia allí, pero se había valido de su placa para convencerlos de que debía estar junto a Emma.

—Entrad vosotros. Yo avisaré a la enfermera y os aguardaré en la sala de espera. —Miró la puerta cerrada, como antes había hecho Johnno—. La tienen sedada.

Bebió un vaso de café en la sala de las visitas y repasó hasta el cansancio todas sus acciones de aquel día para comprobar si podría haber hecho algo de otra manera. Como siempre, tendría que haber hecho las cosas en el momento justo. Si hubiera derribado la puerta cinco minutos antes, tal vez hubiera cambiado todo.

Se levantó al verlos entrar en la sala. Marianne tenía los

ojos enrojecidos, pero Michael pensó que no iba a desmoronarse. Marianne se sentó en la silla de la que él se acababa de levantar.

—No tendría que haberla dejado sola —comentó.

—No es culpa tuya —dijo Johnno.

—No, no es culpa mía, pero no tendría que haberla dejado sola.

Sin respetar los letreros de prohibición Johnno encendió un cigarrillo y se lo pasó a Marianne.

—Durante el vuelo, Marianne me contó lo que pasó entre ellos. Supongo que estás al tanto de que Latimer maltrató a Emma durante más de un año.

Michael estrujó el vaso de café vacío entre los dedos.

—No conocía los detalles. En cuanto Emma esté en condiciones, le tomaré declaración.

—¿Declaración? —Marianne levantó la vista—. ¿Por qué tiene que hacer una declaración?

—Es un procedimiento policial. —Michael volvió a mirar la puerta de Emma—. Pura rutina.

—Quiero que te encargues tú —intervino Johnno—. No quiero que se vea obligada a hablar con un desconocido.

—Yo le tomaré declaración.

Con la ceniza del cigarrillo a punto de caer al suelo, Marianne lo observó de arriba abajo. Estaba a la altura de lo que prometía la foto del muchachito publicada en los diarios diez años atrás. Estaba tenso y exhausto, tenía sombras oscuras bajo los ojos y arrugas de agotamiento en las comisuras de la boca. No obstante, parecía un hombre en el que se podía confiar. A pesar de lo que había dicho Emma al respecto, Michael Kesselring se adecuaba perfectamente a la imagen que Marianne tenía de un policía.

—¿Tú mataste a Drew?

Michael levantó la vista y la miró a los ojos. Hubiera querido decir que sí, lo hubiera querido más que nada en el mundo.

—No. Llegué demasiado tarde.

—¿Quién lo mató?

—Emma.

—Hostia —musitó Johnno. Se había quedado sin palabras.

—Mirad, no me gusta dejarla sola —dijo Michael—. Iré a sentarme a su lado. Tal vez queráis buscar un hotel, descansar un poco...

—Nos quedaremos aquí. —Marianne se estiró para tomar la mano de Johnno—. Podemos turnarnos para hacerle compañía.

Michael asintió y regresó a la habitación de Emma.

Salió a la superficie al amanecer. La luz, aunque tenue, la tranquilizó. Había tenido tantos sueños, tantos sueños extraños durante la noche. La mayoría había desaparecido de su cabeza, como espejismos de medianoche expulsados por la luz del sol. Pero sabía que volvería a tener la misma pesadilla de siempre. Casi podía oír el eco de la música y el susurro de las sombras.

Luchó para despertar del todo. Al principio la pesadez de los brazos y las piernas le molestó. Era frustrante poder abrir un solo ojo. Se llevó la mano a la cara, palpó el vendaje y recordó.

Pánico. El pánico le llenó los pulmones como un humo negro y estuvo a punto de asfixiarla. Volvió la cabeza y vio a Michael. Estaba derrumbado en una silla junto a su cama, con el mentón sobre el pecho. Tenía una mano sobre las suyas. Emma movió apenas los dedos y Michael despertó de golpe.

—Hola. —Él sonrió, apretó sus dedos entre los suyos y se los llevó a los labios. Tenía la voz ronca por el cansancio—. Buenos días.

—¿Cuánto...? —Emma volvió a cerrar el ojo, furiosa por no poder hablar más que en susurros—. ¿Cuánto hace?

—Has dormido toda la noche, nada más. ¿Sientes dolor?

Sentía dolor, mucho. Pero negó con la cabeza. El dolor la hacía saber que estaba viva.

—Sucedió, ¿verdad? ¿Todo?

—Ya pasó. —Michael se llevó la mano de Emma a la mejilla. Quería consolarla, pero también necesitaba consuelo—.

Iré a buscar a la enfermera. Me pidieron que les avisara cuando despertaras.

—Michael. ¿Lo maté?

Tardó un momento en responder. Emma tenía la cara magullada y vendada. Él había visto cosas peores, pero no a menudo. No obstante, la mano de Emma era firme entre las suyas. La habían golpeado, pero no habían podido vencerla.

—Sí. Y durante el resto de mi vida me arrepentiré de que te me adelantaras.

Emma mantuvo el ojo cerrado, pero no aflojó la mano. Debía de haber algo, algo además de las corrientes de dolor y agotamiento embotadas por los sedantes.

—No sé qué sentir. Aparentemente no siento nada. Ni pena, ni alivio, ni arrepentimiento. Solo me siento vacía.

Michael sabía lo que era tener un arma en la mano, apuntar y disparar a otro ser humano. En cumplimiento del deber. Para defender la propia vida. No obstante, por muy necesaria y justa que fuera la causa, era algo que provocaba angustia.

—Hiciste lo único que podías hacer. Es lo único que debes recordar. No te preocupes por lo demás.

—Tenía una voz encantadora. Me enamoré de su voz. Quisiera saber por qué todo ha tenido que terminar así.

Michael no tenía consuelo ni respuestas para darle.

La dejó con la enfermera y fue a la sala de espera. Marianne dormitaba apoyada sobre el hombro de Johnno. La habitación estaba empapelada con agradables tonos pastel, con el propósito, supuso Michael, de animar y ayudar a relajarse a los amigos y familiares que no tenían más remedio que sentarse a esperar. Había un televisor en color empotrado en la pared, con el volumen muy bajo. También había una mesa con recipientes con agua sobre hornillos eléctricos y cestitas repletas de sobres de té y café instantáneo. En cada extremo de la habitación había un teléfono y una generosa provisión de revistas.

—Está despierta.

—¿Despierta? —Marianne se incorporó de inmediato—. ¿Cómo se encuentra?

—Bien. —Michael se sirvió un vaso de café y revolvió el polvo instantáneo sin demasiado interés—. Recuerda lo que ocurrió y está tratando de superarlo. La enfermera está con ella y han llamado a su médico. Creo que pronto podréis verla.

Todos enmudecieron cuando la foto de Emma apareció en la pantalla del televisor. Dieron la noticia con enérgica y brutal concisión, mientras intercalaban fotos de Emma y Drew. Transmitieron una breve entrevista con la recepcionista del hotel y con dos de los testigos que habían oído el alboroto y llamado a seguridad.

Un hombre de edad mediana, medio calvo y enrojecido por la excitación, hablaba por el micrófono. Michael recordó que lo había empujado a un lado antes de derribar la puerta.

—Solo sé que oí caer toda clase de cosas. Y ella gritaba, le suplicaba que dejara de golpearla. La situación era tan horrible que llamé a la puerta. Yo estaba alojado en la habitación vecina. Entonces llegaron los policías. Uno derribó la puerta. Solo fue un segundo, pero vi una mujer cubierta de sangre tendida sobre la alfombra. Tenía un arma y disparó. Siguió disparando hasta que se quedó sin balas.

Michael fue hacia el teléfono, maldiciendo por lo bajo.

En la pantalla apareció un reportero que se hallaba en las inmediaciones del hospital. Con expresión solemne, anunció que el pronóstico de Emma McAvoy Latimer era reservado.

—Mira —masculló Michael por el auricular—, me importa un bledo. Mantenlos alejados por un tiempo. Quiero un uniformado en su puerta las veinticuatro horas del día para ahuyentar a los periodistas que intenten verla. Yo haré mi declaración esta misma tarde.

—No podrás detenerlos —le advirtió Johnno cuando Michael colgó el auricular con un fuerte golpe.

—Puedo frenarlos un rato.

Johnno se levantó. No tenía sentido decirle que Emma conocía el precio de la fama. Lo había pagado durante toda su vida.

—Ve a ver a Emma, Marianne. Yo iré a desayunar con este policía.

—No necesito...

—Claro que sí. —Johnno interrumpió las protestas de Michael con un gesto imperioso—. No todos los días se comparten unos huevos revueltos con una leyenda del rock. Ve, Marianne. Di a Emma que iré a verla dentro de un rato. —Esperó a que Marianne se alejara por el pasillo—. La primera vez que la vi, Emma tendría unos tres años. Estaba escondida bajo el fregadero de la cocina en el asqueroso apartamento de Jane. Era una niña maltratada, pero lo superó. Y esta vez también podrá superarlo.

—Tendría que haber pedido una orden de arresto —dijo Michael—. Tendría que haberla presionado y pedido una orden de arresto.

—¿Cuánto hace que estás enamorado de ella?

Michael no dijo nada. Luego suspiró hondo.

—La mayor parte de mi vida. —Fue hasta la ventana y abrió una hoja para que el aire le refrescara la cara. Apoyó las palmas sobre el alféizar y se asomó un poco más—. Cinco minutos. Si él hubiera llegado cinco minutos más tarde, o yo hubiera llegado cinco minutos antes... yo lo habría matado. Tenía el arma reglamentaria en la mano cuando entré. Tendría que haberlo matado yo, no Emma. Así tendrían que haber sido las cosas.

—Ay, el ego masculino. —Johnno no disimuló su sonrisa sarcástica cuando Michael se volvió para mirarlo—. Sé cómo te sientes, pero no estoy de acuerdo. Me alegra que la propia Emma liquidara al muy hijo de puta. Fue un acto de justicia. Aunque hubiera preferido que lo matara antes de que le hiciera esto. Vamos, tío. —Le palmeó el hombro—. Necesitas comer algo.

Demasiado exhausto para discutir, Michael lo acompañó. Ya estaban llegando a los ascensores cuando las puertas se abrieron. Brian y Bev salieron corriendo.

—¿Dónde está? —preguntó Brian.

—En aquella habitación. Espera un momento. —Johnno lo tomó del brazo—. Marianne está con ella. Tienes que calmarte antes de entrar. No debe verte tan alterado. Ya ha tenido bastante agitación hasta el momento.

—Johnno tiene razón, Bri. —Bev reprimió los nervios que la devoraban e intentó tranquilizarlo—. No debemos perturbarla. Y tenemos que saber... qué le pasó. ¿Puedes decirnos cómo ocurrió todo? —preguntó a Michael—. Hemos estado viajando desde que recibimos tu llamada.

—Fue ayer. Drew Latimer encontró a Emma aquí, en su hotel.

—¿Cómo que la encontró? —lo interrumpió Brian—. ¿Qué quieres decir? ¿Acaso no estaban juntos?

—Ella se estaba escondiendo de él y le había pedido el divorcio.

—¿El divorcio? —Brian, que tenía la cabeza embotada por la falta de sueño y la preocupación, respiró hondo e intentó despejarse—. Hace unas semanas hablé con Emma y no me dijo que quisiera divorciarse.

—No estaba en condiciones de decirlo —explicó Michael—. Porque tenía miedo. Latimer la maltrató durante casi todo el tiempo que estuvieron casados.

—Es una locura. —Brian se pasó la mano por el cabello—. Él la adora. Lo he visto con mis propios ojos.

—Sí. —La furia que Michael había estado reprimiendo salió a la superficie con la fuerza de un géiser—. Ha sido un marido amante y entregado. Un jodido príncipe. Por eso ella estaba muerta de miedo. Por eso está allí ahora, en una cama de hospital, con la cara deformada por los golpes y las costillas rotas. El tipo la amaba tanto que estuvo a punto de matarla.

A Brian le temblaron los labios. Apretó la mano de Bev con tanta fuerza que los nudillos se le pusieron blancos.

—¿La golpeaba? ¿Me estás diciendo que Emma está aquí por culpa de él?

—Sí.

Presa de la ira, aferró a Michael del cuello de la camisa.

—¿Dónde está ese miserable?

—Muerto.

—Tranquilo, Bri. —Johnno le apretó el hombro; no sabía si era prudente interponerse entre dos hombres furiosos—. A Emma no le servirá de nada que pierdas los estribos.

—Quiero verla. —Atrajo a Bev hacia su cuerpo—. Queremos verla ahora mismo.

Llegaron a la puerta justo cuando Marianne salía. Brian no habló, solo miró a su hija tendida en la cama.

—Nena. —Estrechó con fuerza a Bev y juntos cruzaron la habitación en dirección a Emma.

Ella los miró. Se llevó una mano temblorosa a la mejilla amoratada. Luego se tapó la cara con las dos manos. No quería que su padre la viera así. Brian le apartó las manos del rostro con extrema dulzura.

—Emma. —Bajó la cabeza y le dio un beso en la frente—. Lo lamento. No sabes cuánto lo lamento.

Los ojos de Emma se llenaron de lágrimas y comenzó a disculparse y dar explicaciones entrecortadas por el llanto. Cuando el agotamiento le impidió continuar, aflojó la mano entre las de su padre.

—Ni siquiera sé cómo ocurrió todo —prosiguió al cabo de unos minutos—. Tampoco sé por qué. Quería que alguien me amara, a mí, solo a mí. Quería una familia y pensaba... —Exhaló un prolongado suspiro—. Pensaba que él era como tú.

Brian hubiera querido llorar a gritos. Tuvo que hacer un gran esfuerzo para no dejar caer la cabeza sobre el dolorido pecho de su hija y llorar, llorar hasta que se agotaran las lágrimas. Volvió a llevarse la mano de Emma a los labios.

—No tienes que preocuparte. Ni siquiera tienes que pensar en eso. Nadie volverá a lastimarte jamás. Te lo juro.

—Lo único que importa ahora es que estás sana y salva. —Dulcemente, Bev apartó el cabello de la frente vendada de Emma—. Eso es lo único que nos importa a todos.

—Lo maté —murmuró Emma—. ¿Os han dicho que yo lo maté?

Brian miró con espanto a Bev por encima de la cabeza de su hija.

—Ya... ya ha pasado. —Titubeante, buscó de nuevo la mano de Emma entre las sábanas.

—No quise escucharte en su momento. No quise. —Emma

curvó los dedos y prosiguió—: Estaba furiosa y herida porque pensabas que solo me quería para llegar a ti.

—No sigas. —Brian se llevó la mano de Emma a los labios.

—Tenías razón. —Las palabras salieron con un hondo y exhausto suspiro—. Nunca me quiso. No. Y cuando vio que, aun teniéndome, no obtenía lo que deseaba... comenzó a odiarme.

—No quiero que pienses en eso ahora —insistió Brian—. Solo quiero que descanses y concentres toda tu energía en recuperarte.

Su padre tenía razón. Estaba demasiado cansada para poder pensar.

—Me alegra que estés aquí, papá. Estoy tan arrepentida de haberme alejado de ti todo este tiempo. De haberte rechazado.

—Los dos nos equivocamos. Lo hecho, hecho está. —Brian le sonrió por primera vez—. Tenemos todo el tiempo del mundo para reparar el daño.

—Nos gustaría que te quedaras en casa cuando te mejores. —Bev se inclinó sobre la cama y acarició la mejilla de Brian—. Con nosotros.

—¿Con los dos juntos?

—Sí. —Brian entrelazó sus dedos en los de Bev—. Tenemos que recuperar el tiempo perdido. Todos nosotros.

—Cuando desperté esta mañana pensé que no volvería a tener un motivo para sentirme feliz —dijo Emma—. Pero me siento feliz por vosotros. Y necesito pensar en los demás.

—No hay prisa. —Bev se inclinó para besarla en la mejilla—. Te dejaremos dormir un rato.

—Kesselring. —McCarthy encontró a Michael en la sala de espera del hospital pasado el mediodía—. Caramba, ¿acaso te has mudado aquí?

—¿Quieres un café?

—Si el café hará que me parezca a ti, no quiero. —Arrojó una bolsa a Michael—. Ropa limpia y crema de afeitar. He dado de comer a tu perro.

—Gracias.

McCarthy cambió de opinión acerca del café, pero despotricó contra la leche en polvo. En realidad le gustaba incordiar a Michael. Pero, por el momento, pensaba que tenía más de lo que podía soportar.

—¿Cómo se encuentra la chica?

—Tiene muchos dolores.

—Dwier quiere que le tomemos declaración. —Mencionó al capitán con un dejo de desprecio en la voz.

—Yo me haré cargo.

—Dwier sabe que eres... amigo de la víctima. Prefiere que lo haga yo.

—Yo me haré cargo —repitió Michael echando azúcar al café, más por la energía que podía proporcionarle que por el sabor. Hacía horas que no notaba el gusto a nada—. ¿Has traído un taquígrafo?

—Sí. Está esperando fuera.

—Iré a ver si Emma está en condiciones. —Tragó el café como si fuera un medicamento y arrojó el vaso a la papelera—. ¿Qué tal la prensa?

—Quieren noticias frescas antes de las dos de la tarde.

Michael miró su reloj y fue a cambiarse. Quince minutos después, entró en la habitación de Emma. P. M. estaba con ella. Como todos los demás, el cansancio había empeorado un poco su aspecto. Todavía estaba impresionado por lo ocurrido, llevaba la ropa arrugada por el viaje y tenía los párpados pesados. Pero había hecho sonreír a Emma.

—P. M. será papá —anunció ella.

—Enhorabuena.

—Gracias. —P. M. se sentía torpe allí, junto a la cama, mientras pensaba qué podía decir. Y qué no debía decir. Stevie y él habían tomado el mismo avión en Londres y visto la noticia en los diarios de un quiosco del aeropuerto. No habían sabido qué decirse, mucho menos qué decirle a Emma—. Ahora debo irme. —La besó en la frente, hizo una pausa y volvió a besarla—. Volveremos esta noche.

—Gracias por las flores. —Emma señaló con la mano las violetas que estaban sobre la mesa—. Son preciosas.

—Bien... —P. M. se quedó inmóvil un momento, con el corazón desgarrado. Luego los dejó solos.

—Es incómodo para él —murmuró Emma—. Para todos ellos. —Sus dedos jugaban nerviosamente con las sábanas. Luego se puso a acariciar a Charlie—. Es duro ver sus ojos cuando entran. Supongo que tengo muy mal aspecto.

—Es la primera vez que te oigo buscar un cumplido. —Michael se sentó junto a ella—. La gente ha estado entrando y saliendo durante la mayor parte del día. No creo que hayas podido descansar mucho.

—La verdad es que no quiero estar sola. Tú te quedaste conmigo toda la noche. —Le tendió la mano—. Te oía hablarme y sabía que aún estaba viva. Quería darte las gracias.

—Te quiero, Emma. —Dejó caer la frente sobre sus manos unidas. Ella no dijo nada. A punto de desbordarse, Michael luchó por contener sus emociones—. Mal momento, mal lugar. —Suspiró hondo, se levantó y comenzó a ir de una punta a otra de la habitación—. Dado que te lo he dicho, supongo que tendrás que pensarlo. De todos modos, si te sientes con ánimo, necesitaríamos que prestaras declaración.

Ella lo observó recorrer la habitación como un león enjaulado. No podía decir nada, y menos en ese momento en que apenas podía sentir. Si las cosas hubieran sido diferentes... Se preguntó si, de haber sido diferentes, le habría tendido la mano y habría confiado en él. Pero las cosas no eran diferentes.

—¿Con quién debo hablar?

—Puedes hablar conmigo. —Ya había recuperado el control cuando volvió a mirarla—. O puedo mandar una agente femenina, si eso te hace sentir más cómoda.

—No. —Nerviosa, comenzó a arrancar los pétalos de las violetas—. No, prefiero hablar contigo.

—Hay un taquígrafo esperando.

—Está bien. Podemos hacerlo ahora. Me gustaría acabar con esto.

No fue fácil. Por algún motivo Emma había pensado que lo sería. Tal vez porque sus emociones estaban muertas, anestesiadas. Pero todavía le quedaban algunas, las suficientes para sentir vergüenza. No miró a Michael ni una sola vez mientras hablaba. Poco a poco le contó todo. Esperaba que el hecho de expresar sus temores, su vergüenza y su humillación la liberaría. Pero cuando terminó, solo sintió un profundo cansancio.

Michael despidió al taquígrafo con un gesto. No podía hablar, no se atrevía.

—¿Tienes todo lo que necesitas? —le preguntó Emma.

Michael asintió. Necesitaba salir de allí.

—Ahora mecanografiarán la declaración. Cuando estés preparada, tendrás que leerla y firmarla. Volveré más tarde.

Salió de la habitación como un ciclón y fue hacia los ascensores. McCarthy lo abordó en el camino.

—Dwier quiere que vuelvas a la jefatura. La prensa está echando espuma por la boca.

—A la mierda con la prensa. Necesito caminar.

En Londres, Robert Blackpool leyó la noticia en el diario. Y disfrutó muchísimo. Las historias de Fleet Street eran estupendas. Todo aquel hervidero insensato de crímenes pasionales e ilusiones destrozadas. También habían publicado un par de fotos. Granuladas y un poco desenfocadas, pero inmensamente gratificantes. Fotos de Emma en silla de ruedas rumbo a una ambulancia. Su cara era una masa sanguinolenta. Eso le encantó.

Jamás le había perdonado que lo rechazara.

En su opinión, era una verdadera lástima que Latimer no la hubiera matado a golpes. De todos modos, siempre había otras maneras de vengarse. Y él sabía cómo aprovechar una situación.

Descolgó el teléfono y llamó al *Times* de Londres.

Pete palideció cuando leyó la noticia al día siguiente. Robert Blackpool, consternado por la muerte de un joven y prometedor artista como Latimer, había relatado con lujo de detalles un incidente ocurrido entre Emma y él varios años atrás.

Según Blackpool, Emma tenía unos celos enfermizos de su relación con su amiga de la infancia. Cuando fracasó en su intento de seducirlo, se abalanzó contra él blandiendo un par de tijeras.

Los titulares eran demoledores:

LA SED DE AMOR EMPUJA A EMMA A LA VIOLENCIA

El público no tardó mucho en devorar las noticias. Las opiniones estaban divididas; algunos pensaban que Emma había actuado en defensa propia, otros estaban convencidos de que había matado a su esposo en un arranque de celos.

Pete levantó el auricular del teléfono y marcó un número.

—Maldito lunático.

—Ah, eres tú. Buenos días —saludó Blackpool con tono burlón. Estaba esperando la llamada.

—¿Qué coño crees que haces divulgando una historia de ese calibre? Ya tengo bastantes trapos sucios que ocultar.

—No son míos, compañero. Si quieres saber mi opinión, la pequeña Emma recibió su merecido.

—No he pedido tu opinión. Y te digo que cierres el pico.

—¿Por qué habría de hacerlo? La publicidad siempre viene bien. Tú mismo sueles decir que las noticias venden discos, ¿o me equivoco?

—Te digo que te retractes y cierres esa sucia boca.

—¿O...?

—No me tomaré la molestia de amenazarte, Robert. Solo quiero que te tomes muy en serio mis palabras. Ventilar secretos desagradables no hace bien a nadie.

Hubo un largo y molesto silencio.

—Se la debía.

—Tal vez. No es asunto mío. En los últimos dos años tus ventas han disminuido considerablemente, Robert. Las compañías discográficas son muy quisquillosas con esas cuestiones, como bien sabes. Supongo que no querrás tener que buscarte un nuevo representante en esta etapa de tu carrera, ¿o me equivoco?

—Nos conocemos hace tiempo, Pete. Dudo que ninguno de nosotros quiera romper una vieja amistad.

—Métetelo en la cabeza. Si continúas agitando el avispero, te arrojaré a la basura como un calcetín viejo y maloliente.

—Tú me necesitas tanto como yo a ti.

—Ay, lo dudo mucho. —Pete sonrió—. Lo dudo muchísimo.

38

Michael fue hasta la otra punta del pasillo, aplastó el cigarrillo en el cenicero y reanudó la marcha.

—No me gusta.

—Lamento que no te guste. —Emma respiraba con dificultad. Habían pasado tres semanas, pero las costillas continuaban doliéndole cada vez que hacía un mal movimiento—. Es lo que quiero hacer. Lo mejor que puedo hacer, en mi opinión.

—Dar una conferencia de prensa el día que sales del hospital es una estupidez. Y una muestra de terquedad.

—Me sentiré más cómoda haciendo una declaración formal que teniendo que esquivar a los periodistas. —Su tono era ligero, pero sus brazos estaban congelados bajo la chaqueta de lino—. Créeme, conozco el paño mejor que tú.

—Si te refieres a esa inmundicia que soltó Blackpool, terminó más rápido de lo que había empezado. Él ha salido más perjudicado que tú.

—Blackpool me importa un bledo. Lo único que me interesa es mi familia y lo que ha debido soportar en estas últimas semanas. Y quiero explicar la verdad. —Comenzó a caminar hacia la sala de conferencias, pero se detuvo y dio media vuelta—. La investigación policial llegó a la conclusión de que fue en defensa propia. He pasado las últimas tres semanas intentando convencerme de eso. Quiero tener las manos y la conciencia limpias, Michael.

Era inútil discutir. Había llegado a conocerla lo suficiente para estar seguro de eso. No obstante, volvió a intentarlo.

—El noventa y nueve por ciento de los periodistas te han respaldado.

—Pero el uno por ciento restante es una fea mancha.

Michael dejó de caminar de un lado a otro para rozarle la mejilla con el pulgar.

—¿Alguna vez te has preguntado por qué la vida es tan complicada?

—Sí. —Emma sonrió—. Y eso me llevó a creer que Dios es en realidad un hombre. ¿Vienes conmigo?

—Por supuesto.

La prensa estaba esperando. Cámaras, focos y micrófonos en estado de alerta. En cuanto Emma subió al estrado se dispararon los flashes, acompañados por un mar de murmullos. Estaba tan pálida que las cicatrices y los moretones se destacaban en su piel. Aunque ya no lo tenía inflamado, el ojo izquierdo era una masa de horribles colores que se perdían en los pómulos y el nacimiento del cabello.

Cuando empezó a hablar, se hizo el silencio.

Se limitó a relatar los hechos, sin hacer comentarios sobre sus sentimientos. Por lo menos había aprendido eso. Lo que sentía era cosa suya. Su declaración fue breve, duró poco más de ocho minutos. Mientras la leía, agradeció que Pete la hubiera ayudado a redactarla. Procuró no fijarse en las cámaras y los rostros que la escrutaban. Cuando terminó, se apartó del micrófono. Ya había anunciado que no respondería ninguna pregunta, pero los periodistas no dieron su brazo a torcer.

Ya se había dado la vuelta y apoyado la mano sobre el brazo de Michael cuando una pregunta insidiosa se destacó en aquel mar de voces.

—¿Por qué se quedó con él si la maltrató durante tantos meses?

No tenía intención de responder, pero miró hacia atrás. Los demás continuaron haciendo preguntas. Pero esa fue la única que no pudo rechazar.

—¿Por qué me quedé? —repitió. Se hizo un profundo silencio. Había sido fácil leer la declaración. Casi la sabía de memoria. Eran solo palabras impresas que no la afectaban. Pero esa simple pregunta se le había clavado en el corazón—. ¿Por qué me quedé? —volvió a repetir—. No lo sé —tartamudeó. Olvidó que no debía mirarlos a la cara, que no debía verlos. Era vital responder aquella pregunta—. No lo sé —repitió—. Si dos años atrás alguien me hubiera dicho que permitiría que me maltrataran, me habría enfurecido. No quiero creer que elegí ser víctima. —Miró a Michael un instante, desesperada—. Y no obstante me quedé. Él me golpeaba y me humillaba, pero yo no me iba. A veces imaginaba que me iba. Que subía al ascensor, salía a la calle y me alejaba andando. Pero no lo hacía. No lo hice. Me quedé porque tenía miedo. Y me fui por el mismo motivo. Por eso no tiene sentido. No tiene sentido —repitió, y se dio la vuelta. Esta vez hizo oídos sordos a las preguntas.

—Lo has hecho muy bien —dijo Michael—. Ahora te sacaremos de aquí. McCarthy ya tiene el coche en marcha.

Fueron a Malibú, a una casa que Brian había alquilado en la playa. Emma no dijo una sola palabra durante el viaje. Aquella pregunta retumbaba en su cabeza y no la dejaba en paz. «¿Por qué se quedó?»

Le gustaba sentarse en la terraza de madera de secuoya por las mañanas para mirar el agua y oír las gaviotas. Cuando se cansaba de estar sentada, daba largas caminatas por la orilla. Ya apenas quedaban secuelas físicas de la paliza. Las costillas aún daban la lata de tanto en tanto y le había quedado una fina cicatriz en la mandíbula. Podrían haberla hecho desaparecer con facilidad, pero Emma rechazó la cirugía plástica. La cicatriz apenas se notaba. Pero no le permitía olvidar.

Las pesadillas eran otro legado. Llegaban con aterradora regularidad y eran una suerte de montaje en que se combinaban las viejas con otras nuevas. En algunas caminaba por el pasillo, a oscuras, y era una niña. En otras era adulta. La música siempre estaba presente, un tanto apagada, como si alguien cantara bajo el agua. A veces oía la voz de Darren, diáfana como una campana, pero enseguida se superponía la de Drew. Niña o mujer, siempre quedaba paralizada frente a la puerta. Con terror de abrirla.

Cuando apoyaba la mano sobre el pomo, lo hacía girar y empujaba la puerta... despertaba empapada en sudor.

Sin embargo los días transcurrían con placidez. Disfrutaba de la brisa y el perfume de las flores que Bev había plantado en macetas y jardineras. Y siempre había música.

Tuvo la oportunidad de ver comenzar de nuevo a su padre y a Bev. Eso suavizó sus más feas heridas, la que estaban en carne viva. Siempre se oían risas en la casa. Bev hacía experimentos en la cocina y Brian tocaba la guitarra a la sombra de un árbol. Por la noche, acostada en su cama, pensaba en los dos. Juntos. Era como si nunca se hubieran separado. Tras haber dado el primer paso, había sido fácil cerrar la brecha de aquellos veinte años.

Emma quería llorar porque nunca volvería a ser niña y no podría enmendar los errores que había cometido.

Esperaron seis meses, aunque Emma sabía que ambos estaban ansiosos por volver a Londres. Allí estaba su hogar. Emma todavía tenía que encontrar el suyo.

No añoraba Nueva York, pero sí a Marianne. Los meses que había vivido allí con Drew habían hecho que la ciudad perdiera todo su encanto. Alguna vez regresaría, era un hecho, pero jamás volvería a vivir allí.

Prefería mirar el océano y sentir el sol en la cara. En Nueva York se sentía sola. Allí no.

Johnno la había visitado dos veces y en ambas ocasiones se había quedado dos semanas. Le había regalado un broche para su cumpleaños, un fénix de oro que ascendía de una llama de rubí. Lo lucía a menudo porque anhelaba tener el coraje de volver a abrir las alas.

P. M. se había casado con lady Annabelle y había pasado por Los Ángeles rumbo a su luna de miel en el Caribe mexicano. Viendo la adoración que la flamante señora Ferguson profesaba a su esposo, Emma casi recuperó la fe en el matrimonio. Aunque gorda y embarazada, Annabelle se casó con una minifalda de cuero blanco. P. M. estaba visiblemente encantado con ella.

De tanto en tanto recibían visitas. Stevie y Katherine Haynes habían llegado la noche anterior. Mucho después de acostarse, Emma había oído tocar a su padre y Stevie. Como en los viejos tiempos. La música la hacía añorar los días de su primera infancia, cuando ella era una pobre cenicienta y Brian la había ido a buscar para llevarla a un baile que no tenía fin.

—Buenos días.

Se dio la vuelta y vio a Katherine con dos tazas de café.

—Hola.

—Te he visto desde la casa y he pensado que tal vez querrías un café.

—Gracias. Es una mañana bellísima.

—Mmm. Tan bella que no pude seguir durmiendo. —Se sentó en una silla junto a Emma—. ¿Somos las únicas que estamos levantadas?

—Sí. —Emma bebió un sorbo de café.

—Los viajes me ponen nerviosa. Imagino que tienes muchas cosas para fotografiar aquí.

Emma no tocaba una cámara desde hacía más de un año y estaba segura de que Katherine lo sabía.

—Es un lugar precioso.

—Muy distinto de Nueva York.

—Sí.

—¿Prefieres que te deje sola?

—No, perdóname. —Emma comenzó a tabalear con los dedos sobre la taza—. No quería ser descortés.

—Pero mi presencia te incomoda.

—Tu profesión me incomoda, si he de ser sincera.

Katherine estiró las piernas y apoyó los tobillos sobre la barra más baja de la baranda.

—Estoy aquí como amiga, no como psiquiatra. —Esperó. Una gaviota se sumergió en el agua—. Pero no sería una buena amiga, y tampoco una buena doctora, si no intentara ayudarte.

—Estoy bien.

—Eso parece, pero no todas las heridas son visibles, ¿no crees?

Emma la miró con calma, fríamente.

—Quizá no, pero dicen que el tiempo todo lo cura.

—Si fuera cierto, yo me quedaría sin trabajo. Tus padres están preocupados, Emma.

—No tienen por qué. No quiero que se preocupen por mí.

—Te quieren.

—Drew está muerto —afirmó Emma—. Ya no puede hacerme daño.

—Ya no puede golpearte —admitió Katherine—, pero todavía puede herirte. —Se quedó callada, como si lo único que le interesara fuera tomarse el café y mirar las olas—. Eres demasiado educada para mandarme a la mierda.

—Pensaba hacerlo.

Katherine dejó escapar una risita y la miró a los ojos.

—Algún día te contaré las cosas desagradables e insultos que me dijo Stevie. Tal vez puedas acercarte a su marca, pero dudo que puedas igualarlo.

—¿Le quieres?

—Sí.

—¿Vas a casarte con él?

Pillada por sorpresa, Katherine levantó un hombro.

—Vuelve a preguntármelo dentro de seis meses. Bev me ha contado que sales con un tal Michael.

—Es un amigo.

«Te quiero, Emma».

—Un amigo —repitió dejando el café a un costado.

—Es detective, ¿verdad? El hijo del hombre que investigó el asesinato de tu hermano. —Katherine tomó el silencio de Emma como una señal de aceptación y siguió hablando—. Los ciclos de la vida son un poco raros, ¿no crees? A veces hacen que nos sintamos como perritos que se muerden la cola. Cuando conocí a Stevie, acababa de pasar por un espantoso proceso de divorcio. Mi autoestima estaba por los suelos y mi opinión de los hombres... Bien, digamos que ciertas variedades de babosas me resultaban más atractivas. Odié a Stevie a primera vista. Fue algo personal. Profesionalmente estaba decidida a ayudarlo y quitármelo de encima. Y aquí nos tienes ahora.

Aunque no tenía ganas, Emma levantó la taza y bebió un sorbo de café frío.

—¿Tenías la impresión de que habías fracasado?

—¿En mi matrimonio? —Katherine intentó mantener un tono ligero. No había pensado que Emma fuera capaz de hacerle esa pregunta—. Sí. Y por supuesto que había fracasado. Pero la gente fracasa todo el tiempo. Lo más difícil no es admitirlo, sino aceptarlo.

—Fracasé con Drew y lo acepto. ¿Eso es lo que quieres que diga?

—No. Yo no quiero que digas nada, a menos que necesites hacerlo.

—Fracasé ante mí misma. —Emma levantó la voz y dejó la taza sobre la pequeña mesa de madera de secuoya con un fuerte golpe—. Todos esos meses fracasé ante mí misma. ¿Esa es la respuesta correcta?

—¿Lo es?

Emma maldijo por lo bajo y fue a apoyarse en la baranda.

—No tengo necesidad de esto. Si hubiera querido un psiquiatra, ya habría consultado por lo menos a una docena.

—¿Sabes una cosa? Me impresionaste muchísimo la primera vez que te vi. Estabas a punto de salir como una tromba de la habitación de Stevie en la clínica, después de haberle dicho todo lo que yo me moría de ganas de decirle. Él tampoco quería ayuda.

—Yo no soy Stevie.

—No, claro que no. —Katherine se levantó. Aunque no era tan alta como Emma, cuando alzaba la voz irradiaba autoridad—. ¿Quieres que te dé las estadísticas de la cantidad de mujeres que son maltratadas cada año? Creo que una cada dieciocho segundos en este país. ¿Acaso te sorprende? —preguntó cuando Emma la miró asombrada—. ¿Preferías pensar que eras el único miembro de un club exclusivo? ¿Y qué sentirías si supieras que muchas de ellas se quedan con sus maltratadores? No siempre porque no tienen amigos o familiares dispuestos a ayudarlas. No siempre porque son pobres o analfabetas. Tienen miedo, su autoestima está hecha añicos. Tienen vergüenza, están confundidas. Por una que busca ayuda, hay doce que no lo hacen. Estás viva, Emma, pero no has sobrevivido. Todavía no.

—No; no he sobrevivido. —Emma se dio la vuelta con brusquedad. Tenía los ojos húmedos, pero la furia ardía en ellos—. Tengo que vivir con eso cada día. ¿Acaso crees que hablar ayuda, encontrar excusas, elegir motivos? ¿Qué importa todo eso cuando alguien te ha maltratado? ¿Qué importa saber por qué ocurrió? Ocurrió. Iré a dar un paseo. —Bajó corriendo por la escalera y fue hacia la orilla.

Katherine era una mujer paciente. Durante dos días no dijo nada, no hizo referencia alguna a la conversación que había mantenido con Emma. Se limitó a esperar. Y Emma mantuvo una distancia cortés.

Los días de Katherine estaban llenos de actividades. Como era la primera vez que viajaba a Estados Unidos, Stevie quería mostrarle todo. Pasaban horas caminando, recorriendo todos los lugares turísticos, desde el paseo de las estrellas a Disneylandia y Knott's Berry Farm. Por las noches iban a los clubes. A veces iban solos, otras en grupo, pero lo que más le gustaba a Katherine era pasar las noches en casa, viendo cómo Stevie le hacía el amor a su guitarra durante horas seguidas.

Pensaba en Emma todo el tiempo. Stevie comprendía —y tal vez por eso Katherine se había enamorado de él— que ella tenía necesidad de ayudar aunque rechazaran su ayuda.

Decidió arriesgarse una vez más cuando oyó bajar a Emma una mañana, antes del alba. La siguió y vio que había encendido todas las luces. Estaba en la cocina, sentada a la mesa del desayuno, mirando por la ventana oscura.

—Quería un poco de té —dijo Katherine con naturalidad al entrar—. Siempre me sienta bien una taza cuando despierto tan temprano. —No dijo nada acerca de las lágrimas secas en las mejillas de Emma y se dedicó a buscar tazas y platos—. Admiro a tu madre. Con solo unos toques aquí y allí, convierte la cocina en el lugar más acogedor de la casa. En cambio, cuando estoy en mi cocina, siempre tengo la impresión de que he entrado por error en el armario de alguien.

Encontró el té en un recipiente pintado a mano con forma de vaca.

—Ayer por la tarde Stevie me llevó a visitar los estudios Universal. ¿Has ido alguna vez? —Esperó un segundo la respuesta. Como Emma no dijo nada, prosiguió—: Miré de cerca al famoso Tiburón y me pregunté por qué la película me había aterrado tanto. Es pura ilusión. —Vertió el agua caliente en la tetera y dejó reposar la infusión—. Pasamos junto a la casa de Norman Bates... ¿te acuerdas de *Psicosis*? Es exactamente igual, tal como esperaba, pero sin el terror. Parece que cuando sacas algo de contexto, incluso algo aterrador, pierde poder. Se transforma en una casita extraña o en un pez mecánico.

—La vida no es como las películas.

—No, pero siempre he pensado que hay paralelismos interesantes. ¿Lo prefieres con leche?

—No. No, gracias. —Emma guardó silencio mientras Katherine servía el té en las tazas. Un segundo después, las palabras escaparon de su boca sin que pudiera detenerlas—. A veces me parece que el tiempo que pasé con Drew fue como una película. Algo que puedo mirar con cierta distancia. Sin embargo, algunas mañanas me despierto como hoy antes de que amanezca y creo que estoy otra vez en Nueva York, en el dúplex, y que él está durmiendo a mi lado. Casi me parece oírle respirar en la oscuridad. El resto, los últimos meses, son una película. ¿Me estoy volviendo loca?

—No. Eres una mujer que ha vivido una experiencia terrible.

—Pero él murió. Sé que está muerto. ¿Por qué habría de seguir teniendo miedo?

—¿Tienes miedo?

Emma no podía dejar las manos quietas. Cogía y empujaba los objetos que había en la mesa. Una copa de vino que no habían puesto a lavar la noche anterior, un cuenco de fruta fresca, un azucarero a juego con la tetera.

—Me hacía luz de gas. Comenzó a hacerlo después de que le contara todo sobre Darren, todo lo que recordaba, lo que sentía. Se levantaba de la cama cuando me quedaba dormida. —La confesión se había transformado en un vendaval imposible de detener—. Ponía esa canción, la que sonaba la noche que asesinaron a Darren. Entonces me llamaba, susurraba mi nombre en la oscuridad hasta que me despertaba. Yo siempre trataba de encender la lámpara, pero él la había desenchufado y me quedaba sentada en la cama, rogando que terminara. Cuando empezaba a gritar, él volvía al dormitorio. Me decía que todo había sido un mal sueño. Ahora, cuando tengo una pesadilla, me quedo en la cama, paralizada, con terror de que abra la puerta y me diga que todo ha sido un sueño.

—¿Esta noche has tenido una pesadilla?

—Sí.

—¿Quieres contármela?

—Básicamente son todas iguales. Es la noche del asesinato de Darren. Me despierto, tal como ocurrió en la realidad. El pasillo está oscuro, se oye música y tengo miedo. Le oigo llorar. A veces llego a la puerta y Drew está allí. A veces hay otra persona, pero no sé quién es.

—¿Quieres saberlo?

—Ahora sí, porque estoy despierta y me siento segura, pero durante el sueño no quiero. Tengo la impresión de que moriré si sé quién es, si me toca.

—¿Te sientes amenazada por ese hombre?

—Sí.

—¿Cómo sabes que es un hombre?

—Yo... —Emma titubeó. Fuera comenzaba a clarear. La ventana estaba abierta y oyó las primeras gaviotas, como un llanto infantil—. No lo sé, pero estoy segura de que es un hombre.

—¿Te sientes amenazada por los hombres, Emma? ¿Debido a lo que te hizo Drew?

—No tengo miedo de papá ni de Stevie. Nunca he tenido miedo de Johnno ni de P. M. En absoluto.

—¿Y qué me dices de Michael?

Emma levantó la taza de té por primera vez y bebió un sorbo. Estaba frío.

—No temo que me lastime.

—¿Qué temes entonces?

—No poder... —Emma se interrumpió y negó con la cabeza—. No tiene nada que ver con Michael. Soy yo.

—Es natural que quieras tener cautela con las relaciones físicas, Emma, teniendo en cuenta que tu última experiencia solo te aportó dolor y humillación. Intelectualmente sabes que esa no es la intención ni el resultado habitual de la intimidad física entre dos personas, pero el intelecto y la emoción discurren por distintos caminos.

Emma estuvo a punto de sonreír.

—¿Estás diciendo que las pesadillas son el resultado de la represión sexual?

—Freud sin duda diría eso —respondió Katherine sin inmutarse—, pero yo estoy casi segura de que el tipo estaba loco. Solo estoy explorando posibilidades.

—Creo que podemos dejar a Michael fuera. Jamás me ha pedido que me acueste con él.

Katherine notó que Emma hablaba de «acostarse», no de hacer el amor. Decidió reservar aquel as en la manga para más adelante.

—¿Quieres que lo haga?

Esta vez Emma sí sonrió. El amanecer había llegado, y con él la seguridad del día.

—Muchas veces me he preguntado si los psiquiatras no serán unos chismosos con título universitario.

—De acuerdo, por ahora lo dejaremos de lado. ¿Me permites darte un consejo?

—Bueno.

—Busca tu cámara y sal a hacer fotos. Hoy mismo. Drew te quitó muchas cosas. ¿Por qué no te demuestras a ti misma que no te arrebató todo?

Emma no sabía por qué había aceptado el consejo de Katherine. No se le ocurría nada que quisiera fotografiar. La gente siempre había sido su tema predilecto, pero hacía tiempo que se había apartado de ella. No obstante, debía admitir que le agradaba tener la cámara en la mano, jugar con las lentes, planificar una toma determinada.

Pasó la mañana enfocando palmeras y edificios. Sabía que no ganaría ningún premio con esas fotos, pero la mecánica de la tarea la ayudaba a relajarse. Al mediodía ya había gastado dos carretes y se preguntaba por qué había tardado tanto en volver a hacer algo que la entusiasmaba.

No sabía por qué conducía hacia la casa de Michael. La mañana de domingo era bella, demasiado bella para estar sola. No le había hecho ninguna foto desde la primera y única, muchos años atrás. Y Conroy sería un modelo interesante. Puras excusas. Pero se apoyó en ellas cuando aparcó frente a la casa.

Aunque el coche de Michael estaba allí, tardó tanto en abrir la puerta que Emma pensó que no estaba. El perro empezó a ladrar al primer golpe y ahora le oía aullar y rascar al otro lado. Sonrió aliviada al oír que Michael lo insultaba para hacerlo callar.

Apenas abrió la puerta, supo que lo había despertado. Era más del mediodía, pero tenía los párpados pesados y la mirada perdida. Solo llevaba unos tejanos, que sin duda se había puesto a toda prisa, y tenía la cremallera abierta hasta la mitad. Se pasó la mano por la cara y el cabello.

—¿Emma?

—Sí. Lo siento, Michael. Tendría que haber llamado antes de venir.

Michael parpadeó, cegado por la luz del sol.

—¿Ocurre algo malo?

—No. Mira, ya me voy. Solo pasaba por aquí.

—No, entra. —La tomó de la mano y miró por encima del hombro—. Mierda.

—Michael, ya veo que es un mal momento. Puedo... —Ya había traspasado el umbral. La penumbra reinante la obligó a entrecerrar los ojos—. Ay, Dios. —No se le ocurrió decir otra cosa. El salón parecía haber sufrido el ataque de una banda de elfos vandálicos—. ¿Han entrado unos ladrones?

—No. —Estaba demasiado aturdido para preocuparse por las apariencias. La tomó del brazo y la llevó a la cocina. El perro no dejaba de ladrar y brincar en círculo en torno a ellos.

—Seguro que anoche montaste una fiesta —dijo Emma, y se sintió un poco desilusionada porque no la había invitado.

—No. Por el amor de Dios, que aparezca el café —murmuró Michael revolviendo las alacenas.

—Aquí está. —Emma encontró la lata de Maxwell House en el fregadero, junto a una bolsa de patatas fritas—. ¿Quieres que...?

—No. —La empujó a un costado—. Yo puedo preparar el maldito café. Conroy, si no dejas de ladrar voy a ahorcarte con tu propia lengua. —Para evitar mayores conflictos, dejó la bolsa de patatas fritas en el suelo para que el perro se entretuviera un rato—. ¿Qué hora es?

Emma carraspeó un poco, pensando que no era prudente señalar el reloj que estaba sobre la cafetera.

—Casi las doce y media.

Michael titubeaba con la cuchara de café en la mano. Obviamente había perdido la cuenta. Cuando comenzó a agregar más cucharadas, Emma le hizo una foto.

—Perdóname —se disculpó cuando él volvió la cabeza para mirarla—. Es un acto reflejo.

Michael no dijo nada y volvió a revolver las alacenas. Sentía la boca pastosa, como si la noche anterior se hubiera comido una caja de tizas. Parecía que un conjunto de jazz le martilleaba alegremente la cabeza, estaba seguro de que tenía los ojos hinchados como pelotas de golf y, por si eso fuera poco, acababa de descubrir que se le habían terminado los cereales.

—Michael... —Emma se acercó cautelosamente, no porque se sintiera intimidada sino porque temía echarse a reír en cualquier momento—. ¿Me dejas prepararte el desayuno?

—No tengo nada para desayunar.

—Siéntate. —Conteniendo una carcajada, Emma lo empujó hacia una silla—. Empezaremos por el café. ¿Dónde guardas las tazas?

—En la cocina.

—Muy bien. —Después de una intensa búsqueda encontró un paquete de tazas Styrofoam, tamaño súper. Sirvió el café. Era espeso como barro e igual de apetitoso, pero él se lo tragó. Una vez que la cafeína hizo su efecto, vio que Emma había metido la cabeza en la nevera.

Estaba preciosa, absolutamente espléndida con esa blusa plisada y esos pantalones de verano azul claro. Tenía el cabello suelto. Le gustaba más cuando lo llevaba suelto porque imaginaba que lo recorría lentamente con los dedos. Pero ¿qué diablos hacía con la cabeza metida en el frigorífico?

—¿Qué haces?

—Te preparo el desayuno. Solo queda un huevo. ¿Cómo lo prefieres?

—Frito. —Michael vació la taza y se sirvió otra dosis de café.

—El salami está verde y aquí hay algo que podría estar vivo. —Sacó el huevo, un trozo de queso y un pedazo de pan—. Nunca antes había visto moverse algo dentro de un refrigerador. ¿Tienes una sartén pequeña?

—Creo que sí. ¿Por qué?

—Da igual. —Por fin la encontró y, con algo de inventiva, se las ingenió para prepararle un emparedado de queso y huevo. Se sirvió una ginger ale y se sentó al otro lado de la mesa mientras él comía—. No quiero meterme en tus cosas, Michael, pero ¿puedo preguntarte cuánto hace que vives de este modo?

—Hace cuatro años que compré la casa.

—Y aún estás vivo. Eres un hombre fuerte, Michael.

—Estaba pensando en poner un poco de orden.

—Piensa en una apisonadora, entonces.

—Es difícil dejarse insultar mientras uno come. —La observó hacer una foto de Conroy, que se había vuelto a dormir con las patas cruzadas sobre la bolsa de patatas fritas—. Jamás firmará un formulario de autorización de uso de imagen.

Emma le sonrió.

—¿Te sientes mejor ahora?

—Casi humano.

—Andaba por ahí... y decidí que ya era hora de volver a trabajar. Pensé que te gustaría salir a pasear conmigo un rato. —De pronto sintió timidez. Todo era diferente ahora que estaba despierto, mirándola sobre los restos del desayuno que le había preparado—. Sé que has estado muy ocupado las últimas dos semanas.

—Atrapando criminales sin ayuda de nadie. Conroy, chucho perezoso, ve a buscar lo que ya sabes. —El perro abrió un ojo y gruñó—. Vamos, obedece. —Conroy lanzó un suspiro casi humano, se levantó con dificultad y salió de la cocina—. Me has estado evitando, Emma.

Ella estuvo a punto de negarlo.

—Sí. Perdóname. Has sido un buen amigo y yo...

—Si vuelves a empezar con ese asunto de la amistad y la gratitud, me enfadaré contigo. Y esta vez hablo en serio. —Cogió la cajetilla de cigarrillos que Conroy había puesto sobre sus rodillas y se levantó para dejarlo salir.

—No volveré a hablar de eso.

—Bueno. —Le dio la espalda. Había esperado seis meses, seis largos meses a que ella fuera a llamar a su puerta. Ahora que por fin lo había hecho, no podía disimular su enojo—. ¿Por qué has venido?

—Ya te lo he dicho.

—Querías compañía para ir a hacer unas fotos y pensaste en el bueno y viejo Michael.

Emma dejó la botella de ginger ale sobre la mesa y se levantó de golpe.

—Es obvio que tendría que haberlo pensado dos veces. Lamento haberte molestado.

—Apareces y desapareces —murmuró él—. Es una mala costumbre que tienes, Emma.

—No he venido a discutir contigo.

—Es una lástima. Hace tiempo que tendríamos que haberlo hecho.

Dio un paso hacia ella. Emma retrocedió. Ninguna otra cosa que hubiera hecho podría haber enfurecido más a Michael.

—No soy Latimer, maldita sea. Estoy harto de que pienses en él cada vez que me acerco. Si vamos a pelearnos, será por algo entre tú y yo, y nadie más.

—No quiero pelear. —Sin darse cuenta de lo que hacía, Emma cogió la botella y la arrojó lejos. El vidrio y la ginger ale se esparcieron por el suelo. Se quedó inmóvil, perpleja, oyendo cómo se desvanecía el murmullo de las burbujas.

—¿Quieres otra?

—Tengo que irme. —Fue a buscar su cámara, pero él la detuvo y apoyó una mano sobre la suya.

—Esta vez no. —El tono de la voz de Michael no era sereno. Ella levantó la vista, a la espera de lo que vendría—. No volverás a dejarme en la estacada, Emma. Primero oirás lo que necesito decir.

—Michael...

—Cierra la boca. Desde que tengo memoria te he deseado. Aquel día, hace tantos años, aquel día en la playa cuando te llevé a tu casa... estaba tan fascinado contigo que apenas podía ver. Tenía apenas diecisiete años y, a pesar de que pasaban las semanas, solo podía pensar en ti. Recorrí esa playa como un sabueso esperando que volvieras.

—No pude. —Emma se dio la vuelta, esta vez sin ninguna intención de marcharse.

—Lo superé. —Michael sacó un cigarrillo de la cajetilla y comenzó a revolver y golpear los cajones de la cocina en busca de una caja de fósforos—. Creí que lo había superado. Hasta que volviste. Ahí estaba yo, ocupado en mis asuntos, cortando el césped... y de pronto apareces. Creí que me quedaba sin respiración. Maldita sea, ya no era un muchachito y no se trataba de una aventura de verano.

Emma tuvo que luchar para encontrar un hilo de voz. Sentía otra clase de miedo. Era un manojo de nervios.

—Apenas me conocías.

Michael la miró a los ojos.

—Tú sabes cómo son las cosas, Emma. Había algo entre nosotros cuando nos sentamos en la playa aquella tarde. La primera vez que te besé. La única. Jamás la he olvidado. No he podido. Luego desapareciste.

—Tuve que hacerlo.

—Puede ser. —Michael arrojó el cigarrillo al patio de atrás y cerró de un portazo—. Yo pensé que no era el momento propicio. Dios mío, hace años que intento convencerme de eso. —Se acercó a ella. La sintió temblar cuando la tomó de los brazos, pero no la soltó. Esta vez no estaba dispuesto a soltarla—. ¿Cuándo será el momento propicio, Emma?

—No sé qué quieres que diga.

—Mentira. Sabes perfectamente bien lo que quiero que digas.

—No puedo.

—No quieres —la corrigió—. Por causa de Latimer. Maldita sea, me rompiste el corazón cuando te casaste con ese tipo y tuve que vivir con eso. Parece que he pasado la mitad de mi vida tratando de olvidarte. Podría haberlo conseguido, pero tú siempre vuelves.

—Yo... —Emma se humedeció los labios resecos—. Tampoco pude evitarlo. —Vio algo en los ojos de Michael que la hizo contener el aliento.

—Me prometí a mí mismo que esta vez sería diferente. Que haría que todo fuera diferente. Y entonces... cuando supe lo que ese miserable te había hecho, estuve a punto de enloquecer. Todos estos meses he tenido miedo de tocarte. Todo el tiempo me decía que debía darte tiempo. Darte tiempo para superarlo. Al diablo con el tiempo.

La estrechó en sus brazos y le cerró la boca con un beso.

39

No era lo que Emma esperaba. Estaba atrapada. Era innegable que estaba atrapada entre sus brazos, su cuerpo fuerte, duro y tenso, su boca como un fuego sobre sus labios. Más de una vez había pensado que sentiría asco o terror si un hombre volvía a abrazarla. Pero no sentía repulsión ni miedo. Sus emociones eran tan vertiginosas que la cabeza la daba vueltas. Calor, placer y una lanza de deseo afilada como el hielo.

No quería entregarse a sus emociones. Y tampoco a él. ¿Cómo podría si eso significaba permitir que alguien volviera a controlar su vida? Pero cedió antes de empezar a resistirse.

Él no hablaba, solo la miraba. Ella estaba completamente inmóvil. Tenía los ojos muy abiertos y la respiración acelerada. Sí, estaba atrapada. Pero no parecía importarle. Porque estaba sintiendo algo que hacía mucho había aceptado que era incapaz de sentir.

El enojo de Michael se había evaporado. Solo quedaba su necesidad de ella, su intenso deseo.

—No quiero que me tengas miedo —murmuró.

La decisión estaba en manos de Emma. Ella lo vio en sus ojos. Si algo la atrapaba, no era Michael. Sus propios anhelos, sus propios sueños la tenían prisionera.

—No te tengo miedo.

Las manos de Michael se aflojaron sobre sus hombros. Emma no protestó cuando le tomó la cara entre las manos. Tampoco intentó apartarse cuando sus labios volvieron a rozar los suyos. Esta vez fueron suaves y blandos. El corazón de Emma latía desbocado pero sus músculos se iban relajando poco a poco. La decisión estaba en sus manos, lo sabía. Y había tardado mucho tiempo en tomarla. Su mente, su corazón y su cuerpo se llenaron de Michael, y ya no hubo lugar para nada más.

Él percibió el cambio. La respuesta lenta y vacilante de sus labios al abrirse al beso, el cuerpo de Emma, que parecía fundirse con el suyo. Tembló mientras le cubría la cara de besos. Pero ella lo estrechó en sus brazos y buscó sus labios.

La cogió en brazos. Parecía la única manera de hacerle el amor por primera vez. Sin dejar de besarla, la llevó al dormitorio. Sus besos eran suaves y prometedores, pero también profundos y anhelantes.

Las persianas estaban bajadas y el sol se filtraba en olas amarillas. Michael hubiera querido hacerlo a la luz de las velas.

Emma trató de no ponerse rígida cuando él la tendió en la cama. Sabía que todo sucedería muy rápido a partir de ese momento. Quería que él continuara besándola y abrazándola, pero sabía que las cosas no eran así. Creía saberlo.

Michael se tendió a su lado. No se abalanzó encima de ella ni le arrancó la ropa. Su boca volvió a buscar los labios de Emma, no solo para seducirla sino también para tranquilizarla. Aunque su cuerpo estaba rígido como el alambre, parecía muy frágil. Su piel, su boca, el aroma que lo inundaba al enterrar la cara en su cabello. Emma acarició tímidamente su pecho desnudo y Michael sintió que se volvía loco de pasión.

Con un gemido de placer, hizo que su lengua jugara con la de ella. El sabor de su boca lo atravesó como un río caliente. Sus movimientos lentos confundían a Emma, la seducían. Ella esperaba que la tomara, pero Michael continuaba dando.

Recorría su cuerpo con las manos y la hacía temblar. Pero no de miedo. Por fin había encontrado generosidad. Por fin, compasión. La invadió un placer tan oscuro y profundo que se apretó contra él, aferrándose a sus hombros. Sintió arder un deseo rotundo en sus venas. No sabía que se podía sentir eso, no por un hombre. Con los dedos enredados en su cabello obligó a besarla para poder hundirse aún más en aquellos besos húmedos y ardientes.

Cuando Michael se apartó, Emma gimió en señal de protesta y trató de abrazarlo de nuevo.

—Quiero mirarte —dijo él—. He esperado mucho tiempo para verte así, como estás ahora.

Ella se quedó inmóvil, anhelante y aturdida mientras él le acariciaba el cabello y lo observaba caer de sus dedos a la almohada. Sin dejar de mirarla comenzó a desabotonarle la blusa. Lenta, muy lentamente. Vio confusión en sus ojos... y la borrosa llama del deseo. La combinación de ambas cosas hacía que fuera más fácil ser tierno.

Cuando Emma levantó una mano para cubrirse, él se la llevó a la boca. Sin soltarla bajó los labios hasta sus pechos y dejó escapar un gemido de placer. Eran pequeños y firmes. Dulces. Irresistibles.

La piel de Emma ardía al más leve contacto. Michael se llenaba de ella, sentía su sabor, su suave y sedosa textura. Oía su respiración, rápida y superficial como la suya. El cuerpo de Emma se arqueó hacia atrás cuando le quitó la blusa.

La besó por todas partes. La excitación sexual la hacía temblar como una hoja. Michael le lamió la cara y los hombros. Luego, muy suavemente, tan suavemente que era un tormento, comenzó a besarle las costillas. Emma dio un respingo cuando la mordió apenas, pero no de dolor. Deliraba de placer. Michael le bajó los pantalones, centímetro a enloquecedor centímetro, siguiendo el descenso de la tela con los labios.

Emma deseaba. Jamás había deseado antes. Solo había soñado. Su cuerpo estaba cubierto de sudor, se retorcía de deseo, pero él seguía besándola y acariciándola. Clavó las uñas en las sábanas cuando él le mordisqueó una corva.

El ardor era insoportable, pero quería más. Cuando Michael le deslizó los dedos por los muslos, su cuerpo se crispó. No podía respirar. Un rugido le llenó la cabeza, le corrió por la sangre, aterrándola. Levantó la pelvis con un intenso estremecimiento de miedo y placer. El orgasmo irrumpió en ella como un puño de terciopelo que la obligó a echar la cabeza hacia atrás, jadeante.

—Dios mío, qué dulce eres. —Michael apenas podía respirar. La besó en la boca. Y arremetió nuevamente antes de que dejara de temblar. Ella hubiera querido gritar su nombre, pero solo pudo susurrarlo al sentir el roce de sus manos sobre la piel húmeda.

—Por favor. —Su respiración era casi un sollozo. Las sensaciones invadían su cuerpo hasta transformarlo en una masa de placer febril. Pero no era suficiente. Quería más—. Quiero... —Gimió otra vez, estiró la mano y sin querer tiró algo al suelo. Algo que se hizo trizas.

—Dime. —Michael se moría por oírlo. Su excitación había llegado a unas alturas que jamás había experimentado. No obstante, se contuvo—. Mírame y dímelo.

Emma abrió los ojos. Lo único que podía ver era la cara de Michael, sus ojos. Y en ellos se vio a sí misma.

—Te deseo. —Michael le cerró la boca con un beso. Emma lanzó un grito de placer cuando la penetró.

Durmió una hora, exhausta, atravesada en la cama. Él se quedó sentado junto a ella largo tiempo, acariciándole el cabello y preguntándose cómo lo haría para que no desapareciera otra vez de su vida. Haber estado enamorado de Emma tanto tiempo no lo había preparado para ser su amante. Lo había imaginado. Miles de veces. Pero solo había tenido otras mujeres para comparar.

No había nada como Emma.

Si tenía que suplicar, suplicaría. Si tenía que luchar, lucharía. Pero no volvería a perderla.

Cuando Emma despertó, él no estaba. Se quedó acostada boca abajo, atravesada en la cama, intentando que su mente comprendiera lo que le había ocurrido a su cuerpo. Le parecía imposible haber sentido todas esas cosas, haberlas hecho, sin un segundo de arrepentimiento o vacilación. Pocas horas antes estaba segura de que jamás desearía que alguien volviera a tocarla. Y sin embargo era probable que aquella fuera la primera vez que alguien la había tocado. Sonriendo se dio la vuelta y pensó en vestirse e ir a buscarlo.

Entonces vio su arma reglamentaria. Estaba en la cartuchera, colgada en el respaldo de una silla a menos de un metro de la cama. Emma recordó que había disparado una pistola. Aunque solo tenía recuerdos vagos del horror que había vivido con Drew, recordaba con extrema claridad los últimos momentos. Recordaba lo que había sentido al aferrar la pistola con las dos manos, al apretar el gatillo. Recordaba lo que había sentido al matar.

Se le hizo un nudo en el estómago. Había amado, contraído matrimonio y matado en poco menos de dos años. Tenía el resto de su vida para preguntarse cómo había podido hacer cualquiera de las tres cosas.

Se cubrió automáticamente con la sábana cuando se abrió la puerta del dormitorio.

—Qué bien. Estás despierta. —Michael entró con una bandeja de pollo y un paquete de seis botellas de Coca-Cola—. He pensado que estarías hambrienta.

Llevaba puestos un par de tejanos y una camiseta de la policía de Los Ángeles, e iba descalzo. Parecía un vaquero más que un hombre capaz de disparar un arma. Antes de que ella pudiera decir algo, Michael se inclinó y la besó de una manera que volvió a embotarle la mente.

—He pensado que podíamos hacer un picnic.

—Un picnic —repitió ella—. ¿Dónde?

—Aquí mismo. —Dejó la bandeja sobre la cama—. Así los vecinos no se espantarán al verte desnuda.

Emma lanzó una carcajada.

—Podría vestirme.

Michael se sentó frente a ella y la miró largamente.

—Prefiero que no lo hagas. —Sonriendo con picardía, destapó una botella de Coca-Cola—. ¿Quieres oír música? —Se estiró y apretó un botón del radiodespertador. Linda Ronstadt susurraba «Blue Bayou». Volvió a concentrarse en la comida, destapó la bandeja y tomó un muslo de pollo—. ¿No tienes hambre?

El aroma era glorioso. Emma lo observó dar un mordisco y se pasó la mano por el cabello revuelto.

—No puedo comer desnuda.

—Por supuesto que puedes. —Le pasó el muslo de pollo. Ella le dio un mordisco y volvió a reír.

—En serio. No puedo.

Michael dejó el pollo en la bandeja, se quitó la camiseta y se la puso por encima de la cabeza.

—¿Mejor así?

Emma metió los brazos por las mangas.

—Muchísimo mejor. —La camiseta olía a él. Le asombró que el olor de su piel le diera tanto hambre como el pollo—. Jamás había hecho un picnic en la cama.

—Es lo mismo que hacerlo sobre un mantel en la playa. Comemos, oímos música y después hacemos el amor. Pero aquí tenemos una ventaja: evitamos la molesta arena.

Emma tomó la botella que le ofrecía y bebió un buen trago. Tenía la garganta seca.

—No sé cómo ha pasado todo esto.

—No te preocupes. Será un placer explicártelo a través de la acción.

—¿Ha estado...? —Se interrumpió en seco, furiosa consigo misma.

—No irías a preguntarme si me ha gustado, ¿verdad?

—No. —Emma vio una sonrisa burlona en sus labios—. Algo así. —Mordió otro trozo de pollo—. No tiene importancia.

Encantado con ella, consigo mismo, con todo, Michael le acarició el brazo desnudo con la yema de los dedos.

—¿Quieres que lo puntuemos en una escala de uno a diez?

—Basta, Michael.

—Como quieras, pero debes saber que superaste todos los récords.

Emma se ruborizó.

—Nunca me había pasado nada así —murmuró—. Nunca...

Creí que no podría... —Volvió a interrumpirse. Pero suspiró hondo y terminó la frase—. Pensé que era frígida.

Michael estuvo a punto de reírse, pero vio por su cara que no era una broma. Latimer otra vez. Tuvo que darse unos segundos para controlar el tono de su voz.

—Pensaste mal.

Aquella respuesta espontánea era lo que Emma necesitaba. Levantó la vista y volvió a sonreír.

—Si hubiera seguido mis instintos aquel día en la playa, cuando te besé, me habría enterado de que no lo era mucho antes.

—¿Por qué no los sigues ahora?

Emma titubeó. Luego se arrodilló, le pasó los brazos alrededor del cuello y lo besó. Michael arrojó el muslo de pollo a medio comer por encima del hombro. Emma rió a carcajadas cuando rodaron sobre la cama.

—Quédate esta noche.

El sol comenzaba a ponerse y ella había empezado a vestirse.

—Esta noche no. Necesito pensar.

—Tenía miedo de que empezaras a pensar otra vez. —Michael se acercó a ella y la apretó contra su pecho—. Te amo, Emma. ¿Por qué no piensas en eso?

Por toda respuesta, ella cerró los ojos.

—Necesito que me creas.

—Quiero creerte —dijo ella—, pero no confío en mi propio juicio. No hace mucho pensaba que Drew me amaba.. y que yo lo amaba. Estaba equivocada en ambos casos.

—Maldita sea, Emma. —Michael tuvo que morderse la lengua para no continuar. Fue hasta la ventana y subió la persiana. La suave luz del ocaso inundó la habitación.

—No te estoy comparando con él.

—¿No?

—No. —Sabía que Michael no podía comprender lo que significaba poder acercarse a él y apoyar la mejilla sobre su espalda—. No estoy segura de mí. Mis problemas no empezaron con Drew. Ya sería bastante difícil si así fuera. En cualquier caso, debo estar segura de lo que quiero antes de pedirlo.

—No pienso pasar un solo día más sin ti.

Emma suspiró y lo besó en el hombro.

—Papá y Bev regresarán pronto a Londres.

Michael se dio la vuelta al oír esas palabras. A la luz agonizante del crepúsculo, Emma vio un resplandor de furia en sus ojos.

—Si estás pensando en regresar con ellos, te aconsejo que vuelvas a pensarlo.

—No puedes obligarme a nada, Michael. Ya he superado esa etapa. —No se había dado cuenta de que era cierto hasta que lo dijo—. Es probable que me quede en la casa de la playa. Ellos deben seguir con su vida y yo he de decidir qué quiero hacer con lo que queda de la mía.

—¿Quieres que me vaya?

—No demasiado lejos. —Volvió a rodearlo con los brazos—. No quiero perderte, de eso sí estoy segura. Pero aún no sé qué hacer al respecto. ¿Podemos dejar las cosas como están por ahora, solo por un tiempo?

—De acuerdo. Pero quiero que entiendas una cosa. No voy a esperar toda la vida.

—Yo tampoco.

40

Intentando armarse de paciencia Michael apoyó los pies sobre el escritorio y miró al techo. En el otro extremo de la línea, la voz chillona y alterada no dejaba de sonar. Sabía que tarde o temprano atraparían a la comadreja en su madriguera y tendría que declarar como testigo de cargo. Solo que anhelaba que aquello sucediera lo antes posible.

—Oye, tío —lo interrumpió por fin—, tengo la impresión de que Springer era amigo tuyo. Sí, claro, hablar no cuesta nada. Tal vez fuera un camello de tres al cuarto, pero cuando nos topamos con un cadáver solemos interesarnos personalmente por el asunto. —Hizo una pausa y oyó otra sarta de balbuceos. No existía nadie menos dispuesto a cooperar que un testigo nervioso con una larga lista de antecedentes—. Está bien. Si no quieres venir, iremos a buscarte. —Levantó la vista cuando el sargento dejó caer una pila de archivos y correspondencia sobre su escritorio—. Mientras tanto continúa arriesgándote en la calle. Siempre hay sitio para uno más en la morgue. —Siguió oyendo a su interlocutor mientras echaba un vistazo a los archivos—. Bien pensado. Pregunta por el detective Kesselring.

Colgó el auricular y frunció el ceño ante la pila de papeles. Había esperado disponer de cinco minutos para llamar a Emma, pero el destino le estaba jugando una mala pasada. Resignado y sin prestar atención al bullicio de sus compañeros, empezó a revisar la correspondencia.

—Eh, Kesselring. Tienes que darnos diez dólares para la fiesta de Navidad.

Michael decidió que si volvía a oír la palabra «Navidad» mataría a alguien. A poder ser, al mismísimo Santa Claus.

—McCarthy me debe veinte. Pídeselos a él.

—¡Eh! —McCarthy se acercó al oír su nombre—. ¿Dónde está el espíritu navideño?

—En tu billetera —replicó Michael.

—¿Todavía estamos de mal humor porque la señorita va a pasar la Navidad en Londres? Despierta de una vez, Kesselring. El mundo está lleno de rubias.

—Cierra el pico.

McCarthy se llevó la mano al corazón.

—Debe de ser amor.

Sin hacerle caso, Michael observó el sobre de papel manila. Resultaba raro recibir una carta de Londres justo cuando estaba pensando cosas horribles de aquella ciudad. Un bufete de abogados, pensó al leer el remite. ¿Qué querría de él un bufete de abogados londinenses? Abrió el sobre y encontró una carta y otro sobre azul y rosa. Dio la vuelta a este y vio el remite escrito con letra grande. Jane Palmer.

Aunque no era supersticioso, se quedó mirándolo durante unos minutos, pensando en los mensajes del más allá. Lo abrió y observó la letra apretada. Cinco minutos después, estaba en la oficina de su padre y lo observaba mientras leía la carta.

Estimado detective Kesselring:
Usted investigó la muerte del hijo de Brian McAvoy. Estoy segura de que recuerda el caso. Yo también lo recuerdo. Si todavía está interesado en él, debería venir a Londres para conversar conmigo. Conozco todos los detalles. Fue idea mía, pero ellos lo echaron todo a perder. Si está dispuesto a pagar por la información, llegaremos a un acuerdo.
Atentamente,

JANE PALMER

—¿Qué opinas? —preguntó Michael con cierta inquietud.

—Opino que tal vez sabía algo. —Lou se acomodó las gafas y volvió a leer la carta—. Estaba a miles de kilómetros de distancia cuando sucedió aquello, por eso nunca pudimos vincularla al hecho. Pero... —Siempre le había rondado la cabeza una duda respecto a Jane Palmer.

—El primer matasellos de correo está fechado pocos días antes de que encontraran su cuerpo. Según los abogados, la carta anduvo de un lugar a otro porque la dirección estaba incompleta y terminó con el resto de sus papeles. Han pasado más de ocho meses —explicó Michael con disgusto.

—Creo que nada habría cambiado si solo hubieran pasado ocho días. Jane Palmer también estaría muerta.

—Si decía la verdad y sabía quién mató al niño, alguien podría haberla asesinado. Alguien que no sabía que había enviado una carta. Quiero ver el informe y hablar con el oficial a cargo de la investigación.

Lou dio la vuelta a la carta. No tenía sentido recordar a Michael que estaba dirigida al oficial que había investigado el caso.

—Es posible. Es la primera pista que hemos tenido en casi veinte años. —Recordó la foto de archivo policial de un niño de tres años y miró a su hijo—. Supongo que tendrás que viajar a Londres.

Emma amasaba la masa de las galletas intentando poner su corazón en ella. Siempre le había gustado la Navidad. Ese año, por primera vez desde su infancia la pasaría con su familia. La cocina olía a canela y azúcar moreno, se oían villancicos por los altavoces de toda la casa y Bev estaba midiendo los ingredientes para el budín de ciruela. Fuera caía una nieve blanda, ligera.

Pero su corazón no estaba allí. Temía que estuviera a miles de kilómetros de distancia, con Michael.

Mientras colocaba los moldes de distintas formas sobre la masa, Bev le deslizó el brazo por la cintura.

—Me alegra tanto que estés aquí, Emma. Significa muchísimo para mí y para tu padre.

—Para mí también. —Levantó una galleta en forma de copo de nieve y la colocó sobre la bandeja de hornear—. Siempre me dejabas hacer esto cuando era niña. Si Johnno estuviera aquí, vendría a robar algunas antes de que las metiéramos en el horno.

—¿Por qué crees que lo mandé fuera con Brian? —Observó cómo Emma esparcía azúcar coloreado sobre las puntas—. Echas de menos a Michael, ¿verdad?

—No sabía que lo echaría de menos. No tanto. —Llevó la bandeja al horno—. No tiene sentido. Solo son dos semanas. —Programó el horno y volvió a ocuparse de la masa. Era bueno hacer algo con las manos, sentirse competente. Ocupada—. Es probable que me venga bien esta separación. No quiero involucrarme tan rápido en una relación.

—Katherine dice que progresas a pasos agigantados.

—Creo que sí. Le estoy muy agradecida por haberse quedado conmigo en Los Ángeles los últimos dos meses. Yo no siempre... —agregó con una sonrisa—. Pero hablar ayuda.

—Sigues teniendo pesadillas.

—No con tanta frecuencia. Y he vuelto a trabajar. Por fin me he decidido a hacer el libro. —Hizo una pausa, con un molde en la mano—. Hace un año, la Navidad fue una pesadilla, pero este es casi perfecta. —Levantó la vista al oír que la puerta de la cocina se abría de par en par. El molde para galletas cayó al suelo—. ¿Michael?

—El ama de llaves me ha dejado entrar.

Emma no pensó. No necesitaba hacerlo. Con un grito de alegría se arrojó a sus brazos. Antes de que pudiera decir nada, Michael la estaba besando.

—No puedo creer que estés aquí. —Retrocedió un poco para mirarlo, lanzó una carcajada y comenzó a sacudirle la camisa—. Te he llenado de harina.

—Estoy segura de que tengo un montón de cosas que hacer todavía. —Bev se limpió las manos con un trapo y salió por la puerta.

—Dijiste que no podías venir —observó Emma.

—Ha habido un cambio de planes. —La apretó contra sí. Necesitaba volver a saborearla. El deseo lo atravesó al sentir los labios calientes de Emma bajo los suyos—. Feliz Navidad.

—¿Cuánto tiempo te quedarás?

—Un par de días. —Miró hacia el horno—. ¿Qué es ese ruido?

—Ay, mis galletas. —Emma corrió a apagar el horno y a rescatarlas—. Pensaba en ti mientras las preparaba. Y deseé que no estuvieras tan lejos. —Se dio la vuelta con la bandeja en la mano y lo miró a los ojos—. Volveré contigo si quieres.

—Sabes que sí quiero. —Michael le acarició la trenza—. También sé que necesitas pasar tiempo con tu familia. Cuando regreses a casa, te estaré esperando.

—Te quiero. —Las palabras fueron de su corazón a su mente con tanta velocidad que quedó perpleja. La bandeja de galletas hizo un ruido metálico cuando la dejó sobre la encimera.

—Dilo otra vez.

La mirada de Michael era tan intensa y oscura que Emma le acarició la mejilla con la yema de los dedos para tranquilizarlo.

—Te quiero, Michael. Lamento haber tardado tanto tiempo en saberlo.

Sin decir nada, él la estrechó contra su pecho. Por un instante tuvo entre los brazos todo lo que siempre había anhelado.

—Lo supe cuando te vi en mi exposición, en Nueva York. Lo supe apenas te vi. —Hundió la cara en su cuello con una mezcla de alivio y placer—. Me daba miedo. Según parece, he vivido con miedo muchos años. Pero cuando entraste por esa puerta... todo se volvió claro como el agua.

—Ahora no podrás alejarme de ti.

—Claro que no. —Emma levantó la cabeza para mirarlo—. ¿Quieres una galleta?

Le dio una excusa. No le gustaba mentirle, pero consideraba que era lo mejor ocultar por un tiempo el asunto que lo había llevado allí. Sus colegas londinenses le parecieron pulcros y corteses. Y descubrió que la burocracia británica era tan aburrida y compleja como la estadounidense.

Tuvo que esperar dos horas hasta que le informaron de que debía regresar al día siguiente para consultar los archivos.

Fue tiempo bien invertido. Emma estaba entusiasmada con la oportunidad de mostrarle Londres. Lo arrastró de la Torre a Piccadilly, de allí al cambio de guardia y por último a la abadía de Westminster. Aunque aceptó la invitación de alojarse en casa de los McAvoy, Michael conservó su habitación de hotel. Después del frenético recorrido turístico Emma y él pasaron horas en la cama.

Los archivos no le sirvieron de mucho. La investigación había llegado a la conclusión de que la muerte había sido accidental. Los forenses solo habían encontrado huellas de la propia Jane, su última criada y el traficante que había hallado el cadáver. Las coartadas de ambos carecían de fisuras. Los vecinos no tenían nada bueno que decir de la fallecida, pero tampoco habían visto a nadie ni oído nada raro la noche de su muerte.

Michael hojeó las fotos policiales. Y pensar que la gente decía que él era desordenado, pensó al observar la pocilga inmunda donde Jane había vivido y muerto. Frustrado porque el escenario del crimen se había limpiado a fondo mucho tiempo atrás, se puso a escrutar las fotos con una lupa.

El inspector Carlson, que había estado a cargo del caso Palmer, lo observaba con paciencia bovina.

—Era una verdadera leonera —señaló—. Para ser franco, jamás he visto nada igual. Ni olido nada igual. Hacía un par de días que la vieja se estaba pudriendo.

—¿Tan solo encontraron sus huellas digitales en la jeringuilla?

—En efecto. Lo hizo todo solita. —Carlson se quitó las gafas con montura de concha para limpiar los cristales—. Analizamos la posibilidad de un suicidio, pero no encajaba. Como se indica en el informe, debía de tener el mono cuando consiguió la heroína y se olvidó de rebajarla. Y así emprendió su último y velocísimo viaje.

—¿Dónde consiguió el caballo? ¿A través del tal Hitch?

El inspector apretó los labios.

—Es un camello de poca monta. No tiene las conexiones necesarias para conseguir mercancía tan pura.

—Si no fue él, ¿quién entonces?

—Jamás pudimos averiguarlo. Supusimos que ella misma la había comprado. En sus buenos tiempos era una celebridad o algo así y tenía algunas relaciones importantes.

—Supongo que habrá leído la carta que envió a mi departamento.

—Por eso estamos dispuestos a reabrir el caso, detective. Si aquí tuviéramos un asesinato relacionado con un asesinato cometido en su país, podría usted contar con nuestra colaboración. —Volvió a colocarse las gafas sobre el puente de su ganchuda nariz—. Han pasado casi veinte años, pero ninguno de nosotros ha olvidado el caso de Darren McAvoy.

No, nadie lo había olvidado. Michael estaba sentado en la oficina de paredes revestidas de madera de roble del propio Brian, mirándolo leer la carta de su ex amante.

En el otro extremo de la habitación los leños crujían alegremente en el hogar. Había varios sillones distribuidos frente a la chimenea. En todas las paredes y estantes se veían hileras de premios, placas y fotografías. Y unas pocas cajas de cartón, testimonio de su mudanza reciente. Parecía más el escritorio de un ejecutivo que el de un astro del rock. Lustroso y atiborrado de informes y diarios. Contra la pared había un teclado y un sintetizador Yamaha, junto a una enorme grabadora. En el bar solo había refrescos y agua mineral. Michael esperó a que Brian levantara la vista antes de hablar.

—Analicé la situación con mi padre. Pensamos que era mejor que usted lo supiera.

Conmovido, Brian buscó torpemente un cigarrillo.

—Vosotros creéis que es auténtica.

—Sí.

Le costó encender el mechero. Había una botella de whisky irlandés en el último cajón del escritorio, aún sin abrir. Era una manera de ponerse a prueba. Desde que había abandonado el alcohol, seis semanas y tres días atrás, no sentía tanta necesidad de beber un trago.

—Santo Dios, creí saber de lo que Jane era capaz. Pero esto... no me cabe en la cabeza. —Inhaló el humo como un hombre que se ahoga traga aire—. Si ella estaba... ¿Por qué querría hacerle daño? —Enterró la cara en las manos—. No a Darren. A mí. Quería hacerme daño a mí.

—Aún seguimos pensando que fue una muerte accidental. —Vaya consuelo, pensó Michael—. Los motivos lógicos fueron el secuestro y el rescate que usted habría pagado.

—Yo ya le estaba pagando por Emma. —Brian se frotó la cara con las manos y las dejó caer sobre el escritorio—. Jane habría matado a Emma, le habría roto el cuello ante mis ojos. Era capaz de hacerlo en un ataque de furia. Pero planear algo así... —Levantó la vista y negó con la cabeza—. No creo que fuera capaz de eso.

—Tuvo ayuda.

Brian se levantó. Saltó de la silla y comenzó a recorrer el despacho como un león enjaulado. Aquel lugar estaba colmado de pruebas tangibles de su éxito. Discos de oro, de platino, Grammys, American Music Awards. Señal de que la música que había creado era importante.

También había muchas fotografías que se disputaban el espacio. Devastation ayer y hoy, Brian con otros cantantes, músicos, políticos a quienes respaldaba, celebridades. Entre ellas, una instantánea enmarcada de Emma y su difunto hijo, sentados a la orilla de un arroyo y sonriendo a los rayos del sol. Él también los había creado.

Veinte años se evaporaron en un instante. Estaba de vuelta en la hierba dorada, oyendo la risa de sus hijos.

—Pensé que lo había superado. —Se frotó los ojos con los dedos y se alejó de la foto—. No quiero que Bev se entere, no todavía. Yo mismo se lo diré cuando crea que ha llegado el momento.

—Como prefiera. Solo quería que supiera que voy a reabrir el caso.

—¿Te entregas al trabajo tanto como tu padre?

—Me gustaría creer que sí.

Brian asintió. Lo que se había forjado aquella noche horrible veinte años atrás aún no se había quebrado. Pero tenía otra hija en la que pensar.

—¿Qué pasará con Emma? ¿Vas a volver a interrogarla?

—Haré todo lo posible para impedir que salga lastimada.

Brian destapó una botella de ginger ale. Era un pobre sustituto del whisky, pero el mejor que había podido encontrar.

—Bev cree que estás enamorado de ella.

—Lo estoy. —Michael rechazó con un gesto la botella que Brian le ofrecía—. Quiero casarme con Emma en cuanto esté preparada.

Brian siguió de pie y bebió un trago. La sed era insoportable.

—No quería que se liara con Drew. No veía nada bueno en él. Hay algo que siempre me pregunto; si yo no la hubiera presionado tanto, si no hubiera puesto tantas objeciones... ¿habría esperado Emma un poco más antes de casarse?

—Latimer lo quería a usted y quería todo lo que usted podía facilitarle. Yo solo quiero a Emma. Siempre la he querido.

Brian suspiró hondo y volvió a sentarse.

—Emma siempre ha sido la parte más bella y más constante de mi vida. Algo que hice sin pensar y resultó perfecto. —Miró a Michael con un amago de sonrisa en los labios. Una sonrisa muy parecida a la de su hija—. Me pusiste nervioso aquel día que te llevó a esa patética casa que tenía P. M. en Beverly Hills. Te miré y pensé: Este chico va a quitarme a Emma. Debe de ser la sangre irlandesa —dijo y bebió otro trago de ginger ale—. Parece ser que entre los irlandeses hay muchos borrachos, poetas y visionarios. Yo he sido las tres cosas, fíjate.

—Puedo hacerla feliz.

—Te estaré vigilando de cerca. —Brian volvió a coger la carta—. Por muy importante que sea para mí que descubras quién asesinó a mi hijo, es mucho más importante que hagas feliz a Emma.

—Papá... P. M. y Annabelle han traído a su hijo. Ah, perdón. —Emma se detuvo en seco, con la mano en el picaporte—. No sabía que estabas aquí, Michael.

—Me dijeron que habías salido de compras cuando llegué. —Michael se levantó, tomó con disimulo la carta que tenía Brian en la mano y se la guardó en el bolsillo.

—¿Ocurre algo malo?

—Nada. —Brian rodeó el escritorio para besar a su hija—. Estaba interrogando a Michael. Por lo visto tiene pensado hacer algo con mi hija.

Emma sonrió. Estaba a punto de creerle, hasta que vio la mirada de su padre.

—¿Qué ocurre?

—Acabo de decírtelo. —Brian le pasó un brazo por encima de los hombros y empezó a conducirla hacia la puerta, pero Emma se dio la vuelta y miró a Michael.

—No quiero que me mientas.

—Tengo pensado hacer algo con su hija —dijo Michael.

Emma se escurrió del brazo de su padre y se mantuvo firme.

—¿Me permites ver el sobre que tienes en el bolsillo?

—Sí, pero preferiría hacerlo un poco más adelante.

—Papá, por favor, déjanos solos un momento.

—Emma...

—Por favor.

Brian cerró la puerta de mala gana y los dejó solos.

—Confío en ti, Michael —continuó ella—. Si me dices que papá y tú solo habéis hablado de nuestra relación, te creeré.

Empezó a decírselo. Quería decírselo.

—No. No solo hemos hablado de eso. ¿Quieres sentarte?

Emma sabía que sería terrible. Cruzó las manos y las mantuvo apretadas sobre su regazo, como hacía cuando de niña temía oír algo. En lugar de hablar, sacó el sobre de su bolsillo y se lo entregó.

Era tan parecida a su padre. Los gestos, el modo en que el dolor se reflejaba en sus ojos, su manera silenciosa de contenerlo al sentir sus punzadas. Antes de hablar, dobló la carta y se la devolvió a Michael.

—¿Por eso estás aquí?

—Sí.

Los ojos de Emma estaban oscurecidos por la furia cuando miró a Michael.

—Creía que no podías estar lejos de mí.

—No puedo.

Emma bajó la cabeza. Era tan difícil pensar cuando el dolor llegaba así, implacable.

—¿Crees lo que dice esta carta?

—No es cuestión de creer o no creer —respondió Michael—. Tengo que seguir la pista.

—Yo lo creo. —Emma recordó la última imagen clara que tenía de Jane, plantada en el umbral de la casa mugrienta, con el rostro ensombrecido por la amargura—. Solo quería hacer daño a papá. Quería hacerlo sufrir. Todavía recuerdo cómo lo miró el día que me llevó con él. Era apenas una niña, pero lo recuerdo perfectamente. —Respiró hondo, con furia. Las lágrimas eran inútiles—. ¿Cómo es posible amar y odiar a una persona como hizo ella? ¿Cómo es posible pervertir los sentimientos hasta el punto de participar en el asesinato de un niño? Han pasado casi veinte años, pero ella seguía queriendo que él sufriera.

Michael se agachó a su lado y tomó el sobre que tenía sobre las rodillas.

—Tal vez sea cierto, pero también es posible que nos haya dado una pista que nos ayudará a saber quién lo mató. Y por qué.

—Yo sé quién lo mató. —Emma cerró los ojos con fuerza—. Lo que sé está enterrado en algún lugar muy profundo de mí, pero yo lo sé. Ya es hora de que comience a cavar.

Cuando comenzó la música estaba de pie en el pasillo oscuro, con su camisón favorito, abrazada a Charlie. Darren estaba llorando. Emma quería volver a la cama y a la luz de la lámpara de su mesita de noche, pero había prometido cuidarlo... y él estaba llorando.

Echó a andar, pero sus pies no tocaron el suelo. Parecía flotar en una oscura nube gris. Oía los siseos, los chasquidos secos de las «cosas» que poblaban la oscuridad. Las cosas que se comían a las niñas malas, como le había dicho su mamá.

No sabía qué camino tomar. Estaba demasiado oscuro y había ruidos por todas partes, se imponían a la música que no dejaba de sonar. Caminó guiada por el llanto de su hermano. Intentó hacerse pequeña, tan pequeña que nadie pudiera verla. Sentía cómo el sudor le corría por la espalda.

Apoyó la mano en el pomo. Lo hizo girar lentamente. Empujó la puerta. La abrió.

Unas manos la aferraron de los brazos. Se los retorcieron.

—Te dije que no huyeras de mí, Emma. —Drew le deslizó la mano por la garganta y apretó—. Te dije que te encontraría.

—¡Emma! —Michael tomó sus brazos agitados y la estrechó contra su pecho—. Despierta, Emma, despierta. Es solo un sueño.

Emma no podía respirar. Aunque sabía dónde estaba y quién la abrazaba, le parecía que Drew todavía le apretaba la garganta.

—La luz —dijo con dificultad—. Por favor, enciende la luz.

—Está bien. Espera un segundo. —Sin dejar de abrazarla, Michael se estiró para apretar el interruptor—. Ya está. Ahora mírame, Emma, mírame. —Le puso una mano firme bajo el mentón y la obligó a levantarlo. Emma seguía temblando y, a la luz de la lámpara, su rostro se veía pálido como el mármol y empapado en sudor—. Ha sido un sueño —susurró él—. Estás conmigo.

—Estoy bien.

Él envolvió con la sábana sus hombros temblorosos.

—Te traeré un poco de agua.

Emma asintió. Michael bajó de la cama y se dirigió al cuarto de baño adyacente. Ella se llevó las rodillas al pecho y oyó el sonido del agua corriente contra el vaso. Sabía dónde estaba. En la habitación del hotel, con Michael. Había querido pasar la noche a solas con él antes de que regresara a Estados Unidos. Aunque sabía que solo había sido un sueño, se llevó la mano a la garganta. Todavía le parecía sentir la presión de los dedos de Drew.

—Bebe un poco.

Bebió. No le ardió como había temido.

—Lo siento, Michael.

Pero él no quería disculpas. Tampoco quería que advirtiera que estaba tan conmovido como ella. Había creído que se ahogaba en el sueño, trataba de respirar pero el aire se atascaba en su garganta.

—¿Tienes a menudo estas pesadillas?

—Demasiado a menudo.

—¿Por eso nunca quisiste pasar una noche conmigo hasta hoy?

Emma se encogió de hombros y miró el contenido del vaso. Se sentía patética.

—Eres demasiado guapa para ser tonta, Emma. —Acomodó las almohadas en su lugar y la ayudó a recostarse—. Cuéntamelo todo.

Cuando terminó, él siguió mirándola desde media distancia. Ahora estaba tranquila. Lo percibía en su manera de respirar. En su manera de estrecharlo con firmeza.

—Es probable que la carta haya disparado la pesadilla —murmuró Emma—. Antes rogaba que terminaran de una vez. Ahora no quiero. Quiero ver. Quiero entrar por esa puerta y ver.

Michael volvió la cabeza y apoyó los labios sobre su cabello.

—¿Confías en mí?

Su brazo era firme en torno a ella, pero no la estrechaba. Simplemente la sostenía.

—Sí.

—Haré todo lo que pueda para encontrar al responsable de la muerte de tu hermano.

—Ocurrió hace mucho tiempo.

—Tengo algunos cabos sueltos. Déjame ver si puedo atarlos.

Emma apoyó la cabeza contra su pecho. Deseaba poder estar siempre a su lado y descansar la frente sobre su hombro.

—Sé que dije que volvería contigo si querías, pero necesito quedarme. Tengo que hablar con Katherine. Necesito unas semanas.

Él guardó silencio por un momento y trató de hacerse a la idea de estar sin ella.

—Mientras estés aquí, piensa si soportarías ser la esposa de un policía. —Le tomó la cara entre las manos y la miró a los ojos—. Piénsalo bien, ¿de acuerdo?

—Sí. —Emma lo estrechó entre sus brazos—. Hagamos el amor, Michael.

El club era ruidoso y estaba atestado de cuerpos jóvenes enfundados en tejanos ajustadísimos. Abundaban las minifaldas que apenas cubrían las caderas de las chicas de piernas largas. La música era fuerte y metálica, el alcohol estaba rebajado con agua. Pero el club estaba lleno y en la pista de baile no cabía un alfiler. Las luces de colores giraban y distorsionaban las caras. Las parejas tenían que gritar para comunicarse. Era tan fácil cambiar drogas por dinero como intercambiar números telefónicos.

No estaba acostumbrado a esa clase de lugares. Ciertamente no eran de su gusto. Aun así había ido. Se sentó a una mesa pequeña de un rincón y pidió un whisky.

—Si querías hablar, tendrías que haber elegido un lugar menos ruidoso.

Su compañero sonrió con malicia y vació un vaso de whisky de un solo trago.

—¿Qué mejor lugar para ventilar secretos que un lugar público? —Encendió un cigarrillo con un encendedor de oro con monograma—. Me ha contado un pajarito que Jane dijo algo acerca de ti.

—Conozco la existencia de la carta.

—Conoces su existencia, pero no pensaste que valiera la pena mencionármela. ¿O me equivoco?

—No te equivocas.

—No es prudente olvidar que tus preocupaciones son también mías.

—La carta solo implica a Jane. A nadie más. Ni a ti, ni a mí. Como Jane está muerta, no tiene la menor importancia. —Hizo una pausa y esperó que la camarera dejara su copa sobre la mesa—. Pero hay algo más que sí podría ser importante. Emma está teniendo sueños perturbadores.

El otro se rió y dejó escapar el humo del cigarrillo entre los dientes.

—Los sueños de Emma no me preocupan.

—Pues deberían preocuparte, porque nos conciernen a ambos. Está haciendo terapia con la misma psiquiatra que trató a Stevie Nimmons. —Probó el whisky y decidió que no servía ni para regar una planta—. Según parece, podría estar empezando a recordar.

Le cambió la expresión. Primero un relámpago de miedo y luego un diluvio de furia.

—Tendrías que haberme dejado matarla hace años.

—Entonces no era necesario. —Se encogió de hombros y bebió un sorbo de whisky con resignación—. Tal vez sea necesario ahora.

—No voy a ensuciarme las manos a estas alturas, viejo. Ocúpate tú.

—Yo me ocupé de Jane. —Su voz era fría y serena—. Por el momento, creo que solo hay que vigilar a Emma. Si la cosa empeora, tendrás que hacerte cargo.

—De acuerdo. Pero no será porque tú me lo ordenes sino porque me debe una.

—¿Podría firmarme un autógrafo, señor Blackpool?

Dejó el encendedor sobre la mesa y sonrió a la joven pelirroja curvilínea.

—Por supuesto, preciosa. Será un placer.

41

Desde la ventana de la sala Emma veía derretirse la última nieve de Año Nuevo sobre el seto.

—Michael quiere que me case con él.

Katherine se limitó a levantar una ceja.

—¿Y qué opinas tú al respecto?

Emma estuvo a punto de reírse. Era la típica pregunta que un terapeuta hacía a su paciente.

—Siento un montón de cosas, pero no estoy sorprendida. Hace tiempo que sé que esperaba el momento propicio para pedírmelo. Cuando estoy con él, comienzo a creer que podría funcionar. Un hogar, una familia. Es lo que siempre he querido.

—¿Le quieres?

—Sí, claro que le quiero. —Eso era lo más simple, aparentemente—. Le quiero.

Katherine notó que Emma no expresaba ninguna clase de vacilación en cuanto a eso.

—Pero no estás segura de querer casarte.

—El matrimonio funciona para algunas personas, pero sería ridículo decir que funcionó para mí.

—¿En qué se parece Michael a Drew?

—¿En qué sentido?

Katherine se limitó a levantar las manos con las palmas hacia arriba y los dedos muy abiertos.

—Los dos son hombres. Hombres atractivos, decididos.

—¿Nada más?

Emma empezó a pasearse por la habitación. La casa estaba silenciosa y vacía. Todos sabían que cada tarde, a las tres, debía hablar a solas con Katherine. Ese día no pensaba hablar de Michael, sino de las pesadillas. Pero sus pensamientos la habían llevado a él.

—No, nada más. Incluso antes de darme cuenta de que Drew era violento, no se me habría ocurrido compararlos. A Drew no le importaba la gente, solo podía concentrarse en una persona cada vez. No tenía sentido de la lealtad. Podía mostrarse inteligente y muy romántico, pero jamás lo hacía por simple generosidad. Siempre exigía algo a cambio.

—¿Y Michael?

—A él sí le importa. La gente, su trabajo, su familia. La lealtad es... ¿cómo explicarlo? Es como el color de sus ojos. Forma parte de él. Jamás pensé que querría estar otra vez con un hombre. Acostarme con él. Cuando hicimos el amor por primera vez, sentí cosas que siempre había querido experimentar y nunca había podido.

—Cuando te refieres a Drew, hablas de acostarse, de tener relaciones sexuales. Pero con Michael lo llamas hacer el amor.

—¿En serio? —Emma hizo una pausa y sonrió a Katherine. Rara vez lo hacía. Un recuerdo le vino a la memoria: Johnno sentado en la cama de su habitación en Martinica. «Cuando hay amor de por medio, es una experiencia casi sagrada»—. No creo que se necesite un título universitario para comprender la diferencia.

—No. —Complacida, Katherine se apoyó contra los cojines—. ¿Te sientes cómoda con Michael? Me refiero a lo físico, estrictamente.

—No. Me siento maravillosamente incómoda.

—¿Excitada?

—Sí. Pero hasta ahora no he podido... tomar la iniciativa.

—¿Quieres hacerlo?

—No lo sé. Pienso que... Supongo que tengo miedo de hacer algo mal.

—¿En qué sentido?

Perpleja, Emma levantó las manos y las dejó caer a los costados del cuerpo.

—No estoy segura. Tengo miedo de hacer algo que no le guste, que le moleste o... —Impaciente consigo misma, fue hacia la ventana—. No puedo quitarme a Drew de la cabeza. No puedo olvidar las cosas que me decía, que era completamente estúpida e inútil en la cama. —Detestaba saber que todavía le estaba permitiendo controlar ciertas partes de su vida.

—¿Alguna vez se te ocurrió pensar que, si eras insatisfactoria en la cama, podía deberse a tu pareja o a las circunstancias?

—Sí. Aquí arriba. —Emma se llevó un dedo a la sien—. Sé que no soy fría e indiferente. Puedo sentir pasión, deseo. Pero tengo miedo de acercarme a Michael, miedo de estropear algo. —Hizo una pausa, tomó una pirámide de cristal y observó los colores que se movían en su interior—. Y las pesadillas. Ahora le tengo casi tanto miedo como cuando estaba vivo. Creo que si pudiera expulsarlo de mis sueños, borrar su cara y su voz de mi subconsciente, podría dar ese paso con Michael.

—¿Eso es lo que quieres?

—Por supuesto. ¿Acaso piensas que quiero que siga castigándome?

—¿Por qué motivo?

—Por no hacer lo que él quería en el momento justo, o por hacerlo mal. —Agitada, Emma dejó la pirámide de cristal y se rodeó los pechos con los brazos—. Por no usar el vestido adecuado. Por estar enamorada de Michael. Él lo sabía, sabía que yo sentía algo por Michael. —Volvió a caminar de un lado a otro retorciéndose los dedos—. Lo supo cuando nos vio juntos en la exposición. Por eso me golpeó. Me hizo prometerle que jamás volvería a ver a Michael. Pero continuó golpeándome. Sabía que no cumpliría mi promesa.

—Una promesa arrancada mediante el castigo físico o el maltrato emocional no es en absoluto una promesa.

Emma negó con la cabeza la lógica de aquel razonamiento.

—Lo cierto es que traté de cumplirla, pero no lo hice. No pude. Por eso me castigó. —Se dejó caer en una silla--. Mentí

—prosiguió, casi para sí—. Mentí a Drew y me mentí a mí misma.

Katherine se inclinó y habló con voz baja y serena.

—¿Por qué supones que Drew aparece en tu sueño, en la pesadilla de la noche de la muerte de Darren?

—También mentí en aquel momento —murmuró Emma—. No cumplí mi promesa. No cuidé a Darren. Lo perdimos. Papá y Bev se perdieron el uno al otro. Yo les había jurado que siempre cuidaría de Darren. Que lo mantendría a salvo. Pero rompí mi promesa. Nadie me castigó. Ni siquiera me echaron la culpa.

—Tú lo hiciste. ¿Acaso no te culpaste a ti misma? ¿Acaso no te castigaste?

—Si no hubiera escapado... Él me estaba llamando. —Por un instante todo volvió a su mente. La voz de su hermanito persiguiéndola por el pasillo mientras ella escapaba en la oscuridad—. Estaba muy asustado, pero no volví con él. Sabía que iban a hacerle daño, pero huí corriendo. Y él murió. Tendría que haberme quedado. Debí haberme quedado.

—¿Podrías haberlo ayudado?

—Corrí porque tenía miedo de lo que podía pasarme.

—Eras una niña, Emma.

—¿Y eso qué importa? Hice una promesa. No se deben incumplir las promesas hechas a las personas a las que se ama, por muy difíciles que sean de cumplir. Yo hice una a Drew y me quedé porque...

—¿Porque?

—Porque merecía un castigo. —Cerró los ojos con horror. Un horror torpe, embotado—. Ay, Dios. ¿Me quedé con Drew todos esos meses porque quería que me castigaran por haber perdido a Darren?

Katherine solo se permitió un breve momento de satisfacción profesional. Eso era exactamente lo que había estado esperando.

—Creo que sí, en parte. Una vez dijiste que Drew te recordaba a Brian. Te culpaste por la muerte de Darren y, en la mente de un niño, la culpa siempre es seguida por el castigo.

—No sabía que Drew era violento cuando me casé con él.

—No. Te atrajo lo que viste en la superficie. Un joven guapo con una voz bella. Romántico, encantador. Elegiste a alguien que, a tu entender, era amable y afectuoso.

—Me equivoqué.

—Sí, te equivocaste con Drew. Os engañó a ti y a muchas otras personas. Como era tan atractivo y cariñoso exteriormente, te convenciste de que merecías lo que te hacía. Él usó tu vulnerabilidad, la explotó y la manipuló. Tú no pediste que te maltratara, Emma. Y no tenías la culpa de su enfermedad. Como tampoco tienes la culpa de la muerte de tu hermano. —La tomó de la mano—. Creo que cuando aceptes eso de corazón, recordarás el resto. Y cuando recuerdes, las pesadillas desaparecerán.

—Recordaré —murmuró Emma—. Y esta vez no escaparé corriendo.

El ático apenas había cambiado. Marianne le había añadido un par de toques estrambóticos. Una foto de Godzilla tamaño natural, una enorme palmera de plástico todavía con los adornos navideños aunque ya habían comenzado las rebajas de enero y un pájaro embalsamado posado en una percha frente a la ventana. Sus pinturas dominaban las paredes: paisajes, marinas, retratos y naturalezas muertas. El estudio olía a óleo, trementina y Obsession de Calvin Klein.

Emma estaba sentada en un taburete bajo un rayo de sol. Llevaba una camiseta que le quedaba grande y dejaba un hombro al descubierto, y los pendientes de zafiro y diamante que su padre le había regalado para Navidad.

—No estás relajada —se quejó Marianne mientras daba golpecitos con un lápiz sobre el cuaderno.

—Siempre dices lo mismo cuando me dibujas.

—No, no estás relajada. Hablo en serio. —Se metió el lápiz en el cabello, una masa de rizos que le llegaban a los hombros. Comenzó a tamborilear los dedos sobre el cuaderno sin dejar de mirar a Emma—. ¿Es porque estás aquí, en Nueva York?

—No lo sé. Tal vez. —Pero también había estado tensa en Londres los dos últimos días. Sentía que la vigilaban, que la seguían, que la acechaban.

Era una estúpida. Respiró hondo tres veces. Lo más probable era que la tensión se debiese a que por fin había reconocido su culpa y su vergüenza. Y también su furia. Todo estaba relacionado con Darren y Drew. Sin embargo, se había sentido aliviada después de reconocerlo.

—¿Quieres dejar de posar? —En el mismo momento en que lo preguntaba, Marianne tomó el lápiz y comenzó a dibujar. Siempre había querido capturar esa mirada acosada en los ojos de Emma—. Podríamos ir al norte de la ciudad, pasar por Bloomies o darnos una vuelta por Elizabeth Arden. Hace varias semanas que no me hago ningún tratamiento facial.

—No sabía cómo decirte que estabas espantosa. —Emma sonrió tanto que se le formó el hoyuelo en la comisura de la boca—. ¿A qué se debe? ¿Tomas vitaminas, sigues una dieta macrobiótica o haces el amor todas las noches? Te veo espléndida.

—Debe de ser el amor.

—¿El dentista?

—¿Quién? Ah, no. Hablar de la caries destruyó nuestra relación. Se llama Ross. Lo conocí hace seis meses.

—Hace seis meses. —Emma enarcó una ceja—. Nunca lo habías mencionado.

—Pensé que no duraría. —Marianne se encogió de hombros, cambió de hoja y empezó un nuevo dibujo—. Muévete un poquito, por favor. Gira un poco la cabeza. Sí. Así. Quédate quieta ahora.

—La cosa va en serio. —Emma miró por la ventana. El estómago le dio un vuelco y tuvo que inspirar lentamente. La gente andaba a toda prisa allá abajo, empujada por un viento helado que anunciaba lluvia o cellisca. Había un hombre parado en la puerta de la panadería, fumando. Hubiera jurado que la miraba—. ¿Qué? —dijo al oír la voz de Marianne.

—He dicho que podría ser. Me gustaría que lo fuera. El problema es que... es senador.

—¿Un senador de Estados Unidos?

—Un caballero oriundo de Virginia. ¿Me ves como una de esas elegantes esposas de Washington?

—Sí —respondió Emma, y sonrió—. Te veo.

—Té y protocolo. —Marianne arrugó la nariz—. No consigo imaginarme escuchando un discurso sobre el presupuesto de defensa. ¿Qué estás mirando?

—Ah. Nada. —Emma movió la cabeza y miró hacia otro lado—. Hay un hombre parado en la calle.

—No lo puedo creer. ¡Un hombre parado en la calle en pleno centro de Nueva York! Has vuelto a ponerte tensa.

—Perdóname. —Emma desvió la vista y trató de relajarse—. Pura paranoia —añadió esperando aligerar el ambiente—. Entonces ¿cuándo me presentarás al político en cuestión?

—Está en Washington. —Marianne dibujó las cejas de Emma con dos trazos—. Si no tuvieras tanta prisa por regresar a Los Ángeles, podrías venir conmigo el próximo fin de semana.

—La cosa va en serio, entonces.

—Más o menos. Emma, ¿qué es lo que tanto te fascina allá abajo?

—Ese hombre. Es como si me estuviera mirando.

—Más parece vanidad que paranoia. —Marianne se levantó del taburete y fue hacia la ventana—. Probablemente está esperando a su proveedor de droga —decidió. Volvió a alejarse para buscar su taza de café, abandonada en un rincón desde hacía rato—. Ya que hablamos en serio, ¿qué pasa con Michael? ¿Vas a darles un respiro al pobre tipo y a su perro?

—Quiero tomarme mi tiempo.

—Te has tomado tu tiempo con Michael desde que tenías trece años —repuso Marianne—. ¿Qué se siente al saber que un hombre lleva más de diez años enamorado de ti?

—Eso no es así.

—Sí lo es. Por cierto, me asombra que se haya quedado en California cuando le dijiste que vendrías a visitarme un par de días antes de regresar.

—Quiere que nos casemos.

—Caramba... es como si acabara de caerme de un piso veinticuatro. ¿Quién lo hubiera dicho?

—Supongo que no quiero pensar en lo que ocurrirá después.

—Eso solo se debe a que por un tiempo desterraste la palabra «matrimonio» de tu vocabulario. ¿Y qué piensas hacer al respecto?

—¿Respecto a qué?

—A las dos emes. Michael y matrimonio.

—No lo sé. —Emma volvió a mirar por la ventana. El hombre todavía estaba allí parado, esperando con toda la paciencia del mundo—. Esperaré hasta volver a verlo. Tal vez ya no sintamos lo mismo ahora que las cosas se calmaron un poco y nuestras vidas han vuelto a la normalidad. Maldita sea.

—¿Qué?

—No sé cómo no me he dado cuenta antes. Papá ha vuelto a contratar un guardaespaldas. —Volvió la cabeza y entornó los ojos—. ¿Tú estabas enterada?

—No. —Marianne se levantó de nuevo y miró por la ventana—. Brian no me ha dicho nada. Sí, el tipo está ahí parado. ¿Por qué supones que te está vigilando?

—Cuando has convivido con ello la mayor parte de tu vida, sabes cuándo estás siendo vigilada. —Molesta, Emma se alejó de la ventana. A continuación lanzó un improperio, regresó corriendo y la abrió de par en par—. ¡Eh, tú! —El grito repentino no solo sorprendió al hombre parado en la calle; también la sorprendió a ella—. Llama a tu jefe y dile que puedo cuidarme sola. Si dentro de cinco minutos sigues ahí, llamaré a la policía.

—¿Te sientes mejor? —murmuró Marianne por encima de su hombro.

—Muchísimo mejor.

—No creo que te haya oído con todo el ruido que hay allá abajo.

—Ha oído lo suficiente —dijo Emma con gesto satisfecho—. Ya se va. —Un poco mareada, apartó la cabeza de la ventana—. Vayamos a hacernos una limpieza de cutis.

Michael estudió la relación de nombres de arriba abajo. Había tardado varios días en elaborarla y hacer las comprobaciones pertinentes. Durante las últimas semanas había quedado tan cautivo del asesinato de Darren McAvoy como su padre veinte años atrás. Había leído todos los informes de cabo a rabo, estudiado cada fotografía, revisado y vuelto a revisar todas las entrevistas realizadas durante la investigación original. Había evocado en detalle su visita a la casa de la colina con Emma y anotado su parecer a partir de las descripciones y los recuerdos de ella.

Gracias a la meticulosa investigación de su padre y los recuerdos de Emma, pudo recrear en su mente la noche del asesinato de Darren McAvoy.

Música. Los Beatles, los Stones, Joplin, los Doors.

Drogas. Todo, desde marihuana a LSD, alegremente compartido.

Conversaciones profesionales, charlas informales, cotilleos. Risas e intenso debate político. Vietnam, Nixon, la liberación de las mujeres.

Gente que entraba y salía. Algunos invitados, otros caídos del cielo. Nadie cuestionaba la presencia de caras desconocidas. Las invitaciones formales eran cosa del *establishment*. La paz, el amor y la vida comunitaria estaban a la orden del día. Sonaba muy bonito, pero era frustrante para un policía en el primer año de la década de los noventa.

Tenía la lista de invitados que había elaborado su padre. Por supuesto, era insatisfactoria, pero al menos serviría para comenzar. Llevado por una corazonada, dedicó varios días a verificar dónde se encontraban todos los incluidos en la lista la noche de la muerte de Jane Palmer. Resultó que dieciséis de ellos habían estado en Londres, incluidos los cuatro integrantes de Devastation y Bev McAvoy. Michael prescindió de su tendencia natural a tacharlos de la relación y pasó varios días más comprobando coartadas.

Quedaban doce nombres en la planilla. Le gustaba pensar

que si había una conexión entre los dos asesinatos separados por veinte años de distancia, estaba en ella.

—Tenemos una base para empezar a trabajar —comentó Michael. Se inclinó sobre el hombro de su padre y juntos estudiaron la lista—. Quiero profundizar un poco más y encontrar todas y cada una de las conexiones posibles entre estas doce personas y Jane Palmer.

—Tienes a los McAvoy en la lista. ¿Crees que mataron a su propio hijo?

—No. Es la conexión. —Michael sacó un archivo y lo abrió. Contenía una relación de nombres unidos por líneas discontinuas. Parecía un árbol genealógico encabezado por Bev, Brian y Jane. Bajo sus nombres figuraban los de Emma y Darren—. He buscado todas las conexiones posibles a partir de las entrevistas y la información de archivo. Tomemos a Johnno, por ejemplo. —Michael deslizó el dedo por la lista y señaló el nombre—. Es el amigo más antiguo de Brian, han escrito juntos todas las canciones de Devastation. Ellos formaron la banda. Continuó siendo amigo de Bev durante el largo período en que estuvo distanciada de Brian. También es el que conocía a Jane desde hacía más tiempo.

—¿Motivo?

—Solo dinero o venganza —respondió Michael—. Podemos atribuirle fácilmente cualquiera de los dos móviles a Jane Palmer, pero también al resto de los incluidos en la lista. Blackpool. —Michael deslizó el dedo un poco más abajo—. Cuando asesinaron a Darren no era más que un parásito que intentaba abrirse camino en el mundo de la música. Tuvo su momento de gloria varios meses más tarde, cuando grabó una canción escrita por Brian y Johnno. Y Pete Page comenzó a ser su representante. —Señaló las líneas que unían a Blackpool con Brian, Johnn, Pete y Emma.

—¿Ninguna conexión con Palmer? —preguntó Lou.

—Hasta el momento no he encontrado ninguna.

Lou asintió y se repatingó en su silla.

—En la lista hay varios nombres que hasta un viejo como yo conoce.

—Lo más granado del rock and roll, ya lo sé. —Michael se sentó en el borde del escritorio y encendió un cigarrillo—. Sé que si pensamos que el principal móvil de todo secuestro es el dinero la mayoría de estos nombres no encaja. Ahí es donde entra Jane. Si ella planeó el secuestro, podría haber usado el sexo, la extorsión, las drogas o cualquier otra clase de anzuelo para obligar a alguien a conseguir dinero de Brian a través de Darren. Ya había intentado presionar a Brian utilizando a Emma, y lo único que obtuvo fue dinero. Quería más. ¿Qué mejor manera de obtenerlo que a través de su hijo? —Bajó del escritorio y comenzó a andar de un extremo a otro del despacho intentando imaginar la escena—. Si pudiera haber entrado en la casa, lo habría hecho ella sola, pero era la única persona del mundo que no habría sido bienvenida aquella noche. Así pues, buscó a alguien, empleó la estrategia más conveniente y obtuvo lo que quería.

—Pareces comprender muy bien la mente de Jane Palmer.

Michael recordó su breve y destructiva aventura con Angie Parks.

—Creo que sí. Si creemos sus palabras y aceptamos que el secuestro fue idea suya, tendremos que encontrar la conexión. Usó a alguien de esta lista.

—Esa noche, había dos personas en la habitación del niño.

—Y una de ellas tenía que conocer muy bien la casa. La distribución de las habitaciones del piso superior, que era el espacio privado de los McAvoy. Tenía que conocer a los niños, las costumbres de la casa. De modo que estamos buscando a alguien relacionado con Jane y con Brian.

—Te olvidas de algo, Michael. —Lou se echó hacia atrás para mirar a su hijo—. Si escribieras tu nombre en esta lista, ¿cuántas líneas te unirían a los otros integrantes? Nada entorpece más una investigación que una relación personal.

—Tampoco existe una motivación más poderosa que esa —repuso Michael apagando el cigarrillo en el cenicero—. No sé si sería policía de no haber sido por Emma. Aquella vez que vino a casa. ¿Te acuerdas? Faltaba poco para la Navidad. Fue a verte.

—Me acuerdo, sí.

—Estaba buscando ayuda. Podría haber recurrido a muchas otras personas, pero acudió a ti. Eso me hizo pensar. No todo era llenar formularios y hacer listas. No todo era tiroteos y calabozos. Había algo más. La gente acudía a ti porque sabía que tú sabrías qué hacer. Esa tarde, fuimos a la casa de la colina y entré allí con ella. Comprendí que debe haber personas que sepan qué hacer. Personas a quienes les importe averiguar qué le ocurrió a un niño al que jamás conocieron.

Conmovido, Lou clavó la vista en los papeles que tapaban casi por completo su escritorio.

—Pronto se cumplirán veinte años de aquello y aún no tengo una sola pista digna de ese nombre.

—¿De qué color tenía los ojos Darren McAvoy?

—Verdes —respondió Lou—. Como los de su madre.

Michael sonrió para sí y se levantó.

—Jamás has tirado la toalla, papá. Debo ir a buscar a Emma al aeropuerto. ¿Puedo dejar aquí este material? No quiero que lo vea.

—Sí. —Lou pensaba analizar todas y cada una de las palabras del informe de su hijo—. Michael. —Levantó la vista cuando este se detuvo frente a la puerta—. Has resultado ser un policía muy bueno.

—Tengo a quien parecerme.

42

Emma se había convencido de que debía parar un poco la máquina. Su relación con Michael iba demasiado rápido. Estaba dispuesta a disminuir la velocidad unos cuantos nudos. Su libro pronto saldría a la luz. Había llegado el momento de abrir su propio estudio, tal vez de hacer otra exposición.

Por otro lado, ¿acaso sabía cuáles eran sus sentimientos? Últimamente su vida había soportado demasiados torbellinos. Era fácil confundir el amor con la gratitud y la amistad. Y ella estaba agradecida a Michael. Siempre lo estaría. Había sido un buen amigo, constante aunque lejano durante la mayor parte de su vida. Sí, su decisión de ir más despacio sería lo mejor para ambos.

Apretó con firmeza la cámara cuando cruzó la puerta de desembarque.

Allí estaba Michael. La vio en el mismo instante en que ella lo vio a él. Todas las decisiones prácticas que Emma había tomado durante el viaje se evaporaron en el aire. Antes de que pudiera decir su nombre, Michael la levantó en brazos. Para diversión y molestia de los demás pasajeros la saludó en silencio, bloqueando la salida.

Cuando Emma pudo volver a respirar, rozó la mejilla de Michael con la yema de los dedos.

—Hola.

—Hola. —Volvió a besarla—. Me alegro de verte.

—Espero que no hayas tenido que esperar mucho.

—Creo que unos once años. —Michael dio media vuelta y se dirigió hacia la terminal.

—¿No piensas bajarme?

—Creo que no. ¿Qué tal el vuelo?

—Tranquilo. —Emma lanzó una carcajada y le plantó un beso en la mejilla—. Michael, no puedes llevarme en brazos por el aeropuerto.

—No existe ninguna ley que lo prohíba. Lo he comprobado. Supongo que tienes equipaje.

—Sí.

—¿Quieres recogerlo ahora?

Ella percibió su sonrisa de complicidad y se acomodó para disfrutar mejor el paseo en volandas.

—No especialmente.

Dos horas más tarde estaban en la cama y compartían un cuenco de helado.

—Jamás había comido en la cama hasta que te conocí. —Emma hundió la cuchara en el helado, la llenó hasta el borde y se la ofreció—. Marianne y yo teníamos la costumbre de esconder tabletas de chocolate Hershey en nuestro dormitorio de la academia. A veces nos las llevábamos a la cama después de apagar la luz, pero esa fue mi etapa más decadente en cuanto a hábitos de alimentación.

—Suponía que las chicas metían muchachos en la habitación cuando apagaban las luces.

—No. Solo chocolate. —Emma se llevó una cucharada a la boca y cerró los ojos—. Soñábamos con muchachos, solo soñábamos. Hablábamos de sexo todo el tiempo y mirábamos con envidia a las que decían haber pasado por la experiencia. —Abrió los ojos y le sonrió—. Es mejor de lo que imaginaba entonces. —Cuando le ofreció otra cucharada, el tirante de la camiseta que llevaba puesta se deslizó de su hombro.

Michael estiró la mano y se puso a jugar con él.

—Si me permitieras vivir contigo, podríamos practicar muchísimo más.

La miró esperando que dijera algo. Emma sabía que necesitaba una respuesta. Pero no sabía qué decir.

—Aún no he decidido si conservaré esta casa o buscaré otra. —Era cierto, pero ambos sabían que era una evasiva, no una respuesta—. Necesito espacio para mi estudio y un cuarto oscuro. Me gustaría encontrar un lugar donde pudiera tenerlo todo.

—¿Aquí, en Los Ángeles?

—Sí. —Emma pensó en Nueva York. Jamás volvería a ser su hogar—. Me gustaría comenzar de nuevo aquí.

—Bueno.

Emma dejó el recipiente a un costado. Estaba segura de que Michael no sabía a qué se refería cuando hablaba de comenzar de nuevo.

—Necesito concentrarme para montar otra exposición. Tengo varios contactos en esta ciudad y creo que si pudiera conseguir que la exposición coincidiera con la salida del libro...

—¿Qué libro?

Emma alisó las sábanas y respiró hondo.

—El mío. Lo vendí hace dieciocho meses. Un libro sobre Devastation. Desde las primeras fotos que hice cuando era niña hasta la última gira en que participé con papá y la banda. Tuve que posponerlo un par de veces porque... por lo que ya sabes. Pero debería salir a la venta dentro de seis meses, como máximo. —Clavó la vista en la ventana. La brisa marina traía olor a lluvia—. Y ya tengo una idea para otro. El editor parece estar interesado.

—¿Por qué no me habías dicho nada? —Antes de que pudiera inventar una excusa, Michael le tomó la cara entre las manos y la besó. Fue un beso prolongado y profundo—. Lo único que tenemos es una botella de agua mineral para celebrarlo. Oh, oh.

Emma casi se había relajado, pero volvió a inquietarse.

—¿Qué ocurre?

—Mi madre me matará si cuando firmes autógrafos no la dejas ponerse la primera en la cola —contestó Michael.

¿Y eso? Emma se quedó mirándolo, intrigada. Nada de exigencias, nada de preguntas, nada de críticas.

—Yo... el editor quiere que haga una gira para presentar el libro. Tendré que viajar mucho durante unas semanas.

—¿Tendré que verte en *Donahue*?

—No... no lo sé. Se están ocupando de los preparativos. Les dije que estaría disponible para todo lo que necesitaran durante el mes de la publicación.

El tono de su voz hizo que Michael enarcara una ceja.

—¿Me estás poniendo a prueba, Emma? ¿Esperas que me dé dentera porque me estás diciendo que tienes una vida propia?

—Tal vez.

—Lamento decepcionarte. —Michael hizo ademán de levantarse de la cama, pero ella le puso una mano sobre el brazo.

—Por favor, no te vayas. Perdóname si he sido injusta contigo. No siempre es fácil ser justa. —Se pasó las manos por el cabello—. Sé que no debo hacer comparaciones, pero no puedo evitarlo.

—Haz un esfuerzo —repuso Michael sin dar más vueltas al asunto. Luego se estiró para buscar sus cigarrillos.

—Maldita sea, Michael, no tengo a nadie más con quien compararte. Nunca he vivido con otro hombre. Jamás me he acostado con otro hombre. Tú quieres que actúe como si esa parte de mi vida jamás hubiera existido. Como si nunca hubiera dejado que me utilizaran y maltrataran. Se supone que debo olvidar y seguir adelante para que tú puedas hacerte cargo de mí. Todos los hombres que han sido importantes para mí siempre han querido cuidarme y protegerme porque soy demasiado estúpida, débil o indefensa para saber elegir lo que me conviene.

—Un momento.

Emma se había levantado de la cama y caminaba de un lado a otro de la habitación, exaltada.

—He pasado toda mi vida arrinconada, siempre por mi propio bien. Mi padre quería que me olvidara de Darren, que no sufriera, que no pensara en eso. Se suponía que tampoco debía preocuparme lo que estaba haciendo con su propia vida.

Entonces apareció Drew y dijo que se haría cargo de todo. Según él, yo era demasiado ingenua para manejar mis finanzas, mis amigos, mi obra. Y estaba tan acostumbrada a que me señalaran el camino, que me dejé llevar. Ahora se supone que debo olvidar todo eso, olvidarlo sencillamente, y permitirte que ocupes tu lugar de protector universal.

—¿Crees que estoy aquí por eso?

Emma se dio la vuelta.

—¿Acaso no es así?

—Puede ser, en parte. —Michael exhaló una bocanada de humo y aplastó el cigarrillo recién encendido en el cenicero—. Es difícil estar enamorado de una mujer y no querer protegerla. Pero voy a aclararte una cosa, ¿de acuerdo? No quiero que olvides lo que ocurrió entre Latimer y tú. Quiero que puedas vivir con eso sin sufrir, pero le ruego a Dios con todo mi corazón que jamás lo olvides.

—No lo olvidaré.

—Yo tampoco. —Se levantó y fue hacia ella. Fuera arreciaba el viento, la lluvia golpeaba contra los cristales de las ventanas—. Recordaré todo lo que te hizo. Y muchas veces desearé que todavía esté vivo para poder matarlo con mis propias manos. Pero también recordaré que tú misma te liberaste de esa cadena. Hiciste tu apuesta y sobreviviste. ¿Débil? —Rozó con la yema del índice la tenue cicatriz bajo la mandíbula de Emma—. ¿De veras crees que pienso que eres débil? Vi con mis propios ojos lo que te hizo aquel día. Lo tengo grabado en la memoria. Pero tú no permitiste que te hundiera, Emma.

—No, y jamás permitiré que nadie vuelva a controlar mi vida.

—No soy tu padre. —Michael escupió las palabras y la tomó de los hombros—. Y tampoco Latimer. No quiero controlar tu vida, solo quiero ser parte de ella.

—Yo no sé lo que quiero. —Ella cubrió con sus manos las de Michael—. Sigo volviendo a ti, y es aterrador porque no puedo detenerme. No quiero necesitarte de esta manera.

—Maldita sea, Emma... —Volvió a maldecir cuando sonó el teléfono.

—Es para ti —dijo ella pasándole el auricular.

—¿Diga? —Michael cogió los cigarrillos e hizo una pausa—. ¿Dónde? En veinte minutos —añadió y colgó—. Tengo que irme. —Ya estaba poniéndose los tejanos.

Emma se limitó a asentir. Alguien había muerto. Lo veía en su cara.

—No hemos terminado la conversación, Emma.

—No.

Michael se colgó la pistolera del hombro.

—Volveré tan pronto como sea posible.

—Michael. —No sabía qué quería decir. Se dejó llevar por el instinto y lo rodeó con sus brazos—. Adiós.

No pudo quedarse en la cama cuando él se fue. Llovía a cántaros. Apenas se veía el océano a través de la gruesa cortina de agua, pero se oía cómo rompían las olas. La luz grisácea y el rumor del agua la tranquilizaron. Decidió encender un fuego con los leños de roble que tenía de reserva junto a la chimenea. Cuando las llamas comenzaron a arder, llamó al aeropuerto para pedir que le enviaran el equipaje.

Se dio cuenta de que era la primera vez que estaba completamente sola en esa casa, una casa que tal vez se convirtiera en su hogar. Preparó un té y comenzó a recorrerla al azar, con la taza en la mano. Si la compraba, tendría que remodelarla. Podría ampliar la habitación que había junto a la cocina y transformarla en estudio. La luz era buena. Sobre todo cuando no llovía.

Había tres dormitorios en la planta alta, todos grandes y cómodos. Tal vez fuera un espacio demasiado grande y sin utilidad evidente, pero le agradaba tenerlo. Le gustaba la idea de apropiarse de él. Después de reflexionar un poco miró el reloj. Valía la pena llamar al agente inmobiliario. Justo cuando iba a levantar el auricular sonó el teléfono.

—¿Emma?

—Hola, papá. —Se sentó en el brazo del sofá.

—Solo quería saber si habías llegado bien.

—Todo está en orden. ¿Cómo estáis vosotros?

—Un poco enloquecidos en este momento. Estamos grabando. Pero nos tomaremos unos días de descanso para ir a visitarte a California.

—Papá, ya te he dicho que estoy bien. No es necesario que hagas semejante viaje solo para comprobarlo.

—Me gustaría ver cómo estás con mis propios ojos. Además, somos candidatos a tres Grammys.

Emma olvidó al instante sus objeciones.

—Por supuesto. Enhorabuena.

—Pensamos asistir todos a la entrega de los premios. Vendrás con nosotros, ¿verdad?

—Será un placer.

—He pensado que querrías invitar a Michael. Pete está arreglando el tema de las entradas.

—Lo invitaré. —Emma recordó la cara de Michael cuando se colgó la pistolera del hombro—. Aunque tal vez esté ocupado.

—Averígualo. Llegaremos hacia el final de la semana para poder ensayar. Le han pedido a Pete que seas una de las presentadoras. Me dijo que te avisara.

—No sé si me apetece.

—Emma, sería muy importante para mí que fueras tú quien anunciara que Johnno y yo hemos compuesto la mejor canción del año.

Emma sonrió.

—Y si no recibís el premio, al menos habré leído vuestros nombres en público.

—Así es. Prométeme que vas a cuidarte, ¿de acuerdo?

—Sí, te lo prometo. Precisamente quería hablarte de eso. —Se cambió el auricular de oreja—. Papá, no quiero tener guardaespaldas. Estoy dispuesta a cuidarme sola, así que despídelo.

—¿Qué guardaespaldas?

—El que contrataste antes de que me fuera de Londres.

—Yo no he contratado a nadie, Emma.

—Mira, yo... —Se interrumpió en seco. A menudo Brian le ocultaba cosas, pero jamás mentía—. ¿No has contratado a nadie para que me siga y me vigile?

—No. No se me ocurrió que podría ser necesario. ¿Alguien te ha estado molestando? En ese caso, puedo terminar antes aquí y viajar...

—No. —Con un suspiro, Emma se presionó los ojos con la yema de los dedos—. Nadie me ha estado molestando. Marianne tiene razón. Es pura paranoia. Supongo que aún no me he acostumbrado a ir y venir a mi antojo, pero estoy decidida a hacerlo. —Para demostrarlo, tomó una decisión inmediata—. Dile a Pete que será un placer presentar los Grammy. De hecho, mañana mismo comenzaré a buscar un vestido para la gran noche.

—Alguien se pondrá en contacto contigo para hablar de los ensayos. Guarda una noche libre. Bev y yo queremos invitaros a cenar a ti y a Michael.

—Le preguntaré cuándo está libre. Él... Papá —dijo impulsivamente—, ¿por qué te cae tan bien Michael?

—Porque es firme e inspira confianza. Y te quiere tanto como yo. Te hará feliz. Es todo lo que siempre he querido.

—Lo sé. Te quiero, papá. Te veré pronto.

Tal vez fuera así de fácil, pensó Emma mientras colgaba el auricular. Tenía un hombre que la amaba y podía hacerla feliz. Jamás había dudado de los sentimientos de Michael, y tampoco de los suyos. Su única duda era si podría darle algo a cambio.

Se puso un impermeable holgado y corrió bajo la lluvia. Lo menos que podía ofrecer a Michael era un plato de comida caliente cuando regresara.

Se divirtió empujando el carrito por los pasillos del supermercado, eligiendo esto, descartando aquello. Cuando se alejó de la caja registradora, llevaba tres bolsas llenas. Empapada, volvió a encender el motor del coche. Apenas eran las tres de la tarde, pero tuvo que encender los faros por la neblina. Sentía los efectos del *jet lag*, pero era una fatiga casi placentera que estaba en sintonía con la lluvia persistente.

La carretera estaba desierta. Otros compradores habían sido más precavidos o estaban esperando que amainara la tormenta. Tal vez por eso reparó en el automóvil que parecía seguirla. Giraba cada vez que ella lo hacía y siempre se mantenía a una distancia prudente. Encendió la radio y trató de no prestarle atención.

Paranoia, dijo para sus adentros.

Sin embargo, una y otra vez desviaba la mirada hacia el espejo retrovisor, y cada vez que lo hacía veía los faros delanteros brillar bajo la lluvia detrás de su vehículo. Emma aumentó la velocidad, un poco más de lo aconsejable en una calzada resbaladiza. Los faros continuaron guardando la misma distancia. Redujo la velocidad, y el otro automóvil hizo lo propio. Mordiéndose el labio inferior dio un brusco giro hacia la izquierda. Su coche dio un bandazo y derrapó. El otro también giró a la izquierda. Era evidente que la perseguía.

Tratando de no perder el control Emma pisó el acelerador y se las ingenió para salir de la carretera. Puso rumbo a su casa a toda velocidad, rogando no quedar empantanada en el lodo.

Apoyó la mano en la manija de la portezuela antes de pisar el freno. Quería entrar en casa, buscar su seguridad. Fueran imaginaciones suyas o no, no quería que la atraparan fuera, totalmente indefensa. Dejó las bolsas de la compra sobre el asiento y salió corriendo. Gritó al sentir que una mano la aferraba del brazo.

—¡Señora! —El joven conductor dio un respingo y estuvo a punto de perder el equilibrio y caer en un charco de barro—. ¡Qué destreza al volante!

—¿Qué quieres?

La lluvia chorreaba desde la visera de la gorra del chico hasta su nariz, roma y pecosa. Ella no podía verle los ojos.

—¿Esta es su casa?

Emma tenía las llaves en la mano. Se preguntó si podrían servirle de arma.

—¿Por qué?

—Tengo tres maletas. Vuelo cuatrocientos cincuenta y siete de American desde Nueva York, a nombre de Emma McAvoy.

Su equipaje. Al borde de la risa, Emma se pasó una mano por la cara.

—Lo siento. Me has asustado. Estabas detrás de mí cuando salí del supermercado y temí que me estuvieras siguiendo.

—Hace diez minutos que estoy esperando aquí —explicó el joven tendiéndole una libreta—. Firme, por favor.

—Pero... —Emma miró por encima del hombro, justo a tiempo para ver un coche que se dirigía lentamente a la casa. La cortina de lluvia y las sombras le impidieron distinguir las facciones de la persona que estaba detrás del volante cuando el vehículo cruzó la calle—. Lo lamento —repitió—. ¿Te molestaría esperar hasta que entre en mi casa con las bolsas del supermercado?

—Mire, señora, tengo que hacer otras entregas.

Emma sacó veinte dólares de la cartera.

—Por favor. —Sin esperar una respuesta afirmativa, se dirigió al coche en busca de las bolsas.

Una vez dentro de la casa, verificó dos veces que todas las puertas y ventanas tuvieran puesto el cerrojo. El fuego de la chimenea, las luces y el calor la ayudaron a convencerse de que había cometido un error. Como el automóvil no reapareció en los siguientes veinte minutos, estuvo casi segura de ello.

Cocinar la relajaba. Le gustaban los aromas que creaba, el murmullo bajo y continuo de la música. A medida que pasaban las horas, el gris de la tarde se transformó en oscuridad cerrada. No hubo crepúsculo, solo la caída constante de la lluvia. Otra vez a sus anchas, decidió subir a deshacer las maletas.

El ruido de un coche que avanzaba bajo la lluvia hizo que un escalofrío de pánico le recorriera la columna vertebral. Se quedó paralizada al pie de la escalera, mirando la enorme ventana oscura. Hasta aquel momento no se le había ocurrido pensar que estaba expuesta con todas las luces encendidas. Oyó un frenazo y un portazo.

Cuando iba hacia el teléfono, oyó pasos en la puerta. Sin titubear, corrió a la chimenea y aferró el atizador de bronce. Apretó el puño al oír que llamaban.

Estaba sola. Y su perseguidor lo sabía porque había cometido la enorme estupidez de andar por la casa con todas las luces encendidas y las cortinas descorridas. Comenzó a acercarse al teléfono como si se deslizara por el borde de un precipicio. Tendría que pedir ayuda. Si no llegaban a tiempo, tendría que defenderse sola.

El corazón parecía a punto de salírsele del pecho cuando levantó el auricular.

—¡Emma! Me estoy ahogando aquí afuera.

—¿Michael? —El auricular se deslizó entre sus dedos y se estrelló contra el suelo. Dejó caer el atizador y corrió hacia la puerta. Sus dedos nerviosos apenas podían abrir los cerrojos. Le oyó proferir maldiciones. Cuando por fin abrió la puerta y se lanzó a sus brazos, Emma estaba riendo.

—Francamente, no le encuentro la gracia.

—No, perdóname. Es solo que yo... —Retrocedió dos pasos y en los ojos de Michael vio algo que jamás había visto. Desesperación—. Ven, déjame ayudarte. Estás empapado. —Lo ayudó a quitarse la chaqueta—. Preparé un poco de té. Ojalá hubiera comprado coñac, pero debe de haber una botella de whisky en alguna parte. —Lo acompañó hasta el fuego y luego fue a la cocina. Pocos segundos después regresó con una taza en la mano. Notó que Michael no se había movido. Estaba allí parado, contemplando las llamas.

»Aquí tienes un buen té irlandés. Y hago hincapié en lo de irlandés. —Le ofreció la taza con una sonrisa.

—Gracias. —Michael bebió un sorbo, sonrió y dejó la taza sobre el plato.

—Deberías quitarte la ropa. Está mojada.

—Enseguida.

Emma iba a decir algo más, pero cambió de idea y subió a la planta alta en silencio. Cuando volvió, lo tomó de la mano y tiró de él.

—Ven. Te estoy preparando un baño.

Michael no tenía energía para discutir.

—¿De espuma?

—De lo que quieras. Vamos, sube. —Señaló la escalera con un gesto—. Relájate. Te llevaré otra taza de té.

Michael se quitó la camisa y dejó que cayera pesadamente al suelo.

—Que esta vez sea irlandés de veras. Dos dedos, sin hielo.

Emma titubeó mientras Michael se desabrochaba los pantalones. También tendría que dejar de ver fantasmas en las botellas. No todo el que quería un trago pretendía emborracharse.

—De acuerdo.

Cuando volvió a subir, Michael había cerrado el grifo. Se detuvo en la puerta, pero se sintió una estúpida y dejó el vaso sobre la mesita de noche. Aunque eran amantes, no se sentía cómoda merodeando por allí mientras él se bañaba. Ya fuera una cuestión de intimidad o de privacidad, no podía cruzar ese límite. Se sentó junto a la ventana a mirar la lluvia. Y esperó.

Michael salió del baño con una toalla alrededor de la cadera. La luz le daba desde atrás y Emma vio con claridad la tensión y la crispación de su rostro.

—Preparé la cena —dijo ella.

Michael asintió, pero se limitó a levantar el vaso. Podía tragar el whisky, pero la comida era otra cosa.

—¿Por qué no bajas? —preguntó.

—Puedo esperar. —Emma quería acercarse a él, tomarle la mano, borrarle las arrugas del entrecejo. Pero Michael tenía la mirada fija en el vaso, como si ella no estuviera allí. Emma se levantó, entró en el baño y comenzó a recoger la ropa y las toallas mojadas.

—No tienes que recoger lo que dejo tirado. —Estaba en el umbral. Su voz y sus ojos expresaban una rabia descarnada y profunda—. No necesito una madre.

—Yo solo...

—Latimer necesitaba que lo atendieran, Emma, pero ese no es mi estilo.

—Muy bien. —Enfurecida, decidió enfrentarse a él con sus mismas armas. Volvió a arrojar la camisa al suelo—. Recógela tú mismo entonces. Y recuerda que no a todo el mundo le gusta vivir en una pocilga.

Michael recogió la camisa y la lanzó dentro de la bañera. Emma hizo ademán de irse, pero no pudo disimular su irritación.

—No me mires así. —Michael se volvió hacia ella con ferocidad. Estaba furioso con Emma, consigo mismo, con el mundo—. No vuelvas a mirarme así. Puedo enojarme de verdad contigo sin necesidad de darte un puñetazo.

Ella hubiera querido controlar el veneno que le quemaba la lengua, pero salió en cascada.

—No tengo miedo de que me golpees. Nadie volverá a hacerlo. Jamás volverán a convertirme en víctima. Nadie, nunca. Y eso te incluye a ti. Si quieres enfadarte, adelante. Hazlo. Si quieres pelear, está bien. Pelearé contigo, pero antes quiero saber por qué estoy peleando. Si actúas de este modo porque no hago lo que tú quieres, no soy lo que quieres o no digo lo que quieres, entonces vete al infierno. No cambiaré por mucho que me grites.

Michael levantó la mano al ver que se dirigía a la puerta, no para impedírselo, sino para pedirle que esperara. La diferencia sutil bastó para que Emma controlara sus nervios, ya a punto de estallar.

—No tiene nada que ver contigo —murmuró—. Nada en absoluto. Perdóname. No tendría que haber venido aquí esta noche. —Miró sus ropas mojadas—. Escucha, ¿podemos meter esto en la secadora o hacer algo para que pueda vestirme y salir de aquí lo antes posible?

Emma volvió a ver algo en sus ojos. No solo furia, sino una profunda y oscura desesperación.

—¿Qué ocurre, Michael?

—Te he dicho que no tiene nada que ver contigo.

—Sentémonos un momento.

—Déjame solo, Emma. —Dio media vuelta y entró en el dormitorio. Decidió que se había equivocado y dejó el vaso de whisky sobre la mesita. Tampoco podría tragar eso.

—Ah, ya veo. Tú quieres ser parte de mi vida, pero yo no seré parte de la tuya.

—No de esta parte.

—No puedes cortarte en pedacitos y ocultarlos. Lo sé por experiencia propia. —Emma se acercó y le rozó el brazo con la mano. Hasta ese momento no se había dado cuenta de lo

mucho que lo amaba. Con una especie de asombro maravilla-
do, comprendió que no era la única que tenía necesidades—.
Dime qué te pasa, Michael. Por favor.

—Eran niños —murmuró él—. Niños pequeños, joder. Entró al patio durante el recreo y disparó.

Necesitaba sentarse. Tambaleándose, se dejó caer en el
borde de la cama y apretó la palma de las manos contra sus
ojos. Todavía podía verlos. Lo que más lo aterraba era saber
que esa imagen jamás abandonaría su mente.

Aturdida, Emma se sentó junto a él y comenzó a masajear-
le los hombros. Tenía los músculos tensos, quería ayudarlo a
relajarse.

—No comprendo.

—Yo tampoco. Averiguamos quién era. Tenía una larga
historia de enfermedades mentales. Se ha pasado la vida entrando y saliendo de instituciones psiquiátricas. Parece que
asistió a esa escuela, a esa misma escuela. Estudió primero y
segundo, luego lo expulsaron por primera vez en su vida. Después tendremos más información. Para lo que sirve...

—¿Quién? ¿De quién estás hablando?

—De un perdedor. De un patético y enfermo perdedor que
consiguió una cuarenta y cinco automática.

Emma comenzó a comprender. Las náuseas le cerraron la
garganta.

—Ay, Dios mío.

—Estacionó frente a la escuela y fue directamente al patio.
Los niños jugaban a la pelota y las niñas saltaban la comba.
Todavía no había empezado a llover. Abrió fuego. Hay seis
niños muertos. Otros veinte están en el hospital. No todos
podrán salvarse.

—Ay, Michael. —Lo rodeó con los brazos y apoyó una
mejilla sobre la de él.

—Después salió caminando. Cuando llegaron los uniformados, había desaparecido. Cuando McCarthy y yo llegamos... —No podía describir lo que había visto, mucho menos
a Emma. Ni siquiera a sí mismo—. Teníamos una descripción
del coche y lo encontramos dos calles más allá. Estaba senta-

do en el parque, comiendo. Estaba sentado en un banco del maldito parque comiendo un bocadillo bajo la lluvia. Ni siquiera se molestó en correr cuando nos vio aparecer. Levantó el revólver y se metió el cañón en la boca. Jamás sabremos por qué. Ni siquiera sabremos por qué.

—Lo siento. —No se le ocurría otra cosa que decir—. Lo lamento muchísimo.

—Se supone que debemos servir para algo. Maldita sea, se supone que debemos servir para algo. Seis niños muertos... y no podemos hacer nada. No pudimos impedirlo y no podemos castigarlo. Lo único que podemos hacer es alejarnos y tratar de convencernos de que no hubiéramos podido hacer nada.

—Pero tú no te alejas, Michael —murmuró ella—. Y por eso sirves para algo. Escúchame, Michael. —Se apartó un poco para mirarlo a la cara—. No podrías haberlo impedido. No voy a decirte que no lamentes no haber podido impedir algo tan tremendo, porque eso forma parte de tu carácter. Por eso eres quien eres.

—Jamás te acostumbras ni te resignas. —Apoyó la frente sobre la de Emma—. Solía preguntarme por qué mi padre algunas veces se encerraba en sí mismo cuando regresaba a casa. Cuando ocurría eso, le oía hablar con mi madre después de acostarme. Hablaban durante horas.

—Puedes hablar conmigo.

La estrechó contra su pecho. Era tan cálida, tan suave.

—Te necesito, Emma. No quería volver aquí con semejante carga. Pero necesitaba apoyo.

—Esta vez, yo seré tu apoyo. —Levantó la cabeza y lo besó. La respuesta de Michael fue tan vigorosa y desesperada que no trató de tranquilizarlo. Si necesitaba quemar la desesperación en la pira de la pasión amorosa, ella estaba allí. Para él.

Tomó la iniciativa como jamás se hubiera creído capaz de hacerlo. Lo tendió boca arriba sobre la cama, le recorrió el cuerpo con las manos, lo arrasó con su boca. Él siempre la había amado con ternura, con paciencia. Ahora no había lugar para eso, y tampoco necesidad. Si la pasión de Michael era oscura, la de Emma podía igualarla. Si su deseo era urgente y voraz, el de ella también.

Esta vez, ella ahuyentaría a los demonios que lo acosaban.

Rodó con él, encima de él, le arrancó la toalla de las caderas, se dio el placer de conducirlo, de sentir su cuerpo temblar, arder y tensarse bajo sus caricias. Nada de vacilaciones, de miedos ni de dudas. Lo acarició con la yema de los dedos, trazando círculos lentos, líneas erizadas. Ambos parecían envueltos por una burbuja de placer.

La luz de la lámpara, que se reflejaba sobre la piel de Michael, la tentó a saborearla con rápidos roces de la lengua, con largas caricias de los labios.

El poder que acababa de descubrir recorrió sus entrañas como un trueno.

Cada vez que Emma lo tocaba, Michael sentía cómo todo su cuerpo palpitaba pero, cuando trataba de tocarla, ella se escabullía. Parecía decirle que esperara. Parecía decirle: déjame mostrarte, déjame amarte. Emma le aferró las manos y se deslizó por su cuerpo dibujando con los labios ardientes flechas de placer en su carne.

Michael oía las gotas de lluvia sobre los cristales, sentía el calor de las sábanas bajo su espalda. La vio a contraluz; su largo cabello rubio claro caía en cascada sobre sus hombros, sus ojos oscurecidos por la pasión estaban clavados en los suyos.

Se incorporó y la estrechó entre sus brazos. Loco de deseo, intentó desabrocharle los botones de la blusa. Quería verla, estaba desesperado por sentirla.

Cuando le desgarró la blusa, ella le hincó los dientes en el hombro. Era una violencia que Emma podía entender y disfrutar. Una violencia salvaje sin llegar a ser brutal. La turbulencia en él era tormenta desatada en ella. Los dos eran iguales. Intercambiables. Descubrió que el amor y el deseo podían combinarse gloriosamente.

Cuando él le arrancó la ropa, los gemidos de Emma no fueron una señal de rendición. ¿Cómo podía haber sabido que toda su vida había esperado que la desearan de aquella manera? Desesperada, exclusiva, desmesuradamente. Tampoco había sabido que era capaz de sentir un deseo tan intenso.

Michael ya no era tierno con ella, pero su furor la hacía entrar en éxtasis. Él no controlaba sus impulsos y ella lo empujaba al borde del abismo. Cuando él le hundió los dedos en las caderas, Emma supo que no pensaba que era una mujercita frágil necesitada de protección. Cuando pronunció su nombre en un susurro ronco, había deseo en su voz. Un deseo desesperado, ardiente. Deseo de ella. Solo de ella.

Se colocó encima de él y arqueó la espalda en señal de triunfo y liberación cuando la penetró. El primer clímax la atravesó sin debilitar sus fuerzas. Esa vez fueron las manos de Michael las que buscaron las suyas a tientas. Con los dedos entrelazados, Emma impuso un ritmo rápido y frenético.

Cuando lo sintió derramarse en su interior no se dio por vencida. Siguió excitándolo y pidiendo más, siempre más. Le devoró la boca, insaciable, hasta que los labios de él se volvieron voraces y su respiración se aceleró. Le deslizó la lengua por el cuello y sintió sus latidos arrebatados. Él murmuró algo, aturdido e incoherente, y Emma gimió al sentir que volvía a endurecerse dentro de ella.

Loco de placer, Michael se incorporó y le aferró los brazos con dedos tensos. Le cubrió la boca de besos ardientes, apasionados. Entonces Emma quedó debajo de Michael, cuyo cuerpo se convirtió en una flecha ardiente, que entraba y salía y se hundía cada vez más hondo.

Ella lo envolvió con sus piernas largas y flexibles. Tenía los ojos muy abiertos, clavados en los de Michael. Él vio que su mirada empezaba a enturbiarse. Vio que sus labios comenzaban a temblar. El placer lo atravesó como una saeta cuando sintió que el cuerpo de Emma se sacudía en un nuevo pico de placer. Luego vio que en sus labios se dibujaba una sonrisa. Lenta, bellamente.

Fue lo último que vio antes de que la pasión volviera a arrebatarlo.

43

A Emma le enfurecía no poder dejar de mirar por encima del hombro. Había pasado casi una semana desde que se había instalado en la casa de la playa... y Michael y Conroy con ella, extraoficialmente. A veces pensaba que era una suerte de ensayo para el futuro en el que empezaba a creer. Vivir con Michael, compartir su cama y su tiempo con él, no la hacía sentirse atrapada. La hacía sentir, por fin, una persona normal... y feliz.

Sin embargo, por muy contenta que estuviera, Emma no podía olvidar la sensación de que la estaban vigilando. La mayor parte del tiempo le restaba importancia o intentaba hacerlo diciéndose que era otro periodista buscando un nuevo ángulo. Otro fotógrafo con un teleobjetivo a la caza de una foto exclusiva.

No podían tocarla y tampoco lo que estaba construyendo con Michael.

No obstante, cuando estaba sola cerraba con llave todas las puertas y siempre tenía cerca a Conroy.

Por mucho que tratara de convencerse de que fuera no había nadie, excepto sus propios fantasmas, siempre estaba alerta, esperando. Incluso cuando paseaba por Rodeo Drive a pleno sol percibía esa rara tensión en la nuca.

Se sentía más avergonzada que asustada y deseaba haber llamado una limusina en vez de conducir su coche.

Había pensado que le gustaría buscar el atuendo perfecto

para la gran noche, probarse los modelos más atrevidos y los más clásicos y dejarse mimar y adular por las vendedoras. Pero había sentido un inmenso alivio cuando todo terminó y por fin metió la caja del vestido en el coche y encendió el motor.

Su complejo de persecución era digno de lástima. Imaginó que Katherine enarcaría su ceja de psiquiatra y emitiría sonidos para expresar su interés clínico cuando se lo contara. La pobre Emma ha vuelto a caer en la trampa. Cree que la persiguen. Se pregunta si alguien estuvo en la casa durante su ausencia. ¿Y esos ruidos raros en el teléfono? La línea debe de estar pinchada.

Caramba. Se frotó la sien con la yema del índice e intentó reírse de sí misma. Solo le faltaba mirar debajo de la cama todas las noches. Entonces sí tendría que hacer terapia de por vida.

Bueno, por algo había elegido vivir en Los Ángeles, ¿no? Dentro de poco tendría un entrenador personal además de una terapeuta. Tarde o temprano se preocuparía por su polaridad o intentaría canalizarla con un monje budista de trescientos años.

Lanzó una carcajada.

Aparcó frente al auditorio y tomó su cámara. Los monjes budistas tendrían que esperar, al menos hasta que terminara lo que tenía entre manos. Los grupos y los presentadores de los premios ya debían de estar dentro. Sería como en los viejos tiempos. Mirar el ensayo y hacer fotos.

Era una satisfacción saber que había un puente que unía su pasado y su futuro.

Cuando bajó del coche, Blackpool le cerró el paso.

—Bueno, bueno. Aquí estamos de nuevo, preciosa.

Emma se enfureció al advertir que todavía le hacía erizar la piel. Sin decir nada, intentó esquivarlo. Con un movimiento rápido, él la arrinconó contra el coche con la misma facilidad con que años atrás la había atrapado en su cuarto oscuro. Sonriendo, le pasó la yema del índice por la nuca.

—¿Te parece que esta es la manera de tratar a un viejo amigo?

—Déjame pasar.

—Tendremos que pulir un poco esos modales, señorita. —Blackpool la agarró por la trenza y tiró con fuerza, lo suficiente para hacerla soltar un grito ahogado—. Las niñas ricas siempre terminan siendo unas malcriadas. Pensé que tu marido te había enseñado a comportarte como es debido... antes de que lo mataras.

No era miedo. Emma lo comprendió apenas empezó a temblarle el cuerpo. Era furia. Furia ardiente y centelleante.

—Hijo de puta. Suéltame ahora mismo.

—Pensé que podríamos conversar un rato, los dos solos. Vayamos a dar un paseo. —Sin soltarle el cabello, la empujó.

Emma giró en redondo y le clavó el estuche de la cámara entre las costillas. Blackpool se dobló en dos. Emma retrocedió y chocó con alguien. Sin pensarlo dos veces, dio media vuelta y estuvo a punto de golpear a Stevie en plena cara.

—Tranquila. —Levantó la mano justo a tiempo para impedir que Emma le propinara un puñetazo en la nariz—. No me castigues. Solo soy un pobre drogadicto rehabilitado que viene a tocar la guitarra. —Le puso una mano sobre el hombro—. ¿Ocurre algo?

Emma miró de soslayo a Blackpool, que había recuperado el aliento y estaba erguido, con los puños apretados. Sintió un breve arrebato de placer. Se había defendido, y muy bien.

—No, no pasa nada. —Dio media vuelta y entró en el teatro con Stevie.

—¿Qué ha ocurrido? —preguntó él.

La sonrisa aún no había desaparecido de los labios de Emma. Una sonrisa de satisfacción.

—Es un bravucón.

—Y tú eres una amazona. Y yo que venía corriendo por el aparcamiento, jugando a ser un galante caballero. No me has dejado demostrar mi valor.

Emma rió y lo besó en la mejilla.

—Le habrías derribado de un solo golpe.

—Yo no estaría tan seguro. Es mucho más corpulento que yo. Gracias a Dios, tú le has dado su merecido. No me hubiera gustado aparecer en televisión con un ojo a la virulé.

—Habrías quedado muy apuesto y gallardo. —Le deslizó un brazo por la cintura—. No se lo contaremos a papá, ¿de acuerdo?

—Bri es muy hábil con los puños. Me encantaría ver a Blackpool con un ojo a la funerala.

—A mí también —murmuró Emma—. Pero esperemos hasta que hayan entregado los premios.

—Jamás he podido resistirme a una cara bonita.

—Es cierto. ¿Aún no has convencido a Katherine de que se case contigo?

—Está empezando a ceder. —Se detuvieron para oír a una banda, que estaba ensayando. El rock duro y rebelde hacía temblar las paredes—. Se ha quedado en Londres. Dijo que tenía demasiados pacientes que atender y no podía quitarles tiempo para venir aquí. Pero creo que también quiere comprobar si puedo arreglármelas solo.

—¿Y puedes hacerlo?

—Curioso. Durante años consumí drogas porque quería sentirme bien. Y porque quería olvidar ciertas cosas. —Pensó en Sylvie y suspiró—. Pero sobre todo lo hacía para sentirme bien. Las drogas jamás me hicieron sentir bien, pero continué tomándolas. En los últimos dos años he empezado a comprender lo que puede ser la vida si la miras de frente. —Se rió con cierto nerviosismo—. Parezco un maldito anuncio del Ministerio de Sanidad.

—No. Pareces un hombre feliz.

Stevie sonrió entre dientes. Lo que Emma decía era cierto; era un hombre feliz. Incluso había comenzado a creer que merecía serlo.

—Sigo siendo el mejor —le susurró al oído, camino del escenario—. Solo que ahora puedo disfrutarlo.

Emma vio que estaban entrevistando a su padre. Él también era un hombre feliz. En el escenario, Johnno perseguía a P. M., que intentaba mostrar la foto de su hijo a todos los técnicos que encontraba en el camino.

La banda dejó de ensayar. Eran jóvenes. Seis caras jóvenes y tersas bajo melenas desgreñadas, ansiosas por recibir el premio al grupo revelación del año. Emma sabía que estaban nerviosos y observó, no sin cierto orgullo, cómo miraban a su padre de vez en cuando.

¿Durarían tanto? ¿Dejarían una huella tan profunda? ¿Su música llegaría y conmovería a otra generación? Emma estaba segura de que aquellos muchachos se formulaban esas preguntas.

—Tienes razón —dijo a Stevie—. Eres el mejor. Vosotros sois los mejores.

No volvió a pensar en Blackpool. No volvió a mirar por encima del hombro. Durante horas disfrutó del ambiente, hizo fotos, habló de música, se rió de las anécdotas que se contaban. Ni siquiera le molestó subir al escenario y recitar el texto de presentación en el teatro casi vacío. Luego se sentó a beber una Coca-Cola tibia mientras algunos de los músicos tocaban antiguos temas de Chuck Berry en el centro del escenario.

P. M. fue el único que se marchó temprano, deseoso de volver con su esposa y su hijo.

—Se está haciendo viejo —dictaminó Johnno. Se dejó caer junto a ella y comenzó a tocar un blues con la armónica sin apartar la vista del cantante de diecisiete años que ya era una estrella consagrada—. Todos nos estamos haciendo viejos, joder. Dentro de poco nos darás el mazazo definitivo haciéndonos abuelos.

—Empujaremos tu silla de ruedas hasta el micrófono, no te preocupes —se burló Emma tamborileando sobre la botella.

—Eres muy mala, Emma.

—He tenido un buen maestro. —Riendo, le pasó un brazo sobre los hombros—. Míralo de este modo: en el escenario no habrá nadie que haya vivido dos décadas infernales del rock and roll. Salvo tú. Eres casi un monumento.

—Y tú eres verdaderamente mala. —Johnno volvió a tocar la armónica—. Estos premios a toda una trayectoria... —murmuró entre una nota y otra—. Parece el Hall de la Fama del Rock and Roll.

—Hay que tener coraje, ¿no crees? —Emma volvió a reírse y lo abrazó—. Johnno, dime que no estás preocupado por la edad.

Él se encogió de hombros y siguió tocando el blues. A sus espaldas, alguien se le unió con un bajo.

—Ya me dirás qué piensas cuando estés a punto de convertirte en una cincuentona.

—Jagger es más viejo que tú.

Él volvió a encogerse de hombros. Se había sumado la batería, apenas un roce de platillos.

—No tanto —repuso y continuó tocando.

—Tú eres más guapo.

Johnno lo pensó un instante.

—Es verdad.

—Y yo nunca me he enamorado de él.

Johnno sonrió con malicia.

—No has logrado olvidarme, ¿verdad?

—No. —La risa hizo desaparecer la expresión solemne de su cara, y Emma empezó a cantar, improvisando la letra a medida que avanzaba—. «Tengo la furia del rock and roll. Tengo la tristeza del viejo blues. Cuando tenga el cabello blanco y me pidas que toque, te diré: no molestes más, mamá, hoy me duelen los huesos. Tienen la furia del rock and roll. La tristeza del viejo blues. Soy un viejo roquero que toca blues.» —Emma esbozó una sonrisa y preguntó—: ¿He pasado la prueba?

—Eres una chica muy inteligente, ¿no?

—Como ya te he dicho he tenido al mejor de los maestros.

Johnno continuó tocando. Emma bajó del escenario y lo enfocó.

—Una última foto antes de irme. —Apretó el obturador, cambió de ángulo y volvió a apretarlo—. Se llamará *Icono del rock*. —Lanzó una carcajada cuando él le soltó una obscenidad y guardó la cámara en su estuche—. ¿Quieres que te diga qué es el rock and roll para alguien que no lo hace sino que observa?

Johnno hizo un movimiento con la armónica y volvió a tocar, muy despacio, sin dejar de mirarla.

—Es inquietante y vigoroso. —Se acercó y le puso una mano sobre la rodilla—. Es audaz y desafiante. Es un puño levantado contra la vejez. Es una voz que casi siempre grita y hace preguntas porque las respuestas siempre están cambiando.

Al levantar la vista vio a su padre junto a Johnno, escuchándola, y una sonrisa radiante se dibujó en sus labios.

—Los más jóvenes tocan rock and roll porque buscan una manera de expresar su rabia o su alegría, su desconcierto y sus sueños. De tarde en tarde, muy de tarde en tarde, aparece alguien que de verdad comprende, que tiene el don de trasladar todos esos deseos y emociones a la música.

—Cuando tenía tres años te miraba salir al escenario —explicó Emma a Brian—. Os miraba a todos. Yo no sabía nada de armonía, ritmos ni riffs. Lo único que veía era la magia. Y la sigo viendo, Johnno, cada vez que los cuatro salís al escenario.

Johnno jugueteó con la columna de cobre que Emma llevaba colgada en la oreja y luego la hizo girar.

—Sabía que debía existir una razón para tenerte con nosotros. Dame un beso.

Sonriendo, Emma lo besó en los labios.

—Te veré mañana. Vais a derrotarlos a todos.

Estaba oscuro cuando se dirigió a su coche. Por lo visto había vuelto a llover durante la tarde. Las calles estaban relucientes; el aire, húmedo y brumoso. No quería regresar a la casa vacía. Michael tenía que trabajar de noche, otra vez.

Encendió el motor y puso la radio a todo volumen, como le gustaba hacer cuando iba sin rumbo fijo. Conduciría un par de horas, contemplaría las casas al débil resplandor de las farolas de la calle, intentaría decidir si prefería la playa, las montañas o los desfiladeros.

Relajada, avanzó a velocidad moderada y dejó que la música invadiera sus sentidos. No miró por el espejo retrovisor ni advirtió que un vehículo la seguía de cerca.

Michael estaba de pie frente a la pizarra de la sala de conferencias, estudiando sus listas. Había encontrado otra conexión. La tarea era lenta y frustrante, pero cada eslabón que aparecía lo acercaba al final de la cadena.

Jane Palmer había tenido muchos hombres. Encontrarlos a todos supondría un trabajo ingente, pero se sintió particularmente satisfecho cuando descubrió que uno de ellos figuraba en su lista.

Con el dinero de Brian, Jane se había mudado de su pequeño apartamento mugriento a otro más grande y cómodo en Chelsea, donde había vivido desde 1968 a 1971, hasta que compró la casa de King's Road. Durante la mayor parte de 1970 había convivido con un cantante de pubs que luchaba por abrirse paso en el mundo de la música: Robert Blackpool.

¿Acaso no era interesante saber que, mientras los McAvoy vivían en las colinas de Hollywood, Jane Palmer jugaba a las casitas con Robert Blackpool? ¿El mismo Blackpool que había estado en la fiesta de los McAvoy aquella noche de principios de diciembre? Michael se frotó los ojos, resecos por el cansancio.

¿Y no era raro, cuando menos un poquito raro, que Jane no hubiera mencionado aquella relación en su libro? Había dado todos los nombres posibles, pero Blackpool, que ya era un artista consagrado a mediados de los setenta, ni siquiera había merecido una nota a pie de página. Michael llegó a la conclusión de que ninguno de los dos deseaba que se recordara su relación.

McCarthy asomó la cabeza por la puerta.

—Ostras, Kesselring, ¿todavía sigues jugando con esa cosa? Necesito comer algo.

—Robert Blackpool fue amante de Palmer. Vivieron juntos desde junio de 1970 a febrero de 1971.

—Digamos que fue obra de la ira de Dios.

Michael le puso una carpeta en las manos.

—Necesito todo lo que podamos averiguar acerca de Robert Blackpool.

—Y yo necesito un buen filete de carne.

—Te compraré un ternero —repuso Michael mientras volvía a la oficina.

—¿Sabes una cosa, socio? Por culpa de este asunto has perdido el sentido del humor. Y yo, el apetito. Blackpool es una gran estrella. Hace anuncios de cerveza, por el amor de Dios. No podrás implicarlo en un crimen de hace veinte años.

—Tal vez no, pero solo me quedan ocho nombres en la lista. —Se sentó a su escritorio y sacó un cigarrillo—. Alguien me ha robado la Pepsi.

—Ahora mismo llamo a la policía. —McCarthy se inclinó sobre el escritorio—. Mike, no estoy bromeando. Estás demasiado metido en esto.

—¿Desde cuándo te preocupas por mí, Mac?

—Soy tu compañero, joder. Sí, claro que me preocupo por ti. Y también por mí. Si tenemos que salir a la calle y estás tan ensimismado, no podrás ayudarme como es debido.

Michael estudió la cara de su compañero a través de un velo de humo. Cuando por fin habló, su voz sonó peligrosamente serena.

—Sé hacer mi trabajo.

Era un punto sensible. McCarthy sabía todo lo que Michael había debido soportar durante sus primeros años en el cuerpo.

—Además soy tu amigo, Mike. Solo te digo que si no descansas unas horas no harás ningún bien a nadie. Tampoco a tu chica.

Lentamente, Michael aflojó los puños.

—Me estoy acercando. Lo sé. Es como si no hubieran pasado veinte años, como si hubiera ocurrido ayer y yo estuviera allí, siguiendo todas las pistas.

—Igual que tu viejo.

—Sí. —Michael se acodó en el escritorio y se frotó la cara—. Me estoy volviendo loco.

—Estas saturado, tío. Descansa un par de horas. Relájate.

Michael miró la pila de papeles sobre su escritorio.

—Te invito a un filete. Y tú me ayudarás a obtener información sobre Blackpool.

—Trato hecho. —McCarthy esperó que Michael se pusiera la chaqueta—. ¿Por qué no me das otro par de nombres? Marilyn está practicando recetas y esta semana no comeremos otra cosa que pescado.

—Gracias, compañero.

Emma estacionó el coche y contempló la casa a través de la niebla creciente. No había tomado de forma consciente la decisión de llegar allí. Años atrás había visitado la propiedad con Michael. Pero entonces lucía el sol.

Había luz en las ventanas. Aunque no vio movimiento de gente, se preguntó quién viviría allí ahora. ¿Acaso dormiría un niño en su antigua habitación o donde había estado la cuna de Darren? Esperaba que sí. Quería pensar que había sobrevivido algo más que la tragedia. En esa casa también había habido risas, muchas risas. Y esperaba que todavía las hubiera.

Supuso que Johnno la había inducido a pensar en la casa cuando habló de envejecer. La mayor parte del tiempo los veía como cuando eran jóvenes y ella era una niña, no como hombres maduros que habían vivido casi un cuarto de siglo con fama y ambición, en compañía del éxito y el fracaso.

Todos habían cambiado. Tal vez ella más que nadie. Ya no se sentía una sombra de los hombres que habían dominado su vida. Si ahora era más fuerte que antes se debía al esfuerzo que había requerido verse como un todo, no como partes de las personas que más amaba.

Contempló la casa enclavada en la colina a través de la bruma y anheló con todo su corazón soñar con ella esa noche. Cuando lo hiciera, abriría la puerta. La abriría... y vería.

Retiró el pie del freno y empezó a descender por la carretera angosta. Sabía que seis meses atrás no habría tenido el coraje de ir allí sola, de abrirse a todos aquellos sentimientos. ¡Era bueno no sentir miedo!

Los faros brillaron tan cerca y tan rápido en su espejo retrovisor que la cegaron. Instintivamente extendió una mano para protegerse del resplandor.

Borracho y estúpido, pensó. Buscó un lugar para detenerse y dejar que aquel imbécil pasara de largo.

Cuando el otro coche chocó con la parte trasera de su vehículo, sus manos aferraron automáticamente el volante. Los pocos segundos que duró el impacto le costaron caros y su automóvil se desplazó peligrosamente hacia el guardarraíl. Retrocedió y oyó chirriar los neumáticos sobre el pavimento mojado. El corazón le latía desbocado cuando tomó la siguiente curva de la pendiente sinuosa.

—¡Imbécil! —Se limpió con mano temblorosa una mancha de sangre del labio, donde se lo había mordido. De pronto los faros del otro vehículo volvieron a cegarla y un nuevo impacto hizo que el cinturón de seguridad se le clavara en el esternón.

No había tiempo para pensar ni lugar para el pánico. Un guardabarros trasero rozaba la valla de protección mientras el vehículo vibraba. El coche que la perseguía aminoró un poco la marcha mientras el suyo patinaba y ella luchaba desesperadamente por controlarlo. Vio un árbol, un enorme roble frondoso, y usó todas sus fuerzas para girar el volante a la derecha. Jadeando, se concentró y realizó una maniobra en ese, pisando el freno para disminuir la velocidad.

El otro volvió a acercarse. No era ningún estúpido. El terror se había instalado en una parte de la mente de Emma. Alguien estaba tratando de matarla. No era cosa de su imaginación. No eran los viejos temores. Estaba ocurriendo. Veía las luces, oía golpes metálicos contra el guardarraíl, notaba cómo patinaban los neumáticos.

El perseguidor reapareció por la izquierda y comenzó a empujarla hacia el precipicio. Emma gritó con todas sus fuerzas y pisó el acelerador para tomar la siguiente curva.

No podría dejarlo atrás. Parpadeó para aclararse la vista y trató de pensar. El vehículo que la perseguía era más grande y más veloz que el suyo. Y el cazador siempre llevaba ventaja a su presa. La carretera que discurría entre las colinas era demasiado estrecha para permitirle maniobrar. No tenía otra opción que continuar el descenso.

El perseguidor aceleró nuevamente. Emma vio la silueta oscura del automóvil que se acercaba, cada vez más, como una araña se aproxima a una víctima atrapada en su tela. Sacudió la cabeza. Sabía que en cualquier momento volvería a chocar contra ella y la haría caer por el barranco.

Desesperada, se situó en el carril de la izquierda. Sorprendió al otro conductor al tomar la ofensiva, pero la maniobra le dio unos segundos, nada más. Cuando el otro coche volvía a acercarse peligrosamente, vio dos faros que venían en la dirección contraria.

Rezando, aprovechó su última oportunidad y pisó el acelerador a fondo. El conductor que se acercaba de frente se desvió para esquivarla y frenó con un chirrido sin dejar de tocar el claxon. Emma vio con el rabillo del ojo que su perseguidor giraba hacia la derecha a una velocidad tremenda.

Por un segundo estuvo sola en la calzada. Tomó la siguiente curva sin levantar el pie del acelerador. Luego oyó el choque. El estruendo hizo vibrar el aire de la noche y se mezcló con sus gritos mientras recorría a toda velocidad la carretera sinuosa hacia las luces de Los Ángeles.

McCarthy tenía razón. Michael no solo se sentía mejor después de haber comido algo y descansado una hora, sino que pensaba con más claridad. Como policía de segunda generación, no solo podía recurrir a sus propios contactos, sino también a los de su padre. Llamó por teléfono al compañero de póquer de Lou, que trabajaba en Inmigración, y a su contacto personal en la Dirección de Vehículos de Motor. Usó el nombre de su padre con el FBI y el suyo propio con el inspector Carlson de Londres.

A nadie le gustaba que lo llamaran fuera del horario de trabajo, pero la comida que acababa de engullir le dio fuerza para explotar al máximo su poder de persuasión.

—Sé que es poco ortodoxo, inspector, y lamento molestarlo... Ay, Dios mío, había olvidado por completo la diferencia horaria. Le pido mil disculpas. Sí, bien, necesito cierta información sobre el pasado de una persona. Robert Blackpool. Sí, ese Blackpool. Quiero saber quién era antes de 1970, inspector. Esa información me ayudará a atar cabos sueltos. —Anotó que debía ponerse en contacto con Pete Page—. Todo lo que pueda encontrar al respecto. No sé si tenemos algo, pero usted será el primero en...

Se interrumpió al ver que Emma entraba corriendo. Tenía los ojos vidriosos y un hilillo de sangre en la sien.

—Por favor. —Se dejó caer en la silla, frente al escritorio de Michael—. Alguien ha tratado de matarme.

Sin decir palabra, Michael cortó la comunicación con el inspector Carlson.

—¿Qué ha ocurrido? —Se agachó junto a ella y le tomó la cara entre las manos.

—En una carretera de las colinas... un coche... intentó despeñarme.

—¿Estás herida? —Comenzó a buscar frenéticamente algún hueso roto en el cuerpo de Emma.

Ella oyó otras voces. Había una multitud alrededor. El teléfono sonaba, sonaba, sonaba. Las luces comenzaron a dar vueltas sobre su cabeza. La oficina comenzó a girar y Emma se cayó de la silla.

Alguien le había puesto un paño en la frente. Fresco. Lo tocó con la mano y abrió los ojos.

—Estás bien —le dijo Michael—. Solo has estado un minuto sin conocimiento. Bebe. Es agua.

Emma bebió un sorbo y apoyó la cabeza sobre el brazo de Michael. Olió su jabón, su transpiración. Estaba a salvo otra vez. No sabía cómo, pero estaba nuevamente a salvo.

—Quiero sentarme.

—Bueno. Incorpórate despacio.

Emma miró alrededor. Estaba en una oficina. La oficina de Lou Kesselring. La había visto al comienzo de la semana, cuando pasó a ver dónde trabajaba Michael. Era muy sencilla. Alfombra marrón, paredes de vidrio. Las cortinas estaban corridas. El escritorio, ordenado. Había una foto enmarcada sobre el escritorio. La madre de Michael. Un poco más lejos, había otro hombre. Delgado, medio calvo.

—Perdón. Usted es el compañero de Michael.

—McCarthy.

—Nos conocimos hace unos días.

McCarthy asintió. Tal vez tuviera una conmoción cerebral, pero estaba lúcida.

—Emma. —Michael le rozó la mejilla para que lo mirara—. Cuéntanos qué pasó.

—Creí que todo era fruto de mi imaginación.

—¿El qué?

—Que alguien me seguía. ¿Puedo beber un poco más de agua?

—Por supuesto. —Le temblaban tanto las manos que Michael tuvo que ayudarla a beber—. ¿Quién te estaba siguiendo?

—No lo sé. Antes de salir de Londres, yo... tal vez fue mi imaginación.

—Cuéntamelo.

—Pensé que alguien me estaba siguiendo. —Miró a McCarthy de soslayo. Esperaba ver una expresión de duda o burla en sus ojos, pero el hombre se limitaba a escucharla, sentado en el borde del escritorio del capitán—. Casi estaba segura. Después de vivir tantos años con guardaespaldas, una se da cuenta. No puedo explicarlo.

—No tienes por qué hacerlo —dijo Michael—. Continúa, por favor.

Ella lo miró y tuvo ganas de llorar porque sabía que era sincero. Jamás tendría que darle explicaciones.

—Cuando estaba en Nueva York, vi que alguien vigilaba el ático. Estaba segura de que papá había contratado un guardaespaldas para protegerme, pero cuando se lo pregunté me dijo que no... y entonces supuse que me había equivocado. La primera noche después de volver de Nueva York, un coche me siguió a casa desde el supermercado.

—No me lo habías dicho.

—Pensé en decírtelo, pero... —La voz de Emma se apagó—. Estabas malhumorado cuando regresaste. Y después me olvidé. No quería pensar que me estaba volviendo loca. Creía que alguien entraba en la casa cada vez que yo salía, que el teléfono hacía ruidos extraños. Como si la línea estuviera pinchada. —Cerró los ojos—. La típica conducta paranoica.

—No seas tonta, Emma.

Ella casi estuvo a punto de sonreír. Michael jamás la dejaba autocompadecerse.

—No puedo probar que todo eso tenga alguna relación con lo de esta noche, pero estoy convencida de que es así.

—¿Estás en condiciones de hablar de ello? —Michael le había dado tiempo. A Emma ya no le temblaban las manos ni tenía los ojos vidriosos.

—Claro que sí. —Respiró hondo y les contó todo lo que recordaba sobre el incidente de la carretera—. Seguí adelante —concluyó—. No sé si hay algún herido. El otro coche, el que venía de frente. Ni siquiera pensé en él hasta que llegué aquí. Simplemente seguí adelante.

—Hiciste bien. Ve a revisar su coche —pidió Michael a McCarthy—. ¿Viste al conductor, Emma?

—No.

—¿Y el coche?

—Sí. —Asintió, otra vez tranquila—. Hice el esfuerzo de mirar, quería recordar la mayor cantidad de detalles que fuera posible. Era oscuro... Negro o azul, no estoy segura. No sé mucho de marcas y modelos, pero era un coche grande. No pequeño como el mío. Quizá un... Cadillac o un Lincoln. Tenía matrícula de Los Ángeles. MBE. Creo que las letras eran esas, pero la niebla me impidió ver los últimos números.

—Lo has hecho muy bien. —Michael la besó—. Me encargaré de que alguien te lleve al hospital.

—No necesito ir al hospital.

Él le pasó la yema del índice por la sien.

—Tienes un buen golpe en la cabeza.

—Ni siquiera lo noté. —Se irguió—. No iré, Michael. Ya he estado en bastantes hospitales.

—De acuerdo. Pediré a alguien que te lleve a casa y se quede contigo.

—¿Ese alguien no puedes ser tú?

—Tengo que investigar lo ocurrido. —Levantó la vista cuando McCarthy volvió a la oficina.

—Debe de ser usted una excelente conductora, señorita McAvoy.

—Emma, por favor —dijo ella—. Estaba demasiado asustada para no conducir bien.

—Mike, necesito hablar contigo un momento.

—Espérame un minuto. No tardaré nada —dijo Michael a Emma, y se levantó. Reconoció la expresión de su compañero y cerró la puerta a sus espaldas—. ¿Y bien?

—No sé cómo se las ingenió para salir sin un rasguño. El coche parece haber ganado el tercer puesto en una competición para el desguace. —Puso una mano en el brazo de su compañero. No creía que estuviera preparado para verlo—. Antes de echarle un vistazo pedí a uno de los muchachos que comprobara los ingresos en los hospitales. Admitieron un herido de un accidente automovilístico en las colinas. Lo sacaron vivo de un Cadillac último modelo. Blackpool —añadió. Michael entornó los ojos—. Está en coma.

44

—¿Estás segura de que puedes hacerlo? —Johnno miró de arriba abajo a Emma, que bajaba por la escalera.

—¿Acaso no parezco en condiciones de hacerlo? —Giró lentamente sobre sí misma, como una modelo. El vestido azul marino, que dejaba sus hombros al descubierto y tenía un profundo escote en la espalda, se ceñía a su cuerpo y brillaba con centenares de lentejuelas. Llevaba el cabello recogido en intrincados rizos y sujeto con dos peinetas brillantes. En la solapa de la chaqueta color plata lucía el fénix que él le había regalado.

—Será mejor que no haga ningún comentario sobre lo que pareces. —Le pasó la yema del pulgar sobre la cicatriz de la sien, camuflada por el maquillaje—. Hace un par de días pasaste un mal trago, Emma.

—Eso ya ha quedado atrás. —Fue hasta la mesa y le sirvió una copa de vino. Tras un segundo de vacilación sirvió otra para ella—. Blackpool no podrá hacerme daño desde la cama del hospital. —Tendió la copa a Johnno—. Sé que Michael cree que estuvo involucrado en el asesinato de Darren y ciertamente no voy a contradecirlo. Pero hasta que salga del coma, si es que sale, no estaremos seguros. He tratado de imaginármelo en la habitación de Darren aquella noche, pero no recuerdo nada.

—Había otra persona allí —apuntó Johnno.

—¿No es por eso que esta noche tendré el acompañante más atractivo de la ciudad durante la entrega de los premios?

Johnno esbozó una sonrisa sobre el borde de la copa.

—No sé si podré reemplazar a Michael.

Emma dejó la copa, que apenas había probado, sobre la mesa y cogió el bolso.

—No tienes que reemplazar a nadie. Y Michael también estará allí, si llega a tiempo. ¿Estás listo?

—Siempre lo estoy. —Le ofreció el brazo con un gesto caballeroso y la condujo hasta la limusina que los esperaba.

—No intentes convencerme de que eres un hombrecito tímido y retraído. Para tu desgracia, sé mejor que nadie cuánto te gustan las luces del escenario.

Era cierto. Johnno se repantigó en el asiento mullido y aspiró el aroma a piel y flores frescas. Pero estaba preocupado.

—Pensaba que conocía a ese hijo de puta —dijo casi para sí—. No me caía demasiado bien, pero creía que lo conocía. Lo peor de todo es que compuse su primer éxito.

—No sirve de nada que te tortures pensando en eso.

—Si tuvo algo que ver con la muerte de Darren... —Johnno meneó la cabeza y sacó un cigarrillo—. Si así es, la prensa amarilla tendrá cuerda para rato.

—Ya nos ocuparemos de eso cuando llegue el momento. —Emma puso una mano sobre la de Johnno—. Pronto se divulgará la noticia. Jane participó en aquel crimen y Blackpool también. Tendremos que aprender a vivir con eso.

—Es muy duro para Bri. Es como si tuviera que volver a vivir aquella tragedia.

—Ahora es más fuerte que antes. —Emma señaló el broche que adornaba su solapa—. Supongo que todos somos más fuertes.

Él le tomó la mano y se la llevó a los labios.

—¿Sabes una cosa? Si algún día decides abandonar a Michael, yo podría intentar cambiar mi... preferencia sexual.

Emma lanzó una carcajada y atendió el teléfono de la limusina, que había empezado a sonar.

—Hola. Ah, Michael.

Johnno se recostó en el asiento y contempló la sonrisa radiante de Emma.

—Sí, estoy aquí sentada pensando en una propuesta amorosa que acabo de recibir de un hombre increíblemente atractivo. No, Johnno. —Tapó el auricular con la mano—. Michael quiere que sepas que tiene un contacto en la Dirección de Vehículos de Motor y que convertirá tu vida en un infierno.

—Utilizaré el transporte público —repuso Johnno.

—Sí. Debemos estar en el teatro a eso de las cuatro —explicó ella a Michael—. Para entonces ya se habrán entregado los primeros premios.

—Lamento no poder estar allí —dijo él. Echó un vistazo a la unidad de cuidados intensivos en el otro extremo del pasillo del hospital—. Si las cosas cambian, me reuniré contigo.

—No te preocupes por eso.

—Para ti es fácil decirlo, pero yo me pierdo la oportunidad de viajar en limusina y codearme con los ricos y famosos. Si te casaras conmigo, podría hacerlo al menos una vez por semana.

—De acuerdo.

Michael vio que un médico se acercaba por el pasillo.

—¿De acuerdo qué?

—Me casaré contigo.

Michael se pasó una mano por el cabello y se cambió el auricular de oreja.

—¿Cómo dices?

Emma sonrió a Johnno y le estrechó la mano.

—¿Acaso hay alguna interferencia?

—No, yo... Mierda, espera un momento. —Tapó el auricular con la mano para oír lo que decía el médico—. Tengo que dejarte, Emma. Blackpool está saliendo del coma. Escucha, no olvides dónde hemos dejado la conversación. ¿De acuerdo?

—No. No lo olvidaré.

Johnno acababa de descorchar una botella de champán.

—¿Esta vez me invitarás a la boda?

—¿Mmm? Ah, sí. Sí. —Un poco aturdida, se quedó mirando la copa—. Ha sido tan fácil.

—Así deben ser estas cosas. —Repentinamente melancólico, chocó su copa con la de Emma—. Es el hombre más afortunado que conozco.

—Podemos hacer una buena pareja. —Emma bebió un trago de champán y sintió las burbujas en la lengua—. Haremos una pareja estupenda. —Se arrellanó en el asiento con expresión soñadora y se olvidó por completo de Blackpool.

Michael sí pensaba en él. Estaba a los pies de la cama observando al hombre que había intentado matar a Emma. No había salido muy bien parado. Tenía la cara destrozada. Si lograba salvarse, tendrían que hacerle varias operaciones para reconstruirla. Pero sus probabilidades de supervivencia no eran nada prometedoras debido a las lesiones internas que le había provocado el choque.

A Michael le importaba un bledo que Blackpool viviese o muriese. Solo quería cinco minutos.

Había recibido el informe de sus antecedentes. Aunque todavía estaba incompleto, era muy revelador. El hombre que estaba a punto de recuperar la conciencia en la unidad de cuidados intensivos en realidad se llamaba Terrance Peters. En su primera juventud le habían fichado por hurto, vandalismo y posesión de estupefacientes. Luego había pasado al asalto —por lo general a mujeres—, la venta de drogas y el robo. Hasta que cambió de nombre e intentó probar fortuna como cantante en clubes nocturnos. Dejó que Londres se lo tragara, y aunque era sospechoso de varios robos, siempre se las ingeniaba para salir impune. Su suerte cambió cuando se lió con Jane Palmer.

Aunque en realidad fue para peor, concluyó Michael. Hemos tardado veinte años, hijo de puta, pero por fin hemos logrado atraparte.

—No está en condiciones de hablar —le advirtió el médico—. Hay que esperar a que se estabilice.

—Seré breve.

—No puedo dejarlo solo con él.

—Está bien. Siempre conviene tener testigos. —Michael se acercó al costado de la cama—. Blackpool. —Vio que le temblaban los párpados, como si quisiera abrirlos—. Blackpool, necesito hablar contigo de Darren McAvoy.

Blackpool hizo un esfuerzo y abrió los ojos. Tenía la visión borrosa y un dolor punzante en la cabeza.

—¿Eres policía?

—Sí.

—Vete a la mierda. Estoy sufriendo.

—Te traeré una tarjeta para desearte una pronta mejoría, entonces. Se ve que tuviste un mal viaje, tío. Te salvaste por los pelos.

—Necesito un médico.

—Soy el doctor West, señor Blackpool. Usted está en...

—Quítenme a este imbécil de la vista —exclamó el cantante.

Sin hacerle el menor caso, Michael se acercó aún más. Casi podía olerlo.

—Es un buen momento para que limpies tu conciencia.

—No tengo conciencia. —Blackpool trató de reírse pero se quedó sin aliento.

—Entonces tal vez te gustaría cargar a otro con el mochuelo. Sabemos lo que hiciste, sabemos que echaste a perder el secuestro del niño.

—Recordó —masculló Blackpool entre dientes. Al ver que Michael no decía nada, cerró los ojos. A pesar del dolor intenso, lo que más lo hacía sufrir era el odio y la furia—. La muy puta me recordó a mí, pero no a él. Él me dijo que sería un trabajo muy fácil. Que todo iría sobre ruedas. Secuestrar al chico, cobrar el rescate. Ni siquiera quería su parte del dinero. Luego, cuando la cagamos, se largó: Me dijo que borrara las huellas. Como ese tipo que estaba pidiendo pizza en la cocina. Según él, lo único que tenía que hacer yo era eliminarlo y mantener la calma. Y luego tendría todo lo que siempre había querido.

—¿Quién? —preguntó Michael—. ¿Quién estaba contigo esa noche?

—De todos modos me dio diez mil libras. Nada que ver con el millón que pensábamos pedir por el chico, pero igualmente era una bonita suma. Yo solo tenía que mantener la calma, cerrar el pico y dejar que él se ocupara de todo. El niño estaba muerto y la chica no se acordaba de nada. Nadie lo sabría jamás y él me haría llegar a la cima. Siempre a la sombra de McAvoy, por supuesto. —Volvió a reír. Apenas podía respirar.

—Debe irse, detective.

Michael empujó al médico.

—Un nombre, maldita sea. Dame un nombre. ¿Quién lo organizó?

Blackpool volvió a abrir los ojos. Los tenía enrojecidos y vidriosos, pero conservaban intacta toda su maldad.

—Vete al infierno.

—Vas a morir por esto —masculló Michael—. En esta cama de hospital o en la cámara de gas, respirando una hermosa bocanada de veneno legal. Pero vas a morir, te lo juro. Puedes irte solo o llevarlo a él contigo.

—¿Tú lo atraparás?

—Personalmente.

Blackpool sonrió y volvió a cerrar los ojos.

—Fue Page. Pete Page. Dile que lo espero en el infierno.

Emma observó las manos que levantaban y bajaban las puertas corredizas en el fondo del escenario. Al cabo de pocas horas, cruzaría la puerta de la derecha e iría hacia el micrófono.

—Estoy nerviosa —comentó a Bev—. Es una tontería. Lo único que tengo que hacer es ir allí, leer el veredicto del jurado y entregar el premio.

—Si Dios quiere, a tu padre y a Johnno. Vayamos al camerino. Ellos están demasiado ocupados para utilizarlo.

—¿No quieres sentarte en la platea? —Emma consultó su reloj—. Faltan solo diez minutos para que comience.

—Todavía no. Oh. Perdón, Annabelle.

Emma se maldijo en silencio por no haber llevado la cámara. Era todo un espectáculo. Lady Annabelle enfundada en un sensual vestido de seda rosa bordado de lentejuelas... cambiando pañales.

—No os preocupéis. Ya casi está. —Annabelle levantó al pequeño Samuel Ferguson y lo acunó entre sus brazos—. Me he escondido aquí para darle el pecho y cambiarle de pañal. No pude dejarlo con la niñera. No me pareció justo que se perdiera la gran noche de su papá.

Emma miró al bebé, que parecía a punto de dormirse.

—No creo que llegue a ver nada.

—Solo necesita dormir un rato. —Annabelle pellizcó suavemente la nariz de su retoño y lo acostó en el sofá—. ¿Os importaría montar guardia unos minutos? Tengo que encontrar a P. M.

—Puedes confiar en nosotras —murmuró Bev inclinándose para acariciar la cabeza del bebé.

—No tardaré más de diez minutos. —Annabelle titubeó al llegar a la puerta—. ¿Estás segura? Si se despierta...

—Lo entretendremos —prometió Bev.

Después de una última mirada Annabelle cerró la puerta sin hacer ruido.

—¿Quién hubiera imaginado que la frívola y excéntrica lady Annabelle sería una madre abnegada? —susurró Emma.

—Los hijos cambian a la gente. —Bev se sentó en el brazo del sofá y observó cómo dormía el pequeño Samuel—. Quería hablar contigo a solas.

Emma se llevó la mano a la cicatriz que tenía en la sien.

—No hay ningún motivo para preocuparse.

Bev advirtió el gesto y asintió.

—También quería hablarte de eso, pero hay algo más. No estoy segura de cómo te lo vas a tomar.—Respiró hondo y se lanzó—. Brian y yo vamos a tener otro hijo.

Emma se quedó mirándola boquiabierta.

—¿Un hijo?

—Ya lo sé. También fue una sorpresa para nosotros, aunque es cierto que lo estábamos buscando. —Se llevó una mano al cabello—. Después de tanto tiempo... supongo que es una locura. Tengo casi cuarenta y dos años.

—Un hijo —repitió Emma.

—No para reemplazar a Darren —se apresuró a decir Bev—. Nadie podría reemplazarlo. Y no es que no te queramos tanto como se puede querer a una hija, pero...

—Un hijo. —Emma lanzó una carcajada, atrajo a Bev hacia ella y la abrazó con fuerza—. Ay, estoy tan contenta. Me alegro mucho por vosotros. Por mí. Por todos nosotros. ¿Cuándo?

—Hacia el final del verano. —Bev retrocedió un poco para estudiar el rostro de Emma. Lo que vio hizo que se le llenaran los ojos de lágrimas—. Temíamos que te enojaras con nosotros.

—¿Enojarme? —Emma se pasó el dorso de la mano por la mejilla—. ¿Por qué habría de enojarme?

—Por los recuerdos. Brian y yo hemos tenido que superarlos. Jamás pensé que querría tener otro hijo, pero... quiero tanto tener a este, Emma. No te lo imaginas. Lo quiero tanto, por mí, por Bri, pero... sé cuánto querías a Darren.

—Todos lo queríamos. —Apoyó la mano sobre el vientre de Bev, como había hecho más de veinte años atrás—. Ya quiero a este bebé. Será guapo y fuerte. Y estará a salvo.

Las luces se apagaron de pronto. El miedo se encendió al instante. Emma buscó la mano de Bev en la oscuridad.

—No te preocupes —dijo Bev—. Lo arreglarán en un minuto. Estoy aquí, a tu lado.

—Estoy bien —afirmó Emma. Iba a vencerlo. Estaba segura de que por fin derrotaría a ese odioso y espantoso miedo a la oscuridad—. Tal vez sean solo las luces de los camerinos. Iré a ver qué ocurre.

—Te acompaño.

—No. —Dio un paso hacia la puerta. Casi no distinguía su contorno. Era apenas una sombra en la oscuridad. Un crujido la sobresaltó. Pensó que era el bebé, que estaba moviéndose. Tenía la boca seca. Pero los monstruos no existían y ella ya no tenía miedo de la oscuridad.

Cuando encontró el picaporte, en lugar de alivio, experimento un miedo feroz, irracional. Se vio abriendo la puerta. Abriéndola y mirando dentro de la habitación. El niño estaba llorando. Aturdida, trató de discernir si era el hijo de Annabelle o el que tenía en la mente.

Apartó la mano instintivamente. No la abriría. No quería ver. Los latidos de su corazón le retumbaban en la cabeza como un ritmo musical. Una vieja canción. Una canción que no podía olvidar.

No era un sueño. Estaba completamente despierta. Y había esperado casi toda la vida para ver lo que había detrás de la puerta.

La abrió con dedos rígidos, en la realidad y en su mente. Y lo supo.

—Ay, Dios mío.

—Emma. —Bev se acercó. Tenía al bebé en brazos e intentaba calmarlo—. ¿Qué ocurre?

—Estaba Pete.

—¿Qué? ¿Pete está en el pasillo?

—Estaba en la habitación de Darren.

Bev le clavó los dedos en el brazo.

—¿Qué estás diciendo?

—Estaba en la habitación de Darren aquella noche. Cuando abrí la puerta, se dio la vuelta y me miró. Alguien había cogido a Darren y lo hacía llorar. Yo no lo conocía. Pete me sonrió, pero estaba furioso. Escapé corriendo. Darren lloraba.

—Es Samuel el que llora —murmuró Bev—. No es Darren, Emma. Ven a sentarte.

—Fue Pete. —Se llevó las manos a la cara, gimiendo—. Yo lo vi.

—Esperaba que no lo recordaras jamás.

Emma bajó las manos y lo vio en el umbral de la puerta. Tenía una linterna en una mano. Y en la otra, un revólver.

Aferrando al bebé, Bev miró la silueta del hombre a contraluz.

—No entiendo. ¿Qué está pasando?

—Emma está sufriendo una crisis nerviosa. —La voz de Pete era serena. Tenía los ojos clavados en los de Emma—. Será mejor que vengas conmigo.

Otra vez no. No volvería a suceder. Sin pensarlo, Emma corrió hacia él y lo empujó. La linterna se le cayó de la mano y giró en el suelo lanzando implacables rayos de luz sobre las paredes y el techo.

—¡Corre! —gritó Emma a Bev mientras trataba de levantarse y escapar—. Corre y saca al niño de aquí. Busca a alguien. Lo matará. —Emma pataleaba para zafarse, pero Pete logró atraparla—. No dejes que mate a otro niño. Corre a buscar a papá.

Bev salió corriendo y con el bebé apretado contra el pecho entró en el escenario, donde reinaba la confusión.

—Es demasiado tarde —dijo Emma. Pete la obligó a levantarse—. Te atraparán. Llegarán de un momento a otro.

En el escenario ya se habían encendido los focos. Se oían gritos y pasos rápidos. Desesperado, Pete la arrastró fuera del camerino. Emma dejó de forcejear cuando sintió el cañón del arma bajo la mandíbula.

—Saben que eres tú.

—Bev no me ha visto —musitó Pete—. Estaba oscuro. No puede estar segura de haberme visto. —Debía creerlo... no tenía más remedio. O todo habría terminado.

—Ella lo sabe. —Emma intentó retroceder, pero él comenzó a empujarla escaleras arriba—. Todos lo saben. Vendrán a buscarte, Pete. Se ha acabado.

No, era imposible. Había trabajado demasiado, lo había planeado todo al detalle.

—Yo soy el único que dice cuándo se acaban las cosas. Siempre sé qué hacer. Podré arreglarlo.

Estaban encima del escenario. Emma vio las luces y la confusión generalizada. Pete le agarró la trenza y se la enroscó en la muñeca, bien tirante.

—Si gritas, te mato.

Necesitaba pensar. Un poco aturdido, continuó arrastrándola. Emma tropezó y cayó al suelo. Cuando Pete la levantó, se arrancó el broche de la solapa y lo dejó caer. El hombre la empujó dentro de un montacargas. Lo que necesitaba era tiempo, solo un poco de tiempo.

Había supuesto que resultaría fácil. Había planeado aprovechar la oscuridad y la confusión para eliminarla. Aún tenía en el bolsillo la píldora que pensaba obligarla a tomar. Habría sido fácil, suave, silencioso.

Pero nada había salido como esperaba.

Igual que la primera vez.

—¿Por qué? —Emma, que acusaba los efectos del vértigo, se dejó caer al suelo—. ¿Por qué le hiciste eso a Darren?

Pete sudaba profusamente, la transpiración le mojaba la pulcra e impecable camisa de lino.

—No pensábamos hacerle daño. En absoluto. Era solo un truco publicitario.

Emma meneó la cabeza para intentar despejarla.

—¿Qué?

—Tu madre me dio la idea. —Pete miró a la chica. No le daría mucho trabajo. Estaba blanca como el papel. Siempre le habían dado miedo los aviones y los ascensores. Las alturas. Miró los botones del montacargas. ¿Cómo no se le había ocurrido antes?

El acto inaugural debía de estar a punto de comenzar. Recordó que el espectáculo debía continuar. Siempre. La ilusión era lo primero, lo principal. Mientras en todo el país millones de personas veían cómo la industria discográfica daba palmaditas en la espalda, un puñado de guardias desconcertados buscaba a Emma detrás del escenario, en el sector de los camerinos. Allí arriba tenía tiempo para pensar. Y planear.

Emma sintió que el montacargas se sacudía y se detenía bruscamente.

—¿De qué estás hablando?

—De Jane. Siempre me presionaba para obtener más dinero, amenazaba con contarle a la prensa tal o cual historia comprometedora. Al principio me preocupé, hasta que me di cuenta de que la publicidad equivalía siempre a un éxito de ventas. —La obligó a levantarse. Estaba débil a causa del mareo y empapada en un sudor helado. Mejor así. Le pasó el brazo por el cuello y la obligó a subir otro tramo de escaleras.

Emma tenía que obligarlo a hablar. Reprimió el mareo y el miedo. Bev había escapado y salvado al bebé. Alguien iría a buscarla.

A Pete ya no lo preocupaba que ella gritara. Podía chillar hasta que le reventaran los pulmones, pero nadie la oiría. Empujó una puerta de hierro y la arrojó sobre el tejado del edificio. El viento azotó la cara de Emma y le revolvió el cabello. Pero también le aclaró la mente.

—Estábamos hablando de Darren. —Lo miró a los ojos y comenzó a retroceder. El sol todavía brillaba. Una parte de su mente se preguntó cómo era posible que aún fuera de día cuando ella había estado tanto tiempo a oscuras, en la ignorancia—. Necesito saber por qué... —Chocó contra un muro bajo y se tambaleó al mirar hacia la calle, mareada. Apretó los dientes y miró a Pete—. Dime por qué estabas en la habitación de Darren.

Podía darse el lujo de complacerla. Y de complacerse. Casi había perdido el control por un momento, pero había vuelto a recuperar la calma. Encontraría una salida. Como de costumbre.

—Al principio todo iba bien, pero luego las cosas comenzaron a torcerse. Además había problemas internos en el grupo. Los muchachos necesitaban que algo los espabilara un poco. Jane vino a verme con Blackpool. Quería que lo convirtiera en una gran estrella, más grande que Brian. Y quería sacar tajada. Se emborrachó. —Hizo un gesto despectivo con la mano—. En todo caso, me ofreció una solución. Planeamos secuestrar a Darren. La prensa picaría el anzuelo. La gente sentiría compasión y las ventas aumentarían. La banda volvería a estar unida, como en los buenos tiempos. Blackpool y Jane se quedarían con el dinero del rescate y todos contentos.

A Emma ya no le preocupaban la altura ni el revólver. Lo miró fijamente a los ojos mientras el viento le revolvía el cabello y el sol le acariciaba la espalda.

—¿Me estás diciendo que asesinasteis a mi hermano para vender discos?

—Fue un accidente. Blackpool era muy torpe. Nada salió como habíamos planeado.

—Nada salió... —Entonces gritó con toda la fuerza de sus pulmones. Un grito fuerte y prolongado. Y se abalanzó sobre él.

45

En la zona de los camerinos reinaba el caos cuando Michael llegó. En el teatro, el público aplaudía de pie al siguiente ganador.

—¿Dónde está Emma?

—Se la ha llevado. —Bev estaba asida del brazo de Brian, todavía sin aliento tras haber corrido con el bebé en brazos—. Tenía un revólver. Ella lo retuvo para que yo pudiera salvar al niño y buscar ayuda. Pete —musitó, todavía aturdida—. Fue Pete.

—Todavía no han pasado dos minutos —explicó Brian—. El personal de seguridad lo está buscando.

—Vamos a cerrar el edificio —indicó Michael a McCarthy—. Pide refuerzos. Registraremos piso por piso. ¿Por dónde se fue?

Desenfundó el arma y salió corriendo por el pasillo. Mostró la placa a un guardia de seguridad al pasar a su lado.

—Ya hemos registrado este piso. No está en los camerinos. Probablemente la ha llevado arriba.

—Necesito dos hombres. —Pegado a la pared, Michael comenzó a subir por la escalera. Oyó la música que retumbaba a sus espaldas. A medida que subía, la oía como un eco cada vez más lejano. Tenía las palmas de las manos húmedas. Cuando llegó al primer rellano, apretó la empuñadura de la pistola y recorrió con la vista toda el área. Percibió pasos a sus espaldas. Se dio la vuelta y lanzó una maldición al verlos. Estaban los cuatro juntos, como siempre.

—Volved abajo.

—Emma también es nuestra —replicó Brian.

—No tengo tiempo para discutir. —Michael se agachó y recogió el broche del fénix—. ¿Esto es de Emma?

—Lo llevaba puesto esta noche —respondió Johnno—. Se lo regalé yo.

Michael miró el montacargas y se guardó el broche en el bolsillo.

—Emma está usando la cabeza —murmuró para sí—. Cierren esta zona y sigan revisando piso por piso —gritó a los guardias de seguridad. Apretó el botón del ascensor y miró los números que se iluminaban sobre la puerta—. Avisad a McCarthy que la ha llevado arriba de todo. —Al oír el traqueteo del montacargas comenzó a rezar.

—Iremos contigo —dijo Brian.

—Esto es una operación policial.

—Es un asunto personal —lo corrigió Brian—. Siempre ha sido personal. Si le hace daño, lo mataré con mis propias manos.

Michael miró con fastidio a los cuatro hombres.

—Tendréis que poneros en fila india.

Pete apartó de un empujón a Emma, que quedó tendida en el suelo mientras él intentaba recuperar el aliento.

—Esto no está bien. No quiero hacerte más daño del necesario, Emma.

—Era una criatura. —Ella se levantó con dificultad—. Le regalaste una taza de plata cuando nació, con su nombre grabado. En su primer cumpleaños, alquilaste un poni para la fiesta.

—Le tenía cariño.

—Y lo asesinaste.

—Jamás le puse la mano encima. Blackpool se descontroló, fue presa del pánico. Nunca quise lastimar a Darren.

Ella se apartó el cabello de la cara.

—Solo querías utilizarlo. Utilizar a Darren y el miedo y el

sufrimiento de mi padre para obtener un poco de maldita publicidad. Ah, es como si lo estuviera viendo. «Secuestran al hijo de Brian McAvoy mientras dormía en su cuna. Astro del rock paga un cuantioso rescate para recuperar sano y salvo a su hijo.» Era eso lo que tenías en mente, ¿verdad? Ríos de tinta, una buena cantidad de espacio en los informativos de televisión. Reporteros apiñados ante el jardín principal esperando una declaración de los padres aterrados. Y luego, cuando el bebé volviera a los amantes brazos de sus padres, más de lo mismo. Pero jamás volvió, ¿verdad?

—Lo que ocurrió fue una tragedia...

—No me hables de tragedias.

Se dio la vuelta, demasiado angustiada para sentir miedo. Sabía que Pete la apuntaba con el revólver, pero no le importaba. Después de tantos años por fin había recordado y ahora se sentía vacía, hueca. Lo peor de todo, lo más abominable, era saber que no serviría de nada.

—Estuviste en el funeral con nosotros; tenías los ojos bajos, parecías compungido. Y mientras tanto pensabas que habías obtenido lo que querías. Lamentablemente tuvo que morir un niño, pero conseguiste toda la prensa que deseabas, ¿no es cierto? —Se dio la vuelta y lo miró a los ojos—. Vendiste tus malditos discos.

—He dedicado casi la mitad de mi vida al grupo. —Pete respiró hondo. Necesitaba tranquilizarse—. Yo les di forma, negocié por ellos, oí sus problemas, los resolví. ¿Quién crees que se ocupó de que recibieran todo lo que les correspondía? ¿Quién se aseguró de que la compañía discográfica no los estafara con los derechos de autor? ¿Quién luchó para que llegaran a la cima?

Emma dio un paso hacia él, pero el instinto de supervivencia la detuvo. Pete la estaba apuntando con el revólver.

—¿Acaso crees que te necesitaban? —masculló con desprecio—. ¿De veras crees que sin ti no hubieran llegado a nada?

—Yo los creé.

—No. Ellos te crearon.

Sin decir nada Pete buscó algo en el bolsillo.

—Sea como fuere, lo que ocurra esta noche formará parte de la leyenda. Brian y Johnno son los favoritos para obtener el premio a la mejor canción del año. Con un poco de suerte, la banda recibirá dos o tres más. Mejor espectáculo, mejor grupo de rock y mejor disco. Pensé que sería bonito que tú entregaras el premio. La hija de Brian, la trágica viuda de Drew Latimer. La tragedia vende —añadió encogiéndose de hombros—. Esta noche tendremos una más. —Le mostró dos píldoras—. Trágalas. Son muy fuertes. Facilitarán las cosas.

Emma las miró y luego lo miró a los ojos una vez más.

—No quiero facilitar las cosas.

—Muy bien. —Volvió a guardarlas en el bolsillo—. Será una caída muy larga, Emma. —La apretó contra sí. Estaban en el borde del tejado—. Cuando te estrelles contra el asfalto, yo estaré bajando la escalera. —Ya lo había resuelto, con calma y precisión—. Fui a ver si te encontrabas bien cuando se cortó la luz, pero enloqueciste. Te perseguí hasta aquí, preocupado. Estabas histérica y llegué demasiado tarde para salvarte. Después de tantos años aún te culpabas por la muerte de tu hermano. Al final no pudiste seguir viviendo con semejante cargo de conciencia. —La obligó a mirar hacia la calle. Una de sus peinetas se aflojó y cayó girando al vacío—. Nadie lo sabe excepto tú. Y nadie lo sabrá jamás.

Emma le clavó las uñas en los brazos, luchando para apartarse del borde. Logró hacerle perder el equilibrio y por un segundo estuvo libre. Pero él le pasó un brazo por la cintura y la levantó en el aire.

Emma no podía apoyar los pies en el suelo y lo empujó con todo su peso. Vio que el cielo y la tierra comenzaban a girar. Y gritó.

Michael irrumpió corriendo por la puerta. Gritó, pero ninguno de los dos lo escuchó. Estaban empeñados en una batalla a vida o muerte. Vio que Pete levantaba el revólver y disparó.

Emma chocó contra el muro bajo y se quedó sin aliento. Unas manos la aferraron y la arrastraron hasta que tuvo medio cuerpo suspendido en el vacío. Aturdida, vio la cara de

Pete más abajo; tenía los ojos muy abiertos y aterrados. Los dedos que le asían las muñecas se deslizaron poco a poco y luego se aflojaron. Entonces Pete cayó, cayó y cayó. Emma tuvo el impulso de deslizarse tras él.

Pero otras manos la retuvieron y la empujaron lejos del muro. Sus pies volvieron a tocar el suelo. Sintió que unos brazos la rodeaban, la estrechaban, la hacían sentir sana y salva. A pesar de que le zumbaban los oídos, oyó que repetían su nombre. Una y otra vez.

—Michael. —No tuvo necesidad de mirar, solo apoyó la cabeza sobre su hombro—. Michael, no me dejes caer.

—No te dejaré.

—He recordado.—Entonces comenzó a sollozar. Entre las lágrimas vio a su padre junto a ella—. Papá, he recordado. —Extendió la mano para tocarlo.

Emma contemplaba las llamas del fuego que Stevie había encendido en el hogar. El guitarrista estaba de pie junto a la chimenea, con las manos en los bolsillos, sin decir palabra. Todos habían vuelto a casa con ella. Su padre, P. M. y su familia, Johnno. Bev no dejaba de preparar teteras.

Aunque nadie hablaba, Emma percibía que la conmoción había dado paso a la perplejidad. Había preguntas que quedarían sin respuesta, errores que no podrían corregirse. Rencores y arrepentimientos que nunca desaparecerían por completo.

Pero habían sobrevivido. La suerte no les había sido propicia, ni como individuos ni como grupo, pero habían sobrevivido. E incluso triunfado.

Se levantó y fue hasta la terraza. Brian estaba solo, mirando el mar. Emma pensó que estaría sufriendo. Estaba en su naturaleza tomarse a pecho los problemas y sufrir, fueran suyos o del mundo. Luego, de algún modo, los transformaba en algo que se pudiera tocar en la guitarra o el teclado, con acompañamiento de flauta y violín. Apoyó la cabeza sobre el hombro de su padre.

—Era uno de nosotros —dijo Brian al cabo de unos segundos—. Estuvo con nosotros desde el principio.

—Lo sé.

—Cuando vi que te ponía las manos encima, quise matarlo. Y ahora... —Contempló el reflejo de la luna naciente sobre el agua—. Apenas puedo creer lo que ocurrió. ¿Por qué? —Se dio la vuelta y la estrechó en sus brazos—. Por el amor de Dios, ¿por qué lo hizo?

Emma se apretó contra él y oyó el rugido de las olas. ¿Cómo decírselo? Si conocía el motivo, jamás volvería a hacer música,

—No lo sé. Podemos preguntárnoslo hasta el cansancio, pero jamás lo sabremos. —Se apartó un poco para mirarlo a los ojos—. Tenemos que dejarlo a un lado, papá. No debemos olvidar, pero tenemos que dejar todo esto a un lado.

—¿Volver a empezar?

—Santo Dios, no. —Emma sonrió—. No querría volver a empezar por nada del mundo. Por fin sé dónde estoy y dónde quiero ir. Ya no siento miedo. No tengo que preguntarme nada. Y puedo dejar de culparme, porque esta vez no he huido.

—Nunca tuviste la culpa de nada, Emma.

—Ninguno de nosotros tuvo la culpa. Vamos dentro. —Lo condujo a la luz y el calor. Sin decir nada, fue a encender el televisor—. Quiero oírles decir tu nombre.

P. M. se acercó a ella y le tocó el brazo.

—Emma... —Como no tenía palabras, le acarició la mejilla.

—A ver qué ocurre, compañeros. —Johnno apoyó la mano sobre el hombro de Brian cuando anunciaron a los candidatos a la mejor canción del año.

Emma contuvo el aliento y lanzó una carcajada de felicidad al oír los nombres de Brian McAvoy y Johnno Donovan.

—Enhorabuena. —Los estrechó en un abrazo de alegría—. Hubiera querido ser yo quien os entregara el premio.

—El año que viene —dijo Johnno, y le dio un beso fuerte y rápido.

—Trato hecho. Es una promesa. Es importante —dijo Emma, y apretó la mano de su padre—. Significa algo. No permitas que lo ocurrido te estropee este momento. Y tampoco a mí.

—No. —Brian se relajó. Emma vio que la felicidad no solo se reflejaba en su sonrisa, sino también en sus ojos. Su padre pasó el brazo por encima del hombro de Johnno—. No está mal para una pareja de rockeros maduritos.

—Cuidado con los adjetivos, Bri. —Johnno guiñó el ojo a Emma—. Jagger es más viejo que nosotros. —Enarcó una ceja al oír que llamaban a la puerta—. Ah, creo que llega el enamorado policía de ojos grises.

—Cierra la boca, Johnno. —Emma corrió a abrir, seguida por Conroy—. Michael.

—Lamento llegar tan tarde. —Agarró al perro por el collar para impedir que le saltara encima—. ¿Todo bien?

—Por supuesto. —Emma se agachó para acariciar a Conroy entre las orejas, y las lentejuelas de su vestido de noche brillaron como soles—. Estábamos en plena celebración. Papá y Johnno han ganado el premio a la mejor canción del año.

—En realidad ya nos íbamos. —Bev estaba buscando su estola. Si había un hombre deseoso de estar solo con una mujer, ese era Michael—. Hay una tetera llena en la cocina. —Miró por encima del hombro para asegurarse de que los demás la siguieran. Antes de que Emma pudiera protestar, la apretó contra su pecho y murmuró—. El tiempo es demasiado precioso para perderlo. Michael. —Bev lo abrazó conmovida—. Gracias —susurró. Luego retrocedió un paso y le sonrió—. Bienvenido al caos.

Salieron en fila india. Conroy los olfateó con desinterés y luego se fue a dormir a un rincón.

—Menudo grupo —dictaminó Michael cuando por fin cerraron la puerta—. Y no es un mero juego de palabras..

—Sí, están muy unidos. No te molestará que cenemos todos juntos mañana por la noche, ¿verdad?

—No. —Le traía sin cuidado lo que ocurriera al día siguiente. Para él solo existía esa noche. El cuerpo de Emma, su olor, su manera de sonreírle—. Ven aquí. —Michael le tendió los brazos. Cuando la tuvo entre ellos, supo que no podía dejarla ir. Creía que se había calmado, pero al abrazarla volvió a sentir todo aquel horror.

Había estado a punto de perderla.

Emma percibió la furia que ardía en su pecho, la sintió crecer poco a poco.

—No —murmuró—. Ya ha pasado. Esta vez todo ha terminado.

—Calla un momento. —La besó con fuerza, como si quisiera convencerse de que estaba sana y era suya—. Si él hubiera...

—Pero no lo hizo. —Emma le tomó la cara entre las manos—. Me salvaste la vida.

—Sí. —Retrocedió un paso y enterró las manos en los bolsillos—. Si vas a agradecérmelo, ¿podrías hacerlo rápido y así pasamos a otra cosa?

Emma ladeó la cabeza y sonrió.

—No hemos tenido tiempo de hablar —observó.

—Lamento no haber podido volver contigo.

—Lo comprendo. Tal vez haya sido mejor así. Hemos tenido la oportunidad de tranquilizarnos un poco.

—Todavía no puedo quitármelo de la cabeza. —Aún podía verla balanceándose en el borde del tejado. Comenzó a caminar de una punta a otra de la habitación para hacer desaparecer la imagen—. ¿Cómo has pasado el día?

Ella sonrió. Todo saldría bien. Todo saldría maravillosamente bien.

—Muy bien. ¿Y tú?

Michael se encogió de hombros y siguió moviéndose. Cogía cosas de los estantes y las volvía a dejar en su lugar.

—Supongo que estarás cansada, Emma.

—No; no lo estoy.

—Y es un mal momento.

—No. —Emma volvió a sonreír—. No lo es.

Él se dio la vuelta y la miró. Era tan bella. Su vestido brillaba, la luz del fuego se reflejaba en su cabello y su piel.

—Te quiero. Siempre te querré. No hemos tenido tiempo para dejar que las cosas sucedieran a su ritmo. Me gustaría decirte que estoy dispuesto a darte ese tiempo. —Cogió una mariposa de cristal y la dejó sobre la mesa—. Pero no lo estoy.

—Michael, si necesitara tiempo, lo tomaría. —Dio un paso hacia él—. Lo único que necesito es a ti.

Él respiró hondo y sacó una cajilla del bolsillo.

—Lo compré hace meses. Quería dártelo en Navidad, pero pensé que no lo aceptarías. Hubiera preferido algo tradicional. Una cena a la luz de las velas, música y todo lo demás. —Rió un poco e hizo girar la cajita en la mano—. Supongo que es un poco tarde para respetar las tradiciones, ¿verdad?

—¿Vas a dármelo o no?

Michael asintió y le dio la caja.

—Quiero decirte algo antes de abrirla. —Emma observó detenidamente su cara, cada centímetro, cada ángulo—. Si esto hubiera ocurrido cinco o seis años atrás, no lo habría apreciado tanto como esta noche. Y tampoco a ti. —Le temblaban las manos y dejó escapar un suspiro de frustración al ver que le costaba abrir la tapa—. Michael, es precioso. —Levantó la vista del anillo y lo miró a los ojos—. Absolutamente precioso.

—Y que lo digas —murmuró él—. Póntelo y ya está.

Emma ahogó una carcajada.

—Es la propuesta más romántica que podría soñar una mujer.

—Ya te lo he pedido demasiadas veces. —Le puso las manos en la nuca—. ¿Qué te parece esto? —Le dio un beso suave, amoroso y prometedor—. Nadie te amará más que yo. Solo quiero toda una vida para demostrarlo.

—Eso está muy bien. —Emma parpadeó para contener las lágrimas—. Muy bien. —Sacó el anillo del estuche y lo miró—. ¿Por qué tiene tres círculos? —Pasó la yema del índice por las tres esferas de diamantes enlazadas.

—Uno es tu vida, otro es la mía. —Michael tomó el anillo y se lo puso con delicadeza en el anular—. Y el otro es la vida que haremos juntos. Hace mucho tiempo que estamos conectados.

Emma asintió y lo estrechó en sus brazos.

—Quiero comenzar ese tercer círculo, Michael. Ahora mismo.

El papel utilizado para la impresión de este libro
ha sido fabricado a partir de madera
procedente de bosques y plantaciones
gestionados con los más altos estándares ambientales,
garantizando una explotación de los recursos
sostenible con el medio ambiente
y beneficiosa para las personas.
Por este motivo, Greenpeace acredita que
este libro cumple los requisitos ambientales y sociales
necesarios para ser considerado
un libro «amigo de los bosques».
El proyecto «Libros amigos de los bosques» promueve
la conservación y el uso sostenible de los bosques,
en especial de los Bosques Primarios,
los últimos bosques vírgenes del planeta.

Papel certificado por el Forest Stewardship Council®